ブラック&ブルー

BLACK & BLUE

水姫 透
Toru Mizuki

文芸社

我々の変化は情報の内容の変化である。我々自身は情報に富んでいる。情報が我々の内に入り、処理され、変化させられた形態として、もう一度外部へ投射されるのである。我々はこれを行なっていることを知らない。事実我々が行なっていることは、これだけであるのだが……。

――フィリップ・K・ディック――

〔登場人物〕

松嶋卓也……………………天才プログラマー、リンクル社専務
北詰直樹……………………ベンチャー企業リンクル社社長、元大手商社マン
椎名弘子……………………ハイテク商社ＰＤＸ社取締役企画室室長
内田洋一……………………ＰＤＸ社常務取締役、次期社長候補
カーマイン牧師……………札幌カルデラ教会司祭
南千華………………………パソコン雑誌系アイドル
石河…………………………リンクル社プロジェクトチームリーダー
鍋島…………………………ＰＤＸ社情報解析室室長
白木洋子……………………外語学院講師
稲盛雅夫……………………外国大学留学中のエリート学生
米山伸也……………………殺された妹の復讐を依頼する少年
橘清二………………………天涯孤独の元チーマー
椎名充………………………弘子の弟、交通事故による後遺症で療養中
トム・アービング…………イスラエル国際ハイテク犯罪対策課報員
澤田…………………………警視庁ハイテク課刑事、内田の大学の後輩
辰巳…………………………ＰＤＸ社現社長
霧島…………………………千華の所属する霧島事務所の社長

◆目次◆

第1章　夜の向こうに

On the other side of night

夜といっても、まだ夕刻からそれほどの時間が経過したわけでもなかった。だが辺りは既に重くどす黒い闇が世界を埋め尽くしていた。

大都会。華やかなネオンの灯が人工的な陽光となって夜を照らす。しかしビル群の光が漏れ届かぬ場所の闇の濃厚さ、それは絶望的に苦悩する者達の心影に似ていた。やはり都市の裏側は暗くて深いのだった。

そこから天空を見上げると深淵なる闇は、永遠に人知及ばぬ奥深さで何処までも続いており、眺めれば眺めるほど生命の深海に吸いこまれて行くようだった。そしてその視点を一気に垂直に降下させると、好奇の念は邪悪の誘惑に駆られ暗黒の世界に果てしなく落ちていくだけだった。前方には近いようで遠く煌くイルミネーション群の輝きが、上空に浮かぶ星屑の島群となって対岸に位置したまま、じっと静かにこちらを観察しているようだ。それはまるで、闇の世界から、あたかも己の人生をゲームのように楽しんで見ている何者かの冷やかな視線のようにも思えた。

サイレント・ナイト。ハーヴェスト・ムーン。クール・ウインド。

街の喧騒もここまでは届いてこない。

松嶋卓也は高層ホテルのベランダから下界を見渡し、特別クールな風を胸一杯に吸い込んだ。そこは新宿グランドパレスホテル30階にあるエグゼクティヴ・スイート。住んでもう半年になる。部屋の中では、10ccの「アイム・ノット・イン・ラブ」が流れている。この曲を聴きながら、この場所で都会のランドスケープを眺めるのが好きだった。そこから見渡す全景は、特に夜ともなると大都会のイルミネーションがすべて自分の足元に平伏し、現在の驚異的成功を称えているかのように感じるからだ。部屋に入るとアース・カラーのソファに腰掛け、リモコンでケーブルTVの電源を切った。

リラックスできる広い空間。ベッド・ルーム、書斎、リビングと、それぞれが20畳以上もある豪勢な住まいである。BGMサウンドが『パレード』あたりの古いプリンスに変わった。それはヨーロッパ風の内装が丁重に施されたこのリビングのムードに妙にマッチしていた。曲は「ニュー・ポジション」。

「すこし眠るか」

思い出したように呟いた。

3時間でいい。いつものように身体の時計がそれを要求している。卓也のライフスタイルは、まだ夜の浅いうちに眠り、深夜から朝方にかけて仕事をするパターンと決まっていた。そして心地よく目覚めた後がアストラル・タイムとなる。

一日のうちで最高に頭が冴え渡るのは真夜中である。深夜その時間になると、アドレナリンが体中に充満し斬新なアイデアが強烈な奔流となって尽きることなく吹き出してくるのだ。その時間を逃すと、なにか与えられた人生の流れの中で、大切な鉱脈を見落としてしまったかのような喪失感に苛まれる。卓也はこれを「深夜の財産」と呼んでいた。

パソコンのモニター画面に表示されているCDコンポのディスクライブラリーのメニューから〝Sleep〟を選びダブルクリックした。プリンスのヴォイスが消え、一瞬の静寂の奥から、キース・ジャレットの硬質で透明感のあるピアノが部屋の粒子を崇高な響きに変えた。曲は「ステアケイス」。

いつも通り着替えもせず広大なダブルベッドの上にころがった。全身が油の切れかかった歯車のように、にぶく重い。窓から差し込む光がやけに明るかった。ハーヴェスト・ムーンの明かりがブラインドに加工され、細いピンスポットが全身にストライプ模様を被せていた。

無意識に眼を閉じる。どこか途方も無い世界へ落ちていくように意識が薄らいでいく。やがて窓の外に点在する無数の光群の一部が、一つ二つと姿を消していき、ある一瞬を境にビルの上空をとりまくダークブルーは、重量感のある怪物が覆い被さるようにモストブラックとなり急激に闇の深度を増していった。

＊

――闇の中を光輪が進む。月明かりも無くすべてが黒の世界の中でそれは強い意志で動く、この世で輝く僅か一点の小さな希望の灯のようにも見えた。

暗闇の山道を走るたった一台の車。ヘッドライトが照らされる場所だけ眩く白が浮き上がる。そこは銀世界。車は憑かれたように先を急ぎ、何者かに追われているようにも見えたが後続は何もなかった。車は深夜の冷たく踏み固められた雪道を削るように白い煙を上げて進んでいたが、突然スピードの余力に振られてバランスを崩した。コントロールを失った車は道を外れた。そこからは、まるで過去のシーンをスローモーションで再現するように、ゆっくりと崖の下へ滑り落ちていった。

＊

――深い闇の奥。暫くしてうっすらと見えてくるのは、ごつごつした荒削りな岩肌を剥き出しにした壁だった。その部屋から洩れ出る不安定にすすり泣く声は様々な変化を起こしていた。

部屋までは細く長く洞窟のような通路が続いており、声はその空洞に当てもなく放り出された嗚咽の響き。それはしだいに激しい叫び声へと変わった。削り取られた傷だらけの廊下の壁に不均衡な角度でぶつかり、幾重にもブレンドされた叫び声は複雑な時間差のエコーの混合で倍音増幅され、得体の知れない獣の咆哮のように姿を変え響き渡る。それは地獄の底から漏れ出す魂の悲鳴のようにも感じられ、夜の闇とこの空間を一層無気味な世界のように思わせた。

いつの間にか声は止んだ。今度は異様な静寂が無気味だった。ヒタヒタと溶けた雪の雫の音が外から聞こえる。一つ一つ雨音のように正確な4拍子で石床を叩く。一時の空白の後、突然闇を切り裂きまたしても激しい悲鳴がこだました。それはやがて狂乱的な叫び声にかわった。興奮の度合いが強すぎて、痙攣したように時折叫びが裂断し途切れる。そして獣の咆哮のような不気味な叫び声は、再び時間の経過とともに静かに消えていった。ある時は、この不定期な叫びが一晩中繰り返されることもあった。

声が漏れるその部屋の僅かな灯以外、建物の中は絶望的な暗闇しかなかった。

＊

部屋の中で小さくノイズ・ミュージックが響いていた。

「時間か…」

徐々に覚醒していった。

既にマランツのアンプの淡いグリーンのパイロットランプが暗闇に浮かびＯＮを告げていた。パソコンのタイマープログラムでコンポは眼覚め、ＪＢＬの小型スピーカーから微量な響きで、ルー・リードの「メタル・マシーン・ミュージック」が地を這うように染み出していた。

このサウンドは音量を上げれば狂暴なメタルノイズとなって全身に牙を突き立てるのだろうが、このくらい微量だと危険ではない。キッチンからは、タイマー制御によりコーヒーメーカーが湯気をたて豊潤な香りをリビングに運んでくる。メタルノイズが薄い意識に輪郭を引き、芳醇な香りが、もやもやとした画像を取り除いてくれた。

プログラムにより室内灯がついた。毎度耳から覚醒する習慣だった。卓也にとって覚醒している間は、常にポップでモダンなサウンドが必要であり静寂がなによりも耐えがたい。

予定調和の人懐っこいポップなメロディを拒絶したい心境の時、この狂暴的ノイズサウンドはダークな快適さがあっていい。微量でなければ逆効果だが…。

ブラックを一口含み静かに喉の奥に流した。ソファに腰掛け、マルボロを1本取り出し火を付ける。ゆっくりと一服を吐き出しダルく呟いた。

「お目覚めのミュージックじゃないな」

薄いブルーの煙がメタル・ノイズとは馴染まないように、様々に形を変え風景に吸い込まれていく。

この目覚まし用メタルサウンドは、2分40秒でフェイドアウトされ、曲はすぐに次のスティーブ・ミラー・バンドの「ジョーカー」に切り替わった。そのようにＣＤ—Ｒに編集してある。体調にもよるがメタルマシーンを浴びるのは、これくらいの時間が限界だ。リモコンで少しヴォリュームを上げサウンドの輪郭をはっきりさせた。再びベッドに寝転び、倦怠を追い出すように全身を伸ばし軋んで弾ける骨の音を確認した。天井の壁紙模様を見ながら静かに息を吐いた。今夜の予定を考えていた。

卓也の朝は深夜。平穏な状況はこの時だけだ。色々なアイデアが立ち上がってくるこの時を楽しみに、一日を狂ったように働いているのだ。ただこの至福の一時が、そう長く続かないこともわかっていた。

何かが宿ったごとく、テーブルの上の携帯電話が震えた。

〈来たな〉不思議な事に、思うと同時に、いつも予測の事態は起きる。相手はわかっていた。社長の北詰直樹である。それ以外はあり得ない。ビジネスライクな彼は時間には正確だが、頼みもしないのに深夜に必ず報告電話を入れてくれる。何故か彼は卓也にだけＥメールをあまり使わない。別にホモでもないが、日に一度は声を聞きたいらしい。

カップを置くと5回目のバイブから「ゲット・バック」のメロディに変わったところで通話スイッチを押した。

「もしもし…」

起きかけで掠れた声しか出ない。

「あー！　俺だ」

対照的に滑らかなトーンが鼓膜を刺激した。予想通りの男の声だった。電話の向こうは、南国リゾートの明るい日差しがサンサンと照りつけているようだった。

「休んでいるとこ済まんな」

思わず苦笑い。心にも無い事を。いま夜中の2時30分。

「待っていたよ」

こちらも心にも無い応えだ。

安心したように、北詰の声は更に滑らかさを増した。

「いやね。ついさっきまでさー、ＰＤＸ社の内田常務と打ち合せしていたんだけど。あちらさん、どんどん乗ってきちゃってさ。もーっ、世界征服までしちゃいそうな勢いだぜ」

彼の声よりも、背後から聴こえるグラスの触れ合う音や、甘い男女の話し声など、深夜のＢＡＲの洒落たＬＩＶＥ感を楽しんでいた。急に、ビル・エヴァンスの「ワルツ・フォー・デビー」が聴きたくなった。

「相変わらずだね、直さん。凄腕の接待ぶりが眼に浮かぶよ」

倦怠感のある声で相手のテンションを皮肉った。

「ま、そう言うなって。いい話になっているから」

「で、いつになった?」

「明日、午後いちでどうだ?」

得意げな表情が見えるようだった。

「いきなり明日か」

「早すぎるか?」

やや曇ったトーンに変わる。

「いや。遅すぎるくらいさ」

クールなトーンで返した。

「よしわかった。あした11時に迎えにいくよ。いつものカフェでな。段取りはいつもどおり、行きがけに車のなかでやればいい」

「ＯＫ」

「それじゃ、おやすみ。といっても、お前の本番はこれからだよな。よし、俺も徹夜で別件の企画書作りだ」

「企画書? 直さんがいつそんなもの作ったっけ。まだそこに秘書の可愛いおねえちゃんでもいるの?」

「人聞きが悪いな、いつ秘書をやとったって言ったよ。仕事だよ、仕事」

「まあいいけどさ、遅れないように」

「ああ、それじゃゃな」

彼自身の世界に舞い戻るように通話は切れた。

北詰には夜も昼もない。時間を泳ぎながら生きる事を楽しんでいる。

「人生とは砂時計さ」というのが北詰の口癖だ。今日もまた朝まで盛り上がりだろうが、時間に遅れたことは一度もない。仕事に関してはプロ中のプロの営業マンなのだ。卓也は夕方から深夜にかけて眠るが、彼は一体いつ寝ているのだろう？　業界七不思議の一つだ。

煙草を消して携帯を充電ホルスターに差し込むと立ち上がった。

「さてと、今夜の仕事に取り掛かるか」

気分を切り替えて事務系処理専門に使っているパソコンの前に座った。

マウスをダブルクリックして、スケジュール管理ツールを立ち上げた。

このスイート・ルームは完璧なＳＯＨＯといえた。ここは、インターネット専用回線、ＰＢＸ電話交換機など、高度なインフラを装備したサイバー・ホテルなのである。常時、数台のマシンが入れ替わっている。作曲やグラフィック開発用の３台のパワー・マックも含めて、既に今年に入って15台目のマシンである。パソコンは３ヵ月単位で新型に換えていく。いや、変わっていくといったほうが正確だろう。これも一週間前に取り寄せた、４００ＨＺＴペンティアムⅡプロセッサ搭載、バススピード１００メガヘルツ型の、98年後半、現時点でのメーカー製品最速のＤＯＳ／Ｖマシンである。しかしこれが一年も経つと、古代の遺物といえるほどお笑い種の性能となってしまうのである。古いマシンはサーバー専用として余生を送ることになる。ただ置き場所にも困るので、この部屋に置くマシンは、マックは２台、ＤＯＳ／Ｖ機は３台までと決めていた。メインマシンは典型的なＤＯＳ／Ｖ機で、音楽用サーバーのＯＳにはフリーＵＮＩＸのＬｉｎｕｘ（リナックス）を使っている。Ｌｉｎｕｘは元々、フィンランドのヘルシンキ大学生のリナクス・トーバルズ氏が91年にＵＮＩＸをベースにカーネル（基本部分）を作ったフリーウェア（無料）のＯＳである。信頼性と高速性に優れ、今現在で世界に８００万ユーザーがいるといわれている。しかも世界中のボランティア技術者が、競ってバグを修正し最新の技術情報を無償で提供することによってドラスティックに進化し続けているのである。おそらく今後は、ウインドウズとの二大巨頭時代になるだろう。

卓也はこのＬｉｎｕｘを独自にカスタマイズして、

ＣＤ―Ｒの自動演奏や部屋の照明のコントロールに使っていた。コンポの目覚し用再生や、その他もろもろすべてを制御しているのもこのＯＳである。ＢＧＭも卓也の日常の状況に応じた時に、マッチしたサウンドが流れるように光センサーでセットしてある。サウンドソースは、好みの曲をセレクトしてＣＤ―Ｒに焼き付けてある。そして常にＢＥＳＴ・ＳＥＬＥＣＴ盤を、50連奏ボックスの中に装備してある。１枚に20曲は詰め込んであるので、１０００曲の候補中からベストのプログラム選曲が可能である。それでも、まだまだいい曲が足りないと卓也は音源収集に余念がなかった。

ＢＧＭが3曲目に入った。この間インターネットでマニアのホームページからダウンロードした、グレイトフル・デッドのＬＩＶＥ演奏だった。音が悪いのはマニアの貴重な未発表録音なので仕方がない。だが内容はそれ以上の価値があるのだ。ＪＢＬの小型スピーカーが、粒子の荒い音をリアルに再生している。ジェリー・ガルシアの柔らかいスライドギターのトーンが、リラックスと高揚という相反する気分を同時に味わわさせてくれる。卓也は聴きながらメールソフトを開き、社員の企画メールにひととおり眼を通した。メールボックスには、インターネットで送り込まれてくる世界中の友人達のＥメールが詰まっていた。自動的にプライオリティ選別をしているにもかかわらず、１日ざっと６００件はたまっている。当然全部に眼を通す時間もないし興味もない。したがって感覚的に、更にその中から重要そうなものだけをチョイスする。チョイスから洩れたものは、自動返信プログラムが近況を簡単にまとめた返事を書いてくれる。

メールチェックの後、いつも通り開発途中のプログラムの手直しをすることにしたが、今日はその前に、明日のＰＤＸ社についてのあらゆる情報を収集しておかなければならない。前回の北詰との打ち合せ時に公開情報はすべて入手しており、既にプレゼン資料も完成してはいた。しかし2時間で最新情報は古くなり、24時間以内にすべてが変わってしまう世界だ。明日の会議直前までの最新情報を入手しておかなければならない。

まず最初は世界中の業界関連サイトに片っ端からリンクして、ホームページ閲覧という正面玄関からはいる。だがそれも、ちょっと発想をひねれば、多角的に調べる方法はいくらでもある。大ざっぱに叩けば、一つのキーワードに対して１００万件もの情報が網羅されるものも少なくない。それがインターネットの凄さだ。但し、情報量の多さに対して選別し活用する能力も必要である。

卓也は自分の分身といえるほど高感度情報選別プログラムを独自開発した。恐らく一般販売すれば、数千万ドルが懐に飛びこんでくる優れた製品だ。しかし既に金儲けには興味がなかった。卓也の頭脳が、インテンシブに高速回転を始めた。無駄な文章を１／１００に削減する、自ら開発したトッププライオリティ専用で検索できるエンジンによって、純度の高い情報でリンクづけていく。

ＬＩＮＫ、ＬＩＮＫ、ＬＩＮＫ……。推理・推測・創造感覚を駆使して、様々な角度から数百種類の関連ページにアクセスして世界中を飛びまわった。ネット・サーフィン、ネット・ダイビングを続けながらも、気になったものは片っ端からストックフォルダに保存していった。言葉、材料、キーワード、写真、もろもろの情報を有機的、無機的に結びつけたり、時にはイロジカルな発想にたって情報を集め分析していった。そういったプリミティブな情報の集積や加工によって、思いもよらない意味合いを見つけ出せることもある。更に収集と分析を繰り返した。徐々に獲物を追い詰めていく感じだ。卓也は、４０００字以上あるページも一瞬にして理解できる能力を持っている。

せわしなくマウスのクリックとドローイングを繰り返した。キンバリーからコペンハーゲン。ロサンゼルスからメルボルンへと、世界中の友人のサイトへ数秒もかからずアクセスできる。一瞬にして世界の果てから果てへと移動できるのだ。物理的、時間的制約から解き放たれたようで、何となく魂の世界に似ていると思った。反応は異常に速い。さすがケーブルＴＶによる専用回線接続の最速マシンだ。卓也はレスポンスの気を良くした。仕事が捗るかどうかは、レスポンスの快適さが重要な要素だった。レスポンスの度合いによってそのマシンに対する愛情の度合いも比例してくるのである。あっという間に数時間が経過していた。ベストCD—Rの曲は、既にアルバム3枚目のラストの曲になっていた。インテンシブ・リーディング（精読）は、まだまだ続いていた。背後から包み込むように、エレクトリック・マイルスが「バックシート・ベティ」の中で閃くようなフレーズを紡いでいた。

＊

夕食が終わった後、新山隆はすぐに2階の勉強部屋に行き愛用のデスクトップパソコンを立ち上げた。OSのロードが完了すると直ちに通信メールのソフトを起動し画面を開き、一心にメール文を打ちこんだ。完璧なブラインドタッチで、鼻歌まじりだが画面には明朝体フォントの文字が流れるように現われる。

「事はいつも通りに進んでいる…」

まだあどけない顔に、時折悪意の微笑が浮かんだ。

38歳になる母親の隆に対する感情は楽観的無関心であった。最愛の一人っ子の息子は毎晩必死に頑張っている。有名大学付属の私立高校受験の為に、まだ中学二年生で、しかも校内一の学業成績を誇るというのに遅くまで勉強する頼もしい子、立派な息子としか考えていなかった。隆は更に学力を強化するため、夜は電子塾の通信教育を受けている。電子塾とは、パソコンとネットワークを使った通信教育である。自習したことを単元ごとにまとめ、設問の回答と疑問点をEメールで送付し、担当の専任教師が画面上でそれを採点したり、疑問に答え、進み具合をチェックする。テストもメールで答案用紙をやりとりする。隆はこの電子箱を手に入れたことによってすべてが変わったと思った。小学生のころは身体も弱く、いじめの対象になっていたが、今や学校では天下を取っていた。特にパソコン教室の授業ともなると、彼にとって、40代の男性教師のにわか知識など子供だましのレベルだった。彼のひと言にクラス全員が従った。気に食わない奴には、スキルを教えないことで孤立させ快感に浸った。Eメール1本打てば50人同時に指示が行く。対象人物をクラス全員で総スカンにすることなど簡単なのだ。

父親は単身赴任中。世間的には厳格で立派な父親だが、隆には既にどうでもいい存在だった。彼にとって父親とは無意味で不愉快なものでしかなかった。

「俺の苦労は、すべてお前たちの為だ」

と、いつも息苦しい熱を放射され続けてきた。

隆は何不自由のない環境を与えてもらってはいるが、それはすべて自分から望んだものではなかった。父親はそれがまるで世間の暗黙のルールであるかのように教育に金を注ぎ込んだ。そして愚痴るのだった。「子供を育てるのは大変なのだ。一人前にするのに莫大な金がかかる。わかっているのか！」と事あるごとに隆をなじり叱咤するのだった。それはとても愛情を伴った励ましとは思えなかった。

父親はよく言う。「俺がこんなに頑張っているのに、何だ、お前らは！　努力が足りないのだ！」と……。

母親はそばでそれを聞いているふりをして人形のようにただ頷くだけ。

〈家族を養う為？　息子の将来の為だと？〉

父親が自分達の為にすべてを犠牲にしていると陶酔することが気に食わなかった。

〈本当は違うだろ…〉

クールにモニターを見つめていた。無表情に指は動き続けている。

〈それは結局口実であって、世間体や仕事のストレスに対するはけ口であり、自身の叶わない人生に対する言い訳ではないのか？〉

隆は冷やかに父親を分析していた。

〈金を稼ぐことなど、ちょっと頭を使えば簡単なことなのに。どうしてあんなに必死になるのだろう。

生きていくことがそれほど苦しいのか？　大変なのか？　あんたの人生の先には一体何があるのだ？〉

父親が決死の覚悟で赴任していった朝を思い出すと滑稽だった。無能な父親を侮蔑していた。そして世のおやじどもすべてを……。

今もこうして、父親と同じぐらいの年齢のおやじに命令を下している。言うことを聞かなければ脅す方法はいくらでもある。彼の口元から子供らしくないいびつな微笑が漏れた。

〈暴力団だろうが政治家だろうが何だってなれるのだ俺は。そしてネットワークの中の、あの人を呼び出せば、どんな情報も思いのまま入手出来る。具体的に欲しいものは、その支配下の代行業者に依頼すればいい。そいつらは何でもやる奴らだ。そう。俺に出来ないことは何もないのだ。しかし生意気にも、このおやじは最初俺に楯突きやがった！　そこで代行屋から手に入れた家族の写真を添付してメールを送信すると、怯えきって途端によく言うことを聞くようになった。バカな奴だ。そして、こいつのようなバカな大人どもは多いのだ〉

14歳の天才ハッカー、隆は余裕たっぷりだった。

〈俺はそのうち凄い存在になるだろう。俺はこの世の選ばれた存在であり、他の奴とは次元が違うのだ。既に世の中のある部分は、俺にコントロールされているのだ〉

そういうことを毎日夢想していると期待で胸が高鳴った。母親が30分前にハーブティーを持って様子を見に来た時には、すぐに画面をクリックして百科事典の「エンカルタ」に切り替え世界史のデータベースを検索しているフリをした。まるっきりパソコン音痴の母親には、どんな画面を開いて何をしていようが何もわかるはずはないのだが、用心に越したことはない。まだ早い時間だが、パート疲れのためか母親はひどく眠そうで、電子塾で勉強している息子にいつものように「あんまり無理しちゃだめよ」と心にも無い声を掛けて出て行った。

〈この人も大変だな。だがいずれ、自分の息子の偉大さに驚愕する時がくるだろう〉と隆は自分勝手に夢想しながら、自身の世界に酔った。ＴＶから漏れる音声が消えて下は完全に寝静まったようだ。更に夜は深々と更けていく。

「これで誰にも邪魔されずにすむ」

ずる賢そうな微笑を浮かべ、隆の指の動きは更にリズミカルになっていった。

＊

１９９８年11月。色のない白光色の秋空の朝だった。眩しすぎるわりには温度の低いこの季節独特の陽光。

それを一身に浴びて乱反射したボディを、一際美しく浮かび上がらせたＢＭＷ７５０ｉが、首都高のインターを軽快に滑り降りてきた。林立する西新宿の高層ビル群を真っ二つに突っ切って来ると、壮厳な佇まいの巨大なホテルのエントランスに横づけされた。すかさずピンストライプのスラックスに黒のジャケットを着たベルボーイが駆け寄り、やや緊張しながらも手馴れた動作で後部席のドアを開けた。

ダイナブックを無造作に抱えた北詰直樹が降りてきた。瞬間ベルボーイと笑みを交わしたが、すぐに冴えない顔つきに戻った。一睡もしていないよれたムードだが、リッチなビジネスエリートというのは誰が見てもわかる。既に30代も後半にさしかかっているが長身で端正なマスク、全身一部の隙もなくモダンなファッションセンスでビシッと決めている。そのルックスは実年齢より遥かに若々しくスポーティに見えた。アルマーニの新作上着についた腰の皺を気にして、その部分を二度ほど手で摩り入口へ消えた。

ホテルの中はゴージャスな別世界だった。高級ブランドのみのショッピングモール。ファクトリー・アウトレット。執事サービス、フィットネス・クラブ、屋内プールなど、すべてが完備されており、入口からロビーまで大理石の豪華なアプローチが続く。館内を彩る優雅なインテリアは、どれもヨーロピアン調の年代物で統一されている。フロント横には大型ビデオスクリーンが設置されておりケーブルＴＶから配信されるニュースその他のコンテンツが映し出されている。そして広大なロビーの中央には円形の噴水があり、その周辺を洒落た格好をした若者達が、あちらこちらで待ち合せの為に腰掛け、本を読んでいたりする。

北詰は若きベンチャーの成功者でもあり、そのルックスの良さを買われて時折クイズ番組やトレンド紹介のコメンテイターとしてテレビに出演する事もある為、ちょっとした有名人でもあった。フロントデスクの女性スタッフの熱い視線と挨拶に軽く会釈を返した。

最初の頃は、ホテル中の女性スタッフ達の羨望に心地よく身を晒していたが、いまは既に何も感じなくなっていた。慣れという機能は時として苦しみから身を守るが、同時にスリリングな快感さえも奪い取ってしまう。

無意識に毎度歩き慣れたコースを正確にトレースするように進み、中央を横切ってモール街の一番奥のカフェに入った。ここでも店員の旧友を迎えるような親密な笑顔に、「おはよう」と軽く手を上げて応え、指定席である奥の窓際に座った。

数分後。計ったようにロビーのエレベータのドアが開き、卓也が降りてきた。黒のポロシャツに、こげ茶のスエードのジャケットを羽織り、下はスリムのGパンといった相変わらずラフな格好だった。ゆるくウエーブが掛かった少し長めの髪でやや茶髪系。ミュージシャンかフリーライターに見えた。

最初彼が、このホテルに住み着いた時は、いつも輸入盤ショップの袋を山ほど持ち歩いているので、音楽ディレクターかなにかだとホテル側には思われていたらしい。彼もいつも通り、歩き慣れた最短コースを進みロビーを横切ると奥のカフェに入り、先に到着していた北詰のテーブルに着いた。モバイルなど持っておらず、卓也はいつも手ぶらだった。

店内は、チック・コリアが小さく流れていた。エレクトリック・バンドの方だった。

「おはよう。といっても今起きたわけじゃないな」

あくびついでに、卓也が声をかけた。北詰は既に携帯電話を接続して、ノートパソコンで日経ニュースに目を通していた。眼が充血して腫れぼったく、やはり相当眠そうだった。

「相変わらずの朝の顔だね、直さん」

煙草に火をつけて卓也が言った。

「毎度のことさ。またしても寝そびれたよ」

グラスが曇るほどよく冷えたエビアン水を、眠気覚ましに一気に喉に流し込んだ。

「俺もだよ」

振り返ると、卓也が右手を挙げ指を鳴らしてウエイターにオーダーの合図を送った。

「おまえにとっちゃ、今はアフタヌーン・ティー・タイムだからな」

北詰は同意を拒否するように、少し口を尖らせ硬いトーンで言った。

お互いの職業柄、時間の感覚が違い過ぎる。北詰は当然、卓也のライフ・スタイルは熟知している。

会話を途切れさせないよう、さりげなくオーダーテイカーが注文を聞き立ち去っていった。ここではいつの間にか、二人が揃ってからオーダーを取りに来ることが決め事になっていた。ホテルのスタッフすべてが、彼らを超のつくＶＩＰだと理解し応対していた。

「さてと、本日のパワー・ブレックファースト・ミーティングといくか」

まるっきり正反対のムードを皮肉って、自嘲的な微笑を浮かべ北詰が言った。

「この間教えてもらった、クリムゾンの70年のＬＩＶＥは、よかったよ」

卓也がすかしたように言った。いつも話題は、70年代のロックから入るのが二人の決め事になっていた。お互いを強く結び付けている仕事よりも重要な絆といえた。

70年代ロックは、北詰にとっては懐しき青春の光と影であり、卓也にとっては新鮮なＮＥＷワールドの扉を開く夢のように刺激的な宝石の数々であった。

「なー、言っただろ」

急所を突かれたように、北詰の表情が崩れた。

「クリムゾンは、まだまだ凄い未発表音源がでるらしいぞ」

嬉しそうに肯きながらも、眼はひたすら画面の記事を追っていた。卓也は、物思いにふけるように、外の景色を見ながらボンヤリしていた。さほど待たせることなく朝食が運ばれてきた。グリルしたトマトとカリカリベーコンとスクランブルエッグ。彼の好物であるマーガリンとメイプルシロップがたっぷり塗ってある厚切りトーストの組合せであった。そしてドリンクはダイエットコーラ。

北詰の方は、学生時代から朝はミニサラダとブラックコーヒーと決めていた。愛酒家は午前中ベジタリアンなのである。芳醇なブラックの香りを楽しみながら、深く一服した。

北詰は、インターネット・エクスプローラーがリンク先に接続を試みているわずかな待ち時間さえ退屈そうにボンヤリと卓也を眺めていた。

〈相変わらず、何でも美味しそうに食べる奴だ。毎朝いつも同じメニューで飽きないのだろうか?〉

苦笑いしながら思った。

卓也は今や世界的な天才プログラマーの名声を欲しいままにしていた。この2年間、全米、ヨーロッパと、ワールドワイドなプログラム・コンテストでの優勝やソフトウェア・プロダクト・オブ・ザ・イヤーなど、殆どの栄誉を彼が独占していた。まさにプログラム・コンテストにおけるバウンティ・キラーと言っても良かった。そして実際のビジネスにおいても彼の開発したソフトは、ゲームならば桁違いに面白い斬新さで、発売する度に、TV、マスコミで話題になりブームを巻き起こした。更に、ビジネス・ツールとなると、これまた今までとは信じられないほど便利で快適な使い勝手があるものを、いとも簡単に作り上げてしまう。結果、どのソフトも大ヒットで、毎月何億という金が彼の口座に振り込まれる。しかも国内外含めて超一流企業が、彼をヘッド・ハンティングのトップ・ターゲットにあげており常に必死の接触を試みているのだった。例えば年収600万ドルの重役待遇を条件に、自家用ジェットで日参してくる外国の経営者がいたり、際限無い資金提供を申し出るゼネラル・キャピタリスト等と、その数は枚挙にいとまがなかった。彼の為にシリコンバレーに一つ会社を建設してもいいと言い出す経営者さえも現われる始末だった。

というわけで、毎日リンクル社のオフィスには、全世界からオファーが殺到していた。

しかし現状は、卓也の意向ですべて北詰が断わっていた。彼は金や名声には、まったく興味がなかったのだ。

〈本当に不思議な男だ〉改めて卓也を見つめた。さすがに仕事に関しては猛烈にストイックだが、性格も初めて会った時からまったく変わらない。若くしてこれだけ成功すると、やたら自分の能力を顕示したくなるものだが、そんな雰囲気すら微塵も感じられない。マスコミは、こぞって彼を要塞のような超高級ホテルにこもって誰も接触できない謎の伝説的人物像に仕立て上げているが、北詰が見る限り、毎朝同じ朝食でダイエットコーラに目が無い普通の若者なのだ。

かわいい弟を見るように、その食べっぷりを更に眺め続けた。

一通り平らげると、突然思い出したように卓也が言った。

「業務報告」

「うん?」

「昨日、Sプロジェクトの進捗チェックを兼ねて社内のリモート・アクセス・サーバーから兼田のテスト環境を覗いて見たんだけどね。格闘シーンの動きは前よりスムーズになっているが、勝手にキャラクターのコンフィギュレーションを変えているんだな。重要なファクターだから、相談も無しにはまずいな。早速ソースを手直ししておいたよ」

「違う動きが欲しけりゃ、モーション・キャプチャーでぶち込んでおけばいいのになあ。次回の打ち合せで報告するつもりだったんじゃないのか」

北詰は興味無さそうに画面を追っている。

「メールは打っておいたんだろうな」

「いや」

「おい! また勝手にいじると怒るぞ。あいつこないだも、いくら専務でも酷すぎます。僕をまったく信用してないって、食ってかかってきたぞ」

北詰はやっとノートから眼を離すと、ブラックを一口飲んだ。

「信用してないよ」

「またあー」

揉め事を嫌うように、北詰の眉間にシワがよった。

「ルールを破るのは、いつも彼のほうだからね。俺が毎回手直ししているから、彼の仕事は周りから評価されていることを忘れている」

ストローをはずして、コーラを一気に喉に流し込み、手ごろな大きさの氷をくわえ込んだ。

「プライドは尊重してやれよ。まあ、お前の天才ぶりは、あんなチープな仕事で発揮することはないさ。これからもっと、でかいことをやってもらうんだから。あんまり首をつっこむな」

再び上着のポケットから、キャメルを出し火を点けた。

「直さん、それが社長の言うことー？　チープって、これだって１００億に化けるかもしれないプロジェクトだよ」

口の中の氷をガリガリ砕きながら反論した。

「当たればな。所詮ゲームは水物だ」

「なんだよー、それ。最初は俺が売りまくってやるって息巻いたくせに」

少しむきになってきた卓也を制するように、

「まあ、そう言うなって。あれは一番乗り気なところと、ライセンス契約しておけば、勝手に売ってくれるさ。今や、お前の名前はブランド化してるんだ」

心ここにあらずといった風に、美味そうに煙草をふかす北詰だった。

「ひどいな。当初企画通すまで大変だったのに。まったく調子いいんだから」

「いや、変わらなければいかんのだよ。会社のビジネスは、もう俺達が考えている以上に急激に巨大化しているんだ」

急に真剣な表情で語りはじめる北詰に、卓也も少し気押され黙って肯いた。

「それより今日の話だ。今からＰＤＸ社のナンバー２と３に会いに行く。昨夜のあいだに内田常務が話をつけてくれた」

「ナンバー１は？」

「そうあせるなって。今は国外だ」

「バカンスかい？」

「まさかぁ。ブリュッセルで開催されている国際情報科学フォーラムに出席している。ＰＤＸは、今や商社というよりもハイテク先鋭企業だ」

「内田さんって人、相当にやり手らしいね」

「ああ、あの若さで次期社長の最右翼だからな。プレゼンの内容も、ほとんど彼から社長に了解を取ってもらっている。しかし、やり手ではあるが非常に魅力的な人物でもあるんだ。ま、そういうわけで今日の目的は完全な面通しと考えていい」

「なんだ、それだけ？」

「それだけって。最初が一番肝心だっていうことはお前もよくわかっているだろう」

「まあ」

「そうはいっても、当然新規プロジェクトの件も突っ込まれるぞ。資料はこないだのでいいんだろうな？」

「ああ、手直ししてROMにしてあるよ」

「OK！」

ポンと手を叩くと、インターネット・エクスプローラーを終了させ携帯の接続を外してパソコンを鞄に入れた。ブラックの最後の一口を飲むと、一転して悪戯っぽい目付きで卓也を見た。

「まあ奴さん達も、米フォーチュン誌からもインタビューされた、現在最大のヒットメーカー、伝説の天才プログラマー、松嶋卓也さんをひと目見ておきたいんでしょう。ヨッ、先生！」

大笑いしながら立ち上がり、「ウィーアー・ザ・チャンピオン」を口ずさんだ。

「ったく、人が真面目に聞いてりゃ…」

「いやー、ほんとだぜ、今言ったこと」

「まあ、今日の話はもう出来ているということでいいんだな？」

「ああ、大丈夫さ」

アルカリイオン水で口直しをした。

「多少意地悪くつっこまれても、俺とお前さんが組んでいれば、なんとでももっていけるさ。今まで何百回もやってきたことだ。ただ今回も含めて、今後俺達の手がけるプロジェクトは、これまでと桁が一桁違う相手ばかりになるから、小さなミスも絶対に許されないぞ」

「わかっているさ」

再び真剣な表情にもどった北詰は、卓也を促すと足早にホテルを後にした。

＊

原宿・表参道は、平日にもかかわらず、相変わらず通りを行き交う人波が途切れることはなかった。映画、テレビドラマ、CM等の撮影のロケ地としては、ギネスブック級の回数を誇るこの場所だが、今日もまた、オープンカフェの一角で企業ＣＭの撮影隊が、愛くるしい笑顔が魅力的な人気タレントの南千華を取り囲んでいた。

　レフに集められた光群を一身に浴びたアイドルは、明るいライトブルーを基調とした洋服の色彩を一層華やかに際立たせ、その周りだけでも一瞬おとぎ話的世界に変えてしまうだけの魅力を発散させていた。午前中だというのに、多くの女子高生の取り巻きが覗きこんでいる。彼女達の間では、熱狂的なファンを持つアイドルのようだ。喧騒渦巻くストリートには、どこかの店から聴こえてくるケミカル・ブラザースのサウンドがある種の緊張感を巻き起こしていた。のんびり通りを行き交う大人達は、その喧騒の場所が近づくと歩調をゆるめて撮影に一応の興味は見せるものの、取り巻きの中心にいる女性が、自分達には見憶えのない人物とわかると、途端にこんなことに興味などはないと言わんばかりに元の歩速に戻しすまし顔で通り過ぎていく。

　カメラ脇に、撮影クルーに頻繁に指示を出している一際美しい女性が立っていた。

　ブラックフォーマルのスーツをスマートに着こなしている姿は、撮影の主役よりも数段大人っぽく、他とは格が違う高貴な気品すら感じられた。道行く人々も、最初はこの女性が撮影の主役だろうと見間違えるほどだった。グラマラスでありながら、引き締まったスタイルには一分の隙もなく、時折ブロックサインのように身振り手振りでテキパキと指示を出す。そのムードは、近寄りがたい威厳と鋭利な毒気のようなものも感じさせ、この隊を完全に従属させている女王のような威圧感さえ醸し出していた。

　椎名弘子。32歳。ＰＤＸ社取締役企画室室長。

　彼女は今回の自社プロモーションＣＦ撮影のエグゼクティヴ・プロデューサーも兼任していた。その片脇には、彼女の指示をただペコペコと肯くだけのしょぼくれたＣＭディレクター山下がいた。湿ったよれよれのジャンパー。フケだらけのボサボサ頭と白髪が混じった無精ひげ。汚れなのか日焼けなのかわからない浅黒い顔に、深く刻み込まれた皺が、長らくきつい仕事を生き抜いてきた年輪を表わしていた。彼が千華に動きをつける度に、弘子は盛んに駄目を出すのだった。

現場は外の熱っぽい喧騒とは裏腹に険悪なムードが渦巻いていた。プラグマティックでドライな彼女の指揮と、根っからの職人気質なスタッフの感覚とでは、どこまで行っても平行線だった。撮影隊のスタッフの誰もが、無表情に作業を続けているが、一刻も早くこの場を離れたいという苛立ちを感じていた。主役の千華は必死に笑顔をつくるが、遠目にはこわばって泣き出しそうに見えた。そばで付き添っている中年女性マネージャーも雰囲気に馴染めずおろおろしていた。弘子が思い付きのアングルで、カメラ位置を次々と変えたがるので、設置と調整に手まどって、なかなか撮影が進行しなかった。スタッフのストレスは、ピークに達する寸前だった。

そんな一触即発のムードの中でも、弘子はどこふく風でカルチェの腕時計を見ながら言った。

「ちょっと、山下さん。いつまで、もたもたやっているのよ。あの子の契約は3時までよ。終わらないわよ」

クールだが、威圧感に満ちたトーンだった。

「すいません」

相手はクライアントでもあり、現場の最高責任者。喧嘩にはなりようがなかった。しかし萎れた山下に、他のスタッフ達が刺すような視線で抗議を表わすと、しぶしぶ弱々しく反論した。

「でも、これ以上カメラ位置ずらすと逆光で背景が飛んじゃうし、露出を落とすと通りの余計なのも拾っちゃいますから。それから立ち位置は、最初の所にもどしたほうがいいんじゃないですかね。ある程度の景観もいれないと、どこかわかんないですし」

山下の口調は、交渉事は苦手なようで訥々としていた。

「だからー」

うんざりとしたように弘子が返す。

「それやって、駄目だから動かしてるんでしょ?」

やや声が甲高くなった。

「調整にもう少し時間かければ、いけると思いますけど」

コスト意識の薄いセリフが弘子の逆鱗に触れた。

「あなたね、プロデューサー殺す気！　時間さえかければ良い物ができるなんていう、前時代的な職人気質は、やめてくれない。これはビジネスなのよ。良いものを限られた時間と予算でキチッと撮るのがプロでしょ！」

遂に爆発したハイトーンと共に、山下の鼻先に弘子の人差し指が舞った。

「わかりましたよ」

不服そうに視線を外し、鬱屈した気分を転換するように通りの方を見た。再び力の弱い視線を戻し、

「でも、最初の立ち位置から導入部までの動きを急に変えたら、彼女もやりにくいと思いますので、動きはそのままでいきましょう」

なんとか強い職人気質を抑え込んだ後は、逆らっても無駄だとその口調には抑揚がなかった。

不安そうに見ていた千華が近寄ってきて、

「あのー……」

恐る恐る声をかけた。

来月20歳になるとは思えないような愛くるしいベビーフェイスだが、タレントとして生き抜くだけの基本精神の強靭さは、こんな時ですら自分の魅力を印象付けるセンスを持ち合わせていた。

「私頑張りますから！　出来ますから。何でも言ってください！」

彼女の最大の武器である愛くるしい笑顔と明るい声だった。視線は鋭いままだが、弘子はその声に振り返ると同時に、条件反射的な笑顔を浮かべ優しく言った。

「いいのよ、千華ちゃんは気にしなくて。なにも喧嘩しているわけじゃないんだから」

「充分喧嘩じゃねえかよ！」

吐き捨てるように音声担当が、デッキを調整しながら小声で言った。

現場と揉めるのも仕事の内と言わんばかりに、弘子は平然として、パンパンと軽く手を叩き全員に檄を飛ばした。

「とにかく時間よ！　こっちは収めてもらえば文句な

いわ。ただし、採用するかどうかについては別問題だけど。さあ、四の五の言っていないで進めましょ！」

言い終わると、弘子は店から出て通りに集まっている見学者の輪の中に入っていった。崇高なムードに威圧されたように、なんとなく人垣が圧縮され、彼女の為の適度な空間ができた。弘子はガードレールを背にして店の方へ振りかえった。カメラフレームの感じを見るため、離れた場所から現場の方を見たかったのだ。そのまま無表情に煙草を取り出し、カルチェのライターで火を点けた。

「やれやれ」

やっと厄介者がいなくなったと言わんばかりに、撮影スタッフの間に安堵感が生まれた。

千華は「私、出来ますから」と盛んに繰り返し、それが不慣で可愛らしくもあり、現場のムードはなごんだ。千華は優しく頷くスタッフ達に、必死で同化しようとしていた。しばらく寡黙な作業が続き少しずつ集中力を発揮しはじめたスタッフの動きで、現場のムードが徐々に活気づいてきた。じっと厳しい視線を送っていた弘子の顔にも、少し安堵の表情が浮かんだ。

「まったく！　エンジンかかるの遅いんだから。結局私が悪者にならなきゃ先に進まないじゃないの」

その光景にほっとしながら弘子は呟いた。胸元にバイブレーションを感じ、素早く携帯電話を取り出すとすぐに話し始めた。解放的な笑顔が相手の世界へと飛んでいた。無意識に髪をかき上げる仕種が、自然だがヘタな女優より遥かに知的でセクシーに決まっていた。その絵になる美しさに羨望の眼差しを向ける女子高生達が、いつのまにか取り巻いていた。彼女たちの動物的嗅覚は、この女性が只ならぬ権力と実力を併せ持っていることを最初から見抜いていたのだった。

第2章　ヒューマン・クオリティ・テスト

Human quality test

平日の午前にしては、青山通りは意外に空いていた。BMWの中では、既に北詰と卓也が本日のブリーフィングを終えていた。彼らはまず、お互いの最新情報の交換をしたが、北詰は卓也のあまりにも膨大な情報収集力に、いつもながら舌をまいていた。それ以外は打ち合せといっても、どっちがどの部分の説明をするかということや、内容よりも進行のやり取りを決めるだけのことだった。だが打ち合せ通り進んだことは、これまで一度もなかった。しかも今回の相手は巨大だった。不安がなくはなかったが、別に相手がどこだろうと普段と違うことをやる必要もあるまい。

北詰は一人で想いを巡らせ始めた。

〈我々は既に、ゲームソフトの世界ではトップクラスの成功者だ。今や飛ぶ鳥落とす勢いなのだ。その気になれば店頭公開や上場もすぐだろう。ただそれも、ここ2年ばかりに起きたことに過ぎないが…〉

普段はゲームテスト要員の運転手の青年が毎度の機転でカーコンポのスイッチを入れた。思考の邪魔にならないように、ディスク3のカートリッジにあるモダンジャズ特集がセレクトされ、小さな音量だがクオリティの高いサウンドが車内を包んだ。先頭は、スタン・ゲッツ。ボサノバ特有のアコースティックで弾むアレンジが、空気をポジティヴに和ませた。朝にしてはセクシー過ぎるテナーのヴィブラートだ。

〈たしかにうちには歴史はない。だが情報産業の世界全般では、日々刻々と変化が起きており、既存の技術は1週間で古くなり画期的な技術の開発によって、1ヵ月以内にまったく状況が変わってしまうことだってありえるのだ。数ヵ月で次世代に突入するといってもいい。当然社会環境が、1年で180度変わるなんてことも珍しくもなんともない。むしろ1年では長すぎて先が読めないことのほうが多いのだ。基本的なビジョンは必要だが、これまでの計画経済式アプローチや熟考型プランニングなど意味をなさない。もはや3ヵ年や5ヵ年計画などは、古代の遺物でまるでナンセンスだ。もうそんな時代ではないのだ。机上の計算よりも、現実に起きる偶発的なチャンスを、どれだけ的確にものに出来るかのほうが遥かに重要なのだ。時代を感知するアンテナ。いつでもトップギアにシフトできる日頃の準備と蓄積された知識と技術。絶対にやり遂げてしまう意思の強さとヴァイタルさ。それさえあれば、3年で世界の名だたるエクセレント・カンパニーにだってなれるのである。

尽きることない創造性、確かな技術力、時代の追い風、強運、最高のタイミング、優れた人材、数多くの成功・失敗の経験、自信、強力な営業力、新規開拓力。うちには、そのすべてが揃っているではないか！

これで成功出来なきゃ、どうかしている〉

グッと息を吸い込むと腹筋を硬くした。しかし更に壮大な夢に向かって邁進しようとしている北詰は、決意と共にゆっくり息を吐き出した。

〈俺はとんでもない世界まで駆け上がってみせるぞ！ それがどんな世界なのか、具体的な風景は今の所俺自身にも見えてはいないが。ただ数年後には、なにか得体のしれない凄い世界に自分は辿り着いているはずだ。そしてその更なる成功の地平から、今現在を懐かしく思い返していることだろう。そうなるとしか思えない〉

そしてその自信の裏付けは、傍らにいる松嶋卓也の存在であった。卓也は間違いなく天才だった。北詰の人生を変えた男である。出会いはバカバカしいくらい平凡なものだったが。瞬間情景が蘇り、フッと思い出し笑いが漏れた。およそ人生とは、そんなものだろう。卓也も北詰のことをある種の天才などと言ってくれてはいるが、二人が組めば恐いものは何もない。ふと窓の外を見た。流れ行く大都会の風景。それは成功を勝ち取った者には、華やかで刺激的な光景といえた。しかし北詰の視界の中には、まったく別の風景がはっきりと映しだされていた。

もう遠い過去の記憶でしかないが……。

あのくだらない連中を平伏させることだって今ならたやすい事だろう。もっとも、今ではそんなちっぽけな事など考えもしなくなったが。

＊

「——生意気言うんじゃねえぞ、この野郎！　お前みたいなのがうちの看板背負って仕事出来ることだけでもありがたいと思え！」

営業一課課長、笹山の罵声と唾が、北詰のグレイのソフトスーツめがけて飛んだ。

一流大卒を鼻にかけているエリートのくせに、部下に対する言葉遣いは、露骨に汚いのがこの男の特徴だった。

「しかし、あの契約は、既に私と藤堂さんとの間で話ができていたものですが」

「だからどうだってんだよ！　事実契約書を交したのは香川だろうが」

香川は北詰の3年先輩で、笹山の大学の後輩でもあった。学部も同じで笹山には特別かわいいようだ。その香川は、場の雰囲気に合わせて深刻そうに俯いていたが表情は含み笑いを噛み殺していた。

「それは、あなたが私のいない時に……」

「誰に向かって言ってんだ！　お前、俺が抜け駆けしたって言うのか！」

あえて返答を遮るように怒鳴られた。

「いえ、そうは」

「ガタガタ言うんじゃない！　大体弛んでんだ、お前は！」

そのまましばらく、いつもの決まりきった精神論をまじえた話で怒鳴り続けられているのを、他の営業社員達は底意地の悪い微笑を浮かべて見ていた。関係ないものにとっては、余興つきの休憩時間なのだ。

「香川君！」

突然、笹山が矛先を変えて怒鳴ったが、微妙にトーンが柔らかかった。

「はい！」

声と同時に陰湿な微笑を消し、瞬間的に誠実で熱意に溢れる青年の表情に切り替えて、一歩前に出た。

「君がもう少し責任持って、後輩の教育せんといかんぞ。彼は物事の道理がわかってない。今日のところは、君の功績に免じてこれぐらいにしておくが」

北詰の時とは打って変わった、兄貴分的で親密な口調だった。

「申し訳ありません！　私が鍛え直します！」

わざとらしくハキハキと言った。

「頼んだぜー」

和んだ笑顔を送った。

「はい！」

極端にきびきびした動作で一礼すると、後ろにさがった。

「茶番じゃないか」

まったくよくやる。芝居がかったわざとらしさに白け北詰は小さく呟いた。

「北詰！」

再び笹山が怒鳴った。

「はい…」

あえてクールなトーンで言った。こういう上司に対する抗議の姿勢は、ことさら冷静さを強調するぐらいしか立場がなかった。

「今後一切、香川君の指示にしたがって行動すること。判断はすべて彼に任せる。スタンドプレーはゆるさんぞ」

笹山の死角で、香川がニタニタ笑っている。

あえて黙っていた。

「きいてるのか！　この野郎！　返事は！」

笹山は近寄って、拳を振り上げ殴るポーズをした。近くにいた同僚が駆け寄り取りあえず止めた。北詰は笹山が本当に殴ってきたら殴り返すつもりでいた。だが、いつもこれで終わりだった。本当は小心者なのだ。俺はここまで怒っているのだぞ、という全員に対するポーズであった。

北詰は顔を上げたが、相手が小さいので視線は見下ろすようになる。

笹山を睨み付け、異常とも思えるぐらいゆっくりと言った。

「……はい」

「聞こえん！」

「はい！」

「声が小さい、やり直し！」

「はい!!」極端に声を張り上げた。

「ったく。三流大学出はこれだからな。お里が知れるというか。まったく、どういう教育をされてきたんだお前は。親が泣くぞ」

北詰の父親は幼い時他界しており、母親が女手一つで苦労して育て上げてくれた。軽々しく批判されたくない。憎々しげに吐き捨てる笹山の瞳孔を、射抜くように強く見返した。笹山も圧力を込めた視線で受けて立った。どこまでいっても噛み合わない者同士の強いエゴが、ぶつかり砕け散っていた。

第一営業課の営業マンは総勢14名いた。今日は全員立ったままの会議だった。普段は、やや同情的な連中も何人かいるのだが、誰かが吊るし上げられると途端に全員申し合わせたようにそれに乗っかるのである。一つの大きな潮流が出来あがると、誰もが便乗するのはどこの世界でも一緒だ。特にこの国ではその傾向が強い。たとえ間違っていようとも、多数派にいれば安全。利益にならないこと、都合の悪いことには眼を背ける。惚ける。要するに本物が少ないのである。

大手総合商社、園山物産は、この時点では業界ナンバーワンの売上を誇っていた。

この営業本部第一課は、社内でも国内部門に関しては精鋭の営業部隊という評判だったが、実態は古くからの縁故の掘りおこしと下請け関連からの搾り上げに頼り切った、古風な営業スタイルだった。人材といえば、ことなかれ主義者、第三者的傍観者、先例のないものには挑戦しないマニュアル型人間が多数を占め、そのくせ内部に対しては虚勢と口裏で装備しただけの、所詮は保身と出世だけが生きがいのペーパーエリートの寄り合いにしかすぎなかった。ゆえに社風に染まらず、自分で身につけた知恵と経験で前例、慣例にこだわらずに実行する北詰には特別風当たりが厳しかった。しかし他社の人間達は、密かに北詰の企画力や実行力を高く評価していたらしい。

北詰は周りの嫉妬をエネルギーに変えながらも、内心会社全体を軽蔑していた。

「お前程度の奴は本当だったら、うちみたいな凄い会社には入れなかったんだぞ！」

これが、薄っぺらい先輩ペーパーエリート達の決まり文句だった。蔑むことで保身と自己満足に酔っている連中がほとんどだ。確かに超一流大学出身者の連中が多いこの会社では、国立の地方大卒では少数派に属する事となり分が悪かった。しかも強力な縁故もバックもなかった。だが入社試験は縁故などには一切頼らなかった。劣勢を跳ね返し、魅力的な存在感と受け答えの爽やかさで面接をパスし、筆記試験もトップクラスの成績で見事実力で採用を勝ち取ったのである。

しかし…。憧れの一流企業も入社してみれば聞くと見るとでは大違いだった。出世コースは既に入社時点において、一部の血族関係者や超一流大学出身者に絞り込まれており、よほどのことが無い限り他の連中が入りこむ隙はなかった。社内は老舗特有の校則のようなくだらないしきたりに縛られ、ピュアエリート達は毎日、派閥・閨閥・学閥闘争に明け暮れている。長い歴史を持った財閥系大商社の実態は古いシステムにしがみついた形骸化した恐竜のようなものだ。それでも北詰は、前向きに改革意識をもって必死に仕事に取り組んだ。だがその姿は強固に官僚化している社内においては、ただの生意気な新人類としか見なされなかった。

「所詮どんなに頑張っても、傍系は主流にはなれないんだぜ」

薄ら笑いを浮かべ平然とこう言う先輩もいた。

入社5年目にして、そろそろ大きな商談を纏め上げられるようになったものの、契約を決めるたびに上司から横槍が入り、手柄はすべて取り上げられていた。

「あれから、もう10年か…」

しかし、あっという間の10年間だったとも言えた。

車中で感慨深く我にかえった。今回提携を持ちかけてきたＰＤＸ社の内田常務とは、ある顧客とのやり取りの中で何度か顔を合わせたことがあった。その頃の内田は業界の風雲児として知れ渡り、北詰の存在など知る由もないと思っていたのだが……。

ふと気づくと、フロントガラスから目的のビルが近づいてくるのが見えた。同時に耳にサウンドが蘇った。50年代のアート・ペッパーのクールなアルトが気分を落ち着かせてくれた。数分間のうちに、随分取りとめのないことばかり考えてしまったようだ。傍らを見ると、卓也は相変わらずぼんやりと窓の景色を眺めていた。まだ少年の面影を残したあどけない眼差しだった。

〈今彼も思い出しているのだろうか？　俺と出会うずっと前のことを……〉

＊

「――神の御加護に感謝しつつ、今日一日のすべての出来事について反省と感謝の祈りをささげます。アーメン」

カーマイン牧師の厳粛だが慈愛に満ちた声が響いた。食卓で向き合って、二人は祈りを捧げていた。

卓也は十字をきると、一呼吸おいてからせわしなくスプーンで掻き出すようにスープを口に運んだ。一呼吸おいたのは、あまり早くスプーンに手をかけると牧師にお行儀が悪いと釘をさされるからである。

「運動会の早食い競争ではないのですよ」

あまり面白いとも思えないジョークとともに、やんわり注意されるのだった。

スープは完全に冷えてしまってはいるが、腹が捩れるように細胞が水分を吸収していくのがわかった。わっ！　と叫び出したいほどの衝動を抑え、静かに空腹感から解放される瞬間だった。満腹には決してならないにしても、この安堵感は格別だった。

飯が食えればそれでいい！　神に仕える身でありながら、卓也の心は毎日その一点にしか、思考というものがなかった。何と原始的な欲望に支配されているのだろう。情けないが、自分は家畜以下だとも思うことさえもあった。

そこは札幌の山奥のなかの人里離れた寂しい地、彦根村にある教会だった。近くの村人達と信者以外の人と出会うことはなかった。

この村は信仰深く、人数こそ少ないが日曜日には必ずミサが行なわれていた。熱心な信者は遠くの村から通ってくるのである。普段ここに住んでいるのは、カーマイン牧師と卓也の二人だけだった。卓也は自分が何故ここで暮らしているのか、いまだにわからなかった。ただ気がつけばここに居たのだ。聞いた話によると両親は自動車事故で亡くなったという。その時自分も同乗しており重症だったらしいが、ここの村の住人達が谷底へ落ちた車の中から助け出してくれたらしかった。事故の事は憶えてはいなかった。そして以後、ここで暮らしている。それが3年くらい前の事らしい。そしてそれ以前の記憶もないのである。事故の後遺症らしい。ところどころはあるのだが、全体がうまく繋がらないのである。何ピースか無くしてしまったパズルのように……。

不安と焦りでおかしくなりそうなので、過去のことはあまり考えないようにしていた。

それにしても卓也の一日は、ハードな肉体労働の連続だった。牧師は通風で足が悪く、教会内の力仕事はほとんど出来ないので、卓也がすべての施設管理のようなことをやらなければならなかった。しかも非常に貧しい暮らしであった。それでも牧師は、卓也を心から愛し、いろいろなことを教え諭してくれた。が、外に出ることだけは許されなかった。それは自由を拘束されているというよりは、暖かい保護のもとに、匿われているという感覚に近かった。これまでは、外に出たいとは思わなかった。近くになにも無いので出る必要もなかったのだが。卓也にとって、毎日がただ暗い穴蔵のような生活だが、牧師の愛に満ちた労りと励ましに包まれ寂しさを感じることは少なかった。夜に書庫の膨大な量の本を、好きなだけ読み漁ることが唯一の楽しみであった。蔵書は、牧師がありとあらゆる団体に働きかけて、国内外を問わず世界中から集めてくれたものだった。時間はものすごい勢いで過ぎていくが、雪で覆われているここの時間はカレンダーを忘れると、季節感だけが頼りで暦はいつなのかまったくわからなくなっていくようだった。

一体、いつまで自分はここに居てこんな生活を続けるのだろう?

それを考えると段々不安になっていた。徐々に何かをしなければと、少しずつ焦りが蓄積されていくのだった。ただ、ミサがある時は学校にもどったような気分が味わえた。自分と同じくらいの少年や少女を見かけることもあるからだ。彼らと話してみたい！

そして自分が誰で、何故ここにいるのかを聞いてみたい。

卓也はこの時点で、自分の年齢が十代最後だということはかろうじて知ってはいたが、それ以外なにも知らなかった。村人とすれ違うことはあっても、誰もがよそよそしく、私語を交わすことなどなかった。ただ時々気づくのは、彼らのうちの何人かは自分の過去のことを知っている素振りを見せることだった。その自分を見る温かみのある視線は、なぜか近親者に近いもののように感じられた。

＊

ＢＭＷが巨大な高層ビルのＰＤＸ本社前に着いた。

北詰と卓也は、やや緊張した面持ちで正面玄関の回転ドアを潜った。広大な敷地内にあるビルのロビーは、40階まで吹き抜けになっており、まずは音と光で制御され、10階の高さまでに吹き上げる鮮やかなレインボー色の噴水に派手に出迎えられた。そこを過ぎると徐々に建物全体にこだまする轟音に包まれた。

目の前を、滝が流れ落ちていた…。

半端な大きさではなかった。15階の高さから、膨大な流水が垂直に流れ落ちて真っ白な水飛沫を豪快にあげていた。そして周りを、熱帯植物群がおい茂るアトリウムが充分なスペースの中で、ダイナミックに自己主張していた。そしてその背後には、塩水8トンを湛えた円形状の水槽が構内を取り囲むように壁に埋め込まれており、中では多種多様な本物の熱帯魚が泳ぎまわっており、まるで水族館か高級リゾートホテルのような華やかさだった。北詰は軽く深呼吸をして全景を見渡し、やはり、何度来ても呆気にとられる場所だと思った。しかもモダニズムとアース・コンシャスなムードが上手く調和しているのだ。

二人は植物林の影にある秘密の通路のような所を通りぬけ、そこからロングブリッジのような角度のゆるいエスカレータに乗って、3階のインフォメーションセンターまで運ばれていくこととなった。視線を落とすと先程の人工滝と植物園のようなオブジェが、より立体的に羨望できる演出でもあることがわかった。

ここまでくると、とてもこけおどしのレベルではないインパクトがあった。さすがの卓也も、初めて遊園地に連れていってもらった子供のように、口をポカーンと開けたまま見入っていた。だがすぐに、その表情はクールさを取り戻し、口元にシニカルな微笑を浮かべ小さく呟いた。

「モチーフは、ハイパーなアーバン・オアシスといったところかな」

北詰は、ただニヤニヤしながら卓也の表情を観察していた。

ひんやりと心地よい水気を感じながら、やっとエスカレータの終点に着いた。

この時点でほとんどの訪問客は、ＰＤＸに跪き、ビクビクしながら商談を進めるか、或いは怖気づいて、すぐさま降下側のエスカレータに乗り換え退散するかのどちらかだろう。まがいものは寄せ付けない圧力があった。

3階のロビーも広大なスペースが取られていた。訪問客待合用のソファがあちこちにあり、バックにウエス・モンゴメリーとヴィヴァルディが交互に流れる中、トレンチコートを脇に置いた外国人紳士達が英字新聞を読みながら休憩している。その風景は、まるでヨーロッパのどこかの旧い空港ロビーのようであり、非常にモダンだが、センスのいいレトロなムードさえも漂っている。そしてここでも様々な観葉植物が数多く配置されており、エコロジーを推進する会社に相応しいイメージを演出していた。

奥のブースでは、常時10人以上の相当ハイレベルな競争を勝ち抜いてきたと思われる、スタイルも美貌も完璧なインテリジェンス・レディスが、立ったまま待機していた。

全員、右目の前に超小型スクリーンがついたワイヤレス・ヘッドフォンマイクを付けており、モバイル操作で呼び出した情報は、すべてその超小型スクリーンから読み取れるようになっていた。そのモダンなファッションは、セクシー・アンドロイドのようであり、男性客のファンも多かった。そしてその武器のおかげで、彼女達は数分も無駄に過ごすことなく自由に、そして各自慌しく訪問客の案内に動き回ることができる。しかも完璧さは美貌だけではなく、外国人客をチャーミングな笑顔と熟達した英語で案内している者もいて、知性、語学力、接客の心得等も他企業とは次元の違うハイレベルな教育を感じさせられた。

北詰達に気づいた一人のインフォ・レディが、待ちかねていたように近寄り声をかけてきた。笑顔が魅力的な美人だった。

「おはようございます。リンクル社の北詰様でいらっしゃいますね」

一面識だけで、名前と素性を完璧に暗記しているようだ。

「おはようございます。内田常務をお願いしたいのですが」

「承っております」

落着きのある完璧な60度の敬礼がピタリと決まっていた。

「少しお待ち下さいませ。そちらにお掛けになってお寛ぎください」

美しい指が、モバイルの電子ボードの上を優雅に滑る。検索指令が内田のインフォメーションにアクセスした。ＰＤＸは社員が携帯している身分証明発信カードにアクセスしてすべて居場所がわかるのだった。彼女の右眼の前にある超小型スクリーンに社内マップが映し出され、現在の内田の居場所とそこの内線番号が表示された。彼は自分の部屋に居た。手元の小型ボードに電子ペンで内線番号をタッチすると、呼び出しコールが開始され彼女のヘッドフォンだけにその呼び出しコール音が聴こえていた。

＊

ＰＤＸ本社40階取締役室の大型窓から見える外の色は、晴れてはいるがガスのせいで白く薄い膜が上空を覆っていた。都心の景観も色彩が薄れて平面的だった。

豪華な内装、年代物の装飾品で演出されたその部屋の一角を占める巨大なマホガニー調のデスクの前に腰掛けて、常務の内田洋一が携帯電話をかけたところだった。ややシルバーグレーの髪をきちんと撫でつけ、仕立てのいいスーツに身を包んだその姿は、絵に描いたようなエスタブリシュメントという感じだ。リラックスした彼の柔和な表情から、相手はかなり親密な異性だということがうかがえた。

「昨夜の余韻に浸りながらの仕事も悪くないだろう」

心の密室を覗くように、やや卑猥なトーンだった。

「朝から趣味の悪いジョークね。そういう時のあなたって、その辺のバカ男と一緒ね」

街の喧騒と共に、椎名弘子のクールなトーンが早口で返ってきた。

内田は豪快に笑った。いつものやり取りだった。

「きついな。気を悪くしたかね？　プリンセス」

優しい眼尻の皺が数を増やした。

「君の魔性の魅力は、時にこの俺でさえも普通のバカ男に変えてしまうのさ。まさに美しい魔女のような存在だよ君は」

見えない相手にウインクした。

「……」

受信は喧騒音のみとなった。

「さて、ラブシーンはこれぐらいにしてと」

内田の顔から笑みが消えた。

「ビジネスの話に戻ろうか」

低い声が一転して厳しく締まった。

「午後からのリンクル社との打ち合せは、途中からでも間に合いそうもないだろう。そのまま3時まで撮影隊に付き合ってやってくれ。途中の企画変更などは、すべて君の一存にまかせる。で、今夜の件だが。7時から、昨夜来日したスラック社のベルナルドCEO会長の歓迎レセプションがあるんだ。こっちの方は是非出席してくれたまえ」

「出席できないって言っても、強引に連れて行く癖に…」

「優秀な通訳が必要だ。最近、俺のフランス語も錆付いてしまってね」

「タフなネゴほど、言葉より重要なものが必要だと言ったのは、あなたじゃなかったかしら」

頼もしく成長した部下の切り返しに一瞬内田の表情が柔和に崩れた。だが相手の言葉を無視して、ＩＷＣ製の腕時計をかざし見ながら、

「4時には広尾に戻れるだろ？　4時過ぎには行けると思うよ」

「ちょっと待ってよ。パーティは7時からでしょ。シャワーも浴びれないじゃない」

「焦らすなよ、最高のプレイを約束するよ」

個室から大人数の場所へいる者へ、応えに窮する言葉を浴びせる時の少し意地の悪い快感に酔っていた。

「期待は裏切られる事になるわよ」

卑猥なテンションを、一気にクールダウンさせる冷淡な口調だったが、

「よし決まりだ。4時半にマンションで。じゃ」

内田は有無を言わせず通話を切った。とその時、タイミングよく内線スピーカーが、来客の連絡を告げた。デスクボードの通話スイッチを押すと同時に「ＯＫ」とだけ言い残し、デスクの引出しから一つのファイルを取り出し足早に部屋を出て行った。

＊

表参道の撮影隊は昼休みも取らず撮影を続行していた。既に店の周りは午前中の穏やかさは消え失せ、人波の大洪水となっていた。昼食の買い出しに出てきたＯＬや、学生の集団で、道路機能が麻痺するほどに、歩道も店の前も人、人、人で溢れかえっていた。若手のスタッフ達は、改めて千華の人気の凄まじさに驚きながらも、渋滞した道路にはみ出した野次馬と通行人の交通整理に追われていた。膨大なギャラリー群の中心で、弘子は水を得た魚のようにテキパキとスピード感溢れた指示を出しスタッフを動かしていた。山下ともあうんの呼吸で、時折笑いあってさえいた。しかし、ごった返す人波のプレッシャーのなかでも数人の職人気質のスタッフ達は、どこかで我を通し、弘子の指示をすべて的確に守っているとは言いがたかった。それでもなんとか、撮影は順調に進んでいるかに見えた。

店の奥で、広告代理店の担当責任者、天野と山下が店長を前にして表情を曇らせていた。トラブル発生か。

スタッフ達にやや緊張の色が走り、お互いに目配せして合図を送りあっていた。

問題は次のリロケーションだった。どうしても壁面の備え付けボードを取り外さないと、カメラの位置取りが難しく次の機材設置が出来ないのだった。ボードを取り外し、撮影後元通りにする事自体は、スタッフの技術からすればそれほど難しいことではない。しかしオーナーの許可が取れないというのだ。天野と山下がしつこく食い下がるが、日々厳格で気難しいオーナーに怯える若い店長は「店の中は指一本触れさせない!」の一点張りで取り付くしまもない。

弘子はコーナーの端に寄り掛かり、腕組みしたままクールにそのやり取りを見ていた。

当初からこの店を推薦し、ロケのセッティングまで行なった天野は、大きく溜息をつくと責任を感じたらしく、胸元のポケットから携帯電話を取り出すと何度もオーナーに連絡を取ろうと発信を繰り返した。がなかなか繋がらない。イライラしていたが、やっと電話が繋り、意に反して低いテンションと弱々しい交渉話が始まった。

一流大学卒で大手広告代理店勤務。しかも30過ぎで係長職に就いた天野は、一応やり手の出世頭のはずだが折衝力はきわめて弱く、話はまったく進展しそうにもないことは誰の目にも明らかだった。その横で山下と店長はまだやりあっていた。スタッフ達も手持ち無沙汰で、困惑したまま、ぼーっと事の成り行きを見守るしかなかった。徐々に天野の口から言葉数が減り、次第に教師に説教されている子供のようにうな垂れて、はいはいと生返事を繰り返すだけになっていた。逆に相手に説教されているようだった。撮影中止を暗示させるような沈鬱なムード。全員の気持ちは徐々に白けていった。経験上、中止を察知したのか、片付け始める者も出てきた。

遂に弘子は腕を解くと、ゆっくりと背後から天野に近づき軽く肩を叩くと、無言のまま携帯電話を取り上げた。そして交渉相手に突然割り込んだ非礼を詫びると手短かに自己紹介を済ませ、改まった口調だが張りのある滑らかなトーンで交渉を開始した。

既に弘子の頭の中には、オーナーの人物像、背後の人脈などのデータはすべて入っていた。後はスマートなやり方次第であった。交渉事は、相手が醸し出す安定した雰囲気と発言する言葉の背後に垣間見える自信が大きく左右するのだ。その自信とムードによって、バックにどれほど巨大なものが控えているかを暗示させればいい。それが流れを決めるといっていい。そして完璧なロジック。時にはブラフも必要だが、基本的には相手にとって、水も漏らさぬ明確な有益性と合理性が必要である。この超人気タウンのビルのオーナーと言えども、元を辿れば土地成金の田舎老人に過ぎない。しかも金と欲というボケの塊だ。弘子は相手のそういった特性を思い描きながら流れるように話し、さり気なく効果のありそうな人物の名前を話の端々に挙げ連ね反応をチェックしていた。こういうトラブルも念頭に置いて、あえて様々なネットワークを絡めて話をもっていっているのだ。

相手は、ある財界の大物の名前に微妙な動揺を示した。

〈もらった〉

弘子は内心ほくそ笑んだ。予想が当たればこっちのものだった。後はその財界人に関係の深い政治家やその取り巻きにいる著名人などの話を持ち出しながら、相手も含めたそれらのヒューマン・ネットワークを勝手に作り上げ、元の話を再構築してみせた。決して作り話ではなかった。PDXのフェイス・バリューと人脈をもってすれば、この国のあらゆる権力者と精通することなどたやすい事だった。停滞していた水が流れるように話が弾みだした。と同時に、親しみを強調するように、弘子のトーンにも甘くセクシーな響きと笑い声が加味された。数分の間に、財界、政界の太いラインを垣間見せ、この事が今後どれほどおいしい話にコミットできる材料になるかということを強烈に印象づけた。しかもそれがスムーズにいかない場合は、自分達も含め他の関係者に多大な迷惑がかかるといった事も。いつの間にか、折衝というより言葉巧みに恫喝しているのに等しい状況だった。だが相手は、割の合わない状態に気づくことなく、まるで大物ぶりをアピールするかのように上機嫌で納得していた。最後に弘子は、素面の人間が気恥ずかしくなるような極端な礼賛の嵐を浴びせ話を終結させると素早く携帯電話を切り、間髪入れずに天野に投げ返した。天野が小さな悲鳴を上げて携帯電話を両手でキャッチした。そして振り返ると、固唾を飲んで見ていたスタッフ達に向かって言った。

「OKよ、準備はじめて」

高揚も満足も感じられないクールな表情とトーンだった。

同時に各々が、慌しく交錯するように作業が再開された。弘子が携帯電話を取り上げてから、僅か15分間の出来事だった。呆気に取られたように佇む店長をほっぽらかして、天野と山下が興奮して近寄ってきた。自分達の非力さを誤魔化すように、お互い照れ笑いを浮かべ、歯の浮くような安っぽい賞賛を並べ立てた。彼女が煙草をくわえると、競うようにして火を点けた。スタッフ達は手際良く作業を進めた。スタイリストが千華の襟元を直し、頬をファンデーションで整えた。弘子は再び定位置に戻り、煙をくゆらせ無表情に全体の流れを見ていた。彼女の周りには、信頼と尊敬の熱い雰囲気ができていた。

弘子は頭の中で、次のスケジュールを再構築しながらも内心苛立っていた。

結局この程度のことで、現場は止まってしまう。

確かに他の者でも、最終的には何らかの解決にいたっただろう。それも早くて明日か、或いは3日後とかに…。それではお話にならない。どんな問題も必ず解決できるのだ。したがって解決したこと自体に価値はない。問題はスピードだ。どれだけ早く解決できたかにつきる。見渡したところ、そんなことを気に掛けているメンタリティの持ち主など一人もいないようだった。

千華はそんな弘子を、熱い思い入れを持ってじっと見つめていた。

当初戸惑いを隠せなかった職人気質のスタッフ達も、改めてこの高慢ちきな女の有能さを認めざるを得なかった。ややこしいトラブルも、たった15分で解決してしまった。何時の間にか、彼らの誰もが無意識に彼女に敬意を払っていた。そうなると、せきを切ったように若いスタッフ達は、弘子の外見的な美しさと魅力に陥落していった。なんとなく現場内部が、熱いざわめきで高揚していた。

＊

完璧なインテリジェント化が施されてあるＰＤＸ社37階デシジョン・ルームの中では、北詰と卓也を出迎えた、パートナー事業本部常務取締役の内田、副社長の今関、専務の高村の三人が親密そうな微笑を浮かべて立っていた。ＰＤＸ社としては大変なもてなしようである。ＰＤＸの大手のエンタープライズ・パートナーは既に20社に及ぶ。リンクル社は、本来ならばＰＤＸにとって現在60社あまりある中堅向けのデプス・パートナーの一つに過ぎない。しかし今日のこの扱いは、間違いなくエンタープライズ級のそれもトップクラスの対応である。

「さすが内田さん…」

北詰は内心感心し同時に感謝していた。

たぶん、この場所に入ったのも、デプス・クラスのパートナーではリンクル社が初めてだろう。

モダンなビルの外観同様、このデシジョン・ルーム内部も不思議な空間だった。天井に埋め込まれた円形の照明。凹凸のないメタリックな内装。まるで宇宙船の艦内のようなムードだった。そしてその部屋の広さに合わせた広大なラウンドテーブルの席に着くと、向かいにいても微妙な表情がわかりづらいぐらいだった。基本的に何の装飾品もない部屋だが、当然本来のプレゼンテーション・ツール設備も完璧に整っていた。様々なネットワーク設備。経営戦略資料データベース検索マシン。高度分析シミュレーション・システム。超大型プロジェクター。ＤＶＤ用モニタースクリーン。遠隔ＴＶ会議システムなどなど。世界中から集められた情報を元に、常にここで息詰まる戦略会議が行なわれていることが容易に想像がついた。

儀礼的な挨拶と名刺交換をすませた後、会社間で相対するように席に着いた。

すかさず北詰が立ち上がり口火を切った。友好的な表情とは裏腹に、緊張で喉がカラカラに乾いていた。目の前にあるグラスと、冷え過ぎてうっすらと汗ばんだペリエが誘惑していた。大型ラウンド・テーブルの端には、適温に冷やされたレモンペリエの瓶が並べられており、そこからそれぞれが自分の分を持って席に着いていた。

「この度は、私どものほうに多大なご期待を賜り、まことにありがとうございます」

深く一礼して続けた。

「本日、専務の松嶋とともに、ご挨拶と共に今後の御社との新事業の打ち合せについて、忌憚のないご意見をいただきたいと思い参った次第でございます」

声がやや掠れ気味であった。精一杯の誠実さを見せているのだが、場慣れしている北詰にしては少し緊張し過ぎではないかと卓也は不思議に思った。

北詰は感激していた。PDX。相手にとって不足はない。会社を起こして数年、遂にここまできたのだ。

やはり実際のムードはひとしおだった。

「まあまあ、堅苦しい挨拶は抜きにして、リラックスしていこうじゃないか」

穏やかな笑みを湛えて、副社長の今関が言った。全体が白髪で穏やかで上品そうな物腰だが、国際経験豊かな知性派で通っており、金縁眼鏡の冷たい光が敵に回すと厄介な論客という評判を思い起こさせた。

「我々も、あなた方にとって心強いパートナーとして、仲良くやっていきたいと思っていますよ。歓迎致しますよ」

内田の根回しのためか、今関に続いて専務の高村も上機嫌だった。こちらはがっしりした体格で浅黒く、ゴルフ焼けした笑顔の中に男気のある骨っぽさを感じさせる親分肌タイプだった。どちらも既に60代のはずだが、円熟しつつも枯れた印象はなく、内面的にはバリバリの熱気溢れるネゴシエーターという感じだった。

「ところで」

高村の低いトーンが一転して問うた。

「北詰さんは以前、園山物産にいらしたそうで?」

落ち目の園山物産は、今ではPDXとは6倍以上の売上の差をつけられ、業界12位と低迷していた。

「はい。10年ほどいました」

「ほう、10年ですか。十年一昔といいますが、ちょうど園山さんが、業界のリーディング・カンパニーとして君臨されていた頃ですね」

遠くを懐かしむように眼を細めた。

「しかし、あなたも商社マンとしてやっとこれからというときに、よく思い切って独立されましたな。といっても、今のご成功ぶりをみれば何をか言わんやですかな」

今関が声をあげて笑いかけてきた。

「会社を興されて、どれくらいになります?」

更に高村が聞いた。

「5年です」

「たった5年でこの実績ですか! 素晴らしいですな」

滑稽なくらい驚嘆した態度だった。

「恐れ入ります」それでも緊張の汗が滲んだ。

「まあ。私も園山のほうで、それなりに大きな商談を纏められるまでに育てて頂いたのですが、いろいろ事情もございまして。やはり、自身の夢を追いたいとでも申しますか」

ありきたりな説明で我ながら白けた。

助け舟を出すように高村が受ける。

「そうですか。まあ、その辺のご事情については、詳しくお聞きするつもりはありません。いや、立ち入ったことを伺って失礼しました」

「恐縮です」

ハンカチで汗を拭きながら、一礼して着席した。レモンペリエをグラスに注ぎ、ひと口飲んで呼吸を整えた。

「松嶋さんの方は、2年前に上京していらしたとお聞きしましたが、それまでは?」

今度は今関が、少しとぼけた表情を作ると卓也を見て言った。

「なにか、新入社員の面接のようですね」

卓也はあえて皮肉っぽい口調で言い返した。

一瞬凍てついたように北詰の顔から笑みが消えた。

「失礼致しました」

今関は苦笑いしつつ、

「ただ、うちとしても、今後社運を賭けた壮大なプロジェクトを、いくつもご協力願うためにも、パートナーシップを結ぶ会社のトップたるお方のことは詳しく知っておきたいと思うのが人情ではないでしょうか？お気を悪くなさらないでください」

詫びている内容とは裏腹に、クールな口調だ。軽いジャブにも、重役達の余裕の笑顔は崩れなかった。

〈提携を熱心に持ちかけてきたのは、そっちだろうに…〉

卓也は、とっくの昔に調査済のことをクドクド語り掛けてくる儀式のようなイントロダクションに毎度のことながら閉口していた。表面上は友好的だが、やはり微妙な温度差が感じられた。だが、白けながらも率直に語り素直に謝る彼らの実直な態度に悪い気はしていなかった。それは北詰も同様だった。それより北詰は、特別内田が気になり、じっと観察していた。卓也が皮肉を言った時、内田は内面から湧き上がる笑いを噛み殺したように見えた。

〈何故だろう…〉

内田の意味不明な笑みが気になっていた。こんな打ち合せは何千回も経験している鉄人だ。微動だにしない姿勢のまま、これまで何千回も作ったであろうと思われる、芸術的にまで昇華されたナチュラルな笑顔が顔に貼り付いていた。が、それは本物の友好的笑みではない。よく見ると眼だけは笑っておらず、冷静にこの状況を観察しているようだった。傍眼には終始安定感のあるオーラに包まれており、ネガティブなムードは微塵も感じさせないが…。むしろその姿は、結末がわかっている恋愛オペラを楽しんでいる批評家のようだ。この情景をしっかりと焼き付けておきたいという感じである。そんな自信にあふれた内田もだが、さすがに彼が上司として仰いでいるだけあって、この重役連中もなかなかの人物に見える。審美眼には自信がある。これまで、見かけ倒しの偉い人物というのは山ほど見てきた。たぶん今日の会合は上手く行くだろう。既に北詰は確信していた。あとはそれを卓也がどう仕上げるかだ。いつものように、スペシャル・シートでそれを堪能させてもらおう。

「わかりました」

静かに言うと、卓也は立ち上がった。

「それでは、我々が考えている2、3のコンセプトについてお話しましょうか」

ゆっくりと歩いて中央の電子板の前に立った。この落ちつきはらった態度には、若さゆえの不安定さは微塵もなかった。

「こうして、せっかくトップの方にお時間をとって頂いたのに、儀礼的な顔合せだけでは時間の無駄というものです。実は私もその辺が気になっていたのですが」

話が進むほどに、声に自信と落着きが増し、威厳のある人物に徐々に変身していくようだった。

「御社は専門商社業務を母体としながらも、豊潤な資金力と全世界を配下におく圧倒的な業界チャネルをもって、ここ数年の間に、多種多様な分野に進出しており、しかも奇跡的にどの分野もトップクラスの成功をおさめ、更に成長過程にあるという業界の奇跡といわれる離れ業をやってのけていることは承知しております。ですが、現状に満足することなく情報産業、特に情報通信の分野で、一大マーケットを創出しようというお考えを、現在の最優先項目に掲げていると、お聞きしています」

笑みを消した二人の重役達が、重々しくゆっくりと頷いた。

「既に、いくつかの企画案を内田常務より提示していただき、更に私どものアイデアと突き合わせ、北詰のほうと検討した結果、かなり多岐にわたった内容の事業を創出出来ると確信するに至った次第です」

卓也が内田のファイルをチラッと見た。1週間前に北詰経由で預かった資料と同じものだ。内田が気づいてファイルを差し出そうとするが、軽く手で制すとPCのトレイへ持参したDVD—ROMをセットし簡単な操作をした。はじめて見る装置類のはずだが、手馴れた操作だったので、一瞬二人の重役は不思議そうに互いに眼配せした。

天井から巨大なマルチスクリーンが、ゆっくりと降下してきた。同時に自動的に照明がフェイドアウトされ、窓の外光も自動ブラインドがすべてオフになった。スクリーンにプレゼンテーション資料が映し出された。それを背にする形で卓也が話を再開した。最初の少年ぽさとは別人のような印象で、よく通る声とダイナミックな語り口で思わず話に引き込まれる。

「その辺の細かい打ち合せ等は、今後更に密接な信頼関係を構築していくなかで、具体的にその都度、案を出しながら続けていくつもりです。ここでは、我々の考えるコンセプトの一部を簡略に述べさせていただきます。まず、現状の情報分野で需要が急速に伸びつつあるのが、ＥＲＰ（総合基幹業務システム）、つまり統合業務パッケージの分野ですが、御社では、総合商社向けとして特化商品を開発して販売する計画がありますね？　しかし、私はまず御社の内部システムとして開発していくつもりです。そして、実運用の経過後かなり精度を上げた形で、連結決算対応型の管理会計ソフトとして関連商事会社向けに販売していきたいと考えています」

「内部システムはいいのだが、そのまま販売となると、まるで敵に塩を送るようなことにならんかね。当社の手のうちを見せることにもなるし、他社がライバル会社のものを素直にパラダイムとして受けいれるだろうか？」

今関が言った。

実務を知らない天下りの官僚のような言葉に、卓也は少し失望していた。とても事業家ではない。物売りの発想だと思った。

「よそはポンコツでいいと？」

あからさまな皮肉にも今関は動じなかった。若者の挑戦的な熱気など簡単に飲みこんでしまうぞという意地のある落着きだった。

「常に時代を先行している御社のシステムが、最新最高のものです。ご心配はいりません」

「それほど、このマーケットに魅力を感じるとは思えないが」

今度は高村が、珍しくクールなトーンで言った。

「勿論、国内だけではありません。アジア、アメリカ、欧米市場も視野にいれてのことです」

「たしかに、当社の販売チャネルは世界中にあるが、同じ商社が開発したものを導入する際の抵抗感というものがどうだろうか？　こっちはよくても相手がどう考えるかだ」

高村が今関に同調するように頷いた。

内田は内心少し苛立ち始めた。〈またうちの悪い癖が出始めたようだ。肝心なときに保守硬直化していく巨大企業の勘違い癖が〉。不満を吐き出すため、気づかれないように小さく舌打ちしたが、顔は笑顔のままだった。

「まあまあ、メインディッシュはこれからですよ」

卓也は子供に言い聞かせるように、余裕の口調で言った。そして満面余裕の笑みを浮かべ、いかにもこの瞬間を楽しんでいるような悪戯っぽい眼つきで先を続けた。

「別に内部システムのＯＥＭをしようというつもりはありません。開発、販売名義はどこだっていいのですよ。なんならはじめから別会社を三つ作りますか？


いずれそうなるとは思いますが、話が横道にそれますのでその部分は後程ということで割愛させて頂きます。製造元は、たとえば別会社にして、そこから買ってもらってもいいんです。面子なんか関係ありません。やる気のある会社はいいものがあれば、たとえライバル会社のものでもすぐに取り入れるはずです。特にこのソフトは会計管理、売上、販売管理、あるいはエレクトロニクスメーカーの生産管理などの機能強化も盛り込みますから、業種を問いませんし、素直に世界市場に出せるのです。ただし国内に関しては、すでに欧米のメーカーから良い製品がいくつか出てきているようです。が、圧倒的シェアというわけにはいかないようです。やはり我が国の業務のやり方は独特で、世界標準というわけにはいきませんので。当然国内外では違う戦略を考えています。それから私の考えるソフトは、運用面のサポートも強化したものであり、商品競争力ではよそに絶対に負けることはないでしょう」

「随分自信たっぷりのようだが、我々素人にもわかるように、もう少しその内容を具体的に話してもらえんかね？」

　高村の声には少し皮肉と敵意のようなものが伺えた。

「わかりました」

　軽く咳払いして声を整えた。安っぽいが少しもったいをつける演出でもあった。

「実は、私個人で情報システムの管理・運用などのTOC、つまり総コストですが、それを半減できる統合管理運用ソフト、仮に名前を『DX7』としましょう、その『DX7』を、既に第一開発段階で完了しています」

「販売計画も立ててないのにかね？」

「現段階ではです。しかし、以前から御社のようなビックネームと組むことは念頭にありましたから着手はしていました。ただし、構成内容を聞かれると内田常務あたりは、少しがっかりされるかと思いますが…」

　ニヤリとして内田を見た。眼が合うと内田は、軽く右手を差し出し続きを促した。卓也は小さく頷き続けた。

「簡単にご説明しますと、つまり、JAVA技術をベースにした統合管理のフレームワークを利用して作り、それにネットワーク管理機能を追加し構造変換しただけのものです。だからまったくのオリジナルスキルが網羅されているわけではありません」

　真剣な表情で小さくうなずく内田。

「ちょっとわからなくなったな」

　高村が苦しそうに呟いた。

「つまり、オリジナルの要素が薄い分、他社に追随されるサイクルが、かなり速いというわけです。内容の技術的な部分については聞き流して下さい」

　同時に肯く重役達。

「この『DX7』は、システムの自動運転機能、自動バックアップ機能、他にヘルプデスクツールを利用して、重大なトラブルの情報とデータを高度な支援部門に自動転送します。更に、過去のトラブル履歴をDB化して、その解決法を検索するトラブルバスター機能まで装備しています。要するに、とにかく必要にして便利であるということをご理解いただきましたでしょうか？」

全員が黙って頷いている。

「と、ここまでは、本題にはいる前のまくら話です。先ほどの御社の内部システムから開発していくといった提案は、実を申しますと私は今日、この場所この部屋に入ってから思い付いたアイデアなのです」

高速エンジンにシフトしたように、卓也はあっけに取られる全員に向かって熱っぽく早口でまくし立てた。

「すでに御社では、かなりのハイレベルなイントラネット化が完成されているわけですが、更に大きく飛躍するための支援ツールをプレゼントしてはどうだろうかと思いついたわけです。御社の世界的な情報チャネルは、莫大な財産であり大きな武器でもあります。1秒でも早く、全社世界戦略エクストラネット化の整備を進めなければ、この莫大な財産を眠らしていることになります。この最もミッション・クリティカルな部分を、一刻も早く完成させるよう急がねばなりません。そして、これを機会に今後御社との信頼関係を作って行く上での、まずはご挨拶がわりに、今回当社はこれを無償でご提供いたしましょう」

「おいおい！」

予定外の提案に、北詰が椅子から転げ落ちそうになりながら叫んだ。

「どれくらいの期間で導入可能かね？」

今関が身を乗り出して聞いた。

「4ヵ月」

「そんな無茶な！　無理だ」高村が叫んだ。

「そうだよ、無理だよ！」北詰も続けて言った。

「長すぎるくらいです」

やや白けた冷徹なトーンで卓也は言った。

「いいですか。誰が他社のお古をほしがりますか？3ヵ月以内に導入、テスト稼動、実働試験、バグ修正、それにバックアップとして1ヵ月とってあるだけです。そして実運用開始時点で他社にも並行販売します。サイバー・スペースの世界では4ヵ月は1年半に匹敵します。いや、もはや2年かも。時間との勝負です。これ以上かかると、まず事業としては成り立たないでしょう」

「それを、一切合切うちに無償で提供してもらえるというのかね？」

高村が確認する。

「そうです」

あっさり言った。

重役達は怪訝な表情で顔を見合わせた。しばらく間があった後、

「いいのかね？　そんな軽はずみなことを言って」

驚きを隠し切れない様子で今関が再び訊いた。口先だけの調子良さと解釈したのか、逆に不信感を持った表情に変化していた。

「まだ本題のお話をしていませんよ。我々は、パートナーズ・シップに基づき、世界戦略を実行しようとするわけですから、パッケージ開発の協力をして、この程度の市場を本気で相手にするつもりはありません。御社の力を借りて、もっと大きな市場を創出していくつもりですから」

卓也の眼の輝きも強烈な熱気を帯びていた。

「この程度というが、君。2000億市場だよ。それを一気に飛び越えていくというのかね？」

高村が言ったあと溜息をついた。呼吸を整えたようだった。そして無知な若者を諭すように穏やかなトーンで再び続けた。

「君達が荒らしまわったテレビゲームの世界とは訳が違うんだよ」

「わかっています」

あくまでクールなトーンだった。

「確かにゲーム市場も、現在2兆円産業までに成長しており更にマーケットは拡大していく方向にある」

話を切って一瞬底意地の悪そうな微笑を浮かべ、

「しかしだ」

声のトーンが一段と大きくなると、一転強い光が宿った凄みのある冷たい眼で卓也を見据えた。

「情報通信ビジネスの新規参入、それも世界市場に食い込む困難さは、それ以上にスケールが違う。技術だけではないのだ。それ以外の様々な問題をクリアしなければならないんだ。まだまだ若い君達には、わから

ないことのほうが多いだろうが」

高村のドスのきいた低い声がフロアに響いた。

「言うはやすしだよ」

引き継いだ形で、やや甲高いトーンが響いた。金縁眼鏡をキラリと光らせた今関が、インテリ特有の微細な気難しい表情を浮かべて口を開いた。もはや、先ほどの友好的ムードは微塵もなく消し飛んでいた。

「我々も、これまで随分世界中を渡り歩いた。世界は広い。そりゃチャンスはたくさんあるさ。しかし、世界を相手に現実に新規事業を立ち上げ、本当の意味での成功を実現させることがどれほど困難なことかを思い知らされるのだよ」

知的エリートに共通する自信過剰気味の硬質なトーン、冷徹な語調であった。

歴戦の強者としてのプライドをいたく刺激されたらしく、二人共顔つきは赤みが増し若々しく研ぎ澄まされていた。そしてそれは内田も同じだった。

〈まずいな…〉

北詰は胸の中で小さく溜息をついた。

〈遂に本気にさせてしまったぞ。今迄とは桁が違う相手だ。これで説得できるのだろうか?〉胸に不安が染み出してきた。が、結果がどうなっても、卓也の思うとおりにやればいいというういつもの考えに揺らぐものはなかった。そして自然に視線は内田に吸い寄せられていた。内田は会議が始まってから、ひと言も言葉を発していない。一心に卓也を凝視したままだった。ただ最初の笑顔は消えていたが…。

「そう、世界は広い…」

卓也の声も落着き払っていた。

「今後、国内マーケットのみに特化した事業を始めても、いいことは一つもないでしょう。ただし、情報産業の分野では世界は急速に狭くなっているのです」

「インターネットかね?」

今関の苦笑いと、それくらい当たり前だと言わんばかりの嘲笑した響きだった。PDXは既に、油井管を輸出する為に総合物流システムを、インターネットを活用して受発注から配送手続き、在庫管理などを一括管理しているのだった。だがそんなことは、当然卓也も承知の上だった。

「それもありますが、そのインターネットを核とした、金融、医療、運輸、情報通信、セキュリティ、建築、エンターテイメントなどあらゆる分野のシステム構築事業。ハード、ソフト両方のメーカーが融和しての事業開発、販売体制の確立が行なわれていくでしょう。莫大なビジネスチャンスを狙って世界中の企業があらゆる分野で戦いを始めるでしょう。まさに第一次世界経済サイバー・ウォーが始まるわけです。そこで我々としては、先陣に立って、各分野の有力企業をまとめあげ、すべての分野を統括できるグローバル・スタンダード・システムを一気に作り上げてしまうのです。現在複数の業務を全世界で同時にこなすネットワーク専用ソフトは、既に世界仕様で検討中です。これが思惑どおりの計画で進行すれば、２００１年までには情報技術分野だけでも、市場規模は軽く60兆円のビジネス・ヴォリュームを試算出来ます」

ヒューと、誰かが口笛のように息を漏らした。プレゼンテーション・ルームの空気が凍りついた。全員の沈黙が事の重大さを表わしていた。更にその沈黙を突き破る形で、卓也の力強い声が響いた。

「それにプラス、ＰＤＸさんのもう一つの大きな柱である国家間、政府関係筋の暗号解読、企業情報の暗号化・解読事業についても、更に高度言語を用いて、便利で簡単だが外部では絶対に永久に解読不能な技術を開発してみせます。それらを含めたソフト兵器産業。これについては国家機密ということもあり、金額は試算出来ませんが、ビジネス・ヴォリュームは60兆円どころの話ではないでしょうね」

「何故それを！」

今度はＰＤＸ側全員が、椅子から転げ落ちそうになった。さすがに内田の顔つきも、非常に険しくなっていた。

「何を言っているのだ君は。当社はそんな……」

高村が必死に弁明しようとするが動揺で言葉が続かない。

「それくらいは、公開情報からでも推理すれば子供でもわかりますよ」

口笛を吹き出しそうなぐらい、軽い口調だった。

「社の機密が漏れているようだ…」

今関が小さく独り言のように呟くと、訴えるような表情で内田を見た。

内田は意に介さずゆったりと卓也を見据えていた。

「たしかに暗号事業は、立ち上げたばかりだが、あくまで民間向け事業であって、政府関係というのはお門違いだ。ましてやソフト兵器だなんて…。君は誤解しているようだ」

必死に弁明する今関だが、動揺して声が震えていた。言葉に力がなくなってきたのは明白だった。

「まあ、いいじゃないですか。ミサイルを作っている会社もあるんですから」

どこ吹く風だった。

二人の重役は、意気消沈といった感じで急に黙り込んだ。ムードはガラリと変わっていた。静寂の空気が、PDX側は完敗であることを認めつつあった。我慢しきれず高村が口を開いた。

「さっきの計画、本当に出来るのかね?」

「スケールから考えて大変な困難が予想されますが、御社のご協力があれば十分可能だと確信しています」

自信に溢れた表情で、二人をじっと見据えた。そして最後に内田を見た。落着きを取り戻し苦笑いしながら、やっと内田が口を開いた。

「話を戻そうか。先ほどの世界標準情報通信システムの話だが、なぜ、2001年なのかね?」

「キューブリックが好きなもので。失礼、いまのは冗談です。大した根拠はありませんよ」

「もう少し、短いサイクルでの試算計画資料も欲しいのだが」

「わかりました。すぐにレポートメールをお送りいたしましょう」

うまく話題を逸らされた感じだが、あえて卓也は従った。またしても全員が沈黙した。

再び部屋の粒子が微動だにしないように固まった。

「ただ、情報通信産業がこのまま成長を続けるだろうか?　いずれは淘汰されるだろうという不安材料があると思うが……」

何か納得したように高村が口を開いた。既に感情的な赤みが消えた顔色だった。

「随分先のご心配をされているのですね。今を勝ち抜かなければ未来はないですよ。不安のない市場なんてありえません。ただ、永久に成長し続けることはないにしても、通信を含めたこの情報分野のインフラは、既に世界経済あるいは社会の根幹をなしていますから今後も進化と変化は続くと考えるのが自然かと考えていますが」

あくまで自信たっぷりの口調は変わらなかった。

「なるほど」

高村は従順に納得した。

「本題はこれで終わりかね?」

今関が訊いた。

「勿論、ほんの一部に過ぎませんよ」

涼しい顔で言った。

「だろうな…」

今関がため息まじりの納得顔で言った。まいったまいったという顔つきだ。

「まだ他に、300以上のプロジェクトのアイデアがありますが、資金面だけ協力していただければ、我々だけでも実現可能な物ばかりです。それをここでお話しても、時間の無駄というものでしょう」

会議室が再び重い静寂に包まれた。卓也は席に戻っていた。

大型のスクリーンモニターには、その間も鮮やかな写真を使ったプレゼン資料が次々と映し出されていた。考えて見ると会議が始まった時から、卓也が話している内容と殆ど一致した資料が、その時々に数秒ごとに切り替わって表示されていた。彼がコントロールしているわけでもないのに。彼は会議の流れがこうなることを予測して、事前にプレゼン資料の流れ、表示時間の設定などを決めてDVD―ROMを作っていたのである。口には出さないが、内田達PDX側は、それを今になって気がつき不思議そうにスクリーンを見ていた。そして最後の資料の表示が終わるとともにプログラムは終了し、ROMが装置からイジェクトされトレイが前に出てきた。同時にスクリーンが上昇して収められ、自動ブラインドが調整に動き適正外光を取りこみ、照明がフェイドインするようにゆっくりと点いた。全てが自動的に、プレゼン前の状態に戻った。

さすがに全員が小さな溜め息を漏らし暫く呆気に取られていた。

やがて内田が立ち上がって、ゆっくり北詰達の方へ歩いて行きながら口を開いた。

「副社長、それに専務。我々はすでに実現可能なことについて話し合うほど暇ではないと、いつもおっしゃっていますよね？　彼らも我々と同じ考えだと思います」

二人を指差した。

「それに、当社に無償で提供していただける販売ソフトも決して小さなマーケットではありません。彼らはすでに、ゲームの市場では１００億円単位のヒット作を連発しています。しかもそれは、単に自分達の本来の目的を実現するためのほんの僅かな資金集めにすぎないと公言しているぐらいです。今日、北詰さん、松嶋さん両氏にお会いして、私は彼らとだったら、どんな困難なプロジェクトも必ずや成功させてみせるであろうと確信いたしました。それはたったこの僅かな時間でも充分おわかりになられたと思います。これで私が、リンクル社との提携協力を申し出ている意味が、ご理解いただけたと思いますが」

説得力のある重厚なトーンだった。

そして北詰と卓也の背後に立ち、一体感をもって三人で重役たちに対面する形で話を終えた。

〈さすが内田さん。いいタイミングで、いいシチュエーションを作り上げる〉北詰は感心した。

緊張をといたように、今関が卓也に微笑を送った。

「噂には聞いていたが、大した男だな君は」

自分の息子よりも若い卓也に、敬意のような感情が生まれ、自然にカジュアルな口調になっていた。相手を認めた証拠だった。

高村が眼鏡を外して拭くと、すぐに掛け直した。機嫌が良い時に無意識にやる癖だった。もう一度しっかり卓也の顔を見ながら、上気した顔で言った。

「まだまだ聞きたいことは沢山あるが、本日は顔見せということだったんで夕方から予定を入れてしまっている。こんなことなら、スケジュールを組むんじゃなかったな。失敗だったよ。すまないがこれで失礼するよ」

「最高のお誉めの言葉、ありがとうございます」

座ったままペコリと、卓也が一礼を返した。

「それでは」

内田が退席を促し、全員が同時に腰を上げた。

高村と今関が、会議前に浮かべていた儀礼的で薄っぺらい微笑とはまったく違った、ある種の緊張感を持った力強い笑顔で駆け寄り右手を差し出してきた。

「期待しているよ」

強い握力に期待の大きさを感じた。

「恐れ入ります」

手を握り返し、卓也も深く頭を下げた。その表情は既にナイーブそうな22歳の若者の笑みに戻っていた。

北詰はこの会議について、自分なりの分析が終わりすべてを理解していた。そして、ニヤニヤしながら内田に視線を送った。

〈やはり大した狸だ、このおっさん〉所詮二人の重役は単なるオブザーバーに過ぎなかったのだ。あくまで決定権は内田にあり、しかも既に決断は下されていた。形式上の上司への単なる通過儀礼だったのだ。そしてそれは同時に卓也に対するヒューマン・クオリティ・テストでもあった。先ほどの不可解な内田の笑いは、卓也がいきり立って思惑通りの流れになったので、つい本音の笑みが漏れてしまったのだろう。まあ、当然そんなことを指摘しても彼はとぼけるだろうが。

そして結果、卓也は期待通りの男だった。紛れもなくリンクル社は、彼のおかげでオーセンティックな存在として認められたのだった。

北詰の笑顔を受けて、内田も今度は本心からの満足そうな笑みを返していた。

＊

表参道の街並みは学校帰りの学生達でごったがえしていた。街全体は夕方にかけてますます密度を濃くしていたが、撮影隊が引き揚げたオープンカフェだけは、若者達の姿はなく閑散として先ほどのムードとは一変していた。熱気と喧騒を煽った陽光は消え、店内はようやく本来の洒落たダークなムードを取り戻していた。いつのまにかブルーのパイプネオンが淡い光を浮かび上がらせ、スタイリッシュな外国人のカップル達が、あちらこちらで静かにラブ・トークを弾ませている情景が通りから見ると絵画的におさまっていた。まるで先ほどのロケよりも、こちらのほうが洒落たコマーシャル・フィルムのように見えた。

*

千葉県浦安の大通りに連なって続く大型中古車センター群。その中の一軒の店で、ずらりと整列した中古車を二人の若者がじっくりと値踏みしながら歩き回っていた。どちらも十代後半にしては大柄だったが、幼さを残した顔立ちと、陰湿などぎつい目つきがアンバランスだった。ガキの冷やかしぐらいにしか思われず、営業マンも近寄ってはこない。しかし彼ら犯罪予備軍にとっては、むしろそういうやる気のない店の方が好都合であった。顔や印象を憶えられる事も少なく、何かあった時、後で警察が調べに来ても非協力的だろう。不親切な馬鹿店に乾杯といったところだ。

年下と思われる痩せた男の方に権限があるようだった。その男、米山伸也は黒のディアマンテの前で足を止めた。じっと見ている姿に、ヒューと口笛を鳴らし、すかさずもう一人の太った大柄の男、五十嵐が駆け寄り声を掛けた。

「これにするのか？　なかなか、イカしてんじゃん」

伸也は露骨に顔を顰めた。

〈イカしているだと？　バカかこいつは。これからドライブでもすると思っているのか。俺達が何をするかは、しっかり説明したはずだが。たかだか車の購入ぐらいでときめいていやがる。安っぽい野郎だ。しかし、これぐらい愚直で鈍感な奴な方が、今回のミッションには向いている。車は単なる道具に過ぎない。仕事のためには、なるべく目立たないものがいい。しかもあまりグレードが低くても高くても駄目だ。そして色はブラックがいい。闇に紛れ込むには最適だ〉

「やっぱ、黒がカッコイイよな」

五十嵐が見当違いな意見を得意気に言った。

「ふん」

嘲笑したような息が漏れた。

伸也は無表情で五十嵐を無視したまま、手を上げて事務所の窓からこちらを伺っていた営業マンを呼んだ。

＊

港区広尾。日比谷線の駅から少し奥まったところにある閑散とした高級住宅街の一角に、8階建ての赤煉瓦風の高級マンションがあった。そこは、芸能人や有名人の住居が多く、そのお洒落な佇まいは若者の憧れの対象となっていた。

最上階にある部屋の30畳以上あるリビングでは、晩年のケニー・ドリューが得意とする、洗練されたヨーロピアン・ジャズが部屋に寛ぎと湿り気を与えていた。

奥から、シャワーを浴びたばかりの弘子が髪を拭きながら出てきた。テーブルの上の煙草を1本取りカルチェのライターを無造作に掴み火を点け、自ら設計したカスタムメイドのタワー型コンピュータの前に座った。マウスをドラッグして、メールソフトのアイコンをクリックした。撮影のため4時間もメールソフトを閉じたままだった。朝チェックを入れた後から、すでに80件ものEメールが着信していた。1ダースほど連続で開いて一気にまとめて削除した。ワンメールせいぜい2秒も見てはいない。かなり手の混んだコンテンツもあるが、彼女は気にも止めなかった。バスローブで全身の水気をとり、手早く髪をドライヤーで乾かし黒のドレスに着替えた時、インターホンが鳴った。すかさず「ゲート」のアイコンをクリックするとモニターの中央にウィンドウが開き、見覚えのある顔が映し出された。玄関に行きドアを開けると、ワインカラーの薔薇の花束を携えた内田が、「やあ」と軽く右手を上げ挨拶した。

「おじいちゃんにあげるにしては、随分派手じゃない？」

「もう着ちゃったのか。面倒だな、また脱がさなきゃならんな」

弘子は、きびすを返して奥に戻った。内田も手慣れたようにドアを閉め、彼女のヒップを追いかけるようにリビングに入ると、まるで自宅のように寛いでソファに掛けた。

「お迎えにしては、ちょっと早すぎるんじゃない？」

キッチンからコーヒーを持ってきた。

「ゆっくり楽しみたいんでね」

「ほら」ドサッと豪勢な花束を渡す。

「私が持っていくの？」

「君にだよ。だれがあんな爺さんなんかに。あの爺さんが喜ぶのはドル紙幣だけだ。それより戦場に行く前に、たっぷり楽しもうじゃないか」

と抱き寄せる。

「OKした憶えはないわ」

するりと身をかわし、コーヒーを手渡す。

「そうか。では本日の報告会といこうか」

内田はコーヒーカップをテーブルに置くと、傍にあったコンポのトレイからケニー・ドリューを取り出し、慣れた手つきでCD棚から1枚チョイスして、コルトレーンの「バラード」に入れ替えた。インパルスの背表紙は2トーンでわかりやすかった。サウンドが再生されると、途端に部屋の粒子がセクシーなムードに変化した。鮮やかな赤いレザーのソファに身を沈め、コーヒーの香りを楽しむように鼻の下で揺らし一口飲んで言った。

「まず俺からいくか。今日のリンクル社との打ち合せは、予想以上にうまくいったよ。あのハイテク坊や達はなかなか大した連中だよ。歴戦の重役連中がタジタジだったんだからな。君も来られれば観ものだったぞ。で、そっちはどうなった？」

「電話で言ったとおりよ」そっけなく言った。

「ご苦労だったな。ご褒美を上げよう」

弘子の手首をつかんで引き寄せようとしたが、跳ね除けられた。

「どうした？」

「OKした憶えはないと言っているでしょ」

「そうか、君はビジネス以外の命令には従わない主義だったな」

内田は、手持ち無沙汰で再びカップを持った。

「別にあなたを受け入れたくないわけじゃないわ」

ゆっくり煙を吐き出した。

「障害原因を知りたいね」

焦らされることを楽しんでいるような余裕の微笑だった。

「勘違いしないで。たとえ最高のビジネス・パートナーであっても、私はあなたの所有物じゃないわ。ビジネス上のイニシアティヴはあなたでも、恋愛は私のほうに主導権があるわ」

内田を指差し、

「忘れないで。あなたじゃなくて、私があなたを選んだことを。私が欲しくなった時に抱くわ」

「その時は遠慮なく言ってくれ」

内田は別にがっかりしたそぶりも見せず、あっさりと引き下がると、モニターの前に座りマウスをクリックしてEメールの受信一覧を覗き込んだ。弘子は煙草を消してソファに座りその姿を見ていた。

「ずいぶんといろんなものが飛び込んでくるんだな」

「全部ゴミ箱行きよ」

「暇なやつが多いんだろう」

「大切な人のメールは、なかなか来ないわ……」

美しいロングの黒髪が、うつむきかげんの表情を隠した。

コルトレーンの「バラード」が2曲目に入った。これもとろけるようなムーディなテナーのトーンだった。

はっと気づき、内田は振り返り弘子を見た。彼女も何も言わず見つめ返してきた。カップを置き、ゆっくりと立ち上がってソファの隣に座り弘子を抱き寄せ耳元で囁いた。

「それで怒っている？」

「怒ってなんかいないわ」

ダルそうに体重を預けてきた。今度の抵抗には力がなかった。

「すまなかった、デリケートじゃなくて」

優しく抱きしめ、美しい髪を撫ぜた。高級なソープの仄かな香りが次の行動を促すように刺激してきた。

「怒ってなんか…」

囁くような否定は、彼の唇によってゆっくりとふさがれた。

＊

青山通りが一望に見渡せる窓側の席に向き合って、北詰と卓也が遅いランチを食べながら話しこんでいた。場所は、イタリアンダイナ『サンライズ』。

ここは会社からも近く、オーナーが原宿で輸入盤のショップも経営している為、かなり趣味的な選曲のオールドロックがBGMに流れる。二人で打ち合せをする時には必ず来るのである。オールドロックといっても、60年代後半から70年代ものが主流だが北詰の青春時代とピッタリ一致していた。今日は特集なのか、グラムロックが立て続けにかかっている。曲は、シルバー・ヘッドの「ハロー・ニューヨーク」からコックニー・レベルの「哀しみのセバスチャン」に変わった。天井から吊り下げられているBOSEの小型スピーカーがあの時代の空気をリアルに再現していた。

「いやあー、懐かしいな」

好物のペペロンチーノを食べながら、北詰が思わず歓声を上げた。更に続いてT・レックスの「イージー・アクション」がかかる。〝ヘイヘイヘイヘイ〟ボラン・ブギーに合わせたステップを刻み、店主のリッキーがスペシャルサービスのワインを持って近寄ってきた。かなりケバイ化粧をしており、本人は、ニューヨーク・ドールズ時代のデヴィッド・ヨハンセンのつもりらしいが、北詰には、いつも出来そこないの〝ロッキー・ホラー・ショー〟にしか見えないとからかわれていた。売れないミュージシャンを廃業して、店を開いて8年になるリッキーは、北詰の大学時代の先輩でもあり当時のバンドリーダーでもあった。

「リーダー、今日の選曲もご機嫌じゃない」

「あーら、キー坊、嬉しそうね。仕事がうまくいったのね」

北詰の肩に手を置き、向かいの卓也にウインクしてワインを置いた。

「いつもどおりさ」

北詰が一転して、クールに応えた。

「またぁー、嬉しいくせに！　余裕かまして可愛いったらありゃしない」

パシッと背中を叩いた。

「グラムロック久しぶりじゃない」

卓也も楽しそうに言った。

「なに言ってんのよ！　久しぶりじゃないって、あんた達がくるのがお久しぶりじゃない。グラムは、最近若い子に人気あるんだから。しょっちゅう、かけてるわよ」

「そりゃ失礼」

「火曜日も来て、あんたの好きなニューウエーブよ」

卓也の肩をたたく。

「パンクは嫌いだって言ったろー！」

「プログレおやじはお黙り！　卓也に言ってるんだから」

「俺、パワーポップ派だよ。プログレなんていつの頃のこと言ってるのよ、山村さん」

「バカ！　そんなおっさんくさい名で呼んじゃ、いや！」

「ああ、わりいわりい、リッキー」

「まったくもうー。じゃ卓也、わかったわね」

「いくよ」

笑顔で返した。

「あんた達、あんまり仕事ばっかしてちゃ、バカになるわよ」

「もうなってる」

二人真面目な顔で同時だった。

「そりゃ失礼」

「マスター！」

奥で呼ぶ声がした。

「アイヨォ」いそがしそうに厨房に消えた。

「やっぱ、ミスター・グラムロックはマーク・ボランだよな？」

北詰が呟く。

「デヴィット・ボウイは？」

卓也が返す。

「いや、絶対マーク・ボランだ！」

「ゲイリー・グリッターは？」

「冗談はそれくらいにしとけよ」

北詰が嬉しそうにボルドーワインを注いでくれた。

曲を聴きながら卓也は外をボーッと見ていた。

なぜ青山通りの風景に、T・レックスのサウンドは見事に溶け込むのだろう? 通りを行き交う人を見ながら赤ワインを口の中で転がした。でも同じファッショナブルなサウンドでも、ロキシー・ミュージックは、やはりデカダンだから新宿のほうが合うな。それも特に裏通り。とも思ったりもしながら訳のわからない論争を頭の中で戦わせたりしていた。少し酒が効いてきたのか。

「ついに60兆円市場が見えてきたな」

マーク・ボランの中性的な鼻声に、現実的な北詰の声が被さってきた。

「これからが大変だけどね」

「ああ。しかし、2年前を振り返れば夢のような世界だ。あの時、俺の携帯電話の電源が切れていなかったら……。こうしてお前と仕事することもなかったろうし。今ごろ何してたんだろうな俺は?」

遠くを懐かしむように眺めていた。

「俺も直さんに出会わなければ、今ごろホームレスかなんかだったりして」

「お前は成功していたさ!」

「いや、世の中能力があっても、環境とタイミングの出会いがなくて貧窮にあえいでいる人は沢山いるよ」

「そうか」

いろんな想いが駆け巡った。

「やっぱり、神様はいるのかな?」

「そう思えることが神の存在そのものだよ」

「なるほどな」

「願いは叶うものさ。近づくための努力さえ忘れなければね」

「そうだな」

北詰はグラスの底に残ったワインを飲み干した。カッと胸が熱くなった。だが熱くなったのはワインのせいだけではない気がした。卓也も火照って膨張した顔を冷ますように、大きく息を吐き外を眺めた。赤みがかった顔の北詰が、今度は少しシビアな口調で言った。

「仕事の話にもどるが、PDXとの打ち合せさ、イニシャルステップとしては百点満点だと思うよ俺は。だがな、世界戦略用エクスの構築とオーダーERPの無償提供というのは、ちょっとやりすぎじゃないのか」

現実に引き戻されるように、北詰の声が響いた。

「相手が相手だからね。それぐらいの土産があったほうが、今後の付き合いを考えてもおつりがくるって思うけど」

「そうはいっても、あれだけでかいとこのものだぜ。それだけでかなりの売上になる」

「今更何セコイこと言っているの。直さん、この話流れてもいいの？」

「いやー、絶対にまずい！」

「だろ。あれくらい小さい小さい」

「そうはいってもお前。うちだけじゃ、出来ないスケールだぞ」

「当然そうさ。他のプロジェクトも含めて、ネットワークのほうで開発要員1500人用意する。そのうちの300人ほどで、こっちを先に突貫工事ですませる予定さ」

「バーカか、お前。今のこのご時世で、そんな数の技術者が簡単に揃うわけないだろう。言っていることが無茶苦茶だよ」

「国内だけで考えればね」

卓也は悪戯っぽい微笑を浮かべた。

「外国人か？　それにしたって、そんな数……。そうか！　インターネットでか？」

「団体競技じゃないんだから、みんな一緒にいる必要なんかないさ。フリーの技術屋なんか世界中にヤマほどいる。実は数週間まえから、深夜インターネットで世界中の技術者を対象に面接を始めているんだ。もうかなりの人数に内定メールを送っている」

「驚いたやつだな。そこまで進めて喧嘩売る奴がどこにいる」

「喧嘩なんか売ってないさ」

「あれを世間では売っていると言うの。この世間知らずが。俺もう、ひやひやしたぜ」

「まともな人なら、必ずわかってくれると思っていたさ」

「純粋だな…。そういうとこが、お前の良いところだけどな」

　赤みがかかった顔で、かわいい弟を見るような優しい眼差しで続けた。

「ただな。駆け引きっ一つ一もんがあるだろうが。向こうだっていろいろ考えているわけだ。まっ、俺は内田さんがいるから、結局最後は何とかなるとは思っていたけどさ」

「随分あの人が気に入っているみたいだね」

「気に入るというより、憧れの人だったんだよ。俺が商社マンになりたての頃、あの人は既に伝説的な人物だった。あの保守的な財閥体質を、あの人が変えてきたから、現在のＰＤＸはあらゆる業態に手を伸ばし、しかも殆どの分野で成功することができたんだ。どっかの会社とは、えらい違いだ。たった一人でやったわけじゃないが。まあ。とにかく凄い人なんだ。それが、そんな人から是非会いたいと電話が入った時は、びっくりしてひっくり返りそうだったよ。遂にそんな人のいるいまや世界の最先端企業となったＰＤＸから、全面協力で提携したいなんて頭を下げてきたんだ……」

＊

　――その日北詰は、半年前から１日も欠かさず訪問していた見込み企業の社長に、初めて面談の約束を取り付けていた。配下３０００もの大型販売店を持つ小売業の大手だった。アポ時間の30分前に本社へ出向くと、何故か気持ちの準備をする間もなくすぐに社長室に通された。はやる気持ちを抑えつつ秘書に案内されて入った部屋では、既に社長が先客と歓談中であった。秘書の手違いだった。だが北詰が非礼を詫びて出ていこうとした時、歓談相手の中年紳士に呼び止められた。その男は、まるで社長の上司であるがごとく振る舞い、北詰に話をするよう促すと自分は退席してしまった。むしろ男の気遣いに、何故か社長の方が恐縮していた。その後短い時間ではあったが、社長はことのほか熱心に話を聞いてくれた。北詰は晴れやかな満足感に包まれ退席し、部屋を出るとすぐにエレベータに乗りこんだ。

　ホールで一服していた先程の男も、ちょうど乗り合わせた。北詰は習性で男の身なりにチラリと視線を送り、一瞬ですべてを観察し終えた。得意のカメラ・アイだった。身に着けているものはすべて超高級品とわかるが、非常に洗練されており脂ぎった感じはしない。

　北詰は先ほどの礼を込めて会釈した。

「どうだった?」

　男が微笑を浮かべて言った。

　説得力のある重量感溢れるトーンだった。

「ええ、とても熱心に聞いて頂けましたよ。今までずっとお忙しくて、やっと捕まえることが出来ましたよ」

　つい意気揚揚と応えてしまった。

「会ってやれと言ったんだ」

「えっ?」

「他のところの話も聞いてやれ。園山のとこの若い奴も、とな。つまり君のことさ」

「はあ?」

「いや、失礼したね。ライバル社の者だよ」

「園山物産の北詰と言います」

　不可解ながら、習慣的におずおずと名刺を差し出した。

「PDXの内田だ」

　底知れぬ奥行きを感じさせる眼が、優しく笑っていた。

「あなたが、あの内田さん?」

　エレベータのドアが開いた。

　じゃ、といって先に内田が、さっそうとロビーを突っ切って玄関に向かって歩いて行った。

　呆然とその大きな背中を見つめていた。北詰はその時初めて、自分が身を置く業界の伝説の人物に遭遇したのを悟った。

　そして数日後。その契約は、あっさりPDXに持って行かれた。まるで子供扱いだった。

　一瞬過去を見つめていた。そして我に帰ると卓也に言った。

「ここまで来れたのも全部お前のおかげさ」

「何言ってんだよ。1からこつこつ、直さんが舞台を作り上げてきたんじゃない。僕らは、ただその中で踊っていただけだよ。夜も寝ないでよく頑張ったよね」

「昼間、山手線で座ったまま眠っている時もあったけどな」

一人で爆笑した。

「でもまあ、これからだよ勝負は」

「ああ。まあとにかく、これからもよろしく頼むぜ。更なる夢の実現のためにもう一度乾杯しようか」

「乾杯！」

ワイングラスを掲げあった。

それから再び、70年代ロックについて話が弾んだ。店のBGMはその後も、スージー・クワトロ、スウィート、スレイド、ジョーディ、マッド、ジョブライアスなどの懐かしのグラムロックが立て続けにかかっていた。

窓の外は、気がついた時には既に薄暗くなっており、通りを埋め尽くす車のライトや街灯の明かりが、交錯した光群の輪郭を鮮やかに浮き上がらせていた。

第3章　不法侵入

Trespass

高層ホテル30階の暗くなった卓也の部屋の中では、箱型の電子ペットが息を潜めて主人の帰りを待っているようだった。ネットワーク専用の1台だけは常に電源が入っていた。その放出する光量は一定の状態で部屋の1部を照らしていたが、突然画面の動きが、めまぐるしく変化しはじめ、悲鳴を上げることも出来ず得体の知れない者に強引に侵食されているように画面の中があばれまわっていた。PCは猛烈なフリクションを起こしながらも意味不明なメッセージを吐き出すように凄まじいスクロールを繰り返していた。かなりの時間それが続いたあと、ついに息絶えたようにモニターの電源が切れて残光が真っ黒な部屋の中に沈んでいった。数十秒後。カチッと再び電源スイッチが入ると、ロードが始まり何事もなかったかのように、まるで平静を装った元の画面が表示されていた。

ほんの数分後、今度は部屋のセキュリティがカードで外され、ドアがゆっくりと開き何者かが侵入してきた。錠のところにピンが仕掛けられドアはロックオフのままだった。そのまた数分後に、部屋の前に今度は黒いドレスの女が立っていた。その女は少し思案した後、ノックをしようとしたが僅かにドアが開いていることに気づき、ゆっくりとドアノブを引いた。そして開いていることに驚きながらも慎重に中に入っていった。中で誰かを探す女の声がした。数十秒後。入れ替わるように中からゆっくりドアが開き、侵入者は音もなく廊下に出ると静かに非常口に消えた。

＊

夜の南青山20時。リンクル本社ビルの5階会議室では、出向者7名以外の社員8名を前にして、北詰と卓也が今回の提携と今後のスケジュール予定を発表していた。オフィス内はＦＭなのかカセットかわからないが、ラジカセからロックパイルの曲が場違いの暢気さで流れていた。

「ですから、今後このプロジェクトを進める上で皆の判断は今迄以上に重要な意味をもってきますので十分理解していただきたい。これまでのようにただプログラムを組むというよりプロジェクト・リーダーとして１５００名の開発要員を束ねていってほしいわけです」

「ええっ！　マジかよ。何人で？」

古参の新倉が言った。古参といっても、まだ26歳だ。

「だから我々でだよ」

「15人でかよ！　相手は世界のＰＤＸだぜ。無理だって、社長…」

「世界的だろうがなんだろうが技術は我々の方が上だ。いや、そんなことより君たちはもう一兵卒じゃないんだよ。これからは強力なフォーメーションを構成して数千人の技術者を駒のように動かし自由にやりたいように出来るんだ。この際、コンティンジェンシー・セオリーなどを無視しているとか難しいことは考えずに、皆で素直にチャレンジしてみようじゃないか」

「そうはいっても、そんな連中どこから連れてくるのよ？」

「インターネットの中にいるさ」

全員無言だった。まだ納得しきれない様子だ。

「ゲーム関連を今すぐ、すべてやめるというわけじゃないよ。更に大きな部門を作って大きな仕事を一人一人がリーダーとなって実現させることができれば大変にやりがいがあることじゃないか。皆でこれからワンランク上の仕事をやろう」

「ワンハンドレッドの間違いじゃないのか」

誰かが野次った。

納得しながらも社員達は困惑していた。はたして、自分達にそれだけの力量があるのだろうか？　今まではただ北詰と卓也の言うとおりに付いていけばよかったのだが、どうもこれからはそうもいかないらしい。ただ会社はもっと大きくなっていくだろうし、将来性とやりがいなどは文句のつけようもなかったが。

話が終わった後、卓也はいつものように帰宅した。いつもは15時退社だが、今日は打ち合せ等で遅くなってしまった。ホテルに着くのは22時くらいか。普通なら就寝時間の真っ只中だ。既に猛烈な睡魔が襲ってきていた。今からでも4時間は眠りたいと思った。他の社員達はこれからが一番活気づいてくる。だいたい深夜1時か2時頃で帰る者が多い。当然今日も徹夜組も何人かいるだろう。納期が迫っていれば2週間、3週間ぶっ通し徹夜というのはザラだ。しかも寝ない。寝ないというのは眠らないという意味ではなく、就寝という形態をしないことである。つまり仕事が終わるまでぶっ通し働くが、突然限界で眠る場合、仕事をしている状態のまま眠るのである。これだと、横になって数時間も眠って寝過ごしてしまったというミスが起こらないからである。5日間不眠不休で病院に担ぎ込まれたのもいる。自力呼吸が困難で酸素吸入をしてもらいながら。その社員は点滴を打って3時間後には自分の席に帰ってきた。それ以降、社内では酸素吸入器が備え付けられている。そういう状況での苛酷さは、すさまじいものがあるが、それだけに彼らの年収は20代であっても億単位のものが少なくない。しかし、彼らはさほど贅沢には興味がないようだ。というより贅沢を知る時間もないということだ。ただし車だけは例外で、全員高級外車をキャッシュで購入していた。それほどすべての才能、時間、体力、趣味、情熱、責任感を注ぎ込めない人間は、この業界では勝ち残っていけないのである。当然、脱落者も多い。リンクル社は奇跡的に創立時のメンバーのまま少し増員した程度で、顔ぶれは現在もほとんど変わらなかった。

それは北詰の人間的魅力と社員を束ねる力だと、卓也は評価していた。

得意先との打ち合せをかねた飲み会の為、いつものようにあちこちの高級クラブに電話をしまくっているように北詰を尻目に卓也は本社を後にした。青山通りでタクシーをつかまえ新宿御苑の辺りで降りた。ホテルまでは、まだかなりの距離が残されていたが夜の通りをブラブラ歩いてホテルまで帰ろうと思った。暗闇の中を無表情に定期的に移動するヘッドライトの光を見ながら、物思いに更けるのもたまにはいい。

ホテルは高層ビルなので、すぐ近くに見えるが、辿り着くにはかなりの時間がかかった。

猥雑な繁華街を通り、若者のファッションやストリートの時代感覚を満喫することも、仕事にとって大事なことだった。うっすらと汗ばんだ頃、ようやくホテルに到着した。

夜になると、前の通りからエントランスにかけて街路樹に施された星を散りばめたようなカラフルなイルミネーションが華やかに出迎えてくれていた。クリスマスが近い事を思い起こさせた。しかし今はそんなことより早く部屋に戻ってシャワーを浴びたい。さっぱりと汗を流した後の、爽やか綿シャツの感触を思い浮かべ思わず口元が緩んだ。

ホテルのロビーには、歓談中のビジネスマンのグループが2組。外国人のカップルが3組。まだまだ賑やかなナイトライフの風景だった。

「お帰りなさいませ」

顔馴染のフロントが、笑顔と共に声を掛けてきた。軽く手を上げ応える。ファッショナブルな近代ビルも慣れれば懐かしの我が家だ。二言三言話してエレベータに乗り込んだ。カード・キーは常時携帯したままだった。30階で降りて、3016室をカードで解除して、やっとのご帰還となった。既に部屋の中はエアコンで適度に暖められており、じんわりと汗が湧き出て妙に喉が乾いていた。しかし帰ると部屋が温かいというのは嬉しいものだった。ふうーっと息を吐き廊下の灯を点け、リビングに入り上着をかけた。キッチンへ行き保温のコーヒーを注ぐ。部屋の中では照明にセンサーが反応し、コンポがCDの再生を始めた。レオン・ラッセルが「マスカレード」を、例の調子で粘っこく歌う。

コーヒーを持ってリビングに入る。同時に人の姿を見て思わず、「キャッ!」と女性的な声をあげ落としそうになったカップを押さえた。

ソファに、息を呑むような美人が座っていた。

「誰だ！　君は？　なんでここにいる？」

「スワンプなんて、歳の割には渋いの聴いているのね」

クールなトーンだった。

レオン・ラッセルのベスト盤を眺めながら、女が足を組み優雅に煙草をくゆらせていた。そして、ゆっくりとCDケースをテーブルの上に置くと肩肘をついて言った。

「リトル・フィートはお好き?」

キラキラと輝く魅惑的な瞳でジッと見つめてきた。

その決まったポーズと美しさは、まるでフランス映画のワンシーンのようだと思った。一見高級娼婦を思わせるような大胆なスリットの入った黒いドレスを着ていたが、鋭利な美しさが威厳のような気品さえ醸し出していた。

「信じられないね」

卓也は無意識に、外国人がよくやるように首を振りながら大仰に両手を広げた。

唖然と立ち尽くしていたが、すぐに無視してパソコンのあるデスクの上にカップを置き、袖口がコーヒーで汚れたナイキのトレーナーを脱いで放り投げるとキッチンへ行き、冷蔵庫からペリエを取り出して一気に喉に流し込んだ。急な角度に一筋口から溢れて頬からシャツに流れ落ちたが気にしなかった。袖口で拭いながら瓶を持ったまま再びリビングに戻ると女に言った。

「PDXに頼まれた?」

「なぜPDX?」

魔性の瞳が、キラリと光った気がした。

「今日打ち合せをしたんだ。前にもこんなことがあったよ。気を利かせてくれたつもりなんだろうけど…」

「勘違いしないで。別に私、あなたと寝るために来たわけじゃないから」

「ああ、確かに。そういうタイプの人には見えないな。すごく綺麗だけど」

無意識に、すごくに力が入っていた。

「天才でもお世辞ぐらいは言うのね」

シニカルなトーンだった。余裕の微笑を浮かべ再び足を組み直した。スリットが大胆に割れて白く美しい腿が垣間見えた。

卓也は反射的に目を逸らし無表情を装って言った。

「必要とあらばね」

「PDX社企画開発室取締役室長の椎名弘子よ。よろしく」

ソファに身を沈めたまま、まるで手慣れたジャグラーのようにどこからともなく名刺を掌に持ち差し出した。だが卓也は無視したままサブ用のデスクトップの前に座り、電源スイッチを入れた。

「なるほどね。で、室長さんのお仕事はホテルで待ち伏せもやるんですか？」

「必要とあらばね」

弘子は皮肉など気にせず名刺をテーブルの上に置くと、ゆっくりと紫煙を吐きだした。

そして興味深げに部屋の中を見渡し言った。

「ワインあるかしら？」

卓也は一瞬動作を止めた。そして大きく溜息をつくと立ち上がり、素直にリクエストに従った。リビング隣の部屋の一角には、小さなカウンターもあるミニバーがあった。こぢんまりとした棚には、垂涎の銘酒と呼ばれる瓶が、一定の間隔を置いてディスプレイされていた。一応、酒の種類に合わせて、シャンパングラス、ワイングラス、コニャックグラスやトールグラスも揃っていた。カウンターの下のアルコール専用貯蔵庫には、常時ひと通りの酒が入っていた。しかもそれぞれが、一番おいしいとされる適性の状態で温度管理されているのだ。たとえばウオッカとリキュールグラスは冷凍庫で冷やされ、白ワインとシャンパンは冷蔵庫。そして赤ワインは、外の室温でねかせているというわけだ。これもVIPに対するホテル側の標準サービスであった。

寝かせてある赤ワインの中の1本を無造作に取ると、ワイングラスと一緒に持ってきた。

「こんなのでよかったら」

無造作に弘子の前に置いた。

「あら！　ロマネ・コンティじゃない。いいの？　こんな高価なもの」

ラベルを見た弘子が、一応驚いたように微笑む。

「語るもの多くして飲むもの稀なり、ってやつだろ。どうせもらいものさ」

興味なさそうに言うと、再びパソコンの前に座った。

「あなたの場合、猫に小判てやつね。ありがたくご馳走になるわ」

と言いつつ、「開けてくれない」、煙草で瓶を指していた。

やれやれ。再び席を立つと、サイドボードの引出しからコルク・オープナーを取り出し、慣れた手つきでコルク栓を開けると深紅の赤い液を静かにグラスに注いだ。

「あなたもどう？」

赤黒い液が、キラキラと輝く魅惑的な瞳に映っていた。

「俺はいいよ」

白けたように瓶を置くと再びパソコンの前に座った。

今夜のワインはもうトゥーマッチだった。

いつの間にか、レオン・ラッセルは「ブルー・バード」を歌っていた。

ある有力企業と打ち合せのあと、とびきりの美女がホテルの部屋に訪ねてくるというシチュエーションは過去にも何度か経験があった。当然、いつも丁重にお引き取りいただいている。触らぬ神に祟りなしだ。その手の女性を相手にする気はなかった。だが彼女の場合、その会社の取締役ではないか！　しかも都内でも有数のセキュリティを誇るこのホテルの部屋に、涼しい顔をして入りこんでいる。これまでの女達は、せいぜいロビーか下のバーで待ち伏せるか、或いは夜中に直接部屋を訪ねてくるといった程度のものだった。

〈いったい、ここのセキュリティ・システムはどうなっているんだ！　それに、こんなことまでするこの女の目的はなんだ？〉疑惑の増幅と共に、だんだん腹立たしくなっていた。

「目的が何か、早く聞きたいみたいね」

表情を読んだように弘子が薄く微笑した。そしてこれ見よがしに、ワインを舌の上で転がした。その舌の動きは挑発的で妙に艶めかしかった。

「別に…。聞きたいことはないよ」

子供扱いされていることに気づき憮然として言っ

た。

「そう。それじゃ私から聞くわ。世界征服をした気分はどう？　天才ちゃん」

「まだそんなんじゃないよ」

むかついていた。キーボードから、カタカタと何か打ち込んでいる音が怒っているように大きく響いた。

「あら。少なくとも足がかりは掴んだんじゃないかしら。うちの重役連中が頭をたれて、あなたに擦り寄ってきたんだし」

手を止めて、ふーっ、と大きく息をはいた。

「大した事じゃないって感じね」

その言葉を無視して、再びパソコンに何かを打ちこみ続けた。

弘子はワイングラスをもったまま立ち上がり、外の夜景を眺めながらポツリと呟いた。

「見たかったの…」

「えっ？」

「ただ見てみたかったのよ。マスコミが騒いでいる伝説的な天才って、どんな奴か。私、思ったらすぐに行動しないと気が済まないの」

困惑しながらも画面のスケジュールシートに眼を向けていた。

「で、どうだった？」

モニターを見たまま無表情に聞いた。しまった。心にもないことを訊いてしまった。

「知りたい？」

悪戯っぽい眼が振り返った。

「別に…」

「じゃあ、何故訊くの？」

「奇麗な人の声をＢＧＭに、仕事でもやろうかと思ってね」

珍しく弘子がコケティシュに笑った。

「そうね。予想通りというか、可もなく不可もなくといったところかしら。見かけは可愛い坊やだけど中身はどうかしらね。正直興味はあるわ。でもそれは、これからの仕事ぶりを見ればすぐにわかることよ」

一転して只者ではない鋭い視線に変わっていた。

「あなたと？」

「そう。昼間の打ち合せには別件で出席できなかったの。そのお詫びもかねて、こうしてお伺いさせてもらったわけ」

「不法侵入してまで、わざわざお詫びくださるとは光栄です」

「今後の新規事業の進捗は、私と内田のほうで見させて頂くわ。どうぞよろしく」

弘子は皮肉など、どこ吹く風でビジネスライクに右手を差し出してきた。

初めてちゃんと正対していた。この女の存在感は、僅かな間に妖艶な色香が毒気に変わり、そしてクールな気品から最後は濃密な威厳へと包まれていた。思いとは裏腹にその魔性の瞳に吸い込まれるように、しぶしぶと握手を交わしていた。

バックでは、レオン・ラッセルが、今後を暗示するかのように「タイト・ロープ」をホンキートンク・ピアノに乗せてリズミカルに歌っていた。

＊

――深夜ひたひたと雨のサウンドが冷たく響く。

温度が急激に低下して冷え込みもいっそう厳しい。薄い蒲団に毛布が1枚だが、毛布が命を守るバリアのように暖かく、この世にこれほどありがたいものはないと感じていた。暖かいものには素直に感謝の気持ちをもてる。人間とはなんと即物的な生き物であろうか。しかし卓也は自分自身を嫌悪したことは一度もなかった。強い自己肯定。いつ何時も自分を守っているのはそれだと強く思い、それさえ忘れなければ自分はどんな困難なことでも克服出来るのだと確信していた。

「やはり、もうすぐここを出なければ…」

闇の中で何度も思いが駆け巡っていた。環境が悪いからではない。自分の奥底から沸き上がるようにある種の世界に呼ばれているような気がした。志の高い従属感、或いは生まれながらの使命感のようなものに促される気がする。そろそろだ。早くしないと。焦りのようなものを感じていた。逃げ出すのではない。走り出さねばならないのだ。止まっていた自分の時計を動かし、これまでの時間を取り戻さねば。煌く世界が待っている気がした。それには早くカーマインさんと話をしなければならない。卓也は決断した。

翌日の夕食後、カーマイン牧師はいつものように穏やかな笑みを湛えながら、向かいに座っているいつになく厳しい表情の卓也に静かな口調で語りかけた。

「実は聖書の原文のヘブライ語で『タバール』と呼ばれるものを、私たちは『ことば』と訳しているのですが、もう一つ『出来事』という意味でもあるのです。神の啓示というものは、耳に聞こえる言葉としてよりも、歴史の中で救いの業を通してなされます。自分がこれまで生きてきた道を振り返ったとき、誰しもそこに神の導きを感じないわけにはいきません。そしてその神の導きが、今あなたの将来に向けて、何かをするように示している時なのでしょう。それすなわち、神の語りかけてくださる『ことば』なのです」

カーマイン牧師は、幼子を教え諭すようにやさしく語りつづけた。

「いずれあなたはここの教会生活を終え、新しい舞台に向かって旅立つ時がくると覚悟はしていました。しかし、いざこうして実際にその時がきたのかと思うと寂しいものですね」

牧師は悲しそうに俯いた。眼にうっすらと涙が滲んでいた。

「どうしてわかったのです？」

俯いて静かに聞いていたが、驚いて牧師を見た。

「あなたの眼を見ればわかりますよ。随分悩まれたでしょう」

「……」

今まで息子のように可愛がってくれた牧師に、なんと言葉を返していいかわからなかった。

「実は、私はあなたに告解をしなければなりません」

「！」

反射的に、その意味がピンと来た。

「これまで不思議に思っていたでしょうが。そのことについて、あなたは私に何も訊かなかった。だから私も何も話さなかった。しかし、あなたはこれから一般的な社会生活を始める。いや、戻るといったほうが正確ですが、あなたは自分の過去についてほとんど何も知らない。それは私にとっても一番心配なことです。

私の知っている限りのこと、すべてについてお話しておきましょう。それにはまず、あなたが私に対して深い疑念と嫌悪をお持ちになっている、〃あの人たち〃のことからお話しておかなければなりません」

遂に密室の謎が明かされることに期待して、息を殺したまま聞きいった。同時にそのシーンが鮮明に頭の中に蘇っていた。

——闇に突然、狂ったような女の叫び声がこだました。深夜真っ暗な教会内では、女性の泣き叫ぶ声が何度も不気味に響きわたっていた。その時、ベッドの中で眼を覚ましていた。——

再び牧師は、穏やかな口調で語り続けた。

「まず、ここに時たま迷い込んでこられるご婦人達がいらっしゃいましたね」

一心に牧師を見据えたまま、神妙に頷いた。

「しかも、その日の夜一晩中啜り泣きの声や叫び声がもれていたことも。時に激しい嗚咽をもらす方も。随分気味が悪かったかと思いますが」

「ええ……」

探るようにやっと声を絞り出した。

「そして2、3日するといなくなってしまう…」

「ええ…」

思わず身を乗り出していた。

「香港にでも売り飛ばしたのではと?」

突然、牧師が悪戯っぽく声をあげて笑った。

卓也は一瞬口を開けたまま、呆気にとられた。だがすぐに我にかえり、

「まったく!」

絶句したまま牧師をにらみつけた。

「牧師！　真剣に聞いているのですから」

牧師はクックッと、まるで女学生のように口元を押さえ笑いをかみ殺したように小刻みに身体を揺すっていた。二人の間の緊張が少しほぐれて優しいムードになっていた。牧師のいつものテクニックであった。

「失礼しました。あなたがあまり恐い顔して私を見るものですから、ちょっとからかってみたくなりました」

微笑む牧師の表情に、優しいオーラに包み込まれたような体温を感じた。何故かこの時、その表情を一生

忘れずに憶えておこうと思った。

「先を続けましょう」

厳粛なトーンに戻ると牧師が言った。

もう一度姿勢を正し、再び真剣な面持ちで頷いた。

「たまに深夜、人眼を避けて訪ねてこられたご婦人達は、どこかで罪を犯してきたのでしょう。救いをもとめて、迷いに迷ってやっとここにたどり着いたのです。勿論、逃走の手助けをするつもりはありません。私の方から懺悔をさせるつもりもありませんし、自首を勧めるわけでもありません。決して警察に通報することもしませんでした。ただ、どうしても告解したいという方がいらっしゃれば、それを受け入れます。そしてあの告解室で、すべてが話されていたのです」

ある夜の光景が鮮明に蘇った。

――真冬の深夜。外は猛烈に吹雪いていた。苦痛にゆがむ声の重奏に気味が悪く眠れないので、ベッドから起きだし暗い廊下を辿って行った。刺すような寒さの為、毛布で身体を包んだままよたよたと廊下を歩いて行ったが、あっという間に素足の感覚がなくなり痺れる。既に後悔で足が重かった。だが嗚咽は次第に大きくなり、やはり正体を突きとめたい好奇心がその場所へと導いていた。手で鼻水を啜りながら、僅かな灯が漏れる告解室の小窓を覗くと、女性が牧師の前で泣き崩れている光景が飛びこんできた。牧師は耳元でさかんに励ましの言葉を投げかけているようだった。

「わたしは子供を殺しました！」

女が血を吐くように絶唱した。

まだ若いが、貧困と迫害で身を削り取られたように痩せて目は病的に窪んでいた。女は更に叫び続けようとするが、嗚咽で言葉にならない。

「祈りなさい！」

牧師も女を強く抱きしめ叫んでいた。

告解室に必死の叱咤が響いた。

「祈るのです！　天に召されたお子さんのために！　全能の神、あわれみ深い父は、御子キリストの死と復活によって世を御自分にたち帰らせ罪のゆるしのために聖霊を注がれました。神が教会の奉仕の務めを通して、あなたにゆるしと平和を与えてくださいますように。私は父と子と聖霊のみ名によって、あなたの罪を許します！　祈りなさい！　祈るのです！」

それは壮絶な光景であったが、悲しくも美しい姿に思われた。他人を庇い励ます人間の根源的な勇気。記憶の奥で遠くから、その時の牧師の言葉が何度も響いているのを思い出していた。

現実のカーマイン牧師は、変わらぬ静かな口調で続けた。

「狭く暗い小部屋の中で何時間も陰惨な話を聞いていると、とても辛く身体も冷え切って通風で足が痛くて痺れてしまうこともたびたびでした。私の肉体的ハンディのために、随分あなたに迷惑をかけてしまいました。最初は私も遠い異国からこの国へやってきて寂しく辛い思いもしました。心ない人から迫害も受けました。しかし、私が司祭職に就いて本当に良かったと思えるのがまさしくこの時だったのです。そこには、人間の奥深い心の底に隠された苦しみ、悩み、悲しみ、痛みがありました。私はまさに、その苦悩の暗闇のどん底に入っていき、そこにキリストの希望の光を点そうとしました。そしてそこに、強く喜びを感じたのです。キリストが十字架の上で担われたものを、ここに垣間見るような気がしました」

牧師の口調が熱を帯びて大きくなっていった。しかし卓也は一転、冷ややかな表情で問うた。

「牧師…」

カーマインが言葉を切って静かにこちらを見た。

「失礼ですが、あの時私の耳には決して苦渋の嗚咽だけではない声も聞こえる日がありました。たとえば官能的とでも表現できるような……」

「どういう意味でしょうか？」

動揺が混じったように声が擦れていた。驚いた表情で牧師が卓也を見据えた。

「言っているそのままの意味です」

眼をそらさず、一心にカーマインの瞳を見つめ返した。険悪な静寂が流れた。お互いしばらく見合ったあと、眼を伏せたカーマインは、哀しみを思い出したように静かに話を再開した。

「私に抱き留められたまま、朝を迎える方もいました。

悲しみが癒えるまで、私はなすがままにしておきました。長い間、極限的な孤独に耐え神経をおかしくしているかたもおられ、性の欲求のはけ口を求めるかたや、私にしがみ付いたまま自慰行為をするかたもいました。私はなすがままにしておきました。こんな老人に、いったいなにが出来るというのでしょう？　深い悲しみと孤独の苦しみを受け止めてあげること以外に、なにが私に出来るというのでしょう！」

感極まって声が震えていた。牧師の孤独と苦悩を感じて呼吸が苦しくなった。

互いの長い沈黙が続いたあと、我慢しきれず大きく息を吐き再び質問を再開した。

「あの方達は、その後どこに行かれたのですか？」

「それぞれです。ほとんどの方は自首されたり保護されたようですが。中には、雪山で遺体となって発見された方も……」

「そんなっ！」

思わず叫んでいた。

「それでいいのでしょうか！　牧師！　それであの人達は救われたのでしょうか？　これは正当で純潔な行為なのでしょうか？」

激しい動揺を呑み込むように絶句したが、尚も続けた。

「いや、むしろ説得して身柄を保護し、警察にでも来てもらったほうが良かったのではないでしょうか！」

だんだん興奮して大声になっていた。

「良いか悪いかではありません。罪は量的に計れないのです」

カーマイン牧師は、毅然とした姿勢でこちらを見据えてきた。

その眼光は確信と威厳に満ちた世の父のようであり、すべての人々に向けて広大な愛を放射しているようだった。

「神の前で私たちの潔癖さなど、どれほどの価値があるでしょう？　いわゆる〝正義〟というものを絶対化して、純潔を押し通して、みだらな考えも言葉も寄せ付けないと気を配ったところで何があるのでしょう？

私には疑問です。その人が自分を捨てて人のために祈ったり尽くすことを知らなければ、結局冷たい心のままで、人の悩み、苦しみ、痛みが理解できない人間になってしまいます。そして、そのことに気づかないままであるならば、そのような純潔とは一体なんのためにあるのでしょう?　純潔とは、神と人との愛をより深くすることに価値があるのではないでしょうか。私が道を作ることは出来ません。その方達自らが気づき、進む道を作り上げるのです。警察うんぬんの前に、そのことを気づかせてあげるのが私の第一の使命だと確信しています」

しばらく長い沈黙が続いた。

無意識だが緊張をほぐすように、深く長い溜息をついた。

「よくわかりました…」

しかしその後も、再び長い沈黙が続いた。やっと牧師が口を開いた。

「さて、これからあなたの過去についてお話ししておかなければなりませんね」

カーマインは通風で痛む足先を摩りながら、腰を浮かし改めて座り直した。

＊

ベッドに寝転んでいた。

ホテルの部屋の中では、ストーンズの「地の塩」が流れていた。

名盤『ベガーズ・バンケット』からセレクトされている。このアルバムのなかでも最も印象的な曲だ。この曲を聴くとあの頃を思い出す。CD―Rも最後の曲になっていた。

既に弘子の姿は部屋にはなかった。ワインを飲み、喋るだけ喋ったら、突然時計を見て仕事があるといって出ていった。台風みたいな女だと思った。空になったロマネ・コンティの瓶が、リビングの床に転がっていた。

＊

――肉のぶつかる鈍い音が響く。苦渋に満ちた唸り声がしだいに嗚咽に変わった。隣の部屋から牧師が飛び込んできた。卓也を押さえつけ必死に彼は叫んだ。

「あなたは地の塩です！　もしその塩が、ききめを失ったらなにをもって塩に塩気を取り戻せようか。あなたは世の光なのです。あなたの光を、世の人々の前に輝かしなさい。そうすれば人々はあなたの生きざまを見て、天におられるあなたの父をほめたたえる事でしょう。やけになってはいけません！　やけになっては！」

3年前のことだった。記憶が戻らず焦り発作的に狂乱し、壁に頭や拳をぶつけのた打ち回り血まみれになった卓也を強く抱きしめカーマイン牧師は必死に励ました。

〈あの人の優しさに包まれていなかったら…。今頃自分は、この世に存在すらしていなかっただろう〉

ベッドから起き上がると、ベランダへ出て漆黒の夜空を眺めた。

刺すような冷気が、逆に火照った身体に心地よかった。星はなく月明かりだけの空夜。そこはブラック&ブルーに塗り込められた広大な夜空のスクリーンであり、これまでの様々な事が走馬灯のように映し出されていた。再び、ある時の牧師の教えに耳を傾けているシーンが蘇った。

大都会の闇の奥からカーマイン牧師の慈愛に満ちた穏やかな声が、ゆっくりと語りかけてきた。

「今私の母国、あるいはヨーロッパ全土の多くの若者達は、人生に失望しており未来に希望を見出せない状況なのです。そして、愛の手を差し伸べられない者は生きることさえも自ら放棄してしまう者が多いのです。現在日本の若者もそうなりつつあります。そしてそれは、我々教会にも責任があります。若者達は悲痛なくらい生の意味を問い、真に価値のあるものに憧れ模索しているのに、今の私たちは彼らと対話する言語さえもちあわせてはいないのです。ほとんどの若者は人生のガイダンスさえ見出せぬまま毎日苦闘しているのです。ですから、あなたには是非成功してほしいのです。その成功によって、同じゼネレーションの若者たちに夢と勇気をもたせてほしいのです。そして生きる理由を問いかけてほしいのです。それがあなたの人生においてのメタファーといえるでしょう」

部屋に入りカーテンを閉めた。頭の中では、カーマイン牧師の言葉がエンドレステープのように何度も繰り返されていた。だんだん頭が冴えてきて眠れなくなりそうだった。

ＰＣのスリープのアイコンをクリックした。就眠用のＣＤ一覧メニューが表示され、その中の一つを選択して、ヘッドフォンを着けてベッドに転がった。

マイルス・デイビスの『ビチェス・ブリュー』が聴こえてきた。

その魅惑的なフレーズに幻想的なイマジネーションが喚起されると、途端に条件反射のように夢の世界に誘われていった。

第4章　拉致未遂

A kidnap attempted

　早朝6時。都心のオフィス街。

　ビルも通りもほとんど人影はなく寒々と佇んでいた。だが晩秋の寂しく吹きぬける風が、徐々に遠くから近づいてくる機械獣の雄叫びに似た轟音を運んできた。だだっ広い道路を、鮮やかな黒インクでさっと線を引くように、ブラックカラーのポルシェ911カレラが、重厚なエンジンサウンドを響かせ駆け抜けてきた。空冷から液冷に変更された新型車は、重低音であっても静粛性に優れ、下品な高ノイズなどは発してはいなかった。

　車内では気難しい女王をもてなすように、マイケル・マクドナルドがデリケートにミディアム・バラードを歌い上げていた。

　運転席の弘子は強烈にアクセルを踏み込むと、ヒール&トゥを使い猛スピードでコーナーを駆け抜けた。重低音の振動を全身で心地良く堪能し、更に直線で刺激的な加速感をたっぷり味わった。急激にスピードが落ちて徐行になると大通りから地下の入口へとハンドルを切った。レーシング・カートを走りきったような満足感と共に会社の地下駐車場に到着した。地下中に獰猛な機械獣の唸りが増幅され無気味に響き渡り、重低音が閉鎖的な空間に閉じ込められ澱んだ空気粒を震わせていた。毎朝のストレス解消だった。

　弘子はハイヒールに履き替えると車から降りた。重役専用フロア直通のエレベータ室に向かいながらリモコン・キーでドアロックをした。

　早朝の地下は駐車の車はほとんどなく、ガランとした空間にヒールの硬質な音が響き渡った。重役フロア専用エレベータ室のドアは、一回に一人しか入れない、サークルロックドア（二重ドアロック）方式になっており、ノンコンタクトゲートで厳重にガードされていた。入口の認証モニターの前に立って、ボードに軽く右手の人差し指を置いた。同時に自分の顔が正面のモニターに映し出された。眼の部分を、約35センチ離れた位置から見ると、モニターに映った自分の眼を識別センサーがデータとして読み取り、虹彩と指紋の二つの照合チェックが同時になされた。0.5秒以内にチェックが完了すると、スピーカーから「椎名室長、おはようございます」とやや機械的な女性の合音声が聞こえた。すかさず「おはよう」と気のない返事をすると、エレベータ室のドアが解錠され静かに開いた。応答と同時に音声・声紋チェックも行なわれたのである。この複合的なバイオメトリクスによるチェックは、現時点での最高のセキュリティ・システムであろう。

人間の瞳を取巻く角膜と、房水で保護されているアリエス（虹彩）は、眼に入る光の量を調整するもので、たとえ一卵性双生児だろうと指紋と同様、まったく同じものを持つ人間は存在しない。そして同じく万人不同一性の指紋と音声紋。このトリプルチェックにより、信頼レベルは、イレブンナインをクリアしていた。レベル・イレブンナインとは、99・999999999%のように9が11続くほどの極限的に精度が高いレベルをいう。この入退室チェック方式はＰＤＸの売り物の一つであった。

重役専用フロア直通のエレベータで、39階まで一気に上昇していった。エレベータ内部は、窓も凹もなく合金で包まれており、まるでサイボーグの体内のようであった。音もブレーキ振動のぶれもなく、静かに到着し階数が表示されドアが開いた。同時に眼の前を鮮やかで高級感のある真紅の海原が広がった。エレベータホールもちょっとしたロビーのスペースが取られていた。館内は既に、ムード・コンディショニング・ツールが機能しており、朝の爽やかさを強調する為なのか、モダンな造りとは対照的なカジュアルなスラック・ギターのＢＧＭが小さく流されていた。アコースティックな響きがポジティヴに気持ちを和ませてくれる。まるで、ホノルルのホテルで朝を迎えるような気分だ。

彼女の位置する部屋は、現在の勢いを象徴するかのように出世頭の定位置であるホールから一番奥まったところにあった。歩くとバランスを崩しかねないほどの深いワインカラーの絨毯が廊下にもフロアにも敷き詰められていた。あまりに趣味が悪いので弘子は気に入らなかった。第一、ハイヒールでは歩きにくいではないか。

どうして世の親父連中というのは、こう成金趣味なのだろうか?

まあ彼らには豪華と金をかけるが同義語なのだから仕方ないとあきらめていたが…。

この会社。まだまだ改善の余地は沢山あると言い聞かせながら、弘子は毎朝この廊下を歩くのだった。

部屋の前に着いた。やはりノンコンタクトガードであるが、こっちはアリエスのみでハンド・フリー状態で解除できる。手荷物で両手がふさがっている時には便利だった。

部屋の中は、仰々しい廊下の雰囲気とは一転してシンプルながらも機能美があり、色彩もモノトーンで、いかにも仕事部屋という感じであった。広さは軽く20畳以上あるが、よけいなオブジェなどなく、たっぷりとした空間をシンプルに演出していた。当然、接客用の応接セットなどなく、窓際のメインデスクと中央に何にでも兼用出来る大型の横長ワークデスクが置いてある。その上にサブのデスクトップパソコンにノートPCが2台置いてある。1台はインターネット専用。もう1台は、UNIXサーバー接続のイントラネット及び作業用。もう1台のA4サイズのノートは、モバイル用で外出専用である。これらすべて自宅のパソコンとインターネットでジョイントできるのである。これで24時間いつでも仕事ができる。だから彼女には意味があった。デスクに座ると、マウスの横にあるマッチ箱サイズの指紋照合読取リーダーに指を置いた。リーダーの中の小型カメラが指紋の起点や交差ポイントを測定し、そのデータがサーバーの認証データベースと照合されると同時に、ウィンドウズ98が起動を始め、立ち上げが完了するとネットワークにも接続が完了した。パスワードは必要なかった。現段階では、ほんの数人の重役には指紋照合システムが割り当てられていた。デスクトップ画面にあるショートカットの中から、ロータスノーツをクリックした。受信メールのチェックをすませ画像入力のアプリを立ち上げた。ハンドバックから、超小型のデジタルカメラを取り出し接続して画像をパソコンに取り込んでいる間に、キーボードを叩き秘書にコーヒーを持ってくるようメールを打ち、早速昨日のCM撮影の進捗状況をデジカメの写真を挿入しながら作り始めた。

5分もしないうちにノックがあり、弘子の専属第一秘書の西田瞳がブラックコーヒーをトレイに載せて入ってきた。

「グッ、モーニン、ボス!」

瞳はバイリンガルだった。幼さを残した顔立ちがアンバランスと思えるほど、グラマラスで見事なプロポーションだった。その肢体は男性だったら暫くは目が貼りついたまま観賞の対象となるだろうが、当然のごとく弘子は彼女の登場に何の興味も見せず、昨夜天野からEメールで送られてきた報告書をリライトしていた。黙々とキーボードを叩き作業を進めるが、当の瞳もそんなことおかまいなしで、いつもどおりに本日のスケジュールと確認事項を喋りまくった。外国からの来賓客の部分は流暢な英語だった。一通り彼女が喋り終えると、キーボードの音が止まり弘子が静かにコーヒーを一口飲んだ。

「全部メールでいいから」

投げやりのようにひと言言うと、煙草に火を点けた。

「でもー! それじゃボスとの会話がなくなるじゃないですか。1日1回ぐらいはボスと顔を見てお話したいしー」

今時の若い子特有の語尾を伸ばす口調で抗議した。

瞳は向かいに腰掛けると、自分のマグカップのコーヒーを飲んだ。

「だから話しているじゃない」

と言いつつも、弘子は焦点ない視線で外を眺めたまま煙を燻らせている。

数十回におよぶブレーンストーミングの末に捻り出した企画だ。悪かろうはずはない。頭の中では、書類に関する周到な精査が高速回転していた。

「そうですけどー。黙ってお茶運んで出ていくだけですか？　そんなのつまんないですよ」

ただこのように、口を尖らせる仕種が可愛かった。

「いいわ、勝手にして。ちょっとからかってみただけよ」

煙草を灰皿に押しつけるのと同時に頭の中に区切りをつけ、イスを回転させてこちらを向いた弘子の顔は、珍しく悪戯っぽく微笑んでいた。

「まったく、もうー。意地悪なんだからー、ボスは」

瞳は持っていたマイカップを置いて、弘子のディスプレイを覗き込んだ。

「へえー、こんな感じで撮っているんだ」

昨日撮影した写真を貼り付けたプレスシートを見ながら関心している。

「この子、可愛いじゃないですか！」

ディスプレイ画面の中の南千華を白い指が指した。

弘子は煙草に火を点け一服吐き出すと、白けたように微笑した。

「タレントはレンズを通したほうが映えるのよ。実物は、あなたの方が奇麗かもね」

「本当ですか！　うれしいなー、絶対人を誉めないボスから、そんなことを言ってもらえるなんて」

「絶対誉めないなんて誰が言ったの？　私は本当の事しか言わないだけよ」

クールな表情が、少しむきになった。

「やーだ、ボスったら。ますます嬉しいじゃないですか」

身を捩じらせ屈託なく笑う瞳につられて、つい弘子も自然に顔がほころんでいた。弘子は瞳にだけは心を開いていた。ある意味では誰からも恐れられている弘子に対しても、全然物怖じしなくて底抜けに明るい彼女が妹分のようで好きだった。暫く女同士の話がはずんだ。音楽、ファッション、ブランド、ヘルシー関係など、若い瞳とのお喋りは貴重なトレンド情報の収集だった。だが、いくら凄腕のビジネスウーマンといっても、気の許せる女同士が二人よれば時間がつきることなくお喋りが続くのが当然で、さすがに弘子は適当なところで瞳を制して、進捗報告書を所定のフォーマットに直しチェック後、すぐに各担当部署責任者全員にメールで送信するよう命じた。瞳が再び慌しく本日の戦闘体制に入り、部屋を出て行こうとした瞬間電話が鳴った。瞳が受話器を取った。

「はい、企画室長室」

「ヘロウ、アイム、アレナ・ロジャース」

「ハーイ！　アレナ。ホールド・オン・プリーズ」

瞳は保留ボタンを押すと、ほんの少し怯えた表情で弘子の顔色を見た。

「ボス！　ロジャースさんからお電話です」

「ＯＫ、受話器置いて」

弘子は椅子を滑らしデスクに戻ると、マウスをクリックしてＰＣの通信ツールに電話を切り替え、マイクに向かって流暢な英語で話を始めた。瞳は逃げるように、すーっと部屋を出て行った。

「ハイ、アレナ。イット・ビケイム・ザ・マインド・ホワット（どう、その気になった）」

「ソー・イット、クロウルズ・シンプリィ・アンド・スイッツ（そう簡単にはいかないわよ）」

全米でここ数年間で、トップクラスに踊り出た投資顧問会社を率いるキャピタル・アナリストのアレナ・ロジャースは40代の女性にしては、しわがれたどすの効いた声で言った。

「もう、これ以上の好材料は、どこを叩いても出てこないわよ」

「イエス、ヒロコ。あなたの有能さは認めるわ。ただし新会社は最終的にあなたのＣＥＯ（最高経営責任者）就任の確証が取れなければ、さすがに社長の私でさえも独断で進めることは出来ないわ。個人のキャピタリストではないのよ。しかも投資額が４０００万ドルときちゃ…」

「なに、お宅独占で行くわけ？」

瞬間弘子の眼がキラリと光った。

「そうよ。だからこそシビアな確定情報がほしいんじゃない」

あっさり手のうちを認めた。それは暗に内部情報を流せと言っているのだ。

ＰＤＸは、ＩＴ（情報技術）を社内外で活用するためリンクル社と提携後、共同出資で新たな情報戦略子会社を設立する予定だった。それによってＩＴを活用した新たな事業スキームをＰＤＸ本体へ提供する一方、強力なＥＣ（電子商取引）のサービスを推進する事業にも取り組む予定なのだ。その新規事業会社を立ち上げることを、既にアレナは嗅ぎ付けていた。そして、その会社のＣＥＯ就任に最も可能性が高いのが弘子だということも。今回の新規事業は、卓也達が構築するハイ・フィデリティなエクストラ・ネットワークが欠かせないものだった。いずれすべての取引が、Ｅコマースに変わる。そしてその事業内容の一端として、世界の金融機関や機関投資家にネットワークと情報端末を張り巡らせ、外国為替や債権、株式などが自由に売買でき、速報や分析、データや関連ニュースを提供する総合金融情報サービス会社を他社に先駆けて稼動させる予定だったのだ。

「マスコミに発表してからだと、投資額は更につり上がるわよ。ライバルを山ほど増やしたんじゃ、旨味はなくなるんじゃないかしら」

どこ吹く風でしらっとして言った。

「とんでもないネゴシエーターね。脂ぎったアラブ人よりも手強いわ！」

アレナは舌打ちした。

あくまで正式な手順を踏んでの発表という杓子定規な応えなど期待しているのではない。これまで彼女に対しての様々なアドバンスを完全に無視した態度に怒りを通り越して悪意さえ感じていた。

「お褒めの言葉どうもありがとう。あなたから皮肉を言われるようになったら、私も一人前になった証拠ね」

弘子は、これ見よがしに余裕の笑声をたてた。

「あなたのＣＥＯ就任は既成事実だということにして、話は進めるつもりよ」

今度は必死な誠実さで訴える家族のようなアレナの口調だった。

「その方が利口かもね」

「イット・リスクス・オン・ユー（あなたに賭けてみるわ）」

無造作に通話は切れた。画面の中の受話器がゆっくりと降ろされた。

双方1秒を惜しんでハードワークをこなしている身だ、虚飾な挨拶など必要なかった。弘子は無表情に外出前の書類を整理し始めた。

〈イット・リスクス・オン・ユー〉

アレナの言葉が余韻となって頭の中で響いていた。

よく言うわ。くさいセリフの裏側は、単にプレッシャーをかけているに過ぎないのだ。もしもOUTだった場合、どうしてくれるの！　責任はあなたにあるのよと、喚き散らすに違いない。腹芸は、一枚も二枚もむこうが上手なのだ。またそうでなければ、この生き馬の目を抜くような世界で常に利益を上げ続けることなど至難の技といえる。だがこのアレナ・ロジャースというエンジェルの存在があったからこそ、今の自分があるのだということも充分過ぎるほど理解しているつもりだった。いずれ見返りはするつもりだ。

思えばアレナとの付き合いも既に8年を経過していた。最初にアメリカでの新規事業のアントレ・プラナーに大抜擢され、それを見事に立ち上げ成功に結びつけたことが、今の自分の礎になっているともいえた。そしてその後壮大なプロジェクトをいくつも実現させ、あっという間に現在の地位に駆け上がることが出来たのも、すべてこのアレナ・ロジャースの協力抜きには考えられなかった。アレナが中心となって率いる独立したベンチャー・キャピタルグループは、我が国のような、銀行や証券会社系列で、本当の意味での審査能力を持ち得ないサラリーマンの投資担当が、横並びで公開間近い有名ベンチャーに相乗り投資するのとは訳が違っていた。

アメリカでは毎日1万社近いベンチャー会社が立ち上がり、それとほぼ同数の会社が消えていくのだ。彼らはそんなマグマのような熱気とヴァイタルでタフな世界を間近で見てきている精鋭達である。良く言えば、成功したベンチャー企業は、彼らの強力な眼鏡にかなった、ほんのわずかなエリートが今後の経済発展の期待を込めて選出されるとも言える。逆に悪く言えば、彼らは皆一攫千金を狙い命を張ったギャンブラーなのだ。投資や起業の失敗で命を投げ出すことなど、アメリカでは、今後のケース・スタディには成り得ても、まったくのニュースヴァリューさえ持ちえない。

だが、そんなベンチャー・キャピタリスト達の中でも、アレナの存在は神がかっているとさえ言われていた。彼女の眼銀にかなった企業は、ことごとく大成功を収めており、その確かな眼力は超能力的でさえあった。肝心の投資内容も、抜群のスペキュレーションと理に適ったポートフォリオ・セレクションの組合せで、損失は、ほぼゼロに近いレベルを常に維持していた。

アレナ・ロジャースは、ハーバード大学で国際経済学を専攻し、優秀な成績で卒業後、コンピュータ業界担当の証券アナリストとして活動する。その後、ビジネス誌『フォーブス』の記者を経た後、投資家として、アジア、アメリカ、イスラエル、ヨーロッパ各国のハイテク・ベンチャーに幅広く投資活動を行なう。そして驚異的な収益を上げる。

更に現在は、経営コンサルタントとして、若いベンチャー達の経営指南役もこなしている。そしてその一方で、バラバラだった個人のベンチャー・キャピタルをまとめあげ、法律事務所とも連携する起業支援ネットワーク・グループを構築したのである。年齢はまだ40代後半だが、風貌には独特のおどろおどろしさがあった。時に祈祷師を思わせる、妙なウェーブがかかった白髪の混じったロングのざんばら髪を振り乱し、威圧感のある眼の輝きで相手を圧倒するのだった。キャピタル・アナリストの世界では、その風貌と実力でカリスマ的存在として一目置かれているのだった。アメリカでベンチャーで成功するには、まず彼女を味方につけることが合言葉であった。

当時、単身アメリカに乗り込んだ弘子は、評判を聞きつけ早速彼女のもとを訪ねた。初対面からアレナは、弘子を単なる日本人の小娘という顔で物凄い眼力で睨みつけてきた。だが弘子はまったく意に介することなく得意の英語を駆使して、スマートに自分の戦略をプレゼンした。当初アレナは弘子をまるで相手にもしなかった。風貌とは違い、その頭脳は恐ろしく明晰で、弘子の膨大な事業計画ファイルをすべて熟読した末、論理的に分析し問題点や弱点を冷静に指摘してきた。初戦は弘子の完敗であった。

アレナにしてみれば、既にPDXは全米でも超大手企業であり、そんな長大企業の保護下にどっぷりと浸かってスタートするひ弱な新規子会社のどこに先進的なヴィジョンなどが望めるだろう。そう考えていたらしい。ましてや資金調達など、親会社をはじめ、チャネルはいくらでもあるではないかと。数多いライバルを押しのけてまで、力を注ぎ込む旨みもなければ興味もなかった。しかも事業戦略は、がっちりと親会社の経営方針に沿って安全に進められるのが、これまでの日本企業の定石。そんなままごとに付き合うほど暇ではない。しかし弘子の方は、自らが資金調達をすることで、親会社には一切経営には口を出させない方針を提示した。ここからが大変だった。粘り強く長期間に亙っての交渉が続いた。分刻みで直す修正案に、徐々にアレナの印象も変わっていった。そして遂に、弘子の熱意で高度で緻密な事業計画が認められた。やっと山は動き出した。

その後、すべての資金調達は、まずは全米にアレナの会社を中心としたベンチャー・キャピタルのネットワークをつくりあげ、そのグループから共同出資させる形で調達することに成功した。弘子はその後本体の事業を立ち上げ、短期間に成功させて全米を、あっと言わせたのだった。その時、24歳。

その時の戦術は、その後に襲って来た現在の空前の大不況を乗り切る経営戦略の一端を暗示していた。新規事業が軌道に乗ると、弘子は本社に呼び戻された。そして復帰するや、PDX本体にも変革のメスを入れた。

今後は巨大企業として安閑としているのではなく、健全部門をどんどん分社化して、各部門が独立採算方式で採算コストを競うようにすべきだった。落ちこぼれた部門は切り捨てるかアウトソーシングに切り替える。ならば生き残った部門は良かったのかというと、今度はアウトソーシング会社とのコストダウン競争が待っている。敗れればアウトソーシングが取って代わるというわけだ。どちらにしても負けは許されない。

今なら、さほど目新しい事でもないが、弘子はこれを、当時戦後最大の好景気と言われていた時に断行したのである。ドメスティックな部門の猛反発など、社内はすさまじい非難とバッシングの嵐だった。だが当時の社長で現会長の益山の「もっとやれ！」の檄と改革派常務の辰巳、そして業務改革推進本部長だった内田のサジェスチョンにも支えられ、次々とリエンジニアリング（業務の根本的革新）を推進していくことができた。それはまさに、辰巳と内田の考える未来型経営変革の急先鋒と言ってよかった。弘子にとっては仮に失敗しても、すべての責任は辰巳と内田が被ってくれるという環境だったので、思う存分暴れまわることが出来たのである。

だが今となってみれば、結局弘子達を恨みながらも必死にコストダウン化を図り勝ちぬいた部門こそが、現在の会社のコア・コンピタンス（中核能力）と呼ばれる存在となり毎日活気に溢れ頑張っているのだった。特に技術開発におけるハイテク関連部門は、すべてアメリカに拠点を移し新会社として新たに立ち上げた。新規事業は、まずはアメリカで成功することがVCの掲げる最低条件なのだ。そして全米には、内田がこれまで面倒を見てきた部下や友人達が創った先端技術を有する会社がいくつもあった。これらと提携することで、かなりの助けにもなった。立ち上げ時から、信用、資金、技術をどこよりも早く調達できることは大変な武器だった。それが実現出来たのも、やはりアレナの信用と力に負うところが大きかった。その意味でも、内心アレナに深く感謝し尊敬しているのだ。だが実際のビジネス上のやり取りとなると、真剣勝負である。お互いが死力を尽くしての駆け引きもあり、電話で怒鳴り合う事も珍しくなかった。英語が堪能な瞳などは、そのあまりの口汚い罵り合いに居たたまれなくなり、これまで何度も用事があるふりをして部屋を逃げ出していったものだ。

「さてと」

モバイルPCとケリーバッグをデスクに置いた。

午前中に昨日の撮影フィルムの編集に立ち会うこと

になっていた。開始は今日の午後からになりますと、昨夜、山下から留守電がはいっていた。「寝とぼけんじゃないわよ！」と夜中の2時に叩き起こして怒鳴った。

結局、10時からなんとか始めさせることになったのである。

「まったく。なにが昼からぐらいにはよ！　こっちは7時前にはオフィスで仕事しているのに。危なくって眼を離せやしないじゃないの。どうしてこの業界の奴らって、タイム感覚麻痺の極楽トンボが多いのかしら？」

そそくさとモバイルを抱きかかえると、弘子は部屋を後にした。

＊

やっと薄く日が照りだした頃、渋谷に本社ビルをおく大手ゲーム販売会社の会議室で北詰と担当者が神妙に話していた。

北詰は露骨に腕時計を見ていた。

「いくらふっかけてもだめよ。もううちに決まってるんだから」

販売担当部長がダルそうに言った。

「そんなこと、いつ決まったんだよ。俺は聞いてないよ。専属契約書見せてみろよ」

いつになく冷酷な口調で北詰が返した。

「この業界に契約書なんてないだろう。今更何言ってるの。いつも口約束で決めてたじゃないの。どうしたのよ北ちゃん、今回に限ってオープン契約だなんて」

「いや、これからは簡単にいかなくなるよ。悪いな、ちょっとこれから人と会わなきゃならないんでまた連絡するよ」

北詰は立ち上がると出口に向かった。

「うまくいっている時ほど、動きは変えないほうがいいぜ、北ちゃん！」

販売担当部長が後ろから声を掛けた。北詰は顔を向けず手を上げて応えると、走るように部屋を出て行った。

＊

午後1時。六本木。防衛庁通りに面したオープンカフェのあちこちのテーブルで、ノートPCを開いた外国人ビジネスマンが書類の整理など、それぞれが個々の仕事に没頭していた。ほぼ全員がモバイルしており、そこはまるでノートPCを持ってない者は入店出来ないムードであった。その中に、VAIOを操作しながら、優雅にカフェオレを飲んでいる弘子もいた。店内から軽やかな中西俊博のヴァイオリンが流れていた。天気も良く、珍しくポカポカ陽気のレイジーアフタヌーンだった。

フィルム編集の立ち会いは1時間でけりをつけてきた。あれだけきつく言っておけば大丈夫だろう。完成試写の期限は2日間に切っておいた。

VAIOのCCDカメラを自分に向けて、トラックボールを人指し指で滑らしカーソルを目的のアイコンまでスライドさせクリックして電子会議ツールを立ち上げた。画面に会議室の映像が現われ、すぐに対話型の電子ホワイトボードに変わった。そこに共有アプリ、ファイル転送、チャットなどを複数ユーザーが同一のコンテンツを画面に表示してやりとりするのだ。経営者会議のメンバーの映像が次々に並んで現われ、左から右に流れていく。本人の服装やバックの景観で今どこにいるのかが大体想像できた。六本木通りを背景にした弘子の映像も現われ、出欠を問うメッセージが英語で表示された。弘子は煙草を右手にもったままカップを置いて、左手でYESのボタンをクリックした。弘子も含め出席者の顔写真はそのまま画面に残り、更に別の映像が現われたり消えたりするのが続いたあと、画面は一変して司会者が現われ自己紹介したあと本日のテーマが発表された。画面が2分割され、フリーボードが現われ、まずロンドン支社の大木のカジュアルな姿がバストサイズで現われ、話がボードに表示された。音声モードにも出来るが、街角では文字モードを選択した。大木の話に対して、スーツ姿の本社新規事業部長の三岡が質問をいれた。発言者の映像に切り換わるがメッセージ表示よりもだいぶ遅い。ノートのCPU能力ではこれが限界なのである。ボードに表示される会話の文字は、つまってくるとスクロールされ話はどんどん進んでいく。二分割された下方のボードに自分の意見を打ち込み送信を押すと、どんどん会話に割り込むことができるのである。送受信メールの内容は、すべてカオス理論という規則性の把握が困難で総計的な解析が難しいとされる理論に基づいた強力なツールで暗号化されている。したがって部外者に情報が漏れることはない。

こうした世界電子会議を、PDX社は月に2回、或いはアトランダムに行なっている。世界会議なので時差やスケジュールが合わない場合もあるが、ノートPCと携帯電話さえ持っていれば、どういう場所や状態でも参加できる。会社は別に強制的な全員参加を標榜しているわけでもなかった。参加しなければ社内で起きている最新情報が入手できないだけだ。その意味を重要視するものは必ず出席しているのだ。とはいえ、時差があるので場所によっては大変だった。オーストラリアやシンガポールなどなら1時間の時差なので、問題はないが、ニューヨークやカナダなどは時差14時間だからほぼ昼夜が逆転することになる。当然オフィスで参加するものもいれば、ベッドの中からの者や、休暇中でロッキーの山奥のキャンプ地から参加してくるものもいた。弘子は日本時間が日中の場合は、ここのオープンカフェを利用することが多かった。世界的なプロジェクトの内容が、こんなところからお茶しながら発信されることに少なからず快感を感じていた。周りの人達からは、単にインターネットで遊んでいるOLにしか見えないだろう。ここは外国人のビジネスマンがたむろするところなので、皆ノートPCにむかって自分の仕事をせっせとこなしている。同じ人種しかいないので邪魔がはいることはない。画面上では、淡々といろいろな意見が出ては消え、今回はあまり白熱した議論もない。

頬杖をついたまま、退屈そうにボンヤリそれを眺めていると横に男が立った。

「失礼。椎名さんですよね？　PDXの」

弘子が眩しそうに長身を見上げて肯いた。

「初めまして、リンクル社の北詰です」

北詰は一礼した。

弘子は反射的に営業的微笑を浮かべ優雅に立ち上が

ると右手を差し出した。

「ご足労頂いて恐縮です。PDXの椎名です」

儀礼的な名刺交換を済ませたあと、その丸テーブルに向かい合ってすわった。北詰も、カフェオレを注文してすぐにダイナブックを開いた。

「Eメールなどでお呼び立てして失礼致しました。先日の会議、どうしても抜けられない仕事がありましたの。不躾ですが、お詫びがてらお食事でもと思いましたが、ご迷惑だったんじゃありません?」

「いえ、とんでもありません。お誘い頂き感謝します。しかし、こんなお奇麗な方が、取締役室長だなんて僕もPDXに入りたくなりますよ」

初対面にもかかわらず、無防備に破顔一笑するイノセントなムードの北詰に、弘子は爽やかな風を感じていた。なかなかチャーミングな男だと思った。そしてかなりの自信家と見た。

これまで何度となく辣腕のビジネスマンと相対したが、特に日本人に限っていえば多くの男たちは、弘子の美しさの毒気にあてられたように重々しい鎧をまとう者がほとんどで、特に初対面の場合は尚更だった。だが逆に外国人の場合は、デートのお誘いが必須アイテムであった。

「もう入ったようなものですわ。これからお宅にご指導して頂くわけですから」

言いながら弘子は『EXIT』のアイコンをクリックした。画面が終了してメニューに戻った。

「ご指導だなんて、とんでもない。我々こそいろいろ教えていただかないと。あの、何かお仕事されていたのじゃないんですか?」

「いいんです。退屈な会議なので退席しました。それより今度の新規事業のお話、随分スケールの大きな計画ですわね。DVD—ROMで拝見させて頂きました」

「ええ、そのためにも御社には、大変なご無理をお願いしなければならないのが心苦しいのですが…。何卒宜しくお願い致します」

丁寧に一礼した。

「せっかくこういった場でお会いできたのですから、堅苦しいのは抜きでいきましょうよ。率直に言って今のうちの会社、どう思われます？　図体ばかり大きくて、小回りが効かなくなっているとお思いじゃありません？」

「そうですね。外から見るのと内からでは、また印象が違うと思いますが。硬直化している部分も確かにあると感じます。しかし内田さんをはじめ、前向きな方たちが内部改革をどんどん押し進めていらっしゃるようですし、やはり先鋭的な分野の進出は、どこよりもリードしていると思いますが」

ＰＤＸはここ数年、積極的なＭ＆Ａと共にドラスティックな内部改革を続けてきた。そして急速に専門化し巨大化した。そこで唯一のアキレス腱と言われたのが、内部システムの貧弱さであった。特に内田が提唱したＰＤＸ独自の経営戦略財務会計システムは、フリー・キャッシュフローの把握以外に、各グループ企業の損益計算、貸借対照データやＲＯＥ（株主資本利益）、ＥＶＡ（経済的付加価値）などの経営指標を随時検索できるものだった。このシステムは元々受託した会社が中心となって数社の共同開発となった。だがメインの開発会社がＰＤＸのきめ細かい要望に対応しきれず会社ごと夜逃げをしてしまった。困った元受ベンダーは、結局そのまた2次発注でリンクル社へ依頼。だがこのリンクル社が全面提供したシステムは素晴らしく出来のよい製品で、その後の共通仕様としてＰＤＸが提唱した為、あっという間に業界全体に浸透し事実上のディフェクト・スタンダードとなった。その内部事情を知っている内田は、最終的な開発責任者である卓也の能力に、この時から興味を持っていたのである。

内田は、卓也の能力、経歴などあらゆる観点から調べまくった。結果、この男を早く味方に引き込まないと後に大変なことになると思い至ったのであった。ＰＤＸがリンクルに接触する1年前の裏話であった。

「社内には、今回の話を面白くないと思っている連中も確かにいます。そういう連中とも戦っていかなければならないことも頭に入れておいて下さい。実状は決して全面協力ではないということをね。ただし、現時点ではですけれど」

弘子が少し落胆の表情で言った。

「はい。そういう意味でも今回全力をつくしてお役にたてるよう頑張るつもりです」

テーブルがセッティングされ、アペタイザーのリキュールと前菜のオーガニックサラダが運ばれてきた。弘子は決して外国人ビジネスマンがよくやる、食事兼商談攻撃をかけるといったパワーランチ派というわけではなかったが、既に二人分のイタリアン・ランチコースをオーダーしていた。

「あなたとはうまが合いそうだわ」

頬杖をついて、必殺の潤んだ瞳で見つめた。北詰は自分の武器を知り尽くしている女だと思った。煌く黒髪。透き通るような肌。寸分の狂いもない整った顔立ち。しかし綺麗だ。つい見惚れてしまう。北詰は弘子の魔性の美貌に冷静さを装いながらも、久しぶりに強烈な胸の高鳴りを憶えていた。

「あなたに見つめられて、うまが合わないなんて言える男がこの世にいるのかな…」

じっと見つめ返した。自分も男の魅力には自信があった。

「ふっ。さすがに、お上手ね」

クールな微笑を浮かべたが、すかすようにすっと視線を外した。

「いえ、本音です。正直言って、お会いした瞬間からあなたの魅力に翻弄されました。それとこれとは別ですが、あなたに喜んでいただけるよう今回のプロジェクトを私は絶対やりとげてみせます」

「私じゃなくて、私たちでしょ」

今度は意地悪い微笑を送ってきた。

「えっ?」

無意識に間が抜けた顔になっていた。

「松嶋卓也。彼が今回の主役でしょ。可愛い坊やね」

「会ったのですか!　彼と?」

「ええ、会議の日に。夜、無理矢理に押しかけてですけど」

「夜!　無理矢理!」

甲高い叫び声に、他のテーブルの外国人客が何人か振り返った。

「別になにもありません」

あくまでクールなトーンだった。

「わかっていますよ」

口を尖らせた。

「で、どんな話をされたのです?」

「仕事の話は殆どしていませんわ。まあ私としてはどんな方なのか、是非お会いしたかっただけなので。内田のほうが、顧客との打ち合せをしている最中も、しきりに松嶋さんのことを話したがるので、つい興味を持ってしまって…。あなたがたは、いいコンビだと言っていましたわ」

「はあ」

力が抜けたように頭を垂れた。

「あなたもそうよ。次の打ち合せでお会いできることはわかっていましたけど、我慢できなくなって、今日こうして突然お呼び出ししてしまったわけですの」

再び青信号が点灯した。

「うれしいな、こんな美人に我慢できないなんて言われるなんて。でも、僕の方は家にまでは押しかけてこなかった…」

「あら、焼いているの?」

「とんでもない! 初対面の人に焼いたりなんか。軽いジョークですよ」

「ご自宅などにお伺いしたのじゃ、奥様に失礼でしょ」

北詰は反射的に顔が歪んだが、すぐに表情から消した。

「失礼」弘子はバッグから煙草を出して火を点けた。

「ふふっ。軽いジョークが出るということは、だいぶリラックスされてきたみたいですね。どうですか、私みたいな女?」

「いやー、あなたは素敵な人だ。美しく聡明でユーモアもある。それに大胆だ」

もはや、はしゃぐ気分を抑えきれなかった。

「大胆な女って、煙たがる男の人が多いんじゃないかしら?」

薄いブルーの煙を燻らせた。

「自分に自信がないからでしょう。私は大好きです」

落着きのあるトーンで、じっと見つめ返した。

「それでは、更に大胆なことを言っていいかしら。今夜もしよろしければ、お近づきのしるしにディナーもいかがかしら？」

「それは僕のセリフですよ」

「じゃあOKね。そうしたら…」

「ちょっと待った」と制して、「今夜8時。いつものとこで。いいね？」

北詰が低いトーンの二枚目口調で言った。そして悪戯っぽくウインクした。

「いつものとこって？」

「ここですよ。出会った場所は大切にしなきゃ」

「呼んだのよ」

クールなトーン。ぷいと横を向くと、アンニュイな表情で煙を吐きだした。

大胆かと思うと、シラッと引く。相当の強者だ。しかし、こういうクールな美人ほど、男の闘争心を掻き立てるのだった。

その後夢中で話し込み、あっという間にパワー・ランチは終了した。

料理の味は最高だった。昼間は、カジュアルなムードのオープンカフェといった佇まいだが、本来この店のコルドン・ブルーは、東京でも超一流という評判だった。だからあえて、ディナーもと弘子は考えたらしかった。

すっかり打ち解けたムードだが、既に弘子は食後のデミタスを飲みながらも、適当に相槌を打ちながら、時折冷静にノートに眼を落とし次々とリアルタイムで飛び込んでくる最新メールのチェックに余念がなかった。そして最後に、口直しのエビアン水をひと口飲むと、突然「失礼。私行かなくちゃ」と席を立った。

「では、今夜を楽しみにしています」

北詰は慌てずスマートに立ち上がった。

「こちらこそ。今日は本当にありがとうございました」

弘子が握手を求めてきた。白く細い、しなやかな感触だった。綺麗な女というものは、何もかもが美しく造られているものだと思った。

弘子は通りを振り返ると、まるで打ち合せでもしていたかのようにタイミング良く来たタクシーに手を上げると「それでは」と会釈して乗り込み、あっという間に北詰の視界から消え去った。まるで恋愛映画のようなクールで鮮やかな辞去のように思われた。

北詰は緊張を解きゆっくり腰を落とすと、彼女の走り去った方向を見つめながら冷めたデミタスをひと口飲んだ。余韻に浸りながら、ダイナブックに今夜の予定を打ち込んだ。その音は、先ほどまではまったく聞こえなかった、まわりの外国人ビジネスマンのカタカタというリズミカルな音にすぐに同化していた。

＊

黒のディアマンテは千葉方面に進んでいた。

カーコンポから流れるベックのブレイクビーツに合わせて、運転席の五十嵐は身体を揺らしていた。車は葛飾区の水元公園を横手に進むと新葛飾橋を渡って、千葉県の松戸市に入った。新葛飾橋を渡りきって下りすぐに右手に折れると、小綺麗な60世帯ほどの5階建てのマンションがあった。ゴミ捨て場横の駐車スペースに車を止めて五十嵐が降りてきた。

彼は橋のほうへ引き返し河川の土手の上にあがった。てっぺんはちゃんと舗装されており、散歩やサイクリングコース用の小道路になっていた。この江戸川の向こう側は葛飾柴又だ。かなりの川幅だ。ここからの渡し舟が、あの有名な〈矢切の渡し〉だった。

その地点から、川を背に振り返りマンションを見ると、ちょうど3階の高さと目線が一緒だった。何もしなくても、ベランダ越しにリビングの中が丸見えだった。

他人事ながら物騒だと思った。〈悪い奴に下見でもされたらどうするのだ。実はその悪い奴は俺だが〉

五十嵐はニヤリと不敵な笑みを浮かべた。

マンションは道と並行に建っているので、目的の一番端の部屋までは、ただ自然にサイクリング道路をスライドすればよかった。ターゲットの部屋からは、子供のはしゃぐ声とそれを諌める母親らしき声がする。外にいても中の様子がわかるものだ。タイミングよく、その部屋の主婦が洗濯物を取り込む為に、ベランダに出てきたところだった。つられるように二人の子供も出てきて母親の回りをまとわりついている。どちらも男の子で、小学生低学年くらいだ。

間違いない。事前のインフォ通りの家族構成だった。

五十嵐は掌に収まるほどの小型のデジタルカメラをポケットから取り出すと、望遠モードで川の方を向いて風景撮影をしているふりをした。母親は子供に気を取られており、こっちにはまるで意識がなかった。五十嵐はマンション側に時折振り返ると、さり気なくこの親子を4、5回撮影した。親子が部屋の中に消えた。同時に五十嵐も、そのまま一気に芝生の土手を駆け下りて車の運転席に滑りこんだ。助手席の伸也に頷くと、さっと車を出して、そのまま市川方面に向かって車を走らせた。

車内では早速、伸也がカメラ付属のモニターで、映り具合をチェックしていた。

「OKだ。うまく撮れている」

五十嵐がニヤリと反応した。車は軽快に国府台の坂を下っていた。窓の外、狭い歩道には、帰宅を急ぐ高校生や女子短大生がバス待ちの為、溢れかえっていた。

「昼の仕事はこれだけかよ?」

「ああ」

「本当に? 後は夜、あの女の見張りだけかよ?」

伸也は無言でハーフコートのポケットから封筒を差し出した。

「おうっ」

五十嵐は運転しながら左手で受け取ると、無造作に胸の内ポケットに突っ込んだ。指の感触からするとこの厚みは15万円くらいはある。

くそっー! 炉端焼きのバイトで、店長に怒鳴られながら1ヵ月間へとへとになって働いたのと同じ額じゃねえかよ!

「サンキュー」

五十嵐は内心笑いが止まらなかった。

写真4、5枚撮って15万円かよ! ちょろいもんだぜ。こんなことで大金が稼げるなんて…。

調子づいたようにハンドルのきり方が乱雑になり、思わず口笛が出ていた。サウンドは既にベックからゴールディーに変わっていたが知ったことではなかった。先ほどと同じように単純にビートに合わせて膝を揺すっている。市川インターから首都高に乗り東京方面に向かってディアマンテは一気に加速した。錦糸町の料金所辺りまではガラガラに空いていた。

伸也は無表情のまま、フロントから飛び込んでくる風景を見ていた。少し調子に乗りすぎた五十嵐を無視した。しかし腹の中は、たかだか15万円足らずでウキウキしている彼を小馬鹿にしていた。伸也はこの写真が1億円に化ける事を知っていたのだ。

＊

南青山のオフィスでは、卓也を含め全員が黙々とPCに向き合い開発作業をこなしていた。誰も黙して語らず、BGMとキーボードを叩く音が絡み合い、世間話さえもメールやチャットでやりとりしていた。バックには北詰お気に入りの、バックマン・ターナー・オーバードライブの「恋のめまい」が心地良く流れていた。この曲の大陸的なアレンジとテンポは社内でも一番仕事がはかどる曲として人気があった。時折電話も鳴るが、よほどのことがないかぎり誰も出なかった。重要な情報は外部ともすべてEメールでやり取りしているので、事務的な用件か勧誘ぐらいしか考えられない。一応事務の女の子はいるのだが、近くのブティックでブランド物のバーゲンがあると言って、2時間も経つが帰ってこない。しかし、それを誰も咎めるどころか、殆どの者が彼女におつかいを頼んでいた。金を使う時間もないのだ。

先に北詰が意気揚々と帰ってきた。

「諸君。ご苦労さん！」

明るく叫んだが、いつも通り誰からも反応はない。しかしBGMに表情が緩む。

「おっ！　今日はBTO特集か。誰のだ。山ちゃんのCD―R？　今度俺のも作ってくれよー」

「どうなりました。パラレル社のほう？」

卓也が作業を続けたまま聞いた。

「どうもこうもないよ。契約したのはうちが一番早いんだから、うちに独占権があるの一点ばりだよ。奴さんたち急に慌てふためいているよ。これからはオープン市場でどことでも契約するって言ったもので」

「急にそんなことして大丈夫ですか？　いままでの付き合いもあるし、もちつもたれつで大きくなってきたわけだし」

最年長の石河が聞いた。肩書きはプロジェクト・マネージャーだ。

「だからリンクル社って言うのでしょ、うちは」

女性社員の京子が言った。

「心配にはおよばないよ。俺もそんなに最初からムチャはしないって。けどな、とりあえず予告篇はみせておかないと」

「ムチャしないって、この間のＰＤＸの件なんて十分ムチャじゃないですか！　まあ、松嶋専務がいるから結局俺達安心していますけどね」

今度は、キャラクター・デザイナー担当の増田が言った。

「専務がいるって。俺だっているじゃないかよ。あっ、お前ビジネス・ツールが主流になると出番ないと思っているのじゃないの？　逆だよ逆。今後デザインの部分は遥かに多角的なものが要求されるし、すべて商品の顔になるわけだからな。世界中のコンピュータにお前のデザインしたロゴが付くことだって有り得るんだぞ。マイクロソフトみたいに」

「随分口が回るけど、なにかいいことでもあったの？社長」

探るような笑みで卓也が北詰を見た。

「別に…」

ポーカーフェイスを装い、話を切り上げると社長室に消えた。

「おい、ちょっと！」

北詰がコミックマンガのように、社長室のドア口から顔だけ出し卓也を手招きした。卓也が入っていくと、すぐにドアを閉めて肩に手をまわし抱きすくめるように奥へ押し込んできた。卓也は「気持ち悪い」というふうに身を縮ませ逃げようとした。

「ＰＤＸの椎名室長と会ったのか？」

耳に唾が飛んだ。

「ああ」

「なんで俺に言わないんだよ！」

「女好きだから」

「バカ！　からかうなよ」

北詰を振り払い、ソファにドサッと腰掛け応接用の煙草を取り出し火を点けた。

「もう忘れていたよ、そんなこと。それに今度会うじゃない。あれー？　でも知っているということは……」

北詰を意味深な目付きで見た。

北詰も向かいに腰掛け、長い足をカッコよく組むと煙草に火を点けた。

「さっき会ったよ。今朝、是非お会いしたいってEメールが来ていたんだ」

「さっきー！」

驚いて叫んだが、すぐに苦笑いに変わった。

「ふーん。あの人らしいな……」

白けた微笑を浮かべた。

「そういうことは、ちゃんと報告しておいてくれよな。部下の行動をまるで把握してないと思われるじゃないか」

「俺なんにも行動してないぜ。ホテルに戻ったらいたんだよ」

「またロビーで待ち伏せでもされたか？」

「部屋にいたのさ」

「おい、それはないだろう。驚かすなよ」

「驚いたのはこっちだよ！　事実いたんだよ、嘘じゃない」

「まあいいさ。お前が無理矢理、女を連れ込むほど度胸があるとも思えないし」

「当たり前だろ！　会ったんならわかるだろ、煮ても焼いても食えない女だって」

「俺は生で食いたいね」

「これだ」

卓也は大袈裟に両手を広げて立ちあがった。

「また直さんの病気が始まった。知らないよー、ややこしいことになっても。ああいうのは相手にしないほうがいいって」

「相手にしないったって、お前。これからのビジネス・パートナーだろうが」

「プライベートでさ。あんなの女じゃないって」

「ひでえなー、あんな綺麗な子に」

無意識に拗ねた子供のように口を尖らせていた。

「とにかく。俺は仕事以外で、ああいうのはごめんだね」

煙草をもみ消すと、卓也はさっさと部屋を出て行った。

「ったく…」

不服そうに見ていたが、ドアがゆっくり閉まるのを確認すると北詰は何事もなかったかのように口笛を吹きながら、せわしなくネクタイを外しロッカーを開けた。仕立ての良いスーツが、ざっと20着ほどは掛けてあった。夜のデートに合わせて、お気に入りのグレイチョークストライプの三ツボタンスーツに着替え、引き出しに丁寧に並べてある100本あまりのネクタイの中から、渋めな色の小紋プリントのタイを選び、ディナー用にプレーンノットでふわっと結び目を形良く決めた。出来の良さにおもわず「よしよし」と独り言を言った。その結び目で、より上着の素材の高級感を際立たせたのだ。下には靴が10足ほど並べてあった。迷うことなく、こげ茶色のモンクストラップに履き替えた。大鏡の前で全身のチェックが終わり、なるべく社員の眼に止まらないよう足音を殺して小走りにフロアの隅を駆け抜けて外に出た。社員の視界は目の前のモニターに遮られており気づく者はいなかった。しかし玄関に向かう通路で、ちょうどその時帰ってきた山ほどのブティックの紙袋を抱え視界も塞がった事務員の理美とぶつかった。彼女はバランスを崩して、ひっくり返った。

「いたーい！」

里美の怒色を孕んだ声が背後で聞こえたが、無視して走り去った。

社内では理美の帰還と共に、彼女の持ち帰った戦利品が打ち合わせ用のワークテーブル上にぶちまけられてセリ市のような様相を呈していた。この場面での主役は、理美も含めて女性社員の3人。通称ビューティ・シスターズが完全にとり仕切っていた。男どもも、この時ばかりは手を止めて、どやどやと近寄ってきた。卓也は、ムードに合わせて『フュージョン特集』のCD—Rに入れ替えた。1曲目から、クルセイダーズ時代のジョー・サンプルの粒立ちのいいピアノが転がるようなフレーズで雰囲気を一層お洒落に盛り上げた。

小物、バッグ、セーター、時計など、何種類も片っ端から買ってきたという感じだ。

「理美！　カード返せよ」

まだPCの前にいた石河が、手を上げて叫んだ。

「えー！　返すんですかー？」

不服そうに頬を膨らました。

「当たり前だろ。お前なんかに持たしておいたら破産するよ」

「私、1億も使いませんよー」

「バカ言うなよ。そんなに持っているわけないだろ！」

「もってるって！　でなきゃ、アルファロメオの次に新車のミニバン・ベンツなんか買えるわけないんだから！」

女子社員の榎京子が加わった。

「しかも390万、1回払いよ！」

「いや、諸費用込みで419万よ」

「嘘！　本当に？」

「しかも写真見た途端、赤坂のショールームにインターネットで注文！」

「そうそう」

「週刊誌買うのと変わらないんだー」

女3人かしましい。

「なんでお前らが、そんなこと知ってるんだよ！」

石河が怒鳴ると、シスターズは蜘蛛の子を散らしたように離散して、各自再びガサガサと商品の値踏みに没頭していた。

「専務ー。これなんかどうですか？」

もう一人の女子社員の片瀬緑が、ロレックスのデイトナを卓也に差し出して言った。値札は185万円。

「いやー。俺そういうの趣味じゃないから」

苦笑いして手で制した。

「そうですかー？　若いけど著名人なんですから、それ相応のものも持っておいたほうがいいんじゃないですか？」

「お前なあ、松嶋専務にこんな安物失礼だろうが」

と増田が緑の頭を抑え時計を取り上げた。

「あなた達！　松嶋専務は、こんな俗世間の垢にまみれてない人なのよ。だから世界的な凄い仕事ができるんでしょー」

「京子ちゃん、それって誉めているの?」

「勿論!」

得意げな顔がチャーミングだった。

「サンキュー」

苦笑いしながら卓也は礼を言い、何気なく窓際を見るとビートルズの壁掛け時計が眼に入った。文字盤が『サージェント・ペパーズ・ロンリー・ハーツ・クラブ・バンド』のジャケットと同じものだ。北詰がロンドンのオークションで手に入れてきた年代物だった。アルバムは歴史的名盤の誉れ高いが、卓也はこれを見るたびに楽曲的には、「ア・デイ・イン・ザ・ライフ」ぐらいしか聴きたいとは思わないけどなと呟くのだった。

時刻は午後3時30分。

卓也は自分の席に戻ると、ネットワークを終了させデスクトップの電源を落とした。

「じゃ、今日はこれでお先に失礼するよ」

ロッカールームに消えた。

「おつかれさまでーす」

全員が声を掛けた。

「おーい、みんな!」

まだ席で作業を続けていた石河が再び叫んだ。

「今メールで俺の口座番号送ったから、金はちゃんと振り込んどいてくれよな」

「えーっ! これって、石河さんのオゴリじゃないんですかー!」

本気で驚いたようにシスターズ全員が、大げさに声を揃えて叫んだ。

「またまたっ、バカヤローどもが。何で俺が、お前らに貢がなきゃならないわけ?」

「えー、困っちゃうな…。100回払いでもいいですか…?」

エルメスのバッグを持っていた理美が不満顔で聞いた。

「勝手にしてくれよ」

既にそんな返答など無視して、他の商品を片っ端からガサガサと値踏みするシスターズだった。

「あれっ！　これ、袋破れてるじゃない」

京子が叫んだ。

「そうなのよ。さっき玄関の前でぶつかってね。酷いんだよ、ごめんも言わずに行っちゃうんだから。社長は！」

思い出したように腰を摩り怒る理美。

「社長だったの？」

「だとおもうんだけどなー…。着替えていたけど。チラッと見た感じはそうだと思う」

奥で運転用のスニーカーに履き替えていた卓也の耳にも聞こえていた。

「まったく、あのスケベ親父め！」

夜のデートに感づき卓也は舌打ちした。

卓也はその日、久しぶりにマイカー出勤していた。駐車場まで5分歩いた。赤のボルボ。ボルボといえば大型のステーションワゴンが定番だが、あえて2ヵ月前に、V40を購入した。コンパクトで動きやすいのが気に入ったのだ。運転席に乗り込むと、まだ新車のレザーシートの油くさい匂いが心地よく鼻をついた。

青山通りに出て、日本橋方面に進み、すぐに右折して六本木を突っ切って霞ヶ関からインターに乗った。首都高を少し走って箱崎で降りた。行き先は秋葉原。ドライブにはちょうどいい距離と時間だった。秋葉原につくとすぐに駅前の駐車場に車を入れた。久しぶりの電気街。相変わらずメインの中央通りは、ただ歩くのも困難なほどごったがえしている。中央通りの信号を渡って奥の細い路地に入った。小さな雑居ビルに沢山ショップが入っている。カスタム・メイドのコンピュータ・ショップやジャンク・ショップだらけだ。以前発注したことのあるショップで、64MBのメモリー・ボードを1つとSCSIコードを買った。店員はすべて入れ替わっていた。対面にあるジャンク屋で、マザーボードを買った。使えるかどうかわからない。しかし、それもホテルに帰ってからのお楽しみでもある。怪しげなジャンク店が、また3件増えていた。2時間ほど歩き回って車を出した。

再び六本木までもどり、WAVEで、70年代ロックのCDを60枚ほど購入した。殆どは北詰の自宅で見たアナログレコードと同じ物だった。オンラインで購入する手もあるが配達のタイムラグを考えると直接買った方が早い。思ったときが聴きたいときで、配送されるまでに興味がなくなるのだった。その他外国の音楽雑誌も、2、3冊買いこみ地下の駐車場から車を出したときには日は完全に落ちており、本日の終了を告げるように街はモノトーンに変わっていた。

車を新宿方面へ走らせた。コンポのスイッチを入れ自作のCD—Rをランダム再生にした。北詰ご推薦の、ロジャー・ヴォードリスの「ラジオ・ドリーム」が、あまりにも都会の夜景にマッチしていたので思わず手を叩いてしまった。やはりナイトクルージングはAOR特集にかぎる。

「最高だなぁ、俺の選曲は」

卓也は一人で悦にいって自画自賛した。

久しぶりに、ゆっくりとホテルまでのクルージングを楽しんだ。

＊

弘子は大手クライアントのあるアークヒルズから打ち合せを終えて出てきた。辺りはすっかり暗くなって華やかなネオンが、この街本来の洒落たムードを蘇生させていた。北詰との約束した場所にはタクシーを使うには近すぎる気もしたし、時間も打ち合せを検証しながら歩いて行けばちょうどいい頃合だと思った。だが弘子は、静かに後をつけている黒のディアマンテの存在など知る由もなかった。

信号の前に立って待っていると、目の前に黒塗りのセダン車が止まった。右側から左折してきたので、そのまま前を通りすぎるはずだが、道を聞きたいのか停車したままドアを開け、運転席から身を乗り出すように男が話し掛けてきた。

「えっ？」

弘子は思わずドア越しに屈み込むように耳を傾けた。

瞬間男の手が伸びて右手を掴まれ、あっという間に車の中に引きずり込まれた。同時に車は加速して走り出していた。車はバランス悪く左側に大きく重心を落とし、タイヤが激しく軋んで音をあげ弘子の悲鳴をかき消した。半ドアの隙間から片方のハイヒールの脱げた弘子の足が覗いていた。車体は一瞬左右に大きくグラインドしたが、すぐにバランスを整え同時にドアが閉まり素早く夜の街に消えた。路上に片方のハイヒールが残されていた。一瞬の出来事で、通りで気づいたものはほとんどいなかったが、数メートル後方にいたサーブだけは、敏感に反応したように逃げ去った車の後を素早く追っていった。

＊

「おいおい、どうなっているんだよー」

情けない声で、北詰は苛立ちをだるく煙と共に吐き出した。

ウィンドウズのタスクバーに時間表示があるのにもかかわらず、つい癖でホイヤーの腕時計を見ては少し苛だっていた。昼間と違い、店の一番奥のリザーブ席に座っていた。約束の時間からもう1時間がたっていた。もったいをつけるにしても少し遅すぎる。

〈ドタキャンか？　ならEメールぐらい来てもいいはずだが…？〉

受信メールを再チェックした。〈それもないということは、彼女の意志としては来るつもりなのだ。そうだ、なにか特別な障害が起こったのだ！　それも緊急の。それとも、車が遅れているのか？　渋滞で？　しかし、それならそれで、やはりEメールぐらいは送れるはずだ。携帯電話だってある。プロバイダーにうまく繋がらないのか？　あるいは急に抜けられない会議に入ってしまったとか？　それでもやはり、Eメールくらいは送れるはずだ。PCも持ち込めない会議なんて今の時代ありえないはずだ。ましてやハイテク企業PDXの人間じゃないか。ということはコケにされたわけか？　たとえそうだとしても誰に文句が言えよう。美しい女性といっても、巨大企業の重役だ。もしかして試された？　女に手が早いと思われたのだろうか？　確かに遅くはないが……。しかし、元々誘ったのは向こうじゃないか！〉

つまらない推理は滑るようにいくらでも溢れ出ていた。

「ちくしょー」

溜息をついて大きく背伸びをした。

〈まあいいさ。もう1時間待って来ないようだったら帰ろう。後日なにかの話のついでにだ。もし聞かれたら、さりげなくこう言おう。

「2時間ほどは待ちましたが、急用でも出来たと思い私の方こそ失礼させていただきました」

そう言えばカッコもつく。あまり頑張るのも飢えているようで美しくない。別にもてないわけじゃないし。そうさ。別に大したことじゃない〉

北詰は勝手な屁理屈で自分を励ました。これが商談だったら、24時間でもウキウキ気分で待つのだが。会社を興した頃何度も来ないでくれと願ったこともあった。待たされる時間に比例して、契約がまとまる可能性が高くなるからだ。すっぽかされでもしたら完全にこっちのものだ。

だがあの彼女には、この程度のビハインドなど大した武器にもならないことはわかりきっていた。

＊

弘子はディアマンテの助手席に、微動だにせず座っているしかなかった。まるでシート・ベルトで縛られ自由を奪われた心境だった。こうなってみると、シートベルト自体の本来の目的はこういうことのように思われた。

しかし本当に自由を奪っているのは、拉致された直後の凄みのあるひと言であった。

「おとなしくしていれば危害は加えない」

加えないという宣言は、逆に加える可能性も示唆しているのだ。得てして想像の恐怖の方が実際の恐怖を上回る事が多い。きちんとして座っているフロントの二人の姿は対照的であるが、外からは一応は普通のカップルに見えるだろう。運転席の男は帽子をかぶりサングラスをしているので顔がわからない。不精髭が濃く大柄で太っていたが、肌艶からは明らかに20代前半ぐらいの若さに見えた。時折こっちを見てエヘエへと笑う以外、何も喋らない。恫喝されるわけでもないが、目的がわからないだけに不気味だった。沈黙が不快な重圧となって胸を締め付け呼吸が苦しかった。

突然男の手が伸びて胸を触られた。「あっ！」と呼吸が途切れたまま声が出なかった。男はニタニタと笑いながら、更に手を腹から太腿に滑らせ遂にはスカートの奥までもこじ入れようとしてきた。さすがに男の手を強く掴み抵抗した。車が大きく左側にぶれた。

「やめなさい！」

しっかりとした声が出せた瞬間、いつもの自分に戻った冷静さに包まれた。毅然と行動したことによって恐怖の呪縛から解かれていた。男は一瞬、怒りの表情になったが、弘子の手を荒々しく振り解くと両手でハンドルを握った。

「私をどうするつもり？」

風貌を詳細に焼き付けようと凝視すると、男はニヤリとして別の意味の反応をみせた。

「あんたの眼、綺麗だな」

「……」

「俺、そういうクリスタルのような綺麗な目を見ると潰したくなるんだ。ブチッとな」

男の顔が醜く歪むと同時に、ヒクヒクと薄気味悪い声色で笑った。弘子は反射的に目を背けた。不快感をかみ殺し正面を見据えた。こんなゲスな相手と共有しなければならないこの空間と時間に吐き気がしていた。

ピッタリ後をつけている後続車に気づくことなく、弘子を拉致した車は軽快に渋谷方面に向かっていた。坂を登りきった所で、ちょうど六本木交差点の長い信号に引っかかり、横断歩道を跨ぐような位置で停車した。信号が変わり前後から怒濤の人波が湧き出るように溢れ返り、フロントの視界が行き交う人々で埋め尽くされた。

これだけの人間に囲まれているのに、いま自分は生命の危機に瀕している…。弘子は再び気持ちが混乱していた。

その時だった。突然リヤウインドを、誰かが物凄い勢いで叩き始めた。白い手が一瞬見えた。車内に響くけたたましい音と振動が男をパニックに落とし入れた。

「な、なんなんだ！　この野郎！」

男は必死で叫ぶと、反射的に全ドアロック解除ボタンを押した。弘子は目の前のロック解除を見て冷静な状態へと覚醒した。男は物凄い慌てぶりで、ドアを抉じ開け半身を外に放り出すように周りを伺ったが、すでにその手の主は消えていた。男が完全に外に気を取られていた時、とっさにシートベルトを外しドアを開けると、そのまま人波の中に押し入り、なだれ込むようにそのまま走り去った。背後から男が慌てて言葉にならない声でがなりたてた。周りが一瞬緊張したように振り返るが、すぐに雑踏の猥雑な空気に飲みこまれ、誰も気に留めるものはいなかった。

＊

1時間50分が過ぎて2時間になろうとしていた。もはや限界だと思った。

北詰は再び、フーッと長い溜息をついた。最近禁煙を考えていたが既に2箱吸っていた。吸殻が5本を越える度に、ウエイターが灰皿を取り替えてくれるのが気になっていた。

気持ちは完全に帰るモードに傾いていた。

「だめだ、こりゃ」下唇を突き出し言った。

最後の1本を灰皿に押しつぶすと両手を伸ばし、椅子が限界点に傾くまで、ぐーっと背伸びをして体重を預けた。態勢を整えると店内をぼーっと眺めた。

洒落たアッパー・ミドルのカップルしかいなかった。

〈まったく…。いい大人がこんなところで何やっているんだろうな。中学生の初デートじゃあるまいし〉少なからず、がっくりしている自分自身が可愛くもあり情けなくもあった。

再び姿勢を正し、ノートを開いてEメールを打つことにした。

「申し訳ないが、私も非常に忙しい身であるし約束の時間には来たのだが姿が見えなかったので、すぐに取引先のところへ行くことに…」

などと、だるい作業を始めた。すっぽかされたにもかかわらず、まるでこちらの非礼を詫びるような内容でメールを送信した。

「さてと」重い腰を上げ席を立った時だった。

「あっ！」と叫び呆然となった。

入口に椎名弘子が飛び込んできたのが見えた。瞬間彼女の尋常ではない状況を察知した。髪を振り乱し阿修羅の形相をしているのが遠目からもわかった。相当走ったらしく、上半身が大きく波打っていた。しかも片足は裸足だ。昼間の優雅さとの大きな違いに、唖然としながらも弾かれたように北詰は席を蹴っていた。店内を泳いでいた弘子の怯えた瞳は、駆け寄る北詰の姿を捕らえると安堵したように優しい光に変わった。同時に緊張の支柱を失ったように、その場に倒れそうになるのをすんでのところで抱き留めた。抱きかかえゆっくりと通路を引き返し、元の席に連れ戻った。弘子はその間も小刻みに震えており、しきりに腕の中で、うわ言のように「ごめんなさい」と掠れた声で繰り返していた。その眼には涙がうっすら滲んでいた。

胸が熱くなった。よほどのことがあったのだろう。何も聞く必要はないと思った。

誰だ！　煮ても焼いても食えない女なんてぬかした奴は！

小さな怒りが胸の中に湧き上がると同時に、弘子への愛おしさが倍増された。他のテーブルの客が興味深げに注視する中で、店員が只ならぬ雰囲気を察して、おしぼりと冷たい水を持ってきてくれた。小さく礼を言って受け取ると、弘子にゆっくりと冷たいグラスの水を飲ませた。やっと落ち着きを取り戻し、表情に薄っすらと赤みが射してきた。混乱から態勢を立て直し冷静さを取り戻しはじめたようだが、まだ呼吸は乱れていた。

「本当に……」

もう一口飲む。呼吸が続かないので言葉も続かなかった。

「お待たせして……。ごめんなさい」一気に言った。

「急いでくれたのは嬉しいけど、ちょっと普通じゃなかったね」

安心させるために、あえて陽気なトーンで言った。

「恐かったわ。拉致されそうになったの」

「なんだって！　誰に！　心当たりは？」

一転して激しい詰問調になっていた。

「まるでわからないの。いきなり車の中に連れ込まれて…」

「怪我はない？　よく逃げてこれたね」

「必死だったわ。信号待ちになった時、外から誰かが窓を叩き始めたの、男がびっくりしているその隙にドアを開けて逃げたの。その後はなにがなんだかわからなくて気が狂ったように夜の街を走りまくったわ」

「その窓を叩いたという人物は、誰なんだろう？」

素朴な疑問を口にした。

「まるでわからない……」

弘子も今になって冷静に考えれば、交番に行くなり、どこかの店に飛び込んで警察に連絡してもらえばよかったと思ったが、車を飛び出した瞬間すぐに背後から男が追いかけてくるのではないかという恐怖心で必死に闇雲に走っていた。1時間以上走ったような気がするが、実際は10分くらいだろう。その時は、とにかく北詰のもとへ行くことだけがすべてのように思えた。そして1時間ほど夜の街をさ迷っていた。どこだか全然わからなくなっていた。不思議だった。ふと見ると、導かれるようにここの看板が眼に飛び込んできたのだ。

それらの事情もすべて聞いて、再び北詰は胸が熱くなった。

「とにかく警察に行こう」

「行きたくないわ！」

興奮が蘇り叫ぶと今度は「変だと思うでしょうけど……」一転して深く落ち込むのだった。まだ混乱は続いていた。

「気持ちはわかるけど。これは大変な事件だよ。きみはあのＰＤＸ社の取締役なんだよ。もし企業を狙った組織犯罪だとしたら他の人も狙われる可能性がある。絶対に警察に届けるべきだよ」

「もう少し待って」

いつものクールなトーンになってきた。鉄の女の回復力だった。

「冷静になってよく考えるから。今の状態のまま行くのはいや」

「わかったよ。時間はたっぷりある。安心して休んで。

僕が側にいる限り、君を命にかえても守ってみせるから」

「……」

結局説得に折れる形で、しばらくあたりさわりのない話が続いた。北詰はその間にもさり気なく電子ショッピング・モールから、六本木界隈の店を探し出し、メールで注文して新しい靴を店まで届けさせた。弘子はこの心配りに強く感激した。

その後、結局弘子は北詰に付き添われ麻布警察署に被害届けを出した。北詰は弘子を広尾の自宅マンションまでタクシーで送っていった。弘子はまだ恐怖の余韻醒めやらず、しばらく一緒にいて欲しいと懇願した。結局北詰はそのまま朝まで帰れないこととなった。

＊

弘子がシャワーを浴びている間、北詰は軽く一杯やっていた。

部屋に戻ると弘子は着替えを済まし、すぐに簡単なつまみと酒を用意してくれた。

彼はアメリカン・クラッカーにマスカロポーネをのせて、ほおばりながらバーボンを飲んでいた。そして今夜はここのソファで寝ると勝手に決めていた。

それにしても豪華な住まいだった。見渡すと広いリビングは室内ガーデニングで彩られていた。ヤトロファ・ムルティフィーダやストレリチアの大きな植物が部屋にポイントを作り、サイドボードやテーブルの上には、セロームやマランタなどが、やや大きめのプランターで配置してある。快適なグリーンの香りと空間が気持ちをリラックスさせてくれた。家具はすべてモノトーンで統一されていたが赤いレザーのソファが落ち着いた部屋に強烈なアクセントとなっていた。センシティヴで贅沢な演出だった。

吸い付けられるように、デスクトップ・パソコンの隣に置いてある高級なオーディオ装置に眼がいった。隣の木製ラックには洋楽ＣＤが軽く４００枚以上はあった。殆どが古めのポップ・ヴォーカルとモダンジャズだった。手持ち無沙汰で、勝手にアキュフェーズ製のセパレートアンプのスイッチを入れてＣＤを再生してみた。プログラム選曲になっていたままだったが、弘子の趣向を覗いて見たくなり、そのままプレイボタンを押した。

ブラザース・ジョンソンのバラード「トゥモロー」が部屋を優しく包んだ。

自分達が学生時代好きだったフュージョン以前の、いわゆるソフト&メロウといわれたサウンドだった。随分懐かしいものを聴いているんだなと感心しながらも自分との趣味の一致にほくそえんだ。それにしても素晴らしい音響システムだった。楽器の分離度が極めて良く、小さなヴォリュームでも1音1音が粒立っており部屋の残響音も申し分なかった。完璧にポップ・ロックやジャズ・フュージョン向きに組み合わされたシステムといえた。

心地良いサウンドが流れる中、バスローブで身を包んだ弘子が奥から現われた。熱い水気を含んだ肌が、また一層生々しい美しさを浮きたたせていた。

「シャワー浴びたら。待っているから……」

初めて見せる愛くるしい笑顔だった。

「いや。僕は今日徹夜で見張っているから、あなただけ安心して休んでください」

「ありがとう…」

少し刺激的な弘子の姿に眼を伏せた。しかし彼女はジッと北詰を見つめたままその場を動こうとはしない。

「……」

「?」

不思議そうに北詰が顔を上げると、

「さっき、あなたのメール読んだわよ」

眼が悪戯っぽく笑っていた。

「あっ!」と叫びそうになったが、その瞬間彼女の柔らかい肢体が覆い被さってきた。

そのままソファに押し倒される格好になった。目の前に弘子の魅惑的な瞳があった。

「優しいのね」

何かを言い返そうとしたが、つまらない言い訳は熱く湿り気を帯びた感触で塞がれていた。

その瞬間頭の中で何かが弾けた。堰を切ったように全身に力感が宿り彼女を抱きしめた。それは抱きしめたというよりは、締め付けたような強さだった。だがその力強さは、解き放たれた野生の放出を彼女に宣言するものだった。

　二人は競うように激しい愛撫を続けながらソファに倒れ込んだ。バスローブの分けめに反射的に手を滑り込ませバストを揉みしだきヴォリュームを確認した後、一気に白い腹の上を撫でるように下まで滑らせ最端の熱っぽく湿りを帯びたヘアにデリケートに触れた。下は全裸だった。それがスタートダッシュの合図となった。荒々しくバスローブを解いて押し広げると、明るいリビングにその美しい裸体をさらけださせた。見事に形良く突き出したボリュームのある乳房を下から眺め、両手で押し上げるように荒々しく揉みしだき、様々な形に変化させて弄んだ。弘子は身体をくねらせ熱く反応していたが、やがてそのまま白い裸体の全体重が覆い被さってきた。唇を重ね合わせ激しく吸いあい、二人はねちっこく緻密な戦闘を繰り返すように、延々と舌を絡ませ続けた。時折うっすらと喘ぎを漏らしながらも、弘子の指は北詰の胸でしなやかに動き無駄なくボタンをはずすと、あっという間に上半身からすべてを抜き取った。その後のベルトをはずしファスナーをおろす動きにも無駄がなかった。北詰は彼女の自由にさせながらも、抱きかかえ下に寝かせると態勢を逆転させ中央の位置に戻した。そして改めて情熱的に強く抱きしめた。全身の硬直した筋肉が、白い柔らかい肌に吸い付けられ、とろりと包み込まれると精気を吸い取られるようだった。

　既にお互い全裸となっていた。熱い抱擁を続け競争するように、お互いの唇を強く吸いあった。胸板に連続的にぶつかって来る、硬くなった乳首のジャブが次の大胆さを催促しているようだった。彼女の両足を押し広げ持ち上げて肩にかけた。一瞬視界に入った全裸にアンクレットだけという姿が妙に艶めかしかった。そのまま態勢を倒すようにゆっくりと限界点に達したテンションを彼女に押し込み一体となった。瞬間堪え切れない淫靡な喘ぎが奥底から搾り出されるように漏れた。男にとって最高のサウンドである。だが頭の中は所々どこか冷静で、全身のあらゆる部分を手抜きなく必死で動かし続けた。まるでオーディションのハードルを越えるためのように…。やがてそれを続けているうちに、煽動的な官能が徐々に高波のように迫ってきて意識は真っ白になり、彼女の吐息と美しく歪んだ表情に引きこまれるように一気に快感のレッドゾーンに突入していた。最後の力を振り絞るように、激しく情愛の刻印を狂乱したように打ちつけた。そしてそのまま二人は、暴雨風のような悦楽の嵐の中に埋没していった。激しい興奮に、血中のアルコール濃度の効用が促進され更に心地良い倦怠と催眠も同時に全身を包んでいた。熱い。全身が燃えていた。何故か薄れ行く意識の中で、あまりの激しさに彼女は壊れてしまうのではないかと思った。しかし彼女の反応は、それ以上に激しいものだった。数時間前の恐怖の余韻が、異常な高揚へと押し上げているのかもしれなかった。ただその反発とも呼べる身体の反応は、徐々に本来の全貌をさらけ出したようにも思えた。それはどこか理性的であり、愛するべき情熱を受け入れ悦楽を堪能するというよりも、もっと根源的な憐憫を要求するような一抹の寂しさを垣間見せたように感じられた。

部屋を包んでいたサウンドは、肉核の摩擦を繰り返すには打ってつけの小気味良いファンクサウンドに変わっていた。歯切れいいチョッパーベースが、定則的で肉感的なリズムを刻んでいたが、当然二人の耳にはそんなものは一切届いてはいなかった。

＊

最初に眼覚めたのは豪華なダブルベッドの中だった。まだ夜は明けていなかった。傍らには弘子が静かな寝息をたてていた。この紛れもない現実に北詰は、ほくそ笑んだ。ベッドの中の温かさと彼女の柔らかい感触が、昨夜の心地よい余韻と倦怠を包み込んでいた。突然起こったこの劇的なシチュエーションを抜きにしても、彼女とはいずれこうなるのが自然だと思った。お互い最初に会った時から、動物的嗅覚から惹かれ合う物を強く感じていた。今迄もこういう予感がした時は、あとになって考えて見ると必ず的中していた。そしてそれは、少なくとも4回はあった。数多い女性経験の中でこの運命的な4回が、多いのか少ないのかは自分では判別のしようがなかった。そんなことを考えながらも、心地良いこの感触をしばらく味わっていたかった。しかしそんな贅沢な願望は、発作的に襲ってきた次の睡魔にあっという間に奪い取られた。

＊

朝になると弘子の態度は、まるで魔法が解けたようにそっけなかった。

事務的にテキパキ動く姿が酷く冷たく感じられた。弘子は手早く朝食の支度をして振る舞うと、あっという間に出勤の準備を整え、そそくさと追い出されるようにして部屋をあとにすることとなった。

ブラックの９１１カレラが吼えた。

あっという間に、都会の中心部に連れ戻された感じだった。青山通りまで送ってもらうことにしていたので、会社の近くで軽くお茶でもと誘ったが、朝一でやっておかなければならない仕事があるので遠慮するという。仕方なくリンクル本社前で別れることにした。その仕事というのも、本来なら、夜中に起きて片付けるところだけど「あなたが眠ってる部屋の隣でパコパコ、キーボードを叩くのもいやだった」ということらしかった。これでも一応気を遣っているのだった。

だが今の車内のムードは、昨夜のことはすべて夢物語だったような重苦しさだ。

車内に流れる、アコースティック・バンドの方のチック・コリアのピアノも硬質で冷たく感じられ、遂に我慢しきれず口を開いた。

「昨夜はどうも。厚かましかったな……。ゴメン」

「何故あやまるの？」

正面を向いたまま、クールだが穏やかなトーンだった。

「えっ」

「私が求めたのよ。それにあなたは優しく応えてくれた。……嬉しかった」

「うん」

「セックスは大事なコミュニケーションよ。相手を理解するには、もっとも有効なツールじゃないかしら。私はそう思っているわ」

「……」フロントを見たまま生真面目な表情で頷いて

いた。

「そこまで言って、ニヤける男は問題外だけど。あなたとは親密になれて良かったと思ってるわ」

「うん」

「私は最もスペシャルな相手しか選ばない」

「光栄だと思っているよ。それに僕は既に君に夢中になりつつある」

「その気持ちはとっても嬉しいけど、仕事のほうもベストプレイでお願いしたいわ」

ベストプレイという言葉が妙に生々しく引っかかった。昨夜の弘子の嗚咽と歓喜の表情が思わず頭に蘇った。数多くストックしておきたい映像だった。

フュージョンサウンドの曲が終わると、弘子が鼻歌でリズムをとっていたことがわかった。静かな車内に向かって都会の風景がモータードライブの写真のように飛んでいく。指タップを打ちながらステアリングを軽快に操る弘子。運転の方が楽しそうで、なにか彼女に翻弄されている気がして口をつぐんだままだった。気のきいたセリフを考える間もなく青山3丁目に着いた。

重低音が停滞しエンジンの波動が全身を震わせたが、声だけは震えず言った。

「また会えるかな？」

「これから毎日会うわよ」

「いや。二人だけでさ」

少し間があったが、弘子は黙って頷いた。

確認が終わると、北詰は何事もなかったようにドアを開け車を降りた。そして通りから振り返ると、一転して誰もが惹きつけられる例の人懐こい笑顔を浮かべて言った。

「どうもありがとう、またね」

ドアを閉め軽く手を上げた。弘子もつられて頬が緩んだ。

重低音を誇示するようにポルシェが走り去った。ルームミラーに映る北詰が、だだっ広い通りの中で、あっという間に黒い点になった。車中の弘子は、やっと自分一人の世界になれたことを内心喜んでいた。リモコンでCDカートリッジの選択を切り替え、一気にヴォリュームを上げた。大西順子のピアノが、スピード感溢れた恐ろしくハード・ドライヴィングな演奏を始めると、呼応するように歓声が巻き起こった。モントレーのLIVEだった。

弘子の朝は、少なくとも北詰より1時間は早かった。北詰が目覚めた時、リビングには既に、芳醇なコーヒーの香りを漂わせ、シャワーから出たときには、焼き立てのクロワッサンとベーコンエッグ、そしてフルーツを整然とテーブルの上に並べていた。弘子は細々とした手間をおしまない女性だった。しかも定時拘束などないのにもかかわらず、毎日7時前には出社して、夜は外出がなければ11時くらいまで本社で仕事をするのが普通だった。アメリカのエグゼクティブは16時間働いている。彼女の口癖だった。それぐらい頑張らないと、過酷な競争には勝ち抜けないと信じていた。投資のないところにリターンはないのだと。だが、働く時間の長さは仕事の密度に関してさほど重要ではない。大切なのは課題を解決することである。課題とは、達成すべき目標の鍵ともいえる。課題を一つずつクリアしていけば、おのずと目標が実現されるのだ。だから その課題に対し、市場レベルから見て、十分に競争力のある価値、つまり、ソフト力、技術力、コスト力などを提示して問題解決に当たり、尚且つ結果として目標の成果に結び付けていくことだ。ここまで出来て初めて一人前のプロのビジネスパーソンと評価されるべきなのだ。だから彼女は反対に、まだ若いそれほどの大きなプロジェクトをかかえているとは思えない若手社員が、受け身でダラダラ遅くまで会社に居残っているのが気に食わなかった。そしてそれを、無言で強要している上司も社風もシステムも。いまだにこの国の人事評価は、仕事の成果よりも勤務態度が重要視される前近代的な風習が残っているのだ。道理の合わない内容のない形式主義が、彼女のもっとも憎むべき対象であった。それに能力主義と言いながらも、実は歴然と存在する学歴学閥社会、男女差別、社内いじめ、セクハラ、それらを総括した男達の女性全般に対する嫉妬心や偏見など。彼女は、この国のあらゆるアンチフェミニズムとも戦っていた。いまだにビジネス社会においての女性蔑視は根強い。セクハラ問題といっても所詮は男どものレクリエーションに過ぎない。この傾向はむしろ女性の社会的進出が目覚ましくなったのと反比例するどころか、特に上級社員の分野では濃密且つ陰湿になったといってもよかった。今回の誘拐未遂事件も、保守派の警告とも考えられなくもない。

ＰＤＸ社は今、保守派と改革派が最後の戦いを繰り広げていた。と言っても結果は見えているが。保守派の最後のあがきといってもよかった。それだけに何をするかわからない。

社内は、大きく三つに色分けすることができた。モラリスト。トラディショナリスト。そしてイノベーターズだ。保守派とは、この三つのグループの中に複合的に巣食っている上層部の連中のことを指している。既得権益をむさぼり、これまで裏で会社を食い物にしてきた連中が、今内田を中心とした弘子ら改革派によって一掃されようとしているのだった。別に内田がパワー・ポリティックスな対決を仕掛けている訳でもないが、当然反撃も覚悟していた。

しかし、反社会的な行動にまで出るとは……。

唯一の味方である内田に相談すべきか迷った。出来れば彼には面倒をかけたくなかった。彼とて仕事に関しては、自分の最大のライバルなのだ。甘えは許されない。だが北詰も知っており、被害届けまで出しているのだから黙っているほうが不自然だろう。

さて、内田はどう動くだろうか？　これをいい反撃材料に、反革分子達を一気に潰しにかかるだろうか？　あるいは調査をしてみたら、会社にはなんら関係ない事件ということもありえる。もしそうだとしたら、何故自分が狙われるのか？　単に誰でも良かった行きずりの犯行か？　だがあの感じは、少なからず計画性を感じさせた。ただ、逃げられるぐらいだから緻密な計画とはいいがたいが。

それにあの車のウィンドウを叩いた人物は何者だろう？　本気で救おうとしてくれていたのだろうか？　何を意図して？　いまだに判然としない。自分の窺い知れない巨大で複雑なものが絡んでいることも推察できた。

軽快なクルージングは続いていた。都会の朝の風景が次々と飛んでいく。通りに立っている自分の姿。その前を黒い車が被う。昨夜の忌わしいシーンがフラッシュバックで脳裏に再現され恐怖が蘇った。

〈やはり狙われたのだ！　そして警告のつもりでわざと逃がした？　そうだとすると、ますます内部の犯行くさい。どうすべきか……。やはり内田に相談すべきだろう〉

結局弘子の自問自答は会社への到着と共に、はなっから用意されていた結論へと帰着した。

＊

その日の午前中、卓也と北詰は内田に連れられてPDX本社ビル最上階の部屋に案内された。上の階なのにセキュリティ上、専用エレベータでないと行けないという物々しさだ。最上階に部屋は一つしかなかった。誰の部屋なのかわからない。PDXはドアにプレートを貼っていないのだ。その部屋の壁は一面がすべてガラス貼りで、広大なサロンのようだった。サロンではないとわかったのは、家具と思われるものが、応接セットと重厚なデスクぐらいしかなかったからだ。

「いい眺めだろう」

内田が都会の景観を背にして立って、珍しくおどけて見せた。

「よく来てくれました」

部屋の隅から落着いた声がした。マホガニー製の重厚な洋服ボードを閉めると男が近寄ってきた。社長の辰巳だった。出張を終えて欧州から帰国していたのだ。年恰好は内田とほとんど変わらなかった。まずは内田とがっちり握手した。二人は上司と部下というより、まるで旧友のようなムードだ。

「北詰さん、松嶋さん、初めまして。PDXの辰巳です。宜しくお願いします」

丁重に頭を下げた。そして一人一人がっちり握手した。若々しい強い握力だった。自らを社長とは決して言わない。爽やかで礼儀正しい、本物の中の本物という感じだった。

卓也達は一目で辰巳社長に好感を持った。規律正しさの中にも、底知れぬ奥行きを感じさせる。そして時折、ウイットに富んだジョークで相手を和ませる。ステイタスやプレステージなど、遥かに凌駕している大きな人間性を感じさせた。やはり巨大商社ＰＤＸの底力を、トップの人格にして充分感じさせられた。内田も凄いカリスマ性があるが、この人にはもっと物凄い何かがあるとも思った。四人はあっという間に意気投合して、数時間膝を突き合わせて今後の事を話し合った。

＊

その日の夜だった。ホテルの部屋に戻った時から異変を感じていた。

なにか空気感が違う……？

部屋に定着していた自分の体温や臭いが、すべて追い出されてしまっているようだ。そう。まるで古い洞窟に足を踏み入れた時に感じる得体の知れない、冷たくてかび臭く邪悪な雰囲気が静かにただよっているあの感じに似ていた。卓也は全感性を研ぎ澄ませた。そして頭の中で、ゆっくりと冷静に検証をはじめた。この違和感は、まず現象として、部屋のシステムがいつもどおり作動していないことである。通常彼が部屋に戻り廊下の照明のスイッチをいれると、センサーが感知して自動的にお気に入り特集のＣＤ―Ｒの曲がＢＧＭとして再生されるはずなのだが今はなにも聴こえては来ない。

リビングの明かりが一部しか点かなかった。

半分暗闇の中で、青々しくも強力な光を放っている4台のデスクトップのモニターが4台ともすべてメニュー画面なのもおかしい。

ゆっくりと、ＰＣのディスプレイを覗き込んだ。突然、4台とも画面が異常なスピードでメッセージのようなものをスクロールさせ、同時に鮮やかなブルーの背景に、白のエンボス文字でメッセージが4行ほどあらわれた。すべて英語だった。

「ようこそ、ドリーム・シアターへ」

4行とも同じ言葉である。

再び派手な遊び画面が動いたあと、対話用メール画面になった。

「ひさしぶりだ、松嶋卓也くん」

英語の文面が現われた。

幻惑されているのか発光体の中にいる気分だった。催眠状態に強く誘導されたかのように朦朧としているが、意識の奥底は妙に覚醒しているといった矛盾した状態である。動揺はなかった。落ち着いてメインのパソコンの前に座り、返答を打ち込んだ。

“Who are you?”

「君の触れてはならない消去された意識の底に、ずっと私はいたのだよ」

異常な速さで返信メールの内容が表示された。まるで眼の前で話しているような感覚だった。

「もしや?」頭の隅に異物が姿を現わした。

次の文面が表示された。もはや、いつもの通信ソフトが起動されていないのは明らかだった。

「牧師から聞いたかね。そう、私だ」

「今更なにを!」

卓也は珍しく憎悪をむき出しにしていた。自分でも解釈出来ない怒りだったのだ。

「我々は君のことを、ずっと見ていたのだよ。時には手厚い保護も加えてだな」

「保護だと? なにを言っている。俺の両親まで殺しておきながら」

ほぼ考えているのと同じ速さで打ちこんでいた。

「あれは事故だったのだ」

「人殺しの言い訳はいつも同じさ」

「君は誤解している。我々は低俗で危険な存在ではない」

「では一体、俺に何の用だ?」

「君に協力したい。君の壮大なプロジェクトを一瞬にして完成させてあげよう」

「協力など必要ない。第一あんた、何者なんだ。どんな協力ができるというのだ。何の目的で俺にコンタクトをとってきた」

「それぞれの質問についての答えだが、多くの時間が必要となる。ここでは結論のみ簡潔に答えよう。まず一点目。我々の協力があれば、君が発想することすべてがこの世で実現できる。二点目。目的は君が我々の元へ帰ってくること。三点目。我々は、世界中の君のような孤高の天才を保護する存在であるということだ」

「天然記念動物保護団体というわけだな」シニカルに言った。

「団体ではない、存在である」

「他には何を保護するのだ？　鯨や山猫もか？　なんなら一緒に、レッド・データブックにでも載せてもらおうか」

「冗談はそれくらいにしよう」

「冗談はそっちだ！　二度と侵入してくるんじゃないぞ、この三流クラッカー野郎！」

「クラッカーだと？　私を、ケビン・ミトニックのようなチンピラと勘違いしているようだね」

「あっちのほうが、まだ上等じゃないのか！」

「これはこれは。ご挨拶だな。久しぶりに話すことが出来たというのに。もっとも過去の記憶は消去されているらしいがね」

「気狂い野郎！　記憶を返せ！」

「思い出さない方が君のためだよ」

「二度と侵入することは許さない。お前と取引する気なんかない。あばよ」

最後のメッセージを叩き込み、インターネット・エクスプローラーを終了させ、ＯＳを落として画面を再起動した。ロード状態が続いたあと、通常のメニュー画面が表示されるはずだが、見たこともない画面が次々と猛烈なスピードで切り替わり、わけのわからないメッセージが猛スピードでスクロールされていく。マウスもキーボードも、まるっきり受け付けなくなっている。突然部屋のすべての照明がフラッシュのように点滅し強烈な光で一瞬前が見えなくなった。ＣＤ—Ｒが再生されディープ・パープルの「ハイウェイ・スター」が大音量でけたたましく鳴り響いた。しかし卓也は、ディープ・パープルはもっていなかった。ツェッペリンは好きだが、パープルのようなキーボード主体のタイプのハードロックは重すぎて苦手だったのだ。突然の轟音の中で、感覚がおかしくなり、つまずきながらコンポに駆け寄りアンプの電源をＯＦＦにしたが切れない。ヴォリュームコントロールが効かないので、スピーカーケーブルを引き抜いた。さすがに轟音は消えたが、ＰＣは狂ったように画面が切り替わっていた。制御しようとマウスやキーボードを叩くが、一切受け付けない。更に狂ったように画面のスクロールのスピードが増し続け、ディスクが引っ掻くような大きな異常音を出し始めた。このままでは本体がいかれてしまう。電源コンセントを抜いた。だが画面は暴れまわったままで切れない。

そんなバカな！　ならばとモニターの裏側の電話回線を引き抜いた。

息絶えたように画面が消えた。４台のＰＣのすべてのスイッチをＯＦＦにして、ベッドに座って考え込んだ。

〈ついにコンタクトをとってきた……〉

部屋の明かりを点けてないことに気がついた。暗闇の中でこうしていると、教会にいた頃を思い出す。緊張が取れ、力なくボーッとしていた。ふいをついてＰＣに再び電源が入り、ロードもせずにモニターが再び画面を表示した。今度は静かなメール画面だ。

〈そんなバカな？　どうなっているのだ！　しかも電源も電話回線も外れているのに。しまった！　ウイルスを埋め込んだな〉

しかしメールの内容はそれを否定していた。

「これはウイルスの仕業ではない。我々に不可能はないのである。我々は君が考えているほど幼稚なハッカーではないことを見せつけているにすぎないのだ」

〝また会おう〟と大きく表示され点滅したあと再び画面は静かに消え暗闇と静寂に包まれた。今度こそ本当にパソコンは機械としての機能を停止した。

＊

ディアマンテの中では、いつものふてぶてしい五十嵐の態度は一変して居心地悪そうに身を縮めていた。弘子の件をすべて白状していた。伸也が怒りを押し殺し、低く唸るような声で言った。

「誰が拉致しろと言った。ただ監視していろと言ったはずだが」

「すまん……。でも、どうせ次のターゲットなんだろ？　ちょっとぐらい可愛がってやってもいいじゃねえかよ。そう怒るなよ。あんまりいい女だったんでな、つい。勘弁してくれよ」

沈鬱なムードを変えようと薄笑いを浮かべ明るく言った。

「我々の趣は説明したはずだ。君には理解出来なかったようだな」

ため口を吹き飛ばす冷徹なトーンだった。

「悪かったよ。もう勝手な事はしないからさ……」

素直に哀願した。割りの良い仕事を失いたくなかった。

「もうお終いだ。消えてくれ」

「ようー、頼むよ…」

「降りろ」メタリックなトーンだった。

それ以上伸也は何も言わなかった。車内は静寂に包まれた。

お互い無言のまま30分が過ぎた。伸也の態度は変わらなかった。

「ちぇっ！」

五十嵐は憎々しげに舌打ちすると、遂に諦めて車を降りた。叩きつけるようにドアを閉めた後暫く外で佇んでいたが、大きく溜息をつくと諦めてとぼとぼと夜の闇に消えた。

既に車の中でノートPCを立ち上げた伸也は、代理人からのメール内容を反芻していた。

〈あの代理人にしては、物凄い怒り方だった……。もう少しで俺まで追放されるところだった。どういうことなんだろう？　あの女の存在は、とても次なるターゲットとは思えない。監視というよりは護衛に近い感覚だった。まあどっちにしても、もうこの女に我々は一切接触してはならないこととなった〉

＊

部屋の中を壮厳なシンセ・オーケストレーション・サウンドが包み込んでいた。

あまりの出来の良さに、椎名充は思わず、うっとりと聴きいっていた。部屋の中は多数のシンセやパソコンなどの音楽機材や機器で溢れかえっていた。

彼は、今しがた自らが、パソコンと連動させてＡＬＥＳＩＳのＱＳ８を駆使して作製したシンセサイザー・サウンドをモニタリングしている最中だった。しかし眼は一心にパソコン画面を追っていた。そしてEメールの定期報告を読んだ途端、彼は苛立った。

「畜生！」

怒りで身体が震えた。すぐに励ましのメールを送らねば……。

メール・ツールが立ち上げられた。しかし興奮で右手の震えが止まらず、仕方なく入力モードを変えて、瞬きによるパルス式に変更した。頭で思い浮かべた文字を瞬きする毎にエンターとなって確定した文字がメール画面に表示され、次々に文章となって入力されていく。リムから授かったスーパー・ソフトに不可能なものはなかった。

〈素晴らしい！〉彼は興奮した。〈やはり、あの方は神に違いない！〉心の中で改めて崇拝した。

〈それにしても問題は奴らだ。馬鹿どもめが！　俺にとって、この世で最も大切なあの人に、何てことを！

……失敗だった。既に彼女の会社の揉め事は完璧に把握していた。だからこそ、こういった時期に跳ね返りどもに何かされてはかなわないと思い、護衛のつもりで奴らに彼女を見張らせていたのに。それを、あの低次元な奴らが。くそ！

彼女はさぞ怖かったに違いない。どうやって償えばいいんだろう……〉

説明すれば自分の正体を明かすことにもなる。それはリム様が許すわけがない。あれこれ思案しながらも、メール文は完成し送信パネルがクリックされた。

充のEメールは最愛の姉・弘子に送信された。

＊

豪華マンションの一階ロビー奥へ行きオートロックのガラス扉の前に立った。扉の真中の隙間から、１枚のハガキを勢い良く中に押し込んだ。ハガキは一回転するように舞い、ヒラヒラと床へ落ちた。その時内部のセンサーが反応して、オートロックの扉が、ガチャと音を立てて両サイドに開いた。床のハガキを拾うとポケットに入れた。投げ入れたハガキは適当にメール・ボックスから盗み取ったものだった。

金髪の男はゆっくりと中のスペースへ入った。

ロック扉を開ける最も稚拙で単純な方法だが、センサーの角度さえわかれば、ほとんどこの方法で開くのだ。オートロックは、とてもセキュリティと呼べるレベルのものではない。

この広尾のマンションのロビーには、奥に美しい屋内庭園があった。夜になるとライトアップされ、更に美しく輝きを増し住人や訪問客の眼を和ませる。金髪の男は、ガラス越しにその庭園に魅せられたように暫くそこへいた。彼女が無事帰宅したことは既に確認していた。やがて人気を感じたのか、男は素早く建物の外へ出ると静かに闇の中に消えた。

＊

帰宅する10分前に着信していたEメールには、こう書かれていた。

「姉さん、元気？　僕も音楽の勉強のほう頑張ってつづけているよ。誕生日にプレゼントしてもらったシンセサイザーはもうマスターしたよ。姉さんのおかげで、こうして音楽の仕事や勉強を続けることができるし、メールで姉さんといつも一緒にいるように話ができるので全然寂しくないよ。ありがとう。じゃあ姉さんも、身体壊さない程度に仕事がんばってね。僕がついているから何も心配ないよ」

深夜自宅マンションで、弟の充のメールを何度も読み返し弘子の顔は綻んだ。

元々相手のことを先に考えるやさしい子だが。よほど気分も良く、身体の具合もいいのだろう。まるで今回の私の災難を知っているかのようなタイムリーさだ。それにしても最近の彼のメールの内容には、昔には見られなかった生きる力強さが感じられるようになってきた。パソコンが、あの子の不自由さを紛らわせてくれているのかもしれない。弘子にはそれがどんなことよりも一番勇気づけられ、気持ちが安定するのだった。自分にとって充の存在は、ある種トランキライザーの役目を果たしていると言ってもよかった。

窓の外は、初冬の冷たい風が吹きすさんでいた。一定の流れから、突然潮流のように方向を変え、急激な勢いを増した風圧が窓ガラスを叩いた。その衝撃音に一瞬身を硬くした。が、すぐに風の仕業とわかると、緊張を解くようにゆっくりと溜息をついた。意識はすぐに目の前のパソコンに向けられたが、拉致事件以後、過剰な警戒心が疲れを何倍にも増幅させていた。それでも毎日朝方まで仕事をこなす習慣に変化はなかった。平均睡眠時間は4時間くらいだろうか。気力が充実していれば逆に睡眠時間が短いほうが調子も良く、むしろそういう時のほうがいい仕事が出来るのだ。睡眠は長さよりも深さ。勿論あらゆるところで時、場所を選ばず補充睡眠を15分単位で取ってはいるが。これが意外と凄い効果を発揮するので上手く使いこなしていた。

弘子は常に経営の中心人物として、日夜現状の最適なマネージメントの改善に取り組んでいた。そして将来の重要なマーケットに結びつく偉大なる創造的事業のアイデアをひねり出すため毎日悪戦苦闘していた。同時に会社のあらゆる経営情報を集め、分析を欠かさなかった。

多くの経営指標の中で特に重要視しているのが、F／M比率であった。

Fはフィクスド・コスト。人件費、償却費などの固定費。Mはマージンで、売上から原材料費を除いた付加価値分。仮にF／M比率＝１００として、損益分岐点で１００を越えたら、その部門は儲かっていないということになる。これをグラフ化して、毎日入念なチェックをしながら更に新しいアイデアを注入して、数字を右肩上がりにもっていかなければならない。そしてその為には、常に経営変革も行なわなければならない。

それはまず、変革するレベルを7段階に分けて、これをx軸（縦）とy軸（横）で図表化するのだ。x軸が効率化から創造性までの程度を示し、y軸が個人から企業、業界、市場などの対象の拡大性の動きを示すのである。7段階のレベルは、①業務の効率化、②情報の共有化、③企業内ＢＰＲ、④現在の企業間ＢＰＲ、⑤新事業の創造、⑥新事業の定着化、⑦新事業の拡大二次発生化である。現事業の安定化と共に内部変革を続け、多業種にコラボレーション効果を常に発揮させなければならない。どんな大きな企業でも、更に上に向かっていくためには急坂を自転車で必死で登るような状態になるものだ。常により以上の力で、ペダルを漕ぎ続けなければならない。一度足を止めたら最後、そのまま坂道を転げ落ちて行くことになる。特に本社は昨今、情報インフラの先進化に力を入れ、貿易、販売、製造は多数の子会社や関連会社に移行してきた。これから先の経営判断を間違えたら命取りになるだろう。世界的先端企業といっても、所詮その程度の脆弱な体質だということを、今の経営陣の中で何人が真剣に理解しているだろうか?

ネガティブな気分を変えるため、サイドボードからブランデーを取りだし、ティータイムにすることにした。久々に、マイルス・デイビスの煌くフレーズを全身で浴びたいと思った。だがさすがに、休憩に『カインド・オブ・ブルー』では重すぎる。景気づけに「マイルストーン」のヴォーカル・ヴァージョンが聴きたくなり、マーク・マーフィーの『RAH』をヴォリュームは控えめにしてかけた。

アウトルック・エキスプレスのショート・カットをクリックしてファイルを開き、今月のスケジュール管理表を呼び出し再び仕事の計画を練り直すことにした。と同時に、リアルタイムで飛び込んでくるEメールにもその都度眼を通した。

予定は、どんどん変えていかなくてはならない。常に新しいアイデアを注入し、古いものは削ぎ落とす。しかもそのサイクルを、可能な限りスピードアップさせることが重要なのだ。その作業を繰り返すことによって、そのプロジェクトが、常にパワーをもち、しかもフレキシブルな状態を維持することが出来るのである。

自分の基本スケジュールは、既に2年先まで埋まっていたが、そのとおりに行くことはまずなかった。仮に行くようであれば、停滞か失敗でしかない。そんな定理定則が通用する世界ではないのだ。こうしているうちにも、今までとはまるっきり違う新しい概念や画期的なイノベーションによって、これ迄のやり方はすべて時代遅れというようなことが明日にでもおこりえるのである。毎日スケジュールの手直しをしながらエクセル・シートに作ったプロジェクト管理表を参照した。膨大な数の企画書はアクセスに登録して管理している。経営の中核に名を連ねているといっても、こうした地道な努力も必要なのだ。企画書の実際の書面内容はワードにリンクしており、そちらの画面で確認することができる。それは専用のオリジナル企画書だった。企画書といっても、例えば会社の既存の企画フォーマットに沿って、市場環境を分析し、自社の武器をあてはめ、課題クリアのためのスキーム、課題実行の担当部署、プロジェクト組織の編成、キャッシュフローのプランなどの項目を、それなりに埋めていけば、子供でも一応のものが出来るだろう。だがそんな企画など単なる紙くずに過ぎない。この世界、平均値的なプランでうまくいく確率は低いのだ。本当のプロは、核となる問題が技術力なのか、営業チャネルなのか、実行部隊の人材セレクションなのかを明確に提示した上で、尚且つ競合他社を抜き去るための斬新かつ具体的なプランを打ち出すのである。このような個人的に独自の企画書を作りだしアクセスなどのデータベースで管理している者は社内にもいるが、弘子の膨大なストック数は他を圧倒していた。つまらないものもいれると、3000以上はあるだろう。しかし不満だった。まだまだ少な過ぎる。自分には才能がないのだから量で勝負するしかない。

『量は質に転化する』

この言葉を呪文のように頭の中で反芻していた。

入社当時内田から叩き込まれた、最も敬愛するビジネス教訓の一つだった。努力を喚起する言葉である。再び気力が湧きあがった。

深夜2時。ニューヨーク証券市場の前場が締まり、タイムス誌の朝版の内容はとっくに更新されているはずだ。ウインドウズの「お気に入り」に登録してある「ビジネス・ニュース」のコーナーから外国新聞を片っ端から読み漁った。リビングのTVは、CNNを流しっぱなしにしてあるが、音声は消してある。えてして音声情報は仕事の邪魔になる。リズムを作りだし、集中することによって聴こえなくなる音楽のほうが仕事には適しているのだ。

マーフィーの歌に少し飽きてきたので、リッキー・リー・ジョーンズの『パイレーツ』にカートリッジ内のディスクをムーブした。どちらも深夜の仕事に向いているBGMだ。

弘子は1965年生まれだが、やはり北詰、卓也と同じように70年代のロック、ポップス、ソウル・ミュージックのファンであった。この時代のメロディ感覚は抜群であり時代的に最もレコード売上が大衆から支持されたのも頷けると思っていた。そして、それを贅沢に堪能するためにも相応の高級コンポーネントをリビングの一角に誇らしげに揃えてある。アンプはセパレート式でプリアンプとパワーアンプは、共にアキュフェーズ製。スピーカーはJAZZ向きで歯切れのいいJBLもよかったが、小音量でもソウルも含めて暖かみのある70年代のアナログサウンドを再現するには、やはりBOSEが最適であった。CDデッキとチューナーはあまりこだわらず国産。150万円くらいであろう。マニアックなオーディオファンからすれば、さほど高価なシステムでもない。かける音楽は70年代もの以外では、50年代のメインストリートJAZZと女性ボーカルが多い。フィーメイル・ヴォーカリストはサラ・ヴォーンとバーブラ・ストライザンドを特に敬愛していた。

リッキー・リーも3曲目で飛ばした。湯の沸騰を知らせるセンサー音に呼ばれてキッチンへ行き、レモンティに少しブランデーを垂らしソファに寛いだ。リビングでは仄々としたモータウン・サウンドが流れていた。モータウン系はあくまで休憩用の音楽で、仕事中はかけないことにしている。メロディアス過ぎて歌が邪魔になるのである。仕事には適していない。物思いに耽り考えをはりめぐらす時は、スローなフュージョンか、たまに初期のピンク・フロイドなどプログレ系が適している。幻想的なサウンドが、想念を深くスケールの大きな世界に誘ってくれるからだ。しかし同じプログレでもクリムゾンでは、テクニカル過ぎて考えがまとまらないし、あるいはウインダム・ヒル系だと眠くなってしまう。更にブルースやスワンプだと熱心に聴きこんでしまい遂には仕事を忘れてしまう。

思いついたようにＣＤをライブラリーから数枚抜き出しコンポのボックスにセットした。もうひと踏ん張りして、明日のＣＭ完成試写会の広報用資料と新規採用者名簿を作成しておかなければならない。部下にも山ほど仕事を渡している。報告メールで進捗をチェックしながら次の指示をどんどん送っていった。せわしなくキーボードをたたく弘子の背後にあるもう１台のＰＣ画面では、じっと彼女を観察しているようにカーソルがゆっくりと点滅していた。バックにはブライアン・イーノのアンビエントミュージックを静かに流していた。

第5章　回想

Recollection

ＰＤＸ社の新規事業部のフロアでは、リンクル社のメンバーも入り交じって常時60名くらいの人数で仕事を進めていた。１人がインターネット上に約50名の部下を持ち仕事を進めているのだ。全世界総計１０００名の要員体制であった。卓也がサイバー・ネット上であっと言う間に集めたプロジェクト要員達である。これで、ヒューマン・リソースの件は解決した。開発ヴォリュームと要員体制は、今のところおおよそ３００万ステップを開発要員２００名で構築中。それをテスト要員１００名で検査するのだ。業務の流れとしては、毎日完成された最新のビルドは、２００台を超えるクライアントで３００を超えるデバイスとアプリケーションでチェックされ、問題があればすぐに開発に戻され修正される。この段階で、ネットワークカード、サウンドカード、マザーボードなどの多くのハードウェアとの適正もテストされ、同時にアプリケーションも自動テストプログラムによってチェックが繰り返される。チェックに引っかかったものはただちに開発に戻され、次のビルドで修正される。ただでさえハードワークなのに、更にサイクルスピードは徐々に加速度を増していき完成まで休みなく続いていった。卓也はそのすべてを統括していた。リンクル社のメンバーも分割して、半分はＰＤＸに常時出社して新規事業の開発管理を行ない、残りはこれまでどおりゲームとＣＧ開発事業を引き続き行なっていた。勿論こちらもサイバースペースからの応援メンバーを数十名採用した。

北詰、卓也、弘子、内田の四人共、本格的に仕事に加われるのは、現在かかえているものを解決してからということで、もう少し時間がかかりそうだった。卓也は石河、山田らと共に、約束通りＰＤＸの業務支援システムのテストに入っていた。サンプル版はもうすぐ完成する予定だった。卓也達の部隊は、既に仕事の拠点を完全にＰＤＸのフロアに移し更に本格的に仕事に集中することにしていた。卓也はそうすることで、この間の一件を忘れようと努めてもいた。

卓也はあの謎の侵入者の〝また会おう〟という最後のメッセージが妙に引っかかっていた。

またコンタクトをとってくることに内心期待している。自分が腹立たしかった。もしかしたら、自分ではは解決出来ないミッシング・リンクを解き明かせるのではという淡い期待が湧き上っていた。すべてを早く知りたい。そして、もし奴らが邪悪な存在ならば自分の力で抹消してやりたいとも思っている。だが仕事のことを考えると、あれは単なるクラッカーの悪戯に過ぎないとも思える。あの程度のことだったら、自分でもやろうと思えば出来なくはない。徐々に現実の忙しさの流れの中で、そんなことも気にならなくなっていた。

今の楽しみは、リニューアルされた札幌の教会の落成式に行くことだった。このテストがうまくいって一区切りつけば、カーマイン牧師に久しぶりに会える。この2年間の成功を、誰よりも喜んでくれた人に1日でも早く再会したい。

そして新しくなる教会。これ迄のお礼と感謝の気持ちを込めて、かなりの額の寄付金を送り、それで教会を建て直してもらうことにしたのである。

それは最先端の技術を導入した近代的な建物であった。

コンピュータ制御によるオート・セントラルヒーティング、介護用エレベータの設置、大きな礼拝堂と自動検索システム付きの図書館の増設などのハイテクな建造物として生まれ変わるのである。新生教会の落成式には、卓也と北詰も招待されていた。牧師に会えることは嬉しかったが、自分の過去を知る謎の人物のファースト・コンタクトの件を話すべきかどうかで悩んでいた。どちらにしても、サイバー・スペースの世界の話である。実質的には牧師には何の関係もないはずだ。努めて気にしないことにした。

＊

カーマイン牧師は時折雪の舞う中で、リニューアルされた教会の前に立っていた。

あたり一面銀世界で眩しさに目を細めつつ上を見上げた。薄い陽光を気持ち良く浴びながら新堂に向かって感謝の祈りを唱えた。そして同時に卓也と過ごした日々を懐かしく想い返していた。周りでは地元の人達が、地ならしや草むしりをしながら清掃に精を出していた。白いペンキで外壁を塗り直した建物は雪景色の中でも同化することなく一際美しく、その周辺を明るく照らしているようだった。

また静かに雪が連続的に舞いはじめた。住民達に促されて牧師は教会の中に入っていった。大聖堂を抜けて、奥の廊下から階段を上って2階に上がると応接用の部屋があり、1階の奥に牧師の寝室がある。地下牢みたいだった図書室を1階に増改築して、図書館として住民に開放する予定でもあった。あえて変則的な構造なのは牧師の足のことを考え、卓也自らが設計したためである。教会は3階建てで大きな介護用のエレベーターも付いている。だがカーマイン牧師は、1段1段を味わうように杖をついて、ゆっくりと階段を上がっていった。この建物の隅々まで卓也の愛情がこもっているように思えた。

突然牧師は手摺を掴み立ち止まった。急に熱いものがこみ上げ涙が零れ落ちた。ハンカチで汗を拭くようにそれを隠すと再び登り始めた。心配そうに村人の一人が後に続いていた。地元住民も素晴らしい環境が整ったこの教会を、更に盛り上げていくつもりで常に誰かしら牧師の傍についてアシストすることが自然な決め事になっていた。全員が卓也の帰りを心待ちにしていた。そんな住民達の優しい姿に、カーマイン牧師も満足していた。

牧師はたっぷりとしたスペースで、採光がとられた2階の書斎のデスクに腰掛け外を眺めた。そして卓也が去ったあの日のことを思い出していた。

あの時もここに立って、いつまでも外を見ていた……。

暗いまだ夜も明けぬうちに、腰まである豪雪をかき分けるようにして進んで行ったあのときの卓也の後ろ姿。牧師にはその光景が、生涯忘れられない残像として心に焼き付いていた。ガラス越しではなく窓は開いていた。あの時その姿を、ここから身を乗り出すようにずっと見えなくなるまで追い続けていた。いや、見えなくなっても佇んだまま、真っ暗だが真っ白であろう世界をずっと見ていたのだ。

彼は全身の感覚がなくなるほど冷え切っていても、その場所から離れる事はなかった。

＊

――その日、卓也は山を下りて4時間雪道を歩き、はずれの小さな駅に辿りついた。そこから何本か鈍行列車を乗り継ぎ、一昼夜かけてやっと上野駅にたどり着いた。

平日の昼間だというのに上野駅は人波でごった返していた。長旅で疲れはしたが、別に急ぐ用もない。まずは住むところをどうしようかと考えたがいい案もない。とりあえず中心に向かう電車に飛び乗ったのが山手線で、渋谷駅で反射的に降りた。何故降りたかは卓也にもわからなかった。もしかしたら一番聞き覚えのある駅名だったからかも知れない。

しかし、初めて来たのに何故か見覚えのある町並みに思えた。ゴチャゴチャした人ごみにもまれながらも懐かしい感じがしたのである。駅を出て道玄坂を進み、大型輸入レコード店へ人波に巻き込まれるように入った。店内に流れるロックに卓也はいっぺんに夢中になってしまった。眼が回るほどの膨大なＣＤ群を前にして、その未知の世界をすべて聴いてみたい衝動にかられた。片っ端から試聴しているうちに数時間が経ち、足が棒のようになった。休憩することにして、店を出て適当に通りに面しているモダンな店構えのカフェにはいった。看板に〝ＬＥ・ＣＡＦＥ〟という文字が眼に入らなかったら、とても喫茶店とは思わなかっただろう。店内は異様に静かで予想とは違うムードが漂っていた。しかもあちこちのテーブルにデスクトップ・パソコンが置いてある。会話はなく、小さなＢＧＭのＪＡＺＺフュージョンのリズムさえ強いアタックに聴こえるぐらい静かだった。喫茶というよりフリーなラウンジで洒落た風景だった。サウンド以外で聴こえるのは、時折カタカタとキーボードを叩く音だけだ。皆黙々とパソコンに向かってマウスを滑らしている。どうみても普通の喫茶店ではなかった。そこはインターネット・カフェだった。週刊誌かなにかで見た記憶があった。店内を見渡し、バッグをおいて適当にカウンターのPCの前に座った。店員にドリンクのオーダーをして見渡すと店側の人間の姿を見ることは少ない。しかし困っていると、どこからともなく現われて解決してくれるようだ。これも演出だろうか？　最初は不安だったが、PCを見つめながら何故かわくわくしてきた。しかし、これも何故か初めて触るようには思えなかった。しばらく適当にいろいろなことを試してみた。

うん。大丈夫だ。操作はすぐに理解できた。パソコンの入門書ぐらいは教会の図書室にもあった。現物を少し触って、10分でおおよそのことはわかった。一定の法則を覚えることとマウスに慣れれば操作自体は簡単だった。卓也は小さな子供のように眼を輝かせて没頭した。流れるままに世界中のホームページにアクセスした。山のような情報が洪水のように押し寄せてくる。閉鎖された小さな池から一気に大海原に飛び出したような気分だった。自分ではその時なぜか不思議には思えなかったのだが、英語もフランス語もすべて理解できていた。世界中をネット・サーフィンで泳ぎ回り、時間を忘れて夢中で楽しんだ。

知らない間に横に置いてあったコーラを喉に流し込んで一息ついた。

うーん。腕組みをしたまま感心してしまった。これほど面白いとは。次に何をアクセスしようかと思案していた。その時、ふと誰かが後ろに立っているのに気がついた。振り返ると、ブリーフケースを持った長身のビジネスマンが微笑してこちらを見ていた。ハンサムで精悍な佇まい。しかし何となく人を惹きつけるチャーミングな笑顔。眼が合ったのが合図のように男が話しかけてきた。

「随分熱心だね」

「ええ、とても面白いですよ」

男はスペースを見つけると、隣のイスにさっと腰かけ、親しげに肩が触れるほど近くにきた。だが感じはよくて嫌な気はしなかった。

「君ぐらいのパワー・ユーザーなら、なにもこんなとこでわざわざやらなくても、自宅にパソコンぐらいあるだろうに?」

返事を返す間もなく「ちょっと、ごめん」とマウスを取り上げ勝手に検索をはじめた。反射的に椅子ごと腰を引いてモニターの前の空間を空けると、更に男が椅子を滑らし前に割り込んできた。

「すまん。ちょっと緊急で調べたいことがあってね。飛び込んだのはいいけど、全然空かなくてさ」

「別にかまいませんよ。僕も今日初めてやったんですけど、時間を忘れますね」

男は驚いて一瞬手を止めた。そしてまじまじと卓也を見たが、すぐに人懐っこい笑顔に戻るとモニターに視線を戻し操作を再開した。

「冗談だろ。相当使いこなしているという感じだったぞ。英語も全部わかるんだろ」

「ええ。でも本当ですよ。さっき東京に着いたばかりなんですから」

「どこから来たんだい?」眼はモニターの内容を追い続けていた。

「札幌の教会から」

「教会!」

意外な単語に、やや甲高い声が漏れた。

「で、渋谷のおねえちゃん達に伝道でもするつもりかい?」

「はい」

お互い小さく笑った。

「面白い子だな。何か事情がありそうだが俺も忙しいんでね」

上着のポケットから電子手帳を取り出し、アクセスした画面から何かをメモしていた。電子手帳の方は液晶画面を空書きすると入力されるようだった。ハイテクを駆使した超エリートビジネスマンといったいでたちに卓也は羨望の眼差しを向けて見入っていた。男は立ち上がると、高級そうな黒牛革の名刺入れから1枚抜き取ると差し出した。

「ありがとう、助かったよ。お礼をかねて今度食事でもしようか。君のその面白そうな話も聞いてみたいし」

男は好奇心旺盛らしい。

「ええ…」

「気が向いたら連絡してくれよ。じゃ、失礼」

言い終わるとスタートの号砲が鳴ったように素早く店外へ駆けて行った。1秒を惜しむように働いている都会の人という感じだった。

名刺には「株式会社リンクル代表取締役社長　北詰直樹」と書かれていた。

「北詰さんか…」

〈自分とは別世界の人だ。二度と会う事もないだろう〉

とその時は気にも留めなかった。

渋谷を夕方近くまであちこち宛てもなく探索した。まだ宿泊先も決めていないいし、これからどこに住むかも考えていなかった。仕事も探さなければならない。とりあえず、こちらで何か困った時に相談にのってくれる人の連絡先メモを牧師から手渡されていたが……。

メモをポケットに戻した。この際、教会関係者の力を借りることはしないと誓っていた。

夕方になって街の熱気は更にヒートアップしていたが、このお祭りのような喧騒の中心にいる時でも、フッと我に返ると耳の奥のざわめきが一瞬にして消え去り言いようもない寂しさを感じた。知っている人は誰もいない。

これが大都会の孤独なのか……。急速に現実に引き戻されると、薄暗くなりはじめた夕闇とともに言いようのない不安が押し寄せてきた。Gパンの前ポケットを探り端が少し折り目がついた北詰の名刺を見た。いきなり今日の今日というのもカッコ悪いが相談してみよう。これも何かの縁だ。今は東京で唯一知っている人なんだから…。無理やり気持ちを納得させ駅に向かって歩き出した。田舎者には迷路のような交通網を解読し、何度か迷いながらも地下鉄を乗り継いで、名刺の住所のリンクル本社になんとかたどり着いた。

そこは裏通りにある古びたマンションの一室だった。

場所こそ西武新宿駅から近いのだが、薄汚れた外壁が怪しささえ醸し出している。落書きだらけの汚いエレベータはあるが、2階なので一人がやっと通れる程度の階段をあがっていった。あがっていくのに、まるで穴蔵にもぐっていくような錯覚をおこすほどの暗さと汚さだった。室の前にいくと、ドアには一応、安手のプラスチック製の社名札が両面テープで貼ってあった。

インターホンを押すが反応はなかった。マンション自体死んだように静まりかえっており廃墟のようだ。都会のど真ん中なのに、喧騒でごった返しているメイン通りから一歩奥に入ったら、静けさに包まれた別世界があるのだ。これも東京だった。

もう一度ボタンを押した。インターフォンは内部ではっきり鳴っているが、やはり反応はない。

「留守か…」

かといって、行くあてもない。がっくりと階段に座り込んだ。こうなれば、ここの誰かが帰って来るまで待つしかない。腰を降ろした途端、長旅と今日一日の疲労がどっと押し寄せてきて、そのままあっという間に深い眠りに落ちていった。

はっ、と気がついた。そこは自分の姿も見えない暗闇の中だった。

「どこだ?」

一瞬教会にいるのかと錯覚したが、徐々に記憶の輪郭がはっきりしてきた。何時頃だろう? 深夜なのか? 時計も持っていない。どちらにしても見えないが。とその時、階段をあがってくる足音が聞こえた。すべて闇の世界だが規則正しい慣れた足音だった。その音はこちらに向かって歩いてくる。全身が固まった。相手は暗闇で自分と出会ってびっくりするだろう。慌てて立ち上がったが声を出すべきか悩んだ。何と言えばいいか躊躇していた。足音が近くなり、階段の折り返しの踊り場にその人物が来た時気づいたらしく、相手もさすがに驚いたようで足を止めたまま固まっていた。

「誰だい? そこで何している」

向こうからは、うっすら見えているようだ。

「あの。ここの会社の人に会いたくて」

闇の中で室を指差した。

「あー、君か。昼間のインターネットカフェの」

「北詰さんですか?」

「ああ」

暗闇の中でもあの暖かい笑顔は感じられた。

冷や汗とともに、どっと安心感が湧きあがってきた。

北詰は闇の中の階段を軽い足取りで駆け上がると、手馴れた動きで鍵を取り出しドアを開け奥へ入っていった。卓也がドア口で躊躇していると奥から呼ぶ声がした。

部屋の中は、2DKでリビングには応接セットが狭い空間を支配しており、洋間のほうにはデスク3台がぎゅうぎゅうに押し込んであった。かなり古い型とわかるパソコンが1台、彼のデスクと思われる所に誇らしげに置いてあった。北詰は卓也をソファに促し、サイフォンにアルコールランプの火をあてると袖をまくって奥に消えた。壁掛け時計の針は、既に夜の11時30分を指すところだった。

「狭いだろ?」奥のキッチンから声がする。

「狭いですね」素直に応えた。

「はっきり言うな。まあ、ここの社員、俺を入れて三人しかいないから、これでジャスト・スペースなんだよ」

流しで洗い物の音がする。事務員はパートの30代後半の主婦に、無理を言って夕方までいてもらっているが部屋の片付けまでは頼めないと後から聞いた。部屋の端に、ミニコンポが置いてあり、その周りに埃を被った数百枚のCDやアナログレコードが無造作に積み上げられ今にも崩れそうだった。名盤図鑑で見憶えのある、ほとんどが70年代のロックだった。

北詰がマグカップを二つ持って、キッチンから出てきた。

「ロックが好きなんですね」

「俺は寿司とロックの嫌いな奴に会ったことないぞ。学生時代聴いていたのが、いまだに忘れられなくてね。励みになるんだよ。辛い時に、あの頃の楽しさを思い出させてくれるのがいいのさ」

芳醇なコーヒーの香りが部屋を包んだ。

北詰は崩れかかったレコードの山を奥へ押しやり、棚からボズ・スキャッグスの『シルク・ディグリーズ』を取りだし小さな音量でかけた。ジェフ・ポーカロのシャープなドラムスのイントロに続いてイカした女性コーラスが被る。一瞬にして部屋の空気がお洒落に変わる。曲は偶然にも、今の自分の心境と同じ「何て言えばいいいんだろう」。

アルコールランプに蓋をして、フラスコからコーヒーを注ぎ入れ卓也にすすめた。そして几帳面にソファの上着をハンガーに掛け、ネクタイをゆるめ卓也に相対して座った。

「さてと。よく来てくれたね」

その表情と口調は、予定通りと言わんばかりだった。温かみのあるやさしい笑顔で、真正面からじっと瞳の奥までを見据えてくる。端正な顔立ちで、同性から見ても実に都会的で魅力がある。これまで、カッコ良く楽しく人生を生きてきたのだろうなと思った。

「すいません。他に頼る人もいなくて…」

さすがに自分の厚かましさに気恥ずかしくなり眼を伏せた。

「いいんだよ。何でも話してくれ、力になるよ」

それから二人は堰を切ったように、お互いの過去や今に至るまでの状況を朝まで語り明かした。既に二人ともソファに横になっていた。テーブルの灰皿の吸い殻が山盛りになっていた。眩しい朝日が、カーテンの隙間から差し込んできた。北詰が、ウッと息を吐き、立ち上がってカーテンを引き寄せサッシを開けた。もうもうとした部屋の煙が急速に外へ流れ出ていった。冷たいが透明感のある空気と爽やかな青空が広がっていた。眩しい陽光を背にして北詰が言った。

「最初見た時から、君には不思議な魅力を感じていたよ。こう見えても対人感性には自信があるんだ。どうだい、一緒にやってみる気はあるかい?」

「いいんですか！　そうしてもらえれば助かります」

卓也は嬉しさでソファから飛び起きた。望むところだった。卓也は北詰のこれまでの生い立ちを聞いてすっかり心酔していた。見てくれよりも、中身はもっとカッコ良く素晴らしい人で、そしてなによりも、大変な努力家であり苦労人だった。人は見かけによらないものだと思った。この人となら何かに賭けてみたいと熱いものが芽生えていた。

「そういえば君、まだ名前も聞いていなかったね？」

「松嶋卓也です。どうぞよろしくお願いします！」

「たくやくんか…。卓也、よろしく頼むよ」

優しい眼差しで右手を差し出された。卓也はしっかりと北詰の手を握り返した。

そして卓也は、そのままこのマンションに住み着き、まさに24時間フルタイムで働きまくったのである。

それからのリンクル社の快進撃は、すさまじいのひと言であった。当初北詰の会社は、基本的には、トレーディング・カンパニーであったが、もう一つのビジネスの柱は、ゲームソフトを若い無名のベンチャーから買い付けて大手販売会社に売り込むことだった。

そして卓也の提案で同時に自分達で開発も手がけることにしたのだ。まず卓也は大手ゲーム会社に出向社員としてゲームソフトの開発に関わった。そしてゲームに関するすべてのスキルとノウハウをあっという間に習得していった。

周りは卓也を天才だと言った。確かに卓也は、厚さ15センチ以上ある難解な英語マニュアルも、ほぼ10分足らずで理解出来た。本当はもっと早く理解出来るがページをめくる時間がそれくらい必要なだけだった。とても速読法のレベルなどではなく、一時が万事このレベルであらゆるマニュアルを読み漁り、驚異的なスピードで更に高度なスキルを身に付けていった。しかし卓也は単なる専門バカにはなりたくなかった。グローバルな視点で何にでも興味を持ち、多方面の知識も徹底的に掘り下げた。そうすることによって、別々の専門分野も奥深いところでは繋がっていて、それが有形無形に知識やアイデア、問題解決力のネットワークを形成していくことを先天的にわかっていたのだ。卓也は、ずば抜けたプロフェッショナルでありながら、高度なゼネラリストを目指していた。そしてその努力は北詰の会社経営にも大きな助けとなった。

1年後。リンクル社も十数名の社員を抱え、卓也の企画開発したソフトは続々とベストセラーになりヒットは当然のこととなった。その間、商品のクオリティアップとともに、北詰の商社マン時代に培った人脈をフルに活用し、タイアップを引っ張り出すためのTV、マスコミに売込む斬新な営業力で販促を行なった。更にインターネットをフルに活用して直販も行なった。売上は作品ごとに飛躍的にあがり莫大な利益が転がり込んできた。

そして遂に、二年にして現在の本社である南青山のオフィスを、ビルごと買い取るまでになったのである。更にビジネス分野もゲームも含め、TV番組用のCG開発や、SOHO用の多彩なビジネス・ツールの開発などなど、どんどん部門の枠を拡大していった。

通常の仕事の流れとしては、常に北詰が顧客のニーズの具体的な情報を掴みとり、卓也にフィードバックする。そしてそれに関する膨大な資料、専門書を読み漁る。その後画期的なソフトを作り、それについて再び顧客と手直しをする。何度かのやりとりで完成となる。一見どこでもやっているフェーズの流れだが、卓也の場合、その開発速度が異常に速かった。小さな会社が抜きん出る為には特別な売り物が必要なのだ。例えば通常のソフトハウスが5人月を要して1年かかると思われるものを、卓也は何とか3ヵ月で仕上げてしまうよう頑張った。結果納品スピードではどこよりも早いという認識が定着した。業界では松嶋というのは実在しない人物で、ある強力な開発プロジェクトチームのブランドだという噂さえまことしやかに流れていた。

大手メーカーはどこも、リンクル社を取りこみたがっていた。しかも、かなり大きな会社の対等合併の条件ですら、100%リンクル社の要求次第であった。あるいはヘッド・ハンティングのために卓也個人宛てに、大手企業から白紙の小切手が送られてきたりもした。

が、リンクル社はどことも提携も合併もしなかった。このことは業界の七不思議と言われていた。卓也はすべてを北詰に一任していた。

そして今回、今や世界的なハイテク専門商社となったＰＤＸが提携を持ち掛けてきた。

北詰は、まるで当然のごとくこの申し出を承諾した。卓也に異論などなかった。

＊

「専務！」

背後からの聞き覚えのある声で我にかえった。と同時に滝の壮大な水流サウンドが全身を包んでいた。

卓也はＰＤＸビル20階にある社内レストランで遅いランチを終えたあと、通路に出て吹き抜けから滝やアトリウムを眺めていた。何となく、昔北詰と出会った当時のことを思い出していた。声の主は、ちょうど喫茶ルームから出てきた石河だった。彼は当たり前のように朝の打ち合せの続きを始めた。どこでも仕事なのだ。

「パフォーマンスは相変わらず悪いのですが、たぶん、先ほどの打開方法でいけるでしょう。残り七つのバグに関しては、もう一度テスト環境で再現テストが必要でしょうが……」

「うん。それと、テストデータはなるべく本番に近いボリュームで頼むよ」

ＯＫサインを指で作り頷くと、石河は引き連れていた若手のメンバーと共に、エレベータホールに向かった。

なんだかんだ言っても、皆よくやってくれている。卓也は満足感に浸って自然と顔がほころんだ。そして何気なく振り返ると、反対側の通路から椎名弘子がこちらに向かってくるのが眼に入った。近づくにつれて彼女もリラックスした微笑を浮かべていることがわかった。

こうして見ると理知的だが、なかなかかわいいなとも思ってしまった。たぶん自分の表情もかなり崩れているのだろう。だれだって美人には弱い。

それが証明されたように目の前に来ると、弘子が自信過剰気味の微笑を浮かべて言った。

「お茶でもどう？」

「今度はナンパですか」

弘子はそのまま目の前を通りすぎて、喫茶ルームに入っていった。

確かめなくてもノコノコついて行くと思っているのだ。事実そうだったのだが。何故か彼女の意のままになってしまう。コンピュータでなく、男と女のやり取りでは役者が一枚上だというのは認めざるを得なかった。

店内は喫茶ルームといっても、かなり広く隣の席とは充分なスペースをとってある。これなら内密な商談をしても気を使う必要はなかった。お洒落な内装と豪華なソファとテーブル。カップはすべてイタリア製だ。高級ホテルのラウンジのようで、社外の関係者もここで打ち合せをする者は多い。BGMには、イザベル・アンテナやクレモンティーヌがかかっており、何もかもが完璧にお洒落で贅沢な演出だった。

いったい誰が、ビル全体の空間プロデュースをしているのだろう?

卓也は趣味のよさに感心した。弘子のほうは意外にも仕事の話はせず、当たり障りのない世間話に終始していた。

この多忙な人が、こんな無駄話をするために誘ったのではあるまい。あまり首を突っ込みたくはなかったが、仕方なく積み木崩しの敗者のように最後に残ったワンピースを言葉に翻訳してみた。

「俺に何か、話があったのじゃ?」

予想通り弘子の視線が反応した。

「別に、あなたに相談を持ち掛けるわけじゃないのだけど…」

意識的に無言のまま次の言葉を待った。

「私が拉致されそうになったことは知っているでしょう?」

頷いた。彼女の部屋に泊まったこと以外は、すべて北詰から聞いていた。気にはなっていたが…。

「その後なにか?」

「いいえ、なにもないわ」

大仰に両手を広げるポーズをした後、弘子はゆっくりとモカブレンドを一口飲んだ。そして、きらきらとした瞳を向けてきた。

「どう思う。あなただったら、どう推理する?」

「なにがです?」

「うちの内部事情も見えてきたでしょうし」

「つまり、保守派の犯行未遂なのか？　もしそうだとしたら誰が首謀者なのか？」

「それと、狙いが何かということ。それが一番知りたいの」

「それがわかれば、全部わかるよね」

「回答して」

「わからない。皆目見当もつかない」

「しっかりしてよ、天才なんでしょ」

「人が勝手に言っているだけさ。バカだよ俺は」

「ちょっと！　煙に巻かないで、真剣なんだから」

「ふざけてないですよ。本当に俺にもわからないんだから」

弘子は落胆の溜息をつくと、背もたれに深く身をあずけ右手で頭を抱えた。

その時、誰かが近づいてきた。素人ばなれした綺麗な女性だった。正対していた卓也は、見覚えのある顔だと思ったが誰だかは思い出せなかった。

「椎名さん、ご無沙汰しています。この前は本当にお世話になりました」

弘子が顔を向けると、南千華は、ちょっと不安そうだが精一杯の笑顔を浮かべ、丁寧に一礼した。

「来てたの？」

眼だけで見上げた。

「はい。最終の打ち合せが先ほどまで…」

「ああ、そうね。今度はイベントの準備があるものね。私はそっちまでタッチしてないんで知らなかったわ。メールは来ていたかもしれないけど…」

「またご一緒に、お仕事させていただきたいです。すごく勉強になりますから」

すごくにわざとらしく力が入っていた。あからさまな社交辞令に、弘子は苦笑いして卓也を見た。千華が卓也を興味深げに見た。卓也は少し胸が高鳴った。笑顔で会釈を返した。

「こちら、松嶋卓也さん。あなたもパソコンが趣味なら知っているでしょう」

「松嶋さんって、あの？」

「そう。あの松嶋さん」

「はじめまして、南千華です」

「はじめまして、松嶋卓也です」

立ちあがって握手した。

「こんなに若い人だったんですね」

千華の声が嬉しそうに弾む。

「どおりで、どっかでみたことがあると思った…」

さすがに正当派アイドルとの遭遇に卓也も無意識に破顔一笑していたらしい。

パソコン雑誌の世界では、どちらも知らぬものはいないほど有名人だったが、お互いが顔を合わせたのはこれが初めてだったのだ。いつも冷静な卓也の嬉しそうな顔を見て、弘子が思いっきりからかってきた。

「二人お似合いじゃない」

卓也は照れて黙り込んだ。

その後、弘子の機転でメール・アドレスを交換しあった。

千華はまだ打ち合せの途中で、上でスタッフとマネージャーが待っているということで、丁重に辞去の挨拶をすると足早に上の階へ戻っていった。その足取りは嬉しさで弾んでいるように見えた。

「頑張るでしょ、あの子。一人でも充分営業できるわ」

「これから、もっと売れるでしょうね」

無意識に千華の去った方を見ていた。

「難しいところね」

クールなトーンで既に弘子の表情は醒めていた。

「そうですかね」

「あの娘も来年二十一よ。いつまでもゲーマー達のヒロインで、カワイ子ちゃんをやっているわけにもいかないでしょ。うちとの契約も今期限りよ」

「きついなー。それでよく、あんなに楽しそうに話出来ますね」

「これはビジネスよ」

いつものクールなスーパーウーマンの顔に戻ると、弘子は肘掛を叩き立ち上がった。

第6章　再会

Reunion

夜の渋谷のセンター街に、たむろしては座りこんでいるジベタリアンの高校生集団に声をかけては立たせ、ひと言ふた言注意して解散させている溌剌とした若者の一団がいた。

全員赤いベレー帽におそろいのTシャツとブルゾンを着ている。

活動は、モトローラー製の無線機で常に連絡を取り合うことにより広範囲でもチームワークがよく無駄がなかった。

「ガーディアンズ・エンジェルス」と呼ばれる若者達だった。

非武装で街を浄化する自警団であるが、その目的は街の美化への協力、緊急救援の対応なども含まれていた。目的を失った若者に声を掛け励ましたり、或いは外国人労働者の相談に乗ったりもするのだ。社会の非行を排除する為、全員が正義感に燃えているはずだが、その中の年少の二人に限っていえば、少しムードが違っていた。

ストリートネーム、レインとケインだ。二人は、注意しても逆らってくる若者には平気で自分達のほうから蹴りをいれたり殴りかかっていった。他のメンバーが止めようとすると、メンバーにまでパンチを見舞う始末であった。二人は、パトロールが終わり、毎日公園の噴水の前で行なう反省会でリーダーに厳しく注意されるのだが、ますます暴力性がエスカレートするので、ついにある日、全員一致で隊をやめさせられたのである。二人は隊の紋章を服からひきちぎり、リーダーに投げつけ悪態をつくと隊から離れ駅に向かって歩いて行った。ケインは激情型で純粋に怒っていたが、レインは薄ら笑いを浮かべ計算通りと言わんばかりに冷静だった。もともとチーマー達の頭をやっていたケインを、レインが言葉巧みに丸め込みエンジェルスに引き入れたのであった。

「何なんだ！　あいつら」

去っていく二人を見ながら、リーダーのマークは顔を顰めていた。

曲がったことが大嫌いな誠実そうな若者だった。20代でニューヨーク本部長まで歴任したことのあるマークは若いわりには人格者といえたが、さすがにこれまで彼らの行動には、ほとほと手を焼き、考えもまったく理解出来なかった。ケインはともかくとして問題はレインの方だった。

レインは最初、マーク達の活動をホームページを見て感激したと、Eメールで接触してきたのだ。そのメールの文面は、正義感に溢れた若者の瑞々しい力感に溢れており、確かに素晴らしいものだった。その時はマークも感激して返信メールを送ったほどだった。そして何度かそういうやりとりがあった後、レインから是非仲間に入れて欲しいということで簡単な面接をして入隊させた。最初の頃のレインは、明るく、はきはきしてチームの皆に可愛がられていた。しかし徐々に様子がおかしくなり、次第にパトロールの最中に何かを物色しているようなムードに変わっていった。その時はあまり気にもしていなかった。そしてある時、突然渋谷の街で拾ったようなケインを連れてきて、奴も仲間に入れて欲しいという。元チーマーのケイン本人が望んでいる風には思えなかった。しかしケインは、ある種純朴なところもあり正義感だけは強かった。そしてレインは、そんなケインを芯から更正させるのは、こういう活動に参加させることが一番いいのだと皆に説いて回った。結局他のメンバー達の賛同もあり、押しきられる形で入隊を認めたのだった。しかし暴力性に歯止めが掛からず毎回トラブルをおこした。そしてついには、レインも一緒になって暴れる始末だった。しかもさっきのレインの態度は、始めからこうなるように仕組んでいたと言わんばかりだった。

〈おかしな奴らだ。何か事件に巻き込まれなければいいが……〉

大きく落胆の溜息をついた。〈しかし、もういいさ。奴らさえこの街に近づかなければ二度と関わり合うことはないだろう〉

マークこと原島は気を取り直し、他のメンバーと和気藹々と反省会を済ませ早めに解散した。

その1時間後だった。ケインとレインは、さっきまでエンジェルスがパトロールしていた繁華街に舞い戻り、ごみバケツや店の看板を片っ端から蹴り倒していった。そのうち裏通りのひなびた焼き鳥屋にはいって酒を飲むことにした。奥のテーブルで向き合って座ったが、一緒に酒を飲むのはこの時が初めてであった。二人とも未成年だった。

「くそ面白くねえ！　悪い奴は殴って徹底的に思い知らさなきゃだめなんだ！」

梅サワーを一気に呷ると、ケインこと橘清二が怒鳴った。

不満顔で橘に相槌を打っていたレインこと米山伸也は、内心ほくそ笑んでいた。

五十嵐の後任として、テストは完了だった。こいつなら出来るだろう。相手が悪い奴だという単純なモチベイションさえ植え付けてやれば、人を殺すことぐらい何とも思わない馬鹿だ。

「社会は何も助けてはくれない。悪い奴は自分達で殺すしかないぜ」

伸也が何か思い出したように、苦悶の表情で小さく言った。

「そうだ！　ぶっ殺せ！」

寂れた店で客は彼ら以外いなかった。

「ほんとにそう思う？」

「ああ」

「じゃあ、俺殺したい奴がいるんだけど、手伝ってくれる？」

内容に反して伸也の低く静かなトーンに、少し不気味さを感じながらも橘は肯いた。

「誰だい。殺したい奴ってのは？」

さすがに、やや警戒した顔つきに変わった。

「妹を殺した奴らさ」

「殺された…？　誰にだ？」眼に怒りの炎が点火され

た。

「議員のバカ息子にさ。仲間と輪姦して殺しやがった。もうすぐ奴が年少から出てくるんだ。たった2年だぜ。議員の息子だからさ」

「で、どうやって殺るんだ?」

「実は準備してある。確実に殺る方法をな」

年齢に似合わぬ薄気味悪いほどのクールさが、底知れぬ凶悪さを感じさせた。

「そうか…」橘は意を決した表情に変わっていた。そして酎ハイを一気に呷った。

「人殺しても2年で出てくるんじゃよ! 殺さなきゃ損だぜ! そいつは殺されて当然だぜ!」怒りが増幅され喚いた。

「妹はよ、獣の餌食になったのさ。何にも悪いことしてないのに殺されたんだ。しかし誰も何にもしてくれやしない。今の世の中、殺される奴の方が悪いのさ。間抜けなのさ」

伸也は溜息をついて、社会の底辺で怒り、もがき苦しむ弱者の少年を演じていた。

橘は自分の不幸な生い立ちに重ね合わせ、怒りで全身が震えてくるのがわかった。

〈クソ野郎は、全部殺してしまえ!〉と橘は胸の中で何度もそう叫んでいた。

物心ついた時から、母親が毎日借金取りに追われる生活だった。父親が事業に失敗して借金をすべて母親に押し付けて蒸発してしまったからだ。年中夜逃げの逃亡生活だった。小学校もろくに行けなかった。いくら履歴を偽っても、今の時代、読み書きも危ないんじゃ、仕事は立ちんぼの日雇い労働か、やくざの使い走りぐらいしかなかった。心労と病気で、結局ミイラのように痩せ細った母親は、サラ金の取りたてに追われるのを苦に、橘が小学五年生の時、首を吊った……。

10歳で天涯孤独。誰も助けてはくれなかった。それ以来橘は、社会の底辺を一人で這いずりまわって生き延びてきた。町内会で形ばかりの葬儀後、無情にも借家は追出され、学校も行かず浮浪者となり公園で暮らした。警察に保護され施設に送られたが、そこでも嘲笑といじめの連続だった。小柄で気弱な橘はどこでも虐められた。結局半年で逃亡。再びストリート・チルドレンとなり元の生活に戻った。そしてそこでもやはりいじめ。その他地域住民の警察への通報などによる嫌がらせ。必死にゴミを漁って残飯で食いつないだ。人間らしい生活など、どこにもなかった。それよりも人間が怖かった。そしていつも頭にあるのは死だった。早く死にたい。早くこんな世界からおさらばしたい。それしか考えられなかった。あっという間に数年が経ち、やがて橘が生きている目的は三つにしぼられた。

一つ、逃げた父親を捜し出して殺す事。

一つ、母親を追詰めた奴らに復讐する事。

そしてもう一つは、何でもいい、社会に対して復讐する事だ。

憎しみこそが生きる糧なのだ。

やがて少年となり身体も大きくなった。荒んだ生活で鍛えられた橘は、獰猛な狼へと変貌した。

〈昔いじめた連中を一人一人訪ね歩き、半死半生の目に遇わせた。快感だった。怯えきって命乞いをする奴らを叩きのめすと胸がすっとした。一生歩けなくしてやった奴もいる。当然傷害で少年院に送られた。強要されて反省の態度も示した。奴らが望むとおりに演じた。だが本質が変わることなど有り得なかった。変わるわけがない。変わってはいけないのだ。

幸福な連中が俺を変える事など出来るはずはない。それは奴らに屈服することになる。俺は常に怒りと怨念の炎の中で生きている。それが消えれば死ぬしかない。既に目標は死ではなくなっていた。復讐、復讐あるのみだ。だから悪いものを見ると、見境なく怒り憎むのだ。俺は子供の頃からいつも心に思っていた。自分の将来は、自殺か或いは殺人者として刑に服することになるだろうが、それも仕方のないことなのだと。人生に夢も希望も愛すべきものも、なにもなかった。あるのは、ただ、怒り、憎しみ、孤独、社会に対する苛立ち、呪われた自分自身の運命への復讐でしかなかった。自分の人生はどうせ最後は誰かに殺されるか死刑だ。

へっ。どうせ死刑なら、一人でも多くの悪党どもを殺してやる！　こんな世の中糞くらえだぜ！　そう

だ、俺は戦争しているんだ。殺して殺して殺しまくってやるぜ！　殺せ！　殺せ！　殺せ！〉

トラウマに支配された彼の正義感は完全に歪み狂っていた。

＊

その夜、外はかなり冷え込んでいた。

目白の閑静な住宅街の中でも、一際大きな佇まいの屋敷があった。しかしここは、れっきとした会員制の高級レストランであった。大通りから入ってきたメタリックブルーのメルセデスＳ６００Ｌが、優雅なスピードで進んできて玄関の門の前で止まった。門扉が、ゲストを迎え入れる為、両手を広げるように開いた。ベンツが広い中庭の駐車スペースに入り停車した。助手席から、ホワイトミンクのハーフコートを軽く肩に掛け白いゴージャスなドレスに身を包んだ弘子が降りてきた。その姿が暗い夜にくっきりと美しく浮かび上がった。傍らに黒いタキシード姿の内田がエスコートした。庭園からの出入り口の前で、品の良い和服姿の中年女性がにこやかに出迎えにきて二人を案内して中に入っていった。

建物の内部は、外からはとても想像できないほど豪華で、西洋異人館といった装いであった。ゲストは、ほとんどが洋装であるが、店の従業員の女性は何故かすべて和服姿であった。大企業のエグゼクティブや、外国の政財界のＶＩＰもよく内密に接待するところとしてその筋には有名な場所だった。外国人受けするということで和服で統一しているらしい。内田らは予約どおり、奥の豪華な個室に案内された。弘子は少し不満顔だった。個室では何のためのドレスなのかわからない。

察するように、内田が声をかけた。

「心配しなくてもこの後、披露出来る所に連れていくさ」

ハードボイルド風にきめた内田が、珍しく小粋にウインクした。

「リハーサルにしちゃ、高級すぎない？」

甘えたいのを隠して、クールに皮肉を言った。

「たとえ君を狙っている連中がいたとしても、ここまではつけてこれまい」

再び軽くウインクした。

そういうことか……。

「さすがね」思わず柔らかい視線を送っていた。

内田の心遣いは内心素直に嬉しかった。

二人は和風装飾の個室のリザーブ席に着いた。大きい窓からは、黄金色にライトアップされて、美しい絵画のように浮かぶ日本庭園の眺めが見事だった。

「さあ、じっくりと相談しようじゃないか」

「相談と言われても、別に私のほうには心当たりはないの…」

「話を聞いた後、見当の付く奴を片っ端から締め上げたが、どうもうちの連中ではなさそうだ」

首を捻っていた。しかし何故か表情は自信に溢れ柔らかい。

「そんな大胆なことして、大丈夫?」

「人の命に関わることだ。この事件がいいきっかけだったかもしれない。結局奴らは無実だったが、候補にあがった連中には全員辞めてもらったよ」

無表情にあっさりと言った。

「あら、よくそんなこと出来たわね」

ビジネスに関して内田は冷酷だった。さすがにこういう内田を前にする時は身が引き締まる思いだった。

「俺じゃない。最終決断を下したのは辰巳社長だ。彼らはこれまでにも充分背信行為をしてきている。いつか一掃してやろうと社長も俺も思っていたんだ。というわけで、今回バッサリと」

「でも、山上部長や島崎常務などは、よく辰巳社長がうんと言ったわね。反革分子であっても、これまでの功績は無視できないわ。今度の取締役会も黙っていないでしょうし」

「実はもう手を打ってある。それに…」

「それに?」

「これを賭けたよ」自分の首を叩いた。

「どっちを取りますかってね」

「それじゃ脅迫じゃないの」

「辰巳さんも同じことを言っていたよ。君、人を喜ばす脅迫をしちゃいかんとね」

と言って豪快に笑った。大笑いする内田に、ついつられて声を上げて笑ってしまった。そして内田の背後に見える広大な山脈の迫力に今更ながら溜息をついた。

内田の首を賭けられては、さすがの辰巳社長もたまったものではないだろう。

この男には誰も逆らえない。選ばれた人物なのだ。内田が一介の常務にもかかわらず、全社的に絶大な権力を行使できるのは、彼の配下にいる影の信奉者たちの存在であった。存在するといっても、精神的な意味でだが。ある意味ではそれが一番強いともいえる。やはり会社にとって最高の経営資源は優れた人材なのだ。

社内において内田を慕い心酔している中堅社員達は、ずば抜けて能力が高いものが多く、現在のＰＤＸ世界戦略の重要な精鋭部隊として全世界に散らばっている。この連中は、非常に知的稼働率が高いが、当然自己管理能力についても一家言を持っている。それ故に形式的で従属的な管理を極端に嫌悪する。しかも自分以上に実力があると認めた人間にしか、忠誠心を持たないのだ。ほとんどの会社では、こういう連中を不平不満分子、反革分子の十把一からげにして、扱いにくい協調性のない人間という烙印を押して追い出してしまうのがオチだろう。それはスマートな人間に、高度なメンタル・インセンティヴを与えることができない無能な上司の証明といえる。彼らの強烈なプライドに手を焼くだけで、逆にそれを前向きなモチベーションへと昇華させ統率できるだけのアイデアやスケールを持ったリーダーが、この国にはあまりにも少ないのである。

全体主義。横並び主義。平和的な協調と和を崇める国民性も一つの弊害ともいえるが、結局は自らの保身が最重要で、それを脅かす有能な部下は徹底的に排除すべきという保守的な思想の人間が多いからである。

内田は違っていた。彼はむしろ、そういう連中こそが会社を逞しく支えているのだと主張し続け、若い内にどんどんビジネスチャンスを与えると、自らが率先して壮絶な仕事ぶりを実践して見せつけたのだった。

彼と行動を共にした人間の誰もが、内田だけは特別な存在と認めていた。そして無謀とも思えるほど、大胆に権限の委譲を断行した。部下の人事権から、２００億、３００億の決済も単独でやらせた。

そうすることによって、毎日全員が経営者として必死に考え活動しているのだった。そしてその強力な精鋭達が次の精鋭達を鍛え育て上げる。結果会社は、更に大きな成長と強力な推進力を手に入れてきた。今やその数は、ゆうに５０００人は下らないだろう。この数は、ＰＤＸの幹部候補人材の50%を占めるとさえ言われている。

しかも、この人脈は社内に限らずネットワーク化されている。やはり能力が高いだけに、野心を持って独立する者も少なくない。内田はそんな連中にさえも、個人的なインキュベータとしての役割を担いフェアな協力を惜しまなかった。

現在その内のいくつかは、ベンチャー企業の雄としてＮＡＳＤＡＱ（米店頭株市場）に公開している会社もある。無給でも彼のもとで働きたいという人間が後を絶たないのである。別に内田としては、野心的な派閥作りを考えていたわけではなかったが、結果はその人脈が強力なアドバンテージとなり会社における彼の地位とパワー・バランスを一変させてしまったのである。そしてその後も、社内での力関係を後押しすることとなっているのだ。

つまり、内田がその首を賭けるということは、今や全世界のＰＤＸの中枢となっている精鋭達を根こそぎ持っていかれることを意味しているのだ。そうなれば、その後の会社の存続などありえるはずもない。保守的な上層部の中には、内田をラディカルで危険な存在として煙たがる者は多い。しかし結果として、彼の考え、動きに、会社は従わざるをえないのである。それがＰＤＸ内部においての巨大な山脈ともいえる内田の存在の大きさなのであった。

そんなことを考えながらも、久しぶりにリラックスして、内田と外での会食を楽しむことが出来た。さすがＶＩＰ専用店のきめ細かい心遣いと、スムーズで絶妙な配膳の流れが、他とは違う価値ある時間を贅沢に過ごさせてくれた。料理の方は、突き出しの、海鼠腸、鮟肝、酢牡蛎、湯葉などに始まり、近海ものの豪華なお造りに舌鼓をうち、続いて柳鰈の一塩などの揚げ物の後、最後はさっぱりと水菜鍋を取り分けてもらった。どれもこれも最高の食材と高級な食器類で組み合わされていた。和やかムードの中で、超一流の懐石料理を堪能することができた。冷酒がいつも以上にすすみ、内田の口も滑らかでとどまる事を知らなかった。内田にとって今日は祝杯だったのだ。

しかし、弘子の胸中には、なにかが引っかかって取れない小さな異物のようなものが離れなかった。弘子の為だけに首を賭けるほど、内田は甘ちゃんでもロマンチストでもない。たとえそれが自分の愛する女の為であってもだ。マキャベリズム（謀略）に長けたシビアな大人なのだ。そのことについては、弘子は誰よりも自負しているつもりだった。

〈まさか！〉

一瞬、脳裏に疑惑がよぎった。

〈内田が仕組んだのでは……？〉

単純だが、そういう稚拙な推理も出来なくはない。だがもしそうだとしたら、ここまであけすけに喜ぶだろうか？　或いは襲わせた当人を前にして何をしようというのか？　しかもこんな演出が必要だろうか？

わからなくなっていた。目の前の内田の満足げな顔を見た。彼は柔和な笑顔を返してきた。更に、じっと瞳の奥を覗きこんだ。真実は見えてこない……。

〈いや。少なくとも私は彼を信頼している。この世に何人もいない尊敬に値する男なのだ。グローバルな視点とフレキシブルな発想、膨大な情報収集力と緻密な分析、独創的な戦略と戦術、大胆にして繊細な交渉力や実行力、権謀術数など、これまでありとあらゆるものをこの男から教わってきた。もし裏切っていたとしたら、それは自分の見る眼がなかったということでいいではないか〉

疑惑は潮を引くように、自身の納得へと帰着した。仮にそうであってくれたほうが、今後見えないストーカーの影に怯えなくてすむ。もう物音一つで、心臓が張り裂ける思いをするのは止めにしたい。自分の小心さに嫌気がさしていた。仕事の為ならば、いつ死んでもいいと思っていたはずなのに、いざ物理的な死の恐怖に直面すると、恐くて夜眠ることすらできなくなった時期があった。

情けない。自身を叱咤した。なんとしても克服しなければ。再び強い気力が、メラメラと立ち上がってきた。そこで率直に疑問を内田にぶつけてみたくなった。

「さっきの話。ずーっと気になっていたのだけど…」

「何だい、気になるって?」

内田は口直しのπウォーターを、一口含んだ。

「こうなるには、私の一件は、実に都合が良かったわけね」

「どういう意味かな?」

さすが内田だ。顔色一つ変えず、ゆっくりとグラスをテーブルに置いた。食器の音をたてるのを極端に嫌う紳士だった。微笑したままだが、眼の光は笑ってはいなかった。

「言ったままよ」冷徹なトーンで突き放した。

無表情のまま沈黙してお互いを見合った。

しばらくして内田は、フーッと大きな溜息をついて緊張を解いた。そして照れくさそうな笑顔を浮かべた。

「悪かったよ。はしゃぎすぎて気を悪くしたようだね。あやまるよ」

「質問に答えてはいないわ」

メタリックなトーンは、いつもの鉄壁のビジネスウーマンのそれに戻っていた。

彼は予想だにしなかった弘子の強い態度に戸惑っていた。

「何てことだよ!」

沈着冷静な彼にしては珍しく、大仰に両手を広げボディ・アクションで感情を露にした。そして失望に続く次の言葉を探していた。無防備なくらい動揺を表に出している。

「全部君のためにやったのに、俺が疑われるとは…。正直いって辛いよ……」

眉と頬に薄い皺が浮かび、ガッカリしたように呟く内田の苦悩の表情に、もしこれが芝居だとしたら間違いなくアカデミー賞10年分は堅いと思った。

内田は複雑な表情のまま押し黙った。
その佇まいに内田の無実を直感的に感じ取ってい
た。
しかし、ここでもう少し意地悪してみたい衝動にも
駆られた。胸の中で笑いをかみ殺し、とりすまして続
けた。
「幹部社員10人の首を一瞬にして切る人が、そんなロ
マンチストとは思えないけど?」
「本当に君にそう思われているとしたら、悲しいこと
だな……」
視線をはずし外の庭園を見たまま呟いた。
それ以上の反論は出てこなかった。まるっきり意気
消沈したようで寂しそうだった。その姿に急に愛おし
さを憶えた。
やはり、これまで何度も自分を本当に愛し守ってい
てくれたのはこの男だった。そろそろ潮時だと思った。
それにこの温かい夜を台なしにはしたくなかった。
「わかったわ。本当は最初から疑ってなんかいなかっ
たの。ただ、あなたの反応を確かめたかっただけよ」
努めて明るく言ったが、内田は無言のまま庭園を見
つめ微動だにしない。
「しかもその反応は、私を心から勇気づけてくれたわ」
静かな情熱を込めて、ゆっくりと言った。
何かが込み上げ眼差しが徐々に熱く潤んでいくのが
自分でもわかった。
その熱気を悟ったように、内田がゆっくりと顔を向
け、真摯な光が宿った瞳でしっかりと見据えてきた。
「誤解されていないんだね?」
「ええ、あなたは合格よ」
テーブルの下で、弘子の艶やかな細い指が内田の指
に絡みついた。そしてそれを優しくデリケートにだが、
しっかりと内田の大きな手が包み込んだ。

＊

夜パソコンに向かっていると、突然画面上から愛く
るしい天使が便箋を持って舞い降りてきた。そして微
笑みながら手紙を卓也に向かって差し出した。
新規メールの着信の知らせだった。
卓也は天使の羽をダブルクリックした。画面はメー

ル画面に切り替わった。コンピュータが卓也の好みに合わせてメールの重要度を分析してプライオリティを決めている。さほど重要でないメールの場合は仕事の合間をコンピュータが判断して着信を知らせるようになっていた。突然仕事を中断して天使が舞い降りるというこのパターンはトップ・プライオリティなのであった。

「誰だろう？」

一瞬卓也に緊張が渦巻いた。しかしメールを開けると、優しい文面が現われた。差出人は南千華だった。PDXビルで出会った時の愛くるしい笑顔が脳裏に蘇った。

「先日は、初めてお会いできて本当に嬉しかったです。素晴らしいお仕事振りにいつも憧れていました。こうしてたまにメールでお話していただければ嬉しいのですが、お仕事の邪魔になりますよね。またお会いできる事を心より願っております。それではお身体に気をつけて、今夜もお仕事頑張って下さい。おやすみなさい」

卓也も早速、自分も再会を楽しみにしているという趣旨のメールを返信した。

＊

羽田発のボーイング727が旋回して着陸した。新千歳空港に到着したのは昼過ぎだった。なにしろ目的の場所は山奥だ。早く行かないとすぐに日が暮れてしまう。卓也と北詰はゲートを抜けるとあわただしく迎えのタクシーに飛び乗った。空港から札幌の市内をぬけて更に奥まった彦根村まで行かなければならない。卓也達のいでたちと彦根村と聞いてタクシーの運転手はすべてを理解したようである。

「この辺じゃ、もう、あなた方の話で持ち切りだよ」

純朴そうな初老の運転手が人懐こく相好を崩した。市内からはずれた山奥で、しかも公共施設でもないのに立派な教会が建て直された。しかも、すべての資金を援助したのは、元そこで働いていた青年が東京で成功して億万長者になったとか…。夢物語みたいなものだから、皆、卓也らが来るのを待ち望んでいるそうだ。

運転手は一方的に興奮しながら説明を続けた。時折北詰が相づちを打つが、卓也は照れくさかったので黙って外を眺めていた。

新教会の完成式典に出席の返事をしたところ、村の有力者から空港まで出迎えにいくという申し出があったのだが、普段の仕事をあけることになる。貧しいところで、1日仕事をあけるということが、どういうことか卓也にはよくわかっていたので丁重にお断わりさせてもらったのである。

市内の繁華街をぬけて、どんどん山道にはいっていく。見えるのはすべて雪の壁だけだ。

ひたすら白い街道を車は進んでいった。卓也は懐かしさというよりも、これまでの時間の経過があまりにも短かったためか、ときめきのようなものを感じない自分にがっかりしていた。隣に北詰もいるし、いつもの仕事の打ち合せに行く感じだ。しかし車が奥地に入っていくと、見覚えのある景色が俄然懐かしさを運んできた。北詰にはどこまで走っても、ただ真っ白の同じ景色の同じ道筋にしか見えなかった。2時間もすると小さな村にたどり着いた。同時に荘厳な佇まいの建物が目に飛び込んできた。

すっかりリニューアルされた聖カルデラ教会は、地上3階地下1階で、辺りの民家に比べて一際大きく近代的な建物に見えた。タクシーを降りて、二人でしばらくそれに見入った。北詰はめずらしそうに辺りを見渡した。彼にとって初めて卓也のルーツを感じる場所にきたのだ。

車の音に気づいて、牧師の世話をしている数人の村人が出てきた。初老の男と若い娘であった。男は町内会の役員だった。彼は跪かんばかりに感激して卓也達を中へ招き入れた。娘は障害者らしく無表情で何も言わない。何者なのか理解出来ないようだった。

2階の応接室に入ると、セントラルヒーティングのやさしい熱気が全身をつつんだ。鞄を置き、コートをハンガーに掛け落ち着いたところへ、軽いノックがして、満面の笑みを浮かべたカーマイン牧師が入ってきた。世話役の男達も、あとに続いて入ってきた。卓也はすぐに駆け寄りこれまでの空白を圧縮するよう強く抱き合った。そして無言のまま何度も頷きあった。感激のため、なかなか言葉は出てこなかった。

「お元気でなによりです」

やっと言葉が吐き出せた。

「あまりにも沢山言うべきことがあって、迷ってしまいますね。とにかく、ありがとう。あなたは素晴らしい！　よくぞ来てくれました」

「いえ、帰ってきたのです！」

「そうでした。ここはあなたのものです」

「いいえ牧師、ここは私たち皆の故郷です」

「そうですね。あなたは私が託したことを、たった2年でやりとげてしまった。村人一同、あなたに感謝と尊敬の念で一杯です」

「ありがとうございます。今後もお役にたてるよう精進を続けます」

「さあ、堅苦しいのは抜きにして楽しくやりましょうや。歓迎式典の用意も整っていますのでこちらに来て下さい」

村長の八木に促されて全員外に出た。その間に卓也は北詰を牧師に紹介した。牧師はＰＴＡのように卓也のことをくれぐれもお願いしますという話に終始して卓也は照れていた。

玄関前で簡単なセレモニーをすませ、全員でリニューアルされた礼拝堂でミサに参加した。そして改めて今回の主賓として招待された卓也と北詰が紹介され、一人一人が簡単なスピーチを行なった。どんな言葉も全員が拍手喝采で暖かく包み込んだ。

その後、応接室で簡単なパーティをやった後、やっと解散となった。二次会として村長の家で更に宴会をやるということで招待されたのだが、牧師とじっくり話をしたいため丁重にお断わりした。卓也達は札幌市内にホテルをとってあったが、教会に泊ることにした。来客室も完備している。

リビングで卓也は、プレゼントしたパソコンの使い方を熱心に牧師に教えた。そんな光景を北詰は、まるで微笑ましい親子のようだと思って見ていた。牧師は意外と好奇心旺盛で、短時間のうちに簡単なワープロも打てるようになった。卓也はここに来る前に、プロバイダとの契約も事前にすませておいたので、あっと言う間にインターネットの接続を完了した。そして今度は、電子メールの使い方を丁寧に教えていった。2時間もすると、牧師もほぼ扱い方を理解して自分でいろいろ試すことが出来るようになった。これでいつも牧師とメールで話ができることが卓也には何より嬉しかった。三人は深夜まで、他愛のない世間話で盛り上がり笑いあった。

翌朝、皆で朝食を共にした後、足早に教会をあとにした。

牧師は寂しそうであったが、また仕事で頑張ってと励ましてくれた。そして卓也に自分の十字架のネックレスをプレゼントした。

「これで私とあなたは、いつも一緒です」

卓也はサイバー・ウオッチを牧師にプレゼントした。

名残惜しいが、二人は教会を後にして朝一便で東京に戻ってきた。そのままPDX本社に向かい午後から仕事に戻った。これ以上休んでいる暇はない。卓也たちの仕事は時間との勝負だ。北詰もあえて休めとは言わなかった。しかも二人がいない間もPDX社のシステムはトラブル続きで、仕事は一向に、はかどってはいなかった。

その日の夜、卓也は早速カーマイン牧師にEメールを送った。が、なかなか返信メールはこなかった。仕方なくいつものように深夜の仕事を続けた。2時間して少し休憩をとろうと思い画面を切り替えた時、新規メール着信を告げる表示が飛び込んできた。高鳴る気分でメールを開いたところ、まさしく牧師からであった。予想に反してかなりの長文である。勿論すべて英語である。卓也はまるで家族からの便りのように、熱い思いで何度も読み返した。まさしく牧師は自分の家族だった。

「遅くなってすいません。どうしてもうまくいかない箇所があって、何度もやり直しましたがもう大丈夫です。電話をかけて、きこうかとも思いましたが感動が薄れると思いやめました。しかし本当に便利なものですね。姿を見ることはできなくても、ずっとあなたがそばにいてくれるような気がします。大変心強いのと同時に、あなたのことをいつも見守って行けることに幸せを感じています。ありがとう。それでは仕事の邪魔にならないよう、今日はこれをご挨拶がわりに失礼します」

深夜まで悪戦苦闘したのであろう。明日の仕事に差し障りがなければよいが…。

卓也は牧師の身体を案じた。その後二人は毎日メールで話をした。夕方寝る前にメールを送信しておき、深夜起きてコーヒーを飲みながらまず牧師のメールに眼を通すのが日課になった。また一つ生活に張りが出来たようだ。北詰に報告すると、口では「もう少し色気のある生活をしろよ」とか「女性の友人とやり取りすることを考えろ」と彼らしいアドバイスでハッパをかけられたが、内心自分のことのように喜んでくれた。もとはと言えば、牧師にパソコンをプレゼントしようと提案したのは北詰であった。卓也は今後、更に充実した気持ちで仕事に励むつもりであったのだが……。

*

数日後の夕方、北詰のBMWは埼玉の大宮に向かっていた。自宅は埼京線大宮駅から車で10分のところにある新興住宅地にある。

一棟一棟がゆるやかな敷地に、大きな間取りの立派な邸宅が建ち並んでいる。通りから一本奥まった通りの前にある一際豪華な広い庭のある家の前で停車した。ガレージの門をリモコンで開錠して入った。小さな歓声が上がった。庭で土いじりをしていた幼稚園児とおぼしき可愛い女の子二人が、子猫のように車に駆け寄ってきた。

「パパ、おかえりなさい！」

3ヵ月ぶりの帰宅だった。

車から降りて幼い姉妹を交互に抱きかかえた。そして妹のほうを抱いたまま玄関に入っていった。2つ上のお姉ちゃんが先導するように、先につっかけを跳ね飛ばしリビングにかけこみ、父親の帰りを大声で告げたが、室内は無人のように反応がなかった。ゆっくりとリビングに入って妹を降ろしソファに掛けた。妻の美智子はキッチンにいた。無言のまま感情を表わさないように黙々と夕食の準備をしていた。対面キッチンなので顔を突き合わせる事になるが、彼女は目を合わさぬように視線は落としたまま動かさない。早くも火花が散っているようだが北詰は意に介さず言った。

「子供達は元気そうだな」

完全無視。美智子は返事もせず作業に没頭していた。口をきかなくなって1年になる。何の感情もなかった。もはや怒りさえ湧き上がってこない。いいのだ。今日は事務的な用事で来ただけなのだと自分に言い聞かせた。

ふと視界の中に異物のようなものが介入した。予期してない絵図に見えたのは、リビングの入口に美智子の父親、慶介が立っていたからだ。慶介も北詰の登場は予想外だったらしく、入ろうかどうしようか最初の一歩が宙に浮いているようだった。が意を決したように、のそのそとテーブルに向かって歩を進めた。片足を引きずっていた。随分と着古したパジャマ姿に丹前を羽織っており、かなりの期間住み着いている事は明白だった。この親子のことだ。恐らく示し合わせて、前回自分が帰った翌日あたりからずっといるのだろう。どおりで毎度うるさく、帰る前には必ず電話しろと美智子が言うはずだ。

北詰は一応座ったままだが、慶介に向かってこっくりと頭を下げて「どうも」と会釈はした。年長者に対しての最低限の礼節はわきまえているつもりだ。

慶介はバツの悪さを隠すように無視して、仏頂面のまま、ゆっくりと対面キッチンの前にある4人掛けのテーブルの左端に、背を向けて座った。何故かそこがいつもの彼の指定席のように思われた。

子供達が声を揃えて「おじいちゃん！」と駆け寄りはしゃぎ回った。なんとも陰湿なムードを子供達の無邪気な笑い声が救った。

美智子の先ほどからの鋼鉄のようなかたくなな態度の理由がわかった。これでも、一応は卑屈さを感じているのだろう。

この親子は驚くほどよく似ていた。慶介にとって、美智子は一人娘であり、亡き妻の忘れ形見でもあり、自身のすべてを投入して育て上げたと言っても過言ではなかった。だが母親不在の家庭環境は、決して他人を受け容れない強固で閉鎖的な親子関係を作り上げていた。当然二人は、喋ることも物の考え方も趣味も趣向も同じだった。まるで自分自身のオリジナリティを拒否するかのように。よそ者を迎え入れない頑固なプライドと、家柄を重んじる純血主義が絶対だったのだ。それだけに北詰のような、フレキシビルなタイプは我慢ならぬようであった。

北詰と美智子は、熱烈とは言えないまでも社内恋愛の末に結ばれた。

当時の慶介は、既に妻も亡くし隠居生活を送っていたが、現役時代は大手鉄鋼会社の常務にまで昇りつめた人物であった。一応慶介は、娘の結婚には賛成していた。とりあえず北詰は当時超一流の老舗企業、園山物産の社員ということで最低条件はクリアしていたのである。だがその後、自分で会社を興す事となり、入社10年にして園山を辞めたことによって慶介と美智子の態度は一変したのだった。

男にとって人生に必ず一度くらいは、オール・オア・ナッシングという局面があるはずだ。そんな苦しい状況の時に、一番自分を支えて欲しい存在であるはずの美智子は阿修羅の形相で、事ある毎に罵倒してきた。ショックだった。結局彼女は、一流企業園山物産の社員と結婚したかっただけなのだ。

そして慶介の方は、昔の同僚などの伝手を使って、何とか思い留まらせようと工作をしてきたが、北詰の決意は固く予定通りアントレプレナーとして独立後、自らの会社をスタートさせたのだった。結局慶介は邪魔することはあっても、何の協力もしてはくれなかった。面子を潰された彼は、ただ一言「わしに何の相談もなかった」と皮肉たっぷりに言っただけだった。

しかし、この親子の予想に反して北詰はとてつもない成功を手に入れてしまった。それでも慶介と美智子は、成功すればするほどかたくなに態度を硬化させていった。許せなかったのだ。自分達と違う価値観をもって簡単に成功を手に入れてしまった事が……。

だが、ならばその成功によって優雅な暮らしがもたらされているこの現実は許せるのだろうか？　自分達に都合の悪いことには目を背け耳を塞ぐ。矛盾など、どこかに放り投げてしまうのだ。もはや嫌悪感しかなかった。〈田舎者のアンフェアで保守的な価値観など、くそくらえだ！　所詮単なる妬み以外の何物でもないじゃないか〉北詰とこの親子との関係は、成功の度合いと比例するように更に冷え切って行った。

それでも当初は、美智子に対して収入の殆どを任せていた。そしてこの豪邸も彼女の注文通りの設計で建ててやった。感謝や労いの言葉など一言もなかった。それは、これまで家庭を省みず好きなだけ仕事に没頭できたのは自分達のアンペイド・ワークの賜物で、この家はそのことに対する当然の対価だというような態度なのだった。

竣工当時、慶介にも披露パーティを楽しんでもらおうと招待状まで出した。

だが慶介は、電話であっさりと断わってきた。

「あんまり思いあがらん方がいい。たまたま運がよかっただけだ」

捨て台詞とともに電話は叩き切られた。

何も知らないくせに！　運だけで片付ける。他人の努力は見えないのだ。いや。見たくもないのだ。慶介は北詰に関しては、相手の事を慮る機能を完全に捨てているのに違いなかった。彼の世界では、考えたくもない奴。見たくもない家。それが北詰とこの家だった。

しかし今、あれほどこの家を忌み嫌っていた男が、自分のいない間に入り込み平然と暮らしているではないか！

〈この男にプライドというものはないのだろうか〉

慶介の背中を睨みつけた。

「リュウマチが悪化してね。歩くのも心許ないんじゃ、心配でしょ？」

さっきの慶介の歩き方を見れば、いくらでも勝ち誇ったように美智子は正当な理由を熱心に並べ立てるだろう。だからあえて、ここに慶介がいることについての話はしなかった。そんなに親が大事なら、その情熱のわずかな欠片で田舎のお袋のことも心配し訴えてもらいたいものだが。そんなことは生涯絶対にありえない。所詮他人なのだ。

結婚以来、美智子が北詰の実家を訪ねた事など一度もなかった。この親子には、嫁いでいるという自覚がないのだ。

「君達とは違う世界に住んでいるんだな」

胸の中で呟くと、自虐的でシニカルな笑いが漏れ口元がゆるんだ。

キッチンの横から盆を持って出てきた美智子が、お銚子1本と、先程拵えたつまみを手慣れた感じで慶介の前に置いた。それはあまりにも自然ないつもの家庭的な光景に見えた。早速慶介は箸を伸ばすと、酢の物を口に運び静かにもぐもぐと食べはじめ、満足そうに何度か小さく頷いた。二人共あくまで無言で、眼を伏せたまま北詰の存在を無視していた。ここの主人はお前ではないのだと、嘲笑ってさえいるようだった。

北詰は悪意の無視の中で、強烈に喉が渇いた。北詰にはビール1本出さない。いや、そんなことすら思いつかないのだ。2時間かけて車で我が家に辿りついても、北詰の喉の渇きすら、美智子の想像の範疇にはないのだ。ここに北詰の存在はなかった。

〈こいつらは凄い！　凄い精神力だ。新興宗教の幹部にだってなれる。自分達しか信じていないのだ。それ以外の存在には気がつかないのだった。そんな中で俺は数年間も暮らした。こんな惨めな生活があるだろうか……〉

ひょんな事から知り合った以前から気になっていた女性が、いつのまにか心の支えになっていた。愛らしく優しい笑顔が印象的な子だった。一回りも年下だが、苦労して育ったせいか、強い母性で自分を優しく包んでくれていた。そして自然に深い繋がりに発展した……。

〈世間は不倫を重犯罪者のように非難するが、どう生きろというのだ！　こんな状況では、そうなるのが必然ではないか。むしろ、そういう存在がいたからこそ、精神のバランスを崩さずこれまでやって来れたのだ〉

北詰は正直に美智子にその女性の存在を告白した。完全なる決別宣言だったのだ。そして当然のごとく、以後美智子が北詰と言葉を交わすことはなくなった。今では収入の半分を生活費として、半年分をまとめて小切手で渡すことにしていた。振込みにしなかったのは、その時に子供の顔を見たり遊んだり出来る事が唯一の楽しみだったからだ。実質的には完全な離婚状態であったが、子供の将来を考えて、お互い納得ずくで仮面夫婦を演じる事にしていた。しかし、最近の美智子の態度は北詰が姿を現わすことさえも露骨に嫌悪感を現わしている。そろそろ限界なのかもしれない。寒々とした大人達の空気を察知したのか、いつの間にかリビングから子供達の姿は消えていた。あくまでアパシーなムードを貫く美智子に根負けしたように、北詰はゆっくりと立ち上がると諸々の書類と小切手が入ったいつものスケルトンのファンシーケースをテーブルに放り投げ家を出た。庭で遊んでいた愛くるしい笑顔が二つ、再び胸に飛び込んできた。

「おまえ達は天使だ！」

二人を強く抱きしめかかえあげた。

「あの金は、お前達の為に持って来ているんだ」

リビングから洩れる灯に向かって呟いた。

〈決して他の奴の為なんかじゃない…〉

子供達を車に乗せて、近くのファミリーレストランに入った。二人は大喜びではしゃいでいた。年寄りと暮らしていれば、あまりこんなところにも来ないのだろう。その無垢な姿に、北詰は毎回心底勇気づけられた。このひとときのために、どんなにいやな思いをしても、3ヵ月に一度はこの埼玉の自宅に戻るのだ。

レストランでの食事が終わった後、大宮駅近くのデパートでそれぞれに、今一番ほしいものをプレゼントに買ってやった。むやみに物を買い与える事を嫌う、美智子の鬼のような形相が頭をよぎったが無視した。

軽く近所をドライブした後、再び自宅に戻り門の前で子供達を降ろした。相変わらず家から美智子が出てくる気配はなかった。幼い姉妹は、大きく手を振りながら「バイバイ、またね」と言い残すと、一刻も早くプレゼントの包みを開けたいらしく門を抜け庭を横切ると、ちっちゃな足をバタバタと動かし奥の玄関の中にかけこんで行った。

ガッチャン、と豪華すぎる玄関の扉がゆっくりと重々しく閉まるのを見届けた。

闇の中でつかの間の余韻を味わった。やがて停滞していた6気筒のエンジンが緩やかに加速して、ＢＭＷはあっという間にその通りから姿を消した。

ＢＭＷは市街地を少し走った後、大宮インターから首都高速に乗った。

都心への逆方向でもあり、既にこの時間は空いていた。夜の高速道路からは、大都会の様々なパノラマが立体的に堪能できる。しかし想いはパノラマの向こうにある風景に飛んでいた。

海岸沿いの岩場の隙間にある秘密の場所。そこは親友のよっくんと発見した絶対誰にも教えてはいけない二人だけの宝のありか。入り江の奥まった岩場の隙間を降りていくと、浅く大きな水溜まりのようなところがあった。30センチくらいの深みしかなく、ちょうど膝頭が隠れるくらいだった。水は澄んでおり、なかでうごめく生き物たちの姿はまるで神様が下界を見渡すごとく丸見えだった。カニが横歩きというよりは、滑るように横に飛んだ。直樹はすぐに水の中に手をつっこみカニを掴みあげた。

「よっくん、すごいよ。いくらでも捕まえられるよ」

「うん。すごいすごい」

二人は夢中でカニを捕獲した。すぐに小さなバケツにいっぱいになった。

「もっとおおきいの、もってくればよかったね」

「あした、またくりゃええじゃん」

「そうだな。よっくん、ここのこと誰にも内緒やで」

「あたりまえよ。わしらだけの秘密よ。あしたも学校終わったらこようや」

しかし翌日、学校の外で待っても、家の前で待っても、よっくんは姿を現わさなかった。仕方なく彼の家に行き母親に訪ねると、すぐに遊びにいったと言われた。

少し腹が立っていた。先に一人で行ったのだろうか？　ああは言っていても、やっぱり自分が一番いっぱい取りたいのだろうか？　直樹はあせった。一人占めされてたまるか。だが秘密の場所に行ってみると、よっくんの姿はなかった。ほっとしたような寂しいような感じだった。すぐにカニを取り始めた。昨日あんなにいっぱい取ったのに、まったく関係なく今日もうじゃうじゃカニが走りまわっている。直樹は両手で2匹同時に追いかけ2匹とも捕まえて、水から両手を引き抜いた。その時、水柱がたって、しょっぱい海水が顔にかかった。目に染みた。なんだろうと思った瞬間、また水柱。石が飛んできていた。今度は3つ同時に目の前で石が叩きつけられ、直樹は全身びしょぬれになった。

「なにすんや！」

「キタとこは、お父ちゃんがおらんけん、こがいなとこでカニとってくわにゃいけんのんじゃのう」

「違うわい！　おまえらに関係ないじゃろうが！」

岩場の上に、いたずらっ子連中4人がいた。いや、正確には3人だ。その中の1人は、よっくんだった。連中の一番奥に姿を隠し、じっとこちらを見ていた。先頭にいたクラス一番の悪たれが再び石をまじかに投げ付けてきて、これまでで一番大きな水煙があがった。その石は大人の拳は楽にある大きさで、直樹は身の危険を感じ固まってしまった。

「ほら、お前もなげや」

悪たれがニタニタ笑いながら、よっくんに石を差し出した。よっくんは一瞬躊躇したが、すぐに悪たれと呼応するような笑みをうかべると石を投げ付けてきた。大きな水飛沫があがり頭から海水をかぶった。

「よっくん……」無意識に彼だけを見据えていた。

よっくんは悪たちと大声で嬌声をあげて騒いでいたが、一度としてこちらに目を向けようとはしなかった。

夕方、清掃の仕事から帰ってきた北詰静枝は、慌しく家事をはじめた。子供達の夕食を手早く作ると、薪をくべ風呂を沸しはじめた。今日は近くの小料理屋で宴会がある日だった。宴会のある日だけ配膳の手が足らないので静枝は店の手伝いに行くことになっていた。月に3、4回あるこの臨時収入は北詰家にとって大きな意味があった。今日は忙しくなる。静枝は高揚する気持を抑え薪をくべていた。燃え盛る炎に安心すると、昼間の疲れが染み出しぼんやりとしていた。火のゆらぎを見ていると自然と心が落ち着き、熱さを忘れてしばらく見入っていた。ふと背後の気配に気づき振り返った。

「直くん」

直樹は泣きはらしていた。

「どうしたの?」

無言だった。口を開ければ大声で泣いてしまいそうだった。

「誰かに、いじめられたん?」

直樹は怒りと屈辱と悲しさに必死で耐えていた。子供心に母親にあたっても仕方ないと納得していた。しかし、なにかにぶつけたい日だってある。

静枝はわかっていた。片親で貧しい家庭、屈辱で腹の立つことも多いのだろう。だが自分とて生きるに精一杯。世間の風は冷たい。その冷たい風は子供であろうが容赦なく吹き付ける。だが耐えて生きるしかない。自分も子供も強くなるしかなかった。

「なんでうちには、お父ちゃんがおらんの?」

「また、なんで今ごろそがいなこと言うんね」

「お父ちゃんがおらんけん、いっつもバカにされる」

「病気じゃったんじゃけえ、しょうがないんよね」

「わしはずっとそればっかり言われる」

「お父ちゃんがおらんのが辛いじゃのうて、お父ちゃんがおらんいうていじめられるのが辛いんじゃろ」

「……」

「でもね、直くん。これでよかったと思いんさい。なんでもこれでよかったと思いんさい。あんたが辛い思いしたなら人にもせんじゃろ」

「……」

「それが一番大切なことよ。人の辛いことや痛みがわかってあげられる人間になりんさいね」

「うん…」

こらえきれず涙があふれ出た。

その後、よっくんとは仲直りして一緒に遊んだりもしながら高校まで付き合ったが、前ほど親密にはなれなかった。どちらかというとよっくんの方からいつも距離をおいていた。あの事は、むしろよっくんの方が本当は傷ついていたのかもしれない。

先行車のブレーキランプが暗闇に鮮やかに浮かん

だ。北詰はふと我にかえった。静粛性に優れているが軽快に回る6気筒エンジン音が、はっきりと聞こえるほど車内は静かだった。懐しさと侘しさが複雑に交錯して、当分音楽をかける気にもならなかった。

突然、静かな空間を切り裂くように携帯電話のコール音がヒステリックに響き渡った。

ハンドルに装備されている通話スイッチを押した。

「もしもし」空間に呼びかけた。

「直樹か?」スピーカーから呼びかけられた。

「ああ」

相手を探るようなくぐもった声だが、すぐに誰だかわかった。不思議なものだ。年に何度もかかってこないのに、かけて来る時は決まってこんな日だ。夢でも見たのか。突然電話してくるなんて…。

「元気でやっているのか?」

高松にいるお袋だった。

「ああ」

「子供達は皆元気か。美智子さんも?」

「うん……」

お袋には何の事情も話してはいない。しかし知っているはずだ。この数年間、子供だけを連れて帰省しているのだ。わからない方がどうかしている。それでも事情を知らないふりをしているのだ。

「仲良くやっているか?」

掠れた声に、喉もとの弛んだ皮膚と痩せこけた骨格が脳裏に浮かんだ。もう2年近くも顔を見ていない。

「ああ、何も心配ないよ」

「ならいい。元気で頑張れよ……」

「うん」幼少時に戻ったように頷いていた。

無造作に通話は切れた。

田舎で年寄りの一人暮らしは寂しいだろう。常に息子を心配することで、自らの寂しさを紛らわせているのかもしれない。母親の声を一言聞いただけで何かが吹っ切れた。ハンドルに装備されているリモコンでカーコンポのスイッチを入れた。

エリック・カルメンのハスキーで切ない声が、13年ぶりの新曲「アイ・ワズ・ボーン・トゥ・ラブ・ユー」を歌い始めた。

〈結局俺は誰にも愛されていないのかも知れない……。そして俺自身は…ほんとうは一体、誰を愛する為に生まれて来たのだろう？〉

首都高速を走るＢＭＷは、再び華やかな夜景に彩られた大都会の中心部に吸い込まれていった。

＊

南千華が代官山の事務所に戻ると、珍しくプロダクション社長の霧島が満面の笑顔で出迎えてくれた。別に嬉しくはなかった。

〈あの多忙な人が、何でこんな時間に……？〉

疑問の方が大きく膨らんでいた。そして軽く近況を聞かれた後、話があるので社長室に来てくれという。撮影が終わったらすぐに戻るようにと、マネージャー部長からメールがあった。

「2時間前の、あのメールは社長の仕業か……」

重い溜息をついた。

なんだか憂鬱な気分になりながらも、おずおずと社長室のドアを叩いた。中から不自然なほどの明るい返事があり、部屋に入るとソファに掛けるよう進められた。霧島はデスクでインターネットをやっていたが、そのまま席を立ち向かいに腰掛けた。いやな予感がした。わざわざ霧島がさしで話をしようということ自体珍しい。経験上、珍しいことにいい事は確率的に少なかった。

「そう改まりなさんな。いい話なんだから」

こちらの警戒的な視線に、霧島はなにげなく視線をはずして、テーブルの来客用煙草を1本取り出し火を点けた。あまり見慣れない行動だった。霧島は洋モクしか吸わない。わざわざ違う煙草を吸うという、その不自然な挙動に益々疑心暗鬼になった。

「よく頑張っているな、千華。俺はいつも感心しているんだ」

霧島は優しい眼差しを向けたが、すぐに再び視線を外し何かを模索していた。千華も、いつもと違って、あえて補足するような返答はしなかった。話の進展を少しでも遅らせようと無意識に思っていたのかもしれない。

霧島は覚悟を決めたように千華を見据えると、やや甲高い声で言った。

「写真だよ、千華。俺はいい話だと思うよ」

やはり予感は当たった。そろそろ、その辺の売物も必要になってきたのだ。

「どうだ。いいだろう」

「ヌードですね」ズバリ核心を言った。

「いや、まだそんな話にはなっていない…」

間髪入れず冷静に言った後、注射前の子供をあやすように妙な明るさで言った。

「あのなあ千華。心配しなくても、俺はお前が嫌がることをさせるくらいなら、この仕事今すぐにやめてもいいんだぜ。何落ち込んでんだよ!」

いつものきっぷのいい兄貴分的なムードを強調しながら、不安を取り除くようにテーブルから身を乗りだし瞳を覗き込んできた。わざとらしいと思いながらも、あえて反論はしなかった。少しの空白があった。いつも明るく振る舞う千華の極端に口数の少ない態度に、霧島も少しプレッシャーを感じていたようだが、そこは役者が一枚上だった。明るい笑顔とノリの良さで、どんどんムードを塗り変えてくる。

「私。何がなんでも、絶対にヌードが嫌だというわけじゃないんです」

珍しくクールなトーンで言った。

「だからー、まだそんな話じゃないって」

霧島は説得力がないのを承知で軽く否定した。しかし言葉とは裏腹に、胸中には嬉しさが充満していた。

千華は自分でもわかっていた。そろそろ脱皮しなければと。タレントにとって、裸を見せることに意味があるのではない。それだけの仕事に対する覚悟があるということを業界に宣言することに意味があるのだ。今ならインパクトがある。当然、その後の仕事の幅も広がるだろう。自分が大きく飛躍することによって、事務所も潤い、更に大きな勝負ができることになる。

〈もう私一人の身体ではないのだ〉

霧島は、あえて今すぐ説得しようなどとは思っていなかった。今日は取りあえず感触を与えるに留めておくつもりだった。が、意外にも千華の反応は思っていたより違う意味で過敏だった。しかも先に展開する状況も充分理解しており、決して受け入れないわけじゃないという。頭の回転の速い子なので、この仕事が最終的に今後の自分にとって強力な付加価値を持つことは既に把握しているようだ。ならば、このかたくなな態度は何なのだろう。霧島はどうしても理由を確かめたくなった。

「ヌードうんぬんは別にして、この仕事が今後のお前にとってのブレークスルーになることはわかるな」

途端に口調がビジネスライクになった。童顔でタレント並みのカッコ良さと若々しさだが、既に45歳。この業界20年を生き抜いてきた辣腕社長であった。千華はいつもの売物の笑顔を忘れ返事の代わりに、硬く冷たい表情のまま頷いた。

「では、進めていいな」

「待ってください」

アイドルらしくない、メタリックなトーンだった。

「先の展開を心配しているのか？　プロジェクトの進捗はすべてお前の耳に入れるし、いつの段階でも、お前が納得いかないと言えば、その時点でこの話は終わりにする」

きっぱりと言い切り、真摯な瞳で見据えてきた。

こういう時の霧島の真剣な眼差しが好きだった。人間として霧島を深く尊敬し、そして信頼していた。この業界、口先だけのインチキな人間は数多いが、この人についていけば間違いないという確信があった。嘘は言わない人なのだ。もし強引に話を進められ、あとで泣き寝入りすることになれば、この事務所を飛び出す方法もある。しかし千華は、この仕事を続ける限り絶対に霧島の元で働きたいと思っていた。そしてそれはこのプロダクションに所属する他のタレント達や事務のスタッフ達すべてが、そう思っているに違いなかった。

千華がこのプロダクションに入所当時、ある女性タレントが辞めたいと申し出て、ちょっとした問題になっていた。デビュー5年目の中堅女優で、ちょうど今の自分と同じように将来の方向性に悩んでおり、次第に自分の実力と要求される演技力とのギャップに苦しんでいた。そして現場で何度もしごかれ、辛さに耐えられなくなっていたのである。

彼女はある晩、現場から帰ってくるなり社長室に飛び込むと霧島に泣いて訴えた。仕方なく霧島は彼女を所属タレントの登録からはずし、事務員として再雇用した。しかし、タレントを辞めれば何の取柄もなく現実の社会生活は地味で厳しかった。あれほど簡単そうに見えた事務の仕事もまったく出来ないことは、勝気でプライドの高い彼女にとっては強いショックだった。毎日何も出来ず、日々漠然と時は過ぎていったが、霧島の彼女に接する態度はこれまでとまったく変わらなかった。だがその事も逆にプレッシャーとなり、更に彼女は落ちこみ苦しんだ。彼女は何日も苦しみ続け食事も受け付けず、げっそりと痩せ細った。田舎に帰る事も考えたが、なまじ顔が売れているだけに、より一層惨めになることはわかりきっていた。だから霧島は、あえて事務員として再雇用したのだ。だがそんな親心など、この時点での彼女にはわかるわけもなかった。

結局何をやっても実力が伴わなければ、どこにいて何をしても、生きていくという事はこれほどまでに辛く苦しい事なのだという当たり前の事にやっと彼女は気づいたのであった。そして彼女は、必死で自分の居場所と役割を探そうとしてもがき続けた。

いつの頃だったか、そのうち彼女は誰にも言わず毎朝1時間も早出して事務所とトイレの掃除を毎日こなし始めた。昼間は電話の応対やワープロの操作一つ一つについても頭を下げて年下の事務員に教えを請い、わがままな新人タレントのおやつのお使いまでもこなすようになっていた。そして就業後は、夜間の専門学校に通い簿記の資格を取る為の勉強を深夜まで続けた。

2年が経ち、この事務所の機能は既に彼女抜きでは考えられなくなっていた。

そんなある日、彼女が社長室に呼ばれた。

そこでなんと霧島は、彼女に映画の準主役の話を持ちかけたのである。

数年前に原作がベストセラーを記録した犯罪ミステリーの映画化だった。

企画段階で難航したのは女性犯人役のキャスティングだった。推理犯罪物の犯人役なので、あまり露出が多いタレントではミステリー性が薄れる。かといって、まったく無名の新人や素人では複雑な心理描写などの演技は無理で荷が重過ぎる。何となく業界から姿を消したが、そこそこの知名度がある彼女には、まさに適役とも言えた。霧島は数年来に渡っての根回しと長期間の粘り強い交渉の末、ようやくこの役を獲得したのだった。そして今や事務長の彼女に声を掛けたのだ。

〈なぜ……？〉と彼女は戸惑った。既に彼女にはそんな色気など微塵も無かった。この時既に企画マネージメントやクライアントの折衝までこなしていた彼女には、霧島がこの役を獲得するのにどれほど苦労したかは容易に想像がついた。だからこそ益々不思議だった。〈大事な仕事を、よりによって商品価値ゼロの自分に与えるなんて…〉

当然彼女はキッパリと断わった。そして他の若手女優の名を挙げ推薦した。誰もが血眼になって欲しがっている役だ。マネージャー部長達も黙ってはいないだろう。

しかし霧島は「君にやってほしい」と静かにひと言言っただけだった。

彼女は憮然として席を立った。が、その後何日も霧島の説得は粘り強く続いた。そして彼女は遂に折れた。事務所の為に、これ一回限りという約束で出演を承諾したのだった。だが彼女は役をもらった嬉しさよりも不安が一杯で、またしても眠れぬ日が続くこととなった。

霧島は知っていた。何故うちの事務所やトイレが毎日ピカピカなのかを。

そして、既に彼女は引退前のセリフを棒読みするだけの、お人形ではないはずだと確信していた。

クランクイン後、現場での彼女の仕事の取り組み方は尋常ではなかったという。2年間の地道な社会生活は、彼女を逞しく陰影のある大人に育て上げていた。

彼女は異常な犯人像に近づく為、10キロ以上の減量をし、前歯を抜き、髪の一部までも抜いてしまったのである。そして壮絶な役作りと鬼気迫る演技に、監督もスタッフも彼女の仕事ぶりに驚きを隠せなかった。

映画の撮影も最終段階に入った夜だった。自宅で彼女はしゃがみこんでいた。

いよいよクライマックスとともに、彼女の緊張はピークに達していた。

ここ数日間、身体が食事をまったく受け付けない。風邪気味で微熱が引かず、鼻血が止まらない。鼻栓をしたまま毛布を被り床に身を丸くしたまましゃがみこんで、まんじりともせずに朝を迎えていた。2日間一睡もしていなかった。眠りたい。眠れない。容赦なく経過する時間を知らせるように外の明るさが増していった。

今日が最後の撮影だが……。1日体力が持つだろうか？　不安だった。

しかし、この仕事に対する自分の評価は、この先有形無形のイメージとなって事務所に所属する皆に被さってくるだろう……。

ふと窓から射し込む眩しさに眼を向けると、新しい一日が生まれる瞬間だった。

夜明けから朝焼けに変わる紫空の美しさが、重々しい緊張の鎧を洗い流してくれた気がした。暫くそれを眺めていた。

ポジティヴなもう一人の自分が、頭の中で励ますように囁いた。

〈何も考えず、常にその瞬間ベストを尽くせばいいのよ〉

何かが吹っ切れていた。

「そうだ、負けるものか！　私死んでもやり遂げて見せる！」

眼に異様な輝きが宿り、彼女は最後の力を振り絞るようにしっかりと立ちあがった。

だが眩暈がして、すぐによろけていた。

その日の夕方、彼女は大学病院へ担ぎ込まれ緊急入院していた。

最終シーンは犯人役の彼女が自決して血の海に倒れる設定だった。彼女は全撮影完了とともに事切れたように、その場にばったりと昏倒していた。血糊ではない本物の鼻血が大量に流れ出していた。監督達スタッフ一同は、彼女が本当に死んでしまったのではないかと大慌てだった。現場は怒号が飛び交い大混乱となった。しかし彼女はうっすらとした意識の隅で満足感に浸り、周りの喧騒を心地よく受け止めていた。スタッフ達の慌しい声、救急車のサイレンが聴こえていた。そのうち意識が消えていた……。

——全部お前が、ぶち壊してんだよ！——

遠くで、昔怒鳴られた監督の声がした。

現世に連れ戻されたように覚醒した。同時に眼の前にあった霧島の顔が笑った。

ベッドに横たわり点滴を受けていた。すぐに意識の輪郭がはっきりしてきた。

「なにも、そこまでしなくても……」

霧島は安心したように苦笑いすると、努めて明るく言った。

ゆっくりと身を起こすと、ボードの上にある鏡に自分の顔が映った。

誰かが雑にメーキャップを落としてくれていたが、頬と口元に拭き残した乾いた血がどす黒く残っていた。頭は前髪の一部が抜け落ち、眼が窪んで青白くやつれた陰惨な女がそこにいた。その顔つきに我ながらゾッとした。霧島のそこまでというのは、どっちのことを言っているのだろう？　仕事か顔か？

彼女は急に霧島の前で素顔をさらしている事に恥ずかしさを覚え、頭から毛布をすっぽり被った。

「よく頑張ったな。みんな誉めていたよ」

霧島の笑顔には温度があった。

胸が締め付けられ、そして暖められた。

〈生きていて良かった……。やっと終わった…。遂にやりきったのだ！　まさに命がけの仕事だった。しかし、誉めてもらえた事は嬉しいが、努力が単純に商業的成功に結びつくほど世の中甘くはない。既に芸能界から姿を消して久しく、はっきり言って落ち目のイメージ。そんな自分の中途半端なイメージを考えれば、むしろこの映画のグレードは、こぢんまりしてしまったのではないだろうか？　本当にこの役は自分がやってよかったのだろうか？　皆にすまない……〉

急激に落ち込み、わっと涙が溢れ激しく慟哭した。

霧島は無言のまま、窓の外に目をやるふりをして、彼女の震える背中を優しく見守っていた。やがて涙がすべてを洗い流したように彼女は吹っ切れていた。

〈どんな結果になろうとも、もう覚悟は出来ている。やれるべきことはすべてやったのだ〉

クランクアップ後、試写を見た関係者の誰もが「いける！」と確信していた。そして結果は、彼女の執念が乗り移ったごとくであった。

映画は公開初日から爆発的なヒットとなり、話題は彼女の演技に集中した。特に小うるさい評論家筋からも「女性犯人役の、危くも繊細な大人の演技が秀逸だ」と高く評価され、その後各映画賞を総なめにしたのだった。

それからある日。彼女は国内で最も大きく権威のある授賞式に出席した後、ブロンズ像を携え代官山の事務所へ受賞報告をするために帰ってきた。

部屋に入るなり歓声が上がり、くす玉が割れ紙ふぶきが舞った。霧島を筆頭に、関係者達が宴席を用意して彼女を暖かく迎えたのだ。彼女は聞いていなかったが、その日は事務所に所属するタレント、スタッフの全員が一同に顔を揃え、彼女の「最優秀助演女優賞」の受賞を心から祝福したのだった。彼女は感激で慟哭した。そして彼を見た。膨大な花束に包まれた彼女は、溢れ落ちる涙を拭おうともせず彼、霧島の前に歩み出ると言った。

「もう一度、この仕事をやらしてください！」

宝石の輝きを取り戻した彼女の瞳を見て、霧島は思わず熱いものが込み上げ目頭を押さえた。そして老人のように弱々しく、掠れた声で胸の内を小さく吐露した。

「これでやっと、君の親御さんに顔向けができるな……」

霧島のこのひと言を聞いて、事務所のタレント、スタッフ全員が本当に深い愛情で彼に守られていることを実感した。誰かが堪えきれず嗚咽を漏らした。引きずられるように数人の声が漏れ、やがて全員の嗚咽で部屋全体が包まれた。しかしそれは、それぞれがまるで暖かい家族に囲まれているような優しい温度を感じていたのだった。そしてその輪の中に、デビュー直後の千華もいたのだ。

「しかし、君がいなくなると事務が困るだろうな」

ムードを変えようと、照れくさそうに笑い霧島が言った。

「両立させます！」

彼女は霧島の冗談を真に受けたように、真剣な眼差しできっぱりと言った。

だが、それが守られることはなかった。受賞後彼女の元には、主役級のオファーが殺到して、あっと言う間に超売れっ子になってしまったからだ。その後彼女は、眠っていた才能を一気に開花させた。翌年には「最優秀主演女優賞」をも獲得したのである。

その彼女こそ、今このプロダクションの屋台骨を支えている大女優、結城亜希子だった。

*

窓に映る華やかな夜景に誘われるように、千華の脳裏には追憶が蘇っていた。

だから霧島の元を去るときは、この業界からきっぱりと足を洗うつもりだと固く心に決めていた。

「で、どうしたいわけ？」

霧島の甲高い声に意識が現実に戻された。

既に霧島は自分のデスクに戻り、まるで病院の待合室で暇を持て余した子供がするように椅子を左右にグルグル回しながら、のんびりと天井に向けて煙草の煙を吐き出していた。

折角の感動のシーンを回想し胸を熱くしていたのに、その姿にげんなりした。まあそんな滑稽な落差も霧島の魅力の一つではあったが。

「私。迷っているんです」

「なにを？」再び強い視線が貼りついてきた。

「一般的な社会でも、きちんとした仕事が出来るようになりたいんです。例えば、あの椎名さんみたいに…」

「しいなさん…？」

霧島の顔が不信そうに曇った。

「……あー！　あのクライアントの？」

思い出し、やや興奮ぎみで千華のほうを指差した。

無意識にこっくりと頷き返していた。

「あの人か……。うーん、敏腕のスーパーレディだよな。確かに千華が憧れるのは、わかるような気がするな。でもまあ、男からすれば、ちょっと食えないけどな」

霧島は意味ありげに猥雑な苦笑いを浮かべた。

一応これでも誉めているつもりらしい。霧島にしてこれだ。所詮男性的視点では、あの椎名弘子にしても、こういう次元の評価なのだ。もはや完全に世の男どもに失望していた。

「それで。彼女に弟子入りでもしようってか？」

「まずは、ビジネス・スクールにでも通ってみようかなとは思っていますけど…」

霧島は、千華がタレントになる前は、某有名女子大の秀才だったことを思い出したようだった。結局2年生で学業を辞める事になってしまった為、千華の両親からはいまだに恨まれている。

「将来的には、うちで企画やマネージメントの管理をやってもらってもいいんだぞ」

デスクの上で手を組み真剣な眼差しを向けてきた。

「何もかも社長にご迷惑をお掛けすることは出来ません。でもまだ具体的には何も考えては……」

「よし！」

霧島はポンと軽くデスクを叩き立ち上がった。が、結局次の言葉に詰まると、手持ち無沙汰で仕方なく席に戻り腰掛けた。

「千華の気持ちはよくわかった！　まあ、俺も出来る限りの協力はするから。その……」

後の言葉は飲みこんでいた。

「さっきの話。いつでも私の一存で終わりに出来るんですよね。考えときまーす」

悪戯っぽく笑い、しっかりと釘を刺した。取りあえず胸の中を吐露して楽になったのでいつもの笑顔と口調で明るく部屋を出ていった。

ドアが閉まると、霧島は荒々しくタバコを消した。大きく溜め息をつき頬杖したまま、ぼんやりと外の夜景を眺めていた。

＊

北詰は、大宮の自宅から1時間足らずで青山のマンションに戻っていた。

あまりに早く着いてしまうと、何もかもがあっけなく思えた。玄関を入ると、今朝見た出掛けの残像とは違い目障りなものが消えて広々とした空間が飛びこんできた。

〈洋子か…〉

とっさに彼女が部屋を甲斐甲斐しく掃除している姿が目に浮かんだ。

今しがた幼い子供達に会ってきたばかりだったが、この空間に身を置いた瞬間、既に自分は身も心も違う世界で生活していることを実感せずにはいられなかった。

あの時もそうだった……。

白木洋子とは付き合って2年になる。

彼女は本当の意味で自立していた。孤独を克服した人間は、一人で生きていくことに迷いもなく真摯に人生に立ち向かっていた。今年27歳になる彼女は、外語学院で英語の教師をしている。

北詰は時折得意の英語が錆付かないよう、外語学院で個別セミナーを受けてブラシュアップする事にしていた。しかし本当の目的は息抜きであった。たまに英語圏独特の発想を持った人間と話をすることによって、違う文化に触れたり刺激を感じたりしたかったのである。しかし学院側は、そんな北詰の意向など知る由もなく、なんと日本人の若い女性講師を付けてきたのだった。それならそれで北詰は発想を転換して、彼女の英語の力量を見極めてみようと少し意地悪な邪心を持った。しかしその若い女性講師は、明るく楽しく心から誠実に接してきた。肝心の英語力も、北詰ほど長い海外生活がないわりには、どうしてどうしてなかなかのものだった。何よりも物凄い勉強家であり、頑張り屋でもあった。その真摯な態度が愛らしく胸を打った。そして二人は急速に親しくなっていった。

内心彼女に負い目を感じていた北詰は、ある日今回のセミナーについて本当の目的を彼女に明かした。当然絶交を覚悟していたが彼女は一笑にふした。

その後も彼女の思いやりに溢れた明るさに惹かれていったが、彼女が自分の過去について一切話さないことは不思議に思っていた。

ある夜、食事に招待し初めて彼女を自宅のマンションへ誘った。リビングでゆったりとした二次会が楽しめた。酔いにまかせて彼女は、自分の生い立ちについて少しずつ話し始めた。洋子のきめ細かい思いやりは、壮絶な地獄を体験したからこそ育まれたという事を、この時初めて北詰は知る事となった。

洋子は実の母親の顔を知らなかった。というより、はっきりと憶えていなかった。僅か4歳の時、両親は離婚。生活能力のない母親は子供を引き取る事も出来ず、追い出されるように家を出たという。父親は早速、子持ちの若い女と再婚した。女の連れ子は、洋子より3つ上の男の子だった。

この継母の息子への溺愛ぶりは異常であった。何かと息子と差別して、洋子を虐待したのである。父親は帰りが遅く、この継母の育児にタッチすることはなかった。それをいい事に継母は洋子と一切口をきかなかった。一切の世話を放棄していた。完全無視であった。無視する虐待というものは、僅か4歳の子供にとっては壮絶な生活だった。

継母は昼間は幼稚園の先生にお金を渡していたので、洋子は菓子パンなどを買ってもらったりもしていたが、夜は洋子の為に夕食を作ったことなどなかった。洋子は毎晩、継母と義兄の食事が終わって、この親子が風呂にはいっている間に、炊飯器の隅に僅かばかりの残りご飯の粒を見つけて、せっせとかき集め塩をかけて飢えをしのいでいたという。だが幼い洋子には、それは普通の事だと思っていた。小学校にあがり給食を食べた時、初めてご飯はおかずと一緒に食べるものだということを知ったと笑い話のように言うのだった。その他日常においての些細な棘のようないじめは数限りなかった。着ている服もボロボロで、嘲笑と蔑みの中で小学生時代を過ごした。当然馬鹿にされて、一人対大勢で放課後、帰り道で毎日虐められていた。子供とはいえ、貧しくて弱々しいものに対して、人間とはこれほどまでにサディスティックになれるのかという陰湿な話ばかりだった。そしておとなしく我慢する子には、教師や周囲の大人達もあえて手を貸さず黙認してしまう。
その昔。かつて我々が子供時代の頃、たとえ他人事であろうと間違っている事には敢然と立ち向かって行き、弱く苦しんでいる者達を必死に助け飛び込んでいく素敵な大人達が必ずいた。それは近所にも学校にも会社にも社会にも国家にも、そういった美しき人々が……。

しかし時代は変わり、いつの日かそんな健全で善良な意志も誇りも社会愛も少数派となってしまった。それが今の世の中だ。そしてこの国には、本物と呼ばれるべき人々は殆ど姿を消したのである。急激に増殖しているわけのわからないものたち。本物の大人に成りきれない変な子供のような人間と幼稚で卑屈な見栄と金と妬みの亡者達が主流となってしまった。

と言うわけで、洋子は誰にも助けられず、そして誰にも甘えられずに育った。

結局、継母のあまりの陰湿な虐待ぶりが近所でも評判となり、それを耳にした親戚の叔父が見かねて、中学に上がる時、半ば無理やり引き取ったのであった。皮肉な事に愛情ではなく恥が洋子を救ったといってもよかった。しかし叔父一家も経済的には貧しく、その後も恵まれた暮らしぶりではなかった事は容易に想像がついた。

そして洋子は、今も尚、実の母親を探しまわっているという……。

北詰は聞いている内に言葉を失い黙り込んでしまった。

しかし洋子は、そんな北詰さえも元気付けるように「世の中もっと辛い目にあっている人は、大勢いるから」と肩を叩き笑い飛ばすのだった。北詰は不覚にも、話が再び幼い洋子の惨めな生活に戻ると、あまりの不憫さに激しく慟哭していた。自分の幼い娘達に重ね合わせたのかも知れなかった。涙が止まらず現在の自分の寂しさも含めた切なさが、大流となって溢れだしたのを止めることが出来なかった。その姿に洋子は激しく動揺した。洋子は悲しみで震える北詰の背中を、優しく摩り続けた。洋子は言った。自分の為だけに、ここまで泣いてくれた人間に初めて出会ったと。嬉しかったと。

しかし……。洋子はこれ以上どうしていいかわからなかった。苦しみを笑い飛ばし、先の楽しみへのエネルギーに変えて今まで強く生きてきたのだ。自分の事で不幸な気持ちになってほしくない。咄嗟に洋子は部屋を飛び出していった。北詰は驚いてすぐに後を追ったのだが…。

翌週から、北詰のセミナーの担当が替わっていた。北詰は何度も彼女に連絡を取ろうとした。会ってもらおうと色々画策したが、彼女はがんとして会おうとはしなかった。仕方なく北詰は彼女の迷惑を配慮してセミナーを辞めることにした。そして辛く寂しい日々が続いていた。

数週間が経って洋子が再び、北詰の部屋を訪ねてきた。

北詰は予想外の事に、茫然自失のまま立ち竦んでいた。

昼間は仕事に没頭し、表面上はヤンエグを演じていたが、毎晩酒を呷り部屋は猛烈に荒れ果てていた。洋子は無言のまま、散らかっている部屋を甲斐甲斐しく片付けはじめた。まるで自分自身の気持ちを整理するように……。

恐る恐る彼女の顔を覗きこんだ。すると洋子は、あの人を勇気付ける暖かい笑顔を浮かべ「私はやっと一生失ってはならない存在を見つけたのよ」と言った。その瞬間北詰は洋子を強く抱きしめた。その時北詰は自身へのプライドにかけて、この女性を一生守っていくと誓ったのだが……。

その後、洋子が北詰のマンションに泊まりに来るのは日課となった。同棲しなかったのは、正式に離婚していないことで北詰が仕事上不利にならないようにとの彼女の配慮からであった。しかし当然、友人や取引先の親しい社長達などには公認の仲となり、「北ちゃんも隅におけないね」などと揶揄されるのであった。

所詮世間から見れば、妻子がありながら若い女に手をつけるプレイボーイにしか映らないのだ。他人は他人の事情などわからないし、本気でわかろうとも思っていない。他人の不幸は蜜の味。他人の幸福は反吐が出るだけなのだ。それが世の中というものだ。だからこそ、本当に大切な人は見失ってはならないのだ。

だが……。最近の洋子に、あの頃の情熱は感じられない。職場で気になる男の事を、平気で話したりもする。

鍵を下駄箱の上に放り投げ、リビングに入った。床に転がっているものは何もなかった。隅々まで綺麗に整頓されていた。それは彼女自身の几帳面な性格を表わしているというより、好きな男に奉仕する密度の濃さを刻印しているようだった。しかしそれは北詰にとって、既に愛情の証というよりも形骸化した独占欲の再確認のようにも思えた。ここに洋子の姿はなかったが、強烈な存在感だけは部屋に焼き付けていったようだ。

リモコンで久々にコンポの電源を入れた。ランダムにボックスを選択して、気に入らないイントロだったらすぐに他に飛ばすつもりでプレイボタンを押した。

モット・ザ・フープルの「アット・ザ・クロスロード」が部屋を包む。わるくなかった。そのままソファに腰掛け、目を閉じると静かにリモコンをテーブルの上に置いた。途端に疲れが頭に染み出してきた。

結局洋子は、数時間待っても帰ってこないので、諦めて自分のマンションに帰ったのだろう。

付き合って2年。男の身勝手かもしれないが、もう頻繁に愛を確かめ合う間柄でもないと思いはじめていた。

第7章　サイバー・テロ

Cyber-terrorism

そこは目黒の閑静な超高級住宅街でも一際豪壮な他を圧倒する平屋の邸宅だった。

　建物は広大な敷地の奥にあり、周りを外界と遮断する無骨な石垣の門が延々と取り巻いていた。門扉の前にゆっくりとリムジンが横付けされた。中から辰巳が降りてきてインターフォン越しに挨拶したが、大門は開かれず横の小さな木戸から背を屈め中に入っていった。リムジンは門戸を少し過ぎた場所で待機していた。

　辰巳はよく手入れされた日本庭園が見える奥座敷で姿勢を正し、じっと待っていた。

　やがて気配を察して表情が緊張で強張る。廊下から会長の益山が入ってきた。白髪の上品な和服姿だった。だがリタイアのムードは微塵もない。68歳。世界的巨大企業にしては若い会長である。

　辰巳はすかさず畳みに額を擦りつけ、まるで土下座のような挨拶のお辞儀をする。

　この人の前に出たら卑屈にならざるを得なかった。そしてこの日も辰巳にとって苦渋の時間だった。自分への罵倒。比較して内田への賞賛。その時だけは会長はご機嫌なのである。

「貴様は内田のように、血を吐き、糞だらけの沼に飛び込んだことがあるか!」

　益山は死さえ厭わない内田のビジネス・スタイルがことのほか気に入っていた。

　そして、幼少時からすべて最高水準の教育校を歩みながらも、ひ弱なエリート・コースに乗って順風満帆できた自分との対比。辰巳は益山の甥っ子であった。子供の頃からすべてを知り尽くしすべてを支配されていた。益山から見れば、辰巳は勉強だけが取り柄の気弱なイメージしかなかった。

辰巳はいつも内心叫んでいた。本当は違うと訴えたかった。〈私だって、それなりに……〉

しかし、内田はあまりにも次元が違い過ぎていた。普通ではない。〈何故あそこまで？〉驚愕する生き方に見えた〈いや、むしろ、この男は死にたがっているのでは？〉そう思えることさえあった。

既に益山は辰巳のことを無能と馬鹿にしきっていた。経営者の器ではない。彼の存在意義など、単に内田への繋ぎ役でしかなかった。

苦痛の1時間が終わり、辰巳は益山邸を逃げるように後にした。車はすぐに住宅街から繁華街を抜けて、首都高速に乗った。リムジンは完全防弾仕様になっており、運転席と後部席も防弾の特殊ガラスで仕切られていた。双方の会話はマイクを通じて行なわれる。運転手はいつものようにインターフォンのスイッチを切った。そして前を向いたまま、運転に集中していた。それが彼が出来る精一杯の思いやりであった。

突然、窓ガラスが蹴られ激しく叩かれ車内が震えた。後部席では屈辱と苦渋で震える辰巳が唸り声を発していた。身体が怒りでブルブル震え唸りはやがて女性的な泣き声のようにか細く変化していた。悔し涙が流れ落ちていた。灼熱の怨念が全身を包んでいた。それは次第に暴力性を帯びて辰巳は後部席で暴れまわっていた。その為、後部席にはいつも道具類を一切積んでいなかった。

＊

最近ＰＤＸ本社では、システムが妙な誤作動をおこすことが多くなってきた。たとえクラッカーの仕業としても、不正侵入阻止にはそれなりのノウハウを持っているのでびくともしないはずである。初歩的なクラッカーが狙うのは、防備の甘い公共機関や個人事務所。小人数の会社や開業医などだ。これほど巨大なしかも世界的な情報技術を持つ企業ならハッカーやクラッカーなど大した脅威ではないはずである。それでも、石河あたりは警戒心を強め、プロジェクトの情報は外部に漏れているのではないかと疑いはじめていた。一度全首脳部で対策会議を開くべきだと、卓也達は弘子や内田に提案したが、二人の反応は何故か鈍かった。

ついにトラブル続きで半日マシンが使えなくなった日、内田は部下に命じて特別調査室をつくり、この一連のトラブルの原因を調べることを宣言した。更にそのうち数十人の社員の自宅でのパソコンが異常な状態になり、そのうち数人はディスクが破壊されて、まったく使いものにならなくなったという報告を受けた。プロジェクト・リーダー達は、しきりにウイルスの爆弾攻撃にさらされていることを訴えはじめた。強力な新型ウィルスが蔓延している。このままではシステムは全滅してしまうと。

「あのPDXがウイルスごときで?」

卓也は少し呆れた。しかし、この一連のウイルス攻撃とホテルのPCに侵入してきた、あのへんなクラッカー野郎とは関係があるんだろうか? 同じクラッカーの仕業なのか? いろんな糸が絡んできそうなことが逆に心を弾ませた。業務に支障をきたすのはまずいが、とにかく、そうであってもなくても退治しなければしょうがない。仕方なくPDXのシステム管理者と対応することになった。

まずは単純だが、いつ感染したのか? そしてどのルートから侵入したのか?

最初にこの二つをつきとめなければならない。勿論ある程度有名なものなら、最新のワクチン・ソフトで事足りるだろうが。こんな騒ぎになっているということは、相当強力なものだろう。報告書を読む限り、ロジックボム(時限爆弾)ではないようだ。ほとんどが、バクテリアやコンピュータ・ワーム(増殖型)のようなものみたいだった。

ウイルスは勿論それ自身で存在しているわけではない。必ず何かのファイルに寄生しているわけだから、外部からファイルが入ってくる経路にさえ注意すればそれほど恐れるものではない。まず感染ルートとして多いのが、昔ならフロッピー。今ならROMやその他のリムーバブルメディア、インターネットからのダウンロードファイル、電子メールの添付ファイルなどだろう。侵入してきたウイルスの感染先は、ディスク上のあらゆるファイル、ブート・セクター、マスター・

ブート・セクター、CMOSなどだ。以上はコンピュータを起動する時、最初に読みこまれる部分であるからだ。ここに感染すると、ウイルスは真っ先にメモリーに常駐して、コンピュータの動きを監視し再感染や発病の機会をうかがうのである。なぜならメモリーは実質的な作業者だからである。そしてウイルスの発病のしかたは、そのトリガー（条件）によって決まってくる。

今現在、爆発的な広がりを見せているのは、「マクロ感染型ウイルス」である。

1998年時点での報告例では、感染被害の約70%がこのマクロウイルスである。

マイクロソフトのワードやエクセルのウインドウズアプリケーションには、作業を自動化・簡略化するための「マクロ機能」が備えられている。これらの機能を使うためのソースは、これらのアプリケーションで作成したデータファイルに格納される。また、アプリケーションが同じなら、OSやハードウェアに依存しないでマクロの添付されたデータファイルを開くことができる。ここに眼をつけたクラッカー達が、マクロ機能を使ってウイルスを造りだすのである。これがマクロウイルスの正体である。現在、マクロウイルスには何万という新種・変種が存在しており、更に急激に増えつづけている。システム管理者の話では、PDXは18種類のワクチン・ソフトを持ち、報告があるたびに駆除していたのだが、特に一般ユーザーの危機管理意識はあまり高くないということだった。

たしかに無防備で重要なアプリを開いたまま席を離れるものや、片っ端からフリーウェイ・ソフトをインストールする者も多かった。

ある日の朝。経理部から緊急連絡が入った。

内容は通常業務で使用するアプリがすべて消えているというのである。データが消えてしまったというのならわかるが、確かな手順にのっとってインストールされている応用プログラムであるアプリケーションが勝手に消えることなど正式にアンインストールする以外ありえない。しばらくして二度目の連絡が入った。今度は、クライアント／サーバーが動かなくなったという。しかも、マシンに設定されているシステム環境がなくなっているという。

「そんなバカな！」

企画開発室のシステム管理課は混乱した。その後、起こっている状況はどんどん深刻になり、これはもうとても、ウイルス程度の仕業というレベルは超えていた。ことは全社的に重大な障壁となりつつあった。

その夜内田は、リーダー全員を招集して緊急対策会議を開いた。メンバーは各担当部署の状況報告とその原因究明に現在考えられる限りの対策を持ちよった。

大会議室の円卓では、全員沈痛な面持ちで静まりかえっていた。遅れて内田と弘子が入ってきた。

「お待たせした。さあ始めようか」

まずはシステム管理主任の光本を指名した。

「今回のウイルスの被害は、三つの部署で食い止めましたので、ＰＣ４８０台と外部媒体８４０枚の感染で済みました」

「済みましたといっても、結構な数じゃないか」

呆れたように内田が言った。優秀な技術者ほど、価値判断がロボットに近いと内心思っていた。

「ウイルスの種類は、46種類。発生件数の内訳は、マクロウイルス６５０件、そのうち従来型が４４０件です。新種型22件です」

「定例的な数値報告はもういい。まず現状で一番深刻な問題について、誰か報告してくれないか」

全員を見渡し言った。

システム管理課課長代理の溝口が口を開いた。

「当初私達は、愉快犯と思っていました。しかし現在、企業システムを麻痺させたり破壊する為のウイルスが組織的に製造されている事実もあるそうです。そして今や企業間の競争の為にこれを意識的に送り込んでいるグループもいると聞きます」

これを受けて一番の被害者である石河が口火をきった。

「これはウイルスなどという生易しいしろものじゃないということを、まず皆さんの中で認識を改めてほしいです。うちのプロジェクトで進められているものは、すべてデータが改竄されたり、あるいは環境が書き換えられていたりしている。しかも、ふざけたことに翌日にはきれいに直っていたりと。もはやウイルスなんかのレベルではないのです。ある意図で相当の能力をもった連中が、オンラインから侵入して悪ふざけをしながら警告してきているのではないかと考えます」

「ファイアーウオールは機能していないのかね?」

内田が再び、システム管理者に聞いた。

「機能していますよ。少なくとも不正と思われる95%は防いでいるはずです」

「その残り5%の奴らということか? だったら、そいつらだけに絞って徹底的に追い詰めるというのはどうなんだ」

「そいつには、あんなものではとても止められないでしょう。憎たらしいくらいのハイレベルな連中です。もしそういう連中がいるとするならばですが」

石河が悔しそうに言った。

「他にどんな現象がおきている?」

腕組みしたまま課長の飯島が、光本に顎で促した。

「突然システムダウンをおこします。最初はサーバーの問題かと思い、調べたところ勝手に復旧します。それでまた使おうとすると異常になる。また調べようとすると復旧という具合にまるでどこかで我々を監視していて嘲笑っているような悪意さえ感じます」

「偶発的な現象ではないんだな?」

「偶発どころか、故意でやるのも不可能に近いことです。しかもこちらを翻弄しようという険悪な意志みたいなものを強く感じます」

「技術的にも相当内部のシステムに詳しくないと不可能ということだな。だったら内部の犯行か?」

いとも簡単に核心を言った。なんとも応えられず全員静まりかえった。

「犯人探しもそうですが、たとえ内部の犯行としても、一刻も早く技術的な防衛法を考えなければなりません」

石河が言った。

「だったら、それこそこんなところで話し合いしていたら犯人の思うツボじゃないか!」

何かと感情的になり易い、PDXの飯島課長が噛み付いた。リンクル社が気に食わない急先鋒の男だ。

「内部犯行の可能性は薄いと思いますよ」

やっと卓也が口を開いた。

「今、報告書にざっと眼を通しましたが、一見技術的に出来そうで出来ないことばかりです。失礼だが、内部にここまでのスキルを持った人物はいません」

「君だったら、できるのではないのかね?」

意地悪い視線で飯島課長が言った。

「出来ることもあるし、出来ないこともあります。第一、こんな短時間で、こんなことができるのであれば、プロジェクトはとっくに完成していますよ」

呆れて卓也は言い返した。

「実は完成を遅らせたい何かがあるとか?」

「飯島君!　失礼だぞ。誰に向かって言っているんだ」

内田が、たまりかねて怒鳴った。

何故かこの日の内田は、いらついているように見えた。まるで大きな懸案を抱えて緊張しているような落ちつきの無さだった。しかも、部下に対してほとんど感情を露にすることのない内田にしては珍しい興奮ぶりだと北詰は思った。

「気にするな」

憮然としている卓也に、北詰がそっと耳打ちするように言った。しかし、こんな状況になればなるほど卓也の力が必要不可欠なのに、こともあろうに犯人探しのターゲットにするとは。なんだかんだといってもPDX社側の反感と疑心の根深さを、痛いほど北詰は感じさせられていた。

更に調査報告が続いたが、これといった対策も見つからないまま会議はあっさりと終了した。というより、内田が強引に解散させてしまったのである。

15分間休憩後、内田、弘子、北詰と卓也の四人で更に話し合うことになった。

「さて、本題に入ることにしようか」

先程とは違い、落ちついた内田の声に弘子が黙って頷いた。そういえば、あのパワフルな椎名弘子が対策会議中ひと言も発言しなかったことを、今になって北詰と卓也は不思議に感じていた。内田、弘子共に、いつもとムードが違い、妙に緊迫したただならぬ気配を醸し出していた。

「実は、我々には心当たりがあるんだ。椎名君、説明してやってくれないか」

「わかりました」

軽く頷くと弘子が毅然と立ち上がった。

「まず、当社の主力部門の業務内容については既に詳しくご存知かとは思いますが」

「いいよ、いつもの調子で。四人しかいないんだから」

卓也が手で制した。弘子が、かすかに微笑して続けた。

「あなたも既に知ってのとおり、当社スーパーエクセレント・カンパニーPDXでは、裏事業と噂されている国家機密の暗号化/解読といった国防的な事業にも参入していることは既成事実よ」

腕組みしたまま黙って頷いた。

「当然、うち1社の独占事業というわけではないのだけど…」

「予算は、やはり国の防衛費から出ているのかな?」

北詰がつい反射的な営業感覚で、資金の出所を突っ込んでいた。

「残念ながら、クライアントの詳細についてはそれ以上お答えできないわ。ただサイバー・スペースの世界となると、政府だけで国を守りきることは事実上不可能なのよ。官民学、その他諸々の国際的な連携が必要になってくるわけ。というわけで、当社の動きは世界中の軍事関連企業および政府関係筋からも注目されているの。今回のような事件は、過去にも数件おきているわ。そしてそれを仕掛けている連中のこともだいたいわかっているの。つまりこれは、子供の悪戯なんかじゃないわ。サイバー・テロリスト達の仕業よ。それも、トップクラスの頭脳集団に間違いないわ!」

「サイバー・テロリスト? そんな連中が、我々のような一民間企業に、いったい何をしようというんだろう?」

北詰が誰にともなく呟いた。

「目的はまだわからないけど。今回も標的にされたことは確かね」

内田が何故リンクル社に、急速に接触してきたのかがわかった。卓也は眼の前の薄靄が晴れた気がした。そして、クールに内田を見据えた。彼の態度は、自然に視線を合わさないようにしているように映った。しかし、彼らは何をどこまで知っているのだろうか？　非常に気になった。リンクル社を利用しようという魂胆はあっても、敵ではないはずだ。少し迷ったが、すべてを知るためには深く関わるしかなさそうだ。

「実は、既に私のところに接触らしきものがありました」

卓也が口を開いた。

「なんだって！」

全員驚いたが、大声を出したのは北詰だけだった。

「その時の状況を、詳しく話してくれないかな」

内田が向き直り真剣な表情で聞いた。

「1週間前、自宅のパソコンに侵入してきましたよ。最初は、ハッカーの悪戯だろうと相手にしませんでしたが、PCを破壊されそうになりました。その後まったく接触してこないので、あまり気にしなかったのですが」

「それがサイバー・テロリストだという根拠は？」

「まず、私のことをよく知っており、再会だということを強調していました。パソコンを破壊しようとしたので、ラインを切って電源を落としたにもかかわらず、自在にマシンをコントロールしてきました。その他、物理的に不可能なことも沢山ありました。なにかトリックがあるのでしょうが、あんなことはとてもそのへんのハッカーやクラッカー達には出来ない芸当です。何かコンピュータとは、別次元の装置を使っている可能性もありますが」

「君にしてそう言うぐらいだから、よほどのレベルなんだろう。だが対決しなければならない」

内田は大きく息を吸い込んだ。そして、意を決したように卓也の瞳を見据えた。

「君に、そいつらと対決してもらいたい」

「提携契約にありませんよ」

重量感をすかすように、クールに返した。

「新たにお願いしたい。金額はそちらの言い値でかまわない」

「突然変な方向に話が行っていませんか？　私は単なるシステム開発者ですよ」

「君の能力は、超人的だという評判だ」

「私の仕事は素晴らしいシステムを創ることです」

意識的に事務的に言った。

「しかし、当社の障害を取り除かないことには、そちらの考える事業も思うとおり進められないはずだ。協力してくれないか」

卓也は押し黙ったが、内田は更に続けた。

「実は暗号開発部門の存在は、当社でも会長、社長を別にすれば、この間の重役連中とここにいる人間しか知らないのだ。つまりＰＤＸ社として君をサポートすることは事実上出来ない。しかし、別の組織の情報部門に君の助けになれそうな男がいる。それと、以前サイバー・アタックを掛けられた時は、完全にうちの内部システムを破壊しようとした明確な犯罪者だった。結局、捕まえてみれば、ライバル社から雇われて転職入社した男が犯人だった。その時は、さすがに警察に事情を話して特別捜査を依頼したんだ。その時の捜査官が今、警視庁のＨＩＴＥＣつまりハイテク犯罪対策ナショナルセンターにいる。澤田という男だ。彼にも、連絡を取ってある。あとはここにいる我々で、出来る限りの協力をするつもりだ」

卓也は無視するようにソッポを向いた。煙草を吸いたくなったが、ここは禁煙だった。苛立ちを込めて拳を握り締めた。

「当社の機能停止は、社員は勿論のこと、その家族、関連会社グループのユーザーを含めて、世界中の何千万人という人々が大変な被害を受ける事になる。私自身失うものは何もない。いや、たとえあっても何も怖くない。しかしＰＤＸひいては、サイバー・スペースすべてに関わる、まじめで善良な人たちは、有機的に大変な被害にあって苦しむだろう。物理的に血を流さない怪我や死だってあるんだ。私は善良なるすべての人達を守ってあげたい。戦えるものなら戦って守りとおしたい。それだけだ」

真摯で誠実な響きが声の強さに加わった。

何故か、彼の言葉に何者も黙らせてしまう、重厚な誠実さを卓也も感じ取っていた。

「守ってあげたい」特にこの言葉が発する特別な重みを感じた。

だが、二つ返事でＯＫできることではない。あえて無表情を通した。北詰と弘子も緊張感を壊さぬよう無言で、ジッと卓也の反応を伺っていた。

「やってくれるかね？」

卓也の長い沈黙の終わりを、全員が息を殺して待った。

「君に賭けるしかないんだ」

更に内田は、誠実に親愛を込めて卓也を見据えた。内田の眼の奥に、無償の愛の光が、垣間見えた気がした。沈黙の時間が鉛のように全員にのし掛かっていた。

ようやく意を決して内田の視線を正面から受け止めた。

「うちとの提携、もともとはそれが最終目的だったんでしょ？」

苦笑いしながらシニカルに言った。

「その質問は、承諾と受け取っていいのかな」

内田も同調するように微笑したが、尚も執拗に確認を取りたがった。

「わかりましたよ。ただ表事業も本気で進めてもらいますよ。社員の生活がかかってるんだから」

根負けしたように言った。

「勿論だ。結果こうなったから信じてもらえないかもしれないが、本当に提携目的は、当社と一緒に新規事業を立ち上げてもらうのが唯一最大の目的だったんだよ」

元の内田に戻っていた。

滑稽なくらいの、あまりにも真剣なその表情を間近で見ながら、またしてもアカデミー賞ものの演技がはじまったと、弘子はひとり笑いをかみ殺していた。

翌日から、開発用のマシンに接続してあるサーバーは、外部ラインをすべてＯＦＦにした。通信サーバーを通るものには、単にメールをやりとりするだけで、外部と内部専用の、１人ＰＣ２台体制でいくことになった。ＦＤやＲＯＭなどや、他のバンドルソフトについてのインストールは、すべて特別調査室のチェック後でなければ使用できなくなった。そして承認されないものは、すべて自主責任で処分するルールになった。とりあえず暫定的ではあるが、外部からの接触を断たなければどうにもならない。しかし、それは圧倒的に仕事が遅れることにもなった。すべてのPCをOSから再インストールして、異常が発生したソフトはすべて廃棄した。おそらく、こんな程度の防衛では、防ぎきれないだろうと思っていた。が、何もしないよりましだろう。むしろ、相手が何かやってきたほうが、対応策は考え易いこともあるのだが、これ以上、会社を危険にさらすわけにもいかない。今ではリンクル本社も、事務員を残して、ほぼ90%は引っ越してきてしまっているので一蓮托生でいくしかない。ここ3日間、泊り込みでホテルには戻っていない。部屋のPCも回線を切ってあるので、ここから自分の部屋のメールを読むことさえ出来ない。

卓也は「カーマインさんが、心配しているだろうな」と心が痛んだ。ここからメールを送ってもいいのだが、しばらく外部との接触を絶たなければならない規則だ。イントラネットが全面的に使えなくなったことで、他部門はてんやわんやの大騒ぎになっていた。その対策にもおおわらわだった。その先の、世界戦略エクストラネット計画は完全に暗礁に乗り上げた。そんな時に、社内から送信されたノーツメールが飛び込んできた。差出人は内田だった。

「明日。いく。部門。サポート。男。あわせる」の意味となる英字スペルが、数字とまじりあってランダムに羅列してあった。解読ソフトを使うまでもなく、暗算で共通法則を探し出して、あっという間に並べ替えて意味を把握した。内田が警戒して暗号にしたつもりだろうが、第二次世界大戦時代のモールス信号級レベルの感覚の古さに、つい苦笑いをしてしまった。ブラックジョークにしか思えなかった。

気分転換に画面をスケジュール管理に切り替えた。本来なら、最新型エクストラネットも完成間近だったのに。無駄な時間の消費に、悔しいのを通り越して恐怖すら感じてきた。どちらにしても今夜は部屋にもどろう。とりあえず3日間は、なにも起きなかった。

久々にもどったホテルの部屋は、ひんやりとしてよそよそしい雰囲気だった。コンポを手動でつけてジャコ・パストリアスのCDカートリッジをセレクトして再生スイッチをクリックした。音楽が再生される中、キッチンへいき、冷蔵庫からコーラを取り出しリビングにもどった時、その音は、どう考えてもジャコのサウンドではなかった。

流れているのは、キング・クリムゾンの「21世紀の精神異常者」ではないか!

しかも、ご丁寧にも73年のライブバージョン。それは来月買うつもりで、卓也はまだ持ってはいなかった。

「まったく!」

驚きながらも観念したように、テーブルにコーラを置くとラインをつなぎ、PCの前に座り電源スイッチを入れた。例によってOSの起動画面は現われず、いきなりメール画面になった。中央に英語で「おかえり。まっていたよ」と書かれていた。

突然猛烈なスクロールがはじまり、それが終わると、外国人と思える初老の紳士の顔が現われた。どことなくカーマイン牧師に似ている。そしてその顔は喋りだし、写真ではなく動く映像であることがわかった。

「どうかね? クリムゾンは。私からのささやかなプレゼントだよ」

初老の紳士は言った。音声が付属スピーカーから聞こえた。しかも日本語である。コンポのスピーカーからクリムゾンのLIVEがBGMとして、ちょうどいい音量で再生されていた。しかもCD装置は作動していない。そんなバカな!

「気にせず日本語で話したまえ。そのほうが君も負担がないだろう。まあ、最初からこういうふうにやろうと思えば、たやすいことだったが、あまり驚かせてもと思ってね」

「そりゃどうも。クリムゾンは、どうせなら73年より71年のほうが聴きたかったけどな」

やけくそ気味に言った。

「君が今目にしている男の姿は、本当の私の姿ではない。君が私に対してイメージしたものを映像化したものである」

「へえ。解説まで付けてもらってありがたいね。人の脳味噌の中までわかるんだな。ありがたついでに聞きたいのだが、今ＰＤＸでおこっていることはあんたの仕業かい？」

「そうだ」

あっさり認めた。

「つまり、俺に対する警告なのか？　それともＰＤＸに対しての警告なのか？」

「質問が間違っている。警告ではない。教えてやっているのだ。我々の存在を」

「もう充分知っていたよ。サイバー・テロリストさんよ。それが目的ならもう悪さはやめるんだな！」

声が激しい怒りのトーンに変わった。

「誰に向かって言っているのだ。お前もＰＤＸの連中も、我々の手の中にあるんだぞ。あまり図にのるんじゃない」

「誰に向かって？　じゃあいったい誰なんだ、あんたは、名前は？」

「名前は、リムとでもしておこうか」

「どうやら、君と対決しなければならないようだな、リム」

「時間の無駄というものだ。私の言うとおりにしたまえ」

「どうすればいいんだ？」

「その気になったかね？　では明日ここに連絡をしたまえ」

画面の下部に、アドレスが表示された。マウスに手を伸ばすと、

「コピーはしなくていい。中にメモのファイルがある。クリックすれば自動的につながる。あとは指示にしたがって行動すればいい」

画面は消えて起動画面になり、ＯＳが普通に立ち上がった。

デスクトップ画面に、リムという名前のついたフォルダのアイコンが増えていた。気がつくと、いつのまにか部屋に流れるサウンドは、天才ジャコ・パストリアスのフレットレス・ベースのソロに変わっており、その美しいトーンが神業のようなスピードで印象的な

フレーズを連発していた。ＣＤ装置は電源表示のパイロットランプが付き、正常に機能していることを知らせていた。呆然としたままアイコンを見つめた。

言われるまま、明日コンタクトをとるべきだろうか？

相手と戦うには、まず相手のことを知らねばと思い素直に従い、懐にはいったつもりだったが、予期せぬ展開になってきた。この連絡をとるべき相手はいったい誰なのか？　すでに進むべき道が決められているようだ。卓也を取り込みＰＤＸも巻き込み、更に拡大しようというのか？　覚悟を決めて立ち向かうしかないようだった。

＊

その夜が明けた。眩しい陽光が瞼の隙間から無理やり差し込んできた。いろいろ考えを張り巡らしている間に意識はなくなり、朝が来たという感じだった。卓也はだるく重い身体を起こした。熱いシャワーを浴びた後、下に降りてロビーを歩いてみた。人気のないひんやりとしたこのムードが好きだった。時折物思いに耽り、ホテル内を早朝散策することが多かった。がらんとしたロビーには、サニタリー業者の掃除機の音が響き、フロントでは交代前の夜勤スタッフが引き継ぎノートを整理しており、卓也の姿を見つけると悪戯っぽいウインクを送ってきた。出入り業者のカートが通りすぎるのを待って、大きな通路を横切りロビー奥の豪華なソファに腰掛けた。コーナーに生けてある新しい花の交換にきた花屋の女性と気軽に朝の挨拶を交わした。いつも顔を合わせる連中とは家族同様の親しさだった。しかし同時に頭の中は、昨夜の分析が中断することなく行なわれていた。一区切りつけたところで、いつもどおりのカフェで朝食をとり部屋に戻った。会社のほうには、今日は出社せずということをＥメールで送った後、例のフォルダを開いてみた。

二つのファイルが存在していた。

〝1〟のファイルをクリックすると、あるサイトに接続され、ＨＰを見ることができた。

〝ＨＥＱ〟と名乗る集団の広告ページだった。哲学的な学士論文のようなものが、一応英語であるが、びっしりと数百ページにわたって書かれていた。外国古文書のようなもので、とても朝から真剣に読む気にはなれなかった。結局最後のページまでスクロールしてみたが、表現内容は同じで多々ある別ページに飛ぶリンク先も何件か閲覧したが、またそこには、1つにつき、数百ページ以上の論文が存在していた。誰がいったい読むのだろう？　うんざりしながら、その1のファイルは閉じた。もう一つの、〝2〟のファイルを開くと、三名の名前が書いてあった。名前といっても、わけのわからない外国名だった。一番上の名前〝カイロ・マルタン〟をクリックすると、突然メール入力画面にかわり二分割され、上にメッセージが出力されてきた。

リムの時と一緒だった。

「ようこそ、私のもとへ同志よ」

日本語だった。

「誰だ君は。リムとは違うのか？」

質問を打ち込み返信した。すぐに相手からも返信がきた。

「私はリムではない。彼の代理人といったところだ。君と同じリムに選ばれた者だ」

「なにを基準に選ばれるのか？」

入力を続けた。

「革命的な能力を有するもの。真に創造的な世界をつくりあげていくことができるほんの少数の天才に限られる」

「本人の意志に関係なくか？」

「いや、意志がすべてだ。しかし偉大なる歴史の創出者というものは、得てして本人はその道を突き進むまで理解していないことが多いのだ。さあ同志よ。我々と共に生き抜こう」

「狂人の友人などいらん」

「最初は私もそうだった。頭の良い者ほど、理解に時間がかかるのさ。心配はいらない、私の指示に従いたまえ」

「消えろ。もうこれ以上、なにも言わん」

「会社がどうなってもいいのか？　お前の友人達もだ」

「消えるんだ」

最後の返信を済ませ、ソフトを終了させ回線を切断した。ＰＣを終了させ電源を切った。部屋の中が異様な静けさに包まれた。

その日の夜になって、ようやく千華のメールに気づいた。新しいソフト開発の為、不正侵入を避けてメインマシンだけはネットワークをオフラインにしていたのだ。

Ｅメールの内容は、真剣な千華の告白であった。仕事の事。将来の事。彼女にとって卓也がどういう存在であるかということ。そして彼女自身の目標。きちんとしたビジョンを持っていることがわかった。千華はこんなにも激しく想ってくれているのだと気づき久しぶりに卓也は胸が熱くなった。

＊

翌朝ＰＤＸへ出社すると、卓也はシステム管理者の光本と対策を練り始めた。光本は、入社以来システム管理一筋でＰＤＸの内部システムを誰よりも熟知していた。しかし今回の状況は、彼にもまったくお手上げ状態であった。卓也はこれまでのいろいろな事例を聞きながら静かに対策を考えはじめた。一般的に、クラッカーなどが侵入する手口は最初のうちは、非常に原始的に始めるのである。通常コンピュータの最も簡単な侵入口は、正面玄関。つまり、ＬＯＧＩＮコマンドである。ほぼすべてのシステムでは、決められた回数内で、正しいパスワードを入力すればログインできるようになっている。パスワードは、一番はじめにアタックされる防御壁である。この点は単純だが非常に重要である。８文字以上、数字を組み合わせ、定期的に変更するのが基本である。が現実には、そこまでやるユーザーは少ない。だからこそ、これまで攻撃側と防御側の果てしない攻防戦の歴史が繰り広げられてきたのである。そういった意味で、普通に考えられている以上にパスワードは重要なのだが、なぜか認識は薄いのである。攻撃者は、パスワードの作成に対するユーザーの安易な態度につけ込み、ユーザーの個人情報をもとにパスワードを推測するのだ。そしてその対抗策として、防御側もパスワード・ファイルを暗号化するのである。特に、社内ＬＡＮとインターネットがつながる場合は、高いレベルのセキュリティ対策が必要であり、ネットワークが増大することによって危険度も急激に高まっていることを認識すべきである。単純なものでも高度なものでも、盗聴プログラムを使えば、新たなTelnetセッションの最初の数パケットからパスワードを探り出すことは容易にして可能である。多くのハッカー達は、パスワードを秘密の場所に記録するデーモンを、新しいシステムにすぐに設置するためのライブラリを持っている。敵の先手を打つには、いったいどれくらいの頻度で、ソフトウェアをインストールしておけばいいのか、システム管理者は日々頭を痛めているのが現状である。ネットワーク攻撃の当面目標は、まずはホストに侵入することでなくパスワードファイルを手に入れることである。それを入手するために、様々な方法が使われるのである。例えば会社に忍び込んだり、産業スパイよろしくそこの社員に成りすまし侵入するタイプもある。果ては会社のゴミ箱や、廃棄処分箱を漁ったりする者もいる。その他、原始的であるが、管理者を装って平然と電話で聞くという手も意外と多いのである。しかも、これが割と簡単だったりもする。

「どーも。1Stコマンドの様子がおかしいので、修正するよう依頼を受けたのですが」

「ご苦労さんです。なにかこちらでお手伝いできることはありませんか?」

「そちらのマシンにログインするための、私のパスワードを変更してください。長い間そのマシンを使っていなかったものですから」

などという会話で充分である。そして偽メールも多い。ある管理者が「テストプログラム」の実行依頼をされ、実行時に入力したパスワードが盗まれてしまうということもある。こういったことを防ぐために、PDX社では、相手にメッセージを送り、その応答を受け取ってから実際の要求を受け付ける「3＝WAYハンドシェイク」方式をとっている。が、まだまだ充分とはいえない。卓也は、早急に高度に暗号化されたメールシステムを、全社的に導入すべきだと内田に進言した。ただ問題は、暗号化システムがいかに安全でも、それを起動するホストシステムの安全性が危うければ、何もならないということもある。NASAでも解読出来ない暗号化システムを使えば、メッセージ自体は保護出来るだろう。だが、パスワードを要求するルーチン自体に細工をされてしまったら、メールの安全性や信頼性は損なわれてしまう。絶対に送信されたデータを、そのまま受け入れてはならないのである。見知らぬ人間を、黙って家の中に招き入れる人などはいないのだ。そして、常にやらなければならないことの一つに、入力されたデータを、あらゆる観点からその正当性をチェックしなければならないということだ。

それと、それに使う資源とそれ以外の別の資源確保も重要なことだ。なにか異常事態となったあとの回復処理には、メモリやディスク容量が余分に必要になるからである。これを忘れていると、ことは二次トラブルに発展しかねない。

攻撃者は、あらゆるセキュリティの盲点や弱点をついてくるが、その最もわかり易い例は「認証機構の不備」をかいくぐってくることだろう。つまり、サーバーがだまされるのだ。外部マシンから発せられたMSGを、ローカルマシンからのものだと思い込まされてしまうのである。ただその場合、それを利用して犯人をつきとめることもできる。クラッカーが、Portapperを使って、要求を転送してきた場合などだ。普通侵入者らは電話回線から端末サーバーに入り込んでいるため、盗聴ツールで逆探知をするのである。最悪、マシンに侵入された場合、とにかく速度を落とし、スリープ状態にする。そして遅いマシンだと思い込ませて時間かせぎをしている間に対応策を考えるのである。

これらの防波堤として、一番ポピュラーで一般的なものが「ファイアウォール・ゲートウェイ」である。「火災の延焼を食い止める防火壁」という意味である。

戦うべく相手は?

勿論あらゆる意味での「破壊活動者」だ。

使用不能攻撃を仕掛けてくるクラッカー達の、最も幼稚で単純な攻撃は、メールシステムやFTPを使って数百MBのデータを送り付け、相手のディスクをオーバーフローさせてしまうメール爆弾が一般的である。こうした破壊行為は、徹底したフィルタリングで防ぐことができる。DNSも、貴重な情報源で狙われることが多い。防衛としては、外部からのアクセス可能なDNSが提供する情報を、ゲートウェイマシンだけに制限することである。しかし手慣れたハッカーは、アドレス空間とポート番号を走査して、隠してあるホストの興味深いサービスにもアクセスを仕掛けてくるのである。そこで有効な対抗策としては、今のところ強力なファイアウォールしかないのである。なぜならば、そのマシンにパケットを送ることができなければ、侵入は絶対に不可能だからである。

だが、リムの場合、平然と侵入してくるではないか!

「なぜだ?」

ここで卓也は大いに悩んだ。そして一つの仮説にぶちあたった。単純な答えが一つあった。マシンのアカウントを入手すれば、侵入できるのである。リムはPDXのマシンを介して我々に攻撃を仕掛けてきた。PDXのマシンへはターミナルサーバーに接続されている。さらに、ターミナルサーバーへの接続には電話回線が使用されていた。過去の似たような事例を探してみた。

「不正障害報告記録No・1145876」

「96年11月2日、DOというクラッカーがPDXサーバーにログインしてきた。彼はさまざまなコンピュータを探ってまわりネットワークのWHOISサービスを使って侵入しやすいホストや新しいターゲットを調べていた。攻撃した120の部署のうち気づいたのは10に満たなかったのである。だいたいこういった事件の一般的な例はパターン化していることが多い。結局、あまりにも原始的だが、入力速度やミスタイプのパターン、確認や攻撃に使用されているコマンドの種類などの特徴から彼だと特定できた。あとは刑事が自宅に踏み込み証拠品の押収と本人追及でかたがついた。犯人はゲームを楽しんでいるつもりだったが現実に警察に取り押さえられた時に初めてこれは犯罪だとわかり愕然としたらしい。

もう一つ。3年前PDXオランダ支社で起きた事件の場合がこうだ。

犯人が管理者用のアカウントを入手しPDX社のコンピュータに接続し貴重なソフトウェアのソースコードをダウンロードしようとした。ログインに気づいた会社側と警察は相手のキー入力を監視しながら電話逆探知を行ないその男の隠れ家を突き止めた。結局これも、急遽捜査令状をもって刑事達が踏み込み調べた結果、犯罪を裏付ける数々の出力データが発見された。犯人はキー入力の監視は不法な盗聴行為として上訴を行なったが控訴裁判所はこの訴えを退けた。

システム、プログラムには、あらゆるセキュリティホールが存在する。しかし、そのすべてを事前に詳細に解明し装備することは不可能である。攻撃と防御では、圧倒的に攻撃側が有利なのである。なにしろ相手がわからないので、ケンカにもならない。しかし、やけになっていても解決はない。あれこれ卓也達は思案した。とにかくこちらがもっている武器は少ない。いや、無いと言ったほうが正確だろう。この環境下でくいとめるには、あまりにもすべてが脆弱であった。だが、なんとかここでくいとめなければならない。順繰りに頭の中を整理した。まず、途方もなく無駄な作業であるが原因究明のため膨大なログを毎日取得しなければならないだろう。数十MBにもおよぶ毎日記録される情報量から、シェルスクリプトとUNIXツールを使って不法行為を探し出しださなければならない。これはあるグループを作って専任でやってもらわなければならない。面倒だが、ゲートウェイホストに詳細なログ機能を設定し、情報を集めるしかない。PDX社では、一応MITで開発された、ケルベロス認証機構をとりいれてはいるが、ユーザーが認証されるまで秘密のセッション鍵が配布されない。アメリカでは、暗号化ソフトウェアの輸出と使用は厳しく制限されているが、認証技術はそれほどでもないのである。どちらにしてもこんなもので防ぎきれる相手ではない。

卓也は無意味な作業に強烈なフラストレーションを感じながらも、今はやるべきことはこれぐらいしかないと観念した。気を取り直して、対策本部として適材適所を考え、役割分担を決めどんどん人員を配置していった。

ホテルに戻って、ＰＣの前に座ると、早速例のスクロールが始まり、聞き覚えのある声が聞こえてきた。

「またか」とうんざりしたが、もはや慣れっこにもなっていた。不思議なもので、この現象が定例化してくると時間をチェックし心の準備に入り、少し期待感さえもちはじめている。

「今日は更に、君と寛いだ環境で話をすることにしよう」リムがそう言った。

「こちらに来たまえ」

その声はリアルに自分のすぐ後ろから聞こえてきた。振り返ると、思わず呼吸が止まった。初老の紳士がソファに座って、うっすらと微笑を浮かべこちらを見ていた。笑っているが、眼光は冷酷そうで異常に鋭い。

「誰だお前は！　どうやって入ってきた！」

「私だよ、卓也君。このほうが君も話しやすいだろうから、サイバー・スペースの中から出てきたのだよ。といってもこれは君にしか見えないイメージだがね」

〈イメージなんかであるものか！　そこに座っているのは紛れもなく人間だった。だいいちテーブルに置いてあるジョニ・ミッチェルのＣＤケースを持ったりもしているではないか！　イメージが現実の物体を持ったりできるものか！　ふざけるな！〉卓也は現象に怒った。

「ドック・イート・ドック。私に不可能はないのだよ。今回はネットワークというより君の脳の中へ侵入しているのだよ。その為君には、この現象がすべて現実に見えるはずだ」

動揺を見透かしたようにリムが笑う。黒いマントを羽織っており下は黒のスーツを着ている。ちょうどドラキュラ伯爵のようだ。化け物という意味では同じようなものだと卓也は思った。

リムは胸の内ポケットから葉巻を1本取り出し、テーブルの上に置いてあったライターで火を点け優雅に一服した。高級葉巻の甘い香りと生暖かい煙が、卓也の鼻先に流れてきた。

〈何なんだよこれは！　煙を手で払った。くそっ、ふざけやがって！〉

「人をコケにして、さぞ良い気分だろう」

「君を侮辱しているつもりはないさ」

レベルが違うと言わんばかりの落ち着いた口調である。

「掛けたまえ」

卓也は鋭い視線を向けたままゆっくりと近づき、リムに相対して、ソファの椅子に腰を下ろした。そして自分も、マルボロを1本だして火を点けた。

「代理人に連絡したそうだな。今後も指示通り動いてくれればいいんだ」

「なにも、あんたの指示にしたがっているわけじゃない。こちらはこちらで状況を知りたいんでね」

「君の意図は意図として尊重はするが、行動が大切なのだよ。君の考えは、私がこれからゆっくりと修正していく」

「ＰＤＸへの悪さをやめるんだ」

「すべて私の仕業というわけでもない。もし私なら、あの程度のことではすまない。一瞬にしてすべてのシステムを消滅させることなど非常に簡単なことだ」

「あんたの配下にいる連中の仕業だろ？」

「それもすべて、そうだとは言い切れない。サイバー・スペースには、いろんな奴がまぎれこんでくるからな。ただ最終的には、すべての計画・進行が、私の意志にそって作り上げられてはいるが。そのことについて、一つ一つの小さな現象に私は干渉しない」

「あんたは、この世界では神だろ。すべてを統率した状態にできるだろう」

「可能であるから、すなわちそうするとは限らない。カオスの状況から一つの流れが生まれ、やがて大きな潮流となっていくのだ」

「つまり、協力はしないということだな」

「君のための協力なら、随分してきたつもりだが。今度は君が私に協力する番だ」

「何を協力するのだ」

「我々の発展の為にだ。私の同志と共に、更に我々のサイバー・スペースの世界を、強力に構築していくことだ」

「断わると言ったら?」

「君は君でなくなる」

「今でも半分はそうさ。あんたのおかげでな」

「それは違う。君は事故で単純に記憶を失っただけだ。我々はなにも関与していない」

「なにもしてないだって！　俺の両親を殺したくせに！」

「牧師から聞いたか。君を取り戻そうとはしたが、彼らを殺すつもりはなかった。あれは単なる事故に過ぎない」

「殺されたのだ！　そのように追いつめたということはお前達が殺したのだ！」

「その事と私の提案を混同しないことだ。今度は、君自身にふりかかってくることだ」

「いつまで話しても平行線だ。おれは負けない！　あんたが神だろうが悪魔だろうが、必ず消滅させて見せる。二度と俺に接触するんじゃないぞ！」

卓也は立ち上がって指差すと、激しく糾弾した。

「宣戦布告というわけか。いいだろう。少し君にも、私の巨大さというものを教えておいたほうが今後のためにもなるだろう」

リムはもう一度、ジョニ・ミッチェルのジャケットに眼を向けると立ち上がった。

「ドック・イート・ドック。お前達のことだな」

馬鹿にしたような薄笑いを浮かべると、ゆっくりとPCの前に歩いていった。そのまま画面の中に吸い込まれて消えた。こういう演出をするほうが、より効果的だと解釈したのかもしれない。SF映画のような舞台演出を、最近とみに使いはじめたようだ。画面にもどったリムは、今度は中で椅子に腰掛け、相変わらず話し掛けてきた。葉巻を燻らせていた。完全にバカにされている感じだ。

「今後、私が君の前に現われる時は、君の方が私に再会を願っている時だろうな」

「残念だな、そんなことは絶対にありえないさ」

卓也は不敵に笑った。

「強気も今のうちだ。私と対話出来たという至高体験が今後君にとって重要な意味となるだろう。それでは」

メタリックな微笑を浮かべリムは最後まで紳士的であった。

画面は突然切れて、一瞬の静寂があったあとOSが通常の起動をはじめた。侵入者は去ったようだ。

〈それにしても、SF映画じゃあるまいし…。自分もまだ研究中だが、ユービクィタス・コンピューティング（体感原理）などを応用しているのだろうか？　いや幻覚か催眠術かなにかだろう。なあに、種をあかせば、がっかりするようなトリックに違いない〉

卓也は自分に言い聞かせたが、汗ばんでパニック状態である自分を、もう一人の自分が必死に慰めてもいた。しかし、今起こった現象すべてを皆に話すわけにもいかない。狂ったと思われる。

＊

それからのPDX社に対する、サイバー・テロリストの攻撃は熾烈さを極めてきた。突然のサーバーのダウン、通信トラブル、データの消失、アプリケーションの誤作動、ウイルスの大量発生。小さなトラブルがひっきりなしに発生して、原因究明後に対応する頃にはすべて自然復旧するという状況が繰り返された。

そして、遂に本社の電源がすべて途絶え、ハイテクビルは廃墟のようにすべての機能をストップした。普通停電の場合は、自家発電装置に自動的にきりかわるはずだが、その自家発電の電源も遮断されているのである。

ビルは大パニックに陥った。

照明、空調が止まり、暗闇のなかで社員達は、虫たちがもそもそと動いているように対応に追われた。なんとかしようと階段を駆け下りたり上がったり、走り回っている者やエレベータに閉じ込められて助けを呼んでいる者もいる。パニックで全員が意味なく歩き走り回っているが、あせりと緊張をあおるだけだった。電話がすべて使えない！　通信機能は、すべて麻痺状態。PCもすべて落ちている。情報部は、おとなしくモニターの前で、呆然としている者がほとんどだ。レジューム機能があるノートPCや、外部電源のはずのモバイル用パソコンまで使えないのである。

突然、フロアの照明がすべてついた。

が、今度はそれが蛍光灯にもかかわらず強烈な光を放ち点滅をはじめた。眩しさに眼を奪われていると、100台以上あるすべてのデスクトップパソコンが、一斉に、ヒューという音をたてて起動しはじめた。全員あっけにとられてその光景を見ていた。同時に照明の点滅もなくなり、ビルが通常の状態にもどりつつあると感じはじめた。

フロア全体に、安堵の溜息が充満した。

とその時である。すべてのモニターに、リムが映し出された。

紳士的だが、威厳にみちた他を圧倒するような眼光と凶悪な微笑を浮かべていた。

彼はゆっくりと話しはじめた。

「親愛なるPDX社の諸君。我々の存在を認識したまえ。君達の生命は、我々の手の中にある。君達の仲の、最も優れた男と決着をつけなければならない。そして君達の運命は、PDX上層部とその男の態度いかんにかかわっているのだ。幸運を祈るよ」

モニターのリムは消えた。

「何なんだ、ありゃ。SF映画じゃあるまいし」

飯島課長が呆れたように叫んだ。

照明、空調などビルの設備関係がまともに機能しはじめた。サーバーが正常になり、PCも通常の起動をはじめ、何事もなかったように立ち上がりすましたようにメニュー画面になっていた。

あちこちで電話が鳴り始め、通常の喧騒が戻ってきた。

不思議なことに、この数分間の異常事態を外部で気づいた者はいなかったという。

LOGファイルにも、この間の記録は残っていなかった。

15分後に対策会議が開かれた。どうも、単なるたちの悪いハッカー達の仕業ではないということが、ようやく情報部のスタッフ全員にもわかってきたようだ。しかし、そこは技術屋。ことの解決や対策よりも、話の焦点は、どうしても事象の解析や技術的推論を駆使して、どうしたらあの現象をおこせるかということに話題は終始していた。

これではらちがあかないと判断した石河は、携帯で北詰に事情を話し、そちらはそちらで、トップ会議を開き対策を考えるよう進言した。いつもの管理メンバーは、すべて出払っており、その時を狙ったとも考えられると石河は思った。

しかし、恐るべき相手だ！　通常のシステム論。あるいはハードの現実をも完全に越えている。いや、ノーマル・サイエンスの世界さえ凌いでいると言ってもいいだろう。卓也が言っていたとおり、ＳＦ的で驚異だが、何かトリックがあると考えるのが普通だろう。でなきゃ宇宙人だ！　宇宙人と喧嘩しても勝てないことは、ＳＦ映画が証明している。

＊

数日後。メルセデスが、環七をノロノロと走っていた。

車中は、運転している内田と助手席にいる卓也の二人だけだった。社内での表向きの外出理由は、ＰＤＸのバックアップ・センターに行くことになっていた。実はそこに、政府関係の暗号化・解読事業センターがあるのだが、実際の場所まで知っているのは本社のなかでも数人しかいない。車の中で、卓也は声だけは辛うじて聞こえる耳栓と特殊な濃いサングラスをかけさせられたので、真っ黒で光は認識出来たがほとんど視界はなかった。しばらく都内を無意味に走ったあと、急に猛スピードで埼玉方面に向かったと思うが定かでない。尾行をまこうとしているのか。しかし、ならば誰が尾行するのだろう？　わからないことだらけであった。しかしそんなことはどうでもよかった。ただこういう光景に既視感がなんとなく感じられる事に戸惑った。初めて上京した時のデジャヴを思い出した。

しばらくして、車が車体を傾けたので、地下に向かっていることがわかった。いよいよ秘密の場所に近づいている感じだ。車が止まった。検問のようなところに着いたようだ。運転席の窓が開き、内田が相手と英語のような言葉で会話したがよく聞き取れなかった。あるいは暗号なのか？　検問を抜け更に光が遮られ屋内に入ったことがわかった。地下の奥深くへと、車は入っていっているようだ。

「ご苦労さん、もういいよ」

「まるで安物のスパイ映画だ。こんなことに、ほとんど意味はないと思いますよ」

苦笑いしながら耳栓とサングラスをはずした。

「ないさ。悪く思わんでくれ。これも規則。硬直化したこの国の儀式さ」

更に迷路のようにクネクネとした細い道が続く。そして更に下へともぐっていく。いったい地下何階ぐらいだろう？　感覚では判断出来ないところまで来たようだ。

「地の底に落ちていくようで嫌だろう。あまり来たくない場所だ」内田が呟いた。

「核シェルターのようですね」

「勿論そういう機能もそなわっているだろうが。だがずれているよな、我々が戦おうとしている奴らは、生身で攻撃してくるわけではないのにな」

お互い前方を見つめたまま苦笑いした。

車はやっと広い空間にたどり着き、水平走行するようになった。平地を走る事が、これほどリラックス出来る事だと思わなかった。つかのまの幸せに浸る暇もなく、車は個室の駐車スペースに止められた。エンジンを切るのを認識したかのように、同時に後ろ側に凹凸のない金属板のシャッターがゆっくりと降りてきた。閉じ込められたような閉塞感がある。

車を降りて、前にある自動ドアのセンサー部分に、内田が手を触れ、四角のセンサー窓を覗くとドアが開いた。ＰＤＸ本社役員専用口と同じく、指紋と虹彩照合システムで作動しているようだ。ドアが開いた内部は、エレベータになっており、二人が乗ると静かに動きはじめた。上昇しているのか下降しているのかわからない僅かな体感振動だった。内部にボタン類は一切なかった。数十秒で、動きが止まりドアが開いた。ドアの向こうは、一見すると普通のオフィスビルとかわりなかった。廊下を通ってＴＸ―ＲＯＯＭという部屋にはいった。ここもやはり、頑丈な自動ドアが内田の虹彩と指紋の解読センサーによってセキュリティがはずされた。中は驚くべき広さで、宇宙ロケットの開発文芸社の本をお買い求めいただきありがとうございます。
この愛読者カードは今後の小社出版の企画およびイベント等の資料として役立たせていただきます。

本書についてのご意見、ご感想をお聞かせ下さい。

① 内容について

② カバー、タイトル、編集について

今後、出版する上でとりあげてほしいテーマを挙げて下さい。

最近読んでおもしろかった本をお聞かせ下さい。

お客様の研究成果やお考えを出版してみたいというお気持ちはありますか。

ある　　ない　　内容・テーマ（　　　　　　　　　　）

「ある」場合、小社の担当者から出版のご案内が必要ですか。

希望する　　希望しない

ご協力ありがとうございました。

〈ブックサービスのご案内〉

小社では、書籍の直接販売を料金着払いの宅急便サービスにて承っております。ご購入希望がございましたら下の欄に書名と冊数をお書きの上ご返送下さい。（送料1回380円）

ご注文書名	冊数	ご注文書名	冊数
	冊		冊
	冊		冊

恐縮ですが切手を貼ってお出しください

112-0004

東京都文京区
後楽2－23－12

(株) 文芸社

ご愛読者カード係行

書　名				
お買上書店名	都道府県　　市区郡　　書店			
ふりがな お名前			明治 大正 昭和　　年生　　歳	
ふりがな ご住所	□□□-□□□□			性別 男・女
お電話番号	（ブックサービスの際、必要）	ご職業		

お買い求めの動機
1. 書店店頭で見て　2. 小社の目録を見て　3. 人にすすめられて
4. 新聞広告、雑誌記事、書評を見て（新聞、雑誌名　　　）

上の質問に1. と答えられた方の直接的な動機
1. タイトルにひかれた　2. 著者　3. 目次　4. カバーデザイン　5. 帯　6. その他

ご講読新聞　　新聞	ご講読雑誌

でもしているようなムードだ。ＰＣ端末が１００台以上はあるが、人の数はそう多くなく20人足らずだった。部屋を苦もなく突っ切るように、内部の２階廊下が付いており、下の喧騒を小学生の工場見学のように通り過ぎて、奥の部屋に入っていった。ここも例のセキュリティを通過して内部にはいると、30畳くらいの部屋で、正面に１００台以上のモニターがあり世界各国の報道番組等が映し出されていた。サイドにも大型スクリーンがあり、中央のＰＣで解析した暗号文を大きく映し出し、その前で数人がディスカッションしていた。

　責任者らしき男が、内田に気づいて近寄ってきて軽く一礼した。

「お待ちしていました」

「ご苦労さん。緊急を要する事態になってきたよ。早速だが彼が松嶋さんだ」

「ＰＤＸ情報解析室室長の鍋島です。どうぞよろしく」と手をさしだし握手した。

　室長といっても非常に若い。卓也より少し上ぐらいにしか見えない。20代半ばぐらいか。内田の話によると彼はＰＤＸ社に関わるすべての暗号化／解読のスペシャリストで天才だということだった。しかし既に鍋島は卓也の存在を知っており、いずれ共に仕事が出来ることを楽しみにしていたという。

「状況はどの程度つかんでいます？」

　卓也の問いに、鍋島は表情を曇らせた。

「それが。起きた事象を、一つ一つ検証したのですが、まあさすがというべきか重要な形跡をまったく残していないのです」

「感心している場合じゃないだろう」と内田が言う。

「これからもっと、途方もない攻撃を仕掛けて来るでしょう。それも取り返しのつかないような」

　卓也が続いて言った。

「しかし、相手が何なのか誰なのか見当もつかないし、侵入の形跡も残さないとなると非常に対策は難しいな」

　頷きながらも鍋島は困惑していた。

「君がそんな弱気じゃ困るな。だが現在のインターネットにおけるセキュリティ技術では足跡を追うというのは至難の技だろう」

「そうですね。例えば、大学の研究機関などでインターネットの利便性を最優先にする場合も、クラッカーの侵入を受ければそこを中継点にされて犯行の足跡をくらます為に使われる恐れがあります。こういった踏み台攻撃はきわめてポピュラーな手口です。自分のガードが甘ければ結果としてインターネット全体に迷惑をかける恐れもあるわけです。それとインターネットに接続されたばかりの組織は、コンピュータやネットワークの設定が不十分な事が多く、システムアカウントがベンダー出荷のパスワードのままなどという例もあるので、わざわざそのようなサイトを狙って踏み台として使うクラッカーもいます」

「それは自社の自助努力が足らないということでもあるな」

「そうですね。というより仕組みその物をちゃんと理解していないユーザーが多いとも言えます。インターネットの基本モデルは、インターネットに接続しているすべてのコンピュータの間で、ＴＩＣ／ＩＰで直接の通信が出来る事を前提としています。組織のＬＡＮをインターネットに接続すれば、ＷＷＷなどで世界中のコンピュータに自由にアクセスすることが出来るわけです。逆にいえば、ＬＡＮに接続されているコンピュータがインターネットから攻撃を受けることもあるわけです。うちも今まさにそうなっているわけです。だからインターネットは、セキュリティという観点から見れば、まだまだ原始的で乱暴な仕組みなのです」

「そういえばＰＤＸの通信サーバーは確か」卓也が呟く。

「ＵＮＩＸサーバーだよ」内田が応える。

受けて鍋島が解説を再開した。

「インターネットの侵入事件では、ＵＮＩＸのＯＳを搭載したコンピュータがターゲットにされていることが多いのですが、それはＵＮＩＸが必ずしもセキュリティが弱いということではないのです。インターネットのプロトコルやアプリケーションの開発が、主としてＵＮＩＸの上で行なわれてきたという歴史があるためインターネット用のサーバーとして最も多く使われ、よく知られているUNIXが狙われるのでしょう」

「かといって、オープンでない独自のOSだと機密性は高くクラックはされ難いが、逆に問題が長期間発覚しない可能性も高くなる」卓也が補足した。

「そういう事です。どちらを取るかというのは難しいテーマです」

「なるほどな。ところで、暗号解析のほうはとりあえず他の奴にまかせておいて、君は松嶋さんとサイバー・テロ対策に集中してくれ。早速ですが、松嶋さんも本日よりお願いします。北詰さんと石河さんには私の方から説明しておきますから」

「わかりました」

内田は卓也の承諾の言葉を聞くと慌しく部屋を出た。内田はその足で、帝国ホテルで行なわれるマイグレーション戦略セミナーに、弘子とともに出席するため特殊センターを後にした。

卓也と鍋島は早速、ブリーフィングを開始した。最初鍋島は卓也の底知れぬ知識に驚嘆していたが鍋島もなかなかのものだった。卓也は初めてスキルレベルを全解放して話せる友人を発見したような喜びを感じた。二人は時間を忘れて話し込んだ。

＊

帝国ホテル『金桜の間』に詰めかけたゲストは、300人あまりいた。

熱気ムンムンで大した盛況であった。今回のテーマは、「2001年に向けての情報通信の未来革命における、企業の情報化動向と既存システムとの融合、統合、移行のニューフロンティアの開拓」と題されていた。いつものように、肩書き順から、それなりの夢のあるビジョンが語られ、主催者と特に結びつきが強いメーカーの宣伝話にほとんどの時間が割かれた。

セミナー終了後、恒例のパーティが催された。場が和み、あちこちで紹介や名刺交換が始まり、隅の方ではそれとなく密談めいた取り巻きも出来ている。情報交換や根回しを名目に噂や機密情報が飛びかう。ここからが本当の仕事の始まりなのである。そしてそのために、内田に同伴していることを弘子は自覚していた。

ごった返すパーティ会場の中でも、一際美しい弘子を目当てに、内田には沢山の人間が入れ替わり立ち替わり挨拶にやってきた。これもビジネス。自分の美しさが何らかの武器になるのであれば、使わない手はない。

内田がスピーカーズ・コーナーで軽く一杯やろうと弘子を誘い歩き始めると、突然若い外国人男性が英語で話しかけてきた。シリコンバレーにある大手メーカーの研究室で、マイクロチップの開発を手がけているという。〝今回の来日の目的は、日本のメーカーの視察が表向きの理由だが、是非PDX社のお二人にお会いして、お話したい〟ということだった。

〝内容は？　その目的は？〟と尋ねると、〝デリケート過ぎてここでは言えない。身体的リスクも発生する〟と言う。〝ならばこんな場所で接触すること自体危険なのではないか？〟と問うと、〝むしろ、こんな大勢で目立つところのほうが、極秘性が乏しく安全なのだ〟ということだった。

内田は相手の意図を理解できないままペースに乗せられて、後日都内のあるホテルで落ち合う約束をしてしまった。男は満足そうに静かに立ち去った。

こういう会合に出席するといろいろな正体不明の人物に会うことが多い。が、ほとんどは、チンケなインチキ業者やブローカーのたぐいである。名刺も偽物で、意味ありげに大きな話を吹聴してまわる連中が多いのだ。産業スパイもどきや、情報提供のブローカーのような手合もいる。だが今の男は、そのどちらでもないタイプに思えるのだった。ブロンドの髪に、ブルーの瞳。なかなかの二枚目で、語り口もソフトで話に無駄がない。途中から、流暢な日本語に切り替えたが、知的な会話センスと語り口のソフトさは変わらなかった。もう一度会ってみたくなる人物であると弘子は興味を持った。その後も、初対面の人物を1ダースほど紹介され内田の名刺入れは型くずれをおこした。一時間が経ち、そろそろ潮時と見て、二人はホテルの駐車場に向かいメルセデスで会場をあとにした。

地下駐車場から地上に出ると、ライトの光が、くっきりと浮かび上がるほど、外の闇は深くなっていた。車内は目まぐるしく過ごしている一日のうちで唯一、時間の経過が確認できる場所だった。車は、ライトアップされた夜の街をゆっくりと進んでいた。会場での余韻に包まれて、しばらく二人共黙っていた。というよりも、パーティ内での色々な出来事及び会った人物に対して様々な分析を試みている時間なのであった。

暫くして、カチッ！　とライターの音が車内に響いた。パワーウィンドウの上部が、10センチ開いた。煙草に火を点け、ゆっくり一服を吐き出し外の景色に眼をやりながら内田が言った。

「さっきの男。名刺の名前は、トム・アービングとなっているが、たぶん偽名だろう。どう思う?」

「さほど切迫した件を抱えているとは思えないけど。ただ彼自身は気になる存在ね、変な意味ではなくて…」

「君の言いたいことはわかる。たしかに毎度重要人物を装った奴が、国家機密にかかわることで相談したいとか、映画かぶれしているイカれた奴に必ず会うが彼は違うようだな」

「あなたが用件を伏せたままの相手と会う約束するなんて、珍しいわね」


「そう言わせる魅力が彼にはあった。それと、簡単なキーワードを使った方法だが、あなたがたが今直面されている件で重要な情報がありますと言って興味を掻き立ててきた」

「緊張を誘発する初歩的な心理話法ね。重要なことに直面していないビジネスマンは、あんな場所にはいないわ」

皮肉っぽい微笑を浮かべ弘子が鋭角的に切り返した。

「ああ。しかし言葉の奥に並々ならぬ自信を感じたのは確かだ」

「まあ、会ってみてからのお楽しみということね」

「そうだな」

既に別件に考えを巡らしているような気のない返事だった。FMのスイッチが入ると、マーヴィン・ゲイのセクシーな歌声が都会の夜景の中に融け込んでいった。

その後二人は、六本木の馴染みのレストランに着くまで会合分析を続けた。

再びその男から内田の元に連絡が入ったのは、その夜であった。

内田は弘子を食事のあと広尾のマンションに送りとどけ、自宅の代々木のマンションに戻りシャワーを浴びようとした矢先であった。

「是非今すぐお会いしなければならない！」

電話の声は切迫していた。

内田は、なにか感じるものがあり、一時間後には彼のホテルの部屋に到着していた。部屋の中では、男がノートPCでモバイルしながらやっきになってデータを書き取っていた。

「シット！　またしても逃がしてしまった！」英語で吐き捨てた。

ゲームでもしているのだろうか？　いぶかしげに内田は男を見た。男は気持ちを切り替えたのか、例の余裕をもった微笑を浮かべ内田に日本語で事情を話し始めた。

「トム・アービングと言います。連邦警察の依頼でサイバー・テロ対策を担当しています。会社の名刺の名前は本名です。本業もありますから。あと、現在あなたがたの会社で起こっていることはすべて知っています」

「そんなバカな！　まだ外部には漏らしていないはずだ」

「お気にされなくても、一応、こちらも情報捜査のプロですから」

「……」

「それにお宅のような状況は、ここ数ヵ月のうちに、膨大な数の被害件数が報告されています。サイバー・テロによって莫大な損害をこうむり、倒産した会社もあります。完全なテロ破壊行為です。しかも彼らは静かに誰も気づくことなく、しのびより気がついたらすべてがパージされている。現在最も恐ろしい犯罪行為です」

「うちはうちで対策できる方針があります。ここだけの話ですが、テロ対策についても対策部門を持っていますから」

「知っています」あっさりトムが言った。

内田は驚きとともに、無性に腹がたった。まったく警察ってやつはどこの国も…。

「ご承知のとおり、まだこういった犯罪組織との対決の実績というのは少ないのです。しかしこのようなサイバー・テロと戦うには当然民間企業の協力も必要なのです」

「協力するもしないも、今その破壊行為の真っ只中にいますよ、うちは！」

内田はやけくそ気味に怒鳴った。

「お気持ちはお察ししますが、冷静にいきましょう」

興奮をしずめ、少し照れ臭そうに苦笑いしながら内田は続けた。

「失礼。もうこうなったからにはすべてをお話ししますが、狙われたのは今回が初めてではないんです。ただその時の相手とは違うような気がします。現在提携先会社の松嶋君というエキスパートになんとか対応策を練ってもらっているところです」

「松嶋卓也なら知っています。全米暗号解読コンテストの2年連続チャンピオンですね。それだけじゃない、彼はありとあらゆるプログラムコンテストで優勝していますから、全米だけでなく我が国の業界でも、ちょっとした有名人です」

「我が国といいますと？」

「イスラエルです」

内田は、ふーんという感じで頷いた。

「実は、彼は私のエレクトリック・フレンドでもあるんです」

「エレクトリック・フレンド？」

「ええ、インターネット上だけの付き合いです。つまり、電源をオンしたときのみの付き合いなので我々はそう呼んでいます」

「彼から何か聞いていますか？」

「最近連絡は途絶えています。ご心配なく。彼は秘密を絶対外には洩らしません。お宅の件は、あるクラッカーを追跡中に偶然知ったのです」

「ということは、そのクラッカーが犯人なんですか？」

「違います。彼は単なるメッセンジャーでしょう。このテロリストは非常に強力です。しかも巨大だ。全世界のハッカーやクラッカー達をゲリラのように巧みに利用しています。先ほど、その内の一人をもう少しで突き止められる所でしたが逃がしてしまいました。しかし時間の問題でしょう。奴等は非常に近くにいます。しかもあなたのすぐそばに。私にはそういう気がします」

「私のすぐ近くに？」

内田の頭に、自分に関わるすべての人物の顔が走馬灯のように駆け巡った。そして一人の人物がフィルターに引っかかった。何故かその顔が張り付いたまま、どうしても頭から離れなかった。

「まさか、そんなバカなことが！」

胸の中で呟いたがすぐに否定した。

第8章　失った苦しみ

Pain by having lost

バックには僅かな音量で、ＴＯＴＯの「ジョージィ・ポーギィ」が聴こえていた。

深夜1時。帰宅後、ＰＣで仕事をしていた弘子は、慢性的な肩こりを自ら力を込めて揉みしだき、たまには早く就寝することにした。その前に、投資を行なっているニューヨーク株価動向をチェックすることにして、インターネット・エクスプローラーを契約会社のサービスページへ接続した。同時に今後のことが、ふと頭をよぎっていた。新会社のＣＥＯに抜擢されるのは、まず間違いないだろう。誰よりも経営能力はずば抜けているのだから。自らが当然のごとくと予想していた。現時点でも数社のベンチャーの経営コンサルティングもしていれば、ニューヨーク市場にかなりの額をインターネットによってオンライン株式投資もしている。それは金儲けというより、資産運用によって経済の動向を直接肌で感じる事の方が重要だからだ。

まず、会員登録のあるボストンのオンライン証券取引会社のＥトレードサイトを開き、「ポートフォリオ&マーケット」をクリックしてニューヨークダウやＮＡＳＤＡＱの指数の動きをチャート表示した。そしてロイターの経済、株式関連のニュース速報を読み漁り、更にカレンダーボタンを押して、主要企業やライバル社の決算発表や経済指標の発表予定日を頭に叩きこんだ。その後、本日の主だったニュースに目を通しながらも自分の保有銘柄の損益状況をいつも通りチェックした。

続いて「ストック&オプション」をクリックして、気になる他の銘柄もチェックした。

ある目をつけている会社のリアルタイム状況を見た後、2年の期間を設定して動きをチャート表示にしてみた。損益計算書を見ると、97年までの決算は好調である。業績の伸び率を見ながら、今後の社会状況を考え、利益配当を予想してみる。当然このサイトで来期の予想も表示させることは出来るが、この時点ではまず自分で推理して、その後のコンピュータの予想と突き合わせてみるのである。似た業態の会社をこうやって、適当に20社ぐらい調べていくと、その業界のおおよその流れが見えてくる。コンピュータの予想と自分の予想が、ピッタリ当たる場合もあれば外れる場合もある。結局どちらでもいいのだ。問題はその根拠である。根拠から照らし合わせていけば、外れた予想からも実に収穫の大きい真実を炙り出せるのである。しかも現実は、必ずしもコンピュータの予想通りというわけにはいかない。実はこういう推論や小さな情報の積み重ねが、本当は一番大切であり、自分のアンテナを常に研ぎ澄ませることになるのだ。

株価チャート以外には、シェアド・メディカルの資産や一株利益。PER、ROEなどの推移をそれぞれグラフ表示してみる。リサーチ要約。調査リポート。戦略ノート。トピックス。などなど片っ端から読み漁ったが、疲れが重くのしかかってきた。

時間がいくらあっても足りない……。

呼吸することを思い出したように、大きく溜息をついた。

際限がないのでこの辺にしようと、アプリケーションを閉じてデスクトップ画面に戻した時だった。PCの中で電話がなって、自動的に留守番電話画面が開いた。弘子は反射的にカーソルをドラッグして、「通話」パネルをクリックした。画面の電話の受話器が上がり同時に回線も繋がった。

「もしもし……。あの、夜分すいません。椎名さん、いらっしゃいます？　南です」

スピーカーから、やや緊張ぎみの千華の声がした。

「珍しいじゃない、こんな時間に」

マイクの前で、腕組みしたままリラックスして応えた。しかし頭の中では既に、なぜこんな時間に千華が電話してきたのか、その理由を瞬間的に把握していた。ただ単純に話をしたいだけなら、チャットを使えばいい。リアル映像つきで、顔を見ながら話ができる。それをわざわざ一般電話にしたということは…。表情は見られたくない。しかしEメールの文章では味気ない。ちゃんと肉声で、気持ちのこもった話をしたいということだ。人がそういう心境になる時のシチュエーションは、だいたい想像がついた。励ましを必要としているのだろう。だが当然、そんなことはおくびにも出さず、いつものようにクールに応えていた。

「あのー、お忙しいところ、すいません。ちょっと、いいですか?」

「ええ、仕事はもう終わりにしたところだから、ちょうど少し誰かとお喋りでもしたいなと思っていたところよ」

煙草に火を点けると、さり気なく不安を取り除いてやった。

「すいません。実は、ちょっとご相談したいことが…。いいえ、そんな大した事じゃなくて……」

「前置きはいいから」

「はい。……私の仕事、どう思われます?」

「どういう意味かしら?」

「私はこの仕事、今までもこれからも一生懸命やっていくつもりだったんですが。それは……。自分の目指す方向と違ってきても、頑張り続けるべきでしょうか?」

「何が言いたいのかよくわからないけど、自分の思うとおりにならないのが人生よ」

「私今、写真集のお話を頂いています」

「素敵じゃないの」クールなトーンだった。

「当然ヌードも必要になると思います」

「それがあなたの今後にとって、強力な付加価値を生むなら使わない手はないわね」

「椎名さんが同じ立場でも、そう考えますか?」

「さあ」あっさりかわした。

「私はもっとレベルアップしたいんです。タレントだけとしてでなく、違う意味で…。そうですね。つまり、その……。例えば…、私、椎名さんのようになりたいんです!」

どきどきしていた。本人に向かっての決死の告白だった。

「……ありがとう」

苦笑いしたが、千華の真摯なひたむきさには少し胸が熱くなっていた。

「しかし、これはビジネスよ。夢や霞を食って生きていくわけにいかないの。ビジネスは勝ち抜かなければ意味がないわ。ということが、すべての答えになるかしら。したがって、その為には私だったら何もいとわないわ」

内容は相変わらずクールだが、そのトーンの裏にある、いつになく優しい体温を千華は感じ取っていた。

「そこまで強くなる為には、どうすればいいのでしょうか？」

「誰かの答えを参考にする発想は、決して決断をする際の力にはなり得ないわ」

千華は黙り込んでしまった。

「友人として、一つ言っていいかしら。あなたは今、自分を幸福だと自覚した上で悩まなければいけないわ。いい話があるので受ける。いいでしょう。あるいは断わって違う道を選択する。それもいいわ。つまりそのどちらにしても、あなたの人生において今後素敵なエクステンションが生み出されるということよ。それを忘れないで。選択肢がある悩みは幸福といってもいいわ。どちらでも私は応援する。だからおおいに悩みなさい。そして決めたら、最速でゴールまで突き進むことよ」

千華は全身の血が熱く滾るのを感じた。尊敬する人の言葉というものは、これほどまで勇気を与え、生理的機能さえも大きく変化させるのだった。

「ありがとうございました。お休みなさい」

プツンと通話は切れた。

画面の中の受話器が降ろされた。と同時に、カーソルが素早く滑り、Ｅメールのショートカットアイコンがダブルクリックされ、通信アプリケーションが立ち上げられた。ものの1分で文章が打ち込まれ、トータル3分後には、広告宣伝部長宛てに緊急の指示メールが送信された。内容は、ＰＤＸと南千華との契約更新を、もう1年延長するようにということだった。現契約条件のままで、勝手に強力な付加価値が生まれるのだ。頂かない手はない。千華を慮りながらも、お休み前のラッキーな情報入手だと弘子は思った。

2週間後、千華は写真集撮影のためにロサンゼルスへと飛んだ。

＊

土曜日の早朝、東京駅から伊豆下田行きの特急が発車した。

リザーブ席に、椎名弘子の姿があった。彼女は、会社が緊急事態とはいえ、毎月恒例のこの行動だけは止めることは出来なかった。止める必要などないのである。月に一度、最愛の家族を訪問することに何のためらいを持たなければならないのだろう。

ただ定例としては、内田を必ず伴っていくことが決め事になっており、今回はスッポかす形で、一人で発ってしまったことに多少の負い目は感じていたが。

伊豆下田駅に着くと、タクシーで40分ほど山道を走った。かなり高地に登ってきたところに平地が広がり田んぼの中に散在する家々が見える。いわゆる散居という景観だった。見渡したところ、一番海寄りに位置する場所に一際大きな建物が見えた。自然との共生をモットーに掲げる民営の病院と保養施設が一体となった伊豆励愛病院保養所である。

館内は病院の持つ独特の陰湿で閉鎖的なムードはなく、非常にコンサバティヴで洗練されていた。

重度の難病や内臓疾患、怪我のリハビリ患者などの内科・外科治療から、神経症、情緒障害、習癖などまでもヘルスケアしている。最近では心身症やテクノストレス、或いはテクノ依存症の患者などが急激に増えている傾向があった。そういったメンタルヘルスが必要な患者には、バイオフィードバック訓練などを行なっていた。

元々世田谷で開業医をやっていたここの院長には、こだわりがあった。

それはマインド・ケアであった。心と身体は密接な関係にある。心のリラックス状態を反映して、身体の部分に表出するリラックス状態を、脳波形や皮膚電気抵抗測定器などで判定し数値で教えてやる心理治療法である。その他、カウンセリング、論理療法といった様々なメンタルヘルスによって健全な人格を取り戻してやるのである。その重大な効果を、もっと大勢の人達に知ってほしかったのだ。自分と他人を慈しむ心によって、自然治癒力を大幅に高められる事を学会で発表していた。彼の建白書がきっかけとなり、その後多くの賛同者の後押しでこの病院は建てられた。当然弘子も、後援者の一人として多額の寄付金を納めていた。

この建物の売り物は、360度全面ガラス張りで、正面からは太平洋が一望出来、反対側には遠くに連峰の山間が見える展望を大切に考えられた大食堂だった。大自然のパノラマに囲まれて食事がとれるのは最高のリラクゼーションといえた。

ここでの介護内容は、患者と医療スタッフが一体となったコミュニケーションを大切にし、毎朝診療が始まる前は、看護婦が交代で自分の体験や季節の様子や趣味について、患者としばらく話すのが常となっていた。

病院に着くと、行き交う何人も見なれた顔がニコニコと挨拶をしてくる。

医師も看護婦も患者の家族までもが、まるで家族の元に帰省したような、嬉しい錯覚に陥るのだった。弘子は充の部屋に行く道中も、たくさんの顔見知りと笑顔で応対しながらも、心中はまだ内田の事が引っかかっていた。連絡が取れなかった。いや、取りづらかった。今の会社の状況で、内田のおかれた立場を考えると、呑気に声をかけるのもためらわれたのである。今回は内田がいないことで充はがっかりするだろうか？と弘子は少し不安だった。父親の愛情に触れたことがない充にとって、今では内田が充の父親がわりのような存在である。

保養棟の部屋に着いて1ヵ月ぶりに充に再会した。無表情だが、右手が小刻みに震えていた。それが最高に喜びを表わしていることを弘子は理解していた。部屋の中は、グレゴリオ聖歌が小さな音量で流れていた。いつものように車椅子を押して、外の散歩に充を連れ出した。

充は弘子の10歳下の弟である。10年前から交通事故による後遺症のためにこの施設で療養生活を送っているのである。充が生まれてまもなく母親が他界して、叔母に預けられた。父親は経済的援助だけは、しっかりとしてくれたが、仕事上、海外を飛び回っており、親らしい行動や愛情を示したことはなかった。そして現在は絶縁状態。青い目の妻と外国でよろしくやっている男に今更会うつもりなどなかった。しかし幼い充は、もっと不憫で、弘子は弟というよりも自分の子供のように溺愛して、叔母の力を借りながらも必死に育ててきた。この子を守る為に、自分が社会的成功を収めるありとあらゆる努力をしてきたつもりだった。それは彼女に執念の頑張りを植え付けた。

小さい頃から必死で勉強した。高校時代、語学力に特別の才能を発揮した弘子は、奨学金を得てパリ大学に留学し、ヨーロッパ産業の歴史を深く勉強していた。そのころ翻訳のアルバイト先の会社で、偶然商社マンの内田と知り合った。そして帰国後、その縁でＰＤＸに入社したのだ。とはいえ、内田の強いコネクションに導かれての簡単な計画採用というわけではなかった。

当時のＰＤＸ社の面接状況は、さながら旧体制派と改革派の代理戦争のような様相を呈していた。保守派の意地悪い面接官の質問に対し、三カ国語を駆使して逆にやり込めてしまう弘子の度胸と頭の回転の速さに、推薦した内田さえも驚きをかくせなかった。その時の人事の面接官は、今では弘子の管理する最下部署で主任を任されている。別に彼女の復讐ではなく、それほど弘子が圧倒的なスピードと実力で、出世の階段をかけあがっていったという証でもあった。結局弘子は、他のエリート達を完全に押しのけ実力で入社を勝ち取ったのである。そして入社直後から、すぐに頭角を現わした。

彼女には、天性のプロデュース能力があった。

プロデュース。簡単にいえば〝企画を立て、実際に事業化するためのすべての能力〟というわけである。まずは豊富なアイデア。人材を獲得し選別して動かし、事業を具体化する強いリーダーシップ。シビアな金銭管理と全体をまとめあげるマネジメント能力など。すでに彼女の実力は、社内教育の人材育成カリキュラムなどを遥かに凌駕していた。

斬新な企画の実現、或いはとても困難で他の連中では恐れをなしてしまう無謀な企画さえも、果敢にチャレンジして必ずやりとげてしまう実行力は、他のベテラン社員をも完全に圧倒していた。当然実績に比例して、嫉妬によるセクハラ、社内イジメなどの洗礼を浴びることになるのだが、彼女はその方面でもしたたかだった。強力な美貌さえも武器にして、顧客、得意先の役員連中を味方につけて体制派を黙らせた。その後も大きなプロジェクトを次々成功させ会社に莫大な利益をもたらした。そしてマルチ・キャリア・パス制度を最大限に活用した結果、たった8年で取締役まで昇りつめたのだ。ただその陰に、内田の緻密なサジェスションがあったことも弘子は充分理解していた。

だからといって、当初から内田に恋愛感情のようなものは持ってはいなかった。

内田を本気で愛しはじめたのは、彼が弟の充に会った時からだった。内田はなぜか、充を見るなりひと目で気に入ったようで、それはまるで自分の子供と戯れるようにうれしそうだった。死別した息子に重ね合わせていたのかも知れない。内田の息子は難病で病死したと聞いていた。内田の想い。当然、充もその気持ちはわかるようで、そのひとときは久しぶりに家族愛のようなやさしい気分に包まれたのだ。その後も内田は二人を、いつも大切な宝物のように注意深くそしてデリケートに扱った。弘子は心底嬉しかった。自分のことを本当に理解してくれている人が現われたと思った。そこに、理想の父親の面影を重ね合わせていたのかもしれなかった。内田を尊敬し信望し、そして自然に愛しはじめた。普段はビジネスライクな関係の二人だが、時折二人だけの話の中で内田が充の近況を尋ねると、弘子は妹のように内田に甘えたくなってしまうのだった。数年前までは自分を抑えるのに必死だったこともあった。

充は交通事故の後遺症で立てなくなり、言葉も表情も失っていた。とはいえ、ただ単に弘子に養ってもらうお荷物ではなかった。彼には音楽的な才能があった。

彼はサウンド・クリエーターとしてかなり高額な報酬を稼ぎ出し経済的にはまったく自立していたのだった。

主な仕事は、サウンド・スカルプチャー。音響彫刻といったものだ。彼は部屋の中から空を見上げ夢想するのが好きだった。そしてイマジネーションを音にするのだ。ちょっとした音のメモがわりに、リアルタイム自動作曲ソフトのコアン・プロを活用していた。ブライアン・イーノも推奨しているこの音楽ソフトは、200以上のパラメータがあり環境音楽の雰囲気を持つ曲を作るのに適していた。そして膨大なこの音のメモの中から使えそうなものを本格的にパソコンとシンセサイザーを使ってシンフォニックな作品へと作り上げるのだった。完成品は、リラクゼーション用や環境音楽CDとして発売されている。特にTVの紀行番組やドラマの効果音としても彼の曲は、頻繁に使用されていた。だから彼の部屋は、常に数百本以上のコードがあり、中はまるで病室というよりも、ちょっとしたレコーディング・スタジオに応接間があるといった感じであった。ただそういった仕事がら、どうしても部屋に閉じこもりがちになる。充も月に一度、こうして二人きりで外を散歩するのを唯一の楽しみにしていた。

弘子は充の車椅子を押しながら、すでに枯れた銀杏並木が立ち並ぶ小道をゆっくり進んでいった。

＊

ビートルズのハーモニーは、愛らしく何故かいつも優しく暖かい。そして寸分違わぬ音の構築美の素晴らしさで、甘い夢のハーモニー&メロディ世界へ誘ってくれるのだ。そしてその至福の時間が永遠とさえ思えるように続くのであった。以前だったら……。

20年ぶりにかけたビートルズ。真っ暗なリビングに響く『アビー・ロード』のCD。アナログ・レコードだったら、B面となるロック・シンフォニーの後半部分が流れていた。ストリングスと美しく融合したポール・マッカートニーのヴォーカルは、昔聴いた頃よりも哀しく、そして切なく感じられた。

「俺には何もない……」

リビングの隅で放心している内田がいた。

昼間と違って、まるで夢遊病者のような表情だった。一人この10年間、熟睡したことは一度もなかった。深夜一人になると、抑えても抑えても過去の忌わしい思いが頭の中で風船のように膨らんでは破裂した。頭も一緒に破裂してしまいそうだった。辛い離婚経験があった。あんな思いは二度としたくなかった。夫婦が、いがみ合い憎しみ合う。たとえそうしたくなくても離婚調停、裁判所、相談者、弁護士、戦いの構図と舞台ができるとそうせざるを得ないのだ。逃げ出したい、すべてを放棄したいとも思った。仕事となると、どんな困難なこともやり遂げてしまうのに、こういうことはからっきし駄目だ。自分の優位さのために他人を攻撃することなど、ひと言も言う気にはならない。喋ることすらむなしいのだ。終わったことは、もう元には戻らないのだから、そんなことに時間と気力を消費していくことの無意味さに耐えられない。苦しみがまた別の苦しみを生むだけだ。

そして、そんなことよりも、もっと壮絶な苦しみの中で毎日を生きているのだった。それは、もうあの子の顔を見ることは出来ないからだ。もうなにもかも終わってしまったのだ……。

——最愛の息子、晃。

それは、10年前のある日曜日の午前に起きた。晃は釣好きだった。その日は一緒に三浦海岸に行く途中だった。晃は前日からずっとはしゃいでおり、本当に嬉しそうだった。その顔は今でも瞼の底に焼き付いている。

壮絶な事故だった。

激しい悲鳴が聞こえた。反射的に歩道の角を振り返ると、眼の前で我が息子が釣竿と共に、タンク・ローリー車に巻き込まれていたのだ。瞬間全身の感覚がなくなった。取り返しのつかない現実を受け入れるのが怖かった。道路に身体中の鮮血をぶちまけ、ボロ布のようになった息子を放心状態で抱きしめている自分がいた。

ありったけの力で叫びつづけた。泣き叫んでいた気もする……。この辺は記憶がズタズタに切り裂かれている。次の瞬間、病院で半狂乱になっている妻がいた。そして自分を阿修羅の眼で射抜いていた。その顔は人間の形相ではなかった。内田に対する強烈な憎悪の塊が胸を突き刺してきた。突き刺される度に激痛と悲しみの鮮血がシャワーのように噴出していた。全身ズタズタになっても尚永遠に止むことなく。

意識が薄らいで行く…。このまま遠くに落ちて行ければ。――

もうそのことは、随分昔にあったことのように感じるが、悲しみが少しも薄らいでいくことはない。

あの時もっとちゃんと晃を見ていれば、こんなことには。事故が起きる直前まで、内田は仕事のことを考えていた。「俺が殺したのだ……」

彼はもういない。彼の人生はなくなった。消滅してしまったのだ。

「君はもう、私の前に現われることはないのだね」

無意識に内田は、亡き息子の面影に語りかけていた。

「君の嬉しそうな顔や、得意げな顔や、照れくさそうな笑顔は、もう見れないんだね……」

そう思うと、どんな時どんな場所にいても慟哭してしまう自分がいた。離婚の事実以外、社内に知るものはいなかった。ひた隠しにした。息子は外国に留学している。弘子以外にはそう言っていた。時折崩れそうになる気持ちを隠し、人気を避け囚人のようにビクビクと暮らした。〈思い出さないようにしよう。あまりにも苦しくなるから。辛くて気が狂いそうだ。いや。狂ってしまいたい。狂え。狂え…〉

やがて内田は、死に向かって突入することを思い立った。わざわざ志願して、アフリカの最も危険な区域に赴任した。仕事で死んで見せる。仕事に、或いはもっと何かに集中するのだ。集中できることを探すのだ。夢中になれることをするのだ。大勢の人間に会い、いろんな人と語り合うのだ。そうだ。沢山やることがある。やるのだ。そして忙しくて煩わしくて時間を忘れているうちに、人生は静かに幕を閉じるはずだ。そうあってほしい。そうあって…。でないと、あまりに辛く悲しいじゃないか。

今も変わることはない虚構の顔を貼り付けて生きて

いる。

「晃！　待っていてくれ。もうすぐ君のそばに行くよ。今度は絶対に守ってあげるから」

息を止めて悲しみを堪えたが、涙が流れ落ちた。

「くそっ！」震える拳を壁に叩きつけた。

これからどう生きろというのだ！　どう生きればいいんだ？　人生の最終点を渇望したように胸の中で叫んでいた。

その夜も闇の中で嗚咽が消えることはなかった。

＊

代官山事務所の地下駐車場にクラウンが到着した。

後部席のドアが開き、千華がマネジャーと車を降りると、向かいに停まっている車の脇から「ヨウ！」と強いエコーがかかった声が構内に響いた。

見ると霧島が手を上げていた。最近の彼の愛車であるニュータイプのリンカーンに乗り込むところだった。リアウィンドウから後部席に座っている人影が見えた。千華はとっさに、今日は新作映画の共同記者会見がある日だということを思い出した。数日前事務所の黒板に書いてあった。重々しく閉まるドアの音が響き、同時にエンジンがけたたましく吼えてリンカーンが震えだした。社長自らが運転していくとなると、あの人に違いなかった。どおりで、いつもこの辺でウロウロしているチンピラカメラマンやタブロイド紙の記者などの姿が見えないはずだ。今頃、一線のレポーター達は会見場のホテルの部屋で全員が鎮座して待っていることだろう。今やあの人は、飛び込みでインタビューすることもままならぬ大物だった。

千華はリンカーンの後部に駆け寄ると、スモークガラスでよく見えない相手に向かって一礼した。同時にパワーウィンドウがゆっくりと下がり、結城亜希子の微笑んだ顔が現われた。

オートクチュールのクリーム色のスーツを上品に着こなした姿は、まだ20代後半の若さにもかかわらず既に押しも押されぬ華やかな大女優の風格であった。しかし他人の痛みを優しく包むようなあの笑顔は、大スターになった今でも変わりなかった。

千華は反射的に、もう一度大きく一礼していた。

「千華、チャンスは必ずものにするのよ」

亜希子の、優しさの中にも真摯に行く末を案じる母性のような瞳の輝きが、強烈に胸の奥に焼きつけられた。

唖然としていた千華が、我にかえって「はい！」と返事をした時には既にパワーウィンドウは閉じられ、リンカーンはゆっくりと出口に向かって進み出していた。

＊

渋谷で飲んだのは久しぶりだった。

時間はまだ、夜の11時40分。この時間にしては、珍しく人通りが少なかった。

冷気を吸い込むと火照った身体に心地よかった。社長会が終わった後、気の合う飲み友達と別れ、北詰は外の風にあたりながらのんびりと歩いていた。

今夜の社長会もなかなかの収穫だった。ロータリーやライオンズクラブのような閉鎖的で権威主義的なものでなく、同世代のベンチャー仲間で自然発生的に出来たものだけに忌憚のない意見と生きた情報がたっぷり収集できた。普段なら専属のハイヤーを呼んで、このまま銀座のクラブのはしごで朝まで盛り上がるはずだったが、今日はそんな気にもならず、暫く一人で物思いにふけりたい気分だった。

——夕方、リンクル社本社に園山時代の同僚、三浦が訪ねてきた。

5年ぶりに見る姿は、昔より厚みのある腰のシルエットに変貌して白髪が異常に増えており、老いた印象が強かった。同僚といっても、2年ほど同じ営業一課に属していただけで、ほとんど個別に話したことはなかった。地味で陰気で、とても営業などできそうに見えないタイプだったが、要領がいいのか営業成績が悪いわりには、笹山に十字放火を浴びている姿は記憶になかった。或いは、相手にもされていなかったのかも知れない。

恐る恐るリンクル社の社長室に入ってきた三浦は、北詰の顔を見るなり破顔一笑し、わざとらしく親しさを強調してくるのが逆に痛々しく思えた。

笹山は既に会社を辞めたという。香川は実家の事情で田舎に帰ったとも。

聞きもしないのに、手土産がわりのつもりなのか内部情報を得々と話しはじめた。そして時折オフィスを見渡し、薄っぺらい賞賛を話題に入れるのも忘れなかった。それは園山の新人研修でやったのと殆ど同じ営業話法パターンだったので思わず苦笑いしたが、彼はそれを親密の表現と理解したようだった。よほど追い詰められているんだろう、必死で取り入ろうとしているのがわかった。

一通り無駄話を喋らせた後、冷静に用件を尋ねると、三浦は眼をひん剥いて極端に驚きを表わし「なんで?」と言ったまま敵視してきた。予想外のビジネスライクな応対に、ショックを受けたらしかった。そしてもう一度「なんで、用件がなければ、昔の友人に会いにきてはいけないのか!」と声を荒げた。

だがすぐに視線を落とすと、意気消沈して黙り込んでしまった。いつのまにか友人にされていた。

「なんで?」は、この男の口癖だった。

それは純真な問いかけにより、お互いで解明しようというコミュニケーションの意識から発せられるのではなく、単に論争に持ちこみ、自分の知識、論理性をひけらかしたいという稚拙な要求だった。その性格は当時の職場の誰もが見ぬいていた。

よって一度目はあるとしても二度も彼と議論を戦わせている人間を見る事はなかった。

理屈だけで行動力が伴わない男は誰も相手にしない。得てして実行力の弱い人間は論争を好むのだ。そしていつもは無表情なのだが、他人が失敗したり動揺するシチュエーションに遭遇すると極端すぎるほど幸福感に溢れた陰湿な笑顔を浮かべるのだった。彼が本当に嬉しそうに笑うのは、そういう時だけしか記憶になかった。勉強だけを頑張って、人との関わり合いを学ぶことなく歪んだ人生を歩んできたのだろう。恐らく本人は気づいていない。彼の事を、本心から友人だと思っている人間はほとんどいないはずだ。彼は他人の感覚や心情を、フィードバックする能力が完全に欠落していた。でなければ恥ずかしくもなくここに訪ねてきたりはしないだろう。こういったアダルト・チルドレン達に共通する欠点を、生活ソフト欠乏症という。挨拶、礼儀、自立心、人間関係、処世術など、生活をしていく上で必要な基本的ソフトが欠落しているのだ。学生や子供にはよくいるが、最近は30代以上の大人に多いのが傾向らしい。しかし、間違っても友人ではないが、特別冷淡に応対しているわけでもない。

三浦は長い沈黙の後、うちはもう駄目だと静かに本音の告白を始めた。

「僕は辞めようと思う。君は今や有名人だ。どこか紹介してくれないか。なあ、頼むよ。なあ、頼む！」

プライドを捨て去った途端、命乞い亡者となって、まとわりつきはじめた。

プライドだけは異常に高く、散々偏見とブランド意識を振りかざしてきたくせに、結局困ったときは安易に他人を当てにする。その当てが外れると、逆恨みされかねない。

結局、昔のよしみで情報は回すが努力は自分ですべきだなどと、まるで小学生に言うような理屈で説得してお引き取り願った。

背中を丸めて寂しく青山通りを帰っていく三浦の後ろ姿を、社長室の窓越しに見ながら後味の悪さを感じずにはいられなかった。——

そんなネガティヴな気分を吹き飛ばすように、今日は独立後共に頑張った古くからの友人達としたたか飲んだ。酒は強いので、ヨタヨタと千鳥足で乱れるようなことはなかった。

通りを進んでいくと、遠くから何やら哲学的な言葉が聞こえてきた。誰かが話しているにしては声が大きい。歩を進めると徐々に言葉がはっきりとして、英語の詩のようなものだということがわかった。

「ポエトリーマンか…」

ジーザスのような髭面で、表情はよくわからないが、彫りが深くスパニッシュ系アメリカ人といった感じの異常に背の高い大男だった。

園山のニューヨーク支社駐在時代に、グリニッジ・ビレッジの辺りで自作の即興詩を詠っている詩人達によくあったが、この詩人も同じように片手に紙を持ち眼を瞑り暗い夜空に向かって、一心に祈りのような抽象的な言葉を羅列している。

人生の不条理や哲学を、この酒が回った頭で吟味するのはチトきついシチュエーションだった。無表情に詩人の前を通りすぎた。すると今度は、ふと耳にポップだが中近東っぽい旋律が混じった、エキゾチックなサウンドが風に乗って聴こえてきた。更に進むと、道の交差する一角で、アンプ接続のアコースティック・ギターとパーカッションという編成の白人のストリート・ミュージシャンが演奏していた。二人なのに、音色が多彩で、ＰＯＰなリズムとメロディだった。呼吸もぴったりで、声もルックスもダリル・ホールを思わせる金髪のハンサムなギタリストの哀愁味のあるヴォーカルもリリカルでなかなか聴かせる。オリジナリティを感じさせるサウンドだった。ちらほらと数組のアベックも、しばらく足を止めて聴いていた。

だが心地よいメロディなのに、あるフレーズを繰り返す毎に頭の中の血管が、ドクンドクンと脈打ちはじめた。

「偏頭痛がするな。何故だろう？」

こうなるほどには飲んでいないはずだが。急に胸に妙な不快感が襲ってきた。ズボンのポケットをまさぐり、ギターケースの中に千円札を1枚投げ込み足早にその場を離れた。遠ざかる北詰の背中に、演奏しながらギタリストが軽く会釈を送っていた。

やっと地下鉄のホームに辿りついた。

渋谷駅のタクシー乗場は、30メートル以上の列ができていた。仕方なく風に当たりながら、一駅歩いてきたのだ。だいぶ楽になったが、頭の一点にしこりのような痛みが残っているのが気になった。たまに電車に乗るのもいいか。

上下ともエスカレータには誰も乗っていない。この駅はとくに地下深く下がっていくので、夜遅く人気がないと少し不気味であった。それにしてもホームを見渡すと自分しかいない。電車も来る気配がない。異様な静けさだった。待合用のイスもなく、仕方なく佇んでいた。こういう時の待ち時間は異様に長い。今朝新刊本を鞄から出しておいてきたのを悔やんだ。思いつきでそういうことをすると、決まって空白の時間ができるものだ。

「！」

頭の中で白い閃光が走ったような……気がした。

暫く放心していた。

ふと見ると、ホームの最端に人が立っていた。全身黒ずくめの法衣のようなものをまとっている。その姿だけである種の圧力を感じた。

「先程まで人影はなかったはずだが…？」

しかも階段側には自分の方が近いのだから、人が通れば必ずわかるはずだ。酔いのせいか、あまり不思議にも思わずその男を見ていた。すると突然、何か悪寒のような、ゾクッとする気配を感じた。かなり離れているので人影自体は小さいのだが……。

その男が顔を上げた。

「！」

眼光の異様な鋭さが眼前まで衝撃波のように襲ってきて強烈に圧迫された。

悪寒の正体はこれだったのか！

異様な悪意と妖気のような薄気味悪さが、粘着性のある分泌物を染み出した蛇のように全身に絡みついてきた。猛烈に嫌な感じだった。

「君は死ぬことになるだろう」

北詰は飛び上がらんばかりに驚愕した。その声は、耳に息がかかるのかと思えるほどリアルに傍で囁かれた。思わず、すぐ後ろを振り返ろうとしたが、憎悪と悪意に満ちた声質に金縛りにあったように声が出なくなった。やっと冷静さを取り戻し、素朴に疑問をもった。

「誰なんだ！　どういう意味だ？」

声に出したわけではないが、そう思うと相手の声が、再び胸が悪くなるようなリアルさで耳元に響いた。

「次の電車が入ってきたら、たぶん、君は飛び込むだろう」

「飛び込むって……」冷たいものが全身から染み出した。

「我々にとって邪魔ものはすべてパージされるのだよ」

心で思うことで話せるテレパシーのような変な感覚

であった。しかし、言われていることにわけがわからず、どうすればいいのかわからなかった。

「何故俺が死ななきゃならない…」

そう思った瞬間、ホームにゴーッという音とともに風が吹きつけてきた。電車が入ってくる音を聴いて、北詰は心底から恐怖が湧きあがってくるのを感じた。反射的にホームの中央にあとずさりしようとしたが、何と、足が硬直したまま動かないではないか！　動かないだけではない。まるで自分の足ではないように感覚がなかった。意志の伝達機能は、まったく遮断されていた。

「！！！」

次の瞬間、恐怖で眼を剥いた。

その感覚のない足が、一歩一歩ホームの端に向かって動き出しているのだ！　闇の奥から電車の照明灯が見えてきた。足は止まらず、ジリジリとした速度で進んでいく。

北詰は全身の筋肉を硬直させ力んだ。恐怖で呼吸がうまく出来ず声も出なかった。


なにも伝わらない！　すべてのコントロールは、なにか別のものに支配されているようだ。

ゴーという音とともに、強い風が全身に吹きつけられた。身体は恐怖で硬直したまま、既にホームの先端まで進んでいた。つま先が線路側の空間にはみ出ていた。二つの光った眼をもった怪物がその姿を現わしこちらに襲いかかってきた。けたたましい電車の警報音が、怪物の吼えた死刑宣告の雄叫びのように聴こえた。更に身体が引き込まれバランスを崩した。恐怖で全身の毛穴が開き冷たい汗が搾り取られるように噴出した。目前に光が来た。

だめだ！　身体が動かない！　こんなことで人生が終わるなんて。

「畜生！」

その瞬間、大声で叫んだ気がした。同時に耳を劈く狂ったような、けたたましい警笛音がすべてをかき消した。轟音と共に急行列車はホームを無表情に駆け抜けていった。

ほんの数十秒の出来事であった。電車の音が遠ざかっていった。

一瞬にして再びホームは冷酷な静寂に包まれていた。

……意識が戻った。ホームの風景が見えた。生きていた！

だが不規則に呼吸が乱れ、ショックで歯がかみ合わない。ほんの数十秒間恐怖で気を失っていたらしい。全身水を被ったように汗で濡れていた。立ち上がれない。腰が抜けていた。しばらくして、ようやく起き上がった。身体の感覚は戻っていた。見渡すとホームに先ほどの男はいなかった。まだ動悸が激しく、心臓が悲鳴をあげている。

「人間じゃない！　宇宙人か化け物だ！」

言葉にならない声で叫んだ。瞬間卓也の言っていたサイバー・テロリストの存在が頭をよぎった。

〈とにかくだ！　とんでもない奴らを相手にしているのかもしれない！〉

そう考えると再び恐怖が蘇り、全身が硬直して冷たい汗が噴出した。猛烈に動悸が早まり心臓が痛くなった。脱兎のごとくエスカレータを駆けあがり、１秒でも早く地下から抜け出そうと速度を限界点まで上げた。足がもつれて転倒しそうになるのを、辛うじて持ちこたえスピードを落とすことなく駆けていった。地上に出ても震えと興奮は静まらず、あたりかまわず走りつづけた。ネオン街が見えた。やっと賑やかな繁華街にたどり着き、通りを行き交うすべての人々に親愛と尊厳を憶えた。

ふと洒落た煉瓦造りのバーが眼に入った。反射的に飛び込んだ。だが入口の奥は、地下に続く階段だった……。

またしても地下に降りていく閉塞感が恐怖を蘇らせた。地獄に続く入口のようにも思えたが、足を止めなかったのは下から猥雑で明るい人の気配が聞こえてきたからだった。とにかく人気の喧騒の真近に身を置きたかった。荒い呼吸がまだ肩を震わせていた。恐る恐る階段を降りた。中は予想に反して、ゴージャスと思える造りでかなり広かった。ハイクラス向けのクラブ・バーといえた。しかし、ごつごつとしたコンクリート打ちっぱなしの配線剥き出しの頽廃的で淫靡な内装の演出はいいとしても、酷薄とした荒涼感があり人を寄せ付けないダークでシュールなムードが漂っていた。今の心境には相入れない世界だった。一瞬入ったことを少し後悔した。内部は幻想的な鈍いライティングで、人の顔もよく見えない。回転盤のスポット照明が、時折鋭利に射し込んでくるが、青白いスモークが焚かれているのか、煙草の煙にしては靄が濃すぎるように思えた。数メートル先の人間は、シルエットにしか見えない。それでも外国人ばかりで、日本人はほとんどいないのがわかった。しなやかな肉体美を誇張するような、黒いタンクトップ姿のスタイリッシュな長身の男女達がスモークの中で蠢いている。客層はモデルやダンサー中心のファッション系ばかりだった。中には、スーツ姿の男もいたので、一応自分が特別浮いている存在ではないことに安心した。スモークの中で踊るシルエットを、注意深く避けながら奥まで歩いて行き、やっとカウンターに辿りつくと、無表情な白人の中年バーテンダーにバーボンを注文した。アイリッシュパブのように、ここでドリンクを注文し適当にスタンドの丸テーブルで時間を過ごすらしい。カウンターの最端は小さなサークルステージになっており、妖艶というよりは中性的なヌードダンサーが踊っていた。彫刻のように鍛え上げられたボディ。非常に美しいが、身体つきを見るとブルーボーイに違いなかった。どおりで長身の女性が多いはずだ。店内の幻想的なムードを醸し出しているのは、バックでかかっているブライアン・フェリーの歌声も大きく作用していた。曲は「アイ・プット・ア・スペル・オン・ユー」だった。

希望通りの猥雑さだったが、冷ややかな落ちつきがある。だが逆に、北詰は落ちつかなかった。丸テーブルにグラスを置くと周りを見渡した。まだ恐怖の余韻で、身体の内部のどこかが痙攣を起こしているようだった。連射砲のような回転盤スポットの光。時折店内を照らす、フラッシュのような照明に幻惑され眩暈がしていた。朦朧とした意識の中に、傍で話しているカップルの言葉が耳に聞こえてきた。何故か言語がわからなかった。英語でもスペイン語でも日本語でもなかった。スモークで足元が見えない。靄がかかった店内。全体が更にぼやけている。そのまま世界が溶け出してしまいそうだった。

〈一体ここはどこだ。本当にこの世なのだろうか?〉

再び恐怖を思い出し、全身が震えた。もしかして、自分はあの時既に死んでおり、ここは異次元の空間なのでは?

おもむろに胸ポケットから携帯電話を取り出し、卓也にコールした。

〈これで卓也がでれば俺は生きている〉などと、呑気なことを考えていた。コール音は続いていたが一向に出る気配はなかった。

〈早く出ろよ!〉胸の中で叫んだ。

今彼の声が無性に聴きたかった。しかし卓也は無頓着で、よく携帯電話をホテルに置き忘れていることが多い。時計を見た。いつものあの時間だった。今夜も深夜の財産発掘の夢を見ているらしい。

北詰は溜息をつくと、あきらめて鞄の中からノートPCを取り出し開いた。携帯電話を接続して、メールのアプリを立ち上げた。場違いな行動に、非難の目が集中するのを覚悟で、メールを送信するつもりだった。モニター部をおこすと液晶画面が異常に明るい。眩しくて正視できないぐらいだった。一瞬画面の中で何かが蠢いた。

「!」

画面の中央に眼があった。慌てて直ぐに閉じた。再び胸の鼓動が激しく警告を発しているようだった。早くこの場を立ち去らなければ。急き立てられるように立ち上がった。ふっと、何気なく視線が奥のコーナーに吸い寄せられ、意識がある一点で止まった。

「!!!」

瞬間悲鳴をあげそうになった。が、あまりの恐怖で喉がひくひくしただけだった。周辺のスモークが、まるである意思を持っているようにゆっくり弾かれ、奥にいた男の周りで立ち昇り佇んでいた。黒ずくめのあの老人だった。

幻覚? いや。間違いなくいる! 心臓が何倍にも肥大した。老人はジッと北詰を見ていた。眼に宿る先ほどと同じ強烈な憎悪の光が北詰を射抜いたように感じた。

＊

カーマイン牧師は、数日前から立て続けに異様なメールを受け取っていた。いわゆるメール・ボムというものだ。何語か判らない意味不明の言語。何万ページにもわたってつづられている、その文章にはかなりの敵意と悪意が感じられた。ハードディスクの作業領域が、すぐに１００％に達してしまいハングってしまうので、不信そうなものは送られてくるたびにすぐに抹消していた。あるとき、そのメールを削除しようとした時、画面に変化が起こった。突然表示内容が、グニャリと曲がったかと思うと、墨が水面を流れるように黒い一本の筋となり人の顔に変化しそして語り始めた。

「貴様は、私のメッセージを読もうとしない」

「私の理解できる言葉ではない」

驚きながらも、カーマインは言い返した。

「ヘブライ語だ。バイブルの原語ではないか！」

「原語をすべて理解しているわけでもない」

「なんだと！　原語も読めなくて、神の使いだと抜かしおって。インチキ牧師め！」

「そんなことに大きな意味はない。問題は、どれほど愛情深く信仰を極めるかだ」

「まあここで、貴様と教義信仰の論争をしている暇はない。松嶋卓也のことだが」

「やはりお前らか！　卓也は渡さんぞ！」途端に牧師は興奮した。

「こんな片田舎で何を言っている。彼の職場で、今なにが起きているか知らないようだな」

「ある事情により、Ｅメールの通信が出来なくなってしまったとは聞いた。おまえらの仕業だな。あの子に何をしようとしている！」

「彼には何もしておらんよ。しかし貴様ら邪魔な連中には消えてもらうが、協力を申し出るなら考えてやってもいい」

「誰がお前たちなんぞに」

「言葉に気をつけてもらいたい。私は気が短いものでな」

　突然画面は、猛烈なスクロールをはじめ、部屋全体の照明、セントラル・ヒーティング等機器類がすべて誤作動し始めた。照明が強烈な点滅をはじめた。

「こんな脅しには乗らんぞ！」

　強烈な光の鼓動の中で慄然としながらも、カーマイン牧師は叫んだ。

　更にモニターも、異常に白光し激しく点滅して光の衝撃波を浴びせ掛けてきた。眩しさを手でさえぎり、電源スイッチを切ろうと本体に手を伸ばした途端、何物かに突き飛ばされたように胸に衝撃を感じ、3メートルほど後ろへ弾き飛ばされた。落ちた場所が、応接用のソファの上だったので怪我はなかった。モニターは更に激しく白光点滅を繰り返した後、静かにフェイドアウトした。照明が正常な明るさを取り戻し、部屋の機器の状態が平常に戻ったことを告げた。牧師は、今度はゆっくりとPCに歩みよると、OSの終了画面をクリックして電源をオフにした。カチッ、とモニターの画面が静かに消え、本体の冷却用のファンが止まり部屋は思い出したように静寂に包まれた。牧師はどうしたものかと腕を組み考え込んだ。

＊

　その日の首都圏の夜は、いつになく深く黒々とした闇が覆い被さっているようであった。それでも高層ビル群のオフィスでは、まだまだ熱気を帯びた仕事の真っ最中であるがごとく、一層眩しい光を窓から溢れ出していた。そして、住宅街、団地、マンション群の明かりは、どこの家庭も夕食時の団欒を表わしていた。

　突然すべての光、ビル灯、街灯、家灯、が消えていた。

　消えた！　すべて無の漆黒の闇世界。

　一瞬にして都市は真っ暗闇となった。首都圏の全景は、静寂と暗闇がすべてを支配していた。家の中も隣家も外も何も見えない。

　停電か？　誰もがそう思った。しかし停電の予定など誰も聞いていない。電力会社に問い合わせようとしたが、電話も通じない。なぜか携帯電話もだめだった。

　その同じ時間。ちょうど首都圏の上空に、1機の新聞社のヘリコプターがフラリと遊覧していた。深夜の都会の活動状況と、交通状況の取材を兼ねたものであった。欠伸がでるような、つまらない仕事だと新聞記者の秋津は、ビールを飲みながら下界を見下ろしていた。感動も最初の数回で、見慣れればビルの屋上で一人晩酌をしているようなものだ。

しかし秋津は、突然眼をむいた。一瞬にして、視界が消えたのだ。眼の前から何も無くなったのだ。上空も下界も、まったくの闇で何も見えない。ヘリコプターは、自身の照明をたよりに漂っていた。操縦士はパニックになっており、機体がブルブル振動し激しさを増していった。

「落ち着け！　飛べるか！」

「わかりません！」

それだけ言うと操縦士は、一心に機体を立て直そうとしていた。そのかいあって、しばらくして揺れがとまった。通信が出来なくなったのと同時のことだった。すべてが真っ黒なこの闇の世界を、フラリと夜光虫のように飛んで行く。まるで暗黒世界を一匹の蚊が漂っているようなものだった。

突然、関東平野の最北端から、閃光が発生してその光は固定されたまま、まるでドミノ倒しのように光の波が黒の地上を滑ってきた。

「な、なんだ！　これは！」

秋津は大声を上げた。

その光の波がやがて、高層ビルに明かりを灯すと、室内灯だということが理解できた。更にいろいろな方向に光のウェーブは走り、結局3分足らずで首都圏のすべてに灯を灯していった。すべて元にもどった。下界にいる人間には、今の状況を単なる短い停電としか感じられなかったのだろうか？

秋津は冷静になると、面白いものを見てしまったと思った。ショーとしては最高だが。おそらく記事にしても、誰も信じないだろう。驚きのあまり、つい写真をとるのも忘れてしまっていた。

しかし不思議な光景だった……。

どうして、あんなことが起きたのだろう？　下界は大騒ぎだろうか？

「おい、さっきの下の見たか?」

「いえ、機体を立て直すので精一杯でしたから。何が起きたのですか?」

「いや、いいよ。大したことじゃない…」

〈結局俺一人か……。誰も信じないだろうな〉

無線連絡が何事もなかったように再開された。秋津の言っていることは、まるでチンプンカンプンのようで、やはり単に突発的な停電が起きたとしか理解していないようだ。しかも自分たちの地域に限られた、ごく小規模な停電ぐらいにしか。

〈いったい、この大都会で正常な現実を把握しているものなどいるのだろうか?〉

何事もなかったような美しいパノラマの夜景を見ながら、秋津は静かに呟いた。

何かがこの都市で起きようとしている。いや、現実に起きているのだ。もはや遊覧飛行を楽しんでいる場合ではなかった。

秋津は着陸後すぐに社に帰還した。フロアに戻ってみると、デスクのムードはこれといった変わったところもなく、相変わらずの喧騒でごった返しており、大勢の野郎どもの体臭が混ざり合ったすえた異臭が鼻を突いた。秋津はタバコの煙幕の奥にいたチーフに掴みかかるようにしながら、先ほどの状況を興奮して捲し立てた。

「そりゃご苦労だったな、次から懐中電灯でも持ってくか」

煙たそうに煙幕の中で、仏頂面のまま原稿をチェックしている。咥えていた煙草を消しては、すぐにまた次の1本に火を点ける。いらついている時の癖だ。デスクがまじめに聞いていないのは明らかだった。

＊

卓也はビルの地下駐車場を通って、専用通路から秘密の部屋に入った。何もないその部屋の隅にある鏡の前で手をかざした。センサーが虹彩と指紋を読み取り照合が完了すると、二重扉が閉まり、その部屋はエレベータとなり一直線に高速で降下しはじめた。20秒後。例の場所につき、自分の持ち場であるサイバー・テロ対策研究室にはいった。そこには、卓也が昨日部屋をでていくとき最後に見たときと同じ姿勢で、ＰＣに向かったままの鍋島がいた。まるでビデオのポーズボタンを解除したように、鍋島が動き出し声をかけてきた。

「やあ、おはよう」

「こんな密閉された部屋にいても、朝かどうかぐらいはわかるのかい」

「まあ、パソコンにも時計表示くらいはあるから」

「感覚は？」

「感覚はもう麻痺しているさ。半分夢の世界にいるようだ。しかし今回は、それだけの成果もありそうだ。昨夜も三回侵入が繰り返された。しかし、あの強力な連中とは少し違うようだが」

「パターンは、いくつぐらいある？」

「現在までのところだと、３パターンといっていいだろう」

「三つは同じコネクションなのか？」

「恐らくそうだと思う」

鍋島は、ウッと背伸びして立ち上がり、コーナーの備え付けのコーヒー・メーカーから、ブラックを２カップ取り、一つを卓也に渡した。

「サンキュー」

中央の作業テーブルの前に行き、ＬＯＧファイルを広げた。鍋島が、前日の障害報告を始めた。

第9章　謀略

Plot

白金台のそのマンションは、他を圧倒するほど豪華だった。

マンションでありながら、どの階も庭付きで青々した樹木と建物を包み込み、まるで北欧のおとぎ話に出てくるようなメランコリックで不思議な佇まいだった。特に警備は厳重で、エントランスの前に数分たむろしているだけでも、セキュリティ用の防犯カメラが自動監視を続けており、不用意に侵入しようとすれば、すぐに不審者発見ということで通報がセキュリティセンターに届き、5分以内に巡回中の警備会社のビート・エンジニアと呼ばれるパトロール隊員が飛んでくるのであった。

黒のディアマンテは、怪しまれないように静かに一定の速度を維持して周回していた。車中には、ほんの小さな音量でU2の「ディスコティック」が流れていたが、二人とも息を殺している為、結構大きな音量に聴こえた。

米山伸也は、コンポのスイッチを消して、窓からじっとマンション周辺を注意深く観察していた。この状況だと、半径20メートル以内に駐車して待つというのは無理だと判断した。

ディアマンテを運転しているのは橘清二だったが、車は伸也の持ち物であった。そのことだけでも橘は感心していた。〈伸也は何でももっている。当然だろう。あれだけ稼ぎがあれば。彼の預金通帳には、4000万円近くが記されてあった。ゼロが多すぎて最初はよくわからなかったが。しかも、大変いいことをして、それだけの大金を稼いでいるのだ。凄いやつだ。奴は天才だ〉橘は伸也の所属する組織のシステムの内容を理解して、いまや伸也を絶対的に尊敬し服従していた。

伸也は、天才的クラッカーであった。伸也にとってオンラインから他人の情報を入手して、不正に金融機関から金を騙し取ることなど朝飯前であった。しかし彼は、そんなせこい仕事で、莫大な報酬を手にしているわけではなかった。彼には重要な仕事があったのだ。そして強力なサポート組織に守られ、何不自由なくその仕事に没頭出来た。

その仕事とは「代理断罪」とはいっているが、早い話が「復讐代行業」なのだ。

依頼はインターネットからくる。人をあやめても堂々と世間を跋扈している連中を、被害者の代わりに始末してやるのである。依頼件数は、3年先まで詰っている。しかも莫大な報酬つきで。軽く焼きをいれるだけの依頼もあれば、抹殺することを目的とした依頼も多い。しかし伸也自身、実行に手をそめることはなかった。実行者をスカウトするのである。橘のような人間を。凶悪だが正義感に溢れた、犯罪の被害者あるいはその関係者が適任だった。社会と人を憎んで恨んでいる奴が理想的であった。そんな奴を探すのは、今では街で石を投げれば誰でも当たるほどにたやすかった。すべてのシステムを理解させたうえで、こういう人間に協力させるのである。さすがに殺人までいとわないという者は少ないが、確実にいるのである、そういう適任者は。世の中、殺人者予備軍がウヨウヨいるのだ。彼がスカウトするのは、すべて十代である。殺し屋として最適なのが、ティーンエイジャーなのだ。彼らにとって命とは、自分のものも他人のものも、それほど価値を持っていない。だが妄信的社会システムは、子供を最も価値あるものと位置付ける。その命は、殺人者であろうがなんだろうが手厚く保護し優遇するのである。この国の社会システムは、生産力を失った被害者よりも、更正後再び、社会的生産力を持ち得る殺人者のほうが大事なのである。だからそれを使わない手はない。戦争が良い例ではないか。結局社会システムや法律は良かろうが悪かろうが徹底的に利用した者の勝ちなのだ!

〈そうさ、この世に善悪などありはしない! あるのは勝者か敗者かだ!〉

伸也は酷薄とした笑いを浮かべた。充実していた。これから妹の復讐も果たせる。金もたっぷり手に入る。そして、なによりも、遣り甲斐があるではないか。彼のフォルダは、これまで代行復讐の依頼を行なったクライアントからの感謝のメールで一杯だった。

「これで再び、人生を生きていく自信がわいてきた」とか「もっと残酷なオプションをつければよかった」「身体の具合が良くなった」「魂の救済ができた」などなど。依頼者のメールは、文面で喜びを爆発させていた。

たぶん依頼主というのは、外から見ている分には善良な小市民だということは推測できた。しかも社会的には弱い立場で、常に迫害され続け、いろんな意味で搾取されているもの達であろう。しかし、内に秘めたその怒りと憎しみのエネルギーはすさまじく巨大であった。まったくの匿名で、一切自分が関与することなく目的が達成されるのであれば、驚くほど残虐で冷酷な業を爆発させるのである。

そして、その為なら惜しみなく金を出す…。

彼らには、もう金など必要ないのである。この世に価値のある物などないのだ。ある意味で、最も危険な存在と考えられる。だが逆に考えれば、それほど社会を憎み、忌み嫌う人間が、これほど多くいるということなのだ。そういう人間のパワーコントロールをしていくことが、リムから託された選ばれし我々の使命だと伸也はかたくなに信じていた。具体的には、この仕事は依頼者の望む形で遂行するのである。苦痛を充分味あわせてから殺すといった場合、そのようなオプションでやらなければならない。

例えば7歳の娘を悪戯されて殺された父親の依頼などは、その犯人が更正後社会復帰したらすぐに捕まえ、まず眼をえぐり、両手の指10本を切り落としてから殺して欲しいなどというものであった。とても難しいオプションだが、そこが人気を呼んでいる理由でもあるのだ。

さて、今回のミッションは計画実行の具体的段取りまでが、なかなか厄介だった。

ターゲットは米山伸也の復讐相手でもあるが、この男はあちこちで悪事を働いており、抹殺の依頼が他にも数件来ていた。希望はすべて、残虐な方法で殺して欲しいということだった。

チャット会議を開き、伸也は他の依頼者達に絞首刑を提案した。そして依頼者達は満場一致で賛成した。ただ他のミッションと複合しているので、この息子の親や伯父の議員としての不正も同時に暴き出し失脚させなければならない。親父は一介の都議会議員であるが、多数の会社を所有しており、要塞のようなマンションに住んでいる。汚職はミエミエだった。そしてその後ろ盾でもある兄貴は、閣僚経験もある大物の国会議員だった。権力の癒着を最大限に利用して、甘い汁を吸いつづけている腐った一族だった。そして悪びれもせず誇らしげに、億ションでのうのうと暮らしている。

「お前達の悪事も、ゲーム・オーバーだな」

伸也はいびつに笑い呟いた。

だが、そのマンションは簡単に入り込むのが困難だった。まるで巨大な要塞である。このマンションはハイテク化された強力なセキュリティも、売物の一つであった。しかしそのハイテク化が逆に、伸也の付け入る要素となった。当然、リムの力を借りてセキュリティ・システムに侵入し、マンションに侵入する為の手はずは既に整えていた。逆に要塞は、侵入してしまえば仕事は楽にすむ。決行日の今夜は、父親は不在だった。議員活動のスケジュールは、ご丁寧にもすべてホームページに公開されていた。まるで狙ってくださいと言っているようなものだった。

伸也は要塞を見上げた。そして今この中には、妹を集団レイプしたリーダーのバカ息子が、こりもせずまた女を連れ込み宜しくやっている最中だ。今回のミッションは、まずこいつを恥辱的な格好で首吊り刑に処し、その姿を親父に発見させるといったものだった。あとはマスコミがハイエナのように突つきまわして、父親の不正が暴かれ、ついでに叔父の国会議員もただでは済まなくなるだろう。

橘も計画を聞いて「そいつはおもしれぇ！」と妙にはりきっていた。

「もう少し、夜が更けるのを待とう」

機器的なセキュリティなど、なんてことはない。そんなものを突破することなど、ゲームみたいなものだ。一番怖いのは目撃者を作ることだった。まったく人気が途絶える深夜まで、彼らは執念深く待つことにした。

＊

震える手が、ゆっくりと動き、やっとのおもいでエンターキーを押した。たったこれだけの動きに数分もかかっている。しかし、操作しているマシンは、最新の超高速型マシンで一瞬で反応し、いつものコンテンツを表示した。内容を読み、その男は嬉しいのかヒクヒクと微妙に身体を震わして笑ったようだった。笑いは声にならず、喉からでているチューブが器官から空気がもれるような不気味な音で震えた。

＊

「行こうか」

直前まで助手席で、ノートPCを操作していた伸也が運転席の橘に言った。半分ウトウトしていた橘は反射的に飛び上がった。伸也の表情がいびつに緩んだ。

「おう！　楽しみだぜ」とりあえず凄んだ。

時計は深夜1時を指していた。二人は車から降りて歩き出した。2分ほど歩き、やっと門の前に着いた。豪華な城が目の前にあった。一生こんな建物に入ることもなかっただろう。さあ、ここからどうするのかと橘はふと横を見た。傍らの伸也の姿はなかった。とっさに振り返り再び前を見ると、伸也は堂々と豪華エントランスの正面玄関から入っていくところだった。慌てて後を追いかけ言った。

「おい！　大丈夫かよ！」かすれた囁き声で、怒鳴った。

「ただ居眠りして、待っていたわけじゃないぜ」

伸也の冷ややかなひと言が、橘を黙らせた。

監視移動カメラの角度は、事前に制御システムに侵入して方角を変えてあるので暗い夜空しか映っていない筈だ。警備室の前を通り、解読済みの暗証番号を押して堂々と中へ入りエレベータに乗った。伸也だけ、両手に透明の薄いゴム製の手袋をしていた。橘は気づいてもいなかった。警備員は24時間いるが、巡回パトロール中だった。すべてはお見通しのような、伸也の落ち着いたふるまいに対し、終始オドオドしていた橘は少しバツが悪かった。この借りは、今からの仕事でチャラにしてやるぜ！　橘は声に出さず、内心いきり立った感情を殺した。伸也は見透かしたように、薄ら笑いを浮かべてその様子を見ていた。それも彼の計算の内だった。

エレベータを17階で降りた。当然エレベータ内の監視カメラも、正常には作動していなかった。通路を歩いているうちに、徐々に二人共猛烈な緊張に襲われ異常に緊迫感が高まってきた。無言で突き進んだ。もう誰も止められない。あとはやるのみ。二人は打ち合せどおり、両サイドに分かれてターゲットのいる部屋の玄関の前に立った。オンラインのセキュリティ電子錠が取り付けてあった。伸也が左手のサイバー・ウオッチを見た。デジタル表示の数字に合わせて呟いた。

「あと6秒………3、2、1」

カチッ、という音に、またしても橘はビクッと反応した。伸也の口元がほんの少し緩んだ。橘はまたしてもバツが悪かった。電子錠のロックが解除された。先ほどの伸也の変更プログラムがオンライン・セキュリティに作動したのだ。

「歩くのが少し速かったのか、待ちが出てしまった。4秒の誤差だな」

伸也は不満そうに独り言を言った。

ゆっくりと伸也が左手でノブを回し、重いドアを音もなく開けた。同時に中から、若いカップルの憂いのある笑い声が聞こえてきた。伸也はゾッとするほど冷酷な視線で橘を見ると、静かに右手で奥を指差した。死刑執行のゴーサインが出された瞬間だった。眼をぎらつかせた橘は頷くと、一転して獰猛な狼が鎖を解き放たれたように奇声をあげて身体ごと奥へ吹っ飛んでいった。伸也は中に入ると腕の力を徐々に抜き、どっしり重いドアを音もなく閉めた。これで内部のすべての音は外界と完全に遮断された。伸也は、自分では気づいていなかったが、自然に酷薄な微笑が表情に浮き上がっていた。

激しい物音がして男女の声が瞬間やんだ。こんな要塞のような高級マンションでは、たとえ銃を撃っても外には聞こえまい。

「わめくがいい。ここがお前らの墓場になるんだ」伸也は小さく呟いた。

壁にぶつかる音や、物が叩き壊される音の中に、若い男と女の悲鳴が混じりはじめた。

「見つけたな…」

玄関に佇んだままの伸也が、ニヤリと笑った。

男の哀願する声と女の悲鳴。物が壊れる音と肉がへしゃげる音が、しばらく連続して聞こえた。そして音がやんだ。

「クライマックスだな」

伸也は緊張と共に急いで奥にはいった。リビングをつっきって、もう一つ奥の部屋に入ると、11畳の洋間の寝室でその惨状を発見した。そこには橘が男を後ろから片手でしめあげ、もう一つの腕にビール瓶をもって顔面をめったうちにした後だった。しかも割れないように瓶底で。男の顔は、片方の眼球が飛び出し、鼻は陥没しており穴から血糊と体液の混ざり合ったものが流れてぶら下がっていた。まだかろうじて息はあったが、首をもって支えられているだけで、全身の力はなくグニャリと曲がっている。ベッドの上が濡れていた。失禁していた。傍らにいる全裸の女も恐怖で顔が引きつり、痙攣しながら何度も体内のものを戻していた。伸也はポケットからデジタルカメラを取り出し、その姿を無表情に数枚撮影した。

橘が、最後の一撃を顔面に振り下ろそうとした瞬間、

「待て」伸也が冷静に言った。

橘が不可解な顔でストップモーションになったが、一転思い出したように相好を崩した。

「そうか！　妹の復讐だったよな。とどめはお前がやるか？」

血に染まった瓶を差し出した。

「そうじゃない。オプションが違うんだ」

異様にクールなトーンだった。

「おお！　そうだったな」瓶を放り投げ、「お前は絞首刑になるんだったよな」舌なめずりするように言うと、バスローブのひもを無造作につかみ男の首に巻き

つけた。そのままベッドの上にあがり、シャンデリアを吊っているワイヤーの間に通し紐を持ったままトランポリンのように跳ね上がりベッドから飛び降りた。男の身体が首から引っ張りあげられた。首が90度に折れ曲がり、抜け殻のような身体がダラリと吊り上げられ揺れた。目玉が垂れ下がり身体中の液体が流れた。

橘の狂った笑い声が、達成感を味わうように部屋中に響きわたった。女はショックで白眼を剥いて失神した。

「これでいいかよ?」

「ああ」

仲也はあくまでもクールに言った。デジタルカメラで吊り下げられている男の姿を数枚撮影した。フラッシュがたかれ、部屋は静かな沈黙に包まれていた。

「今度は女だ」

仲也はデジタルカメラをポケットにしまうと無表情に言った。

「こいつも殺っちまうのか?」

「仲間も殺すオプションになっている」

「そうだけどよ……」

橘は一瞬女を殺すことに、とまどいがあるそぶりを見せた。

仲也は「チッ」と失望の舌打ちをして、初めて感情的表情を露にした。

「その女もこいつと一緒にアベックを殺してるんだ。それも全員をけしかけるように、ヤレヤレ! ヒューヒューとかな。人が命ごいをしているそばでだ。そしてそのあと興奮したまま、ご褒美としてそいつら全員と情交したんだ。悪魔のような女だ」

「そうか!」

橘の眼に再び狂乱の火が燃え上がった。気がついた女が逃げようとした。橘がタックルして倒し、背後から揺れる巨大な双球をちぎれるほど強くわし掴みにして引き起こした。

「こんなもので男を狂わしやがって!」

更に引き千切れるほど力を込めて揉みしだいた。痛みで女が悲鳴をあげたが、その声が適度なスパイスとなって更に橘の欲情を盛り上げることとなった。

「くそっ、いい身体してやがるぜ！」

思わず橘の嬉しそうな声が漏れた。仲也がクスッと笑うと言った。

「ご褒美に、そいつはレイプしたあとで吊るしたっていいぜ。俺は車で待っている」

橘は荒い息使いのままニヤリと笑うと、力任せに女をベッドの上に引き倒した。

仲也は無表情のまま踵を返すと部屋を出ていった。奥で女の断末魔のような激しい悲鳴が何度も聞こえたが、肉を打つ音と共に静かになり闇の静寂が訪れた。暫くすると、ギシギシと何かが軋む音が徐々に耳障りになるほど大きくなっていった。

＊

早朝ＰＤＸビルの地下駐車場に、弘子のカレラが入ってきた。

コーナーに駐車して降りようとドアを開けた瞬間、隣の車の陰から人影が現われ弘子をカレラに押し込み強引に乗り込んできた。瞬間悲鳴をあげそうになると同時に口をふさがれた。だが暴力的な力感はなかった。その態勢のままゆっくりと眼だけ相手に向けると北詰がいた。驚きと共に手を払いのけ言った。

「何するの！　びっくりするじゃないの！」

既にハンドルを握った北詰は、無言のままゆっくり車をだした。すぐに加速して地下から飛び出しまだ殆ど車の往来がない大通りに合流した。

「ちょっと！　どこへ行く気？」

やはり北詰は無言のまま、国道を飛ばし大手町のメイン通りから三宅坂を上って、六本木方面に向かった。暫く走った後、彼はやっと口を開いた。

「とにかく賑やかなところへいって、モーニングコーヒーでも」

有無を言わせぬトーンだった。

「デートに連れ出すのに、こんな方法しか思いつかないの？」

北詰は正面を見たまま無言だった。かたくなな表情だった。しかしそれは傍らの彼女に向けられているものではなく、もっと大きな内面的な苦悩の現われであることを既に弘子は感じとっていた。ただ運転の方は、慣れた手つきで鮮やかにステアリングを操っていた。

「人生で二度も拉致されるとは思わなかったわ」

精一杯の皮肉にも、まったく動じない。

「理由を言って！」

遂に感情を爆発させ声を荒げた。

「着いたら話すよ。驚かしてすまなかった」

穏やかな言い方だが、冷徹なトーンは変わらなかった。

どうなっているのだろう？　あの笑顔を絶やさない北詰がニコリともしない。ただならぬ雰囲気を察して、もうそれ以上口を開かないことにした。車は246号を上りきり、六本木交差点を右折して芝公園方面に向かった。朝が早く殆どの店はまだ開いていない。滑らかな加速でスムーズな運転。かなりの腕前といえた。最高のポテンシャルを引き出されたことにエンジン音が歓喜の雄たけびをあげているようで、愛車に軽い嫉妬を覚えていた。初めて運転するには癖のあるポルシェを完璧に操っている。この男、甘くハンサムなマスクでいつもニコニコしているが、まだまだ奥は深そうだ。軽やかにステアリングを操る北詰をそっと観察しながら弘子は思った。

カレラがとある3階建てビルのブティックに到着した。

何故か午前7時だというのに営業していた。中は中古のブランドの洋服、アンティーク家具や小物などが乱雑に置かれ、狭い木製の階段を上がっていくと猫の額ほどのレコード売場があり、フロアを半分に区切った形で、小さなカウンターがあった。水出しコーヒーを専門にやっている店だった。中年女性の店長以下、すべて顔見知りらしく、知り合いの家に来たというコンサバティヴなムードに包まれた。並んでカウンターに座った。

「朝からデートに連れてくるには、随分通好みなとこね」

皮肉交じりの評論だった。

「なんとなく、隠れ家という感じが好きなんだ」

「それで。隠れ家でなにをしようっていうの？」

意識的に白けた口調で突いた。

「ごめん、あやまるよ。とにかく、何としても朝一で君を捕まえて話さなければと昨夜から一睡も出来なかった」

「そんなに私に狂ったの？」

シニカルな微笑を投げかけ一転無表情に煙草に火を点けた。

「とてつもない恐怖を味わった」

まるで精気が抜け表情が朦朧としていた。

「恐怖って？」

「昨夜殺されそうになった…」

「なんですって！」

思わずカルチェのライターを床に落としたが、気にも止めず次の言葉を待った。

「不思議な体験だった。たぶん全部は信じてもらえないだろうけど……」

蘇ってくる恐怖に硬直し顔面が蒼白になっていた。弘子はその表情で重大さを瞬間的に把握した。

「ゆっくりと、すべてを話して…」

一転して北詰の手を握り優しさと励ましの口調になっていた。

「前に君が襲われたような事とは、まったく別の次元の話だから……。襲われたといっても、この世に存在しないような男に付きまとわれ、地下鉄のホームで危うく突き落とされそうになったんだ」

「どんな男だったの？　付きまとうって、どんな風に？」

「突然圧迫されるような、いやな感触があった。そうして導かれるように、ふっと見るとそこに黒づくめの男が立っている。胸が悪くなるような物凄い形相だった。その憎しみの眼を見ると身体が金縛りにあったように全然動かなかった。そして自分の意思のコントロールは効かなくなる。逆に奴にコントロールされ、危うく自分から線路に飛び込もうとしたんだ」

驚きのまま暫く言葉を失った。

「……そいつは、あのテロリストかしら？」

「さあ……。生身の人間とは思えないが……」

「もし私がそいつにあったら、どうすればいい？」

「会わないようにすることとさ。……とにかく卓也に話して対策を聞きたいのだが。それに俺達以外に狙われる者も出てくるはずだ。今のうちに対策を講じないと…」

「わかったわ。今夜中に緊急会議を召集するよう内田に連絡をとることにする」

「その前に、卓也に直接連絡をとりたいのだが。どうすれば？」

「それでこんな強引な手に出たのね」

北詰は悲痛な表情で頷いたまま見つめた。

「君のことが心配だった……」

弘子はこの怯えた男を、思いきり抱きしめたい衝動にかられた。

「残念ながら、今彼と話すことは不可能よ」

思いとは逆に、クールなトーンで返した。

「しかし、彼は俺以上に狙われているはずだ。早くこの件を報告しなければまずい」

「彼の身を案じているのなら、心配いらないわ。この国で、一番安全なところにいるから。ただ、残念ながらその場所を教えることは出来ないけど…」

本気で北詰に惹かれ始めていた。こんな時ですら松嶋卓也や他の者の身を案じている。卓也に会わせてやりたい。しかし厳重な会社のルールを簡単に破ることは出来ない。だが尋常ではない体験。複合的なジレンマに戸惑いながらも、取りあえず話を終局させることにした。結局押し問答の末、内田の了解をとらないと卓也とは接触出来ない旨を北詰はしぶしぶ受け入れた。苦しい胸中を吐露して北詰は完全に落ち着きを取り戻していた。重苦しい話の合間に、懐かしき優しいメロディに耳を撫でられていた。店はレコード専門店でもあった。ターン・テーブルの上には、アトランティックレーベルのレコードが回っていた。ホール&オーツの初期の傑作「アバンダンド・ランチョネット」

北詰はだいぶリラックスしながら思った。さすがにレコードとBOSEスピーカーの組合せは最高のムードだ。こんな事件で弘子と会うのでなければ、彼女と二人のモーニング・タイムにはピッタリのBGMなのに。だが曲は「シーズ・ゴーン」だった。

その後、安全のため二人は一緒にPDXに出社した。

＊

その日もPDX本社は、いい意味で一流企業の緊張感に溢れ、慌しく機能していた。情報企画室進捗管理課の課長席では、飯島がやや周りを気にしながら着信したばかりのEメールを読んでいた。それにはこれから彼が行なう事について、詳細なスケジュールとシナリオが書かれていた。無意識にらんらんと眼が輝いていた。ふっと我にかえり、小さく溜息をついた。

完璧なシナリオだ。しかも内田は、来週、ニューヨーク支社へ出張ときている。間違いなくうまくいくだろう。

だが飯島は、ある一点にどうしても引っかかっていた。彼は怖かった。

自からが実行部隊を率いて扇動し一悶着を起こすとなれば、小心な自分には荷が重い。入社以来、主に経理畑を歩いてきた。あまり人の矢面に立たされるのは好きではなかった。しかしもう一度、画面の詳細なシナリオに目を走らせた。そしてその後の処遇についても。この件の成功報酬として大変な褒美が付いていた。このまま突っ走れば、ほぼ一足飛びに会社の上層部に食い込む事すら夢ではなさそうだった。

今後も命令に従っていれば、まず間違いないだろう。何と言ってもあの人の力は絶大なのだ。しかしそれは、あくまでもこの会社に属していればの話だ。辞めてしまえば関係ない。苦労して入社した会社だ。どんなことがあっても辞めたくはなかった。

そんな動揺を見透かしてか、僅かな間に第2弾のメールが着信した。すぐにクリックしてコンテンツを開けた。

「君の処遇については心配には及ばんよ。あくまで一時的なものだ。不要な連中をすべて追い出してしまえば、君には重役待遇で戻ってきてもらう予定だ」

「しかし、それでも一度は会社を辞めることに変わりがありません。女房、子供もおりますし、そう簡単に決断は……。今回はご勘弁を」

必死でキーボードを打って返信した。次の返信があるまでドキドキしていた。画面に着信パネルが表示された。飛びあがらんばかりに驚いた。あまりに早い相手の返信に心臓がドキドキしていた。

「私を誰だと思っているのかね！　君はこの私の力が信じられないとでも言うのかね？」

驚いて飯島は必死で返信メールを打ち送信した。そうだ。この人を怒らせたら今すぐ辞めさせられることだってあり得る。その事をうっかり忘れていた。

「失礼致しました！　申し訳ございません。すべてあなたのご意向に従います！」

再び相手の異常に速い返信がきた。とてもキーボードで打っているスピードではない。

個室にいるから音声変換ソフトが使えるのだろうと、飯島は勝手に納得した。

「賢明な判断だと言えるな。見ていたまえ、絶対に後悔はさせない。あの連中が思いあがっていられるのも今のうちだ。いずれすべて消滅させてやる。そして私の本当の力を見せつけてやるのさ」

本心から憎々しく思っている感情が文面からも読み取れた。

〈何故そこまで……？　わからない〉

飯島は首を捻った。表面上、いつもは仲良くやっているではないか？

偉い人間達の考えていることは理解出来ないと思った。

飯島は、暗号化した計画シナリオを、部下を含めた仲間10名にメールで同時配信した。飯島は着信を確認するまでもなく、その10人のモニターを見る目付きが瞬間険しくなっていた。プロパガンダ用のアジテイターなどは、だいたい二、三人いれば十分だ。これだけの数の者達が一気に動けば、この情報企画室１００名は混乱で大騒ぎになるだろう。表面上はモニターに映るスケジュールを手直しして無表情だが、飯島の頭の中では、内田と弘子の困惑して慌てる姿が目に浮かび、思わずいびつな微笑を浮かべていた。

＊

カーマイン牧師はパソコンに向かい、ある種憑かれたように黙々と作業に没頭していた。

「急がねばならない…」

何故かそう急き立てられている気がした。

それは自身のホームページ作りである。早く全世界の苦しんでいる人達に対してメッセージを送りたかった。プロバイダの契約と、更にホームページ用の数十MBにおよぶスペースは、レンタルサーバー業者との契約まで卓也が済ませておいてくれたので、相当ヴォリュームのあるものが出来そうだった。しかも独自ドメインまで取得してくれていたので「すべての人々にキリストから愛を」といった独自アドレスを付けることも出来た。

実際のHTMLファイル制作には、フロントページ・エキスプレスを使い何日も深夜まで黙々とした作業をこなした。

2週間後。ようやく目鼻がついたところでプロバイダのホームページ登録スペースにアップロードして公開した。とにかく、1日も早く公開したかったのだ。

しかしそれは、彼が考えている理想のヴォリュームにはほど遠く、まだ半分くらいの出来であった。卓也には100%完成した段階で知らせるつもりだった。そう思うと以後の作業も楽しみも倍増していた。既に世界中のあちこちから、返信メールが舞い込んできていた。カーマインはあまりの反響の大きさに戸惑っていた。メールの返事も出来るだけ丹念に書いていたが、そのうち数百通にもおよぶ反響に、一人一人に返信するのは不可能になっていた。その後リムからの接触はなかったが彼もインターネットを通じて、いろいろな情報を集めることにしていた。しばし時を忘れて、ネットサーフィンに夢中になることもあった。

そんな時だった。突然あの時のように、画面が硬直したままコントロールが効かなくなり異常なスクロールを始めた。

「貴様か?」

カーマインは、いつもの癖で心の中で苦々しく呟いた。だが反応はなかった。

「貴様はリムなのか?」

今度は口に出して言った。

「違う。私は、リムのエージェントだ。そうだな、カイロとでも呼んでもらおうか。サイバー神の洗礼を受けたカイロ・マルタンだ」

「……」

その声は驚くほどリアルに耳元に響いた。まるで肩越しに話されているように。その生なましさが再び恐怖心を呼び起こした。

「今日の目的は何だ？　用がすんだら早くでていってくれ！」

「おやおや神父様。神の前ではみんな平等じゃないのかい。もっと愛情で包んでくれよ」

「悪さはもうやめるんだ」

「指示をするのは私のほうだ」

「従わないと言ったら？」

「その時、あなたは消滅するだけだ」

「……」

牧師は無言のまま、そっと指先が電源スイッチにのびたが無駄だということを思い出して手をもどした。

「これを見てもらおう」

相変わらず声は、耳元から聞こえたまま、画面は話の筋道にそって、めくるめくように展開していった。膨大な情報量と数百点に及ぶ写真、映像などを見せられたが、不思議なことにその間数分間であるにもかかわらず、ほとんど完璧に理解できていた。本気で洗脳するのだったら簡単なことだろう。牧師はもう少しで、その気になるところであった自分に動揺していた。

来たるべき人類滅亡にそなえて、たとえこの地球が消滅しても生き延びていける知性と頭脳をもった優秀民族のみを、守り存続させていくことが主題だった。その歴史的知性を守る、しもべとしての才能集団も必要であり、ここ日本では、松嶋卓也ほか数名が選ばれしものとして、自主的に喜びをもって協力をしなければならないということなのである。

「ばかげた話だ、狂っておる」

「貴様に批難する資格があるだろうか」

「どういう意味だ？」

「貴様がもと所属していた組織は、短絡と狂信を武器に異常な悪の帝国を築き上げた。そこには、人類存亡などという考えはなく、あるのは狂信的なプライドと人種差別のみだ」

「なにを言っているのだ？」

「お前はナチだ！」

「違う！　断じて違う！」

「狂信者が司祭とは恐れ入った。木は森に身を隠すとは限らないのだな」

「貴様らの企みには乗らんぞ！」

「あなたは結局、我々に協力することになる」

「そんなことになるくらいだったら、自らを葬るよ」

「その言葉。覚えておこう」

それ以後、声はしなくなった。

画面には、自分の生い立ちから現在までの履歴が、こと細かく英文で表示されていた。まるで天国での審判を受けているように。牧師は、なんとか電源を切ろうとしてコンセントを抜いた。画面がプッンと切れた。マシンのファンの音が止まり書斎は静寂に包まれた。

＊

昼間青山通りを歩いていた時だった。心臓に震えが走った。一瞬パニックになりそうになったが、呼び出しのバイブとわかり我にかえると、やや緊張しながらも北詰は胸元から携帯電話を取りだした。

「もしもし…」無意識にやや声が震えた。

「俺だ。調子はどうだ」

酒で潰れた特徴のある声がした。大学時代の悪友、秋津だった。

「珍しいな、どうした？」

「ちょっと面白い話があるんだ」

「お前、報告する相手を間違えてないか。新聞記者が素人に垂れ込んでどうする」

「ふっ。そうだな。だが記事にはならんだろう…」

「なんだ。何があった？」

「昨夜、不思議な体験をした」

「……」

「おい、聞いているのか？」

「ああ。で、なんだ？」

「うん……。まっ、大したことじゃないが……。北詰、今夜ちょっと会わないか」

「……」

「おい！　どうした。お前変だぞ！」

「ああ。……実は俺も昨夜不思議な体験をした。それも二度と思い出したくもない嫌な経験だ」

深い溜息をつきながら、北詰は何気なく傍のメタリックに輝くインテリジェントビルを見上げた。そのビルの上は、雲一つなく、まるで人工着色でもしたようなモダンで鮮やかなブルースカイが広がっていた。昨夜から別世界に迷い込んだように、何もかも現実感がなかった。

「そうか、わかった。六本木のいつものとこでどうだ?」

「ああ、じゃ…」

気のない返事と同時に通話を切った。

＊

白金台の高級マンションでは、朝から慌しく議員秘書とその関係者が出入りしていた。

その様子を、となりの駐車場の車から双眼鏡でしっかり観察している伸也と橘がいた。カーステレオからは、ロニ・サイズに続いて、ロバート・マイルスの「テクスチャーズ」が流れていた。伸也の膝が、リズムに合わせてわずかながら揺れていた。ベースを効かせて、大音量といきたいところだが、目立つのを考えてギリギリ判別できるぐらいの微量なサウンドにしている。「こんなんじゃ、つけなくても一緒だぜ」と橘が笑うと、「それでも彼のビートは感じるぜ」と言う伸也の言葉に、橘は押し黙った。〈音楽に興味などないし聴いたこともない。そんな優雅な趣味がある環境で育っていれば、今ここで、こんなことを俺はやってはいないだろう〉胸に苦いものが染み出していた。

橘の音楽なんかという軽率な言いまわしが気に触ったのか、珍しく伸也が熱のこもった口調で最新ロック・ミュージックのレクチャーをひとくさり始めた。しかし、ブレイク・ビーツだ、テクノがどうの、ドラムンベースのダンスビートに乗って、だとかクラブ・サウンドからデジタル・ロックのカッコ良さがどうだのと、散々蘊蓄をかたむけられても橘には初めて聞く単語ばかりで、まるでチンプンカンプンだった。

〈だから何なんだよ!〉腹の中で舌打ちした。〈一体そんなものが何の助けになるんだ。音楽なんてくそくらえだ!〉ますます腹が立っていた。知らない事を理解出来ないことは嫌悪し憎むしかなかった。だがそれでも外面は適当に頷き、欠伸をかみ殺し無言で俯いていた。伸也の機嫌を損ねるのは極力避けるようにしていた。

気が済んだのか、伸也はいつの間にか膝の上にあるノートPCに、昨夜のことを一部始終インプットしていた。すべてをクライアントに報告するために、こうして取材しているのだ。クライアントにとっては、この部分がもっとも楽しい部分であり、詳細にすればするほど評判がいい。伸也と橘もその気持ちは痛いほどわかる。自分達も大きな仕事をやり終えて余韻に浸りながらのレポートづくりは楽しい作業であった。特にターゲットの断末魔の様子。そしてその後の家族のパニックを見ているのと楽しくてならない。

〈もっと驚け！　もっと苦しめ！〉二人は心の中で彼らを罵倒していた。

大通りから救急車が、サイレンを鳴らさずに走ってきて裏の駐車場口に横付けされた。同時に救急隊員が駆け込み、マンション内から毛布で覆った二つのタンカを運び出すと、あっという間に走り去った。その間、5分も経ってはいなかった。

「恐ろしいほどの手際の良さだな」

救急車が走り去った方向を見ながら、橘が呆れたように言った。

「ふん。内々で処理するつもりだな…」

伸也が携帯を繋ぎ、ノートに入力をはじめた。

「国会議員・山際総一郎氏の甥で都議会議員・山際誠一氏のご子息が、昨夜目白の自宅で死去されました。同時に、恋人と思われる若い女性の全裸変死体も発見されたそうです。二人仲良く絞首刑のようです。ケケケケケッ。―マジックマンより―」

犯人しか知り得ない状況証拠や情報をさり気なく入れ、同時にクライアントから多数寄せられたこの一族の不正を告発した膨大な証拠ファイルを添付して、大手新聞5社と週刊誌3社と民放TV局5社にEメールで送信した。橘は専属運転手のように、事の成り行きをじっと見ていた。いつもながら伸也の完璧な仕事ぶりに舌を巻いていた。

〈これで17歳かよ…。俺より遥かに大人でワルだ。いや。天才だ。奴は本当の悪を退治する正義なる天才なのだ。しかし…。昨夜の俺は何故あれほど興奮したのか？〉

　自分でもよくわからなかった。抑えても抑えても、煮えたぎるような憎しみが熱いマグマのように噴出し、殺して殺して切り刻んでやりたかった。悪い奴らはそうなって当然だが、それ以上の興奮があった。淫靡な欲情が全身を被っていた。特に犯行が終わった後の爽快感は天上にも昇るエクスタシーを感じた。実際ターゲットの息の根を止めた瞬間、橘は爆発していた。とろけそうだった。あんなに気持ちのいい射精は生まれて初めてだった。しかもその後も興奮が収まらず、何度も勃起と射精が繰り返された。その究極のスタミナで、昨夜の女が気を失うまで陵辱し責め続けたのである。今振り返ると自分のことながら、不可解だった。

〈伸也にもらう薬のせいか？　俺は仕事前、気を落ち着かせるために伸也から安定剤を飲まされている。昨日も集合したとき、まずカプセルを一錠飲み、夕食の後も貰って飲んだ。しかし犯行直前まで、何の変化も昂ぶりもなかった。やはり悪人といっても命を奪うわけだから、興奮して当然なのだ〉強引に自分を納得させた。橘にとって昨夜の犯行が、初めての殺しだった。自分一人の犯行であれば、今頃とっくに捕まっていてもおかしくない。しかし伸也と組んでいると、とても捕まるとは思えない安心感があった。〈彼の計画は完璧で、俺はそのとおり動けばいいだけだから。あと何人殺せるかわからない。しかし、相当数の悪を掃除出来る事は間違いない〉舌なめずりをした。

〈待っていろよ、世の悪党どもめ！　ただで済むと思ったら大間違いだぞ！　俺が一緒に地獄の果てまで引きずり込んでいってやる〉だんだん興奮して眼は今再び熱く狂気の色をおびていた。

　助手席から、モルモットのように思い通り変化する橘を伸也は冷やかに観察していた。

　伸也は橘に、ＭＤＡと興奮剤を交互に服用させていたのだ。ＭＤＡとは、通称エクスタシーと呼ばれる覚醒剤を合成過程で変化させせた合成麻薬だ。これを飲むと高揚感があり気分的に安定するのだ。そして犯行が近づくにつれて、徐々に純度の高い興奮作用の強い覚醒剤にカプセルの中身をすり替えていたのだった。〈こいつ3年後には廃人だろう〉伸也は橘に気づかれないように表情を崩した。

暫くすると黒塗りのそれとわかる新聞社の車が駐車場に入ってきた。二人は身を沈ませフロントの視界から消えた。緊迫した表情のカメラマンと記者の二人の男達が、慌しくマンションの中に駆け込んで行った。

「OK。もういいぜ」

伸也が緊張を解く溜息と共に吐き出すように言った。イグニッション・キーが回され、蘇ったように強い波動が身体に伝わってきた。橘はゆっくりと車をだした。静かに大通りに出て、あっという間に多数の車の中に混ざり合っていった。終わった。あとは勝手に大騒ぎになればいい。ざまあ見ろという感じだ。安堵感から伸也と橘は、初めて顔を見合わせて声をあげて笑いあった。ディアマンテはスピードを上げると、横浜方面に向かって歓喜のクルージングを始めた。

翌日からワイドショーが格好のネタを見つけたと言わんばかりに、この事件の特集をはじめた。そして、殺された息子の悪行が次々と暴かれ、それは都議会議員の父親の汚職スキャンダルにまで及び、果てはそれに関係していた兄の国会議員まで追い掛け回されることとなった。被害者であるはずなのに、この老齢の兄弟には日を追うごとに非難の渦は大きくなり、結局最後は二人とも辞職に追い込まれてしまった。各局のワイドショーは、更に死肉をむさぼるように、被害者の親子の金まみれ疑惑やセックス・スキャンダルを当分の間報道し続けた。セックス、セックス、セックス。結局は、マネー&セックス・スキャンダルが話題のすべてだった。

ある日、次の大きな芸能界の話題が起きた。それを境に、この親子の事件は、まるで幼児が、あきたオモチャを放り出し見向きもしなくなるように一切画面には登場しなくなった。それと同時に犯人探しに盛り上がっていた一般視聴者もこの事件をすぐに忘れ去っていった。

＊

芸能界での久々の大きな話題というのは、あの人気アイドル、南千華のヘアヌード写真集が発売になることであった。アイドルといえども有名大学出身の知性派で通っており、今まで水着姿すら公開したことがなかったのだ。すでに今週発売の週刊誌には、プロモート用にストックしてあった数点の大胆なヌード写真が先行掲載されていた。

千華はその日も、ＣＭ撮影の為に渋谷のスタジオ入りした。ビルの地下駐車場に車が入ると、途端にライトが点き慌しく連続的にフラッシュが焚かれた。既に待ち構えていた芸能マスコミが一斉に群がった。何とかドアを抉じ開けて降りると、屈強な男性マネージャーがボディガードとして女性レポーターの突出すマイクをなぎ倒し、彼女の楯になるよう先導して歩いてくれた。既に千華は吹っ切れていた。そして自信を深めていた。自らの決断で次のステップへ歩を進めたのだ。私を友人と言ってくれた椎名弘子のように…。

スタジオに入ると、スタッフとはいつも通りの挨拶を交わし、彼らも大人の対応をしてくれた。が、何となくよそよそしいのは隠せなかった。全員が、今朝発売になった週刊誌の写真は既に目を通しているはずだった。それが確信に変わったのは、その撮影隊では、一番下っ端の見習ＡＤの態度だった。

「おはようございます」

いつもより張りのある声に思えた。このほぼ同年代の見習ＡＤの坊やは、いつもは人気タレントの千華に対して目も合わせられずオドオドしていた。だが今日は、しっかりと千華の顔を見て挨拶をしてきた。無意識だろうが、眼の奥に勝ち誇ったような薄い笑みが浮かんでいた。

〈俺は、お前のすべてを知っているぞ。お前のツンと突き出た形のいいオッパイも。その先の魅惑的な乳首の色も。くびれたウエストから流れるようなラインや、豊満ながらプリンと引き締まったヒップの肉付きさえも〉と内心そう言っているようだった。

そして物陰で、陰毛の１本１本さえも舐める様にして堪能したであろう彼の姿が、そのいびつな表情から読みとれた。彼はあたかも、目の前の千華を征服したような錯覚に陥っており、本人は気づいていないが無意識に唇がいやらしく緩んでいた。

しかし千華は、彼が醸し出すその卑猥な熱気に満ちた視線を、嘲笑うかのような冷やかな余裕の微笑でしっかりと見据えた。すると、途端に彼は現実に引き戻されたように狼狽して視線を落とし俯いた。余裕の表情は萎え、まるで魔法が解けたように一瞬にしていつもの貧相で卑屈な顔つきに変化した。いつものように落ち着きがなくなった。そして内面を見透かされた激しい動揺を隠すように、無意味な一礼をすると、踵を返してスタジオの一角で立ち話をしているスタッフ達の輪の中に慌しく駆け込んで行った。

〈逃げたな〉その後ろ姿に向かって、千華は胸の中でクールに呟いた。

「何興奮しているの。これはビジネスよ」

＊

華やかな六本木の夜を彩る交差点界隈。そこを基点としたメイン通りにある魅惑的なネオン。だが十数年前の洒落た大人の街というムードは、もはやこの街にはなくなっていた。怪しげで素性のわからぬ大勢の外国人が闊歩する間を、三流娼婦のようなダサいセンスで着飾り、メッシュのはいった金髪の女子高生達が猥雑に泳ぎ回っている。もはや低俗な無国籍歓楽街といったレベルにまで、街のランクを落としていた。それでも古くからの馴染みの店は、大人の洒落心を大切に、メイン通りから少し奥まったところでクールに生き続けているのだった。北詰が大事にしている馴染みの店も、そんな店の一つだった。そこは、ロアビル横から麻生十番に向かって坂を少し下っていった、こぢんまりとした3階建てのビルの一角にあった。夫婦で頑張っている、和食の創作料理をつまみに出す洒落たレストラン・バーだった。外に突き出している、鉄製の螺旋階段を上って2階のドアを潜った。淡いブルーのちょうどいいセクシーに思える照明具合が、一瞬にして洒落た大人のムードで外界とを遮断してくれた。バックにはちょうどいい音量でブルー・ノートのジャズが掛かっている。ホレス・シルヴァーのファンキーなピアノだった。

既に到着していた秋津が、奥のコーナーで軽く手を挙げた。

「早いな」北詰が、ほっとしたように声をかける。

「こっちは、お前さんのように毎日多忙じゃないんでな」

北詰が向かいに座ると、50歳代の素人っぽいママがおしぼりを持ってきて「いらっしゃい。お久しぶりだこと」と配膳の準備を始める。意味ありげな笑みとやや皮肉っぽい響きに、北詰は少し恐縮していた。

「俺は、しょっちゅうだけどな」

秋津もママと共闘するように、ニヤリとして呟いた。

北詰とこの店の夫婦は、実は十年来の顔見知りだった。奥で創作料理を作っている旦那は、商社マン時代にお世話になった得意先の部長だった。脱サラして5年前からこの店を開いたのが、北詰が独立したのとちょうど同じ時期で、最初の頃はよくここに来ては酒をご馳走になりながら御互いよく励ましあっていたものだった。そしてその後、事業の成功とともに足が遠のいていたので、ずっと気になっていた。秋津と最後に飲んだのも、ちょうど1年前のこの店だった。北詰は家族的で寛げる店は、仕事や接待などでは使わず秘密にする主義だった。

由緒ある豪華な食器に、旬の食材を使った見栄えも美しい和風料理がタイミングよく運ばれてくる。他に客は品のいい熟年のカップルが一組いるだけで、店内は静かに落ち着けた。暫くスコッチの水割りで料理に舌鼓を打ち、たわいのない世間話が続いた。お互いどちらかが切り出すまで、核心の話は避けていた。だが、やはり時間感覚の厳しい北詰のほうが痺れを切らし口火を切った。

「で、昨夜の件だが。何だ、不思議な体験って?」

秋津は我が意を得たりと言わんばかりに、ニヤリと相好を崩した。しかしそれも一瞬で、その実何をどう話していいのかわからず口ごもったまま、暫く思案していた。そしてゆっくりとその時の状況を、経緯からはじまり、不思議な現象の遭遇、その他周りから聞いたその時の下界の状態なども交えて淡々と冷静に話した。北詰は真剣な表情のまま、ひと言も発せず聞き入っていた。秋津はその姿に、彼の抱えている深刻な状況を早く聞いてみたかった。話が終わっても北詰はじっと無言のままだった。

「どう思う?」

秋津が我慢しきれず、感想を促した。

「わからん。警告かもしれんが…」

「警告?」

「ああ。単純かもしれんが、結局俺達人間の生活にとって、電気は最も大切なものだ。そのライフラインを好き勝手にもて遊んでいるということは、我々は奴らの手の中にあるということは認めざるをえないだろう」

「奴らって?」

「サイバー・テロリストさ」

「……なるほど。で、俺に警告した目的は? それに、このメッセージをどうやって伝えればいいんだ。第一、現象面の検証は? どうやって調べればいいんだ?」

「わからんな。普通に考えれば電力会社ということになるのだろうが…」

秋津は苦笑いしてグラスを傾けた。秋津の苦笑いの意味に、すぐに北詰も照れ笑いを返した。そんな当たり前の答えを期待して、わざわざこんなところで会っているのではないのだ。

「まあ、こっちはもういいさ。で、お前のほうは?」

今度は秋津が話を促した。瞬間北詰の表情が曇った。そして苦しそうに歪めた。思い出したくもないといった顔つきだった。しかし北詰は大きく溜息をつくと気持ちを切替え、スピーディに頭の中を整理して事務的に話しはじめた。それはまるで、新しい企画をプレゼンテーションするように、論理的で淀みなくわかりやすい説明だった。会社を始めた頃、大手からいじめられ、よくここでグチって泣いていたのが遠い昔のようだ。成功が人間をここまで変えるのだろうか。今の彼は、超一級のビジネスマンに成長していた。

秋津は、旧友の頼もしさに嬉しさを噛み殺しながらも関心した。しかし、話の内容はそれ以上に強烈な印象だった。これでは警察に飛びこむことも出来ない。

「別に俺自身、パワーユーザーであっても、実際の技術者じゃないんでね。なんとも言えんが」

「今の犯罪の傾向はこれまでと違う。今までは、ハイテクを駆使する知能犯と人を残酷な方法で惨殺する凶悪犯は相容れないはずだった。最近の犯行はどちらも苦もなくやってしまうんだ。内容は凶悪だが、全体としては、気味悪いほどクールに計算し尽くされており、まったくしっぽを掴ませないので警察もお手上げ状態だ。ある意味で、パーフェクトな犯罪者といえるだろう」

「二つのグループが共存しているのじゃないか」

「二つ？」

「凶悪で強力な肉体を持つ奴を、恐ろしく優秀な頭脳の持ち主が、完全な犯罪手法を教え動かすとか」

「なるほど。犯罪の専業システムか。だとしたら、その組織は巨大と言わざるを得ないな。全国的に多発しているんだ。そんな幸福なペアが、偶然でこれほど沢山あちこちで生まれるとは思えない。裏ですべてを演出している何者かがいるんじゃないか」


馬鹿にされるのが落ちだ。これでよく、毎日狙われていると思いながら、仕事が出来るものだと感心した。

そしてサイバー・テロリストというものが存在し、尚且つ我が国の企業に攻撃を仕掛けているということがわかった。こちらの方が特種だとは思っていたが、勿論記事にするつもりなどなかった。話はそのまま多方面に発展していき、秋津はこの国に起きている不可思議な一連の殺人事件のことなども絡めていった。現在頻繁に起きている凶悪事件件は、何らかの形でインターネットやハイテクの技術が犯罪に利用されているのだ。Eメールでの連絡や指示で一度に大勢を動かしたり、匿名でなんでもできる。他にも考えれば、尽きることなく犯罪に利用できるツールがある。それこそ悪の想像力を駆使すれば何でも出来るのである。

秋津と北詰の意見は、この一連の事件はすべて底で繋がっているのではないかという仮説で一致した。

「例えば、犯人しか知り得ない情報をEメールで新聞社に送りつけてきたりする。というわけで、ハイテクに詳しいお前にいろいろ教えてほしいんだが」

「どうも我々が、今直面している奴にも似ているな。ただそれらが我々を狙っているサイバー・テロリスト達と関係があるのかは今のところわからないが。何かが起きようとしている事は確かだ」

現在そして今後も、社会のすべてのインフラストラクチャーはコンピュータ化されていく。つまりそれは、これまでの危機管理・対応では遅れ続け取り残されていくのだ。今後はこれから予想されるインビジブル・リスク（見えない危機）を、いかに予測し対策、対応方法を考えておくかということが極めて重要になる。つまり想像力の勝負だといえる。二人の結論はその一点で完全に一致した。

その後二人は時間を忘れて、昔話やばか話で店の主人や女将も巻き込み、朝方まで盛り上がる事となった。北詰は久々に吹っ切れて楽しんだ。

＊

信用金庫に勤めている岡田は、オンラインの不正操作でこれまで莫大な金を50ヵ所以上の指定口座に振り込んできた。自分のものにする為ではない。暴力団に脅迫されているのである。もとはといえば、2年前に彼が会社の金に手をつけたのがことの始まりであった。その金額は３００万円。たったこの程度の金額のために、すでに累計で10億円以上の金を奴らに脅し取られることになってしまった。

「あの時、早く自首すべきだった……」

あの時だったらまだ償えた。しかし出来なかった。そしてその後異変がおきた。全てを監視されているような見透かされているようなメールが毎日届きはじめた。そしてすべての真実を付きつけられた。

この信金はハイテク化が進んでおり、仕訳帳、総勘定元帳、損益計算書、貸借対照表、領収書、レジペーパーなどの一切の会計帳簿をすべて電子データの形で保存していた。岡田はそれを利用して、データの改竄を行なっていた。データを電子化してくれたほうが逆に痕跡を残さず書きかえられるのである。一応電子帳簿保存法では、データの訂正や付け加えを行なう場合は、その内容、作業日時などの履歴を残すように義務付けられているが、実態は内部のチェック機能などは無に等しく、その履歴データすらも岡田の思いのままだった。

が、ある日。これまでの悪行をすべて裏付ける資料と履歴が脅迫メールとともに送られてきた。相手は広域暴力団だという。最近の暴力団はクラッキングまでやるのかと驚いた。何故か岡田は素直に信じた。技術者はスキルレベルの上の人間には、ことの他従順な時がある。しかしさすがに怖くなり、何度目かの脅迫の時、強硬に拒否をした。翌日、メールには家族の写真が添付ファイルで送られてきた。写真は母子が松戸の自宅マンションのベランダにいる所を、デジタルカメラで撮影したものらしかった。

〈奴らは近くにいる!?　しかも家族まで狙われている〉岡田は恐怖で金縛りになった。

毎日が恐怖と後悔の念との戦いだった。このままではどうすることも出来ない。どんどん不正金額が膨大に膨らんでいくだけだった。しかしその依頼者の言うことを聞いていれば、発覚することは永久にないという。現実に今まではそうなっている。まずいと思いながらも、その言葉につい頼ってしまう。もはや単純な疑問や論理的推察の行為すら自分を追い詰めるようで恐ろしかった。岡田は完全に自制心を失っていた。言いなりになってさえいれば、永久に発覚しないという、この暴力団クラッカーの言葉を信じるしかなかった。生きる奴隷と化するしかなかった。

〈あと何回こんなことをしなければならないのだろう?〉

既に良心の呵責などというものは消えうせ、屈辱さえも感じなくなっていた。しかし同時に、日々増大していく発覚に対する恐怖にも、耐えられなくなっていた。

〈自殺か自首か?〉

どちらにしても破滅しか選択肢はなかった。

一睡もせずに悩み悔やむ日々が続いた。げっそりと痩せて、徐々に風貌も異様になってきた。会社の人間も彼の異常に気づき始めていた。

家族を実家に帰し、ある朝遂に岡田は所轄の警察署の門をくぐった。

その日、インターネット新聞の夕刊に小さなベタ記事が載った。

『コンピュータ操作を悪用し、偽の支払い請求書を作成して、9億8千万円を騙し取ったとして、詐欺の疑いで東京都世田谷区元南世田谷信用金庫、橘支店次長の岡田正志容疑者(48)を逮捕。尚余罪を追及中』

＊

土曜日の午後だった。隆の母親、恵美子は驚きのあまり顔面蒼白になり失神しそうになっていた。玄関を開けると、突然数人の屈強な男たちが踏み込んできた。暴力団と勘違いし殺されると思いこんだ。が、そうではなかった。警察側は玄関外で充分な説明をし、それ相応の手順にしたがって整然と現場に踏み込んだはずだが、恵美子自身はパニックになってしまい倒れ込んでしまった。震えており、まだ事の状況を正確に把握できないらしい。容疑者が未成年のため、付き添うようにと説得したが、どこか恐ろしいところに連れて行かれると思いこむばかりで放心状態だった。私服の婦警がゆっくりと説明を繰り返し、ようやく恵美子は息子のやった事の内容を飲みこんだ。

中学二年生の新山隆は、中年の信金職員を脅迫してオンラインの不正操作で巨額の金を脅し取った容疑で逮捕された。当の本人は14歳の中学生らしく、最初こそ少し怯えていたが、時間がたつと共に覚悟を決めたらしく、仕方ないやというふうに刑事の指示に素直に従い、しかも「何故僕だとわかったのですか?」と逆に刑事に質問し周りを唖然とさせた。彼の頭の中は、状況の分析に熱心で刑事達を困惑させた。彼の勉強部屋にあるものは、パソコンを含めて今すぐにでも引越しできるぐらいほとんどのものがきれいに梱包され押収された。

＊

深夜いつもの時間に目覚めた。

卓也がベッドから起き上がると、突然激しい揺れがホテル全体を襲った。〈地震か?〉同時にモニターにメッセージのスクロールが表示されていた。瞬間卓也は察知した。〈来たな〉パソコンの前に座った。〈今日はどんなお出ましかと思えば…〉頭はシニカルな笑いが渦巻いていた。やがてモニターにリムが映った。

「君に最後のチャンスをやろう」

　またはじまった。冷ややかに見ていた。

「君の能力を最大限に開花させるのだ。世界の平和の為に」

「似合わないことを言うな。それだったらいいことを教えよう。リム、君が消えることさ」

「私の案は、この地球上から邪悪なものをすべて消し去るのだよ」

「まさにシンクロシニシティじゃないか、リム。俺もそう思うよ」

「君に、あるソフトを製造してもらいたい。それは人類を救う究極のソフトだ。私は殺戮は好まない。それが出来れば誰も傷つかないのだ」

「詳しく説明してみろよ」

　段々興味をそそられていた。しかしそれはとんでもない悪魔のクリアソフトと言えた。人間の脳内を一度まったく抹消してしまうというのだ。そして新しい善良なソフトを再度インストールするのだという。つまり人間は単なる容れ物に過ぎないというわけだ。確かに殺戮を行なわなくても、すべての人間を思いのまま操ることが出来る。だが実に危険きわまりない発想である。更にリムは驚くべき事実を明らかにした。既に人間の脳をコントロールできるものを作ったのだという。試作品があるというのだ。だがまだバグが多くて使用はしていないらしい。

〈悪魔め！　お前自身が最悪のバグではないか！〉卓也は舌打ちした。

「俺にその殺人プログラムの修正を依頼するというわけか。悪魔の所業だな」

「モダン・アートと言ってもらいたいな。これはハイテクノロジーの究極的芸術なのだよ」

「やっぱり、お前はイカれたプログラムだ！　当然協力などしない」

「いずれ自らが望んで協力することになるさ」

　毎度の決めゼリフを言い残すと、今夜のリムは静かに立ち去った。しかしその後も、卓也の気持ちは憂鬱で複雑だった。テクノロジーの進歩を、このまま放っておいていいのだろうか?　卓也が協力しなくても、リムはいずれ本当に開発するだろう。核爆弾のような悪魔のプログラム、殺戮ソフト兵器を……。

数日後、侵入者による大きな攻撃はないのにも関わらず、ＰＤＸ全社的には業務に支障をきたすこともあって、全ラインの外部接続を復旧させた。これはＰＤＸが、真正面から闘う意思を見せたということにほかならない。すべてのバックアップは完了していた。

ＰＤＸの研究所には、すでに内田の紹介によって、トム・アービングも仲間に加わっていた。そして更に、トムの仲介によってシリコン・バレーの科学者やＦＢＩの情報犯罪担当チーム、日本の警視庁・サイバー・テロ対策本部などがリンクして闘うことになった。しかし、闘うと言っても、こちらでは何か起きたことに対処するしかないのである。こちらから、攻撃を加えることは出来ない。はたしてこれを、闘いだといえるのだろうか?　そういう苛立ちとの闘いでもあった。

1ヵ月経っても、何の兆候もなかった。卓也は、久しぶりに地上にもどり、ＰＤＸ本社に行った。前回見たときと寸分たがわず皆黙々と仕事をしている。その光景だけ見ていると何も起きていないように見える。だからサイバー・テロは怖いのである。なにも見えないうちに、なにも気づかないうちにすべては消滅してしまっている。気づいたときにはもはや手遅れで、一方的にすべてを支配されてしまう。あるいは支配されていることすらもわからない。

久々の卓也の登場に、社員たちは驚きを見せたが、すぐに持ち場の業務に集中した。

石河が前回の進捗の続きを話し始めた。しかし顔色は悪く相当不調のようだった。やはり卓也の穴埋めは相当厳しいようだ。彼にかなりの負担がかかっていることは明白であったが、ここで情けをかけるわけにはいかない。このようなピンチは今まで幾度となく経験したわけだし、彼も何とか乗り切ってくれるだろうと、卓也は納得するように本社を後にして研究所に向かった。

石河は自分の今の状態が、過去のどんなパターンにもあてはまらないことに大きな不安を抱いていた。医者に行かねばと思う反面、その時間の価値が必要以上に大きく感じられ、日々の体の不調が仕事のプレッシャーを更に重くしていた。彼はこの仕事についてから、心臓を患っており胸にペースメーカーを入れていた。他言はしていないが、実はあと1年でリタイアする予定だった。数億円の蓄えも出来た。学生時代から付き合ってきた彼女と外国で2、3年ゆっくりリチャージする計画であった。これだけ寿命を縮める働きをしてきたのだ。30歳で一度引退して、また後半の人生をゆっくり考えようと思っていた。

しかし今日も1日中パソコンの前にくぎ付けだった。眼球が腫れたように違和感があった。無意識に眼を瞬かせた。一瞬モニター画面の四隅がグニャリと溶けるような錯覚に陥った。

「ん?」

彼は眼を閉じて指の腹でゆっくり押さえた。再び見るとモニターは何の変化もなかった。すこし眩暈を感じ呼吸が苦しくなってきた。休憩室に行こうかとも考えたが、深呼吸して気持ちを立て直し、再び画面に向かおうとした。

「!」

それは眼だった。画面一杯にリムの眼があった。突然強烈な憎悪の光が、上半身に突き通った気がした。その瞬間、胸の中央がマグマのように熱くなり呼吸が出来なくなった。苦しさで倒れ、のたうちまわる石河の異常に気づいて、他のスタッフ達が周りを取り囲んだが、なにをどう手助けしていいのかわからない。

「心臓発作だ! 誰か、救急車を呼べ!」

誰かが叫んだ。フロア全体が騒然となり、あっという間に人で溢れかえった。だが、もだえ苦しみ痙攣を起こしている状態に、誰もがどうしていいかわからず呆然として立ち尽くしているだけだった。いくら優秀な頭脳を持っていようが、こういう突発的な事態に遭遇した時、明確な行動を起こせる者は殆どいないのだ。しかも適切な処置の、ほんの数秒の遅れが生死を分ける状況にもかかわらずだ。

ぶるぶると悶絶していた動きが、ついに息絶えたかのように石河は動かなくなった。

救急車のサイレンの音が、耳が痛くなるほど大きくなり到着を告げた。数分もしないうちに、救急隊員が飛び込んできて彼を担架で運んで行った。その時既に石河の顔色は銀色に青ざめ、呼吸をしていないようにも見えた。フロア中央に集まった人々は、ラッシュアワー時の構内のようで、これだけの数が実はいるのだと誰もが改めて関心するのだったが、まるで潮が引くように静かに自分の席にもどりはじめると、あっという間に人影は各モニターの影に消えた。まるで何事もなかったように。

その1時間後、病院から彼が亡くなったという連絡がはいった。PDXの社員達は、一応動揺はしたものの、すぐに話の矛先は彼のあとを誰が埋めるかという話題で一杯になった。

リンクル社の社員達は、全員が硬直したまま佇んでいた。

メーカーと打ち合わせ中だった弘子は、飯島から情報企画開発部がパニック状態だという報告を携帯電話で受け取り、直ぐに車を飛ばして本社に戻った。

エレベータを降りて企画開発部のフロアに飛び込むと、中は騒乱状態だと一目でわかった。数台のモニターが投げ出され、机がなぎ倒されている。全員が部屋の中央で集会のように屯しており、その真ん中で小競り合いが繰り広げられていた。弘子が近づくと、全員の殺気だった視線が同時に突き刺さってきた。200の針の眼に、さすがの弘子も恐怖心を抱いたが、いつもどおりを装い言い放った。

「あなた達！　何やっているのよ。席につきなさい！」

毅然とした一声だった。しかしシャウトは、重い泥のような緊張感に飲み込まれた。一瞬の異様な静けさが、更に事の深刻さを感じさせた。だが途端に数人を押しのけて、奥から飯島が飛び出してきた。ネクタイがちぎれ、シャツが破れている。殴られた様子だった。

「室長！　もういい加減にしてくれ！　こいつらを今すぐ叩き出すんだ！」

数名を指差し叫んだ。指差されたリンクル社の9名が、多勢に無勢のなかで必死に固まってこちらを刺すように見ていた。数人が手にパイプイスを持っていた。

「悪いのはそっちだろうが！　俺達の大事な仲間が亡くなったというのに、仕事が遅れるからと更に余分な仕事を押し付けてきて。今までだって、我慢してやってきたんだぞ。それを、死ねば済むってもんじゃないだろとはなんだ！　皆で笑い者にしやがって！　ふざけるな！　石河は、あんたらに殺されたんだ！」

「八ツ当たりするんじゃねえよ！　壊したもの弁償してもらうからな！」

飯島シンパの若い社員が、掴み掛かろうとした。

「お前らが壊したんじゃないか！」

二人がつかみ合った。

「やめなさい！　とにかくお互い冷静になってから話し合いましょう。飯島課長！　皆を会議室に入れて頭を冷やしなさい！」

「いい加減にしなよ、室長さんよ」

冷たい悪意に満ちた低いトーンだった。

「誰に向かって言っているの？」

これまでと違うムードを察知して、やや気押されていた。

「あんたにだよ」

「命令したはずよ」

「うるさいんだよ！　このクソ女！」

爆発音のような大声で怒鳴った。

飯島にしては、いつもと様子の違うドスの効いた声だと思った。内田に押さえつけられている恨みが、自分に対して爆発したことを反射的に察知したが、ひるんだ様子はおくびにも出さなかった。しかし、今日の飯島の眼の輝きは異様な光を放っていた。

「あなた、どうなっても知らないわよ」

「どうなったっていいんだよ！　辞めりゃ関係ないだろ。辞めるぜ！　もうお前なんかにでかい面させないぞ！」

不安より不思議だった。この小心者の飯島の自信はどこから来ているのだろう？　単にこれまでの鬱憤を爆発させているにしては腹が据わりすぎている。何か変だ。

飯島と数人のシンパがジリジリとこちらに、にじり寄ってくる。

「どうするつもり?」

身構え静かに言ったが、さすがに声が震えていた。

そのまま睨み合った。

その時、リンクル社の一人が割って入り、飯島達を押し返そうとした。途端にせきを切ったように動きが激しくなり四、五人の大乱闘が始まった。弘子は、勢いに巻き込まれ中心から、はじき飛ばされ大型デスクに横腹から強くぶつかり倒れた。それでも苦痛に耐えて体を起こすと、入口から誰かが傍に駆け寄ってくる気配を感じた。

「やめろ!」

フロア中に響き渡る物凄い怒声だった。

その轟音ともいえる声に圧倒されて、一瞬全員の動きが止まった。

北詰が立っていた。

「お前達、何をやっているんだ」

凄まじい形相と熱気に包まれた長身が更に大きく見えた。全員が気押されていた。

これまで見たこともないような彼の獰猛な目つきが、小競り合いの連中を見据えていた。

ただならぬ緊張感に全員が呪縛されていた。

「病院から戻ってみれば、なんなんだ! このざまは!」

「なんだじゃないよ! あんたとこの連中が、突然我々に乱暴してきて。ほら、私なんか殴られて。ひどいのなんの」

飯島がちぎれたネクタイを見せ大袈裟に頬を押さえた。

「先に殴ったのは、あんたらだろ!」

リンクル社の社員が叫んだ。

「うるさい!」

再び北詰が怒鳴った。耳を劈くような轟音だった。

北詰の発散する怒りの圧力に、全員が恐怖に駆られていた。さすがの弘子も近寄れないムードだった。

「殴った人にあやまれ!」

自社の者達を怒鳴りつけた。

「でも、あっちが先に…」

「謝るんだ！　自分のことはいいから、まず謝れ！」

どすのきいた声が言い訳をかき消し、フロア一杯に響き渡った。更に全身から立ち昇る、凄まじい怒りのオーラは増幅していた。

北詰に数十秒睨み付けられて、遂に「すいません……」と消え入りそうな小さな声で社員の一人が飯島たちに向かってポツリと言った。続けて北詰もＰＤＸ側に向かって大声で怒鳴るように叫んだ。

「皆さん！　すいません！　仲間が亡くなって動揺しているんです。普通じゃないんです。どうかご勘弁を！」

深々と頭を下げた。そして飯島に近寄り腕をつかむと、腰のあたりまで頭を下げた。

「飯島さん！　申し訳ありません！　私の監督不行き届きです。私を思う存分殴ってください！」

物凄い握力で掴まれた腕をなんとか振り解き、少し恐怖にかられながら飯島が言った。

「もういいですよ。あんたらと顔を合わせることは、今後もうないんですから…」

「なぜです？」

北詰は呆気に取られて顔を上げた。

「我々は辞めます」

静まり返った。

そして時間の経過と共にしらじらとした雰囲気が立ち込め始め、険悪なムードが潮を引くように急速に沈静化していた。

「すいません！　今日は退散させますから」

タイミングを見計らって、北詰は弘子にそう言うと一礼した後「皆来い！　本社で反省会だ！」とリンクル社の全員を連れて出ていった。

暫く間があった後、残されたＰＤＸ社員達がノロノロとフロアを片付けはじめた。しばらく佇んでいたが、意を決したように飯島達数人が俯いたまま、無言でぞろぞろと出て行こうとした。

「飯島課長。いつになったら指示に従うの？　全員を会議室に入れて、頭を冷やしなさいと言ったはずよ！」

弘子がいつものクールな口調で、腕組みしたまま怒鳴った。

「我々は、もう辞めたのですよ」

すっかり興奮が冷め、呆気に取られたように力なく飯島が弘子に顔を向けた。

「誰が辞めていいと言いました？　あなた達！　このプロジェクトを途中でほっぽりだして辞められるわけないでしょ！　少なくともプロジェクトが完成するまでは絶対に許しません！」

飯島は驚いて、何と言うべきかしばらく戸惑っていた。

「室長。先ほどの……。ご無礼な言葉の数々……。どうか、お許しください」

声を詰まらせながら搾り出すように言った。飯島は呪縛が解けたように、いつもの気弱な男に戻っていた。

「あなたね、喧嘩に無礼もへったくれも無いでしょ。いつまでもくだらない事言ってないで、早く反省会でもしなさい！」

飯島の鼻先に突き出された人差し指が、いつものように傲慢に舞った。飯島はあえて厳しいその態度に、友情のようなものを感じて胸が熱くなった。

「ありがとうございます……」

震える声と共に深々と一礼すると、皆を促して部屋を出ていった。その他全員が引きずられるように、ゾロゾロと会議室に向かい出ていった。

弘子は誰も居なくなったフロアで、余韻を覚ますように上気した表情のまましばらくジッと立っていた。急に眩暈がしてきてデスクに手をついた。極度の緊張から解放されたせいだろうか？　これまでも何度か、取っ組み合い寸前の修羅場も経験してきている。しかし、それはあくまでも会社組織という枠組みの中だけで通じる力関係の背景があってこそだ。辞めたから関係ない！　といきり立って数人に暴走されるという事態は、さすがに予測できなかった。ただ、北詰があそこで現われなくても、最悪あの場を治めることは自分でも出来たという自信はあった。やはり男でなきゃだめだとは絶対思えない。しかしあの時北詰がいなければ、結果は違う形の決着になった可能性は認めざるを得なかった。そして最悪、その違う形の決着は免れることが出来た。この意味は大きかった。弘子は北詰に感謝しつつも、彼のワイルドな面に少しときめいた自分を発見して動揺していた。が、慌ててその複雑な感情を押し殺した。

結局リンクル社の社員はパニックになったが、北詰の機転ですぐに落ち着きをとりもどした。

しかし一番ショックを受けていたのは、他ならぬ北詰自身だったのである。卓也は北詰と入れ替わりに病院に駆けつけたが、病室の遺体の前で泣いている石河の恋人の後ろ姿に、なにも言えず立ちすくみ涙するだけだった。

リンクル社の社員は全員、青山のオフィスでその日は喪に服することにした。

「あー、あーっ」

誰かが背伸びして欠伸した。つられて数人も伸びをして溜息をつく。

全員がなにも手につかず、1日ボーッとしていた。

昔は仕事がきつくてよく社員が死んでいたというようなことを、グラフィック担当の今村が言った。そんな15年、20年前には、彼はまだ小学生だったはずだが。


その夜、北詰の元へ弘子からのEメールが着信した。

彼女からの久しぶりのメールだったが、読む前に内容は想像がついた。それでもほんの少し胸の高鳴りを感じ、タイトルをクリックしてコンテンツを開いた。

「本日のトラブルにつきましては、大変ご迷惑をお掛けしました。あなたの機転がなければ、状況はかなり複雑に、そして私達にとって大変不利な事態になったと考えられます。すなわち、あれは罠だったように思えます」

〈罠!〉

初めて事の複雑さに気づいた。

更に弘子の文面が続く。

「つまり、事が起きたタイミングを後になって冷静に考えると、あなたは病院へ駆けつけ、内田はニューヨークへ出張中。松嶋君は、バックアップセンターへということで、呼び出しをかければ、私しかあの場に居合わすことが出来ないことは明白でした。そして、当然乱闘になれば、私一人の力ではどうにもならず、行きつく先は、プロジェクトの中止。あるいは興奮状態にあった当社の社員の非礼さに、私が上司としての権限を行使したとしても、結果は同じ事だったでしょう。首謀者の計算違いは、あそこであなたが登場したことでした。そのまま病院に居ると思われたあなたは、他の社員の動揺を察知して急遽病院から帰ってきたのでしょう。いつ何時も、部下の事を第一に考える素晴らしい経営者としての資質があのような行動に駆りたてたのだと理解しています。私も見習いたいと思っています。とにかく、とりあえずは今回大事に至らず安心致しました。本当にありがとうございました。今後とも、よろしくお願い致します」

あえて簡略に表現しているが事は相当入り組んでいる。

始めから仕組まれていたとなると首謀者は？飯島ではない。後で聞いた話によると、弘子から何のおとがめもなしで首が繋がったので泣き出さんばかりに喜んでいたそうだ。躍らされていただけだ。しかし、あの気の小さい連中を大胆に躍らせる人間となると、逆にかなりの力があるということになる。だが既に力のある連中は内田が弘子の拉致未遂事件の時に一掃したはずだ。

〈まだ他に、そんな力をもった奴がいるのだろうか？〉

たぶんこの首謀者の筋書きでは、飯島達が頭にきて会社を辞める。いや、始めからそういう風に仕向けていたのだろう。受け皿まで用意して…。このトラブルで彼らが辞めたら、当然リンクル社も、何人かは処分しなければならなかっただろう。喧嘩両成敗だ。そうすれば事実上、プロジェクトは空中分解。よってリンクル社との提携もなくなる。一番ダメージを受けるのは、この提携そしてプロジェクトを中心になって推し進めた人物、内田に他ならない。このことの責任追及によって内田が降格人事でもされれば、彼の社内での求心力は一挙に失墜するだろう。そして更に彼のシンパである強力な影の部下たちも、彼がヘタ打って落とされたと聞けば見方も変わる。保守派にとっては、二重三重に効果を生む最高の罠だったわけだ。そして、そこまでわかった上で、弘子はあれだけ挑発されても飯島達を解雇しなかったのだ。決して温情などではなかった。

〈だてに、あの若さで取締役まで昇りつめたわけじゃないんだな。話の本筋をちゃんと掴んでいる。

さすがスーパー・ビジネス・ウーマン！〉

胸の中で弘子に賞賛の拍手を送った。しかし同時に、とんでもない疑惑と恐怖が急速に膨らんできた。

〈この騒乱を演出していた人物は、石河の死を予期していた事になる？

つまりそれは…。予期ではなく…。計画されていた！　彼は殺された!?　そんなばかなことが……〉

北詰は、パソコンの前で金縛りになった。

「誰なんだ？　そいつは誰だ！」

これはもはや会社という瓶の中の嵐ではなかった。あの秋津の話といい、この都市で何かが起きようとしている。何か途方もない力が、攻撃を仕掛けているのは間違いなかった。

*

翌日、両社メンバーが向き合って手打ちが行なわれ、表面的には何事もなかったように仕事は再開された。

しかしそういったしこりよりも、トラブル続きで仕事が遅々として進まない閉塞感の方に全員がいらだっていた。悲しみが癒えるまもなく北詰と卓也は怒りに震えていた。

内田が出張先のニューヨークから帰国した。

卓也は、石河の事件はサイバー・テロによる可能性もあり得ることを示唆して内田に訴えた。内田を始めＰＤＸの反応は半信半疑だった。

「第一、そんなことが現実に可能だろうか？　もし可能であれば、もはや我々に生きるすべはないではないか？」

それが率直な感想だった。

第10章　混沌

It is confused

「何故だ！」

思わず伸也が声をあげた。

運転席の橘が、少し驚いたようにこっちを向いたが何でもないと手で制した。

「警察が張っているぞ。しばらく自宅にもどるな」

代理人からのメールを読んで、伸也は舌打ちした。

〈今回の件で、俺に関しての証拠は絶対にないはずだ！　確かにマンションのセキュリティシステムをはずしてやらなければ、橘が事を行なえないので同行したが。警察が俺に眼をつける、一切の痕跡はないはずだが？　車のナンバーも架空登録で、自分の所在地がわかるはずがない。なぜだ？　ありえないはずだ〉

伸也は落ち込みながら、考えた。暫く考えにふけっていた伸也は、ふっと隣の橘を見た。橘はそんなことに気づくこともなく横浜の市街地をのんびり流していた。

午前中の商店街。行き交うのは高齢者が多いので全体的にのんびりとした風情が漂っている。手押し車を押す老婆の後からディアマンテがゆっくりと進んでいた。クラクションを鳴らして、どけるにはあまりにも傲慢な感じがするのか、そのまま徐行している。運転席の橘は少し苛立っていた。メイン通りから一つ入って、目的の駐車場に行く予定だったが道を間違えていた。

「1本間違えると、こうなるんだよな」

吐き捨てるように橘が言った。

伸也の指示で、急遽銀行の前で停車した。伸也は車を降りると、素早くATMコーナーに入っていった。

あの馬鹿と、これ以上くっ付いていると危険だ。伸也は内部から急速に湧き上がってくる防衛本能に従うことにした。銀行から金をおろして出てくると、車には乗らず運転席の橘に窓越しに分厚い封筒を手渡した。

「３００万ある。これで暫く遊んでいてくれ。次の仕事の段取りがついたら、こちらから連絡するから、ピッチはお前が持っていてくれ」

「車は？」

橘は唐突のコンビ解消に、少し不安そうな顔をした。

「好きに使っていいぜ。じゃあな」

伸也はすたすたと車と反対方向に歩いていくと、すぐに商店街の人波にまぎれて消えた。伸也のあまりにあっけない態度に、橘は一瞬きょとんとしていた。が、封筒の札束を見ると我にかえりにやりと笑った。そして高揚した表情のまま車を慎重に操作して細い抜け道を通ってメイン通りに出た。すぐに広い車道に合流すると、解放されたように猛烈にスピードを上げた。

「いい車だぜ」

呟くと助手席に転がっている札束の封筒を見た。エンジンが吹きあがり、抜けるような加速力に幸福感を重ね合わせていた。

＊

鮮やかな陽光が穏やかに揺れる海面に乱反射して瞬いていた。

小刻みな唸り声のようなエンジン音をたてた、小さな連絡船が水面を滑るように進んで来て港に着岸した。客室から出てきたのは、地元住民から妙に浮いた一人のスーツ姿の男だった。

北詰直樹は、瀬戸内の名も無き小さな島に降り立った。

肩にはリュックを背負い、手には、いつものブリーフケースのかわりに箱型の風呂敷包みを持っていた。抜けるような晴天で、鮮やかなインディゴ・ブルーの世界が上下に広がっていた。濁りのない風が汐の香りを運び爽やかに鼻腔を刺激した。

「こんな素敵な海に囲まれて、彼は子供時代を過ごしたのか……」

ゆっくりと景観を見渡し感慨に耽った。

亡くなった石河の故郷だった。

葬儀が終わった後、彼の長年の恋人である絵里の立ち会いのもと財産整理を行なった。生前の石河の話を元に、弁護士と相談して保険金と貯金の半分を絵里に渡し、残りを唯一の親族である祖母のうめに届ける為にこの島に来たのだった。

石河の両親はすでに他界していた。彼が大学卒業後まもなくの交通事故死だったそうだ。彼の家庭の事情など全然知らなかった。そういうことを一切語らない男だった。考えて見れば人付き合いは薄く孤独な男だった。あの壮絶な仕事振りは、寂しかったからなのか……。これまでも他の社員から、彼がたまに死について語っていることを聞いたことがあった。それは仕事が忙しくて死んでしまうというレベルのものではなく、もっと死生観に関する深い意味合いがあったようだと。その時はちょっとした世間話と思い、あまり気にしていなかったが、今となっては……。

どんなに華やかな世界にいて金があって沢山の友人に恵まれていたとしても、結局人間は一人で生まれ一人で死ぬ。常に心の中は、深淵なる闇の世界があるのだ。そしてそこには、孤独、不安、寂しさなどが一杯ある。ゆえに時々、その自身の闇に飲み込まれてしまう者もいる。生きるという事はそういうことだ。そういった事と戦う事なのだ。

彼がプロジェクト・リーダーとして開発してヒットした作品の売上の一部も、今後会社が存続している限り彼の祖母に送金し続けることにした。社員も全員賛成してくれた。

既にうめの自宅の場所は、連絡便の船員に聞いてわかっていたが、久しぶりに田舎道を歩いてみたくなり、峠を越えて山道を20分ほど歩くことにした。丘の頂上までたどりつくと、再び瀬戸内海が見渡せた。そして眼下には、広大に続くみかんの段々畑が圧巻だった。いい景色と空気だ。深呼吸をした。広い空。何故か優しい日差し。こんなルーラルなムードに浸っていると、一刻も早く大都会のパワー・ゲームに決着をつけて引退して、こんな場所で暮らしたくなった。今はそんな心境だった。心が疲れていた。

畑の反対側を下っていくと、徐々に民家が連なってきた。最初の家で目的の家を尋ねると、すぐに教えてくれた。そこから4軒ほど先の家が、石河の祖母が住んでいる家だった。

「ごめんください」と軒先から声をかけた。

返事はなかったが、奥で何かが動く気配がした。襖の陰から、老婆がいざってこっちを覗きこんでいた。北詰が恐縮して頭を下げると、老婆は柱を支えに立ち上がり、不思議そうにゆっくりと歩いてきた。

「こんにちは、石河うめさんですね」

うめは頷くと「どちらさんですか?」と長身の北詰にやや圧倒されたのか不信そうに言った。既に孫が亡くなったことは電報で知らせていた。笑顔を浮かべゆっくりと事情を説明すると、うめはびっくりして応接間に通し茶を入れてくれた。風呂敷包みをほどいて骨壷を渡した。うめはすっかり恐縮したが、それをいとおしそうに受けとると、暫く頭を垂れ口の中でなにやらぶつぶつと繰り返した。そして仏壇の前に置くと御経をあげた。北詰も手を合わせ、改めて供養した。

その後、新茶を飲みながらゆっくりと話し込んだ。若い頃からの苦労話から石河の両親の話。そして彼の幼い頃の話へと。北詰は部下のことを何一つ知らなかったことを恥じた。

うめに涙はなかった。それより自分は参列できなかったが、東京で盛大な葬儀を行なってもらったことをことのほか感謝した。年老いたうめには、島から出る気力も体力もなかったのだった。

「若いのが、全部おらんようになってしもうて……」

人生にはどうにもならないことがあることを達観しているようであった。わざわざ社長が骨壷を持ってきてくれたことに大変満足していた。石河が残した財産と今後会社の売上から一定額の報奨金を郵送させてもらうことを説明した。

「今更年寄りが、大金なんか貰わんでもええよ」

うめはやんわり断わったが、本来お孫さんが正当に貰うべきものだからと無理やり納得してもらった。早めの夕食をご馳走になり、うめは近所のお爺さんに頼んでライトバンで港まで送ってくれた。最後の挨拶を終え甲板に乗り移ると、桟橋に立っていたうめの顔がみるみる歪んだ。別れ際になって抑えていたものが堪え切れなくなったようだった。

「わざわざありがとね……」

皺だらけの手が、顔を覆ったまま震えていた。

北詰も熱いものがこみ上げ、舳先から深く一礼すると早々と客室に入った。複雑な思いで窓からもう一度島を眺め見た。

「うめさんは今夜、寂しいだろうな…」

また年寄りを一人残して、都会にもどらなければならなかった。

船内に流れるFMラジオから、ジャニス・ジョップリンの「ア・ウーマン・レフト・ロンリー」が、赤く染まった夕暮れの海に寂しくこだましていた。

＊

PDXでは、もはや一刻の猶予もないと判断した。ついに内田は、警視庁・ハイテク犯罪対策本部に正式に捜査を依頼した。

翌日、ハイテク捜査担当のサイバー・ポリスである、澤田警部が2年ぶりにPDX本社を訪れた。HITECというのは、ハイテク犯罪対策ナショナルセンターであり、官産学共同で、情報通信システムのセキュリティ対策関連技術を調査研究するものである。国際的には海外捜査機関と連携捜査することもある。今回の場合がまさしくそうだった。トムはMIT出身だが、就職したあと、情報科学の勉強のためハーバードの客員研究員になり、その時に澤田と一緒に研究した。

「待ちかねていたが、遅すぎる登場だったようだな」

澤田の顔を見るなり冷たく内田は言った。澤田は内田の出身大学、ハーバードの後輩でもあった。

「メールを前々から頂いていたので知っていましたが、被害届が出ない限りは個人的に動くわけにはいかないのですよ」

「君に連絡したということは、すなわちそういうことさ。誰が飯の誘いにメールなどを送ると思う?」

「何もそこまで言わなくても…」

澤田は居心地悪そうに苦笑いした。と同時に内田達が相当追い詰められていることを感じ取っていた。

内田はトムに、弘子は澤田に、事の事情を詳しく打ち明けた。彼らの見解によると、信じられないことだが本物のサイバー・テロリストが相手なら充分あり得る話だということであった。

数日後。ＰＤＸの管轄する暗号化対策地下センターに、初めてトム・アービング、警視庁・サイバー・テロ対策本部捜査官、澤田勇吾も含めて全員が顔をそろえた。

もはや一致団結して戦うしかないということになった。

澤田は、今ネットワークを巧みに利用して詐欺、恐喝、恫喝、汚職を行なっている連中を追っているのだが、その中でももっとも凶悪な連中についての話をはじめた。その連中とは、資金源はすべて不正なネットワークの侵入で荒稼ぎして、実際はその金で人を殺させるという代理殺人業を行なっている連中である。

しかもその連中は、実行する人間を末端につかって殺人及び脅迫、傷害などを行なっている。だが今回の殺しとはあまりにも次元が違う。

「ついにネットワークを使って、暗殺まで行なわれるようになったか」

内田がやりきれなさそうに言った。

このサイバー・テロ犯罪には、大きく分けて二通りの傾向があった。一つはあくまでもサイバー・スペースの中で、不正な行為をして資金を稼いだりデータを盗んだり消したり、あるいは公に発表して社会的ダメージを与えたりと想像できるかぎり、ありとあらゆる犯罪を行なう連中。ただしあくまでもサイバー・スペースの中だけでしか活動しない。こういった犯人は、今のところ、少数のネット上の仲間やあるいは個人が多いとされている。だが、たった一人でも社会の根幹を揺るがすようなことが簡単にできてしまう。それがサイバー犯罪の恐ろしさなのだ。とにかく被害が桁違いに大きいのだ。ある外資系の銀行は、ロシアのクラッカーによって1千万ドルも不法送金されたり、サイバー・テロを恐れて莫大な金を脅し取られたりしている。

つまりネット恐喝だ。こういう犯罪に比べれば誘拐犯の身代金強盗などはボーイスカウトのアルバイトみたいなものと言っていい。有名なネット犯罪者ケビン・ミトニックは、2万件のクレジットカード番号を盗み出したことがある。これをもし悪用していればカード会社は壊滅的な損害をこうむっていたはずだ。日本でも同様の事件が最近急激に多発している。

澤田が一つの事例をあげて話しはじめた。

「96年に起きた事件で、ある大手プロバイダへ何者かが不正アクセスで侵入して約2千人分のパスワードファイルが盗まれたことがありました。そしてハッカーがそのパスワード所持者になりすまし、第三者にアクセスギフトを売りさばき利益を得ていたのです。当然、被害者はネット運営会社にアクセスギフトの取り消しを求めたのですが『IDとパスワードが一致した以上、本人の行為とみなすしかない』と拒否された。悔しいが我々警察も証拠となりえるものがないので刑事事件として立件できないのです。これが現実です。更に腹だたしいことに、たまたま電話回線の逆探知で、やっと憎むべき犯罪者を捕まえてみれば、日曜の午後、自宅でコークとポテトチップスをつまみながら、屈託なく遊んでいる15歳の少年だったりするわけです。現状では法律が追いつかず、こういったハッカーやクラッカーを検挙することは、ほとんど出来ていないんです。この種のサイバー犯罪の大きなポイントは、ID、パスワードなど登録認証がなされれば、それは、実際は本人でなくても〝本人〟ということなのです。この種のコンピュータ犯罪は指紋、髪の毛などの物的証拠は残らない。つまり別の人物が仕組んでもそれを本人ではないと立証するのはきわめて困難なことです。しかも物理的に人を殺傷したりすることもなく従来の犯罪とまったく異なるハイテク知能集団が行なうのです。さて傾向のもう一つですが、こちらは従来の凶悪犯罪に近いものがありますが更に恐ろしいことが広がっていこうとしています。ネットワークを道具、あるいは最大の武器として実際の犯罪のために最大限に利用する連中です。こちらも急激に増えています。インテリ・ヤクザがこれらを犯罪の道具として使いはじめているのが主流ですが。もっと危険なことはこういうハイテクでサポートしながら、一方ではまったく自分達の手を汚さずに末端の実行部隊を駒のように動かし殺人までも犯してしまう連中です。今私が追っているこの連中は、ネットワークを巧みに利用して資金調達、逃走、マスコミへのプロパガンダなどを繰り返しながら傷害、殺人を繰り返しています。これらの犯罪者が前述したクラッカー達よりも能力的に劣るかといえば決してそうではなく、むしろこちらの連中のほうが相互に情報交換したりネットワークでサポートしあったりと、遥かにやっかいで危険です。実動部隊をつかって組織犯罪を行なう凶悪性は、対テロ対策が遅れているわが国にとって大変な脅威です」

「で、我々が直面している相手はどっちだ」

内田が言った。

全員が沈黙した。

「両方でしょう」卓也が言った。

「困ったものだな。全員が一切のコンピュータを捨てて、核シェルターの中で畑でも耕して暮らすしかないのか」

内田がヤケクソ気味に言った。

「まあ、これからしっかり対策をたてましょう」

トムが慰めるように言った。

「とにかく、松嶋君に接触してくるエージェントをつきとめるところに焦点をしぼりましょう。とりあえず、そのリムとかいうモンスターはおいといて」続けてトムが言った。

「置いておくといったって、俺はその化け物に殺されそうになったんだぞ！　しかも石河は殺された」

遮るように北詰が言った。

「心臓麻痺でしょ。あれは事故だと思うけど…」

鍋島が一応慰めるように言った。

「いや、絶対に違う！　殺されたのだ！　俺にはわかる」逆に興奮して怒鳴った。

「では、椎名さんの誘拐未遂の件は？　それもこのサイバーモンスターの仕業だと？」

トムが軽く咳払いした。

「多くの話が複雑に絡み合っている。整理していきましょう」

鍋島が場を静めるように言った。

「そうだ。ゴチャゴチャだ。全部を一緒にすると話が見えなくなる」

　内田が言った。

「あの、もう一つ」

　澤田が人差し指を立てた。

「現在捜査段階なので、本当は話すべきではないのですが。ことがことだけにお教えしましょう。椎名さんの件についてては、内田さんの要請もあり我々はその後捜査を続けておりました。そしてある容疑者にぶつかったのです。その容疑者とは別件の連続殺人事件の関係者ということなのですが、どうやら椎名さんの件とも関係がありそうなのです」

「サイバー・テロとも関係があるのですか?」

　弘子が聞いた。

　澤田は重々しく頷いた。

「現時点では、これ以上お話できません」

「やはり、すべてリンクして考えなければならないようですね」トムが言った。

「対策を考える上でともかく今大事なのは、物理的、肉体的に被害に遭わないためにどうするかですよ」北詰が言った。

「相手がわからなきゃ、どうしようもないだろ」内田が言う。

「そう、とにかく罠をはってつきとめるしかない。それで皆さんに、お知恵を拝借したいのですが」鍋島が言った。

「逆から考えてみましょう。例えば松嶋さんとトムさんがテロリストだとして、今回のようなうちの会社をターゲットとした場合どのような仕組みを考えますか?　世界暗号解読選手権で腕を競われた二人なら、逆に強力なカウンター・テロの素養があると思われますが?」

「リムの件はよくわからないが、エージェントは罠をしかければ付き止められるだろう」

「ああ、今まで相手にする気もなかったが。もう許さない。捕まえる」

　卓也が応じた。

「よし、やはり最初誰かが言ったように、小物のシッポから捕まえていかなければしょうがないか。とにかく、そいつからなんとかつきとめるのだ」

内田が言った。

「私は今追っている連続殺人犯逮捕に全力を傾けます。それが椎名さんの件の手がかりにもなりますので。まあ、といっても実際逮捕するのは殺人課の刑事ですが」

「それから、石河さんの検死報告調書を手に入れておいてください。あと私の知り合いで電磁波科学と超心理学のスペシャリストがいますので彼らにもインターネットで参加してもらいます。どうも石河さんの件は電磁波操作によってペース・メーカーの心拍リズムを誤作動させてノイズダウンさせたのではないかと思えるんです」トムが言った。

「ああ、よく病院などで携帯電話をかけたりすると医療機器が誤作動をおこしたりするという話をきいたことがあるが？」

北詰が素朴にトムに聞いた。

「物凄く簡単に言えば近いです。それのもっと強力なやつではないかと」

「松嶋さんの現象も、脳下垂体のホルモンの分泌を電磁波でコントロールして一種のトリップ状態にして、更になんらかのテクニックを加えていることも考えられます。北詰さんの地下鉄の件も、おそらく同じテクニックでしょう」

「やはり電磁波に関係が？」

「あくまで推測ですが」

電場と磁場が絡まり、真空中や空気中を高速度で伝わる波が電磁波だ。電波も光も同じ電磁波で波長が異なるだけである。波が1秒間振動する回数が周波数で単位はヘルツ。周波数の高い電磁波ほど光子のエネルギーが大きいため、光、紫外線、エックス線等が物質や生体に当たると、光子が化学反応を引き起こし生体にも影響を及ぼす。電子機器から出る電磁波は、マイクロ波等より波長が長く、化学反応を起こすことはないので、生体への影響はないとされる。だが、電磁波の磁場が生体に及ぼす影響が皆無かどうかは、まだ解明されていない。だが病院の医療機器、飛行機の計器類の誤作動の原因となることは、はっきりと証明されている。

「理屈の部分でいえば、俺もほぼそのような分析をしていたのだが」卓也が言った。

「松嶋君。それを私にやってみてくれないか？　その事象を体験したうえで再び二人で考えてみたいのだが」

「わかった、やって見よう。３日間時間をください。正確には68時間だが」

「３日で４時間しか寝ないのか？」

「それほど無理なスケジュールでもないさ。それだけ寝れば十分だ」

「わかった。３日後を楽しみにしているよ」

「ところで俺達は、どうすればいいんだい？」

北詰が訊いた。

「とりあえず、日々の仕事をしっかりするしかないんじゃない」

弘子が応じた。

「こんな状況下で？」

「どんな状況下でも、社会は毎日動いているんだから、それが一番大切なことよ」

「そう。まどわされないでください。社会的混乱をおこすのが、奴らの大きな狙いでもあるわけですから」

澤田が言った。

「そうは言われても、命まで狙われて仕事に集中するのはむずかしいよ」

「直さん、つらいだろうけど頑張って。会社の存続がかかっているんだから。俺達が必ず奴らを暴き出して見せるさ」

「卓也にそう言われたら、やるしかないか」

「そうよ、私も前にもまして頑張るわ」

弘子が元気づけるようにウインクを送った。彼女が、こんなに優しくチャーミングな笑顔を見せるのは、はじめてだと北詰は思った。こんな状況下の中でも、気遣ってくれている皆に胸がしめつけられた。

その後は専門的な話が、卓也、トム、澤田、鍋島のあいだで繰り返されたが、残りの三人は彼らの高度な技術の話になると、ほとんどわからなかった。

その後、通常のＰＤＸ会社業務は何事もなく進んでいるようには見えた。少なくとも表面上は……。

＊

ＰＤＸ本社ビル北口の正面玄関にリムジンが横付けされた。

受付フロアの女子社員、警備担当スタッフ数人が一列に整列し社長の辰巳を出迎えた。ちょうど前の通りは信号待ちになったので車の流れが途切れてぽっかりと空間が広がった。

それだけに、よけいに華々しい光景に見えた。

信号待ちの先頭にいたディアマンテの橘は憎々しげに舌打ちしていた。

「チッ！　いい気なものだぜ。何の苦労も苦しみも知らない奴め！　のうのうと楽しくやっているがいいぜ、エリートさんよ！　今に見ていろ、てめえも俺がぶっ殺してやる！」

橘は不愉快なものを見たと思った。信号が青に変わると急発進でタイヤを軋ませた。

ディアマンテは大通りから繁華街を抜けてパチンコ店の駐車広場に入った。橘は少し小腹が空いていたので繁華街へ歩いていった。

米山伸也と別れてから数日が経っていた。金はまだ丸ごと持っていた。

立ち食いそばを食べた後、パチンコで少し時間をつぶし、その後ウインズで重賞レースの馬券を買ってブラブラしていた。たとえ現金を３００万円持っていても、遊び方や食生活はさほど変わらなかった。豪華な場所には気遅れして入れなかった。しかも何か落ち着かない。誰かにじっと見られているようで気が抜けなかった。そんな世界は、結局自分には関係ないと思っていた。

失業者や浮浪者がたむろする高架線の下を抜けて、広場を通り過ぎて繁華街に出たところで、向こうから顔見知りの地回りが歩いてくるのが見えた。

そいつはいかにもその筋とわかるショートのパンチパーマと、一人ぼっちの世界に埋没しているかのような趣味の悪いすえた茶色のジャケット姿で、更にそれを粋に着流しているつもりらしく肩で風を切って歩いていた。

　やくざはナルシストが多いらしい。まだ20代後半だろうが、人を突き刺すような貧困な目付きですれっからしの風情であった。おもわず顔を背けるような焦った自分の挙動が、逆に相手に悟られることとなった。

　まずい…。内心緊張が走った。懐と両脇にそれぞれ100万円の札束が詰まっているのだ。見つかれば、ただでは済まない。しかし、こういった人種は、相手の動揺や不自然な振る舞いを感知する術にかけては、恐ろしく鋭敏で超能力的ですらあった。

　やくざが遠目でも、ニヤリと笑ったのがわかった。〈しまった！〉すぐに顔を背けたが金縛りのように動けなくなった。頭は混乱していた。

　こうしている間にも、奴はどんどん距離を詰めてくるだろう。走って逃げるか。いや。更にまずいことになる。あさってを向いたまま静かに行こうとした。だが既に時遅しだった。

「よう、こんなとこで何している」

　嫌な声が耳に被った。

　今初めて気づいたように相手に振り返り、やや驚きの表情を浮かべた。やくざはそのわざとらしさを皮肉るように、いびつな笑いで見据えてきた。この男には、二、三度居酒屋で飲ましてもらったことがあった。それ以来、勝手に舎弟のように思っているようだった。

「よう、何かあったのか？」

　言葉は穏やかだが、性急に何かを探ろうとしている陰湿な眼付きだ。

「別に…」

　なるべく眼を合わさず言葉少なに徹した。

「よう、暗いな。元気ねえじゃねえか」

　それはお前に会ったからだとも言えない。橘は遠くを見たまま無言だった。やくざはもう一度、リセットしたような笑いを浮かべた。しかし、無視は時として、最大の威嚇になってしまうのだ。

「よう、何とか言えよ！　この野郎！」

　一転猛々しく感情が点火された。

　始まった。腹の底でうんざりしていた。はなから腹を立てる口実を探していたくせに！

邪悪なテンションに刺激され、自分もだんだん腹が立っていくのを感じた。だが何とか金の魔力で抑え込み、無視してその場を立ち去ろうとした。やはり金持ち喧嘩せずは本当なのだと思った。

「おい、ちょっと待て」

やくざの手が肩に触れた瞬間、つい反射的に激しく腕を跳ね除けてしまった。それは、あまりにも力の入り過ぎた行為だった。大金を持っていることで異常に過敏になっていたのだ。それが更に秘密の重要度を喧伝する結果となり、反撃への宣戦布告となっていた。

「何なんだてめえ！　その態度は！　挨拶一つまともに出来ねえのかよ！」

薬莢が弾かれたように喚き散らした。

やくざの眼つきが虚飾を殺ぎ落とし、本来の獲物を狙うギラギラとした獰猛な輝きに変わっていた。

無意識にポケットの脹らみを気にして手で押えていた。仕草が不自然に映っていた。

「何持ってやがんだ、お前？」

「何だっていいじゃねえかよ！」

相手のテンションに引っ張られて、反射的に噛み付くように言い返していた。だが同時に後悔していた。乗せられてしまったのだ。その瞬間からこの場は硬質で冷たい静寂に包まれた。のっぴきならないムードになった。

「おう、ちょっと顔貸しな」

一転して何かを決断したような、低くドスの効いたトーンだった。

橘は初めて腹の底から恐怖感が湧き上ってくるのを感じた。

〈畜生！〉何かが起きないと、終わらないところまで歩を進めてしまった。

やくざが振り向きもせず、先に裏通りに向かって歩いていった。後ろ姿を見ながら、ここで一気に走って逃げたい衝動に駆られた。が出来なかった。どうせ手下を引き連れて、大捜査になるのはわかり切っていた。仕方なく後ろをとぼとぼ付いて行き、ビルの谷間の細い路地に入った。陽光は遮られ、冷やりとした大都会の死角であった。やくざが、さりげなく立ち位置を変えた。橘の先は行き止まりで逃げ道はなかった。

「よう。何隠してんだ?」

もう一度穏やかに聞いてきた。やくざは、さり気なく近づくと橘の上着のポケットに手を入れようとした。

「さわんなよ!」

激しく手を払い除けた。

「このくそガキが! なめんじゃねえぞ!」

やくざは、今度は激しく掴みかかり無理やり橘の手薄になった右のポケットに手を突っ込み、指に触ったものを掴むと強引に引っ張り出した。掴み損ねた一部がバラバラに弾け、その場に万札10枚ばかりが、ひらひらと舞った。残りの塊を手にしたやくざが、手元の札束と橘の顔を交互に見ながら、予期しなかったことに目を丸くして驚いていた。

「おい! どうしたんだ、これ…」

と言いつつも異様な輝きが宿った眼で、橘の残りのポケットの膨らみを舌なめずりするように見た。やくざは、今度は本心から嬉しそうに相好を崩した。全部巻き上げるつもりなのだ。

「俺が稼いだ金だ!」

「馬鹿言え」

やくざは鼻で笑うと手の札をポケットに捻じ込み、酷薄な微笑を浮かべたまま音も無くすっと近づいてきた。そして突然、静から動へ転じ激しく掴みかかった。素早く上着を毟り取ろうとしたが、橘も今度は必死に応戦してもつれ合った。その時やくざの拳が、橘のみぞおちに深く食い込んだ。くっ。息が止まり、がっくりと膝を着くと間髪入れずに靴先で思いっきり顎を蹴り上げられた。手馴れた順序だった。橘はもんどり打ってひっくり返り後頭部をしたたか打った。同時にやくざは、再び俊敏な動きで覆い被さると、上着を剥ぎ取りにかかった。とっさに橘は下からやくざの首に腕を巻きつけ抱きついた。そのまま二人は路上に転がったが、それでも、やくざが上から覆い被さっている態勢は変わらなかった。橘はもがく相手を必死で抱き留めたまま放さなかった。無意識に片方の手が素早く腰に伸びた。更に揉み合った時、突然やくざの身体が、ビクッと小刻みに震えストップ・モーションのように固まった。そしてそのまま橘の横に、ずるずると力なく前のめりに崩れ落ちた。倒れた身体の下から湧き出るように鮮血が地面に広がっていった。

へっ！　糞野郎を刺してやった。立ち上がると橘は、唇に熱い腫れを感じながらも、やくざの背中に血の混じった唾をぺっと吐き捨てた。手には鮮血に染まったナイフが固く握られていた。充分な手応えが残っていた。奴は二度と起き上がってはこないだろう。すでに二人殺している。特別な高揚などなかった。やくざの上着でナイフの血を拭くと、畳んで腰のポケットにしまった。そして散らばった万札を素早く拾い集め上着のポケットに押し込んだ。更にやくざのポケットから金を奪い返すと、そのまま猛然とその場を走り去った。車をおいてあるパチンコ屋の駐車場まで全速力で走った。

相手はただのごろつきじゃねえか。また一人ゴミを掃除しただけだ。このまま車で走り去ってしまえばわかりゃしない。橘は冷静だった。クールに風を感じていた。少なくとも駐車場に着くまでは。駐車場が見えた。自然と頬が緩んだ。だが近づくと同時に、「あっ！」と息を呑んで立ち尽くした。

駐車場のディアマンテの周りには、見知らぬ制服姿の男達数人が車を物色していた。全身が総毛立ち、膝がガクガクと震えていた。そいつらは警官だった。そのままゆっくり後ずさると、再び反対方向へ走って逃げた。走った。全力で走っていた。

〈くそっ！　何故だ！　なんで俺の車に警察が？〉

思考は完全に混乱していた。やがて疲れて歩いていた。当ても無く新宿の街を忙しなく歩き回っていた。思考が冷静にいろいろなことを訴えていた。不信尋問にでも引っかかったらやばい。やくざの追手も来る。とにかく新宿を離れよう。結局車はあきらめて、隣の駅まで歩く事にした。人ごみに紛れて一駅分ほど歩いた。時間にして30分。あの場所からかなり離れたことによって、あの事もだいぶ古い過去のように感じられた。橘は少し元気を取り戻した。ちょうど建築工事中のビルの下を歩いていた時だった。資材を吊り上げているクレーンのアームが、突然こちらの方へ向かって倒れてきた。橘はすんでのところで飛んで逃げた。倒れた衝撃でワイヤーが切れ路上に資材がバラバラに投げ出され、轟音と同時に砂煙が舞った。怒号と悲鳴があがり、周辺の街はパニックになった。橘は悲鳴をあげて、転げまわるようにその場から逃げ出し、狂ったように走った。興奮が収まるまで暫く走り、やっと遠くのビルの影から、肩を震わし先ほどの工事現場を見た。その時胸に異常な震えが走った。驚いて思わず大声をあげた。ＰＨＳのバイブレーションだった。我にかえるが慌てまくり、落としそうになりながらＰＨＳを耳にあてた。荒い呼吸で心臓はまだ、バクバクいっていた。

「誰だ！」

噛み付くように吼えた。

「お前まだ生きていたか」

クールだが聞き覚えのある声だった。

「伸也か！」

瞬間全身の血が逆流するほどの嬉しさで叫んでいた。地獄で仏と思ったのだが…。

「おい！　今どこにいるんだ。何とかしてくれよ。車が…」

伸也は落ち着きはらって、クスクスと笑っているようだったが、勿論そんなことを感じ取る余裕はなかった。

「伸也！　俺、今、新宿にいるんだ」

「知っているさ」

メタリックなトーンだった。

「なに？」

「ふん」

伸也独特の鼻で笑う嘲笑した響きを思い出した。

「お前、まさか……？」

「お前のいる場所はわかっているさ。さっきからずっと見ていたからな。それもお前のすぐ傍でだ」

「なんだと！」

「車はもうないな」

「お前がサツに垂れこみやがったのかよ！」

「ふん」嘲笑の響きだった。

「くそっ、裏切ったな！　ぶっ殺してやる！」

「どうやってだ？　それよりクレーンの下敷きにならなくてよかったな。これからもせいぜい頭の上は気をつけろよ」

「！」

瞬間頭が真っ白になった。

「まさか、お前が……？　そ、そんな馬鹿な！」

驚愕して叫んだ。

だが既に通話は切れていた。ＰＨＳを握りしめたまま呆然と佇んでいた。

〈できっこない。できっこない！　そんなことが絶対出来るわけないさ！　……だが、あいつなら……〉

呆然としていた。憎しみが込み上げた。

〈しかもだ！　あの馬鹿、俺を殺そうとしやがった！くそーっ！！！〉

橘は怒りと驚きと恐怖の綯交ぜになった混乱と複雑な感情を、どう整理すればいいかわからなかった。

＊

トップメニューの見出しを見て思わず、あっ！　と声をあげそうになっていた。

北詰は本日もＰＤＸプロジェクトの提携企業先の折衝で、一日中駆け回る予定だった。馴染みの喫茶店で遅目のモーニングコーヒーを飲みながら、インターネットでニュース速報を開いたところだった。

『園山物産が自己破産』

すかさずそのタイトルをクリックしてコンテンツを開いた。

「鉄鋼・機械など高度経済成長期の花形である重厚長大産業とともに経済成長の中心的存在だった老舗の大手商社、園山物産（本社東京都千代田区、資本金６５５億３５００万円、園山徳三社長）が12日午前、東京地裁に自己破産を申請し、同日破産宣告を受けた。負債総額は１兆８８００億にのぼる。バブル経済崩壊に伴い、リゾート開発投資などの不動産開発事業の度重なる失敗などで経営が急速に悪化したことが主因だった。また同社は主取引銀行のつばき銀行や旧園山財閥グループの花園建設などに、財務体質強化のために第三者割り当て増資を要請していたが同意取り付けに失敗、会社更生法申請のめども立たないため、自己破産を申請した。同社はバブル経済期に積極的な事業多角化を推進しようとしたが、バブル崩壊とともに不動産開発業で不良資産が拡大。売上高も1991年3月期の877億9800万円から98年3月期では320億4500万円まで落ち込み、94年3月期から4年連続で赤字となるなど慢性的に経営が悪化していた」

しばらく呆然としたまま、その記事を読み返していた。そして緊張を解くように溜息をついた。

昔の知り合いを無くした気分だった。かなりやばいとは聞いていたが。

「しかし、こんなに早く潰れるとは……」

数週間前に訪ねて来た三浦の必死の歪んだ笑顔が頭をよぎった。続いてその当時の憶えのある顔、顔、顔。好きな奴も嫌いな奴のことも。出来ることなら何とかしてやりたい。大嫌いな会社だったが、正直少し寂しい気がした。

しかし冷静に考えれば当たり前のような気もしていた。

もうこの国全体の収益構造や成長構造、コスト構造などの経営をなす根幹構造が制度疲労を起こし、ほとんど機能しなくなっているのだ。にもかかわらず園山は気づいていなかった。いや、気づきたくなかったのだ。現実に背を向けて昔の栄光にしがみついたまま、リエンジニアリング（業務の根本的革新）を導入しようとしなかった。結局正当なツケを払わされたということだ。企業の業績格差は、基本の徹底と革新断行の差という格言があるが、まさしく園山とPDXの違いがそうだった。

しかし、今まで悔しさや反発をエネルギーに換えていたのに……。

エネルギー源が少し弱くなっていくような気がした。

既にぬるくなったコーヒーを一口飲んだ。もう一度大きく溜息をつくと、腕組みをして眼を閉じた。走馬灯のように過去の出来事が流れた。しかしある程度のところで、想いを振り払い気を引き締めた。

今はセンチメンタルな気分に浸っている場合ではな

い！

こっちだって大変なんだ。一つ間違ったら、すべてを消滅させられるかもしれない怪物と戦っているんだ。戦闘状態だということを忘れてはいけなかった。今現在にベストを尽くすんだ。インターネット・エクスプローラーを終了させるとノートPCを鞄に入れ足早に店を出た。

＊

北詰が眼に止めていなかったその日の芸能ニュースのトップ記事は、遂に本日『南千華写真集』が発売されることであった。

新宿の大型書店をはじめ都心の各書店には、早朝から予約券を持った若者が長蛇の列をつくって待っていた。しかし千華自身は、写真集発売とともに一切のメディアから姿を消していた。霧島の戦略だった。普通タレントは自らが先頭に立って、1冊でも多く売ろうとTV出演に加えサイン会やイベントなどの細々した宣伝活動に駆けずり回るはずだが、千華の場合あまりに意外性があった為、先行報道が過熱したことによって充分センセーショナルでパブリシティは完璧であった。ならば当の本人の心境を聞きたくなるのがファン心理であるが、なんと本人が今どこにいるかわからないといった二重のセンセーションを作り出した。社長の霧島は、千華は長い心労が重なったので、長期の休暇を与えたとマスコミに発表した。霧島は既に、数ヵ月前から巧みに千華のスケジュールを調整していた。

そして松嶋卓也との交際もリークしたのである。

写真集発売の1週間後、今度は写真週刊誌に千華と卓也のツーショットが掲載された。更に話題は沸騰し、「すわ、結婚か！」と芸能マスコミは色めきたった。

それは写真集の売れ行きが一段落着くところに、願ってもない梃入れとなった。

さすがに千華は猛然と霧島に抗議した。

もう守ってはくれないのだろうか？

信頼関係は音を立てて崩れていきそうだった。

しかし、霧島の言い分は逆だった。社長である自分が今までこの情報を必死に押さえていたのだと。だが、いずれにしても記事になる。ならば今このタイミングのほうが、ニュースバリューが大きい。

〈災い転じて福と成すだ〉

だから抗議もしなかったということだった。どだい写真に撮られたのは事実なのだから、自分にも憶えがあるだろうと、逆に霧島に突っ込まれると、千華もそれ以上は何も言えなかった。写真誌がデスクに放り出された。そのページの写真に千華の目が釘づけになる。〈あの時だ…。椎名さんと彼が歓談中のところを見かけて挨拶した時だ〉

写真は、二人がメールアドレスを交換している時で、お互い接近して外から見ると実に親密そうなカップルに見えた。

「悪くないわ…」

内心頬が緩んだ。望遠にもかかわらず、うまく椎名弘子をフレームアウトしてツーショットにしていた。素人の技術ではない。場所もＰＤＸビルの休憩ラウンジだが、あまりに豪華な為、言われなければ高級ホテルのカフェのように見える。〈まさかあんな場所まで張っているなんて……。いや。あの時自分があそこに降りて行ったのは、たまたまだった。そして偶然椎名さんを見かけた。恐らくあの中に、違う業界の記者なりカメラマンがいたのだろう。考えてみれば卓也だって、世界が違えば自分より遥かに有名人だ。彼を日夜張っているカメラマンがいても不思議ではない。結局その写真を、芸能マスコミが嗅ぎつけて買い取ったのであろう〉

仕方なく千華は、卓也にお詫びのメールを送った。が一向に返事は帰ってこなかった。

「卓也、怒っているのかな…」

千華は不安だった。

＊

トム・アービングは、澤田に連れられて警視庁サイバー・テロ対策本部に常駐することになった。澤田のデスクの上には報告資料が山積みになっていた。当然PCもあるが、こういった部署だからすべてがメールでペーパレス化されているかというと決してそうでもないらしかった。しかし、さすがにオフィスはモダンで綺麗に整頓されており、他の部署とは趣がちがっていた。

デスクに座ると、澤田はまずメールをチェックした。50件。この時間なら別に多くも少なくもない。同時に報告資料にも眼を通していた。

ドアが開き、トムが手続きを終えて入ってきて澤田の隣の席に座った。

「当分は、ここが君の城になると思うが」

流暢な英語で澤田が話しかけた。

「悪くないオフィスだな。わざわざ新品のデスクも用意してもらって悪いな」

「イスラエルからお呼びたてして、サテライト・オフィスというわけにもいかんだろう」

「別に君に呼ばれたわけじゃないんだが。一応現在の身分は連邦警察の捜査官という肩書きだからな。それに君の顔が見れないと寂しいしな」

からかうようにウインクしたが、澤田はまったく意に介さずメールをチェックしていた。

一息ついたところで立ちあがり、大きく背伸びをした。

「しかし、どうしてこうネット犯罪が増えつづけているんだろう？　発覚してないものを入れたら膨大な数になるだろう」

「発覚してないもののほうが、遥かに多いだろうな」

ノートのセッティングをしながらトムが返した。

「そう。ネット犯罪は、発覚した時点で解決と言ってもいいぐらいだ」

「発覚させるのが目的のものもある」

「例えば？」澤田の眼が興味深そうに光った。

「ネットワークとは違うが、前時代的な話で言えばUFOなんかはそうだ」

「空飛ぶ円盤か？」

「ああ、あれは目撃されて、はじめて意味を持つ。それは何故か？　その国の政府、特に軍事関係者に警告というかショックを与えるためさ」

「宇宙人がか？」

わざとらしく真剣な表情で見た。

「まじめに聞けよ。あんなものは今時どこの国だってその気になればつくれる。ただし今や軍事目的としては使い物にならない代物さ。ただしあの当時、つまり第二次世界大戦前後の頃に、レーダーをかい潜ってある国家の軍事施設の上空にあんなものが飛んでいたら軍事関係者は強烈なショックを受けただろう。それこそ一般人は宇宙人の来襲だと思ったわけだが。軍部の科学者などはピンとくるわけだ。これは警告だなとね。自分達よりも遥かに上の技術力を見せつけられるわけだから強烈なデモになる。技術屋にとってそのショックは計り知れないし、当然その軍部のショックは上の政府に伝わり、結果戦争なんかにはなりっこない。ピストルを構えている奴に丸腰で立ち向かうバカはいないだろう。もっとも、ピストルが何か理解できない奴には話にならないが」

「それは我が国に対する皮肉か?」

「原爆のことを言っているのか?　おいおい変に噛み付くなよ」

「つまり、次元の違う技術力を見せつけた時点で勝負ありということだな。当然外交も思いのままというわけだ」

「そういうこと。戦争するより遥かに効果的だ」

「しかし、軍部は戦争したいだろうに?」

「それはまた別の話だ」

「つまりこれからおこるサイバー・テロは、そういった目的だと?」

「発想は同じだろう」

「なるほど。レベルの違う力を見せつけておいて、後ろでナイフをつき付け脅す。我が国の政府には一番効くやり方だな」

「そんな呑気な事を言っていていいのか」

「いや、そうじゃないが。今後奴らがどういう脅しをかけてくるか、あらゆる可能性を考えているんだ。トム、君がサイバー・テロリストだったら国家的に見てどういう攻撃をしかけてくる?」

「そうだな、結局さっき言ったように社会的に大きな事件を二、三引き起こして裏で政府を脅すやり方かな」

「大きな事件とは?」

「それは日本人である君のほうが詳しいだろう。この国でなにが起これば、一番効果的で大混乱になる?」

「なにが起きても大混乱さ。危機管理意識ゼロの官僚的硬直国家だからな。小さなイレギュラーショックにも弱いんだ」

「おいおい、一国民として悲しいことを言うじゃないか」

「話を戻そう。まあ現実に起きているけど金融オンラインの同時多発システムダウン。電力会社の電力供給なんかが誤作動したら通信、交通システムすべてパアだ。なんたって電気がとまれば何も動かないんだから」

「大手企業のほとんどは緊急用の自家発電に切り替えられるだろう」

「そうか。じゃ、やはり各基幹業態のシステムを片っ端から破壊していくだろうな。さっきの金融や通信制御関係。具体的に絞れば航空・管制システム。これを押さえれば現時点で上空を飛んでいる航空機の乗員、乗客が一瞬にして人質になってしまう。ハイジャックなんて恐竜時代の犯罪さ」

「そうなると鉄道網もそうだな。列車ダイヤの異常でいろいろなトラブルが引き起こされる。船舶も、国道、高速道路も。つまり交通機関がズタズタになり、それによってどんな二次、三次トラブルが起きるか想像もつかない」

「人命に関わることといったら病院、医療関係もそうだ。現実の医療機器の故障、誤作動、血液型や検査データの改竄や試薬や薬の調合の操作。これらすべてシステムで制御しているわけだからかなり危険だ。診断は血液検査のデータを基に判断されるわけだからな。検査データを改竄すれば合法的な殺人も可能になってくる。政治家など病気を理由に逃げ込んでも毎日の治療の中で暗殺をすることもたやすいだろう」

「それこそサイバー・テロの本分だ」

「冗談を言っている場合じゃないだろう。TV、ラジオでのプロパガンダや偽情報を流すのもかなりインパクトがある」

「それは今でもあるだろう」

「通信衛星がやられれば、通信システムは勿論、大規模なセキュリティ・システムからカーナビのような交通システムとありとあらゆるところに影響がでるはずだ」

「確かにそれは盲点かもしれんな」

「怖いのは、衛星通信を介してコントロールされているセキュリティ関係部門全般だ。インテリジェントビルはすべて要塞化できる。これを国際的に応用すると、各国の軍事施設や核施設の制御システムを押さえてしまうことも可能だ。核なんか自分の国で作る必要はない。世界中の核制御システムをコントロールできることになったら、その国の核で脅せばいいわけだ。こんなに効率的なことはないぞ」

「こういう視点で推測していくと、チェルノブイリの原発事故やスペースシャトルの爆破事故なんかも、もしかしたらとも思えてくるな」

「今になって考えれば可能性は想定できる」

「小さい話に戻って、人の意識の支配という点ではどうだろう。マインドコントロールさ。たとえばパソコンを通じて子供を幼いころから洗脳し育てていく。やがてその子たちが大人になったとき…」

澤田の全身に電流が走った！

「それだ！　今俺が追っている事件はその連中だ！」

「なんだ、急に大声出して。驚かすなよ」

「すまん。でも今君が言ったことさ。まさしくそうなんだ」

「子供がか？」

「ああ、この前検挙した凶悪なネット犯罪者も捕まえてみれば14歳の子供だった。しかも、彼は暴力団を装って48歳の信金職員から2億も脅しとっていた」

「子供がそんな大金どうするつもりだ」

「さあな。ただ彼には強力なサポートチームがついていた。今そいつらを泳がしているところだ。なんといっても、その子から押収したノートPCにあったメールアドレスしか、手がかりがないのだ。気づかれたら、太平洋に魚を逃がしたのと同じだ」

「そういう連中同士は、常に情報交換をしているわけだな」

「更にそいつらを束ねている奴がいる」

「そいつが、サイバー・テロリストか？」

「違うようだ。実際は代理人と称する連中がいて、テロリストは更にその上にいて代理人に指令を出しているようだ」

「なるほどな。イスラエルでも同じような事件が去年あったよ。それは学生のインテリグループだったが。ただそのスキルをもってすれば、先ほど我々が想定したテロ攻撃はすべて可能だろう。彼らをコントロールしていたスーパー・テロリスト自体は逃がしてしまったが、本格的に奴らに取りこまれる前だったのが幸いだった」

「そんなことが、今世界中で頻繁に起こっているわけだな」

「そうだ。しかもテクノロジーの進歩とともに刻一刻と犯罪が高度かつ大規模になってきている」

「ともかく、今その連中を一網打尽にしておかないと相当危険だ。ＰＤＸの件や連続殺人事件も、すべてリンクしているようだし」

「本当か？　それが事実だとすると、凄いじゃないか！　どうしてわかった」

「その14歳の彼の、パソコンのディスクの中を調べた。肝心な情報は消したつもりだったらしいが、物理的には完全に消滅されたわけではないんだ」

「なるほど、ＯＳ配下でなく物理的に考えるわけだな」

「そうだ」

ピンと指を鳴らし、澤田は立ち上がった。

「実はハードディスクには、たとえ消去された後でもかなりのデータが残されており、これを解析することで、相当の情報が復元できるのだ。データを完全に消去したつもりでも、本当は〝データを格納している〟という情報を消去するだけで、実際のデータは消去されてはいない。勿論、ハードディスクのその部分はＯＳからは〝空白〟と見えているので、当然新しいデータが書き込まれれば、古いデータは上書きされて消えてしまうが」

腕組みしたまま頷くトム。

「だからまず完全なイメージのバックアップを取り、専用のソフトウェアで内容を分析する。イメージでコピーするのは、法廷での証拠能力を確保する意味もあるし、あとは例えば、内密に捜査している場合でも、容疑者に気づかれずに調査を進めることが出来るメリットもある」

「その方法は、ロンドンのリー&アレン・コンピュータの復元技術と同じようなものだな」

トムが指差すと澤田がゆっくりと頷いた。

「そうだ。同じ物だ。今回の場合、まず我々は最新技術でディスクの消去された部分の情報を再現した。そこに松嶋君が言っていた、リムの代理人と名乗る者からのメールを発見したのだ。その代理人は、彼を含めて5人の人間を動かしているようだ。そして今我々は、5人のうち3人までは、つきとめることに成功した」

「凄い! よくやったな。さすがに日本の警察は優秀だな」ニヤリとトムが笑った。

「皮肉っぽいな」ジロリと横目で睨んだ。

「いや、正直な気持ちさ」大袈裟に両手を広げた。

「君と話していて俺は、今回のサイバー・モンスターの存在を確信したよ。実は松嶋君の話も、あまりに荒唐無稽で半信半疑だった」

「君だって彼の能力は知っているだろう?」

「お前の親友だから彼はまともだと思うが。えてして天才プログラマーっていうのは、変わっているのが多いからな」

「それは俺に対する皮肉か?」

「正直な気持ちさ。冗談はともかく、今のうちに芽を摘んでおかなければ大変なことになるな」

「まずは、その代理人達だな」

「ああ。既に手は打ってある。あとはこっちのシナリオどおりに奴らが動いてくれるかどうかだ。まあいくらコンピュータを遣わしたら頭がいいといっても、実生活は子供だからな」

「全員子供とは限らんだろう?」

「メールの内容を見ると、ティーンエイジャーのようだが」

「だから逆にわからないのだ。文章だと性別、ゼネレーション、体格、なんにでもなれるのだ。しょぼくれた中年男がプレイメイトを装ってセックス相談をしていたり、OLが屈強なヤクザに成りすまして大企業を恐喝した事件だってアメリカではあったぞ」

「それはそうだが。皮肉なことに我々は、その匿名性を最大限に利用して犯人を追い詰めるつもりさ」

「お手並み拝見といこうか」

「君にも充分手伝ってもらうさ」

トムはこれからの展開を楽しむように悪戯っぽく頷いていた。

「しかし、コンピュータの誤作動でミリタリーバランスが崩れることを、君の母国やアメリカなどは一番恐れているのだろう？」

「やはり軍事的なことに、アタックをかけられることは非常に警戒している」

「しかも不正アクセスはそこに集中しつつある」

「ああ。米国防総省に対する不正アクセスが26万件と発表があるが、実際はもっと多いだろう？」

「問題はその26万件以外で情報が盗まれているとしたら？　ということさ」

トムは窓の外を眺めながら小さく呟いた。

言葉が途切れ二人とも黙り込んだ。

核兵器の指揮統制システムは、どれほどの信頼性があれば安全といえるだろうか？

現在のところ、コンピュータ・エラーや操作ミスだけによっておこる軍事的危機は少ないといえる。しかし国際的な緊張。双方の過剰な警戒態勢。コンピュータの設計ミス、故障、人為的ミスが、複合的に重なった場合は予断のゆるさない状況もおこりえると考えるのが妥当だろう。もしもそれを、サイバー・テロリストが人為的に作り出したとすれば？　あるいはそういったことに対処する用意は現時点であるのだろうか？システムが常に正確に作動するとは限らない。しかし誤作動の予測よりも、ある意志により作動させられることのほうが遥かに恐ろしいのである。国防総省は、1960年代の初めから先進コンピュータ科学に対して最も多くの投資をしてきた。国防総省高等研究計画局（DARPA）は、タイム・シェアリング、スーパー・コンピュータ、人工知能といった主要な先進コンピュータ科学を担ってきた。いまやコンピュータ科学は、最も重要な軍事戦略的技術資源となっている。そしてそれは、サイバー・テロリストから狙われる最も魅力的なターゲットである事を意味している。

第11章　ブラック・ツール

Black tool

その日も、寂しい夜を過ごしていた内田に澤田から電話が入った。盗聴の可能性があるので外で会いたいという。待ち合わせの場所に行くとそこは駐車場で、内田はベンツをおいて澤田の車に乗りこんだ。事情は車中で話すということで同乗すると、すぐさま首都高速に乗り東名を伊豆方面に向けて速度をあげた。澤田は弘子の所在を聞いた。内田は一応とぼけた。澤田はサイバー・テロの代理人の一人を突き止めたと言った。あなたにも同席してもらいたい。内田は事情をなんとなく理解した。恐れていた想像が現実になったような不安感が渦巻いた。

深夜の東名、半島に入ってからの山道は不気味なほど静かで空いており午前1時には目的の保養病院に着いてしまった。まさかこの時間に訪ねてもいけまい。内田はことの真相を車中で朝までゆっくりと聞くことにした。

＊

珍しく北詰は自宅に戻った後も、デスクトップ・パソコンの前でインターネットをやっていた。服が散乱して部屋の中が散らかっていた。

ＢＧＭに久々にＪ―ＰＯＰ特集のＣＤ―Ｒが再生されていた。深夜に聴く南佳孝のボサノバが心地よかった。洋子と車の中で良く聴いていたっけ。急に洋子の事を思い出した時だった。電話が鳴った。

もしや？　久々にパソコンで電話を取った。

「もしもし……。私」

予想通りの声だった。

「おう、元気か。最近すれ違ってばっかりでなかなか会えないよな」

洋子の声は不穏を予感させるムードだったが、努めて明るく言った。もう3ヵ月以上も顔を見ていない。しかもここひと月は、電話すらかけてこなかった…。

「ちょっと、メールじゃまずいかなと思って…。でも、電話でもあれなんだけど……。あなたには言っておかないと失礼だと思ったから……」

あんなに明るく優しい子なのに…。信じられないくらい冷淡なトーンだ。

「なんだい?」

最悪の予感を隠し、さり気なく応えた。

「私。結婚するの……」

「……。そうか、やっとその気になった? さて、新婚旅行はどこがいいかな?」

不自然な明るさで、声のトーンが上ずっているのが自分でもわかった。

「ごめんなさい。相手は、あなたじゃ…」

「……。わかっているさ」

動揺を堪え低く優しいトーンで返した。

「もう一緒に暮らしているの……」

「!」

暫くお互い言葉が出なかった。

「それじゃ…」

「洋子! 良かったじゃないか、おめでとう! ……僕はフラれちゃったけどさ、相手の方にも宜しく。幸福になれよ…」

「うん……」

無造作に通話は切れた。

ちょうど曲も終わり部屋が空虚な静寂に包まれた。無意識に次のイントロに耳を澄ましていたがなかなか出てこない。信じられないぐらい長いその空白は数分のように感じられた。だが実際は3秒たらずだった。シャッフルリズムの軽快なイントロが始まった。だが音は耳に届いてこない。しばらく聴いているうちにだんだん落ち着いてきた。

〈結婚なんて嘘に決まっていた。そんな器用な事が出来る子じゃない。恐らくどんどん成功の度合いが大きくなっていく俺と、立場のギャップを考えて身を引こうと思ったのだろう。これまで何度もプロポーズはした。OKしてもらえればその時点で女房とは離婚するつもりだった。だが、結局彼女の孤独な深海には辿りつくことは出来なかった…。

彼女には愛する以上に守らなければならないものがあるのだ。それは実の母親だ。恐らく見つかったのだろう。たぶんその事を結婚相手という比喩を使って俺に伝えてきたのだろう。そういったことも含めて、精神的に俺の重荷にはなりたくないと考えてのことだろう。あの子のことだ。そこまで俺を愛し思い遣ってくれているのだ。この世に何人もいない優しい子だ。今まで何度も彼女の強い母性に守られ癒されてきたからこそ、俺はここまで成功し頑張ってこれたのだ。

そうさ。君のお陰だ。感謝しているよ、洋子…。

俺達は何も終わっちゃいない。これからさ。これからだよ、洋子。俺達の人生は……〉

北詰は再びポジティヴなエネルギーが、沸々と湧き上ってくるのを感じていた。

＊

その日の終わりは、寂しさが心の奥底まで染み込む厳冬の夜であった。

辺りは寒々と底冷えしており、しかも真っ暗で人気のない道は少し怖かった。

既に夜の9時が過ぎていた。洋子は心配しながらも、両手に買物袋を抱えて必死に家路を走った。自宅のあるマンションは、ＪＲの駅からかなり離れていたが、バスを使うことはなかった。歩けばいいのだ。単純にバス代が勿体なかった。生活は苦しかった。

今日も外語学校が終わった後、個別の家庭教師のアルバイト帰りだった。アルバイトの帰りは、いくら急いでもこれぐらいの時間になってしまうので、洋子は疲れと不安で気が重かった。

「何もなければいいけど…」

マンションの自室の明かりが見えても不安は拭えなかった。

錆びた安っぽいエントランスのアーチを潜り正面のエレベータに飛び乗った。マンションにオートロックは付いていなかった。エレベータは到着階数表示が出てからも随分反応が鈍い。スローモーなドアの動きを無理やり肘で押し広げ、慌てて4階の自宅へ駆け込んだ。もどかしげにバッグから鍵を出して玄関を開けると異臭が鼻を突いた。

またか……。重い失望感が鎧となって全身を被って一瞬立ち尽くしていた。

予期していた事だが、小さな怒りと情けなさのごちゃ混ぜになった塊を、何とか呑み込み覚悟を決めて奥へ入った。玄関を上がって廊下のすぐのところへ、オレンジ色がかったものがぶちまけられていた。元はジュースだろうが、どろどろした微物が混じっており体内から戻されたものに違いなかった。避けて奥に進みリビングに入った。本格的に強烈な悪臭が渦巻いていた。汚れた大人用のオムツカバーが転がっており、カーペットの上にゲル状の汚物が押しつけられて一部が引きずられるように先に続いている。

部屋全体を眺め探した。そしてソファの後ろ側に汚物まみれの怯えた母親がいた。まだ50代後半だが、白髪は抜け乱れやつれて老婆のようだった。洋子を見つけると低い唸り声をあげながら洋子に助けを求めてきた。うおんうおんと幼児のように泣きじゃくる母親を洋子は優しく抱きしめた。母親の手にべっとりと付いた汚物が洋子の白いブラウスの肩に撫で付けられた。洋子は気にせず暫くそうしていた。母親は寂しさと不安で気が狂いそうだったのだろう。鼻水と涙でびしょびしょの顔面をハンカチで優しく拭いた。もはや完全に惚けており、まともな説明を喋ることもままならない。洋子はタオルで母の手から汚物を拭き取り、浴室で身体を洗って真新しい寝巻きに着替えさせた。手早く夕食を作り食べさせ、やっと寝床につかせた。すべてに満足し安心したように母は静かに寝入った。

その後洋子は、深夜まで拭き掃除と洗濯に明け暮れ格闘することとなった。

すべてが終わったのは夜中の1時を過ぎていた。やっとシャワーを浴びて自分の部屋に入った。心身共にヘトヘトだった。

ベッドにしゃがみ込むと暫く呆然としていた。だが疲れているが気が高ぶっており、当分眠れそうもなかった。

母親は普段おとなしいが徘徊癖があり、混乱して週に一度ぐらいこういうアクシデントが起きる。病気で痴呆が急激に進行しているので、外に出すわけにはいかなかった。１日中一人で家の中に居ると、時々不安と混乱がパニックを引き起こし、家の中は滅茶苦茶になっている。そしてそのサイクルは、どんどん短くなっていた。

自らが望んだとはいえ、こんな生活がこれからもずっと続くのだろうか……。

洋子は少し気持ちが揺らいでいた。気を紛らすようにラジカセのスイッチを入れた。

ヴォリュームを絞り、北詰からもらったＣＤ―Ｒを再生した。

山本達彦の弾き語りで「夜のピアノ」が流れる。

彼と海へドライブした時、車の中で何度も聴いた曲……。

「やり直すことは出来ぬ、だから人生、それが人生―」

好きなフレーズだった。この潔さに励まされ癒されるのだった。

瞬間想い出に胸を衝かれ涙が溢れ出た。それはこの生活が辛く悲しいからではない。確かに毎日が貧しく苦しいが、今のこの生活を決して惨めだとは思わない。そして、これまでの自分の人生を情けない生き方だとも思わない。

だが……。彼には酷い嘘をついてしまった。結婚するなんて。醒めたふりをして冷たくあしらってきた。だが、この世で最も好きな人と別れる為にはこうするしかなかった。この１年は本当に辛かった。

もし今彼が、この現状を聞きつければ、30分以内にこの場所に居るだろう。そしてたとえ断わっても、何事もなかったようなあの優しい笑顔を向けて、こう言うに違いない。

「さあ、もう何も心配いらないよ。君とお母さんは俺が必ず守って見せるから」

〈私が愛した北詰直樹というのは、そういう男なのだ。だけど、そういう訳には行かない…。

あんなに素晴らしい才能と可能性を持った人を、こんなことで縛ってはいけない。私達は私達で、ちゃんと生きていかなければ……。

だから人生、それが人生…。
私の人生に後悔はない。辛く悲しいことは多かったけれど、そのことで人の痛みを感じ優しくなれることが出来た。だからあんなに素敵な人に今まで愛され続けていたのだ〉
思い出したようにカーテンを引こうとして、外の華やかな夜景に手が止まった。50年後には見ることのないこの風景…。そしてその後も続くこの世界…。ふとそう思い、漆黒の夜空を見上げた。その先に一体何があるのかしら……。
既に洋子の目に涙はなかった。

＊

「畜生！　あの女！　こんなとこで奴のものをしゃぶっていやがったのかよ！」

片山修は、新宿にある高層ホテルを見上げると、吐き捨てるように言った。脇に抱えている紀伊国屋書店の大袋の中には、南千華写真集と写真週刊誌が入っていた。

〈あの野郎！　ぶっ殺してやる！　千華は俺の女だ！〉威勢良く内心で叫んでいた。

18歳にしては背が異常に低く、そのコンプレックスがこれまでの卑屈な人生を吐き出しているような表情をしていた。彼は18年の人生の中で笑った事があるのだろうか。そう思わせるような、暗いオタク系の青年に見えた。眼が異様に澱んでおり焦点の定まらない視線のまま背を丸めて片山は、静かに駅に向かい京王線に乗って帰路についた。自宅マンションは調布だった。実家は10分ほど歩いたところにあるが、一人暮らしを始めていた。

部屋に入るなり、早速デスクトップの電源を入れた。無機質な部屋に機器の音が響く。

今年大学受験に失敗していた。といっても他の一流と呼べる大学にはすべて合格出来る水準だった。ただ彼には、この国の最高権威の大学、そして最高の学部でなければ意味がなかった。

〈目標とする大学以外は無駄だ。売り物にならないのだ。そのパスポートを手に入れられなければ、この国では惨めで退屈な人生が待っているだけだ。社会システムがそうなっている。迎合しない手はない。馬鹿馬鹿しいと笑う奴もいる。綺麗ごとはよせと言いたい。この国は所詮一部のエリート達の支配国家なのだ。それは官僚であり政治家であり、地元の名士であり実力者と呼ばれる政府人脈からあらゆる名目で金を搾り取れる輩。その時代その時代に華やかに事業を当てた者とその蜜に群がる社会システムのエリート達。その中の特に凄い高学歴者の連帯ネットワーク。そんな奴らの連携複合体。そいつらの思いのままだ。この国は。俺はそのクラブの会員証を何としても手に入れる。俺は知っている。実力社会と誤魔化しても歴然としたカースト制度がこの国には染み付いているのだ。そんな事で話をしたい奴などいない。友人など一人もいない。必要ないのだ。パソコンがあればすべて事足りる。パソコンそしてネットワーク。ネットワークの中には自分と同じ人種が無限大に存在すると言ってもいいくらいだ〉

それは彼の人生になくてはならぬものだった。

OSの立ち上げ完了と同時にインターネットに接続すると、ダーク・サイトに接続した。そしてある特殊なコマンドを打ち込んだ。するとアドレス項目に特殊な英数と記号が表示され、再び特殊なサイトに飛んだ。そして画面は猛烈なスクロールを開始した。その目まぐるしく点滅するモニターの光を浴びるように彼はじっと軽い陶酔感の中でモニターを見つめていた。やがて画面一杯に黒い車のエンジンのような物が現われた。それは微妙に動いていた。呼吸しているのだった。その無気味に胎動するメタリックなブラック・エンジンには、ありとあらゆるクラッキング・ツールが装備されていた。表面に突き出しているボタンをマウスでクリックして押した。するとエンジンは二つに割れたように開き、視界には膨大なパネルが並んだ数百のコンソール・ボードが現われた。恐らく画面をスクロールし続ければ、数千万と並んでいるに違いない。レコーディング・ルームのミキシング・ボードの前に居る感じだった。そしてここから自分に必要なツールを自由に手に入れることが出来るのだった。例えば、「盗聴」のパネルをクリックすると今度は、そのパネルだけが画面に拡大され、「盗聴」に関するパネルボタンが数千とあらわれる。カーソルをいくら下にスクロールしても延々と続く。リムから与えられたこの世のすべてを可能にするツールであった。

「盗視」のパネルを選択した。ボードが広がりデータ項目画面になる。必要項目を入力するとウィンドウが開いた。TV電話のように相手の部屋の中が見える。彼もこちらに向かってパソコンを操作している。音声モードにしてマイクに向かって言った。

「事は順調に進んでいるようだな」

相手の顔が驚愕の表情に変わった。辺りを見回し怯えきっていた。

彼の配下のクラッカー小僧だった。実は相手のパソコン画面下のタスク・バーの隅にほんの数ミリのカメラアイがあるのだ。そこから相手の状況はすべて見ることができる。さすがにここまで高度なツールは奴らのブラック・エンジンには搭載されていないのだ。これら超高次元ソフトは、使いこなすにもかなりの危険が生じる事がある。よって世界でも、ほんの僅かな選ばれし者しかリムから提供されていないのだった。しかしさすがに、この片山でさえもあの脳内に直接話すことが出来るツールは持っていなかった。その他のブラック・ツールはすべてあるといってもよかった。水からガソリンや爆薬、毒ガスまで作れるツールから、まったく痕跡を残さず銀行の金を自分の口座に振り込む、金融計算書き換えプログラムなど、世間を恐怖のどん底に叩き落とすツールは際限なくあるのだ。しかし、もはやリム様はそんな子供だまし的ツールなどお呼びじゃないようだ。ここにある超強力ツールも代理人からのお下がりに過ぎない。最新ツールは斬新に手を加えられ日々ビルドアップされているのだ。今の最先端のブラック・ツールというのは、一体どのレベルまでいっているのだろう?

片山は考えただけでも恐怖だと思った。一瞬にしてこの世のすべてが消えてなくなることだってあり得る。いろんな意味で…。

今度はメール・ソフトを立ち上げた。同時に、オーディオ・コンポの再生ボタンを押した。トレイに入れっぱなしになっていたメデキス、マーチン&ウッドの曲が外部スピーカーから流れだした。

片山は特別の暗号がタイトルに表示された受信メールを開いた。エージェントからのメールだった。ざっと読んで片山は舌打ちした。ある会社のオフコンの内容をすべてパージして機能停止状態にするようにという指示。しかも強力なパートナーも用意されているという。

〈それならそいつ一人で、やりゃいいじゃねえかよ。今こんなことやってられるかよ!　それよりもあの女だ!　調子に乗りやがって!　もう許さん!〉

片山は新規メールに何やら打ちこむと、ネットワークを通じて出来た仲間五人に同時配布した。暫く細々とした作業を行ない、それが終わるとベッドにころがり、千華の写真集のパッケージを慎重にやぶり、1ページずつゆっくりと舐めるように鑑賞した。

やっぱりだ!　片山の眼が異様に輝き、興奮で息が荒くなった。

千華は、やっぱり俺の思ったとおりの身体だった!　ベビーフェイスに似合わず、ヴォリュームがある。身体の中心が熱くなり猛ってきたのがわかった。何かに激しく擦り付けたい衝動に駆られた。ページを捲り続けながら片山は、やはりこれは自分の女だと思った。こいつがしゃぶるのは俺のものだ。そうだ。こいつはいつか、嬉しそうに陶酔した表情で巨大になった俺のものをしゃぶるに違いない。ちゅぱちゅぱと音を立てて。絶対そうに違いない。片山の頭には既にリアルな映像が立ち上がっていた。この女の口の中で果てたいと思った。この女も、本当はそうしたがっているに違いないのだ。俺にはわかる。その夢を叶えてやろうではないか。それもそんな遠くない日に……。

*

車の中では澤田の動きが慌しくなっていた。一睡もせずノートを見張っていたのだ。

「活動を始めましたよ」

押収品のノートPCにメールが着信したのは、充の部屋の明かりが点いて僅か15分後だった。

「やはり彼だと思うのかね?」

内田が納得出来ない苦渋の表情で聞いた。

「状況証拠から見て、間違いないでしょう。なんなら今から飛び込んで、現場を押さえましょうか」

得意そうな澤田の笑顔にむかついた。何故こんな時に笑顔が出る。

「威勢のいいジョークも、時として滑稽な戯言に思えるな」

不快感を表わした。

「…すいません」

澤田は変に高揚している自分を恥じた。

「しかし、彼の為にも早く検挙したほうがいいとは思いますよ」

内田は返答する言葉が見つからなかった。暫く考えて決意したように言った。

「よし、現場を押さえよう」

「本気ですか?」

一転した展開に、澤田は信じられないといった表情で内田を見た。

二人は車を降りて新館の中に入り、充の部屋を訪ねた。当然鍵が掛かっていたが内田が合鍵で開けた。家族以上の付き合いなのだ。そして奥の部屋の明かりは点いている。確かに充は何かをやっていた。澤田は内田の了解をもらって突然踏み込んだ。

「!」

そこにはベッドに横たわり、機器に囲まれた男が、必死で瞬きでメールの文章を打ち込んでいる姿が飛び込んできた。日々健康的で平凡な生活を送っている人間には、たじろぐ光景だった。澤田は佇んだまま内田を見た。充は呆然としていた。

やがて内田がゆっくりと近づき充を抱きしめた。そして澤田に、すべてを教えるように諭した。内田は、親しみと優しさを込めて充の瞳を見つめて言った。

「どんなことがあっても君を守ってみせるよ。君は私の宝だ」

感情を失っていたと思われた充の目から、大粒の涙が溢れ出した。

翌朝からメール文章ツールを使って、充は澤田のすべての質問に応えた。そして証拠品の押収もすべて承諾した。内田の連絡で午後には弘子も到着した。澤田の見解によると捜査には非常に協力的だし、デリバリー的存在だったのでサイバー・テロにどこまで荷担したことになるのかは判例がないのでわからないが、それほど重い罪にはならないと思うと付け加えた。それでも弘子には大変なショックだった。まさか弟が、サイバー・テロに荷担していただなんて。充はリムから授かったすべての証拠品を提出した。しかし、それがリムの怒りを買うことになった。

充はショックと長時間の事情聴取で疲れていた。弘子は転寝の充の車椅子を押して人工湖のほとりを散歩していた。内田はあえて弘子達の後を追わず、パノラマ食堂に居座りガラス窓から遠く離れた彼女たちを見守っていた。

澤田は充から押収したパソコンを卓也に解析してもらう為、伊豆からとんぼ返りでＰＤＸのセキュリティセンターに向かった。

＊

卓也は試作中のスーパーＡＩ『バックラッシュ』で解析を試みようとしていた。このプログラムは自らが成長し、永遠に進化しつづけるスーパーＡＩだった。究極の万能力を持っているのだった。そしてあらゆる攻撃に反転作用をする部分は、軍事目的ツールとして使用した場合、恐ろしい武器にもなるのだった。トムと鍋島も、このスーパープログラムによる解析作業を興味津々で注目していた。卓也は『バックラッシュ』をネットワークに接続し、サイバー・スペースのあらゆる情報を『バックラッシュ』のＡＩ機能に取り込んでいった。この時点で既に、『バックラッシュ』は世界最強のスーパー頭脳を持った高度進化プログラムとなっていた。

＊

その物体は地上より発射されてから数十秒後には大気圏外を越えた。徐々に水平飛行に入り、その軌道は日本に照準を合わせられた。この時点で既にアメリカの軍事偵察衛星は、速度、推定容積、推定進路、目標到達推定時間などのデータを収集して沖縄米空軍基地本部へ航空宇宙局経由で送信を完了していた。同時に国防総省からも対応の確認が入った。飛行物体は、最大射程距離1000キロメートル級の弾道ミサイルと推測された。成層圏外の超高度を巡航しており、10分以内に東日本のどこかの都市を直撃することは間違いなかった。

「まずいな…」

モニターを見つめ卓也は苦々しく呟いた。

全員卓也の異変に気づき次の言葉を待った。

「日本に向けてミサイルが発射された」

苦しそうに言うと立ちあがった。

「何だって!」

しばらく誰もが言葉を失っていた。

「なんということだ!」

澤田がうんざりとしたように叫んだ。トムと鍋島は呆然と卓也を見ていた。

暫く考え込んでいた卓也は意を決したように席に着き、ヘッドホン・マイクをつけた。画面をクリックして『バックラッシュ』の反転抑撃用ツールを立ち上げた。

「試作のカウンター・ツールを使うのか?」

トムが緊迫した表情で聞いた。

「危険だが仕方ない」

「弾道ミサイル」「カウンター・テロ」「誤作動」「不正侵入」など、あらゆるキーワードを卓也が開発した独自の言語で100以上入力していった。まるで魔術師のように物凄いスピードで指がキーボードを叩いていた。画面が超高速でスクロールをはじめた。あまりに速いため光が点滅しているようにしか見えない。十秒以内で正常画面に戻りリターンのメッセージが次々表示されどんどんスクロールされ消えていく。速すぎて他のものはまったく状況を把握することが出来ない。卓也にはすべて見えていた。自由自在にコンピュータと会話しているのだ。更に次々指示を打ち込みながら画面と音声で入ってくるリアルタイム情報をまとめ解説をはじめた。

「西南西上空、大気圏外、高度13000メートルに小型弾道型ミサイル進行中。15時45分。北朝鮮東部沿岸の軍事施設より発射されたと推測される。推定速度

3000キロ。飛行角度より命中予想地域、伊豆半島南部。カウンター・アタック起動。対象軍事コンピュータに逆転侵入成功。管制制御システム解析成功。軌道修正による進路変更、北東海上に変更指令。再指令アクセス110000回。230000回。……対空制御システム、指令受信確認！」

「やった！　もう大丈夫だな」トムが叫んだ。

「まだわからない」卓也は苦しそうに呟いた。

「他の軌道修正命令アクセス発生！　くそっ！　システム受信確認！」

「畜生！　リムの野郎か！」澤田が叫んだ。

「再々変更指令アクセス数、数百万回！　だめだ！　まったく制御不能だ！　バックラッシュを中断させないと危険だ」

卓也は急いで終了の指令を打ち込んだ。

「駄目だ！　奴の思う壺だ！」

澤田が叫んだ。

「システムは破綻した。誰も制御不能だ！」

「もう一度、バックラッシュを作動させるのだ！」

更に澤田が叫びながら、卓也の胸ぐらを掴んだ。

「危険すぎる。暴走してなにが起きるかわからんぞ！」

間に割って入ってトムも叫んだ。

「反転攻撃しかしないんだろ？　だったら行き先は北朝鮮の軍事基地かリムのアジトじゃないか！」

澤田が叫ぶ。トムが澤田を押さえ込み叫んだ。

「何を言っている！　アジトが砂漠の中とは限らないぞ！　どこかの国の民家や大都市のマンションの一室ということも考えられる。それにリム自体の正体もまだ解ってないんだぞ。巻き添えで何千人という被害者がでるかもしれないぞ！」

トムは興奮して英語で捲し立てた。

「それはこっちも同じだ。我が国に命中するよりましだ！」

「そんなことは絶対許さない！　どうしてもと言うなら、このシステムを、今すぐすべて破壊する！」

立ち上がって卓也は澤田と睨み合った。

しかし、すぐに澤田が折れた。

「興奮してすまなかった。それよりこれからどうするんだ？　どうすればいいんだ？」

「どうすることも出来ないんだ。願わくば海に落ちるのを祈るしかないさ」

吐き捨てるように卓也は天を仰いだ。

日本上空到達まで、時間はあと5分に迫っていた。

埼玉、横浜近辺の駐屯地には原因不明の通信スクランブルがかかっており動きがとれなくなっていた。緊急指令により沖縄米軍基地から、3機のF16戦闘機が抑撃体制に入りスクランブル発進した。がミサイルが目的地に着くまでに追撃するのは時間的に不可能である。

大気圏内に突入後、ミサイルは何度も軌道修正をしながら列島を横切るように進攻し伊豆半島の上空に到達した。異常な動きで完全に制御不能状態だった。徐々に高度が低くなり地上に突っ込んで行くようだった。突如ミサイルは地上に突っ込む前に、上空で大爆発を起こした。半島全体に震えるような大激震が襲った。しかし人々がその情報を知ったのはだいぶ後になってからだった。

＊

轟音と激震で空と建物が震えた。地震かとも思ったが、もっと何か得体の知れない悪寒に包まれた。

閃光が走った。一瞬何も見えなくなった。徐々に眼が馴れると360度のパノラマ食堂からは外界が強烈な発光体が雨のように降り注ぎ焔に包まれているようにオレンジ色に染まっているのが見えた。

「いかん！」

反射的に内田は外に飛び出し、散策中の弘子達を追いかけた。突然目の前に凄まじい閃光が走り大爆発が起こった。あまりの轟音に耳から入る音はすべて消えた。一瞬にして噴煙に包まれ何も見えなくなった。無音無視界の世界は現実が消え夢のようにも思われた。しかし本当の恐怖はその後に起こった。爆発した数百個の破片が、それぞれ火の玉爆弾となって地上を襲った。

弘子と充は、猛烈な轟音と同時に激しい地響きが襲ってくるのを感じた。弘子はちょうどカーディガンを持って、湖の前で待っていた充のところにいく途中だった。強烈な熱気を感じ振り返ると一瞬にして物凄い大爆発と灼熱の炎が上空を覆った。同時に建物の中から内田が必死にこちらに駆けて来るのが見えた。そしてその背後から、眼前にいくつもの火の玉が迫ってきていた。他の方向にも逃げ惑う者達の上から火の雨が降り注いでいた。

充は恐怖に引きつり、湖の方へ逃げようとして夢中で車椅子を動かそうとしていたが、右手は空回りしてほとんど進んでいなかった。

「待って充！　そっちへいっちゃだめ！」

弘子の叫びと同時に、目の前の大爆発がすべてを包んだ。眼前にいくつもの閃光が走ったかと思うと、その強烈な光が全身を貫き、と同時に宙に浮いた感覚と熱い衝撃を感じた。

瞬間充も内田の姿も消し飛んでいた。意識が消えた。だがすぐに覚醒した。痛みで意識が戻ったのか、戻ったから痛みを感じたのかわからなかったが倒れていた。頬に熱い土の感触があった。全身を地面に叩き付けられたのか。服が破れ、体が焼け爛れたように熱い。

「充！」

覚醒と同時に、とっさに叫んだ。

殆ど視界がなかった。噴煙、硝煙に巻き込まれ朦朧とした意識の中で再び呼んだ。立ち上がって探そうとするが足が動かない。弘子は何とか腕で支えて半身を起こしたが、下半身が麻痺したように感覚がなかった。重い。足が動かない。思わず自分の下肢を見た。

「！」

両足とも大腿部の上あたりから吹き飛ばされなくなっていた。

驚愕と恐怖で震撼し呼吸が止まった。

その時、前から爆風の余風に押されて、コロコロと車椅子が進み出てきて止まった。と同時に、椅子の上から人体が、ドサッと地面に投げ出された。焼け爛れていたが見覚えのある黄色のポロシャツだった。

頭部が爆風で吹き飛ばされていた。

「みつる！」

声にならない叫びと同時に、弘子は衝撃で意識を失った。

いつのまにか遠くから微量なサウンドが聞こえていた。

気がつくとそこはベッドの上だった。枕が涙に濡れていた。おぼろげな記憶が蘇り、徐々に現実の輪郭をはっきりさせてきた。先ほどの爆発を思い出した。あれは夢だったのだろうか？　弘子はおそるおそる自分の下半身を見た。

「！」

やはり大腿部から下の足はなかった！

弘子は驚きと悲しみで再び失神しそうになったが、瞬間充のことを想い出し気丈に意識を繋ぎ止めた。

やはりこれは現実！　とすると？　充のあの姿も……。

「ああっ！　充！」

大きな声で叫ぶと身体の奥から冷たい汗と涙が溢れ出した。悲しみと混乱の中で、弘子は再び意識を失った。

＊

「やっと意識が回復したようですね…」

＊

水面を走る少女の白く細い足。

その後を必死に追いかける幼児の泣き声。

「おねえちゃん！　まって、まって！」

幼い充が泣きじゃくりながら必死で川縁を走ってくる。転んだ。火がついたように更に大声で泣き叫んだ。素早く駆け寄る12歳の弘子。しゃがみ込み小さな充を抱きしめる。

「泣かないの。男の子でしょ…」

抱きしめられて安心したように充は静かに泣き止んだ。そして疲れたのか弘子の胸の中で眠り込んだ。人気がなく静かだった。その川辺には幼い姉弟しかいなかった。

もうじき、夕暮れが迫ってこようとしていた。本当は弘子も泣きだしたかった。でも家には誰もいない。優しいおかあさんはいない。自分を抱きしめてくれる人は誰もいない。

寂しかった……。

＊

病院の廊下で、北詰が内田に向かって言った。

内田は苦悩して頭を抱えたまま、廊下の長椅子に座っていた。弘子の病室のドアには、面会謝絶の札が掛かっていた。

やっと顔を上げると、内田が放心したように言った。

「幸いにも、かすり傷ひとつ負ってない。しかし相当のショックを受けており、意識を回復してもあの時の状況を思い出すと、またすぐ気を失うそうだ」

「早く安心させてあげたいですね。充君もあなたも、皆無事だということがわかれば、彼女も元気がでると思いますが」

「そうだな」

内田は力がなかった。彼もまだショック状態だった。

「しかし、よくあれだけの爆発の中で怪我人が出なかったのは、奇跡としか言いようがない」

「それも奴の計算のうちかな？」

「……」

またしても、考えたくないことに気持ちを引っ張りこまれた。二人の会話は、それ以上続かなかった。

＊

復讐の鬼と化した橘の執拗な追跡を、米山伸也はノラリクラリとかわし続けた。橘のＰＨＳに電話をしては、自分の居場所の僅かなヒントを与え逃走劇を繰返していた。殺したいほど憎んでいるターゲットからヒントをもらうという、これ以上ない屈辱にもめげず、橘は一心に目標に向かって突き進んでいた。橘は時折かかってくるＰＨＳの情報をたよりに伸也を探すしかなかった。指示された場所で何度か伸也の姿を目撃した。しかしすんでのところで取り逃がしていた。実はそのＰＨＳこそが、自分の居場所を伸也に教えていることなど知る由もなかった。伸也が見つめるノートの液晶画面には、ＧＩＳ（地図情報）システムによる詳細な地図画面が表示されており、その中を橘と思われる光の点滅がＧＰＳ（全地球測位システム）により感知されゆっくりとストリートを移動していた。伸也が使用しているこの追跡監視プログラムは、市販されているソフトよりも遥かに高度なものだった。

「お前のようなバカに、この俺が捕まると思うのか？」

伸也は高層ビルの窓から下界の通りを走り回っている橋に向かって呟いた。

伸也は、この殺人鬼からの逃走劇も、子供時代の楽しい追いかけごっこにしか思ってなかった。しかもこのゲームの楽しさは、捕まりそうになりながらすんでのところで身をかわし相手に地団太を踏ませるのが最高の快感だった。

「俺を捕まえたと思った瞬間、お前は終わりだ」

いびつな微笑が染み出るように表情を被った。もうゲームは終わりだ。伸也はそろそろ仮面を脱ぐことにした。

「お前どころか国家警察だって、この俺を捕まえることは出来ないのだ。なぜならば、俺は米山伸也ではないからだ」

珍しくこの男の口から、ケラケラと乾いた笑い声が漏れた。

伸也と偽っていたこの男の本当の名前は、稲盛雅夫。17歳。

稲盛は都内でも有数の進学校、開成第一高校出身で、二年生でアメリカに留学後、天才的な学業成績をあげ、飛び級制度を利用して大学入試を突破。現在コロンビア大学で情報物理学の勉強をしているはずだった。しかし、大学をドロップアウトして帰国していたのであった。そしてまったく別人となって暮らしているのだ。偏執的ダブルバインド（二重拘束）による苦しみからの逃走だった。

彼のダブルバインドとは、厳格な親から塗り固められた期待と服従。この二律相反する教育プレッシャーに幼い時から毎日苦しめられ育てられてきた。両親は共に財閥の子息だった。彼らはスーパーエリート以外の人格を認めなかった。教育という名を借りたエゴイスティックな親達の精神的虐待。それは幼少期自分達が親に向けられなかった反発への八つ当たりにも思えた。エリートは弱いものには残酷だった。たとえ自分の子供にさえも……。

父親はまるで実験動物のように分刻みスケジュールを組み立て、それを冷ややかに見つめていた。出来なければスケジュールは更に過酷になっていった。

ハイレベルな教育地獄が一秒の休みもなく続く期待という名の虐待。幼い頃から、塾、稽古、家庭教師漬け。自分の時間は完全になかった。次から次へと殺人的スケジュールをこなして行かなければならなかった。幼い雅夫は毎日身も心もくたくただった。勉強、勉強、勉強のプレッシャー。8歳にしてノイローゼにもなった。母親には成績が落ちると陰で叩かれる。ご飯がなくなる。母親は祖父母の前では静かで品がいいが、居ない時は白目で歯を剥き出し鬼の形相で延々喚き散らすのだった。夫とその両親に対する当てつけだったのだ。雅夫はエリートの家系、伝統の呪縛に生きる事が苦しかった。いつも逃亡出来たらと願っていた。しかしそれでも彼もまた、親の庇護と援助がなければ苦しくても勉強するどころか生きていくことさえ出来ない一人のひ弱なエリートなのだった。

そんな苦悩とジレンマのピークの時だった。偶然インターネットの中から送られてきたパンドラの匣を開けてしまったのだ。つまりリムからのファースト・コンタクト。しかしそれは、雅夫にとって桃源の思想と思われた。これこそが自分の追い求めていた世界だった。その時道は決まった。そして彼は留学先の大学から忽然と姿を消した。リムが伸也に引き合わせてくれた。そして入れ替るよう指示された。

だからこの国で、雅夫が何をしようと、それはすべて米山伸也の仕業となるのだ。

そのように米山伸也と契約がなされていた。本物の米山伸也は、妹の復讐殺人を決行させた後富士山麓で自殺したという。まだ18歳だった。本人が言っていた通り、一週間後の夕刊に小さく載っていた。身元もわからないままに……。

伸也は無口で痩せた小柄な男だった。幼い頃に病気で両親を失い中学を出た後は、小さな板金塗装会社で働いていた。内気な伸也の唯一の趣味がパソコンゲームだった。妹は世間の冷たい風に反発してか、ぐれて中学生ながら暴走族のアジトに入り浸っていた。そしてトラブルに巻き込まれ殺された。しかし世間は同情するどころか伸也を罵倒した。「お兄ちゃんがしっかりしていないからあんな目にあうのだ」と。底辺の貧しい兄妹を擁護する空間など都会にはなかった。そして金も力もない伸也は、自身の履歴を売ることで代理断罪の契約を締結したのである。その後彼は死を選んだ。

雅夫は何とも思わなかった。雅夫が死まで要求したわけでもない。所詮他人の死など無意味だ。雅夫にはその後の伸也が死のうが生きていようがどうでもよかったのだ。米山伸也という存在。それが使えればよかっただけだ。戸籍、住民票、銀行口座通帳、保険証、免許証など。雅夫がその気になれば、すべて簡単に偽造出来るものばかりだ。だが架空のものよりも本物に越したことはない。この野暮ったい服もすべて伸也の持ち物だ。そしてボロボロのモルタルアパートである彼の住居も手に入れた。

都会の雑踏。孤独な若者の生活。伸也と雅夫が入れ替わろうが誰も気づく者はいない。この国で活動をするためのツールさえ揃えば、それで良かったのだ。雅夫は充分にそれを活用し、これまで米山伸也として自由に動き回った。これもすべてリムとその代理人、カイロ・マルタンのお陰だった。

＊

カイロ・マルタンこと充にとって、リムは燦然と輝く希望の天神と言えた。

リムこそが自分の願いを叶えてくれたのだ。

重度障害という重い十字架を背負って生きなければならない自分が、サイバー・スペースの世界では、強烈な才能を発揮し思う存分暴れまわることが出来るのだった。しかもリムというスーパープレゼンスの後ろ楯によって、この世の願いは何でも叶うのだ。

世間の無神経なものたちの感覚と表現に腹が立っていた。

〈奴らは我々を常に憐れみ同情を奏でるのだ。まるで悪魔を憐れむ歌のように……。

それは何故か？　自分達が救われるからだ。奴らには、不幸に苦しんでいる人々の存在が必要なのだ。自分達の慰みの為に…。人を憐れみ己を慰める。それは人間の最も基本的な生存本能でありながら快楽を生む。だが奴らは、そのことを隠す。結局すべては自分しかないのだという事を隠す。

社会的弱者を助けるだと？　愛を施すだと？

ばかいえ！　お前達みたいなバカどもに俺の気持ちがわかるか！

本当の俺の才能と実力が、お前達に理解出来るのか？

わかるものか！　俺は天才なのだ！　なのに奴らは認めようとはしない。重度障害者に天才などいるはずがないと思っているのだ。俺から見れば、お前達の方が無知で愚鈍な重度人格障害者なのだ。決してそうではなくとも、人の施しがなければ生きていけないという弱者に対する認識のずれとその屈辱。外面の同情心の裏側は自己愛に他ならない。ナルシズムに酔った連中に利用されるのはご免だぜ。

はっきり言え！　厄介者だと！　死ねばいいのだと！

だが俺は、社会の厄介者から全人類を恐怖と混乱に陥れる巨大な存在へと生まれ変わったのだ。俺はタフなサイバー・テロリストだ。俺に出来ない事はなにもない。この世を消滅させることなど簡単なのだ。網の目のように張り巡らされたこの世の社会システムを、すべて破壊してやる。俺は支配される側から支配者になったのだ。

どうだ見たか！　俺の力を！

世のエリートどもよ。俺の足元に平伏して命乞いでもするがいい。さもなければ、お前達の守りたがっているすべてのものをぶち壊してやろう。

国家、体制、権力、財産、プライド、すべてをだ！

そして、お前らの手足など引き千切って、ばらばらにしてやる！　見ろ！　もう直ぐ天空から巨大な星が降ってくるぞ。クズどもは、みんな消えてなくなるがいい！　ざまあ見ろだ！　ざまあ見ろ！〉

昏睡状態の幻想の中で、充は拳を突き上げ叫んでいた。

しかしその災いが、自身の身にも降りかかってきたことなど思いもよらなかったのだ。

＊

この1週間、通産省のトラブル報告室には莫大な数の異常障害報告がされるようになった。ついに政府機関筋より、PDX暗号解析センターは正式な協力要請を受けた。他100社以上のハイテク企業が民間協力という形で名乗りをあげた。とは言っても他の企業で起きていることはPDXの状況にくらべればたわいのない物で、せいぜいマシンのシステムダウンが頻繁に起きるといった程度のものであった。

幸いミサイルの件は、空中爆発をおこしたことによって破片爆発で伊豆地方の民家に少し被害が出た程度で、本体は海に突っ込み政治的配慮もあってか大々的には報道されなかった。

弘子の状況に、内田と北詰は鎮痛な面持ちであった。いったい弘子は、どうしてしまったのだろう?

あの精神的にタフなスーパー・ウーマンが…。

数日前のあの場面を思い出すと、二人とも言葉を失った。

それはやっと面会が許されることになった日のことだった。内田と北詰はそろって見舞いに行ったのだが、病院に着くと看護婦の動きが妙に慌しく尋常ではない。そこは都会の病院と違って地元の、のんびりした雰囲気を反映した療養所に近いものだ。だがこの雰囲気は、まるでこれから緊急オペでも始まるような緊迫感に溢れていた。

「どうしたのですか?」

駆けて行く看護婦の一人をつかまえて北詰が聞いた。

「患者さんが暴れて大変なんです!」

「あの、お見舞いに来たのですが?」

「2階は大騒ぎなので、今は無理かも…」

言葉を投げるように言い残すと、走り去っていった。思わず北詰は内田を振り返った。弘子も2階の部屋だ。とっさに二人とも看護婦を追うように続いて階段を駆け上がった。2階の廊下を見ると、何人ものパジャマやジャージ姿の野次馬患者が、その部屋を覗き込んでいる光景が眼に入った。

「やはり、弘子の部屋だ!」

二人はとっさに顔を見合わせ、人を押しのけて部屋の中へ飛びこんだ。しかしそこから飛びこんできた光景に仰天した。阿修羅のように髪を振り乱した弘子が、患者を押し倒し首を締めていた。数人の看護婦が引き離そうとするが物凄い力で弾き飛ばされていた。妖獣のような物凄い唸り声で涎を垂らし、目をカッと見開いていた。凄まじい形相に二人とも足が竦んだ。

「これが、あの弘子なのか！」

北詰は呆然としたまま金縛りにあったように動けなかった。内田も同じく茫然自失状態でただその場に立ち竦んでいた。

さらに弘子は二人に向かって、もの凄い雄たけびをあげ飛びかかろうとした。人間の声とは思えない野獣の咆哮のようだった。看護婦たち数人が押さえつけ、あとから駆けつけた担当医がすぐに鎮静剤を打った。徐々に動きがにぶくなったところで婦長が体ごと押さえ込みベッドに寝かせつけた。弘子はすぐに眠り込んだ。

1階の診察室で若い担当医と話をした。

「彼女はいったい、どうなってしまったのでしょう?」

北詰が震える声で聞いた。

「火傷も大きな外傷もありません。ショック状態が尾を引いているとしか今は言えません」

「狂っているとしか思えません。我々が誰かもわかってなかったようですし……」

「一番近い症状を挙げるとするならば、急性のＰＴＳＤ。つまり心的外傷後ストレス障害でしょう」

「心的外傷後ストレス障害?」

「そうです。人間が通常経験することの遥かに越えた心的外傷を受けると、そのストレス因が身体の各部分に不適応の症状となって異常障害が発生する場合があります。充君の状況も把握できず、対象喪失的な感情もごちゃ混ぜになって相当のショック状態なのでしょう。今はゆっくりと、ここで休養されたほうがいいと思います」

内田は無言だった。語るべき言葉がみつからなかったのだ。二人はこれから東京に帰ることにした。

落日間近。気温は急激に低下していた。肌寒い海風が、内陸に向けて強さを増して吹き付けてきた。

内田と北詰は海岸を歩いていた。

海鳥の鳴き声と潮の香り。定則的に繰り返す波の砕ける音が、疲れ果てて重く引っかかった心の傷を修復し癒してくれるようだった。

「僕には彼女を愛する資格はないです……」

北詰は、大きすぎて喉を通らない悲しみの核を吐露した。

「内田さんの大事な人だということは、薄々わかっていました。しかし、選ぶのは彼女だし。僕も彼女が大好きでしたから」

「わかっているさ」

海風を受けながら内田が呟いた。

「でも、僕はあんなになった彼女は愛せない。愛せる自信はないです。恥ずかしいけど、その程度の男です」

「あんな姿を見れば、誰だってそう思うさ」

「内田さん、あなたは今でも弘子さんを愛せますか?」

内田には答える言葉が見つからなかった。質問の答えではない。愛する者を失う苦しみを言葉に置き換えたくはなかった。

〈どんな状態になろうと、どんな姿になろうと、生きていてさえくれればそれでいいんだ。絶対に守ってやる! たとえこの命に代えても……〉

熱い想いが胸の中で爆発していた。

「今我々が考えるべきことは、とにかく彼女を元どおりにしてあげることだけさ」

内田は海に向かって独り言のように呟いていた。

*

「どうして傍にいてくれないの?」

弘子は不思議だった。と同時に悲しみで胸が張り裂けそうだった。

〈たしかに先ほど部屋にいたのは内田と北詰だったではないか。私が充の敵討ちのために立ち上がろうとしているのにどうして助けてくれないの?

屈強な男たち何人もによってたかっていじめられているのに。あれほど二人に向かって「助けて! 助けて! 私をここから出して!」と何度も助けを求めたのに、あの二人は行ってしまった。

ひどい! ひどすぎる! 私は誰からも見捨てられ

たのかしら?

とうとう一人ぼっちになってしまった……〉

弘子はベッドの中で涙し続けた。そして疲れいつしか眠り込んだ。

傍らに、若い付添い婦が不安そうに座っていた。

「薬が切れて、また暴れ出したらどうしよう…。今度は押さえきれないかもしれない。この人、完全に気が狂っているわ」

弘子の両手両足は、頑丈な紐でベッドの枠に結びつけられていた。

＊

卓也は昼夜ぶっ通しで、『バックラッシュ』完全版の完成を急いでいた。トムや鍋島も手伝えるところは協力したが、やはり卓也の世界はあまりにも高次元で入りこめなかった。澤田は連続殺人の捜査の方も忙しく、センターと対策本部を行ったり来たりしていたがここ数日姿を見せていない。

PDX本社のほうの業務は表面上順調に動いてはいるが、いつ何がおきるかと誰もがプレッシャーを感じていた。卓也は個室に閉じこもったまま開発を続けた。もう3日も顔を合わせていない。

澤田からトムの携帯に連絡が入った。

今朝、大手金融機関のオンラインがすべてストップしたそうだ。同時に電力会社の制御システムが異常動作をはじめたので急遽バックアップ・システムに切り替えたらしい。各社それぞれメンテナンス会社と協調して対応におおわらわだった。いよいよ基幹系がターゲットにされてきた。もしかしたら、これが最後の連絡になるかもしれないということだった。というのは最新の情報によると、NTTの回線異常が多発しているそうだ。今後、電話が使えなくなる可能性は大きい。

「そこを止めてきたか」トムが舌打ちした。

「でも、それなら相手も身動きとれなくなるからいいじゃないですか。とりあえず、サイバー・アタックからは逃れられる」

鍋島が呑気に言った。

「我々のところだけピンポイントでやられたらどうするんだ。相手の思い通りだぞ」

「そうか。それはまずいな」

あまり深刻にならず、いつものルーチンワークを片付けるように、ログリストを眺めていた。

「ゲームでもやっていろ！」

トムはむかついたように英語で毒づいた。

彼もＰＣに向かい独自のツールで母国の情報機関の状況を入手していた。

＊

とりあえず北詰と内田は、交代で弘子の様子を見に行っていたが、担当医の勧めで東京の大学病院に再入院させる予定だった。状況は、相変わらず暴れて薬で寝かすという繰り返しだった。

充の状態が急変して集中治療室へ入った。

あの衝撃は、心臓の弱い充にとってはそうとう痛手だったようで基礎体力が回復せぬままどんどん悪化していった。このままでは最悪の結果を迎えることになると医師が言明した。内田と北詰は苦悩した。何としても充が生きていることを弘子に教えてやりたい。だが今のあの状態ではそれは不可能だ。正気でない彼女に果たして充がわかるのか？

二人は大いに悩んでいた。

卓也はなんて言うだろうか？

北詰は卓也に会って、思いの丈を話したかった。この苦悩がわかるのは彼だけだ。彼に会いたい。しかし今は待つしかなかった。

「卓也、早く何とかしてくれ！」

北詰は心の中で叫んだ。

＊

ＴＶのニュースでは、キャスターが深刻な表情でネットワーク・トラブルの一連のニュースを報じていた。「日本はいったいどうなってしまうのでしょう」などと社会の情報システム化に危惧をしている内容でまとめていたが、サイバー・テロの存在らしきものには一切ふれてはいなかった。

トムは舌打ちした。

「だからこの国は駄目なのだ！」

「なぜです？」

鍋島が反論したそうにトムを見た。

「はっきり言うべきなのだ。正確な情報を伝えるべきだ」

「我々だって、まだ正確なことはわかりませんよ」

「すくなくともサイバー・テロリストの攻撃対象になっているのは間違いないだろう」

「で、どうするのですか？　皆さん気をつけましょうとでも言うんですか？」

「どうした。やけに突っかかってくるな」

トムの眼が、一瞬凄みを湛えて冷酷に光った。

「どうもあなたの存在はおかしい」

「どういう意味だ？」

「私が不正アクセス解析のために、様々なことを調べているのはご存知でしょう？　当然あなたの動きも、逐一チェックしているのですよ」

「ほう、単なるコンピュータ馬鹿じゃなかったんだな。なにを根拠に言ってる」

「あなたはイスラエル人だが国籍もアメリカでアメリカの国防の仕事をされてるわけですよね。しかし、あなたが頻繁にインターネットで連絡を取る際には、アメリカの友達のサーバーを経由して他の国へアクセスしているのは何故ですか？」

「それが、そんなに不思議かね」

「なぜそんなことをするのです？　あくまでも我々には、アメリカ国防総省と連絡してると見せたいのでは」

「では聞くが、そのアメリカ経由の国とはどこだ？そしてその国と交信することがなぜ不自然なのかな？」

「その質問には俺が答えよう」

ドアのところに卓也が立っていた。

「松嶋さん！」

心強い味方を得て、鍋島が嬉しそうに叫んだ。

「完成したのか！」

トムも駆け寄った。

「ああ、テスト出来ないのがつらいとこだがな」

「それはいいんですが、彼の正体は？」

「心配ないよ。少なくとも君には敵じゃないさ」

「というと？」

二人は頷き合っていた。鍋島はわけがわからなかった。卓也が鍋島に説明を始めた。

自分には様々なコネクションを通じて接触を行なう人間が全世界にごまんといるが、その殆どがビジネスの利害からのものだ。が中には国家を代表して会いにくる者もいる。目的はそれぞれだが。彼はそういうスカウトマンの一人だろう。

そして卓也がトムに言った。

「俺の部屋に忍び込んだな」

トムが頷いた。

「『バックラッシュ』を盗むつもりだったのか?」

「人聞きが悪いな。危険なものを破棄するだけだ。我々に言わせれば、君の部屋は危険極まりないのだ。しかし目的のものはなかった。もっとも探す時間もなかったが」

「あの時か?」

「そうだ。途中で椎名弘子がはいってきたのは計算外だった。俺は部屋の隅に身を隠し、気づかれないようにすぐ部屋を出た」

「椎名さんの拉致を阻止したのも君だな」

「そうだ。いつも彼女を見張っていたからな」

「よくわからないな。なぜ松嶋さんを付け狙う」

鍋島が言った。

「いいかね、彼のスーパー頭脳は、ありとあらゆる分野の脅威的なソフトを量産するナレッジ・ファクトリーといっていい。サイバー・テロリストから見れば、まさに黄金の魔境エルドラードといってもいい光景だ。しかしその物凄い財産が悪用され兵器化されたと考えたら…。我々は一刻も早くそれが盗まれる前に抹消してしまわなければならない」

「そんな勝手な」

「そう。勝手かもしれない。だがそれほど彼の能力はズバ抜けており、危険な頭脳といえるのだよ。しかも現在開発したものをすべて破棄したところで、それは何一つとしてリスク回避されたわけじゃない」

「というと?」

「つまり俺の存在自体を抹殺しない限り、リスクを消滅させることはできないんだ。いつでも代わりを作れるからな。しかも前よりも遥かに、グレードアップしたものを」

卓也が冗談まじりに解説した。

「そんな！　バカげている！」

「そう。バカげているかもしれんが、現実はテクノ・ナショナリズムの戦いなのだ。ただ、だからといって、殺すわけにもいくまい。我々は人殺しではない」

「だから、スカウトに来たと？」

「単純に言えばそういうことになる」

卓也にとっては、およそ予想どおりの筋書きだった。目的は違えど、要求していることはリムが言っていることと大差なかった。既にサイバー・ウォーは幕を開けようとしているのだ。したがって、籠の鳥に自由はなかった。

「ウィ・リスペクト・ユア・ウィル（我々は、君の意思を尊重するよ）」

そのセリフもリムと一緒だった。しかし卓也はトムの提案を一応検討することにした。意外な返答に喜んだのもつかの間、その後トムは、国防総省からお呼びがかかり、今回のこの状況を国際サイバー・テロ対策本部に報告する為に、急遽米国へ飛んだ。

今現在、米国の世界的ハイテク企業にも、同じような事件が頻繁に起きていた。そして彼が認めた卓也の回答はその後、イスラエル政府からトムの会社を通じて、リンクル社に打診があるだろうということだった。

＊

恵比寿ガーデンプレイスの広場を歩いている時だった。

再び橘のＰＨＳが鳴った。乱暴に耳にあてがうと、例のシニカルな声が聞こえた。

「次は銀座だ。これでもう終わりにしてやる。マリオンの6階に来い」

それだけ言うと通話は切れた。橘はＰＨＳを叩きつけたい衝動に駆られたが、すんでのとこで堪えていた。

〈捕まえたら二度と外を歩けないように、足腰へし折って顔を叩き潰してやる！　てめえもぶっ殺してやる！〉

雅夫はガーデンプレイスの10階から駅に向かう橘を見ていた。

橋はこれまで池袋、渋谷、恵比寿と都心を走りまわらされていた。考えてみれば高いビルがある街ばかりだ。だが今の橋には、その程度の法則性すら考えが及ばなかった。ただ闇雲に走りまわり、ひたすら憎しみと怨念に突き動かされた復讐の鬼でしかなかった。

橋は山手線で渋谷に行き、銀座線に乗り換えた。銀座に到着後地下道を歩いていた。人混みに紛れて、その後を雅夫が歩いていた。橋は追っているのではなくずっとつけられていたのだった。やっと目的の出口を見つけた。C4の出口を出て右手に進み小さな信号をひとつ渡れば、ロードショーの大看板が見えるマリオンの真ん前だった。建物の中央は吹き抜けになっており、両サイドに大型デパートの売り場があった。最上階は映画館の為、平日の昼間だというのに、下は待ち合わせのカップルとデパートに出入りする買物客とが混ざり合い相変わらずごったがえしていた。どちらの6階かまでは聞いていなかったが、橋は無意識に右側のデパートに入ると人波をかき分け昇りのエスカレータに乗った。6階までかなりあるが、エレベータ前の人だかりを見たら、とても乗る気にはならなかった。売り場は上に行くにつれて人が減りやっと視界良好となってきたが、今度は客が少なすぎる為、店員の視線が気になった。場所柄、至る所にある鏡に映る自分の野暮ったい姿。モダンなビルとはあまりにもかけ離れたファッションだ。しかもこのビルはほとんどの階が女性向け専用のフロアだった。客も若くてお洒落な女性達ばかりなので、より一層橋の姿は浮いて見えた。自分などが長く居られる場所ではない。橋はあせって伸也の姿を探した。フロア全体を見渡すが、視界に伸也の姿などない。だまされたかと思った瞬間、再びPHSが鳴った。

「心配しなくてもお前の姿は見えているぜ。俺は傍にいる。これでゲーム・オーバーだ」

伸也がそれだけ言うと通話は切れた。するとPHSは、突然ハウリングを起こしたように甲高い信号音を発すると液晶画面が消えて完全に使い物にならなくなった。

「くそっ！　ばかにしやがって」

橘はPHSをゴミ箱に捨てた。そして辺りをきょろきょろしながら、獲物を探す猟犬のようにフロア中を徘徊した。

小物、バッグ類の売り場を通り抜けていたとき、そこのレジデスクの電話が鳴った。アイビーファッションの若いフロア長が電話を取った。話をしながら彼の眼が次第に前を横切っていった橘の姿に釘づけになり、そして驚愕の表情に変わった。フロア長は、周りに気づかれないように口元を手で隠し、何度も深く頷いた。そして受話器をゆっくりと置き、またすぐに受話器を取り上げると防災センターへ緊急コールした。

そんな周りの不穏なムードに気づくことなく、橘は奥のフロアへと注意深く進んでいた。隅々まで歩き回ったが伸也の姿はなかった。仕方なく他の階へ移動しようと思い、昇りのエスカレータに乗った。エスカレータは片側ガラス張りでちょうど吹き抜けが見渡せる。何気なく眼をやると、吹き抜けをはさんだ向こう側のデパートのフロアに男が立ってこちらを見ていた。かなり距離があるが、こちらに向かって薄笑いを浮かべているのがはっきりとわかった。伸也だった。

「あの野郎！」

橘は喚きながら猛然と昇りエスカレータを駆け下りた。そして無意識にそのまま建物の前側の連絡通路を半周回して向かい側のデパートに着いた。時間にして僅か数十秒だった。

だが既に、伸也の姿はそこにはなかった。

「畜生！　どこへ行きやがった」

荒く息を吐きながら周りをきょろきょろと見渡した。

さすがの橘も、あのまま伸也が黙って待っているとは思ってはいなかったが…。

ふと自分に注がれる視線を感じて反対側のフロアを見た。眼がくぎ付けになった。今度は先ほどまで自分がいた場所に伸也は移動していた。橘は逆上した。馬鹿にするにもほどがある。怒りで視界が真っ赤に染まる錯覚さえ起こしていた。だがすぐに冷静さを取り戻すよう自分を励ました。とにかくこの同じビルにいるのだ。絶対に追い詰められる。奴はただ後ろ側の連絡通路を使っただけだ。まるで子供の追っかけごっこだった。今度は奴の動きを見逃さず、そのまま止まらず通路を一周すれば追い詰められるはずだ。奴はすぐ傍に見えているのだ。橘は勝算を確信した。今度は優越感に浸った笑いを、向かいで佇む伸也に返した。ガラス越しにも、遠くの伸也の表情から薄笑いが消えた気がした。が、そこまで微妙な表情が見えるわけがなかった。橘は間合いを見て、再び連絡通路に猛ダッシュをかけた。今度は後ろ側の方から回った。さほど広くない通路を塞ぎだらしなく並んで歩いていたアベックの中央を引き裂くように突き飛ばして行った。先ほどのタイムを半分に縮めた自信があった。売り場フロア奥に逃げる伸也の後ろ姿が、チラッと確認できた。

そうくると思った。遂に捕まえたぞ！　橘は興奮してフロアの奥に駆けこもうとしたその瞬間だった。予期しない黒い影の一団が、突然目の前を遮った。とっさに嫌な感じが走った。嗅覚が危険を察知していた。男が三人立っていた。さっと両脇に二人の巡査が広がり周りを取り囲んだ。真ん中のかなり年配の男が警察手帳をかざした。

「橘清二だな。殺人容疑並びに死体遺棄の容疑で、署まで同行してもらおうか」

老齢刑事のあまり迫力のない淡々とした口調の為、橘は一瞬意味が理解出来なかった。そして、このままやり過ごせそうな気さえしていた。老刑事がゆっくり歩み寄ると、橘は刑事を突き飛ばし強引にフロア奥へ駆け出そうとした。瞬間屈強な二人の若い巡査達が飛びかかり、荒々しく橘を押さえつけた。二、三発パンチも浴びた。少年とはいえ、既に三人も殺している凶悪犯だ。老刑事も、一瞬銃に手をかけていた。

「待てよ！　あいつもだよ、あいつも捕まえろよ！」

橘はフロア奥を指差し、半狂乱になってわめき散らしたが、被さるように三人がかりで押さえつけられた。激しい大立ち回りを、あっという間に集まった数十人の野次馬達が取り囲んでいた。橘は殴られうつ伏せに倒されると、両腕を後ろにして手錠をかけられた。それでも船上に引き揚げられた魚のように必死で暴れまくり反り返り顔を上げた。すると野次馬の3列目あたりに、まぎれもなく伸也が立っていた。だが今までとは少しムードが違っていた。今風の若者が着る最新ファッションに身を包み、周りの若者とまったく同化していた。しかし眼だけは、あの独特の濁った輝きで他の若者とは完全に一線を画していた。酷薄な笑いを浮かべ、静かに橘を見下ろしていた。

「くそー！」

橘が再び暴れ大声で叫ぼうとすると、老刑事は膝で橘の頭を押さえつけ、ハンカチを口に押し込んだ。そして三人がかりで引き起こすと、エレベータの方へ引きずるように連行していった。橘は首が折れ曲がるほど後方を振り返り、伸也に向かって、くぐもって言葉にならない罵声を喚き散らしていた。

「うんや！　うんや！」

それは周りの野次馬達には奇妙な意味不明のうなり声だが、その男だけは何と言っているのか、はっきりとわかっていた。

伸也の仮面を脱ぎ捨てたその男、稲盛雅夫は野次馬の群集の中にすっかり自分を埋没させ、引きずられていく橘を見送りながら、ざらついたトーンで呟いた。

「伸也は、もういないんだ…」

＊

走っていた。弘子はネグリジェ姿のまま必死に走っていた。

上から羽織っている白いガウンがマントのように風に靡いて、まるで白い死神がダークな世界に存在する街並を漂っているようだった。

「ここはどこなの？」

暗い廃墟のような世界が、どこまでいっても延々と続いていた。切れた素足が痛み、息が切れて胸と喉が苦しい。しかし、充を救い出すまでは立ち止まる事は許されない気がしていた。自分が魔性の怪物に変身したように感じていた。毛むくじゃらの太い腕と足。鏡を見たわけではないが髪の毛の一本一本がわさわさと、まるで蛇か何か生き物のようにざわめいているのがわかる。走りながら振る手がまた一本増えたのがわかった。都合四本の手を動かしている。まるでギリシャ神話に出てくる怪物だ。いくらなんでも、これは夢に違いないと思った。この状態を現実と認識するわけにはいかなかった。だがそれは壮絶な恐怖でもあった。だから紛らわせるように、突き動かされるように必死に走り回っているのかもしれなかった。信じたくなかった……。

この現実感覚は底知れない恐怖だった。

空気感。質感。視界。聴覚。嗅覚。皮膚感覚。体温。激しい心臓の鼓動。痛みも匂いも風も感じる。そしてなによりも、この冷静な論理的思考……。

これほどまでに冷静に覚醒した精神錯乱状態などあるのだろうか？

どれをとっても、このリアルな感覚は、まさしく現実そのものだった。これが現実でないとすると、これまでの人生の方が、すべて夢物語だったと断言してもいいくらいだ。曖昧でぼやけた感覚など微塵もない。すべては白日のもとに隅々まで明瞭であった。さりとてこれが現実だとしたら、自分は本当に化け物になってしまったのだろうか？

平常心の塊が柔らかく腐乱して、じんわりと汚水を滲ませ音もなくずるずると闇の奥へ崩れ落ちて行くようだった。発狂する直前とは、このような感覚なのだろうか？

かろうじて残っていた冷徹な思考の断片がそう言っていた。

すべての苦悶を吐き出すように、大声で叫びたかった。そしてそのまま狂って暗黒の泥沼の中に埋没しようとも、この受け入れがたい広大な不条理の黒海となった混乱の世界から一刻も早く逃げ出せるのであれば、それもいいと思った。

発狂。それは簡単なことのように思われた。

わずかに残った正常な思考の暗部から沸きあがってくる奇妙奇天烈な嘔吐感を、正気の支柱を叩き壊すごとく心底の苦痛とともにすべて吐き出してしまえばよかったのだ。脳天を突き抜けるような異常な金切り声を一声発すれば、一瞬にして決着をみるのだ。しかし、そのすべてを放棄する叫びと共に、正常な意識のパーツも跡形もなく解体され吹き飛び、二度と正確な状態に復元されることは不可能となるのだった。何故か謎めいた確信を、頭の隅に辛うじて残っている正気の防衛本能が警告として発していた。

苦悩を声にして叫びたい！　しかし叫んではならない……。すべては終わりだ。

湧き上がり溢れ出る衝動をすんでのところで必死に抑え踏ん張っていた。その甘美な誘惑を撥ね退けている僅かな精神力の源は、弟、充に対する思いの強さに他ならなかった。それがこの絶望の極限状態から脱出する唯一の手段、発狂の一歩手前で踏みとどまらせている力であった。

頭の中で何かが弾けた音がした。

幻聴？　破裂音？

しかしそれは、音ではなく聞き覚えのある声だった。

「姉さん、頑張って！」

紛れもなく充の声が、重く圧し掛かる暗黒の天空から響いていた。

強い意志が崩れ拡散しそうになると、決まって充の呼びかけがダークな空間の奥からこだましていた。まるでテレパシーのように……。いや。テレパシーだった。それを反射的に理解していた。強い愛情で繋がっているものたちは、生命、時空を超えて想念のエネルギーを分け与える事ができるのだった。極限的な世界を垣間見た者だけが、人間の広大な潜在能力に気がつくのだった。そのことを弘子は、このカオスの中ではっきりと確信していた。それは広大な大宇宙を占める、黄金色に輝く壮大なエネルギーの渦で満ち溢れていた。

こんな世界があったのだ！　そしてそのエネルギーの存在自体が、メシアそのものだったのだとはっきり理解できた。

このような力が人間には宿っていたのだ！

だが殆どの者は、そんな人間の能力の一端さえも気づくことなく人生を終える。だが弘子は延々と続くこの極限の中で、そんな潜在的パワーに気づくよりも、なにも力を持たないまま静かに死に行くことを望み始めていた。

「もういい……」

足が止まった。もはや疲れ果てていた。意識の輪郭があやふやに崩れていった。

＊

ベッドに横たわっている弘子がいた。現実の弘子は深い眠りの中にいた。ベッドの横には愛用のモバイルPCと携帯電話が置いてあった。

現実でない物音を聴いて弘子の眼が醒めた。眼の前にあの男がいた。充を殺した憎き男だった。弘子は憎悪で全身が熱くなった。その瞬間起き上がると、身体が3メートルも肥大したように感じた。なくなった足の代わりに屈強な野獣のもののようなものが生えていた。その足でしっかりと起き上がった。全身に憎しみのエネルギーがたぎっていた。

お前達を絶対に殺してやる！　充の敵をとってやるのだ。弘子は怒りのエネルギーを爆発させ、鬼獣のような雄叫びをあげた。

「患者さんが、また暴れ出しました！　早く来てください！」

喚くように言って受話器を叩きつけた。付添い婦は恐怖に怯えきって竦んだまま様子を見ていた。眼の前の狂人は、野獣の雄たけびをあげてベッドを揺らし暴れていた。充血した狂気の白目で自分を睨み付けてくる。まるで自分が敵にされているような状況に、若い付添い婦は困惑していた。

遂に四肢を繋いでいる丈夫な紐が引きちぎられた。付添い婦は悲鳴をあげて逃げようと戸口に走った。弘子はすかさず獣的な機敏な動きで飛び掛かると、物凄い力で付添い婦の首をチョークスリーパーで締めあげた。付添い婦の足が僅かに宙に浮き腕が喉に食い込むと鼻血と涎を流し気を失った。首だけを持ち上げられ、だらりと全身から力が抜けた。息の根を止めようと、弘子の手が女の喉仏の辺りを掴んだ。そして力を込めようとした瞬間、蹴破られたようにドアが開き、数人の看護婦が飛び込んで弘子をタックルしてベッドへ押さえつけた。しかし物凄い力で、二人同時に跳ね除けられた。昼間と同じ状況になっていた。一人がそのまま当直の医者を呼びに走った。残された体格のいい年配の看護婦は、弘子に振り回されながらも必死で押さえようと抵抗した。

「こいつら殺してしまわねば！　充の敵を取らなければ、あの子は浮かばれない。私は負けない！」

弘子は自分を攻撃してくる屈強な怪物たちと必死で戦っていた。

＊

日清証券・情報システム室はパニック状態だった。メイン・フレームの勘定系マシンは完全にシステム・ダウンしてしまった。今週これで三度目だ。社員たちは全国の支店からのクレーム電話の対応でおおわらわだった。情報システム室課長は、システム管理主任にわめき散らしていた。

「なんとかならんかね！」

「どうにもなりません」

「くそ！　これじゃ全身麻痺と一緒じゃないか」

課長は立ち尽くしたまま頭を抱えた。

＊

警視庁防災センターに緊急コールが入った。

ビルの自動ドアが突然開かなくなったとの１１０番コールが同時に四箇所から入った。警視庁。消防署。あちこちの現場に向かった。

新宿区の有名デパートでは、建物の中に５０００人以上の人間が閉じ込められていた。防災センターのコンピュータ制御はまったく作動しなかった。電源もストップしていた。各システム、機械関係の管理会社が手を尽くしたが復旧のめどはたたなかった。建物の周りは客と野次馬で溢れかえった。中に連れ合いが閉じ込められたり別れ別れになった親子が喚き散らし内も外もパニックが時間の経過と共に増幅されていった。レスキュー部隊が出動してドアを電動ノコギリと火炎放射器で焼ききるため機材の設置をはじめた。

12時00分。三つの大手銀行のオンラインが全面ストップした。

各支店の窓口は客であふれ、はいりきれない客が店を取り巻いていた。同時期、都内の三つの区で停電が起きた。東部電力の調査によると送電線の異常は見あたらず他の原因を現在調査中だということだった。

都内中心に位置する三つの区だけでも、２００以上の民間企業のシステムに何らかの異常が生じたという報告が後日なされた。

今日はちゃんと動くだろうか?

各企業のシステム管理者たちは毎日戦々恐々として朝を迎えていた。その後もやはり、突然システムダウンしたり、原因調査中に復旧したりの繰り返しでシステム管理社員、管理会社、メンテナンス・サービス会社などが不眠不休で対応と調査に乗り出したが結局原因を究明することは出来なかった。

首都圏にコンピュータ・システムに関する警戒令が発令された。

皆いつ異常が起こるともしれないPCを、恐る恐る息を潜めて使用しながら仕事を進めていた。当然PDX本社も例外でなく、最近ではしょっちゅう本社機能が麻痺するのは珍しくなった。末端レベルでは、一般ユーザーは殆どの者が、ワープロ、データベース、表計算、通信の四つのアプリケーションを同時に起動し使っているため、一旦ネットワークから異常が起こると、通信ソフトがハングし、その影響でシステム全体がフリーズしてしまい悪影響の玉突き現象で、ついにはサーバーがいかれてシステム全体が使用不能状態になるのである。そうなるとリブートするしかないので、それまでのデータはディスクに保存していなければ失われてしまう。

殆どの会社の営業形態は、売上伝票や発注書などが消えてしまい、金融、メーカー、販売業など諸々の関連すべて大混乱になっていた。しかもエクストラネットでやりとりしているデータも途中で捕まり消失したり改竄されたりとネットワーク間を荒らしまわるネット海賊まで現われる始末だった。夜間バッチ処理の最中、勘定系ホスト機はオフラインだが情報系は外部とつながっている。夜間の不正侵入を防ぐため交代でオンラインを見張る会社もあった。これらは好戦的なハッカー集団の仕業のようで、普段昼間会社でいじめられている社員やリストラやトラブルで辞めた元社員が復讐のため夜中にクラッカーとなってさまざまなサイバー・アタックをかけてきていたらしい。そういう連中は意外に多く、この種の事件はかなりの数の検挙数になった。

また、若いＯＬがインターネットで知らない相手につきまとわれるサイバー・ストーカーによる事件も急激に増えつづけていた。卑猥なメールや脅迫メールが毎日送りつけられたり合成ヌードとともに電話番号を無断で掲示板に公開されたりと嫌がらせを数限りなく受けたりする。こういった犯罪も加害者が非常に特定しにくい。とりあえず通信履歴を残し接続業者に相談するしかない。多くの接続業者の個人ホームページは、ページアドレスからその人のメールアドレスがわかる仕組みになっているので刑事告発も可能だがとりあえずは弁護士に相談して対応を考えたほうが無難だろう。通信会社にも、安全配慮義務、管理者に対する監督責任を追及できる。プライバシーの侵害。民法７０９条の不法行為にも該当するが法律だけでは現実的な対抗策には成り得なかった。

＊

千華は写真集発売直前に引越ししていた。しかしまだ住民票は移しておらず事実上仮住まいで、事務所関係者の中でも社長の霧島とマネージャーの二人しか、この場所は知らないはずであった。しかし、常に行動を監視されメールで報告してくるネット・ストーカーにこの数日間千華は苦しめられていた。

特に今日のはひどい。時間は夜の10時を過ぎていた。さっきからきっかり30秒ごとにメールを送ってくる。1時間も続いている。すでに未開封のメールが１２０通以上溜まっている。最初の何通かは開封したが、全部違う文面でびっしり書いてある。異常だ。しかもすべて、自分の傍にいないと知り得ない情報ばかりだった。身に付けているもの、部屋の置物のことやカーペットの色、パソコンの機種、プリンター用紙の残り枚数、などなど。

「！」

千華は着信するメールをすべて開かないことにした。そうすると今度は、自分がした仕草までタイトルにして送ってきた。恐怖に引きつった。

「見られている！」

監視カメラが仕掛けられている事を確信したが、動揺で頭の中はパニックになっていた。

「どこ?」

部屋の中を見渡した。恐怖で身体が震えてきた。

「どこ！」叫んだ。

部屋の中のものを、かたっぱしからひっくり返した。

「どこ!!」

絶唱した。完全に錯乱状態だった。ものが激しく散乱する。のた打ち回って転げまわった。その後も新規メールが着信する度に発する音に飛びあがりそうになった。メールは着々と溜まっていった。千華は恐怖に震えて、小動物のように部屋の中央でジッと固まった。

*

担当医が物凄い力で突き飛ばされドアにぶつかった。衝撃で錠前が壊れ、ドアが開いた。弘子はまるで獣のような素早さで病室を抜け出した。看護婦たちが後を追いかけたがあまりにも早く姿を見失った。病院全体に戒厳令がしかれた。通常の病室はすべて中から施錠され病院内はひっそりと静まりかえった。看護婦たちが手分けして探すことになった。どうやら、別棟のほうに逃げ込んだようだ。他の科の診察医も応援に駆けつけ総勢15名でゆっくり別棟の奥にある部屋を取り囲んだ。どう考えてもあと逃げ込む場所はここしかなかった。婦長がゆっくりとノブを回した。開いている。後ろで担当医が毛布を広げて構えていた。これで押さえつけ丸め込んでおとなしくさせるつもりだった。ドアが開かれた。反応がない。一人が中を懐中電燈で照らした。

素早く婦長が部屋に滑り込みドア横の室内灯のスイッチを入れた。中には誰もいなかった。

窓が開いており風がカーテンをゆらしていた。

「そんな…。ここは3階よ！」

若い看護婦が叫んだ。

全員が息を飲んで顔を見合わせた。ほぼ同時に窓に駆け寄り身を乗り出して下を覗き込んだ。下は外灯の明かりでほぼ見渡せた。人の姿らしきものはなかった。ほっと安堵の息を全員が漏らしたその時だった。上から弘子が飛び込んできた。婦長と若い看護婦がタックルされるような形で突き飛ばされ、机に頭からぶつかり気を失った。物凄い憎悪の形相でこちらを見ている。

弘子は彼らに向かって叫んだ。

「弟をよくもあんな惨いめに！　私は死んでもお前たちを殺す！」

野獣の咆哮のような雄たけびに残された者たちは震えあがった。

ドア口にあった毛布を拾い上げ広げて担当医が弘子めがけて突進した。次の瞬間担当医は部屋の端から端へ突き飛ばされた。全員何が起きたのか一瞬わからなかった。弘子が突進してきた。一人一人近づくものの身体に触れた瞬間電撃波のように突き飛ばされたのである。再び部屋から逃走してしまった。苦痛にうごめいている医者たちがヨロヨロと起き上がったが既に彼女の姿はなかった。医者達は交代で夜を徹して弘子を探した。ようやく白々と夜が明け、眩しく降り注ぐ陽光は玄関脇の植込みで倒れている弘子を照らしていた。

＊

卓也たちは、『バックラッシュ』の機能を使ってこれまでの不正侵入及び攻撃の分析をしていた。こうしているうちにも、本社あるいは他の企業が危険にさらされている。

今度は何をやってくるのだろう？　想像もつかない。しかし予測しなければ。

例えばウイルスによるＰＣの大量破壊。細菌攻撃によって一瞬にして大勢の人の命を奪うやり方に似ている。まさしくテロリストが喜びそうな手段だ。このサイバー攻撃は、実際のテロ活動と発想は酷似していたということは最終的には核攻撃。物理的にどこかの国の核を誤作動させるのではなく、サイバー・スペースの中での核攻撃のようなことが考えられる。具体的には想像もつかない。しかし十分その攻撃は考えられる。『バックラッシュ』のＡＩ機能を使って様々な予測をシミュレーションしてみた。

＊

稲盛雅夫は、公園のベンチに座ってエージェントのメールを読んだ後、しばらくネット・サーフィンを楽しんでいた。傍でゴミ箱を漁っていた50歳代の汚いホームレスの浮浪者が、雅夫が操っているノートＰＣを寂しそうに見ていた。かつては管理職として活用したこともあるのであろう、複雑な羨望のまなざしだった。しかし我にかえると、すぐに現実の獲物を求めて自分の作業に没頭した。

雅夫はある個人サイトに導かれるようにアクセスしていた。それは偶然だった。少なくとも雅夫はそう思っていた。何故か暫くそのページを読んでいた。眼がくぎ付けになった。読み進むと胸に動揺が走った。

「くそっ！」

不愉快だった。

「偽善者め！」そう思うことにした。

「だまされないぞ！　この世の中のどこに愛とか善意があるのだ！」

吐き捨てたが胸の奥で何かが呼び起こされた。呼び起こされたそれは執拗に胸の中から離れず、逆に少しずつ肥大していくようであった。免疫のない身体に侵入した異物のようで不快だった。しかし、暫くすると禁断の果実を味わってしまいたいような衝動が徐々に高まってきた。再び静かにホームページに眼を走らせた。

隣では、がさがさと浮浪者は熱心にゴミを漁っていた。

「……」

癒された気がした。静かな感動が胸に広がった。こんな気持ちになったのはいつ以来だろう？　自分にもまだこんな感情があったことを発見した。

なんだろう？　変な気分だった。そのホーム・ページを隅々まで何度も読み返した。その間思考が止まった。じわじわと潮が満ちていくような愛情で身体が温められていくような気がした。

そしてホームページの終わりにはこう記されていた。

「―誰が何と言おうが、心から私は、あなたを愛しています―」

突然目の前から何かが落ちた。地面を濡らした涙の跡を見て、初めて自分の感動に気づいた。

「……なぜ？」

雅夫は呆然とした。

「なぜなんだろう?」

過去の忌まわしい屈辱や寂しさが蘇って叫びたくなっていた。訴えたかった。受けとめてもらいたかった。突然、悲しみと怒りが同時に溢れ出て激しく慟哭していた。

浮浪者は暫く手を止めて、不思議そうに雅夫を見ていた。

「もし周りに一人でもこんなことを言ってくれる人がいたら、俺はこんな人間にはなっていなかった……」

涙が止めどもなく流れだし、拳を握り締め震えながら歯を食いしばって耐えた。

暫く泣き続けた後、徐々に気持ちを立て直した。先ほどのような刺々しい腹立ちの燃焼が起きなかった。穏やかだった。しばらく眼をつむって考えた。眼をあけると、そのカーマイン牧師のホームページを「お気に入り」に登録した。楽しみが一つ増えたと思った。次の更新が楽しみだ……。

いや、二度と見るものか。騙されないぞ。すぐに否定し我にかえった。だが複雑な余韻が渦巻き交錯していた。ノートを閉じてバッグに入れると立ちあがり駅に向かって歩き出した。

同時に傍にいた浮浪者も収穫がなかったのか、力なくゴミ袋を元に戻し箱から離れた。雅夫はその時初めて浮浪者に気づくと、足を止めて無言で見つめた。浮浪者は雅夫など眼中になく無気力で朦朧として、ふらふらよろめきながら公園の奥にある次なるターゲットのゴミ箱へと歩いていった。

「おっさんよぉ!」

呼びかけると浮浪者が振り返った。

雅夫は小走りで近づくと浮浪者の手に札を握らせ、さっと身を翻しすぐに駆けていった。

「それやるよ!」

浮浪者が見たのは、悪戯っぽい笑みを浮かべた十代の若者の顔だった。

浮浪者は、きょとんとしたまま掌を開けた。小さく畳んだ一万円札が5枚あった。

＊

カーマイン牧師は、開設したホームページの七度目の更新作業に入っていた。

するとと突然、例のリム現象がはじまった。

「またか！」

牧師は手を止めて見ていた。

「余興はそれくらいにしてくれ」

カーマイン牧師は白けたように小さく呟いた。同時にリムが現われた。

「松嶋卓也との接触を一切やめるのだ」

「お前に指図される憶えはない」

「今なら警告だけでやめておく」

「では、こちらから警告してやろう。お前こそ、卓也およびこの国に悪さをするのはやめろ。ネット・ワークから出ていくんだ」

「お前に何ができるというのだ？」

「貴様に対して何かできるというわけじゃないが。しかし、私と卓也は同じ気持ちだ。あくまで貴様らの望むとおりにはならないよう彼と一緒に最後まで戦うさ」

「なるほど、一心同体というわけか。貴様は私の警告を無視して私を怒らせた。償ってもらおう」

「勝手に怒るがいい。忙しいんだ、早く消えてくれ」

「その言葉を貴様への死刑宣告としよう」

「くだらん！　貴様などに負けん！」

「消えてもらおう」

「消えるのはお前の方だ」

「セントラル・ヒーティングは快適かね？」

「何を言っているのだ？」

「お前にふさわしい、最も前近代的なアナクロ手法で終わりにしてやろう」

「消えるんだ！」

既に1階と2階そして書斎以外の3階のガス栓すべてが自動的に開いていた。警報システムはまったく作動していなかった。

「この建物は、すでに大量のガスで充満しているのだよ」

モニター画面一杯に〝Ｐａｒｇｅ〟の赤文字が大きく表示され点滅していた。

「アデュー、カーマインさ」

最後の言葉が脳内に響いた。

「！！！」

電気制御盤の内部で火花が散ってガスに引火した。同時に強烈な轟音が牧師の耳を劈ぎ、目の前の床が崩れ天井が落ちてくるのが見え、その後の映像が記憶されることはなかった。彼の意識は永遠にクローズされた。

教会は大爆発と共に崩壊し、建物は跡形もなくその佇まいを白い雪煙の中へと姿を消した。全体を被う巨大な土煙がいつまでも立ち上っていた。

上空からは、音もなく静かに雪が舞っている夜だった。

第12章　狂気からの生還

A safe return from insanity

吉祥寺の繁華街で雅夫が私服警官となにやら話していた。その後礼儀正しく一礼して別れた。今日二度目の職務質問だった。身長こそ175センチメートルはあるが顔つきはあどけなかった。やはりどう見ても高校生にしか見えない男が、この国の平日の昼間に動くことは障害が大きかった。橘と別れた影響が出ていた。橘は18歳のくせに腹がでっぷりと出て異常に老けていたので重宝だったのだ。車ごと捨てたので仕方がない。橘とこれ以上くっついていたらこっちが危険だったのだ。しかも今回のミッションにはあのバカは足手まといになるだけだ。

雅夫はサングラスをかけて、なるべく大人っぽい振る舞いで人波に紛れ込んだ。繁華街を抜け3階建ての古ぼけたビルの前に来た。嘗め回すように観察してその場を離れた。

パートナーとなるべき相手の情報が送られてこない。今までこんなことはなかったはずだが……。1ヵ月前の代理人からのメールでは自分と同レベルのハッカーと組んでやる段取りになっていたはずだが。インターネット・バンキングで自分の口座の残高照会をしたが橘に報奨金を払った後、一向に入金される気配がない。

どうなっているのだろう？　こちらからコンタクトをとってはいけないと言われているが軍資金がなければ活動も出来ないではないか。迷ったが1ヵ月前に受信した代理人のメールを開き、催促の返信メールを送信した。受信メールは読んだ時点で必ず削除するルールになっていたが、こんなこともあろうかと思い1通とってあったのだ。忙しくて俺のことなど忘れているに違いない。雅夫はあまり深く考えないことにした。

仕方ない。今回のミッションは一人でやってしまおう。難しいことは何もない。さっき下見したビルの3階にある会社のオフコンの中身を全部消してしまうことだった。不景気でリストラの嵐が吹いているせいで、今この種の依頼が一番多いのだ。

この依頼者も会社に対する復讐が目的だった。この53歳の依頼者は、今まで散々社内いじめに苦しみ、ある日突然リストラ対象となり有無を言わせず解雇された。退職金ももらえず一家は路頭に迷った。悪いことに娘が交通事故にあい、女房はノイローゼで実家に帰ったままだった。彼は激しく訴えた。

「俺がなにをしたというのだ！　一介の倉庫番業務を黙々とこなしていただけじゃないのか。バカにされているのだ。あんな奴は首にしてしまえと、社内の悪い噂も務めて気にしないようにコツコツ頑張ったのに……。俺をなんにもできないバカ呼ばわりしやがって！復讐してやる！

どうか私の恨みを晴らしてください」

それが依頼理由だった。

〝復讐〟甘美なる言葉だ。雅夫は舌なめずりをした。大いにやってやろうではないか。

これは正義だ。弱者の反撃を手助けしてやれる素晴らしい仕事ではないか。

あのビルにセキュリティと呼べるものはなにもなかった。警備員さえ常駐していない。一人で忍び込むのもたやすいだろう。あとはディスクの中身を、すべてパージしてしまえば会社は機能を失う。とてもバックアップなどとっていそうになかったが、たとえそのようなものが存在していても、それも探し出してすべて消してしまえばいい。まさか外部保管をしているとも思えない。今時珍しく完全なスタンドアロン形式で運用しているようだからたやすいだろう。社内からなにも持ち出すわけではない。簡単なことだ。代理人の次の指示を待つほどのことでもない。3日以内に決行しよう。入金は止まっているが、ストックは別の銀行にまだまだ潤沢にある。雅夫はカーマイン牧師のホームページを見てから、何となく事を急ぐようになっていた。なにか後ろめたさを振り払うように、急ぎたくなってしまっていた。

今後、牧師のホームページは見ないことにした。だがあえて〝お気に入り〟からの登録を削除はしなかった。

＊

卓也はボルボを飛ばして、西伊豆の保養病院に向かった。北詰から事情を聞き、いてもたってもいられなくなっていた。

〈そんなに酷い状況なのだろうか？　あの椎名さんが……〉

夜8時前に出て東名は意外に空いており2時間弱で到着した。その保養所はひっそりと静かだった。あたりに民家もなく不気味に真っ暗だった。車を止め正面玄関の呼び鈴を鳴らしたが反応はなかった。明かりはついているが人の気配がまったく感じられない。建物の周りを歩いて行くと奥に近代的な別棟があった。人の動く気配があった。駆け出して玄関に入り声をかけた。看護婦数人があわただしく走り回っていた。とにかく一人を捕まえて事情を話したところ2階の奥に行って下さいと言われたので、スリッパにはきかえ階段を上がった。奥の戸は硬く閉じられ、その前の廊下のベンチに北詰と内田が憔悴しきったように座っていた。二人は卓也を見つけるとオッと笑顔で眼を輝かせたが、それも一瞬にして光を失い深刻な皺が眉間に刻まれた。

「卓也！」

北詰の顔は、泣き出しそうだった。

内田は軽く頷くとそのまま下を向いて黙り込んだ。苦渋を何とか押さえ込んでいるようだ。

「俺達も1時間前についたばかりなんだ」

「で、どうなんです？」

「お前には見せたくないよ」

次の言葉に詰まった。暫くの沈黙のあと北詰が語り始めた。

「彼女は狂ったとしか言いようがない。今回婦長が来るのがもう少し遅かったら若い付添い看護婦は殺されていた。なんとか軽傷ですんだが病院側はこれ以上椎名さんを預かることは出来ないと言うんだ」

「東京の大学病院に入院させよう」内田が言った。

「ただ、充君は絶対安静なんだ。容態はかなり悪い」

卓也はただ頷き聞いていた。

「問題は、充君から弘子さんを離そうとすると、弘子さんの容態も急変するんだ。不思議だけど」

かなり込み入った状況だ。二人とも憔悴しきっている。今夜のところは二人とも休んでもらって卓也が付き添うことを申し出たが、病院側がそれを許すわけがなかった。今弘子は特別製ベッドに鎖でがんじがらめに括り付けられている状態だった。もはや人間扱いはされていなかった。看護婦三人、医師二人が怪我をさせられていた。抗議のしようがなかった。

「明日の朝、私が手配しよう」

もう一度、内田が小さく言った。なにかに怯えているようだった。世界を股にかけた、あのカリスマの内田常務はどこにもいなかった。とにかく弘子の顔が見たかった。ドアは鎖でつながれ大きな錠が掛けられていた。上を向いてフーッと息を吐いた。どうすることも出来ない。途方にくれた。内田がやっと重い腰をあげた。三人はそこから歩いて5分のところにある民宿に泊まる事にした。季節はずれの平日。部屋はいくらでも空いていた。そそくさと遅い夕食を済ませ、再び内田の部屋に集まった。誰もが疲れていた。しかし誰もが早くなんとかしなければと焦りを感じていた。このまま東京の大学病院に移したところで、症状が急激によくなるとは到底思えなかった。原因は他にあるのだ。

北詰は心にひっかかる疑問点を、率直に卓也にぶつけた。卓也は一つ一つをゆっくりと検証しはじめた。

まず、爆破のショック以来、眼を覚ましているときは正気の状態ではないということ。まるっきり、なにかにコントロールされているとしか思えないこと。北詰が地下鉄で殺されそうになったときが、そういう状態だった。本人はまるっきり正気のつもりが、身体が勝手にホームに向かって飛び込もうとしているのは、他人が見れば気が触れているとしか思えないだろう。石河の件もそうだ。彼も心臓に問題があったとはいえ、今までもっときつい仕事をこなしてきていたわけだし、その日もなんの兆候もなく過ごしていた。突然の心臓発作…。

「なるほど」

卓也は腕組みをしたまま考え込んだ。

内田は終始俯いたまま無言だった。眼に光がなかった。

「伊藤さんは石河さんの後ろの席にいて、たまたまことの始終を見ていたらしいのだけど、あの時突然、モニター画面が強烈に光ったと言っていたな。直さんのときもストリート・ミュージシャンの演奏をきいていたら、急に頭痛がして気分が悪くなったって言ってたよね」

「ああ」

「どうも、音と光がキーポイントのような気がするな。彼女の場合も爆発の中にいたんだから強烈な音と光を浴びている。それ以前に、なにか錯乱させる信号を埋め込まれていたのかもしれない。それが音と光によって制御不能となるなにかを」

「というとつまり?」

「脳にウイルスを埋め込まれた可能性があるね」

「ウイルスといったって、病気のウイルスとは違うだろう。我々の言っているウイルスは、あくまでも機械のプログラムだろう」

「人間の思考というのは、一種のプログラムだよ。つまり、OSは備わっているのだから別の破壊的アプリケーションを無理やりインストールされているという言い方がわかりやすいかな」

「うーん。お前が言うと説得力があるけど。ならば、それをどうやってアンインストールするかだよな」

「それをこれから考えなきゃいけないんだが、まずは本人に会って状況を把握しないと」

「明日の朝、私が院長に掛け合ってみるよ」

やっと内田が口を開いた。疲労が濃く、憔悴しきっていた。

「大丈夫です。その後は私が何とかします」

元気づけるような卓也の力強い眼の輝きに、内田は弱々しく頷き眼を逸らした。実は亡き息子の逞しく成長した姿をダブらせ思わず情景が滲んでいたのだ。

「頼むよ、君だけが頼りなんだ」

＊

翌朝、部屋に内田の姿はなかった。

仕方なく卓也は北詰と共に、海岸沿いの道を歩いて保養病院に行ってみた。

確かに内田が朝一番で来て院長はしぶしぶ説得に応じていたようだ。弘子には面会できることになっていた。しかし病院にも内田の姿はなかった。

二人は2階の弘子の部屋に向かった。鎖と錠は外されていた。ドアを開けるとき北詰が異常に緊張していた。病室で弘子は静かに眠っていた。全身を蒲団ごと鎖でぐるぐる巻きだった。あまりに惨い光景に悲しみが込み上げてきた。

〈あのかっこいい椎名さんが、こんな目にあうなんて…〉

「卓也、何としてもこの人を救い出すのです！」

カーマイン牧師の叱咤が耳元で聞こえたような気がした。

卓也はとにかく、彼女が眼覚めるまで待つことにした。北詰は内田の姿が見えないことに不安を憶え探しに行くと言って病室を出ていった。

卓也は注意深く部屋の中を観察した。静かな空気の中で、時計の刻む音がはっきり聞こえてくる。丸椅子に座って卓也はじっと待つことにした。

＊

断崖の上からの海の眺めは絶景であった。

内田は断崖の先端に立っていた。朝の爽やかな陽光が海面に反射して、キラキラと無数の宝石のような光を浴びせ掛けてくる。全身が洗い流され消毒されているような気分に浸った。崖の下を見ると、積年の波に削り取られた鋭く切り立った岩肌がなんとも言えない邪悪な誘惑を掻き立ててきた。

「落ちたら一巻の終わりだな……」

足元から転がり落ちる小石を見て呟いた。自分はここから落ちたいのだろうか？　内田は自分がわからなくなった。

〈俺は何故ここにいてこんなことを考えているのだろう？　俺は死にたいのか？〉自身に問い掛けた。途端に激しい憤怒が湧きあがってきた。また一人大切な宝物を失いつつある。〈これ以上大事なものを失う苦痛を味わうぐらいなら生きる価値などないではないか！　もう沢山だ！　耐えられそうもない…。そして最も信頼を寄せていた人物にも裏切られようとしている……。苦しむために生きるなんてバカげている〉

無性に腹が立った。抑えられない怒りと興奮で全身がぶるぶると震えてきた。震えながらも、じっと崖下の砕ける波を見ていた。頭が砕けた波のように真っ白になった。そのまますべての思考が止まった。

無意識に崖の先端に腰を下ろしていた。足の下は空間のみだ。身体を前に倒せば別の世界。その瞬間自分の存在はこの世から消えてなくなる。これまでの人生、出来事、意識、何もかも消えるのだ。

あっけない……。ばかばかしいくらいあっけなかった。意識の世界を消すことなんて簡単なことだった。

遠くの海をゆっくり眺め、ゆるい日差しの温度の心地良さが気持ちをほぐした。

「今日は、いい天気だな」

ふと思った。そういえば、こうしてぼんやり日本の海を眺めるのは何年振りだろう？

この十年間、意識して海というものを見たことがなかった。こんなに美しいものを。

海はいいな。晃は海が大好きだった。あの子がいなくなってから無意識に避けていたのかもしれない。

そのまま眺めつづけていると自然に同化するように青い世界に吸い込まれていった。

意識が消えた。そして時間も消えた。すべてが真っ暗になった。或いは真っ白だったのかもしれない。すべて無の世界だった。そのうち彼はあてもなくインナースペースの中を飛翔しているようだった。どこまで行っても終わりのない闇が続いていた。突然暗闇の無の中から、微かに声が聞こえてきた。遠くから赤ん坊の泣き声が聞こえて来て胸の奥に甘く響くような懐かしさを感じた。しかしそれが晃の声なのかどうかはわからなかった。そして泣き声は静かに消えていった。泣き声を聞いた途端、胸の奥から何か強い想念が湧き上がってきた。いや、思い出したという感じだった。

弱いものを助け守ってやるという、あまりにも原始的な男の根源的な欲求を呼び覚まされた気がした。数分だったが数時間もそこにいたような気がした。

再び何もないブラックの世界に、海鳥の可愛い鳴き声が聞こえた。そしてそれを包むように現実の波のサウンドが鮮やかに蘇った。ゆっくりと傷を繕うような、優しいストリングスのような音色の波がささくれ立った心の襞の綻びを一つ一つ丹念に被い徐々に癒やしていった。

自然にゆっくりと眼を開けた。眼前には、ブラックの世界から一転して、圧倒的に力強い現実のブルーが世界の果てまで続いていた。そして海の壮大なスケールが生きることの素晴らしさを称えてくれるようで心底から感動していた。

「そうだ、俺は生きている……。そしていつか…」

ポケットから煙草を出した。邪魔する風を手で翳し慎重に点火した。

「必ず終わるんだ。どんなに幸せでも不幸でも……」

一服を吐出すと緊張から解放されたように、思わず薄い笑いがこみ上げてきた。自分でも解釈の出来ない笑うという感覚だが、息苦しいなにかが少し取りはらわれた気がした。

人生の終着のその先を見極めるかのように、更に眼を細めて眩しい空と水面の境を眺めつづけた。潮風が時折力強く、そして優しく頬を撫でつけていた。

「内田さん…」

後ろに北詰が立った。

だいぶ捜し歩いたのだろう。靴が泥と草木の汚れで染まっていた。

「大丈夫ですか？」

その声は動揺を隠せず震えていた。

内田は、ゆっくりと紫煙を吐き風に乗せた。そして振り返ると言った。

「おい、ここからの眺めは絶景だな」

その顔は、広大な荒野を踏み越えたような自信と余裕に溢れ、穏やかで優しい笑顔だった。

北詰は唖然として内田を見つめ返した。

＊

弘子が静かに眼を開けた。

　卓也は反射的にその顔を覗きこんだ。しかし反応はなかった。自分を認識していないようだ。手をかざして振ってみたが、瞳孔は反応していない。見えていないのだ。やはり正気ではない。名前を呼んだが、やはり反応はなかった。眼を開けてはいるが、昏睡状態と変わりがなかった。そのまま思案した。ここに来る前に、催眠術および心理療法関連の本を、数百冊以上眼を通してきたが、役に立ちそうもなかった。

　落胆とともに、再びゆっくりと椅子に腰掛けた。

「み・つ・る…」呼ぶ声がした。

「！」

　弘子の眼に力が宿った。顔をこちらに向けていた。

「充なの？」

　弾かれたように駆け寄った。

「充！」

　ゆっくりと頷いた。弘子は自由にならない身体をもどかしそうに動かし暴れた。卓也は優しくそっと、弘子の頬を抱いた。

「大丈夫だよ、安心して」

「充、生きていたのね！」

　弘子は嗚咽の声を漏らした。

「悲しみを、なすがままに受け止めてあげるのです」

　耳元にカーマイン牧師の声が聞こえた気がして、卓也は一瞬びくっと身体を硬くした。

　あの深夜の告解室での、壮絶な牧師の祈祷を思い出していた。牧師はあの時、どんな気持ちだったのだろう？　しばらく、じっとそうしていた。そして再び弘子は卓也の腕の中で安心したように眠りに落ちていった。穏やかで静かな寝顔であった。掛け蒲団を掛けて、卓也はそっと病室を出ていった。

　話を聞いた病院関係者達は一様に驚いた。今まで無かった現象だった。とりあえずその様子を院長に報告したが、彼らはその後の対応には自信はないと言った。話が終わった後、再び弘子の病室にもどっていろいろと思案した。錯乱はなかったが、やはり正気ではない。死に行くものが、既に現実の状況を把握していない感覚に似ていた。肉体はともかく精神は相当に病んでいる。これ以上弱ってはまずい。取り返しのつかないことになる可能性もある。

出口の見つからない状況にいらついて天を仰いだ。

窓から差し込んでいた陽光が雲のせいで陰り、少し部屋が薄暗くなった。ふとサイドボードの上にあった弘子愛用のモバイルノートに目がいった。Ｂ５判サイズのものだ。一瞬、ディスクの活動ランプが薄く光るのを見逃さなかった。素早く手に取り液晶画面を起こした。

「！」

なんだかわけのわからないメッセージが次々と表示されスクロールされており、気味の悪い悪魔のウイルスが増殖し胎動しているようだった。

「なるほど……。そういうことか」瞬間閃いていた。

卓也は全神経を集中し推理の翼を広げて飛翔した。しばらく部屋の中を歩き回った後、窓際のテーブルに座り、独自のコマンドを打ちこみ慎重に解析作業を開始した。

＊

内田と北詰が病院に戻ってきた。そしてすぐに弘子の病室に向かった。内田が力強い足取りで廊下を進んで行く。その後ろ姿は自信に溢れ堂々としていた。北詰は彼と初めて会った時のことを思い出していた。あの内田が戻ってきた。すべての迷いは吹っ切れたようだ。この人は強い。北詰はあの時と同じように、その広い背中に引っ張られ高揚さえ感じていた。

ノックをして弘子の部屋に入った二人は、飛びあがらんばかりに驚いた。

弘子がベッドから半身を起こして座っていた。

憑き物が取れたような、純粋に美しい澄んだ瞳で二人を見つめてきた。

透き通るような美しい顔立ちだった。

二人は言葉に詰まったまま、愕然と弘子を見つめたまま立ち尽くした。

「なに？　化け物でも見る眼つきね」

小首をかしげ悪戯っぽく微笑んだ。

「治ったんだね！」

北詰が涙声で叫んだ。

卓也が窓際で、再び強くなった陽光を背にして立っていた。そして満足そうな笑みを浮かべて優しく頷いた。彼はこの短時間の間に、弘子の脳波混乱プログラムを解読し消去したのだった。

内田が軽くガッツポーズをしたあと、弘子に駆けより肩を抱き優しい笑顔で見つめた。言葉は出なかった。父親のような広大な愛を放射しているような崇高な眼差しだった。北詰も卓也もはじめて見る内田の穏やかで優しい顔だった。そしてそんな内田の表情を見るのは、弘子も初めてのことだった。

「大変だったの？　何も憶えてないんだけど」

弘子が妹のような愛くるしい笑顔で言った。誰も何も言わなかった。すべてはその笑顔で片がついた。

「私、暴れまわっていたの？」

「君が暴れまわるのは、今に始まったことじゃないよ」

内田がそう言うと、全員がどっと声をあげて笑った。

病室の中は、これ以上ないというぐらいの全員の広大な愛が充満していた。

＊

雅夫は、どこにも叩き付けられない怒りで全身が震えていた。

この記事の内容が、自分を指していることは、どう否定してみても紛れもない事実であった。

「港区白金台のマンションの一室で、12日午前、北山義明君（19）と友人の葉山恵理さんの二人が遺体で発見された。行方をくらましている同地区に住む、18歳と17歳の無職の少年二人を殺人容疑で指名手配。その後18歳の少年が新宿区の路上で無職、新井博敏さん（28）を刺殺。通報により中央署所轄の刑事に逮捕された。引き続きもう一人の容疑者である17歳の少年も捜索を続ける」

雅夫はファミリー・レストランで食事を終えた後、夕刊のインターネット新聞を見ていた。そしてこのなにげないベタ記事が眼に飛びこんできた瞬間、カッとなって思わずノートを床に叩きつけるところだった。だが必死で思いとどまった。

〈なんてことだ！　新聞記事になっているじゃない

か。なぜ二人なのだ！　この17歳の少年が何故存在するのだ！　くそっ！　誰かがチクりやがったんだ。誰だ！　橘の証言か！　あいつがパクられた後ゲロしたのか？　奴が何と言おうと、俺の存在を立証する状況証拠はないはずだ。待てよ？　しかし、あいつといる時既にアパートにお巡りが張り込んでいたじゃないか？　変だ！　誰かにはめられている。誰だそいつは！　まさか？　俺の行動を知っているのは、リム、代理人。そのどちらかが、あるいは両方が裏切ったのか？　俺をサツに売ったのか？　なぜそうなる？　俺は完璧に仕事をこなしてきたではないか。

わからない？　なぜこんなことに。しかしだ。たとえこの17歳の少年が伸也だとわかっても、俺には辿り着けないはずだ。伸也は既にこの世にはいないんだからな。

くそっ！　次の仕事は今夜決行するつもりだったが、やめにしよう〉

そんな気力は完全に消し飛んでいた。

＊

内田たち四人は、いきなりドラマチックに現場に復帰した。四人はビルの中枢部セキュリティ管理センターに顔を揃え、ネットワーク・クライシスに対して今後どうするか相談することにした。センターにいるスタッフ達は、最初は誰もが驚いていたが、現実に起こっていることにそのインパクトも急速に萎んでいった。彼らが本社に戻ったと同時にＰＤＸのシステムは完全に全面停止した。よってビルの機能も停止していたのだ。

人工滝や噴水も止まり、空調、喚気、温度調整システムが止まりロビーの植物が枯れはじめていた。水槽に酸素が供給されず、苦しそうに熱帯魚たちがぐるぐると回っている。セキュリティ・システムが作動せずビルの入館も退館も出来ない。各部屋の移動すら出来ない。電話、ＦＡＸはすべて不通。一番肝心なパソコンも、サーバーがダウンしてスタンドアロンでしか使用できなかった。設備機器はすべてシステムによって作動しているのでまるでなにも出来なかった。外部への連絡方法すらなかった。対策会議どころではなかったが管理職が集まって協議を始めたが、まるで困惑しており途方にくれていた。

内田がかねてから全システムが麻痺した場合、つまりネットワーク・クライシスについてのトレーニングの重要性を説いてきていたのだが…。

緊急対処のマニュアル作りと対策訓練の実施。異常システムダウン時におけるシミュレーション訓練の実施。システム復旧緊急シナリオなどの対策方式を装備するよう前々から指示を出していたが素直に受け早急に取りかかっていた部署は一つもないことが皮肉にも証明されてしまった。

四人は集まって対策を考えた。協議というより卓也の意見を待った。不正侵入というレベルではない。完全にシステムを止められてしまった。それはすなわち物理的にも監禁されたのと同じだった。

「我々が帰ってくる時間まで計算した攻撃だな」

「この状況を克服することは、完全に不可能のようですね？」

北詰と内田が交互に呟いた。

「……」

さすがの卓也も応えようがなかった。

突然、ビルに垂直に揺れる振動が襲った。

「地震？」誰かが叫ぶ。

足元が抜けるような激しい縦ゆれに恐怖を感じ、反射的に皆近くのデスクやモニターを掴んだ。そういう態勢を維持しないと立っていられないくらい激しいものだった。視界がぶれるほど、かなり激しい上下動が続いた。悲鳴と怒号が飛び交った。

「大丈夫だ！　このビルは」

全員の動揺を受け止めるように内田が叫んだ。

このＰＤＸの本社ビルは、新建築法に基づき耐震性は万全であった。補強柱となる耐震ブレースが40ヵ所に設けられ、完全な免震台構造のアクセスフロアになっており、その他の災害対応も完璧であった。例えば、あの滝の為に使用している１２００トンの水は、本来災害供給用の為のものであり、水力発電で生み出される電力も日々自家発電機に蓄えられており、余剰分は電力会社が買い取るシステムになっているのだ。同じく300キロリットルのガソリンの備蓄もある。コンピュータシステムに欠かせない冷凍機も3台装備しており、電力系統は、6600Vを2回線装備。災害時には、1200KVA（4000KVA×3台）の電力を約50秒で送る事が出来る緊急自家発電装置をもつほか、安定した電力を供給するためのCVCF×12台のUPS設備もある。しかもたとえ自家発電装置の送電が遅れても、合計1800個のバッテリーによって10分間は電力の供給が行なわれ、この間に正規の自家発電装置を立ち上げればよいのだ。つまりこのビルが機能不能もしくは崩壊するようなことがあるなら、既に首都圏はほぼ全壊していると言ってもよかった。

5分後。揺れは止まったが全員が完全なグロッキー状態になっていた。人間のバランス感覚では5分が限界だった。その時、目の前のパソコンが猛烈なスクロールを始め、リム現象が起きた。別にこちらからオフラインにしたわけでもない。あちらから好きな時にアプローチできる状況になっているのだ。もはやインタラクティヴ環境ではない。ハイテクなインテリジェントビルは強力な監獄と化していた。スクロールが消え突然、リムと思われる例の男が映し出された。北詰は見覚えのある老人の顔に恐怖した。内田と弘子は冷静に見ていた。この二人がリムを見るのは初めてだった。

リムは強烈な悪意の眼光を放ち言った。

「勝負あったようだな」

酷薄とした微笑を浮かべていた。

「罠にはまったな、リム。アクセスしてくるのを待っていたんだよ。不正アクセスと同時に『バックラッシュ』のAIはすでに機能している。もう君は逃げられない」

卓也は自信ありげに鋭い微笑を返した。

「バカなことを。そんな子供だましが私に通用すると思っているのかね？」

リムも余裕たっぷりだった。

どっちが有利なのだ？

他の3人は皆目見当がつかないまま、そのやり取りを見守っていた。

「君を消滅させるよ、リム」

卓也がサブモニターの前にゆっくりと座った。

「面白い。そんなことが出来るのならやってみたまえ。その前に君が消えることになる。カーマイン牧師のようにな」

「！！！」

卓也は言葉を失った。同時に全身が震えた。

他のものが、はじめてみる卓也の発作のような動揺に息を呑んだ。

「カーマインさんに何をした！」

苦渋を搾り出すように言った。

突然モニターに教会の全景が映しだされた。そしてすぐに場面が建物の内部に切り替わった。書斎にいる牧師がこっちに向かって話している。ちょうどモニターの内部からマジックミラーで部屋を覗いているような視点だ。カーマイン牧師が、こちらに向かって激しく抗議しているようだった。再び画面が教会の全景に変わった。数秒の間があった後、いきなり建物は大爆発を起こして跡形もなく崩れ落ちた。

「あーっ！」

その瞬間、全員が叫んだ。

卓也は目の前でその光景を見せつけられ、モニターの前で硬直していた。何が起こったのか暫く理解出来ないようであった。他の者も金縛りにあったように呆然と佇んでいた。

卓也は微動だにせず画面を見つめたままだった。

北詰も放心状態だった。

「何てことだ！　サイバー・テロリストは現実の攻撃を仕掛けてきた。無差別殺人テロを！」

画面は何事もなかったように元のメニューに戻っていった。

「許さない！　殺してやる！」

卓也の怒声がフロア一杯に響き、狂ったようにモニターを叩いていた。

「卓也！」

北詰が駆け寄り、心配そうに肩に手をかけたが彼の顔を見てゾッとした。卓也の眼の輝きは憎悪と悪意に満ちていた。あのリムのように。

「殺してやる！　殺してやる！　お前を殺してや

る！」

何度も呪文のように口の中でブツブツと繰り返し、よろよろと椅子から立ち上がるとあてもなく呆然と何処かに行こうとしていた。何処へ行くというのだろうか。リムと戦うためか。或いは牧師の元へか。錯乱しているのは明らかだった。北詰は無言で卓也を抱きとめた。卓也は震えながら更に呟いている。抱きとめたまま北詰は泣いていた。「卓也、すまない。俺にはなにもしてやれない」泣きながら更に強く力を込めて抱きしめていた。

弘子はその姿を、クールな表情と裏腹に熱い想いで見つめていた。

＊

その後、徐々にビルの機能やシステムが回復しはじめ、1時間後にはすべての状態が元通りとなった。

北詰はすぐさま卓也を連れて札幌へ飛んだ。道中、卓也はまるで何かに憑依されたように独り言を繰り返し放心していた。突然襲った怒りと悲しみを整理しきれないのだろう。北詰は不安だったが、とにかく牧師のもとへ行くしかないという思いに衝き動かされた。カーマインさんが呼んでいるのかも知れない。卓也を自分の元に連れてくるようにと。そう自分に語りかけているとしか思えない慄然とした衝動だった。これで卓也までおかしくなったら、我々は完全にＯＵＴだ。まるでワープしたように、あの村のあの場所に立っていた。なにをどうしてどうやってここまで来たのかまったく記憶がなかった。そんなことはどうでもよかった。そこには、あのモニターの映像で見たものと同じものが横たわっていた。やはりあの映像は本当だったのだ。

白い残骸の山を雪が包み込み、巨大な要塞のようにも思えた。イメージに残っているあの教会の姿は、跡形もなかった。激しく雪が舞う中、卓也は呆然と佇んでいた。その姿は魂が抜けたように何の感情らしきものもなかった。北詰は不安だった。精神に異常をきたさなければよいが…。

近くの民家にはまったく影響はなかったらしい。その夜、村長の家でひっそりと密葬が行なわれた。卓也にとってはこれ以上ないといった残酷な儀式だった。たった一人の肉親といえる存在だったのだから。しかし、あれだけの大爆発にもかかわらず牧師の身体にはほとんど外傷らしきものはなかった。穏やかな眠っているような死に顔であった。卓也は自分がプレゼントしたサイバー・ウオッチをそっと牧師の腕から外して自分の腕に巻きつけた。形見代わりのその時計は不思議な事にまだ動いていた。牧師の死の後も続いていたと思われる時を刻んでいるのだった。村人の誰もが悲しみに暮れていた。死因は建物の下敷きになった圧迫死であった。

密葬が終わると二人は静かに札幌を後にした。

飛行機の窓を見やり、初めて卓也が一言ポツリと漏らした。

「もう俺の帰るところは、無くなってしまった……」

北詰は目を閉じたまま、眠っているふりをするしかなかった。

第13章　青い鳥

Bluebird

暫くの間、ＰＤＸでは異常がなかった……。

リムが喪に服して、サバト（安息日）を与えてくれたのであろうか？

北詰は久々に活気溢れるオフィスの光景を見ながら思った。デスクから立ち上がるとそのまま窓際に立ち都心のランドスケープを眺めた。だが無意識に新宿方向のビル群に思いを馳せていた。卓也には暫くホテルで静養するように命じた。卓也は無言でしたがった。

しばらくそっとしておこう。そして少し落ち着いたところで様子を見に行こう。北詰の指示を、内田も弘子も黙って見守っていた。誰もが卓也を心配しているのだ。皆を、これまで救ってくれたのは彼だったのだから。しかし誰も彼のために、何もしてやれないし何をしたらいいのかさえわからなかった。

だがカーマイン牧師は、彼に大変な財産を残していたのであった。

＊

数日後。ある朝が来て、陽光がホテルの室内を明るくした。

タイマーがマシンの起動をうながした。

正常に立ちがったと同時に、デスクトップ画面の中には窓があった。まるで映画のワンシーンのようだった。実際の映像ではなかった。コンピュータ・グラフィックのような、全体に薄い青みのかかったイラストのような世界だった。

「こんなアプリケーションはインストールされていないはずだが？」

無精ひげの卓也がベッドから2日ぶりに半身を起こして、モニターを見つめた。

毎朝こんな画像が表示されていたのだろうか？

　だが近づく気も起こらず、ぼーっとそれを眺めていた。すると突然画面の中の窓が開いた。その向こうに爽やかな朝焼けが見えた。ふと可愛らしく小刻みに羽を振るわせながら、ルリビタキのような一羽の青い鳥が窓枠に降り立った。そして小鳥は卓也に目配せするように、朝焼けの向こうに飛び立っていった。すると卓也の意識も、その小鳥の背後からカメラが追うように、すうっと画面の中へ飛び立っていった。視点は小鳥の背後をすうーっと追いかけていた。小鳥はどんどん先に向かっていく。まるで一緒に空を飛んでいるような錯覚を起こし眩暈を感じた。卓也の意識はそのまま小鳥を追いかけて飛翔していた。その瞬間肉体的な感覚が消えていた。小鳥はいろんな場所を飛んでいく。世界の果てまで飛んでいくようだ。雲なのか霧なのか靄で急に周りがまったく見えなくなった。暫くして靄が晴れた。突然、下界に広場が見え大勢の群集が現われた。子供から老人まで、あらゆる年代の男女がまるでコンサート会場のようにその広場に数万人はいた。そして全員が自分を見ていた。近づくとあふれんばかりの笑顔。笑顔。笑顔。笑顔ばかりだった。喜び。嬉しさ。楽しさ。広大な愛情で溢れかえっていた。その中のたった一人の笑顔を見ただけで、自分がどれほど愛され慈しまれているか一瞬にしてわかった。しかもそんな愛情溢れる人々が何万人もいて全員が卓也一人にやさしさを注いできた。広大な愛情の海原をどう受けとめてよいかわからず、涙が溢れ止まらなかった。どう表現してよいかわからなかった。自分の姿は消えて、ただ暖かいものに包まれている意識だけが残っていた。飛翔しているのか、ただよっているのかわからなかった。このインタンジブルな感覚を言語で説明することは難しかった。その時確かにカーマイン牧師の愛情と同種のエネルギーに包まれているように感じていた。

　これは夢なのだろうか？　夢をみているのだろうか？

　意識ははっきりしているが自分の身体は見えなかった。肉体はどうしたのだろう？　今自分は何をしているのだ。眠っているのだろうか？　起きているのか？

確かに見えている。なにもかもだ。だが何が見えているのか言葉に出来ない。人知の概念では説明できない世界である。そして純粋に満足していた。

目の前に文字があった。

感動すべき愛情に満ちた言葉がどこまでも続いていた。無心に読んでいた。卓也はいつの間にかモニターの前に座って、一心にカーマイン牧師のホームページを読んでいた。

牧師の愛に包まれている心地よい時の流れだった。

カーマイン牧師のページは、数千ページに及んでいた。大作だった。いつのまにこんな膨大な量を？　彼は音声変換ソフトを使って毎日8時間もかけてすべての思いを残したのであった。何故かそれも瞬間的に理解していた。自分の死期を悟っていたのだろうか？

しかし、あまりにも短期間すぎる……。

そこには、カーマイン牧師のほぼすべてが入っていた。あれほど膨大に牧師と話す時間があったのに、本格的に話したのは教会を出ようとしたほんの数日間だけだったのである。

「知らなかった。カーマインさんのホームページがあったなんて……」

全部完成した後、見せるつもりだったのだろう。そしてそこへ今誰かが導いてくれた。それにあの青い鳥……。

「誰なんだ？　なぜ俺とカーマインさんのことを知っているんだ？」

バックでは、毎朝タイマー起動により流れていたはずの、ジョン・フォガティの力強い歌声が、卓也の耳に届いた。曲は、「ロッキン・オーバー・ザ・ワールド」だった。

＊

再びＰＤＸのシステムが停止した。それはＰＤＸだけでなく数百社に及んだ。

深夜0時。日付が変わったと同時にサーバーは機能を止めた。まるで自分の意思であるがごとく。深夜、東京は廃墟と化した。電力会社からの電源の供給が遮断された。電話はすべて不通。どこからどこまでが、どのレベルまで正常なのか異常なのか誰にもわからなかった。携帯も一般電話も、インターネットもなにも使用できなかった。大地震がきて町はすべて崩壊したのと一緒だった。

帝王医大病院は大混乱だった。緊急自家発電装置が作動しない。全ての医療機器が機能していない。病院の自動ドアさえバーナーでこじ開けて移動する状態だった。

1時間で首都圏のすべての機能は回復した。寸止めで生かされたようなものだと澤田は思った。またしても大混乱が巻き起こる。何をどう考え準備し、順番を決め一つ一つ取り組むといったことがなされない。危機管理体制が出来ていないどころの話ではない。こんなに大勢の人間がいるのに誰に連絡しどう動けばいいのかまるでわからない。すべての通信、交通機関がストップしてしまったら、まったく死んだも同然だった。防災センターは全面ストップ。指示系統はない。澤田はHITECビルを出て、駐車場まで走り愛車のマークⅡに乗り込んだ。キーを差し込むと通常電子回路が作動して制御盤とカーナビゲーションに電源が入るはずだがまったく始動しない。

〈何故だ!〉車はバッテリーで作動するはずじゃないか。イグニッション・キーを何度も回すがまるで反応せず蘇生するムードは皆無だった。〈くそっ!〉舌打ちして車から降りると、叩きつけるようにドアを閉めた。

〈走って行けというのか!〉いっその事、大声をあげて真夜中の通りを走り出したい気分だった。ビルを見上げると、どこも停電で真っ暗だった。それでも建物の中でもそもそと虫のように人が動く気配がする。誰もどうすることもできない。思いなおし、車のダッシュボードから懐中電灯を出しスイッチを入れた。瞬間これも点かないのではとドキドキしたが灯は点いた。ホッとして大通りへ歩き出した。

不思議なことに、通りには車は1台も走っていない。午前1時。確かに人通りはなく車も少ない時間とはいえ、1台もいないのはおかしい。まるで神隠しだった。〈ハイテク・テロの神隠しとはバカバカしいが、もしタイムマシンに乗って太古の昔に行って我々がハイテクを駆使して何かやったら古代人は我々を神だと思うだろうか？　今は逆にそれをやられている古代人の心境だった。

奴らと、それほどレベルが違うのだろうか？

そんなバカな。俺はＭＩＴで現在最高の技術を習得したはずだ。それをまったく苦もなく捻られるほど奴らはハイレベルなのか？　おかしい。とても理解出来ない。ところで松嶋卓也はどうしているのだ？　彼はまだ立ち直れないのか〉

歩いているうちにやっと1台のタクシーを見つけた。路肩に不自然に乗り上げて止まっていた。エンジンは切れているが運転席には確かに人がいる。駆け寄って窓を叩いた。中から中年の運転手が叫ぶ声がガラス越しに小さく聞こえた。

「ロックが解除できなくて、ドアが開かないんだよ」

「いつからだ？」

「さっきだよ。突然、エンジンが切れてさ。エンジンが切れりゃ、パワステも利かなくなっちまってここに乗り上げちまったんだ」

澤田はサバイバル用の携帯工具を出して窓の隙間に差し込み、何とか解除のポイントを模索しはじめた。

＊

千華は真夜中の不正侵入に対して敢然と立ち向かっていた。

モニターにはまるで生贄のように千華のヌードが映し出されていた。

だが、千華はこの侵入者達を必死に勇気づけた。そしてある時母性に目覚めていた。そして女が求める男性の根源的力を崇拝し励ました。

〈誇りを思い出して！　人間としての根源的な生命の躍動から発せられる勇気を……。

欲望に振り回されて自分を見失ってはならない。恥辱。欲望剥き出しの動物性生理のみに走っては駄目！　理性を放棄しては駄目！　誇りを、プライドを、心意気、思いやりを思い出すのよ！〉

千華は脳内から必死に呼びかけた。

〈思考するの。向上本能を停止させてはいけないわ。財産を眠らせてはいけないわ！　欲望の中にすべてを

埋没させてはいけない〉

それでも無表情に侵入者達の攻撃は更に強烈に増長し続いていた。生暖かい液が顔をめがけて飛んできた。半透明なものに混じった白い液。頭に、顔にシャワーのように四方八方から飛び散っていた。その夥しい量に千華の身体は包まれどろどろの液の中に埋没しようとしていた。目、耳、鼻、口と、ありとあらゆる部分から白濁液が侵入していた。

〈やめて！　他人から見えなければ何をしてもいいの？　でも見ているわよ！〉心の中で必死に叫んだ。

〈対自覚！　自分を見なさい！　勇気をもって自分自身を見つめるの！〉

だがおぞましい欲望の粘液は更に怒濤の放流となって襲いかかってきた。

〈く、苦しい…。呼吸が出来ない…。屈辱と苦しみの海に沈んで行く……〉意識が消えかかった。

「助けて、卓也…」

千華は、ねっとりとした欲望の粘液の中に閉じ込められ蚕のようになった。しかし意識朦朧でそれを突き破った右手がマウスを握った。画面の中のカーソルがスライドしてメニューの〝卓也〟のショートカットをクリックした。その瞬間、千華と卓也の部屋のサーバーと接続された。千華の緊急信号を察知した卓也の人工ＡＩは千華を救うべく機能を始めた。『バックラッシュ』の不正反転攻撃が千華のネットワークに侵入していた数百の不正者に向かって強烈な衝撃波として走った。すべての白濁粘液が上空に飛び散って霧散した。ネットワークに侵入していた者達全員が灼熱のエネルギーに全身が包まれたように焼け爛れた苦しみを味わっていた。千華の異質感と胸の苦しみが消えた。部屋の中央で放心していた。何が起きていたのかわからなかった。すべて夢物語のようだと思った。

不正侵入は完全に撃退されていた。モニターは正常な画面を映し出していた。

何故か千華は、もう二度と彼らが現われない気がした。

＊

朝になり通常出勤の人間が到着すると、どの会社も混乱で慌しさを露呈していた。何故夜半のうちに緊急連絡をしなかったのかと怒る上司に、電話もインターネットも全ての通信手段が麻痺していたという説明を受けると黙り込むしかなかった。コンピュータ・ルームに直結していない部署から、問い合せの電話がひっきりなしにかかってくる。どこのセンターもパニックだったが、それ以上にパニックなのは営業部門や販売系統の全部門であった。お客に直接応対するところは事情がわからず、しかも会社としてはまったくの機能停止でどうすることも出来なかった。営業部から矢継ぎ早に連絡が入る。3分おきに状況の進行具合を聞いてくる。

「IPLも起動しないんだ。いや。ハードの問題じゃないんだよ。OSは問題ないんだが作動しないのでオンラインを上げることは出来ない。原因？　だから今調査中なんだよ！」

苦渋と苛立ちで声を荒げながら、センター管理部長が説明していたが部下に対応を押し付けて会議があると言って出て行った。

「ふざけんな！　仕事にならんだろうが！　いつなんだ？　いつまで待てばいいんだ！　いつ使えるんだ！時間を言え！　この野郎！」

相手が下っ端と代わったと思った途端、営業所長の怒りが爆発した。言葉の暴力で言いたい放題。抗弁は出来ない。

〈それがわかるぐらいなら、とっくに復旧しているぜ〉

マシン・ダウン時の毎度の揉め事だ。

「それが…。ちょっと、今のところ調査中でして…」

通話は突然切れた。叩き切られたのだ。

「いっそのこと電話だけは復旧しなきゃいいのにな」

システムの窓口担当は誰にともなく呟いた。

クレーム電話はこれで90件を越えていた。

＊

「昨夜、再び本社の機能がストップしたそうだ」

内田が卓也以外のいつものメンバーに言った。

澤田以外は朝出勤した段階で状況を知ったのだった。深夜通常の家庭はすべて寝静まっているので状況を知るよしもない。通信系統を止められているので緊急連絡もこない。朝起きてＴＶのニュースで知ったものがほとんどだ。

「また、ぐちゃぐちゃな１日が始まるのか。こりゃ、今日も仕事にならんな」

北詰がうんざりしたように言った。

「もはや、ネットワークの監視やログの解析だけでは実態を把握することは困難です」

鍋島が力不足を嘆くように溜息をついた。

全員が沈黙となった。

「バック・ラッシュは、ここのサーバにインストールされているはずだが？」

トムが鍋島に聞いた。

「肝心のＡＩ機能の大部分は松嶋さんの自宅のサーバにあります」

「カウンター機能だけでも使ってみたらどうだろうか？」

「あれだけ高度なものですから、ＡＩがなくて果たして使えるのかな？　それに、運用方法は松嶋さんのレベルじゃないととても使いこなせませんせん」

「ＡＩはホテルに連絡して、彼のサーバからダウンロードすればいい」

内田が珍しく、意見を強引に通そうとした。

「実に危険だなあ。それこそリムの思う壺ですよ。途中で奴に分捕られますよ。これで、『バックラッシュ』までインターセプトされたら、まったくもってお終いとしかいいようがない」

「現状のカウンター機能だけでも、防護壁にならんかね」

内田が熱心に続けた。

「なんとも言えません」

「それでも構わんから、二人で解析して、やるだけやってみてくれ」

必死のやりとりを見ていて、北詰は自分への無言のプレッシャーを痛いほど感じていた。

〈松嶋卓也を復活させてくれ。それが出来るのは君しかいない〉

時折、内田と目が合う度にそう言われているような気がした。三人がやり取りしている声が遠くでこだましているようだった。静かにその場所から離れると北詰は出口に向かって歩きはじめた。何となく意識がぼーっとしていた。またしても導かれるように卓也の元に向かおうとしていた。セキュリティ・チェックを通過して地下の駐車場に出た。と同時に次の人間がエレベータから降りてきた。弘子だった。

「私も行くわ」と目が言っていた。

北詰は黙って頷いた。

第14章　復活

Revival

モニター画面には、カーマイン牧師が映っていた…。眼を瞑って穏やかに眠っているようだ。写真のようにリアルな映像だった。

自分のやっていることは神への冒涜かも知れない…。

人体実験ではないが、畏れを知らない魂の創造行為。死者の魂を人工知能とデータで蘇えらせるなんて……。

卓也は『バックラッシュ』のAI機能を使って、遂にカーマイン牧師をサイバー・ワールドの中で生き返らせることに成功したのである。カーマイン牧師に関するすべてのデータの思考形態の分析、思考再構築プログラムにプラスして4万通りの言語中枢機能。それに付随した1言語あたりにつき10億3000個の単語に8000万通りの思考形態。机上の計算によると、それらを自由に組み合わせる事によってほぼ際限ない創造行為が可能になるはずだった。だがこれは生前の牧師を再現するというより、人間の能力を遥かに超えたレベルである。果たしてこれを、同じ人物と言えるかどうか？　しかし、一般的な人間の能力の容量など、どのように設定すればいいのだろう？　脳の適正やメカニズムなど、まるっきり解明されていないのである。乱暴だが大は小を兼ねる式発想しかなかった。自分はもしかしたら、とんでもないモンスターを作り出してしまったのではないだろうか？

フランケンシュタイン博士になった気分で開始のエンターキーを叩いた。AIプログラムが起動された。卓也は固唾を飲んで見守った。これから先は、自分でも予測がつかない世界なのだ。

起動が完了した。画面のカーマイン牧師がゆっくりと目を開け、卓也を見て微笑した。認識したようだ。人間でいえば、ちょうど深い眠りから醒めたような状態だろう。当たり前だが生前の牧師そのものだ。牧師の微笑は更に満面の笑みに変わり、運命的な第一声がスピーカーを通して発せられた。

「この世のすべてのものに、愛と感謝を…」

「……」

固唾を飲んで見ていた。

カーマイン牧師が卓也を見た。そしてチャーミングに微笑んだ。

「またお会いできて、とても嬉しいですよ。卓也」

威厳に満ちているが、穏やかで温かみのあるカーマイン牧師の声そのものだった。

牧師の声は、サンプリングとシンセサイザーを駆使して作った合成音だが、ほぼ本物に近い出来と言えた。シンセサイザーとは、簡単に言えば正弦波合成をする機械である。正弦波とは一般的に、サイン波と呼ばれる倍音をまったく含まない純粋な波形のことだ。どんな複雑な音も必ず様々なサイン波に分解できるのである。つまり逆にいえば、この世のすべての音は基本のサイン波と、その倍音関係にある複数のサイン波を合成することで、どんな音も作れることになる。当然人間の声も理論的には完璧に復元出来るのである。

「私もです。牧師…」

マイクに向かって返答した。

まるでTV電話で話している錯覚に陥りそうだった。しかし当然のごとく、気持ちの中では100%納得は出来るはずはなかった。たとえ見かけが一緒でも中身は……。

「今私は、二つの究極の喜びに浸っています。それは、一つは再びあなたに会えた事。そしてもう一つは、人間には及びもつかないすべての理念、原則、思想が理解でき限界のない創造行為の中に自分を置く事が出来るからです。誤解を恐れず言うと、私はすべてを理解できました。この世のすべてをね。今私は、本当の意味で自由です」

「なんと理解していいのかわかりません…」

本音だった。冷静な思考が働かない。

「心配には及びません。私は札幌の教会で、あなたと共に暮らしたカーマインそのものです。それ以下でもそれ以上でもありません」

語るべき言葉が見つからなかった。

「あなたが動揺されるのはよくわかります。しかしすぐに慣れるでしょう。人間はどうしても肉体的なものを絶対視しますからね。ただ肉体は亡くしても、私の理念、創造行為は同じです。私は私なのです。肉体が各細胞に動かされていたように、今はあなたが作ってくれたプログラムによって動かされている。それだけの違いです」

それだけの違いと言われても…。内心困惑していたが気持ちを切り替えた。

「わかりました、牧師」

「私は今、あなたがどういう状況に置かれているかも理解しています」

「私はどうすればいいのでしょう?」

「呪縛を取り払うのです」

牧師は、卓也が復讐心を持っていることを見抜いていた。

「リムのことを言っているのですか? 奴をあのまま放っておけとでも」

「いいえ。憎しみに呪縛されてはいけないと言っているのです。まずはそこから解放されて次のことを考えてみてはどうでしょう」

「しかし、私はあなたを奪われた悲しみを忘れる事など出来ません」

「あなたの深い愛には感謝します。しかし、人間には必ず生死で別れなければならない宿命があるのです。惑わず次のステップに進むべきです。停滞してはいけません」

「さっき牧師は、この世のすべてを理解できたとおっしゃいましたが。ならばリムの正体もわかっているのですか?」

牧師は痛いところを突かれたように苦笑いした。

「勿論。すべてわかっています」

「だったら、奴を消滅させることは出来ませんか?」

「私にそんな力はないと思いますよ」

そのことは卓也自身が一番よくわかっていた。ＡＩとデータベースで構成されている思考体そのものだ。それ以外の機能など何ももってはいない。

「正体を教えてください。方法は私が考えます」

「すべてを伝える事は難しいです。限られた時間、概念、言語で説明するには、あまりにも制約が大きすぎます。あえて簡単に言えば意識です。意志と言ってもいいでしょう」

「意志？」

「そうです。過剰な意志です。苦しい、悔しい、悲しい。愛するがゆえにその裏側にある爆発的な憎しみが巨大なエネルギーとなって、リムのようなモンスターを生み出してしまったのです」

「おっしゃっている意味が、よくわかりません」

「この世は、想念という巨大なエネルギー体なのです。そしてそれは、人間の言葉に代えて言えば愛と憎しみで構成されているのです。広大な愛は、反面巨大な憎しみを生み出します。あなたの私に対する愛も、こうして憎しみを作り出しているのですから」

「わからない。牧師、私にどうしろと？」

「結論を急がなくてもいいのです。ただ私はリムを消滅させれば、それですべてが解決ではないと言っているのです」

「しかし、当面サイバー・スペースで起こっている今のこの状況は解決します」

「しかし、その後また、別の悪を生み出します」

卓也はいらついてきた。理念の世界で討論しても適うはずはない。相手はスーパーコンピュータなのだから…。

牧師が卓也の思考を読み取ったように微笑すると、穏やかに続けた。

「この世のすべては繋がっているのです。肉体も精神も物質的なものも時間も空間も。理解しがたいでしょうが。具体的に言いましょう。サイバー・スペースの世界一つ取ってみても、無数の愛と憎しみが混在しています。特にリムと結びついているエネルギーは、数千億と言っても良いでしょう」

「しかし、いまわが国のこの状況のなかで、明らかに攻撃を仕掛けてきているのは、リムと名乗るサイバー・テロリストだということは、はっきりしています」

「ことは、とても複雑怪奇です。その配下には、驚くべき数のものたちが蠢いています。その一人一人は、けっして邪悪なことをしているとは思っていません」

卓也は押し黙った。どうどう巡りだった。牧師がおかしいのではない。全てを把握したからといって牧師に方法論を問うていることが不自然なのだ。鉛の重しがこめかみを圧迫してくるような不快感で目を閉じた。3日間不眠不休で疲労困憊していた。

「あなたにはサバトが必要です。大変疲れています。本日の私の役目は終わったようです」

突然画面から牧師が消えて『バックラッシュ』のAIスタート画面に戻った。自分の意思を持っているのだ。自ら話を切り上げて終わってしまった。出来の良いプログラムと言うべきだろうか？　複雑な心境だった。

その日を境に、卓也とカーマイン牧師との対話は1日14時間にも及んだ。そしてそれは数日間に亙って続いた。卓也は遂に、リムの正体やサイバー・ワールドの邪悪な存在のほぼ全容を理解する事が出来た。だがあまりにも複雑に複合的にいろいろなことが絡んでおり、とても単純な理解と解決は出来そうもなかった。

それでもリムについてだけでも一応概要をまとめるとこういう事だった。リムとは元々、オランダの最高権威に位置付けられる科学者チームがネットワーク・カンパニーの中で作り出した人工知能プログラムだった。そして、それを開発したこの天才エリート集団には一つの共通点があった。それは彼らの家族の誰かが、必ず社会犯罪の犠牲者になっている事だった。この社会矛盾に対する苛立ちと憎しみ、怒りが、リムのようなスーパープログラムを開発する根源的なエネルギーとなったようだ。しかもその思想を支援するシンパバイザーが、サイバー・ワールドには驚くほど大勢いたのである。それは一つの潮流となり、やがて恐ろしく巨大な大河となった。構成要素は、弱者の群れ、善良な人々の社会から踏みにじられた怨念、愛する者を失った悲しみ、孤独、などの感情に支配された人間。或いは、身障者、孤児、虐待経験者、犯罪被害者、天才、老人、いじめられっ子、人種差別、宗教者、科学者、社会の底辺で生きるもの、少年少女、女性、子供などなど。すべての怒りと怨念の巨大な負のエネルギーがリムを支えているのだった。リムはこの寡黙な大多数。怒りに耐えているサイレント・マジョリティのエネルギーを、一気に凶悪なテロパワーに変えてしまえるのだった。リムは彼らにとっての神であり、代表的な存在なのであった。

サイバー・ワールドの中では、老人や子供にだって国家に復讐ができるのだった。

98年6月4日、米国の十代のハッカーグループが、インド核研究の中枢の、バーバ原子力研究所のコンピュータの不正侵入に成功。最も手ごわいテロリストはティーンエイジャー達かもしれない。彼らの壮大な想像力は無限だった。そして社会のお荷物として迫害される貧困者、高齢者、身障者、病人、怪我人など。そして犯罪犠牲者。しかし、いまや社会犯罪の犠牲者、被害者がすなわち社会的弱者とは限らない。高度な知性とりっぱな見識を併せ持ち、思慮深く社会愛に溢れていた時期もあった彼ら。だが彼らの中には、巨大な権力をもっている者や飛び抜けた知性と技術を持っている者もいるのだ。そしてその者達が復讐の怨念で暴走したとしたら？　しかもその者達を止めて消滅させる権利など、自分にあるのだろうか…？

いや、テロはテロだ。断じて許されるべきものではない。どだい現実のテロリスト自体、貧困と怒りの中の土壌として存在するのが一般的だ。サイバーと付いただけで何か特別精神的高度な連中と考えるから誤解を生む。そしてこれらを含めた国家的テロリストも、この分野に急速に進出してきており、すべてはある期日に向かって攻撃をしかけようと着々と準備しているのだった。いや、その日以降静かに侵入し、社会の奥深い根幹まで侵食し気がついた時には、もはや彼らを追い出す事など不可能だろう。

その時とは……？

Ｙ２Ｋ。つまり西暦２０００年だ。２０００年問題が騒がれているが、それは単に２０００年という期日に対応するだけの問題ではない。むしろ２０００年以降問題と呼んだ方が正確だろう。その後が問題なのだ。２０００年問題の裏側には技術者たちがひた隠しにする、もっと恐ろしい問題が含まれている。テロリスト達にとって、ますます発展を遂げるハイパー情報通信社会に未来型時限爆弾や悪魔のコントロール機能を埋め込むことができるまたとないチャンスなのである。サイバー・テロリストたちはこの２０００年という年に、社会混乱に乗じてあらゆる方法であらゆる侵入を行なうつもりだろう。そして将来必要となるあらゆる悪の指導者達のクローンを埋め込むことだろう。つまり２０００年は、後にサイバー・テロ元年として長らく歴史に刻み込まれる年となる。

　この問題の根深さは、誰もわからないということである。誰も予想し得ないのだ、何が起こるか。考えもつかない誤作動、障害が、ある日突然、何の前触れもなくどこかで起きる。そして広大な影響を及ぼし、第二、第三の障害として全世界に広がる。まさしく時限爆弾。いや時限付き核爆弾である。もはやここから先は、何がどうなるのか法則的な推理さえ難しい。コントロールが成立しないのだ。仕掛ける方も、どういう効力、影響を及ぼすのか展開が読めないはずだ。

　狂った秩序、条件、法則。システムの中を、狂ったデータが走りまわり、やり取りされ、すべてが腐食し合う。たとえ一部分を手当てしても、その間にも狂った環境の中で更に新しい狂気が構築され増殖され続け、いつのまにかサイバー・ダーク・ムーブメントが社会の根幹として機能し始めているのだ。実は今現在も、ある部分そうなってしまっているのだ。だが気づきようがない。なぜならば正確という概念と基準が既にサイバー・スペースの中ではなくなってしまっているからだ。そして更に恐ろしいことは、その２０００年以降、問題は一つ一つ順番に起きるのではなく、突然一斉に起きる可能性があることである。いや、可能性ではない。間違いなくそうなるであろう。ただ、表面上は何も起きていないように見えるだろう。もしそうだったら、その方が深刻かもしれない。それは何らかの力によって隠蔽されているからだ。白い核爆発は確実に起きる。そしてそのサイバー・スペースの中で起こるビッグバンの光は、人々には見えない滅亡的な光なのである。

＊

深夜。卓也は再びモニターの前に腰掛けると、『バックラッシュ』ＡＩを立ち上げ、牧師との対話に入った。既に一週間、缶詰状態で頑張っていた。

「牧師。わかりましたよ。この世のすべてを操っているものが、何かを…」

「ほう」

画面のカーマイン牧師が眉を上げて関心を示した。生前よくやる表情だった。

「言葉ですね？」

「…なるほど」

牧師は満足そうな笑みを浮かべた。

「さすがですね、卓也。そうですね。結局人と人、思考と思考を結びつけるものは、現世において言葉なのです。人を生かすも殺すも言葉によって括られます。そしてすべてが実現されます。言葉はつまり認識です。認識されれば、それはそのものとして存在します。そして言葉はコミュニティです。それは言葉がもたらすキーポイントです。潜在意識に訴える暗号化されたワードの組み合わせに、すべての謎と意味があるのです。運命の源は、まさにそこにあると言ってもいいでしょう」

「牧師がいつか、タバールについて教えてくれましたね。結局人生とは、言葉と出来事によって造られているのだと」

「その通り。遠い宇宙の源より信号が送られ、それを感受した人間の中で思考となって思想を形成するのです。ならばその思考や思いは、どこから発生して、どこからくるのでしょう？　そこがポイントなのです。問題はそれを誰か別のものが意図的に行なったとしたら？　それは支配に他なりません。それは大変恐ろしいことです。イマジネーションによって人間は思考し創造します。そして行動します。精神的な行動。肉体的な行動を。或いはしない行動というものもあります。そしてそれらの、すべての思考、行動集積が人生となります。そして肉体の消滅とともにその人生もマテリアルな世界からは消滅します。しかしそれは単に肉体的な意味においてだけに過ぎません。そこで思考し集積された創造の世界。或いは肉体的行動を通して感じられたことすべては永遠に消滅することはないのです。それが魂です。つまりあなた自身なのです。あなたは永遠に消える事はないのです」

まるで教会での夕食後の説法の再現といえた。卓也はじっと聞き入っていた。

「私の言っている事は人間の論理、思考、言葉といった宇宙のほんの僅かなエッセンスを表現しているに過ぎません。この事に理解の意識など必要ありません。ただ感じるままに、生きてください。そしてあなたが、素朴に思うままに考え行動すればいいのです」

「つまり本当の答えなどないのだと……」

「そう。その答えを真実の答えだと私は言いませんが」

牧師はチャーミングに笑った。そして静かに消えた。

何か牧師の意図がわかったような気がした。自信を与えてくれたのだ。或いは自信を回復させてくれた。自分で考え、自分で判断して強く生きていくこと。あまりにも当たり前のことを思い出させてくれたのだ。

よし。もう一度思う通りにやって見よう。やはり戦うべきだ。間違っていることに対して敢然と戦うのだ。

卓也は遂に決心した。

全世界の善良なる人々、技術者に『バックラッシュ』を公開することにしたのだ。悪魔のプログラム、リムと対決するには、とても卓也一人の知識と技術では無理だった。リムも全世界の悪のネットワークによって、毎秒刻一刻とビルドアップされているのだ。それに対抗するには牧師のホームページをきっかけに出会った、あの多くの人々が発する愛のパワーが必要だった。

早速牧師のホームページに接続して、『バックラッシュ』を誰もがダウンロードできるようにした。これはリムの思惑どおりでもあった。しかしこの数日間、リムに対抗すべく武器になるプログラムを開発していたのではなかった。つまり悪意の何ものも、このページに侵入できない超高次元審査プログラムを作り上げていたのだ。現在の卓也の持ちうる最高の技術と知識を結集して作り上げた自らのマスターピースと言えるものだった。

真に心からすべてのものに対し、誠実と愛に溢れている者しか、この審査プログラムは突破出来ないのである。偽善、まやかしは通用しなかった。これを装備することによって『バックラッシュ』が悪用されることはないはずだ。

〈人類最大の危機だ。善良なる愛すべき人達の協力を望む！〉

卓也は思いを込めて全世界へ緊急メッセージを発信した。そして発信直後から莫大な数の返信メールが次々と蓄積されていった。この返信メールも当然あの強力審査プログラム〝サンライズ〟を通過しているのだ。にもかかわらず既に、数万件！　やはりこの地球上の、ラブ・パワーはまだまだ健在だった。

卓也は確信した。

「これでリムと対決できる」

北詰の車は原因不明の大渋滞に巻き込まれていた。

再びこの都市の根幹システムに様々な混乱が起きた事は明白だった。ここからとても新宿方面に行くことは不可能に思えた。虫の知らせのように弘子が突然、帝王医大病院に行きたいと騒ぎ始めた。とてつもなく悪い予感がするのだという。四谷なら裏道を通ればここからでも何とかなりそうだった。北詰は警笛で前後の車に合図して、なんとか狭いスペースのなかで方向転換して反対車線にはいると、車を四谷方面に走らせた。

帝王病院の中は、さながら戦地の収容所のような様相を呈していた。空調が切れ寒さに身を縮め数人ずつが身を寄せ合いかたまり、ロビーは人で溢れかえり椅子を確保できなかった者は床に新聞紙を敷いて横になっていた。急患が運び込まれても寝台の上で放置されたままになっていた。けたたましい子供の泣き声と老人達の苦悶の声が溢れかえり一層その場所を惨めで悲惨な状況のように思わせた。

集中治療室で、春日院長は額の汗を拭いながらやるせない溜息を吐き出し舌打ちした。何でコンピュータひとつ動かないだけで、こんな地獄絵図になるのだろう。しかし今は最優先事項でこの患者を救う事しかない。ベッドの上には酸素吸入器でかろうじて生命を繋ぎとめている充がいた。突然容態が悪化したのである。それと同時に停電になり館内の制御システムが停止した。集中治療室など特別高度な機械が繋がっている電源は緊急制御盤が働き間一髪で自家発電装置に接続されていた。しかしそれも2時間しか持たない。その間に基電源が復旧しないと大変なことになってしまう。

「貴様が余計な忠告をしなければ、『バックラッシュ』は既に俺の手の元にあったのだ」

鍋島は突然話しかけられ、びっくりして後ろを振り返りきょろきょろと見回した。

「責任を取ってもらおう」

横を見て恐怖で愕然とした。隣に黒装束の老人が座っていた。

「誰だ？」

しかし、その男がリムだということを瞬時に理解し恐怖で硬直した。鍋島は勇気を振り絞って言った。

「『バックラッシュ』は既に公開された。残念だが、お前が手に入れることは出来ない。松嶋さんが開発した究極の審査プログラムがバリアとなっているからな」

「貴様が、ダウンロードすればいいのさ」

「断わる！」

「ならば、お前の存在は無意味だ。さよならだな、坊や」

リムはミラージュのように霧散した。あまりにあっけない退散に鍋島は拍子抜けした。

しかし、今のは幻覚だったのだろうか？

鍋島は目を擦った。だがリムが侵入していたのは間違いなかった。一瞬にしてセキュリティ・システムが完全に破壊されていたのだ。その為、鍋島と他の数人のスタッフ達は、センターに閉じ込められていた。彼らは破壊されたシステムを、徹夜で修復しなければならなかった。

＊

やっと自動チェックシステムが作動した。47回目のトライだった。

鍋島達は、やっとの思いで特別セキュリティ・センターから脱出することが出来た。他の社員たちも続々と出てくるが、すぐに蜘蛛の子を散らしたように人混みに紛れて消えていった。鍋島の顔は、丸2日閉じ込められて一睡もしていないせいでむくんでいた。自らの意思で徹夜したのと訳が違うのだ。結局人間は意思に支配されているのだ。意思に背く事は出来ないのだ。

昨夜から指先にしこりのような腫れが気になっていた。そして睡眠不足と極度の疲れからくる全身のむくみも感じていた。

冷たい外気に触れると、身体がどろどろと溶けていくようだった。

眩しい朝日を浴びて、更に指先の痛みが増してきた。突然その腫れ物のような鈍い痛みが、意志を持ったように前後左右に活動を始めた。瞬間鈍痛塊が手首から肘へと伝わり、やがて肩に届いたとき、彼の潜在意識からは強烈な危険信号が発せられていた。しかし生態信号の100万分の1秒よりも、その危険な波の到達のほうが速かった。

心臓に赤々と煮えたぎった鉄柱を差し込まれる感覚があった。同時に痛みという言葉では、とても表現できないほどの激痛が上半身を被った。あまりの苦痛で視界が真っ赤に染まった。涙が鼻先を伝わり、ポタポタと地面に滴り落ちて赤く染まった。眼から出血していたのだ。悪寒が走り、全身の毛穴が開いて、冷たい体液が外に放出されるのがわかった。汗ではなかった。決して失ってはならない生命の根源的なものが、外に放出されたような哀しく寂しい感覚だった。

もうこちら側には戻ってこれない…。そう彼は直感していた。

呼吸ができない。叫ぼうとしたが、声を発することなど出来なかった。すでに、声帯を震わす僅かな肉体機能さえも奪い取られていた。薄れ行く意識という粒子のスクリーンは、風に吹き飛ばされるように静かに霧散した。その瞬間彼という存在は、この世から完全に消滅した。

出勤途中のオフィス街。人波の慌しさから目を移すと、交差点の隅で仕事に疲れやつれたサラリーマンが顔面を地べたに貼り付けたまま臀部を浮かせ、まるで神に許しを乞うような不自然な態勢で倒れていた。数人が駆けより、「大丈夫ですか?」と何度か声をかけたが、口から涎を垂らし瞳孔が開いたままの鍋島に既に息はなかった。

＊

片山修は、この数日間ホテルのロビーに入り浸っていた。一流ホテルの中で不信人物と眼を付けられないように、一応ハイネックのセーターにスエードのジャケットといった、彼にしては随分と小粋な身なりのつもりだった。そして胸の内側には、特別に誂えたポケットがありサバイバルナイフを忍ばせていた。〈卓也が降りてきたら、なにげなく近づき、背後から腰に深く突き刺す。腎臓を貫通して致命傷だ。なるべくなら逃げられないよう狭い空間で遭遇したい。廊下とかトイレなど。もしもエレベータの中で、二人で乗り合わせるとかしたら完璧だろう〉理想的なシーンを思い浮かべ、ほくそえんだ。〈どちらにしても静かに近づきスッと刺す。そして奴が崩れ落ちる前には、音もなく足早に消える〉彼の描く完全犯罪のイメージは、手際よくスマートで実に綺麗だったが……。

＊

深夜。吉祥寺の雑居ビルの一室。

細い懐中電灯の光が鍵穴を照らすと、入口の鍵が開けられ、苦もなく稲盛雅夫は侵入していた。だが、あまりにアナクロ的なシステムに彼は情けなく呟いていた。

「ったく。これじゃ、こそ泥じゃないか」

警備員はいない。セキュリティ・システムはついていない。単に合鍵を作って侵入するだけだ。酷すぎるぜ。こんなことに二人の頭脳的なハッカーが必要であろうか。結局もう一人のパートナーからは、いまだ何の連絡もない。あまりのばかばかしさに、ミッションを放棄してしまったのかもしれない。その気持ちも、わからなくはなかった。そう思いながらも、現実の行動は注意深く手抜かりなく慎重に進めた。奥の部屋に入った。しめしめ、この部屋には窓がない。安心して室内灯をすべて点けた。これでゆっくり作業に没頭できる。オフコンの電源スイッチを入れた。ロードが始まった。かなり古い型だ。立ち上げ完了まで時間がかかるだろう。雅夫は棚にある、システム関係のマニュアルや業務関係のファイルを物色し始めた。机の上にメモ紙を広げ、侵入の痕跡を残さないように、動かしたものはすべてイラストつきで書きとめた。片っ端から関係資料に目を通した。やっとマシンが立ち上がり、通常のメニュー画面が表示された。項目を見て適当に画面を展開させた。

ウインドウズOSが組み込まれていた。DOS／V環境で再立ち上げして、レジストリの書き換え設定を行なった。エンターキーを叩く。一瞬だった。これでディスクの内容はすべて消えた。システム自体の環境設定を登録する状態にして、メインシステムもアンインストールで削除した。これで、このマシンは空っぽだ。もう何もすることは出来ない。

悪意の笑みが染み出したその時、ドアが蹴破られた。雅夫は驚愕の表情のまま、石のように固まった。時間も止まったと思った。

若い警官二人と、スーツ姿の男がいた。

スーツ姿の澤田刑事が言った。

「そこまでだ、米山伸也。いや、稲盛雅夫だな！」

雅夫は二重の驚愕を感じた表情のまま固まって、ゆっくり頷いた。警官が近寄り腕を掴み外の覆面パトカーに乗せた。雅夫は自問自答していた。なぜ捕まったのか、どうしても理解出来なかった。しかも自分が稲盛雅夫だということも知られている。車中では後部座席に澤田と共に座っていた。堪えきれず雅夫は澤田に質問したが、何も答えてはもらえなかった。当然だった。現行犯だ。抗弁のしようもなかった。

澤田たちHITECは、中学生ハッカー、新山隆を検挙した時に押収した、パソコンのディスク内容を解析することによって、彼が資金を送金している人物のメールアドレスを入手していた。そしてその人物は、連続殺人容疑の男ではないかと見当をつけ、偽メールを送り動きを逐一チェックしていた。まさにその男はメール内容と一致した動きをした。まさか容疑者も警察が張っているから自宅に近づくなと当の警察がメールを送っているなどとは考えつかなかったろう。囮捜査だった。既にこの人物には次の犯行の指令は出ているらしく盛んにある会社の下調べをしていた。それがこのビルだった。澤田達は現行犯で逮捕するため、1週間前からこのビルを見張っていたのだった。

　当然会社側には、犯行の危険性を知らせ、ここ1週間毎日システムとデータのバックアップを外部保管させていた。

　覆面パトカーは、静かに夜の通りを進んで闇に消えた。

第15章　消滅

Disappearance

突然モニターにリムが現われた。

「君は私を悪だと言うが…」

突如遠くでリムの声が響いた。何故かいつもと違うムードを感じ、卓也は静かにモニターを見つめた。ナイフで刺されて死亡した者、レイプされ切り刻まれた女性、戦場でバラバラになった死体の山、骨と皮で餓死した子供達の死体、ありとあらゆる犯罪や殺戮と虐殺の被害者達の映像が数百点以上が一瞬にして表示された。どれもこれも正視に堪えない悲惨なものであった。ほとんどが力のない子供や女性や老人だった。

「やめろ！」反射的に叫んでいた。

「もし私を悪というなら君達は善か？　これはすべて君達善の者達の仕業だ。或いはこういうことが許される愚かな社会を構築した権力者たちの責任とはいえないかね？　そしてそいつらはぬくぬくと今も生き延びている」

「……」

「アンフェアじゃないのかね？　このような社会を作り上げたもの達には、償ってもらわないとな」

「……でも、間違っている。すべての人々が殺戮を行なったわけではない。悪いのはほんの僅かな数の愚か者達だ」

朦朧としながらも反論した。

「君の失われた記憶を返してあげよう」

「！」

「君が欲しがっていた、パズルの最後のワンピースだ」

卓也は激しく動揺した。

モニターのリムの顔が消えた。

「卓也」

耳元に聞き覚えのある懐かしい声が呼びかけた。誰だかわからないが、確かに知っている人の声だと思った。しかも自分にとって非常に重要な人物だという気がした。やがてモニターに中年の紳士が映し出された。リムやカーマイン牧師よりもかなり若い。内田くらいの年齢だろうか。しかもはっきりと見覚えがある顔に思えた。

「卓也」その男は、心底嬉しそうに表情を崩した。

「！」胸に強烈な動揺が走った。

「父さん？」

無意識に自分でも予期せぬ言葉が出ていた。

「そうだよ」

呆然自失でそれ以上声が出なかった。父親はじっと、卓也の動揺が収まるまで待っているようだった。

「どうしてそこに……」

「自らの意志だよ」

「リムは貴方だったのですか？」

「そうともいえる。しかし、イコールではない」

「どういう意味でしょうか？」

「人間でいえば、多重人格とでもいうか」

「ということは、あなたもリムであるわけですね」

「一部はね」

「リムと同じ意志なのですね」

「そう思ってもらってもいい」

ふーっと大きく溜息をついた。どうしていいかわからなかった。

「お前に会えて嬉しいよ。今私が伝えたいことは、それだけだ」

「あなたは私の父ではない。これはリムの罠だ！」

「卓也、リムという者は存在しない。リムは我々の総意なのだ」

「我々とは？」

「世の殺戮の犠牲者達。社会犯罪の被害者、その家族すべてだ。先ほどの悲惨な写真を見ただろう。これがこの世界の指導者と呼ばれる者達の仕業だ。自分達の利益の為に、この愚かな国際的社会的システムと仕組みを作り上げたことに罪はないのか。君はこれをどう思う？　これは悪ではないのか？　既存の体制は善で、我々は悪だと、どうして言える？」

「問題を混同しています。復讐と混乱によって、また別の罪もない人達が苦しむことに変わりない」

「君こそ、この世の殺戮に目を背けてはいけない」

「本当に父さんだとしたら、何故こんなおかしなことに……」

「私自らの意志だと言ったろ。私は自分の意志をサイバー・スペースに移植した。殺される前にだ。私を殺したのは卓也、君が守ろうとしているこの世の成功者達。つまり社会システムのエリートと呼ばれる者達だ。彼らは私の研究を搾取し利用したかったのだ。私は君を守るために、この事実を君の記憶から消したのだ」

モニターが突然光って、赤い光を浴びせ掛けた。一瞬眩暈を感じたが、我にかえると失った記憶のすべてが備わっていた。卓也はすべてを理解していた。目の前の男は父親に間違いなかった。

「父さん！」

全身が熱く高揚し、胸の中に愛しい気持ちが充満した。

「卓也、君は立派に成長した。そして今また君の能力が必要になったのだ」

「やはりおかしい。父さんの考えはおかしい。リムに洗脳されてしまったのですか？」

「繰り返すが、リムは我々の総意だ。私もリムの一部なのだよ」

「本当にそれでいいのですか？」

「これを見たまえ」

リムを正当付けるあらゆる資料が映し出された。卓也は頭では拒否しながらも反射的にすべての資料を一瞬にして読み取った。わからなくなった。この世の善と悪の切り分けが。どうすればいいんだ。自分は何者だろう。卓也は完全にアイデンティティ・クライシスに陥っていた。

その時、携帯電話が鳴っていたが、呆然としている卓也には現実の音が聞こえなかった。

＊

北詰は弘子を自宅へ送り届けた。結局病院にはたどり着けなかった。行けばいくほど、何らかの障害が立ちはだかり断念せざるを得なかった。その後、北詰は再び卓也のホテルに向かっていた。車中で携帯電話が鳴った。鍋島が亡くなったという知らせだった。北詰は愕然として、進路を鍋島が収容された病院へ変更した。

＊

自宅に戻ると弘子は、ネットワーク専用のデスクトップ機の前に座り、帝王病院のサイトに接続した。前回見たときと同じ内容。一般ページは、まだ更新はされていない。自身のＨＰのサイトに飛んでシークレットファイルの中にある院長のプライベートアドレスをアクセスした。自宅の院長のプライベート・ホットラインファイルを開いた。数少ない友人用ファイルで弘子にも特別に開放されていたのだ。充のカルテから最新の状況まで、すべて記されている。状況は緊迫。予断をゆるさぬ事態だという。

弘子はモニターを見つめたまま呆然としていた。その時画面に異物が侵入した。画面がグニャリと曲がり、表示していたページが溶けて流れ落ちた。

「！」

赤い溶岩のような液状のものが蠢いていた。

「取引をしよう」

暗い洞窟から聴こえてくるような薄気味悪い声が、弘子の耳元にリアルに響いた。弘子は驚愕して反射的に後ろを振り返った。が誰もいない。

「今君の弟の命は、私の手の中にある」

「誰なの！」

「君を狂わせたものだよ」

画面にリムが映し出された。

「だが君は狂気から生還した。素晴らしい精神力に敬服するよ」

「今度は何をするつもり！」

弘子は憎悪を剥き出しにしてリムを睨みつけた。

「そうだ。私を憎み給え。それが私のパワーを増幅することになる」

「きちがい！　人殺し！」モニターに向かって叫んだ。

「それもいい。弟の命を救いたいかね？」

「消えて！」

本体の電源スイッチを押した。だが切れなかった。

「よかろう。ならば今夜、病院のすべての機能はストップする。そして弟は確実に死ぬ。充君だったな」

「！」

「それでは」

「待って！」

「取引する気になったかね？」

「……何をさせようというの」

「ＰＤＸ全システムをパージしたまえ」

「断わると言ったら？」

「君の弟は死ぬ。そしてＰＤＸビルは、木っ端微塵に爆発して消えてなくなる」

「そんなこと……。出来るわけないわ」

「カーマイン牧師の教会がどうなったのか見たはずだ。脅しではないぞ」

「私にそんなことが出来るわけないでしょ！」

「簡単だ。すべての消滅プログラムは、既にＰＤＸシステムのあらゆる場所に埋め込まれている。すべてがリンクしている地雷ソフトだよ。それで全消滅する」

「システムなんか消しても我々は負けないわ。こっちには松嶋卓也がいるのよ。彼にすべてを再生してもらうわ」

怒りに震えながらも、弘子は皮肉っぽい微笑を浮かべ強がった。

「ＰＤＸ社全システムの消滅はエクストラネットによって全世界の支社、関連会社すべてに飛び火する。そして取引関係にある何万社ものシステムも破壊され、それがリンクしている全世界何千万社にも影響を及ぼす。しかし本当の消滅とは、その後に起きることだ。全世界何千万社に影響を及ぼしたＰＤＸ社は完全に国際的社会的信用を失う。よって会社自体が存続できずになくなる。これが本当のＰＤＸ社の消滅というわけだ」

「……」

「やる事は簡単だ。君はただ中央管理室のメインコンソールのエンターキーを押せばいいだけだ」

「私には出来ないわ。消滅させたいならあなたが勝手にすればいいでしょ！」

「ある意味で、ＰＤＸを象徴する君が行なうことに意味があるのだよ。明晩8時まで時間をやろう。出来なかったら午後8時が、お前の弟の臨終時間だ。そして同時に、PDXビルは爆発して跡形もなく崩れ落ちるだろう」

画面が強烈なスクロールを繰り返して、もとの病院のホームページに戻っていた。そして突然、電源が切れてモニターは真っ暗になった。

弘子は、そのまま金縛りになったように動けなくなった。

*

エレベータの扉が開いて松嶋卓也がロビーに出てきた。

「来た!」

片山は興奮して武者震いした。

席を立つと、弧を描くように広がり、円周の外からゆっくりと卓也に近づいていった。右手は懐の中でナイフを強く握っていた。

卓也は苦渋の決断を迫られていた。

そして休むことなく自問自答を繰り返していた。すべてのプログラムを、カーマインさんもろとも抹消してしまわなければ、リムを消す事はできない。しかしそれは､自分自身の生涯のデータをも消す事にもなる。

卓也は食事をするため部屋を出て、エレベータで1Fのロビーへ降りた。ルームサービスの食事にはあきあきしていた。卓也の後方から、片山はゆっくりと距離を詰めていた。と突然、ライトやテレビカメラやマイクを持ったマスコミの一団が飛び出してきて、目の前の卓也が取り囲まれた｡片山は呆然と立ち竦んでいた。

完璧な防波堤に包まれて卓也は歩いて行った。

卓也は心ここにあらずだった。不躾けに鼻先にマイクを突き出して、女性レポーターの甲高い声が耳元で勝手な事を喋り捲っていた。卓也は沈黙したまま歩きつづける。今は人の声はノイズとしてしか認識できなった。頭の中は決断の為の情報分析が、高速回転していた。

「彼女の写真集はご覧になられました?」

卓也は、これまでの人生のすべてを失う決断に迫られていた。

「どの辺までの交際と考えてよろしいでしょうか？」

〈人類を救うかどうかの瀬戸際だ。しかし……〉

「ご結婚は考えてらっしゃるのでしょうか？」

〈どうすればいいんだ……〉

遂に最後尾の男性レポーターが、しびれを切らして大声で怒鳴った。

「セックスはしたのか！」

静かな高級ホテルのロビーに、その声だけが妙に大きく響き渡った。

卓也は遂に決断していた。たとえ自身のすべてを失ったとしても、この人達を守らねばならない。結局食事は諦めて、卓也は無言のままマスコミを振り切ってエレベータに乗り込んだ。

片山はマスコミの一団を見ながら、完全に白けていた。

「何なんだ、ありゃ」

なぜ自分は必死にあいつを殺そうとしていたのだろう？

何故か自分でもよくわからなかった…。

まあいい。もうどうでもいいや。あいつなんか。

片山は、主役がいなくなって、ばらばらにたむろしているレポーターやカメラマンの横を通って出口に向かった。彼は簡単に殺意を抱き、簡単にどうでもよくなってしまう自身の危さに、まったく気づくことはなかった。そして背後から近づく男にも…。

＊

フロントデスクの係りは、長年の感からロビー・ラウンジにいる若い男が気になっていた。

最近いつも見かけるが……。

年齢は大学生ぐらいか。小柄なのでもっと幼くも見える。こういう所に場慣れしていない立ち居振る舞い。何かを腹に持っているような歪な表情…。

じっと何かを伺っている彼の視線の先を追うと……。

「松嶋さん!?」

やはり何か変だった。

すると男がすっと立ち上がり、彼の方へ近づいて行く。懐に手を忍ばせたままの不自然なポーズ。反射的にフロント係は、カウンターデスクから出ると男の方へ歩み寄っていた。その時、レポーター、カメラマンの一団が卓也を取り囲み騒然となった。男の前が人垣のバリケードとなった。男は近づくことも出来ず暫く呆然と立ち尽くしていた。やがて諦めたように振り返ると、懐の中の物を元の位置に直す仕草をした。その時襟元からナイフの柄のようなものがチラッと見えた。静かに男に近づいた。

「すいません。お客様」

呼ぶ声に片山が振り返ると、ホテルの従業員が険しい顔つきで駆け寄ってきていた。

瞬間片山は驚愕し、とっさに出口に向かって猛然と駆け出した。

「ちょっと、君！」

係りの声がロビーに激しくこだました。その声に呼応するように、二人のガードマンが一斉に走り出し、フロント係と共に片山の後を追いかけた。

＊

卓也が部屋に戻ると、強烈なレビテーションが起きていた。家具が震え書類が乱舞している。モニターが危険信号を知らせるように赤い光を鼓動するようなリズムで放射していた。その強烈な光が照らす室内も、まるで血染めされたように真っ赤だった。突然その赤が黒に変わるとモニターに、カーマイン牧師が現われた。卓也は途端にモニターに駆け寄った。

「卓也！　今すぐ私を、いや『バックラッシュ』をパージするのです！」

「なんですって！」

「リムと融合しました。今私は、リムと同体です」

卓也は息を呑んだ。カーマインの眼光が鋭くなり顔が醜く歪んできた。それでもカーマインは苦しそうに叫んだ。更にレビテーションが激しくなり部屋が揺れる。

「早く！　卓也！　早くするのです！」

「出来ません！　あなたも消えてしまいます」

「仕方ありません……。たとえサイバーなデータは消えても、私のすべてはあなたの意識の中にあります！そして私達は必ずまた会えます。魂は不滅なのです！」

既にカーマイン牧師の顔は崩れ落ち、おぞましい化け物のようなものが映し出されていた。それは人間の根源的なすべての憎しみが渦巻いている塊に思えた。

「魂すらもリムに消されたら？」

「だから…今の内に、リムを消滅させるので……」

事切れたように、カーマインの声がフェイドアウトした。

それでも苦悩した。リムを消すことは、同時にカーマイン牧師をも消すことにもなる。

そして父親も……。

瞬間思考の中で、あの青い鳥が羽ばたいた。

「父さん！」

空中に向かって反射的に呼びかけた。

最後にどうしても聞いておきたかった。

「あの時、カーマインさんのホームページに私を誘っていってくれたのは、あなただったのですね！」

返答はなかった。

「そうですよね！　あなたはリムなどとは違う！　そうですよね！」

モニター画面が、赤い電磁波のような強烈な光を発しはじめた。暴風雨のようになった部屋の中で、卓也は何とかモニターにしがみ付き自分しか知り得ないバックラッシュのパージコマンドを素早く叩きこんだ。後はエンターキーを叩けばコマンドが有効となり、プログラム・ソースのすべてが一瞬にして消えてなくなる。

「君に私を消滅させることなど出来ない。私を支えている広大なエネルギーも消えてなくなるのだ。それは関わりのある者達の物理的な死を意味する。何千万の者達が死ぬ。たとえ邪悪な怨念であろうと希望は生を産み出し絶望は死のみなのだ。例えば充。彼の憎しみのエネルギーも私の強いエネルギーの一部となっているのだからな」

脳内にリムの声が響いた。

「！」

卓也は金縛りになった。

「そしてお前の父親もカーマインも永遠に消えてなくなる……」

リムの自信と悪意に満ちた、どす黒い呟きがリアルに耳に響いた。

それでも卓也の本能は決断していた。震える指がエンターキーへと伸びた。

「やめろ!」

初めてリムの動揺が入り混じった声を聞いた気がした。

「さよなら、父さん……」

エンターキーが押された。

形見のサイバー・ウオッチを頭上に翳した。

「ありがとう、カーマイン牧師!」

モニターが強烈な光を発して、バックラッシュの内部コードが一斉に表示され物凄い勢いで消去しながらスクロールされていた。

すると突然閃光が走り、眼の前の空間がカッターで切り裂かれたようにダークマターが口を開けた。その奥は更に広大な宇宙空間のような暗黒の世界へと続いていた。

これが死界なのか! 唖然とした。そして強烈な光に引っ張り込まれていた。

その瞬間、現実空間がなくなり視界が消えた。自分の姿、肉体感覚という身体意識が吹っ飛び消えた。あるのはピュア・マインドだけだった。そして永遠の量ともいえる膨大な想念のつぶが雪崩のように襲いかかってきた。

愛。悪意。追想。回顧。軽蔑。嫉妬。憐憫。憎悪。慈愛。熱狂。羨望。欲望。裏切り。誠実。策謀。悲哀。恋愛。友情。賞賛。冷静。推理。予感。想像。反骨。忍耐。陶酔。偽善。純粋。衝動。卑屈。抑制。秘密。錯覚。催眠。憧憬。淫靡。卑猥。嘲笑。願望。復讐。自尊。顕示。隠蔽。感謝。素直。恍惚。憔悴。苦悩。開放。無限。……。

人間のありとあらゆる想念のすべてが、全意識の中に怒濤の奔流となって注ぎ込まれたのだ。そのショックは何度も壁に叩きつけられ木っ端微塵になったような感覚であり怒濤の感情の海に錐揉み状に埋没して溺れ発狂しそうだった。卓也は自失呆然状態のままアストラル（幽体）となり、そのあらゆる想念のエネルギーに吹き飛ばされ、物凄い速度で暴風雨の中を飛び回っていた。卓也は宇宙の果てから果てへと、一瞬にして何度も行き来した光の玉となり、永遠という距離を永久に飛びつづけていた。

いつまでこの状態なのだろう？　卓也は光となった魂で考えた。しかし、徐々に覚醒してしっかりとした自意識に目覚めていった。生まれ変わったのかもしれなかった。しかし、この広大な宇宙のようなカタストロフィが、永遠に続くと思われたその時だった。

はっと、覚醒した。

目の前のモニターに表示されていた複雑なソース・コードが、あっという間に消えてなくなり、モニターの光が消え真っ黒な画面の左上で、ただカーソルが点滅していた。

卓也はリムの断末魔と共に、一瞬の永遠を体験したのだった。

朦朧としたまま立ちあがった。心がリセットされたように白くぼやけ暫く何も考えられなかった。遠洋から運ばれてきたように僅かな感情が蘇って、そして急激に増幅されていた。マイパソコンを見た。そして崩れるようにモニターを抱きしめた。

「終わった…。そして、すべてがなくなった……」

涙が溢れだし頬を伝わって、いくつもの滴がキーボードの上に落ちた。

＊

ＰＤＸビルの地下駐車場に北詰のＢＭＷが入ってきた。

北詰は車を飛び降りると、すぐさま重役専用フロア行きのエレベータに乗り込んだ。

なぜか途方もなく悪い予感がしていた。鍋島が亡くなったというのに、内田も弘子も卓也も誰も連絡が取れない。いったいどうなっているのだ。フロアを走った。弘子の部屋に急いだ。しかし弘子は不在だった。秘書の瞳が、社内移動スケジュール・ボードで足取りを追跡すると、35階のセキュリティ・センター監視室にいるという。

「センターに？　何だってこんな時間に彼女がそんな場所に…」

とにかく無事だったので、北詰は安心しながらも35階のセンター監視室へ向かった。

＊

センター監視システム・ルームのメインコンソールの前で、弘子は硬直したまま佇んでいた。モニターの前に近寄ると、それはまるで弘子の存在を確認したように、自動的に画面が切り替わり、パージを意味する赤い色のPのエンボス文字が血塗られたようににじんわり不気味に浮き上がった。

画面下の時計が、19：55を表示していた。

指がキーに伸びたが、ためらっていた。弘子は大きく溜息を漏らした。

「出来ない…。しかし充が……」

何故こんな目にあわなければならないのだろう！

どうしようもない怒りと憎しみが強烈に渦巻いていた。心の奥底から誰かに叫ばれているようだった。

悔しい！　悔しい！　殺してやる！　皆殺してやる！

ハッと我に帰った。この心の叫び……？

弘子にとっては昨夜のリムの宣言から、カウントダウンは始まっていた。1秒も休むことなく、このことが頭を離れず強烈な重石となって弱った精神を圧迫していたのだった。その精神疲労は並みの者だったら、とっくに倒れていただろう。充のおかげだと思っていた。身障の弟の面倒を見ているのではなかった。実は充に助けられて、ここまでやってこれたのだ。それはあの極限状態で充から発せられたテレパシーを感じた時、はっきりと自覚していた。思い返せばこれまでビジネス上の苦境を何度も乗り切ってこれたのも、いつも内部から湧き上る自身を叱咤し勇気づける暖かいエネルギーによってだった。自身を支えるポジティヴなエネルギーこそ、実は周りの暖かい愛情から発せられたものなのだった。そしてその、最も巨大なエネルギー体こそが、充の姉に対する想いだったのだ。そんな弟を犠牲にすることなど出来ない。だが…。

瞬くように、タスクバーの時計表示が19：56に変わった。

「！」

　事態は緊迫していた。

　その時誰かが肩を叩いた。反射的に悲鳴を上げた。振り返ると北詰が立っていた。彼は弘子の反応に驚いたが、腫れ物のような弘子のムードに対して冷静に問いかけた。

「どうしたんだい？　こんな時間に」

　優しい兄のような、いや、父親のような暖かい温度を感じさせる声だった。瞬間弘子は北詰の胸に飛び込んで泣きたくなった。しかしあくまで平静を装い口をつぐんでいた。

「何があった？　一人で苦しまなくてもいいんだよ」

　眩しいくらいの優しい笑顔だ。

　この笑顔に今まで何度救われただろう……。

　北詰直樹。この男はたとえ自らの命を断たれようとしていても、その直前まで隣人の苦しみを慮りこの笑顔を向けてくるのだろう。女が愛すべき正真正銘本物の男だと思った。遂に弘子は彼の人間性に完全に陥落した。そして広大な愛情に包まれた気がした。その瞬間、心の奥底にいた何者かの抑えきれない灼熱の怨念が穏やかに霧散し消えていった。

「なにもないわ…」

　毅然として応えたが、堪え切れず涙声になっていた。

　同時にデジタル表示が19：58に変わった！

　瞬間弘子は大きく悲鳴をあげて顔を覆った。

「どうした！　何を隠している。言ってくれ！　言うんだ！」

　ただならぬ緊張を察して、北詰は弘子を掴み激しく揺すっていた。

「8時までに……。このキーを押して、ＰＤＸの全システムを消失させないと、充が殺される……」

　苦渋を搾り出すように吐露した。

「奴か？」

　焦燥しきった眼を伏せて弘子は頷いた。

「くそっ！　何て奴だ！」

　憎々しげに歯ぎしりした。弟を人質に取ってまで、彼女をここまで追い詰めるなんて。どこまで卑劣な奴だ。悪魔め！

北詰は憮然としたが、すぐさまモニターの時計表示を見た。

「時間がない。押すんだ」

冷徹なトーンだった。

「駄目よ！　会社のすべてが消滅するのよ！」

「押すんだ！　充君の命がかかっているんだ！」

時計表示が19：59に変わった。

弘子は悪寒を感じたように震えだした。

「こんなもの、また一からつくればいいんだ。人の命は二度と再現することはできないんだぞ」

「……」

「充君は君の命じゃなかったのか！」

弘子は心から北詰のやさしさを感じていた。しかし会社の重役としてそれは出来なかった。そしてテロリストの脅しに屈するわけにもいかない。

「君が出来ないなら俺が」

押しのけ、キーを押そうとしたが、弘子が腕を掴みもみ合いになった。

その瞬間、時計表示が20：00に変わった！

「ダメー！」

弘子は狂ったように絶唱してコンソールに飛びこみキーを叩いた。

だが画面には何の変化も起きなかった……。

弘子は放心したまま、暫くコンソールの前に立っていた。そして、がっくりと崩れ落ちた。

「終わった……。何もかも終わってしまった」

焦点を失った眼で放心したように呟いた。もはや精神、体力の限界だった。白々と意識が遠のいていった。

その時照明が激しく点滅を始め、不気味な轟音を立ててビルが揺れ始めた。揺れと共に、モニターが真っ赤に染まって、強烈な発光を始めた。咄嗟に覚醒した弘子は、既にこの場所が破滅のメルトダウンを起こすまで僅かな時間しか残っていない事を思い出した。

「どうしたんだ。何が起きるんだ?」

北詰が天井を見上げた。

「逃げて！　このビルは爆発するのよ！」

弘子は最後の力を振り絞って北詰を出口の方へ押し

やった。もはや自分は動けない。充を失い自分の命など、どうでもいいと思っていたが北詰の事を忘れていた。彼こそは死んではならない。これ以上、大切な人を巻き込んではならない。揺れが立っていられないほど激しくなってきた。

「早く逃げて！」

更に北詰を出口に押しやると、弘子は転倒したまま動かなくなった。

だが北詰は弘子を抱き起こすと、力強く抱きしめ熱く唇をかさねた。

二人は、そのまま一体となった。

「何が起きても君を守るよ」

北詰は更に力を込めて抱きしめた。

無意識に弘子の腕もしっかりと北詰に巻き付いていた。すべてを失った今は、もう何も怖くはなかった。それよりも愛する人と一緒に死ねるなら、それもいい。究極の絶望の中で、なぜか至福の気分を味わっているようだった。

しかし、やはり未体験の轟音と激しい振動の物理的恐怖が、圧迫するように現実を押し付けてきた。もはや立ってもいられなかった。

「怖いわ…」

抱きしめる腕に更に力が入った。

「大丈夫だ。たとえ俺の身体が細切れになっても、絶対に君だけは守って見せる」

二人は膝立ちのまま、しっかりと強く抱き合っていた。

そのまま更に緊張が高まるかに見えたが、暫くすると轟音がフェイドアウトするように消え揺れが収まった。照明も元に戻り、コンソールモニターの表示も、あのP文字が消えて不気味な血色が上から洗い流されたように静かに消えていき、通常のシステム管理画面に戻っていった。二人は立ち上がって天井を見上げた。

「どうしたんだろう?」

「わからない…」

腕を解き、お互い不思議そうに顔を見合わせた。

突然コンソール隣のサブモニターにウィンドウが開き、人物が映し出された。

驚いた二人は、反射的に再び強く抱き合った。

「お二人さん、相変わらず仲がいいですね」

モニターに映った卓也が、苦笑いしながら言った。

「なんだ、びっくりさせるなよ！」

「直さん、リムは先ほど俺が消滅させた。もう大丈夫だ。削除完了時刻は19：59だった」

「おい！　どうなっているんだ。お前の声が頭の中で聞こえるぞ！」

「テレパシー・ソフトさ」

北詰は首を捻りながらも、弘子と顔を見合わせて安堵の吐息を漏らしていた。既にモニターの時計表示は、20：05になっていた。

「それから椎名さん。充君は峠を越しました。急速に快方に向かっているそうです。もう大丈夫です。先ほど院長から緊急メールが届きました」

「充は助かったの……」

唇が震え熱いものがこみ上げていた。弘子は、ほっとして緊張が解かれたように再びその場に崩れ落ちた。北詰もしゃがみ込んで、優しく弘子を抱きしめた。


弘子は極限までに追い詰められた苦悩から解放され、堪え切れなくなった安堵を吐き出すように、北詰の胸に顔を埋めると声を殺して泣き崩れた。

「どうしたの？」

一刻でも早く喜ばしてあげようと報告した卓也は困惑していた。

「いや、いいんだ……」

北詰は、慈愛に満ちた眼差しで優しく更に弘子を抱き寄せた。

充の不条理な怨念を抱え込んでいた弘子は、北詰の優しさに救われ、そしてその穏やかな優しさが充の怒りを癒し、彼の生体エネルギーはリムから退避して自らの生きる力として健全に機能し始めたのだった。卓也がリムを消滅させる僅か数分前の出来事だった。

画面は卓也が消えて、セキュリティ監視画面に変わった。

「ところでＰＤＸは、まだ危機が回避されたわけではないんだ」

一転して深刻なトーンになった。卓也の声は、どこからともなくリアルに耳元で聞こえる。姿が見えないだけで、傍にいるようだった。どうやらリムと同じ方式のテレパシー・ソフトを開発したらしい。そのやり方はやめてほしいと北詰は思ったが、今は我慢することにした。だが何もわからないのでは、リムに脅され続けているようで気味が悪い。そこで簡単に種明かしをしてもらった。テレパシー・ソフトと言った手前、卓也も少し照れていたが。つまりポイントは携帯電話だった。人間の脳、携帯電話はどちらも常に微弱な電磁波を出しているのだ。それを少し増幅して共鳴しあうことによって頭の中で話されているように感じるのである。聴覚から聞いた言葉を脳で判断するのではなく、この場合はダイレクトに脳内にデータを送って解析するので、非常に微弱でも大丈夫なのだった。携帯電話はその基地局の役割をするといってもよかった。

「なるほど」

すっきりと納得した。だから携帯電話やモバイルを持ち歩かない卓也と内田は、脳波混乱プログラムの餌食にならずにすんだのかとも思った。しかし今は大事な卓也との交信ツールだった。卓也の遠隔操作により目の前のモニターにセキュリティ監視画面が表示された。更に監視画面は、3Dのフロア図表示に変わりマウスで自在に進めるので視点は実際のPDXビルを歩き回っているのと変わりなかった。侵入者はシークレットファイル・ルームの中に入っていった。なんと正規のシステム解除の手順で、堂々と侵入している。いや正当なセキュリティ解除をしているので侵入とは法規上いえない。しかし、明らかに危険な何者かが、PDXのトップ・シークレットのコアポイントに接触しようとしていることに間違いなかった。

「既に、セヴン・シーズ・オブ・ライと呼ばれる、超高度な7つのセキュリティ・チェックをも簡単に通過している。すべて会社の最高幹部でしか通れないトップ・プライオリティのチェックばかりだが、一人で7つすべてを通過することは不可能なはずだ」

またしても耳に卓也の声が響いた。まるで自分の頭の中に居るようだった。

「なりすましも考えられるぞ」

「どうやってなりすますの？　単なるネットワークの侵入じゃないんだよ。チェックポイントはすべてバイオ・メカトリクスになっているんだよ。実際の人間が、同じ指紋と同じアイリスと声紋を持って成りすますわけ？　さすがに無理だと思うよ」

「本人以外は絶対あり得ないわけか…。じゃあ、その本人というのは誰だかわからないのか？」

「勿論わかるさ。だが今そちらの登録ＤＢにアクセスするにも、セキュリティを外さなければならない。誰でも見ていいもんじゃないんでね。いや、そんなこと調べている時間はないんだ。誰であろうと、今はなんとしても規定外の侵入者を早く止めないと危険だ」

「わかった」

北詰は立ち上がると、モニターを覗いて得意のカメラ・アイでビルフロア図の全形を一瞬にして頭の中に叩き込んだ。弘子も立ち上がったが、北詰は彼女を椅子に座らせると、ここで休んでいるようにと言い含め、侵入者の後を追うことにした。しかし、すぐに弘子も北詰の後を追ってきた。

「ＰＤＸの幹部として私にも責任がある。見届けなければならないわ」

声質は既にいつもの調子に戻っていた。しかし言葉では強気でも、本心は一刻でも北詰と離れるのが嫌だったのだ。弘子はもう愛する男を一瞬でも見失いたくはなかった。

卓也の指示どおり最初のセキュリティを外し、二人は徐々に侵入者に近づいていった。北詰はメタリックでクールな専用通路を歩きながら、胸の中で黒い噴煙のような疑惑が立ちあがっているのを抑えきれなかった。

これまで様々な混乱があったが、その後何一つとして効果的な対策が取れていないのはおかしい。内田があえてガードを下げていたとしか思えない。

自分が動き易いように、巧妙に会社の内部システムの箍を緩めていたのだろうか？　特に伊豆から帰ってきてからの彼の様子が、どうもおかしい。この侵入者は内田に違いないとほぼ断定していた。そしてそれは同時に弘子にも伝わっているはずだった。二人とも、まだ見ぬ侵入者に遭遇したときに驚愕しない為、既に心の準備として充分推論を広げていた。お互い無言だったが、二人の予想は間違いなく一点で一致していた。

＊

卓也は第一侵入者の自在な動きに不審感を抱いた。何故一人の男がこれほどまでに自由に進めるのだろう？　七つのハード・チェックはどれも、バイオメカトリクス・チェックなのである。システムの解読や修正は絶対に不可能なのだ。肉体自体を七回変えないことには……。

変える？　まてよ……。思考が何かの断片を捕まえそうだった。

肉体を変えることなど出来ない…。しかも七回も。照合できるのか元データと……。

そうか！　認証データのほうだ。照合データを伝送するところでリムが手を加えたら？

あるいは登録してある認証データをこの侵入者のものに改竄すれば、すべてパスだ！

灯台下暗し！　何も強力なチェックシステムと戦う必要などないのだ。

しかし、この認証登録ＤＢを改竄することはセキュリティ上普通の人間では無理だ。やはりリムの仕業か？

とすると、この侵入者はリムの協力者ということになる。もう一度このシークレット・ゾーンのセキュリティ・システムの対応構造を詳細に調べ上げた。

「！！！」

大変なことになった！

自分は大変なミスを犯してしまっていた。システム内のシークレット・ファイルにある入室承認規定に目を通したところ、このトップ・シークレット・ゾーンの入室は１度に３人までと規定されていた。規定外のことが起きると、このフロア自体特別なＡＩ機能をもっており、不正侵入者には攻撃を加えるという。途中から、第一侵入者を追う別の侵入者を発見してパニックになった。

北詰達が危ない！　規定外の人数だ。システムがどういう攻撃を始めるのか想像もつかない。抑撃プログラムを見て更に驚愕で全身が震えた。

「そ、そんな…」

抑撃最終レベルは〝抹殺〟だった。

＊

ウエザー・リポートの「ロッキン・イン・リズム」が躍動していた。

リラクゼーレーション・ツールのＢＧＭは、このシークレット・ゾーンにも流されていた。北詰は現状の緊張の中でも、無意識に頭の中でリズムを取っていた。レーザービームのフォーカスが、北詰のこめかみに静かに合わされていた。

いつの間にか卓也との交信が途絶えていた。そのことで北詰はやや不安になっていた。

このフロアには届かないらしい……。

仕方ない。先ほど頭に入れたフロア図と、自分の勘を頼りに進むしかない。自分達が狙われていることなど夢にも思わず大胆に侵入を急いだ。

天井の隅に設置されているレーザービームの赤いランプが点滅していた。発射のタイミングとほぼ同時だった。レーザーを発射する機械にセーブが掛かり、銃先が微妙に震えて止まった。対象物が予期しない動きをした場合、発射０・０００００１秒前までストップ制御が可能だった。ハイレベルなミクロセーブ機能によって、もし外れた場合、逆に大事な資源に損傷を与えることを防ぐ為だった。

北詰はずっと弘子の手を引いて歩いていた。突然弘子が貧血を起こして倒れそうになるのを機敏な動きで抱きとめていた。不測の事態を予想して常に神経を尖らせ観察していたからこそ出来た瞬発的な動作だった。だが、その瞬間的な動きが自身の生命を救ったことなど知る由もなかった。

「大丈夫か？」

問いかけにも荒い呼吸だけだった。既に弘子に返答する体力すらなかった。限界だと思った。そして一緒にしゃがみ込むと、暫くここで休むことにした。彼とて疲れ切っていた。

＊

絶望的な気分に耐えながらも、取りあえず卓也は冷静に攻撃制御システムを操作していた。運命の死刑宣告など見たくもなかった。だが、まるで間に合わないと諦めつつも、システムを立ち上げるしかなかった。

「！」

そんなバカな！　しかし喜びで一気に緊張から解放された。だが何故彼らが無傷でいるのか信じられなかった。システムが規定外と認識したら、3分以内に北詰達は発見されたはずだ。発見されれば、実測10秒以内に抹殺されているはずだが、現実にまだ二人とも同じ場所に生存している。まさに奇跡の確率といえた。

何故だろう？　しかし、いいのだ。よかった。取り返しのつかない事にならなくて。それでも絶対にあとで解明してやろうと思いつつ、興奮しながら攻撃システムを解除した。

再びシークレット・フロアに、ヴァーチャル・インして別の、もう一人の侵入者の後を追った。どうやらそちらの者は、侵入する目的よりも先の侵入者を追っている印象が強い。しかし、どうも様子がおかしい。この第二侵入者の動きが理解出来なかった。同じルートから接近しているにもかかわらず、あえて距離を保っている。追ってはいるが決して早急に追跡しているわけではない。まるで行き先を知っていて、あえてそこに追い込んでいるような感じに思える。

何かを確かめたい？　そんな意図を感じる。

3Dフロアモニターを拡大して第一侵入者の監視を続けることにした。体感シートに座り、マウスをもって3D映像に神経を集中すると、まるで、画面の中に侵入して歩いているような感じだった。自分は、ヴァーチャル・イメージとなってセキュリティ監視システムの中へ、北詰達とは別のルートから侵入していった。かなり入り組んだ構造だが、ガイドマップを下のウィンドウで広げてモニタリングしながら進んでいった。コーナーを曲がって、次のセキュリティを外し、トップ・シークレット・ゾーンの侵入に成功した。ワンフロアが三つの部屋に区切られていた。これから各部屋に入るのは、暗号解読をしながら進むことになる。監視モニターを見ると、ここからちょうど奥に行った二つ目のフロアの部屋に第一侵入者がいるのがわかった。早速割と簡単に暗号が解けたナンバー3シークレットルームに入った。部屋に入るとルーム内見取り図に切り替わり、これも3Dで立体的にバーチャル空間が立ち上がり、実際の部屋を眺めている視覚とまったく同じイメージに造られていた。部屋に飾ってある花瓶の花まで、CGでリアルに作ってある。実はこのセキュリティ監視システムをリーダーとして作り上げたのは、あの鍋島だった。彼のユーモアとマニアックさが至る所に垣間見えて、胸に懐かしさと痛みを同時に感じていた。そして彼の貢献に深く感謝していた。彼の高度なセキュリティ監視システムがなければPDXのシステムはとっくに破綻させられていただろう。

リムを消滅させた後、数分遅れで北詰のメールを見て彼の急死を知った……。

まだ顔を見ていないので現実感がなかったが、リムの仕業であることは間違いない。自分がもう少し早く消滅させることが出来れば、救えたかも知れなかった。悔恨の念にかられていた。

しかし、すぐに現実の状況を見て緊張した！

中央のライブラリー管理用のパソコンが立ち上げられ、席に座って操作している者がいた。第一侵入者だった。人物の形をしているがデータがないので単に人の形をした黒子が動いているだけだ。この黒子をクリックして先ほどの暗号解析後のデータを監視システムへ送信した。監視システムがデータを照合検出して、認証は正当であるという回答を返してきた。

「間違いない。PDX社の人間だ。誰なんだ、この人物は？」

期待と不安でどきどきしながら現在入室している者を表示するよう登録認証データを反映させた。自動的に黒子の姿が、登録されている実際の人物の姿に変わった。そしてその侵入者の姿を見て愕然とした。

＊

北詰と弘子は入り組んだ30階で迷子状態になっていた。これはフロア・メイズだと思った。先ほどの集中管理センターで見た時点での侵入者の地点までは来ていたが、ここから先がわからない。卓也の声も聞こえなくなった。このシークレット・フロアは完璧な電磁予防壁材と予防ガラスで出来ているので携帯電話の電波も届いてはこなかった。つまりここに居れば安全だったのだ。リムが消滅した今となっては意味がないが、一つの教訓になった。暫く休んだ後、二人は追跡を再開した。弘子の衰弱は限界に達していたが泣き言ひとつ言わない。さすがタフなスーパーレディと関心していた。すでにフロアの中心部に到達していたが、先にゾーンに侵入した人物はどの通路ラインから脱出するのかがわからない。もはや片っ端から、シークレット・ルームを見て歩かなければならない。それにしても50以上の部屋がある。モバイルをもってこなかったのを悔やんだ。シークレット・ゾーン全ルームの入退出履歴を、セキュリティDBにアクセスすればすぐにわかることだった。北詰は、まるで自分達は原始人のような気がしていた。ただ闇雲に現象面に対処していくしかないのか。

その時ぎくりとした。再び耳元で声が聞こえたのだ。

「いやあ、やっと繋がったよ。テレパシー・ソフトをヴァージョンアップしたから、これでもうどこにいても繋がるよ」

まるでアポカリプス（啓示）のように卓也の声が響いた。

「たった、この間にかよ！」

驚くより呆れたが、すぐに彼なら当然だと納得していた。

「それにしても心臓に悪いソフトだな。急に話されるとびっくりするぜ」

「今度時間が出来たら、導入部にピアノのイントロでもつけるよ」

「ああ、ビル・エヴァンスで是非頼む」

「ところで直さん、奴らは既にシークレット・ゾーンを脱出している」

「奴らって、複数なのか？」

「二人いるのだが、どうも仲間ではないらしい。先の一人を次の一人が追っている感じだ。どうやら第一侵入者は、バックラッシュをCD—Rにデュプリケイトして持ち出したらしい。ベータ版は、既にリムのウイルスが侵入しているものだからね。リム復活も有り得なくない。絶対に取り返さないと大変なことになる」

「おい、冗談じゃないぞ。あんなものがまた復活したら、今度こそ我々が消滅させられてしまう」

「そう。一刻の猶予もならない」

「わかった卓也。侵入者の逃走経路の最短ルートをナビゲートしてくれ」

気を引き締めると、弘子の手を強く握った。弘子の表情は朦朧としていた。

その後卓也の指示どおりのルートを進んで、ゾーンを抜けようとしたが、ここでも20箇所以上の強力なセキュリティ・チェックを通過しなければならない。大変な足止めだった。しかし侵入者が苦も無く通過しているのはいったいどういうことなんだろう？　卓也は正体はわかったと言ったはずだが…。あえてそこに触れようとしない。一人は内田に違いないはずだが、もう一人は？　まあどちらにしても、もうすぐわかる事だ。

セキュリティを通過して、やっとの思いでビルの通常の通路に出ることが出来た。しかし30階から33階を占めるシークレット・ゾーンから通常フロアに戻る為には、非常階段を伝わって29階か34階に出るしかない。

さて、侵入者はどちらから逃げただろう？　普通に考えれば、最終的にはビル外へ脱出するのだから下の階だろう。と思った途端だった。靴底の響く音が聞こえた。

「上だ！」思わず叫んでいた。

同時に犯人は屋上のヘリポートに向かっていると確信していた。

＊

非常階段を駆け上がり、内田はその男の足取りを必死で追っていた。

その男がバックラッシュを不正に入手したのは明白だった。どうするつもりかはわからない。しかしとにかく危険人物に渡ったことは確かだ。その危険人物とは？　内田は無意識に自分の予想が外れていることを強く望んでいたが、状況証拠から考えるとそれはありえなかった。逃走者が階段を駆け上がる硬質なこだまが頭上から響いてくる。音が遠ざからないように必死で追い続けた。今日一日奴の足取りをずっと追いかけていた。そしてついにシッポを捕まえた。この本社内で本格的な追跡を開始してから、既に2時間が経過していた。延々走り回っている。もはや体力の限界だった。しかし渾身の力を振り絞って後を追った。響く音が消えた。内田は音が消えたと思われる階数の非常口から通路に入り、フロアの吹き抜けの廊下を円周しながら周りの様子を伺った。

＊

非常階段を上がっている時、弘子が眩暈で倒れこんだ。

「もう充分だ。君はここにいるんだ」

弘子は何度もかぶりを振った。言葉も喋れないほど衰弱していた。かわいそうだが無視して先を行こうとした。すると弘子が足を掴んだ。北詰はバランスを崩し、危く階段を転げ落ちそうになった。弘子は肩で息をしながらも、必死の形相でこちらを見た。眼にあのいつもの強い光が宿っていた。

なんという女性だろう！　北詰はその表情に唖然とした。

これほどまでに会社を愛し、責任感をもっている人間が他にいるだろうか？

北詰は巷で言われている、やり手のスーパー・ウーマンという称号は、弘子にはまるっきり見当違いの蔑称のような気がした。やはり凄い人物だと思えた。北詰はこのとき、この弘子という女性、そして何故か、この世のすべての女性に対して畏怖のようなものを心底から感じはじめていた。この世のすべては、母性によって作り出されているのかも知れない…。そうとしか思えなかった。

「わかったよ」

弘子を抱き起こすと、そのまま背中におぶった。今度は弘子が唖然として、背中を叩き激しく暴れた。同情などいらないというのだろう。

「いいんだ」

優しく諭すと、そのまま階段をゆっくりと上がっていった。やがて大人しくなると弘子は北詰の頬に顔をぴったり付けていた。北詰は一瞬頭の中で羽音が擦れた感触があった。心地良い妖精か何かに囁かれた気がしたが、別に気にも止めなかった。既に弘子は、喋る体力もなく何も話してはいなかった。ただ胸の中で想ったのだった。

「あなただけのものになりたい…」

彼女は自然とそう想念していた。弘子は生まれて初めて、依存という感情に包まれていた。自分というアイデンティティを消し去っても、北詰に甘えてそのすべてを受け容れたいと思っていたのである。彼女にとって、生涯で初めての全面的求愛の感情だった。弘子は心の地平から湧き上る新しい自分を発見していた。

＊

いつの間にか上の足音が消えていた。

内田は仕方なく、１階上るたびにフロアに出て辺り一帯を探さなければならなかった。相手も一般フロアに出れば、顔を見られて後で目撃証言されることになる。したがってここからは、そんなに大胆な逃げ方は出来ないだろう。

なんといっても奴は、このビルでは有名人のはずだ…。

音が消えてから、三つ目の階だった。非常扉を開けてフロアに出た。何か気配というか予感を感じていた。先ほどからと同じように、注意深く辺りを伺っていた。瞬間内田の眼の先に黒い影が見えた。

いたぞ！　やはりこの階に間違いない。

内田は男を追いかけた。しかし中央の吹き抜けの周りを取り囲む休憩用のパークスペースで見失ってしまった。休憩スペースといっても、ちょっとした公園くらいの広さがある。ビルの屋内だが、観葉植物などの多彩な植物のオブジェが多数植え込まれており、小さな森のようで、身を潜ませる場所は沢山ある。内田は慎重に植物群に入った。緑の間に喫茶テーブルとイスが置いてある。突然背後の椅子が地面にすれた音がした。振り返ると男が椅子を振り下ろし頭に一撃を食わされた。そして背後から羽交い締めにされた。巻きついた右手が喉に食い込んで、物凄い力で圧してきた。呼吸が出来ず側頭部の血管が浮き上がった。首に食い込む腕が喉仏をつぶすようにゴキッと音をたてた。内田は一瞬全身の力を抜いた。相手の緊張も誘われたかのように一瞬反射的に緩んだ。その瞬間内田は、渾身の力を込めて背後の人間の鼻っ柱に後頭部を叩きつけた。完全に力が緩んだ相手の首に手をかけ、首投げのように相手を前に投げ飛ばした。男が一回転して落ちてしたたか腰を打ち、くぐもった悲鳴をあげた。

その時、非常口の扉が開き、北詰と弘子がやっと到着した。二人は、パーク・ゾーンで内田が争っている男の姿を目撃した途端、我が目を疑った。

男と内田は冷静に睨み合っていた。

「やはり、あなただったか…。保守派を陰であやつっていたのも」

内田が絶望的な怒りを堪え、苦々しく言った。

「君の役目はもう終わったよ。すべてを忘れて、早くこの場から立ち去れ」

辰巳が、冷ややかな獰猛さを醸し出して言った。

「あなたには失望した。なぜこんなことに……」

「私にとって君の役目はもう終わった。それだけだ」

「辰巳さん、私はあなたを尊敬していた。あなたがいたからこそ、今の自分があるのだと思っていたのに…」

「ふん。それが一番鼻持ちならないのだ。偽善者め！」

「何故だ？　偽善ではない。本当の気持ちだ」

「だが世間や周りの評価はどうかな？　君が私を立てる度に私の評価は消し飛んで行く。そしてそれは、すべて君の評価へとすり替わるのだ。あの男は、自分の功績をいつも上司の手柄にする。見上げた男だ。辰巳もついているな。内田のような部下を持って。全部内田のお陰だ。内田がいなければ、今頃奴は……。これが俺に対する会長や世間の評価だ。私は神輿に乗った裸の王様に過ぎないのだ！」

「その評価は断じて違う！　保守派の策略だ。あなたと私を仲違いさせる為の…」

辰巳はのけ反り笑った。

「見上げた男だよ君は。保守派だと？　何を言っている。私にそんなちっぽけな派閥闘争など関係ないわ。私の良きパートナーは、全世界を制圧するスーパーパワー、リムだ。私に出来ないことは何もないのだ。既にＰＤＸは私の手の中にあるのだ」

「だったら、なぜ会社に対して破壊行為を行なうのだ！」

「この会社は順調に行き過ぎた。誰も本当に会社を愛し必死に戦っている縁の下を見ようとはしない。努力も危機感もない古株の役員や会長の太鼓持ち連中は更に図に乗るのだ。そういった連中の眼を醒ます為にも、一度壊滅的な危機を経験させた方が良いのだ。そして今度こそ本当に力のある者が、このＰＤＸを再構築するのだ。そしてそれは、選ばれしものの定めなのだよ」

「あなたは狂わされている！」

「それは、お互い様じゃないのか。お前こそ狂っているぞ」

爬虫類のように薄気味悪く笑った後、辰巳が隙をついて飛びかかってきた。内田は反射的に受け止めたが、自分の後ろには手すりしかないのを忘れていた。激しいタックルに、二人の身体は手すりを越えて何もない空間に身を躍らせた。

フロアを切り裂く弘子の悲鳴が、階下に流れ落ちる滝の水音にかき消された。

内田は身体を１回転させながらも、余裕をもって左手で手摺を掴んだ。と同時に目の前にあった辰巳の手首を反射的に右手で掴んでいた。彼の左腕に反動のついた二人分の体重の重みがもろに加わった。内田は左手で手摺を掴み右手で辰巳を掴んでいた。いつまでもつかは時間の問題であった。既に二人とも体力を使い果たしていたのだ。

「はなせ！」

下から辰巳が内田を見上げ、掠れた声で言った。内田は筋肉に宿る力が溢れ出すように震え、必死で重みに耐えていた。言葉を発する余裕などなかった。

「内田君、離すんだ！」

今度は冷静なトーンだった。

目の輝きが、若かりし頃のあの冷静で思慮深い辰巳に戻っていた。内田はこの男も何かに憑き動かされていたんだ。そう思わずにはいられなかった。両腕の関節が抜けそうなほど、物理的力がジリジリとかかってきた。全身を真っ二つに引き裂かれそうだった。離せば自分は助かる。しかし、目の前にある命を消すことなど出来ない。そんなことに耐えて生きるのはもう嫌だった。

「動いちゃだめだ！」

北詰が叫び駆け込んでいった。しかし状況は限界点を超えていた。

内田が苦渋の重みに耐えかねて、無意識に最後の賭けに出た。最後の力を振り絞るように、渾身の力を集約して辰巳を右手1本で引き上げようとした。限界を越えた苦痛に表情が歪む。そして頭が真っ白になった。瞬間内田の足元の空間が、突然カッターで切り開かれたようにダークマターが口を開けた。その中は現実とは違う別の宇宙空間のような深遠なる闇の世界が垣間見えた。

「おとうさん…」

「！」

瞬間そこから晃の声が聞こえたような気がした…。いや。気ではない。確かに聞こえた！　晃の声だ！　晃が俺を呼んでいる！

極限状態の中で、脳内モルヒネが分泌されて幻覚幻聴を感じているのかもしれないと、内田はこんな時ですら冷静に状況分析していた。だが同時に周りを包む壮大な滝の水音も聞こえ、現実の重みで筋肉が裂ける激痛も感じていた。

俺は狂ってはいない。この現実感覚は本物だった。そして目の前に確かに見える別の空間は、黒い間口を開けて間違いなく自分の足元に存在していた。自分の意思とは別に更に引き上げる腕に力が入っていた。

「ガーッ！」

全身が裂けたような音が喉からもれた。

「無茶だ！」

北詰は叫ぼうとしたが、その言葉が喉から発せられる前に内田の左手が滑るように手摺から離れた。二人は、今度こそ何もない空間に放り出された。それはスローモーションの映像のようにスーッと、ゆっくりと滝の中に飲みこまれ放流と共に垂直に落ちていった。内田の姿は落ちたというより何かに向かって飛び込んでいったようにも見えた。

「内田さん！」

タッチの差でその場所に駆け込んだ北詰と弘子が反射的に下を覗きこんだが、水煙で覆われた滝壷の中は何も見えなかった。

「ひどい！　ひどすぎるわ、あなた！　こんな終わりかたってないじゃないの！」

水煙に向かって弘子が必死に叫んだ。だが壮大な放流音が無情に声をかき消していた。

弘子はしゃがみ込むと頭を抱えたまま震えていた。

北詰は置き去りにされた子供のようにその場に立ちすくんでいた。

「内田さん…」

絶対に沈まない太陽が落ちた……。

彼の眼の先で広大な夕陽が、ゆっくりと死海に沈んでいったかのようだった。暫くして長く呼吸を忘れていたかのようにやっと大きく息を吐くと、ゆっくりと崩れ落ちた。今目前で起こった事実を、どう把握していいかわからなかった。限界の極みに達した精神。そして肉体の疲労が同時に襲ってきて視界が揺らいでいた。烈しい頭痛と強烈な眩暈が襲ってきた。

「こんなことが…。これは夢に違いない……」

壮大な水流音に全身が包み込まれ、そのまま弘子の膝元に倒れ込むと意識を失っていた。

＊

あっという間の1週間が過ぎた。

その1週間は、北詰のこれまでの人生の中でも、これほどハードで目まぐるしい時はないと思われるほどの煩雑さとスピードだった。

ようやく首都圏のチェーンリアクションによる、システムトラブルも一段落がつき、社会は落ち着きを取り戻しはじめていた。

青山葬儀所で行なわれた辰巳と内田の合同社葬は、二人の大物ぶりからすると信じられないくらい質素だった。

〈死時に関して一切の弔いを拒否する〉

内田生前の口癖であった。海外駐在の彼のシンパ達の弔問もごくわずかだった。それは内田の人望を推し量るよりも、彼が常に命を賭けていた仕事に対する姿勢の教えでもあったためだ。

葬儀の最中、北詰は何故か自分達だけは生き残ったような気がしていた。

生き残った……？。自問自答していた。

つまり自分と弘子は、共に自分以外に愛すべきもの、守らなければならないものがあったのだ。だから絶対に死ねないのだ。いや、絶対にまだ死なない！　強烈な生に対する強い意志と執着があったのだ。

だから死ななかった？　生存願望の薄い人よりも……。

そんな思いで内田の遺影を見つめていた。

だが内田という強力な精神的支柱を失っても、ＰＤＸ社内にはその姿勢と理念は脈々と受け継がれていた。そして後任人事の対応も、恐ろしくスピーディだった。しかも内田の電子遺書も見つかった。もしもということを考えて、シークレット・サーバーの中に残されていたのだった。

葬儀の翌日には緊急取締役会が召集され、内田の遺書の意向も反映されて満場一致により、椎名弘子が次期代表取締役社長に選出された。これは最高経営会議メンバー中最年少であり、他候補23名をごぼう抜きしての選任だった。保守派にとっても、さすがに会社の存続を考えると今回は最大のピンチであった。今は派閥を越えての合従連衡しかなかった。

マスコミは当初、世界的大企業の社長と次期社長候補であるやり手の常務の同時転落事故死という異常な事件の謎を、こぞって取り上げ分析していたが、後任に若くて美貌の女性社長が誕生すると、話題はあっという間に華やかさに包まれ、こぞってそちらにスペースをシフトしていった。当然それは、ＰＤＸの巧妙なマスコミ操作が裏で行なわれていたことも一因ではあったが…。

北詰は正式にＰＤＸ社副社長に迎えられた。勿論リンクル社社長兼任のままだった。そして卓也には、企画開発室取締役常務というオファーがなされた。つまり弘子の後任というわけだ。だが卓也は、あくまでもリンクル社に残ると最後まで抵抗していた。が、リンクル社社員も、全員ＰＤＸ幹部候補生で引き入れるということで話は簡単に決着がついた。卓也の意に反して、社員達が喜んで大騒ぎしている以上仕方がなかった。不服ながら記者会見にも出席することとなった。

＊

「あの人、素敵よね」

テレビに向かって誰かが言った。異論を唱えるものなど誰もいなかった。

日本外国語学院の会議室では、女子社員達がテーブルを囲んで昼食の弁当を食べていた。

テレビでは正午の経済ワイド番組の中で、ちょうど始まったばかりのＰＤＸ社新体制の共同記者会見の模様が中継されていた。ＰＤＸ社レセプション・ルームの会見場に新役員達が並んで座っていた。真ん中に新社長の椎名弘子、両脇を今関と外部から新福社長に要請され就任した北詰、その隣には卓也も座っていた。テレビ馴れしている北詰が、終始和やかなムードでスポークスマン的役割を担って、的確に記者団の質問をさばいていた。それは下手なタレントなどよりも数段上の華やかさと語り口だった。

全員黙々と箸を運ぶが眼は画面の北詰の魅力に釘づけだった。隣に居た親友の朋子が声をかけた。

「ねえ洋子。あの人ってさあ、昔あなたが担当してたんでしょ？　どうしてアタックしなかったのよー」

「……」

洋子は下を向いたまま無言でご飯を口に運んでいた。

「ねっ！　何かなかったの？　デートぐらいはしたんでしょ？」

「ぜーんぜん。タイプじゃないし関係ないわ。所詮あの人達とは住む世界が違うのよ」

「そうかな…」

興味なさそうに洋子はあえて画面の北詰を見ようとはしなかった。だが音声だけはしっかりと聞いていた。それだけで充分だった。

外国人記者の質問には、流暢な英語で北詰が答えていた。また腕を上げたなと思った。しかし、惚れ惚れするテナートーンに突然異物のような不協和音が介入した。

反射的に洋子はテレビに眼を向けた。

北詰の応答に被るように、新社長、椎名弘子の補足説明が加わっていた。

テレビカメラがアップで弘子を映す。素晴らしく流暢な英語で、画面を見なければ外国人だと思ったぐらいだ。悔しいが実力は向こうが数段上だった。そして何よりも際立った美しさを発散させていた。その姿を見つめる洋子の眼に、一瞬だけ強烈な嫉妬の炎が燃え盛った。だがそれはすぐに沈静し光を失った。洋子は二度とテレビの方を見ることはなく、静かにご飯を口にはこんでいた。

＊

お祝いのシャンペンを北詰が抜いた。

会見後三人だけでの乾杯が行なわれていた。

「まだまだ、ベンチャーとしてやりたい事が沢山あったのに…。まったく、強引なんだからな」

卓也は社長室の窓から見える壮大に聳え立つビル群を人工的な渓谷に見たて、意識のエア・クルージングを行なっていた。そして飽きたように溜息をついた。

卓也はまだこだわっていた。北詰はその姿を横で相変わらずニヤニヤしながら見ていた。

社長室には、豪勢な花束の山と再出発を祝ってのシャンペン・バケツがいくつも用意されていた。リラクゼーション・ツールのBGMが、微量な響きで懐かしのポップスを流していた。それは70年代のポール・マッカートニー。

「アナザー・デイか…」

卓也は独り言のように呟いた。

「さっ、これまでの事は忘れて、皆でスターティング・オーバーよ」

弘子が新たな飛翔を表現するように、両手を広げ檄を飛ばした。

まだランドスケープに見とれている卓也の背中に、弘子が意味ありげに言った。

「これから、むちゃくちゃ多忙になるから、あなたにも秘書が必要だと思うけど」

「いいよ、そんなもん」

「もう採用しちゃったのよ。非常に有能な人材よ」

弘子はドア越しに向かって呼びかけた。

「さっ、入って」

「いいってば！」

逃げるように、フロアの隅へ行った。

扉が開いて、クリーム色の上品なスーツを着た女性が入ってきた。そして卓也の前に立った。息を呑むような美人だった。

「この度、企画開発室常務取締役の秘書を仰せつかりました、水木千佳と申します。どうぞ宜しくお願い致します」

完璧な角度のきちんとした敬礼だった
卓也は口を半開きにしたまま、唖然としていた。大人っぽいメイクで変身した千華を見つめ、あっけにとられていたが、その顔は、あっという間にくしゃくしゃの笑顔に変わった。

千華も理知的で落ち着いた微笑を卓也に返した。その表情は、アイドルタレントの面影は微塵もなく聡明で知的なレディであった。

弘子が美しすぎるほどの魔性の瞳を輝かせ微笑していた。そしてその背後から、全員を大きく包み込むような北詰の暖かい笑顔も覗き込んでいた。

弘子が、卓也を優しく睨んで言った。

「なにか文句あるかしら？」

初めて職場で聴いた気がする弘子のチャーミングなテンダートーンだった。

「あるわけないだろ」

苦笑いを隠すように、窓の外のランドスケープに顔を向けた。

そして、その視線の先には違うものが見えていた。

三日前にあの場所に行ってきたのだ。カーマイン牧師と暮らした彦根村。

——残骸が片付けられ整地された教会の跡地には、既に新しい基礎工事が始まっていた。今度は村の材木を使った、こぢんまりとした建物になる。誰もが気軽に立ち寄れる気さくな家だ。カーマイン牧師が初めてこの地を訪れた時の佇まいと似たものになるだろう。

その日は天気も良く薄い陽射しが心地よかった。工事の様子を満足そうに見ていると、後ろから誰かが駆け寄ってきた。振り返ると町内会長の八木が驚いて立っていた。

「松嶋さん！」

卓也は指を立て口元を押さえた。はっとして八木が口を噤んだ。

悪戯っぽく微笑むと静かにその場を去った。

——ふと我に帰ると皆の笑顔が自分に注がれていた。

〈そうだ、俺の故郷は今この瞬間この場所。そしてこの人達なのだ〉

地上１６６メートル。高層ビル41階の最上階に位置する、ＰＤＸ社、社長室の大窓からは、北詰、弘子、卓也、千華の４人が同時に声を揃えて楽しそうに笑っている姿が見えていた。

完

※　この物語は、完全なフィクションであり、登場人物、会社、団体等は、現実のものと一切関係はありませんので、ご了解下さい。
また本文執筆にあたり、専門書籍、新聞、雑誌、ホームページ、その他多数の文献を参考にさせて頂きました。

著者プロフィール

水姫 透（みずき とおる）

本名 岡本勝利
1957年生まれ。広島県出身。
本来は大手企業情報システムの仕事に
携るが、独自に演劇や演出活動にも参加。
最近では、シナリオ、小説などの
創作に重きをおいて活動を展開。
本作「ブラック＆ブルー」で
小説デビューを果たす。

ブラック＆ブルー

2001年10月15日 初版第1刷発行

著 者 水姫 透
発行者 瓜谷 綱延
発行所 株式会社 文芸社
〒112-0004 東京都文京区後楽2-23-12
電話 03-3814-1177（代表）
03-3814-2455（営業）
振替 00190-8-728265
印刷所 株式会社 フクイン

ISBN4-8355-2486-1 C0093